Pájaros Volar

Omar Rodriguez

Introducción

He decidido escribir este libro con el temor de volver a un pasado lleno de curiosidades y situaciones difíciles.

No soy político ni religioso, respeto la creencia de todos, pero pienso que la vida está dominada por esos dos factores, que a su vez están dirigidos por hombres como tú y yo y bueno siempre hay que hablar de ellos en algún momento del día pues a todos nos afectan y me pregunto, ¿No esta la política creada para aplicar leyes que busquen la soberanía, la paz y la tranquilidad de todos?, ¿no esta la religión basada en ideales de un dios poderoso, creador y lleno de puro amor?.

Entonces, ¿Que hace tan difícil la vida para los seres humanos diariamente?, ¿Que hace la guerra en este mundo? ¿Por qué las políticas han llevado este mundo a guerras que no se le ve el final jamás?, ¿Por qué elegimos candidatos para que nos representen años tras años y nada cambia?, ¿Donde esta ese dios poderoso lleno de amor que no extermina el genocidio de países enteros sumisos en la mas absoluta pobreza, que no extermina la discriminación racial, sexual y espiritual.

Mi libro es solo un manifiesto de mis pensamientos, la descripción de una sola vida afectada por estos dos factores que describo Política y Religión, la reunión de diferentes opiniones encontradas durante mi vida, en busca de respuestas, en busca en este mundo de gente que como yo pensamos igual y que simplemente nos guardamos el sentimiento de asco al ver como nuestro futuro se va de nuestro alcance, de ver a políticos dándose un apretón de manos sin tan siquiera ponerse de acuerdo y pensar que representan pueblos enteros sufriendo, la repugnancia de ver Curas a los que ayer padres de familia les besaban las manos por amor y respeto a lo que representan, a dios, y que hoy sabemos que con esas mismas manos les han robado la pureza e inocencia a sus propios hijos.

No soy un intelectual ni tengo palabras exquisitas para escribir, pero si soy honesto y escribo en puro español con palabras que conocí de la calle, de la vida y de la sociedad.

Inspirado en la vida y pensando en ti quien eres parte de esta sociedad te escribo, disfruta **"Pájaros Volar"**.

Capítulos		Páginas
I.	Cuba isla olvidada	1 - 12
II.	Conocer el amor	13 - 30
III.	Crecer y crecer los problemas	31 - 61
IV.	Vacaciones de verano	62 - 80
V.	La Universidad de la Habana	81 - 94
VI.	Fallido intento	95 - 108
VII.	Un examen importante	109 - 127
VIII.	El alto costo de la libertad	128 - 153
IX.	Pájaros volar	154 - 161
X.	Re-encuentro	162 - 171
XI.	Mala noticia, escape sin planificar	172 - 189
XII.	La nueva ciudad	190 - 210
XIII.	Visita a Dublín	211 - 223
XIV.	De vuelta a Ennis, no por mucho tiempo	224 - 245
XV.	Primera visita a la Iglesia	246 - 251
XVI.	Acoso	252 - 260
XVII.	Largo viaje, larga espera	261 - 277
XVIII.	Tormento	278 - 289
XIX.	Cautivo en la tierra de la libertad	290 - 332
XX.	Por fin libertad, terrible noticia	333 - 357
XXI.	Encuentro inesperado	358 - 374
XXII.	Ultimo plan, desagradable sorpresa	375 - 389
XXIII.	Fin de una historia	390 - 400

Capitulo I
Cuba, Isla Olvidada.

Es el principio de los años Ochentas. Son las 4:30 PM, es una Isla en el Caribe rodeada de un mar azul, peligroso y bello, aislada de todo, hasta del propio mundo, Cuba, donde todo es prohibido, donde los dominantes son delincuentes dictadores capaces de enseñar a odiar a los que no piensan como ellos, o a los que no siguen su doctrina.

Cuba un país misterioso donde se ponen en práctica las ideas de un solo partido dirigido por uno de los hombres que yo considero más inteligentes del mundo, capaz de hundir un país entero y burlarse de la potencia más grande del mundo día a día en su cara.

Comienza a caer la tarde, se la ve vieja y amarillenta por los rayos del sol que se filtran a través de los edificios con diseños rusos, cuadrados, nada de esculturas en ellos y casi sin pintar, en el fondo de esa postal un grito, una señora llamando a Miguel para que vaya a bañarse, dos niños en shorts, sin camisa jugando con un aro de metal que llevan arrastrando con un palo. En el jardín de cada edificio, o lo que debería ser el jardín, vegetales sembrados por los que allí residen para complementar la pobre dieta alimenticia diaria.

Viene Tomas de la escuela, usa un uniforme de pantalón rojo y camisa blanca y una pañoleta alrededor del cuello color roja que indica que está en quinto o sexto grado y que pronto pasara a la educación secundaria, donde se convertirá en un hombre joven ahora es solo un niño.

Tomas viene pensando, nadie sabe en que piensa Tomas, quizás nadie puede notar tan siquiera que Tomas está pensando, sus padres sentados en el balcón, a quienes a penas se les ve el cuerpo pues el muro les tapa, están allí mirándolo y comentando, lo ven desde su apartamento en un quinto piso, él mira hacia arriba los saluda con una sonrisa en la cara, ve que su madre se inclina para que Tomas vea su cara sonriente también, su madre está feliz de ver como crece, el padre levanta un brazo y lo mueve como señal de saludo. Tomas mira alrededor y se da cuenta de que sus amiguitos que viven en el mismo edificio llegan junto con él de la escuela.

Sube Tomas las escaleras de escalones hechos con lozas rotas, manchadas por los años y la poca calidad, una escalera con una sucia baranda que se mueve. Sudado, pero con mucha energía Tomas llega a casa, abre la puerta de un apartamento dividido en sala, comedor, cocina, una pequeña terraza, tres dormitorios, a que les llaman cuartos y un balcón, allí estaban sus padres sentados quienes le preguntan,

…¿Que tal de día en la escuela?

…Todo bien mami, todo bien papi, contesta el niño.

Se va a su cuarto que es el tercero y último de la casa frente al único baño del apartamento, pasa por la cocina y mira alrededor como buscando algo de merendar,

…¿Hay algo para comer?, pregunta en alta voz Tomas a sus padres.

…La comida esta casi lista, espera a que llegue tu hermano para comer, le contesta la madre en el mismo tono de voz,

…¿Puedo comerme mi pan? Vuelve a preguntar el chico hambriento.

…No porque es lo que tienes para desayunar mañana, le contesta la madre. Tomas sabe que en su país el gobierno solo le da un panecillo por día a cada ciudadano, pero al pedir permiso para comerse su pan, él tuvo la esperanza que uno de sus padres le diera el que les pertenece a ellos, uno por día también, pero no fue así ya que ellos también tienen que desayunar.

La comida en su país está racionalizada, sólo una libra de arroz al mes, cuatro huevos al mes, un tubo de pasta de dientes para la familia entera al mes, nada de leche después que un niño ha cumplido los seis años de edad, en fin una miseria de comida que el gobierno de su país justifica con un embargo económico impuesto por el imperio más grande del mundo Los Estados Unidos. Un embargo que no se ve en las tiendas surtidas, donde turistas extranjeros o funcionarios del gobierno pueden comprar hasta el mínimo antojo, pero a las familias comunes del país le son completamente prohibidas.

Tomas sigue caminando hacia su cuarto tira su maleta de libros pesados a una esquina de la pared y sobre su cama se tira él así como está, sudado, se acuesta boca arriba, cierra los ojos y piensa una vez más, Tomas piensa mucho, piensa en como será la vida fuera de su país, la falta de información a que lo tiene sometido su gobierno, no le deja expandir los conocimientos a cerca de un mundo existente fuera de la isla en la que vive.

Solo ha pasado una hora y escucha a sus amiguitos jugando, Esteban, uno de ellos lo llama,

... Tomas, Tomas, ven baja a jugar dale apúrate, le grita Esteban.

Tomas abre los ojos mira al techo y sonríe, más rápido que una liebre se quita su uniforme se pone un short se cambia de zapatos y sale corriendo

2

por la sala de su casa, en ese momento vienen entrando al apartamento desde el balcón sus padres,

…¿Hey a donde vas? Pronto estaremos comiendo, le dice el padre

En su país no se dice cenar sino simplemente comer, Tomas le dice,

…llámame cuando estén listos, me voy.

Abre la puerta de un tirón, el aire sola la cierra, es un ruido espantoso pero en la casa ya están acostumbrados a esos portazos hechos por el viento o por las mismas personas.

El padre se dirige a su cuarto que es el primero del apartamento busca su viejo radio Ruso donde malamente podrá escuchar emisoras de otros países que emiten informaciones mas reales del acontecer en el mundo incluyendo los atropellos y maltratos contra ciudadanos que no estaban de acuerdo con la política vivida, atropellos y maltratos que pasan en su propio país. Todo muy discretamente no quiere que ningún vecino lo escuche, pues sería fatal, existen algunas personas que debido a la miseria a que los tienen sometidos se dejan chantajear por el gobierno brindando información sobre personas que escuchan ese tipo de emisoras, o que están plenamente en desacuerdo con la llamada Revolución, el gobierno les regala a cambio de la información un Televisor blanco y negro hecho en ese país, y así castigan severamente a los que esos políticos llaman enemigos de la Revolución, Escorias, o Gusanos.

La madre camina hacia la cocina y se prepara para terminar de cocinar lo que ese día pudo sin opciones, porque simplemente las opciones en Cuba no existen.

Tomas baja las escaleras saltando los escalones de dos en dos, con la energía normal de un niño de once años. Tomas tiene pelo castaño, es flaco como un distrófico, pero saludable, blanco como un papel, esa es su textura de piel, por fin llega abajo donde ve a Esteban y dos amigos más, las escaleras terminan en una acera donde hay una especia de barandas que se fueron convirtiendo en banquillos para sentarse y pasar el tiempo, en los momentos en que por la noche falla la electricidad y el calor sofocante de los apartamentos impide que sus dueños estén adentro. Allí estaban sentadas dos vecinas quienes siempre están buscando chismes o saber todo de los demás, sin duda porque no tienen nada más que hacer.

Tomas se reúne con sus inocentes amigos, juegan, corren, sudan, hasta que la tarde muere y ya es de noche, son las 7:00 p.m. Tomas va caminando cansado con sus amigos de vuelta a las escaleras que lo llevaran a su casa, todos sus amigos usan las mismas escaleras para ir a casa, pero Esteban no, él vive a solo unos metros del edificio de Tomas. La madre de Tomas sale al balcón y le pide que suba a bañarse para luego comer, él sabia que ese llamado vendría muy pronto por lo que ya estaba listo para irse, Esteban se despide de todos y les dice que los verá al día siguiente en la escuela, todos se retiran. Tomas se queda rezagado y mira a su amigo Esteban alejarse, la poca iluminación de un solo farol que da luz a todo el edificio, no ayuda a Tomas ver a su amigo entrar a su casa pero si lo ve perderse en la oscuridad. Tomas siempre se queda rezagado, quizás porque se preocupa por su amigo o porque le teme a la oscuridad.

Tomás sube las escaleras y por fin llega a casa, su hermano mayor, de 15 años está en su cuarto que es el segundo frente a la cocina, su puerta esta cerrada, se escucha el sonido de hierros, el hermano de Tomás hace ejercicios. Desde muy pequeño le gusta el físico culturismo, todos le celebran siempre su cuerpo, un cuerpo espectacular y muy bien definido nada que ver con el cuerpo de Tomas.

Entra Tomás, el flaco chico a su cuarto y se prepara para bañarse, aprovecha que no hay nadie en la ducha y entra, al final comen todos juntos.

En la mesa hay tranquilidad se escuchan los cubiertos un plato de pastas con mayonesa y un vaso de agua, quizás suena delicioso pero a Tomas no le gustan las pastas con mayonesa, entonces empieza a jugar con la comida, el padre lo obliga a comer, a él le da nauseas, pero el padre insiste, el sabe que el chico de lo contrario no tendrá nada que comer luego en la noche y el padre está dispuesto a hacer lo que sea necesario para obligarlo a comer así no se acostará con el estómago vacío. El chico le dice que no puede comer mas, el padre le grita y hasta lo amenaza con castigos, no ir a jugar después de la escuela con sus amigos sería malo para Tomás pero lo peor sería no poder ver a su amigo Esteban la tarde siguiente.

Empieza a llorar, la madre lo mira y traga en seco ella sabe que el niño no quiere comer, pero no hay opción, y sabe también que el padre lo hace por su bien, el hermano le recuerda que está muy flaco, y le dice que nadie nunca lo querrá con ese cuerpo, con ofensas le dice que parece un spaghetti, la madre molesta por los apodos le dice,

…¡BASTA!, no puedes hablarle así a tu hermano, no te lo permito.

El padre le pide a Tomas que coma un poco más y que así estará mejor, la madre quiere relajar la situación que ya se tornaba estresante entre ellos, entonces le empieza a preguntar a sus hijos que han aprendido en la escuela en el día de hoy, el mayor de ellos le contesta,

…En ciencias aprendimos sobre los órganos reproductores femeninos y masculinos de los seres humanos.

Así empezó a describir la importancia que existía en la relación entre el hombre y la mujer, todos les escuchaban en la mesa pero Tomas lo miraba profundamente y trataba de aprender de la explicación de su hermano, la madre interrumpe al hijo que fanatizado explicaba sobre la reproducción y le pregunta a Tomas sobre su aprendizaje en la escuela ese día.

Tomás empieza a explicar que hablaron de socialismo y comunismo en su clase, pero fue muy breve, demasiado breve, la madre quiere escuchar más, entonces le dice

…Explícame hijo qué aprendiste sobre eso,

…Mami tú sabes que siempre es lo mismo, nada nuevo, dice Tomas tomando un profundo respiro y soltando el aire a medida que habla.

Los padres están consientes del lavado de cerebro al que sus hijos son sometidos en esas escuelas, están convencidos de que allí les enseñan a odiar a países como los Estados Unidos, les enseñan que lo mejor es vivir donde viven, bajo la dictadura de un gobierno comunista, claro que no dicen que ese gobierno es también capaz de destruirte la vida solo por pensar diferente.

Pero como todo, en ese país no hay opciones y sus hijos tienen que ir a esas escuelas.

De todas formas reconocen que a pesar de ese lavado de cerebro existen algunos buenos profesores que enseñan realmente a los estudiantes, matemáticas, lenguas, ciencias, geografía, en fin toda una variedad de clases que ayudan a la formación académica, una educación que es gratis, y que no hay que pagar con dinero sino solo con empeñar la propia libertad, la sumisión y creer siempre en el Partido y gobierno que te dirige, que no es más que una dictadura total.

Todos terminan de comer, Tomas no termina su comida pero el padre insiste en que no se moverá de la mesa hasta que coma más, él come dos cucharadas de comida y por fin está libre para ir a jugar con su hermano en el piso de la sala de su casa. El padre vuelve a su viejo radio Ruso, la madre empieza a lavar los platos.

Tomas se muestra intrigado por lo que su hermano mayor ha aprendido ese día, él quiere llegar a saber algo pero no sabe como preguntarle al hermano, entonces decide ser inteligente y pedirle que le hable más sobre la relación de la mujer y el hombre, el hermano no quiere y le pide que lo deje tranquilo, él solo calla y mira hacia el cartón que descansa en el piso y sobre el están jugando a las damas chinas.

Todo es silencio y en un sobre salto Tomas le pregunta al hermano pensando que solo por haber asistido a esa única clase de ciencia éste lo sabe todo.

…¿Y que pasa si un hombre se enamora de otro hombre?

El hermano sube su mirada serio con cara de odio, la madre escucha la pregunta y sale en silencio de la cocina esperando una respuesta del hijo mayor pero a su vez con intenciones de impedir alguna ofensa por parte de aquel a Tomas. En Cuba hay machistas que se sienten más hombres que cualquier hombre de otra parte del mundo y así les enseñó su padre también, la madre espera lo peor.

El hermano le contesta,

…Eso es ser maricón.

La madre le pide al hijo que no le hable así a Tomas, el hermano lo insulta y con un grito le llama maricón, Tomas lo mira con los ojos más grandes que nunca, mira a la madre que le vuelve a decir a su hermano que no puede decirle eso. El padre sale del cuarto y pregunta,

… ¿Que pasa?, ¿que pasa?

El hermano mayor ofendido por la pregunta de Tomas le dice al padre que Tomas es maricón, el padre se hecha hacia atrás, la madre le dice que no es así. Tomas mira a su padre, sus manos empiezan a temblar y a sudar, él no entiende como una simple pregunta puede perturbar de esta manera la tranquilidad que estaban viviendo, el padre corre a donde Tomas le aprieta un brazo y lo levanta del piso,

…Dime Tomas, ¿como es eso que tu hermano dice que tu eres maricón?, ¿que es eso?, ¿en que te vio?

El enfurecido padre no escuchaba las replicas de la madre pidiendo que le dejara explicar a Tomás lo sucedido, el hermano sigue confirmando lo que él no ha investigado que no tiene prueba alguna.

Tomas empieza a llorar y así entre lágrimas le explica a su padre que el solo hizo una pregunta,

…¿Que tipo de pregunta?,

…¿Que pregunta fué esa?, el padre pedía una respuesta rápida.

Tomas sabe lo que ya le causo la pregunta y no puede hablar, el miedo le hace encoger su pequeño cuerpo en la butaca donde el padre lo tiró, la madre pide calma y le explica al padre exactamente lo que sucedió, su hermano sigue gritándole maricón, la madre se vira y le dice de una forma furiosa, enrojecida por el disgusto y la rabia.

…Vete a tu cuarto y de ahí no salgas, si vuelves a decirle eso a tu hermano estarás castigado,

…Y tú, le dice al esposo,

…ve a escuchar el radio hablaremos en el cuarto.

Torna la cabeza hacia Tomas y le dice,

…Tomas, ¿ves lo que causas con esas preguntas?, ¿has visto lo que has creado?

Sabes como es tu hermano, sabes como tu padre toma ese asunto, vete tú también a tu cuarto.

Tomas no entiende, está triste, llorando se va a su cuarto. Con la luz apagada se tira en la cama y sigue llorando, los suspiros son profundos pero su llanto casi no se escucha, llora como para él solo, sus lágrimas son grandes como si tuviera un dolor muy fuerte dentro. Así poco a poco se calma, acostado boca arriba, trata de escuchar algún comentario que pudiera haber fuera de su cuarto ya que tiene la puerta abierta, y vuelve a pensar, se pregunta cómo es posible que una simple pregunta haya podido ser tan ofensiva, como saber de antemano que el hermano reaccionaría de esa manera si nunca le había hablado del tema.

Cierra los ojos y sigue pensando, de un tirón los abre y recuerda aquel día cuando hace unos años atrás la madre le contó a una amiga frente a él, a cerca de una visita a un parque donde un hombre se sentó cerca de ella y de su padre, el hombre leía un libro, el padre de Tomás le dijo a la madre que el tipo tenía cara de maricón, la amiga le preguntaba,

…¿Y que hizo tu marido?

Como si fuera un crimen la cara que pudiera tener ese otro hombre, le contestó su madre aquel día a su amiga,

…Mi marido se le quedó mirando y el hombre sacó la vista del libro y lo miró, mi marido salió de mi lado como un loco y le fue para arriba, la amiga interesada en la historia le preguntó,

…Hizo muy bien, ¿que es eso de que ese tipo este vacilando a tu marido?, ¿Y luego?, siguió preguntando la amiga a su madre aquella vez, con una sonrisa en la cara.

…¿Luego?, Dijo la madre,

…Llegó la policía y le dijimos lo que había pasado, el policía le dio buenos bastonazos al maricón y se lo llevó.

Tomas se horroriza cierra los ojos y se queda profundamente dormido.

Transcurre la noche, un aire fresco que entra por la ventana de Tomas acaricia su cuerpo destapado. Son las 7:30 a.m. la madre lo despierta al encender la luz y le pide que se levante porque tiene que ir a la escuela.

Él se prepara, con temor sale de su cuarto pensando en que verá a su hermano y a su padre con el mismo ánimo de la noche anterior.

Camina rumbo al baño y se fija que allí está su hermano cepillándose los dientes con cara de sueño como siempre en las mañanas, el padre está sentado comiendo el pan que le toca diariamente, nadie habla. Tomás se sienta en la mesa y empieza a desayunar, el padre lo mira se levanta cuando termina pero con la boca aun llena, Tomas lo mira y le pregunta,

…¿Estoy castigado?

El padre termina de tragar y le contesta,

…Cuando vuelvas de la escuela yo te diré.

Es la hora de salir y ya el hermano de Tomas se ha ido pues él entra mas temprano en la escuela, Tomas está triste tiene sentimiento de culpabilidad, no puede ni mirarle a la cara a su madre a quien se le acerca y le da un beso de despedida.

Tomas solía salir corriendo para no perderse la compañía de su amigo Esteban en el camino hacia la escuela, era un camino de unos diez minutos, por algún motivo que ni el mismo Tomas sabe prefiere hacerlo con él.

En el camino Estaban le cuenta de los canales de televisión que ha podido coger la noche anterior con su papá por una antena hecha por su mismo padre, la cercanía de su país a Estados Unidos les daba esa posibilidad a algunos.

Tomas escuchaba siempre la misma historia y él quería verlo con sus propios ojos un día, pero el padre de Esteban le pedía mantener el secreto porque era peligroso que alguien más lo supiera y así a su vez se enterara en gobierno que lo castigaría severamente, eran dos inocentes niños de once años, no se guardaban secretos entre ellos ya estaban empezándose a definir en una sociedad donde desde muy temprana edad los padres, los abuelos o los vecinos te preguntan si tienes novia.

Tomas se detiene y le pide a Esteban no ir a la escuela ese día, le propone escaparse e ir a la casa de Esteban para ver la famosa antena y los canales de los cuales éste desde hacía mucho le hablaba, Esteban lo pensó aunque muy poco y dijo,

…Claro, mis padres se fueron al trabajo, vamos a casa.

Se desviaron de su diario camino y fueron a casa de Esteban, él vivía en un tercer piso un apartamento de dos cuartos, uno de sus padres y el otro de él, Esteban es único hijo.

Llegaron a un apartamento oscuro, Esteban tenía la llave de su casa, eso impresionó a Tomas pues solo, según sus padres, le darían la llave cuando creciera más. Entraron al apartamento, Esteban entra primero y enciende una lámpara, prefirió no abrir las ventanas porque así no daría a los vecinos motivo de pensar que había alguien allí. Tomas se queda parado en la puerta.

Esteban tiene a sus tíos y demás familiares cercanos viviendo en Miami, él nunca hablaba de ellos porque para el gobierno sería traidor cualquier persona que se escapara de la isla, es por esto que Esteban luce siempre diferente a los demás niños, zapatos lindos y nuevos, sus juguetes son distintos, en fin la mafia y los traidores, como el gobierno los llama, le daban a Esteban la felicidad de tener lo que el gobierno les quitó un día.

Esteban le pide a Tomas que se siente y enciende la tele que está en la sala, saca de un closet una antena no muy grande ni pesada que tiene un cable muy largo el cual, alcanza para poder conectar la tele con la antena la cual colocarían en uno de los cuartos que mira hacia el norte y está más cerca de Estados Unidos.

Esteban mueve la antena y le pide a Tomas que le avise cuando pueda ver algo en la pantalla sobre la cual al principio solo aparece un hormigueo y un ruido insoportable, al fin ven algo, la imagen mejora y la voz se escucha muy clara, es una emisora en español que viene del país malo de Norte, como se lo llama en Cuba, una señora daba la noticia y hablaba del tráfico del momento en esa ciudad. A Tomas no le interesa lo que la periodista habla, pero sí mira hasta el menor detalle, mira las carreteras, los autos, quería ver gentes caminando, quedó terriblemente traumatizado con la cantidad de autos que se veían, las noticias cambian a anuncios propagandísticos, donde anuncian una jugosa y por lo que se veía calientita hamburguesa, Papitas fritas, un refresco de una marca que aunque él nunca había probado sí había escuchado hablar de ella muchas veces, hasta por sus propios padres que tuvieron la oportunidad de probarlo antes de que el gobierno totalitario tomara el poder y llamara a ese refresco "Refresco Imperialista".

Cambian el anuncio a unos juguetes que una tienda ofrecía, Tomas abre los ojos más grandes aun, sin dudas eran días de emociones para el pobre niño, primero el problema con su pregunta sobre el amor entre dos hombres, luego el poder ver por primera vez como se vivía fuera de la jaula donde nació.

Tomas sigue mirando con atención, sin decir palabra.

Esteban se sienta cerca de él y comenta.

…¡UF!! Que rico se ve eso, cuando me vaya para allá comeré de esas hamburguesas y tendré esos juguetes.

Tomas torna su cara hacia él y muy serio le pregunta,

…¿Cuando te vayas a dónde?

Esteban le contesta,

…Mis padres y yo nos vamos a Los Estados Unidos pero ellos no quieren que nadie lo sepa.

Tomas curioso le pregunta

…¿A quien le dejan la casa?

Esteban le explica que no sabe de eso y que cree que se queda sola.

…¿Y volverás? Sigue con sus preguntas Tomas.

…No, ¿quien va a querer volver a esta mierda donde no existe eso que has visto en la tele?, le contesta Esteban.

…Mis padres me dicen que allá tendremos una casa grande, piscina, y todo lo que quiera siempre que trabajemos y que aquí por mucho que trabajen no podrán darme nada

…Le diré a mis padres que nos vayamos también, le dice Tomas,

Esteban con el dedo índice y el medio de su mano derecha le tapa la boca a Tomas y le dice,

…Promete que esto no se lo dirás ni a tus padres.

…¿Porque no?, le pregunta Tomas, quien con su mano quita la de Esteban de su boca.

…Yo quiero ir, no quiero vivir aquí, dice el niño.

Esteban le explica que es peligroso y que sus padres le han dicho que lo dejarán solo si le cuenta el secreto a alguien, y que se lo ha contado a él porque es su mejor amigo.

Tomas entiende, siguen mirando la televisión. Al rato Esteban se queda dormido en el mismo sofá donde están sentados, pero Tomas sigue atento a la tele, puede ver noticias, una entrevista a un famoso cantante que él no conocía y que había nacido en Cuba. Se grabo su nombre en la memoria para pedir a los padres que le hablen de ese cantante. Pero lo más torturante para él son los momentos de los comerciales. Quizás en ese país del Norte las personas se levantan en esos cortos para ir al baño o para buscar de beber o comer, sin embargo para Tomas aquello más que una visión, era un aprendizaje, era algo que no podía creer que nadie le hablaba si no mal de Los Estados Unidos, sus padres realmente no comentaban nada, ni malo ni bueno, por temor a que sus hijos hablaran en la escuela o en la calle y se buscaran una tragedia.

Llegó el medio día y ya casi era la hora en que usualmente salían de la escuela para almorzar, algunos de sus compañeros se quedarían y almorzarían en la misma escuela si sus padres trabajan pero Tomas tiene la suerte de que su madre le espera cada día con un almuerzo en casa, luego del cual Tomás descansa por unas dos horas y vuelve a la escuela.

…Esteban, Esteban, trata de despertar a su amigo, cuando Esteban abre los ojos, Tomás le avisa que es hora de irse a su casa a almorzar, y entonces planean verse esa misma tarde en la escuela.

Tomas llega a casa, se acerca a su madre que está lavando la ropa sucia y le da un beso. La madre deja la ropa y le prepara su almuerzo, un huevo frito con arroz blanco, Tomás no dice ni una palabra, la madre piensa que él está aun lastimado por lo que ha pasado la noche anterior, y lo mira disimuladamente, traga en seco y se le acerca, le miente a Tomas diciéndole que ha hablado con su padre y que no esta castigado, el chico no reacciona solo la mira por un instante y sigue almorzando, Tomas está pensando en lo que ha visto en la tele de Esteban, de cierta forma por estar tantas horas viendo lo mismo sintió que estaba viviendo lo que veía, pero también pensó que él podría irse a ese lugar.

Termina su almuerzo lleva su plato vacío sin un grano de arroz a la cocina y le pregunta a su madre

…¿Conoces un cantante con este nombre?

La madre abre los ojos mas grande que lo usual y le contesta,

… Sí,

Tomas le vuelve a preguntar,

…¿Por qué no escuchamos música de él si es tan famoso y Cubano?

La madre con temor le explica que él fue un desertor de la Revolución y que por eso está prohibida su música, vuelve Tomas a preguntar:

….Mami, él solo quería ir a un lugar donde pudiera comer hamburguesas y tener juguetes para sus hijos, ¿que hay de malo en eso?

La madre le pide que no hable de ese cantante en la escuela y le explica que no es malo que busque un futuro mejor entonces agrega en baja voz,

…Pero aquí para el gobierno es malo y tú no puedes mencionar nada de lo que te digo, ¿lo prometes?

Su madre se queda preocupada pero entiende que ya Tomas esta creciendo y que necesita respuestas a sus preguntas.

Él baja la cabeza y vuelve a la escuela no sin antes pasar a buscar a su amigo Esteban.

Los chicos empezaron a faltar a menudo a las clases para poder ver la tele extranjera llena de atractivas propagandas, ya se estaba volviendo un vicio.

Llegaban a la casa y automáticamente corría uno a la tele y otro a la antena, ya sabían de memoria la posición en que tenían que colocar la antena para poder recibir la señal, aunque las noticias les aburrían las propagandas eran sus favoritas.

Capitulo II
Conocer el amor.

Una mañana llegan juntos a casa de Esteban ponen la Tele y estaban las noticias que a ellos no les gustaban y niños al fin buscaron algo más divertido que hacer. Esteban saca una sabana y se disfraza del Zorro, Tomas, actúa de malo y simula matar al Zorro, a pesar de estar representando una batalla las risas se escuchan desde las escaleras que suben al apartamento, pero cada vez que llega una propaganda ellos detienen el juego, luego vuelven a la lucha.

…Soy el Zorro, dice Esteban y es hora de que mueras.

Esteban es un chico mas alto que Tomas con la misma edad pero con un cuerpo mas definido, pelo castaño y ojos muy negros, un chico con mucha mas fuerza que Tomas, ellos batallan y Esteban cae encima del cuerpo de Tomas sobre el sofá, enredados entre la sábana blanca y vieja que es la capa del supuesto Zorro. Sus caras quedan cerca una encima de la otra a solo unos centímetros, se miran los dos, se ven sudados por el juego y el calor del apartamento cuyas ventanas permanecen cerradas para ocultar que se han escapado de su día escolar.

Tomas traga en seco, Esteban lo mira desde la frente hasta los labios, la cara muy blanca de labios muy rojos de Tomás. Esteban le pregunta,

…¿Has besado a alguien?, Tomas abre los ojos muy grandes, lo toma por los hombros a Esteban tratando evitar que se le acerque más y le contesta:

…Nunca.

... ¿Quieres besarme?, le pregunta Esteban.

Tomas inocente como todo niño piensa que Esteban está probando para ver si su mejor amigo es homosexual y luego burlarse de él en la escuela.

Tomas saca fuerza de donde no tiene y lo empuja, lo tira contra el piso y le grita,

…¿QUE?, ¿Crees que soy maricón?, Yo no soy maricón.

Esteban se queda en el piso, no dice una palabra. Tomas sale como una bala de la casa, enfurecido, no puede volver a su casa porque eran las once de la mañana, hora de estar en clases, no puede ir a la escuela porque es demasiado tarde, entonces mira el mar, a solo unos metros decide caminar hacia allá utilizando un pequeño camino en medio de una gran manta de hierba mas alta que un hombre, hecha por personas que diariamente caminan para llegar a lo que ellos llaman: "la playa", que no es más que una costa llena de arrecifes, puntiagudos y con un filo que de caer sobre ellos podrías cortarte la piel. Tomás llega sudado y se sienta en una roca donde casi no puede moverse pues todo lo demás eran afilados arrecifes.

Cualquier niño a esa edad estaría en el juego, en la escuela, la poca madurez les haría solo pensar en inocentes fantasías, pero Tomas no. Cada vez que él piensa es algo serio, es algo que como seres humanos sólo nos preocuparíamos a los diecisiete o dieciocho años pero no antes.

Sentado cerca del mar, donde las olas pequeñas salpican sus delgadas piernas blancas, cubiertos los pies por una par de botas negras, el aire un poco fuerte despeina sus rizados cabellos, los ojos mirando al norte piensa que a solo unos kilómetros existe una tierra donde su vida podría ser diferente, donde podría comer esas jugosas hamburguesas y jugar con esos juguetes que ya ha visto por los canales gusaneros y escorias como les llamaría el gobierno de su país, ¿por qué les llamarían así? ¿Que hay de malo en esas hamburguesas y en esos juguetes? No entiendo, se pregunta Tomas.

Mira hacia abajo recoge una pequeña piedra la lanza con toda su fuerza al mar, y sigue pensando, la vida de Tomas como niño es solo pensar.

Tomas, se acuerda de que su amigo Esteban le ha dicho que se iría hacia la tierra del Norte, traga en seco y sigue pensando, esta vez piensa en algo por primera vez, y ya sus pensamientos comienzan a ser un tormento. Tomas sin darse cuenta en ese momento se perfila como un ser humano especial, su vida cambiaría para siempre. Pero Tomás piensa en otras cosas, piensa en lo cerca que tuvo los labios carnosos y rojos de Esteban, la sonrisa con la que lo miraba unos segundos antes de tirarsele encima, la seriedad con que lo miraba después cuando se le acercó.

¿Será que me estaba probando?, ¿Será que querría besarme de verdad? Piensa, y se pone nervioso, el corazón palpita mas rápido que cuando salio corriendo de casa de Esteban sus manos le tiemblan, solo tiene en la memoria la cara de Esteban tan cerca de él, ¿lo hubiera besado? Creo que me hubiera gustado mucho, piensa el chico, su corazón ahora palpita mucho más rápido como si se le quisiera salir del pecho. ¿Qué me pasa?, ¿Por qué pienso en estas cosas?, ¿Por qué tendría que preguntarle una vez a mi hermano si es normal que dos hombres se enamoren, ¿Qué me pasa?, ¿Estaré enfermo?, ¿Seré maricón?

El chico mira hacia abajo, mira el agua del mar cuando una ola rompe justo frente a él, piensa nuevamente en la cara de Esteban cerca de la suya y su intención de besarlo.

Tomas sonríe, suspira, la felicidad de tenerlo tan cerca hace olvidar el miedo que sentía cuando pensó que su amigo lo probaba para ver si era homosexual, hasta se olvidó de las hamburguesas famosas, y los juguetes con los que le gustaría jugar y que se encontraban en la tierra del norte. Pero nada de eso era su mundo ahora. Se levanta, mira hacia el norte pero ya no piensa en esa tierra, ahora nada es más importante que Esteban, sí, su mundo es ahora Esteban.

Tomas se inclina nuevamente y recoge otra piedra ésta más grande y algo más lisa, la tira contra el mar para ver cuantas veces salta por encima de éste, solo dos veces y la piedra se pierde.

Es hora de volver a casala madre lo espera para almorzar, había dejado su maleta llena de pesados libros en casa de Esteban, decide pasar a buscarlos antes de volver a su casa así la madre no se daría cuenta de que Tomas no ha estado en la escuela.

Se acerca al edificio de Esteban mira hacia el tercer piso donde se ven las ventanas y puertas cerradas tal y como la dejaron sus dueños antes de salir a trabajar, sube las escaleras, toca la puerta y nadie abre, quizás Esteban cree que es algún vecino y no quiere abrir para que no descubran que no fué a la escuela, piensa Tomas, entonces decide llamarle acercando su cara a la rendija de la puerta.

…Esteban soy yo Tomas necesito mis libros, abre la puerta.

Esteban abre la puerta con cara de sueño, el rostro marcada por una sábana, se había quedado rendido en el sofá después de la gran lucha entre el Zorro y Tomas.

Esteban lo deja entrar y se tira una vez mas en el sofá, no le dice una palabra a Tomas quien se dirige a la esquina del comedor donde había dejado su mochila llena de libros.

Se va retirando hacia la puerta de salida del apartamento mira a Esteban quien esta con los ojos cerrados como si nada importante hubiera pasado, Tomas camina despacio y no le quita la mirada deseando mas que a su propia vida que Esteban abra los ojos lo detenga y le pida un beso nuevamente, pero no ocurre, se va entonces sin decir una palabra.

Llega a su casa, allí esta como todos los días su madre esperándolo con un pobre almuerzo, se lava sus manos y se sienta a almorzar, la madre sigue planchando en el cuarto de Tomas y éste se lleva el primer bocado a la boca, pero no puede tragar, no puede dejar de pensar en lo que esta mañana le ha sucedido y que cambiará su vida para siempre. Me pidió un beso, ¿seria en serio? ¿Seria para probarme? Que confusión, piensa.

Si esto le hubiera pasado a Tomas con unos años mas no tardaría en darle el beso sin pensar también en las consecuencias, pero es un chico aun, nunca ha besado a nadie, nunca se ha enamorado, solo cree que Esteban es su mejor amigo, pero ya el chico siente algo que no puede entender, aunque como todo niño de once años sin maldad.

Hoy, esa visita a la costa fue como si el mar le hablara con la brisa y como si las olas y le dijeran

...Mi querido Tomas te presento al amor.

Así se sintió, como si despertara, como si hiciera un tiempo que estaba dormido, como si algo estuviera ahí, muy dentro de él, pero dormidito como un bebe que hubiera despertado dando gritos por hambre, o como un tranquilo volcán que reventara destruyendo lo que encuentre a su paso, despertó el amor que sentía por Esteban.

Se levanta el chico de la mesa no puede almorzar, vota la comida sin que la madre se entere, y va a su cuarto, allí cerca de la ventana esta la madre planchando las ropas, siempre haciendo alguna actividad doméstica, se tira Tomas en su cama,

...¿Ya terminantes de almorzar? Le pregunta la madre.

...Si mami, contesta el chico con tono bajo y cortada la voz.

...¿Que te pasa?, le pregunta la madre sin mirarlo, ella sigue atendiendo su plancha

...Nada no quiero ir a la escuela esta tarde, contesta en un tono más claro y un poco más elevada la voz, ahora sí la madre lo mira y le pregunta,

...¿Por qué no?

...Estoy cansado quiero dormir, contesta el chico.

La madre entiende que puede estar cansado pero también nota como si su hijo estuviera deprimido, ella no le pregunta más nada, o como si tuviera miedo a las respuestas que conseguiría con sus preguntas.

Es que ella nota algo diferente en Tomas, lo siente distinto a su hijo mayor.

Dicen que las madres huelen todo lo que sus hijos pueden estar pensando, pero si es así, ¿porque la mamá de Tomás no enfrenta a su hijo?, ¿Por qué no le da al menos entender que sabe lo que pasa?, ¿Por qué ese miedo?

Pero ahí está Tomas, que ya no piensa en tantas cosas, ahora solo piensa en Esteban, piensa en sus juegos con él y hasta piensa en como seria una vida futura con él. Que capacidad mental tenemos los humanos de crear planes futuros tan rápido cuando el amor es verdadero y puro. ¿Seria cosas de niños?, ¿Seria algo así como un capricho? o simplemente un refugio.

La madre casi termina de planchar escuchando una novela por el viejo radio ruso que luego utilizará el marido como cada noche para escuchar las emisoras gusaneras transmitidas por la mafia de los Estados Unidos como les llama el gobierno de su país. Un nombre demasiado largo para una emisora de radio que solo transmite noticias.

Ya son las dos de la tarde, Tomas se queda dormido y no va a la escuela, la ventana del cuarto esta abierta, entra una suave brisa que mantiene al chico fresco.

Pasa el tiempo a las 6:00 p.m, Tomas sigue durmiendo como una piedra, pero un grito lo despierta.

…¡Tomas!, gritan desde abajo frente a su ventana, unos segundos mas tarde nuevamente escucha

…¡Tomas!,

El chico abre sus ojos reconoce esa voz, es amigo Esteban, desde hoy también su amado tormento. Se sienta en la cama espera, unos segundo más, decide contestar y camina hacia la ventana. La madre ha salido al balcón que es paralelo a la ventana del cuarto de Tomas. Aunque él trata de llegar cerca de la ventana y mirar por una rendija, la madre no le ha dado tiempo y contesta primero. Tomás la escucha,

…Hola Esteban, Tomas esta dormido llámalo mas tarde,

Tomas mira por la rendija para que Esteban no se entere de está siendo espiado por un chico enamorado.

Se queda Esteban abajo en la acera, habla con otros amigos, ríen en alta voz, Tomas puede hasta escuchar de que hablan, pero eso no le importaba, no hay nada en el mundo más importante en ese momento que verlo ahí parado con su aspecto de hombre pequeño, y hasta pensar que pueden ser una linda pareja, que Esteban puede llegar a ser el hombre de su vida, aunque por ahora todo eso es solo un secreto que mantienen Tomas muy dentro de él.

Se va Esteban y los otros amigos, Tomas se vuelve a tirar en la cama, esta vez empieza a leer sus libros de la escuela trata de ponerse al día por ese tiempo que ha perdido al irse a ver canales de televisión extranjera con Esteban. El chico es muy inteligente, sus grados siempre son los mejores, pero para lograrlo él tiene que estudiar mucho no le es fácil aprender y el lo sabe, pero se sacrifica estudia y se siente feliz cuando ve a sus padres felices por los grados obtenidos en la escuela después de los exámenes.

Son las siete de la noche ya casi esta oscuro afuera, él sigue en la cama, la madre entra a su cuarto ya que la puerta del mismo permanece abierta como de costumbre, le pide que se levante y que vaya a bañarse para comer, él deja el libro a un lado y se sienta en su cama, realmente casi no ha podido leer, ya que cuando miraba el libro no veía letras, sino la cara de Esteban cerca suyo pidiéndole un beso.

Termina de bañarse y come, esta vez Tomás tiene hambre y come muy bien, cuando está lavándose los dientes, escucha esa voz tan esperada,

...¡Tomas!, ¡Tomas!

Es su amigo Esteban que lo llama, corre al balcón con una sonrisa en la cara, pasa por la cocina primero porque es la vía para llegar al balcón, la madre lo nota diferente.

...¡Dime! grita Tomas desde el balcón con la mitad del cuerpo fuera del muro y en el aire, como si quisiera poner en claro ante Esteban que estaba allí y listo para él.

...Baja vamos a jugar, le grita Esteban.

...Voy para allá, dice el niño aun sonriente.

Abre la puerta que da a las escaleras, la madre le grita

...Cuidado con esas escaleras

Tomas la escucha pero no le contesta.

Como siempre salta los escalones de dos en dos. Tomas llega abajo, se le acerca a Esteban corriendo y piensa que quizás él le dirá algo sobre lo sucedido esa mañana mientras jugaban al Zorro, pero no fue así.

...Hey vamos a ver a esta gente que están patinando, dice Esteban, y se refiere a los otros amigos.

...Dicen que Miguel tiene un tío en el norte que le envío un par de patines,

... OH, ¿si?, dice Tomas asombrado,

...Pues vamos quiero verlos.

El lugar está a unos cinco minutos caminando, un área para estacionamientos de auto abandonado rodeado por hierba y con un solo farol con poca iluminación, pero suficiente para los pequeños chicos que ríen de felicidad al ver un juguete real y no hecho de madera como se acostumbra en ese país. Tener un juguete allí es complicado los niños solo tienen derecho a tres juguetes al año y de muy mala calidad, los obtienen con un número que le dan a cada familia en un sorteo, podrían ir a la tienda y comprar los tan ansiado juguetes. Una tienda que surtirían una sola vez al año y si el número era elevado y no era el primer día de entregas te quedarías con lo que quedaba de restos en la tienda nada que fuera el sueño de los niños o que realmente quisieron y pudieron ver los primeros días a través del mostrado de la tienda, pero si al menos algo con que jugar.

Tomas llega con Esteban y se sientan en el piso al borde del parque dejándole toda el área libre a Miguel que con dificultad y ya varios rayones en sus rodillas por las caídas está intentando aprender a patinar. Todos quieren aprender y se empiezan a pasar los patines por turnos.

Así van pasando dos horas, sudados notan que es tarde y que deben volver a casa para dormir y empezar a la mañana siguiente un nuevo día, rutinario y sin aspiraciones.

Llega la mañana sale Tomas de su casa en dirección a la escuela, apurando sus pasos para poder alcanzar a Esteban antes de que éste salga de su casa, como siempre a la misma hora Esteban sabe que Tomas pasará a buscarlo pero Esteban no toma tan en serio el encuentro como Tomas. Esteban baja las escaleras y empieza a caminar siempre con o sin Tomas, si se encuentra con un amiguito simplemente se va con éste, sin pensar en Tomas.

Tomas sabe que esto puede pasar entonces hace lo posible por encontrarlo y así al menos compartir es tiempo con él.

Cuando se encuentran, Esteban no le da ni los buenos días, pero si se impulsa hacia Tomas y le cuenta la película que ha visto por el canal extranjero la noche anterior, Tomas no se sorprende siempre ha sido así, entonces Esteban le propone,

…¿Tomas que crees?, Quizás la repitan ahora en la mañana, ¿vamos a mi casa?

Eso sí le gusto a Tomás, sintió una nueva oportunidad para estar con Esteban, y poder terminar lo que no habían terminado el día anterior, el ansiado beso en el que había pensado durante toda la noche.

Se desviaron escondiéndose de padres y alumno que usaban el mismo camino a la misma hora para ir a la escuela, ya sabían por donde tomar, sin que nadie notara que ellos se escapaban.

El camino hacia la escuela esta rodeado por una hierba mala y espesa, casi toda la ciudad estaba rodeada de estos matorrales sin que nadie haga algo para cortarlos, sin que el gobierno de la ciudad se interesara por ver ese barrio un poco mas acogedor.

Llegan al edificio de Esteban suben corriendo como locos, entran y ahí está la Televisión que los trasportaría una vez más a ese mundo mágico donde todo parecía accesible para sus ciudadanos, donde los niños según Tomas y Esteban, viven felices con juguetes nuevos y una comida deliciosa a cualquier hora del día.

Encienden la tele, Esteban corre al cuarto donde está la antena, no tuvieron que esperar mucho para que les entrara la tan codiciada señal televisiva, ya era más rutinario ir a ver la tele a casa de Esteban que ir a la escuela.

Los niños se sientan uno al lado de otro, Esteban tiene un vaso de agua en la mano, no le pregunta a Tomas si quiere algo de beber, no se acostumbra mucho en aquel país a ofrecer algo ya que realmente solo tienes agua para beber.

Coloca su vaso de cristal en una mesita a la derecha del sofá, y siguen tranquilos esta vez mirando la tele. Esteban luce concentrado en lo que ve, está sentado a la derecha de Tomas quien luce igual, pero sus ojos no miraban la televisión, sus ojos miraban en el momento en que se pudiera acercar a Tomas y darle un beso, su primer beso, deja caer su mano Esteban y le da al costado de una pierna de Tomas, luce Esteban distraído, como si no se diera cuenta, Tomas mira la mano con la palma hacia arriba y roseándole su pierna, su corazón empieza a palpitar un poco mas rápido tal y como cuando le cayo encima Esteban jugando al Zorro.

Tomas tiene sus brazos encima de sus piernas, se hace el distraído y los deja caer al costado de sus piernas, toca la mano de Esteban quien salta, Tomás le dice que lo siente y pone su mano encima pero no del todo de su pierna así como casi al costado donde fácilmente le daría a Esteban la oportunidad si quisiera de tocarle al menos el dedo mas chiquito de la mano.

Pasan treinta minutos, Esteban sigue mirando la tele como si nada, mientras a su lado está a quien considera su amigo. Esteban no nota otra cosa, pero Tomás es un volcán a punto de entrar en erupción, ya no puede más, baja entonces su mano y con el dedo mas chiquito toca a Esteban, ninguno de los dos separan la mirada de la tele, Esteban responde también tocándole con su dedo más chiquito moviéndolo hacia arriba y hacia abajo.

Ahora si el corazón de Tomas palpita aun más rápido, su cara se enrojece, Esteban le coloca no solo el dedo más pequeño si no el anular también y el del medio, hasta que le toma toda la mano, luego torna la mirada hacia el perfil de la cara de Tomas quien no quita su mirada de la tele. Se le acerca, le pasa el brazo por atrás del cuello de Tomas y llega al hombro izquierdo de éste.

Tomas no se mueve, no sabe qué hacer, siente que se le quiere tirar arriba a su Esteban pero no sabe si estaría bien. Con la otra mano Esteban le toma la quijada a Tomas y le vira el rostro en dirección a su cara que esta vez ya estaba muy cerca, lo mira por unos tres segundos y pone sus labios lentamente junto a los de Tomas. Esteban cierra los ojos Tomas no, el aun no sabe que hacer, Esteban abre un poco su boca, pone sus labios entre los de Tomas, quien se mantiene tan fijo como una estatua, Esteban aprieta sus labios contra los de Tomas quien hasta mantiene sus manos descansando entre las piernas, su corazón sigue palpitando muy rápido.

Un rudo golpe en la puerta y un grito de mujer llamando a Tomas, rompe el momento que Tomas desde ese entonces mantendría en su memoria para toda la vida, como el momento en que sintió que su alma salió de su cuerpo y voló a un lugar maravilloso donde no existía más que la paz, la tranquilidad un lugar donde viviría con su Esteban eternamente.

Los golpes en la puerta eran de la madre de Tomas, la maestra de Tomas la había visitado, para investigar qué le pasaba al niño que faltaba tanto a clases.

Esteban y Tomas se separan y se miran con ojos de miedo,

…ssshhhh no hagas ruido, le dice Esteban a Tomas, escóndete yo abro.

….¡ABRE LA PUERTA!!, Se que estas ahí. Sigue insistiendo madre dando con puños a la puerta del apartamento de Esteban.

Esteban se levanta del sofá,

...Corre Tomas ven aquí, le dice en baja voz, escóndete en el closet de mi cuarto ahora corre.

Tomas sale corriendo en puntas para que la madre quien sigue gritando desde afuera no escuche los pasos, se esconde en un closet oscuro, agachado porque la ropa colgada en percheros cubría casi todo el espacio, él trataba de escuchar a través de las rendijas de la puerta del closet que sucedía, con un miedo terrible pero con una ilusión en su corazón que era más fuerte que ese miedo, hasta le hacía sonreír en el oscuro closet.

Esteban abre la puerta.

…¿Qué paso? Pregunta el chico.

…¿Qué paso? ¿Qué paso? Yo te daré a ti que paso, dice la enojada madre,

…¿Dónde esta Tomas?, ¿Dime dónde?

...Él no está aquí, dice Esteban con miedo.

La madre mira la tele que aun estaba encendida nota enseguida que no es un canal revolucionario de los que su país ofrece, primero porque no era la hora de programación que usualmente empieza a las 6:00 p.m con un noticiero politizado que habla mal como siempre del país del norte y de logros alcanzado por la revolución que no se veían por ningún lado.

Mira hacia el piso cerca de la pared a un costado de la tele la maleta que usa su hijo Tomas para la escuela, corre hacia ella la levanta y mira a

Esteban y le dice,

…No mientas dime donde esta Tomas.

Esteban baja la cabeza pensativo unos segundos después le dice,

…Él dejó su maleta aquí y se fue a la playa.

…¿A LA PLAYA???, dice asombrada la madre, intrigada por lo que acaba de escuchar.

…¿A qué a la playa?, ¿Con quién?

Ella no le cree, y entra a los cuartos buscándolo, y de casualidad lo primero que abre es el closet del cuarto de Esteban donde está escondido Tomas,

…¿Pero que haces ahí? Pregunta la madre apretando los dientes al tiempo que lo levanta por el cabello.

De los pelos lo saca de la casa, en una mano llevaba la maleta de Tomas en la otra llevaba al flaco niño blanco como un papel.

Cambia la posición y en las escaleras lo toma por un brazo lo lleva a casa, Esteban no dice nada, se queda parado en la puerta, Tomas mira hacia atrás con lágrimas en los ojos él tampoco dice nada, Esteban ve como se aleja la madre de Tomas con su amigo.

Entra Esteban a la casa nervioso por lo que pueda pasar más tarde, sabe que sus padres se enterarían también de sus faltas en la escuela, y lo peor el haberle contado a su amigo Tomas el secreto, la antena capaz de tomar señales extranjeras prohibida en ese país, y el haberle contado de su partida a los Estados Unidos.

Mientras tanto llega Tomas a su casa aún llorando, la madre lo tira en el sofá y le pregunta gritando

…¿Qué hacías allí con ese niño Tomas?, dime la verdad. Sin que Tomás pudiera darle una respuesta ya ella le amenaza,

…Deja que se entere tu padre, tal y como si supiera lo que exactamente pasaba.

Tomas le explica con voz de culpa que solo veían la tele convencido de que la madre sabía lo del famoso beso.

…¿Cómo has faltado tanto a la escuela?, ¿Por qué dime Tomas?, ¿Sólo veían la Televisión? Seguía con las preguntas la indignada madre.

En ese instante el niño levanta la vista mira los ojos de la madre no habla ni una palabra no tiene expresión en su cara, pero la madre lee sus ojos, como si fuera un libro abierto, entonces ella se tapa la boca y empieza a llorar.

…No quiero imaginarme lo que estoy pensando, dice la señora sollozando.

Así se retira a su cuarto y de un tirón cierra la puerta, de alguna manera Tomas sabe lo que ella piensa, como si se comunicaran por los ojos, eso no le preocupaba en ese instante, su mayor preocupación era que su padre o hermano se enteraran de lo que él creía que su madre imaginaba. Permanece sentado, limpia de su cara las lágrimas, mira directo hacia una loza amarilla y rajada del piso. Tomas vuelve a pensar y siente el miedo por lo que pasará más tarde, pero era más fuerte la imagen y sabor que tenía Tomas de los labios de Esteban, se mira el hombro que Esteban le abrazó y se mira la mano con que lo tocó, se la besa y sonríe.

Recoge su maleta tirada en el piso cerca de él, camina despacio para tratar de escuchar algún sonido en el cuarto de su madre, pero nada ni siquiera un llantido, y se va a su cuarto. Tira la maleta donde acostumbra y se acuesta a pensar, no por mucho rato pues enseguida se queda rendido en el sueño.

La madre lo despierta

...Tomas la comida esta lista ven a la mesa.

El chico temeroso se levanta, sabe que su padre y hermano están allí, se sienta a la mesa pero no nota nada fuera de lo común solo a la madre más seria,

...¿Spaghetti con mayonesa de nuevo? Pregunta Tomas.

La madre lo mira y le dice utilizando una expresión muy famosa en Cuba,

...Tomas comete toda la comida y no te quejes que el horno no esta para pastelitos, lo cual significa que mejor te calles que ya en bastante problemas estás metido.

El padre mira a la madre como intrigado y le pregunta,

... ¿Qué paso?

...Nada, luego hablamos, comenta ella sin parar de comer, el hermano levanta la vista, mira a Tomas y le pregunta,

...¿Que hiciste Tomas?

Tomas se prepara para contestar pero la madre lo hace primero.

...Lo que hizo Tomas no es tu problema así que cállate y sigue comiendo

...Fue solo una pregunta, dice en baja voz el hijo mayor.

Termina la cena cada uno va a su cuarto con excepción de la madre que va a la cocina, ella siempre lava los platos.

Pasa la noche, un nuevo día comienza, listo Tomas para irse a la escuela la madre lo detiene y le dice,

...Tomas procura ir directo a la escuela, no quiero enterarme por la maestra de ningún otro tipo de situación porque te aseguro que el castigo será severo.

Él escucha atentamente sin mirarle a la cara, da media vuelta y se va, sabe que es la hora para pasar a recoger a Esteban.

Llega al edificio y Esteban no sale de la casa, ¿que raro?, piensa Tomás. Las ventanas y las puertas están cerradas bueno se habrá ido con alguien, murmura.

Tomas una vez ya en la escuela, se prepara para el acto matutino donde solo se habla de política y no de actividades educativas, recordándoles siempre a los niños que no hay nada mejor que su país, que los malos son los del norte y que hay que adorar al presidente.

Una fila de hembras y una de varones por cada aula, los niños están separados por grados adelante los de pañoleta azul que son los niños desde primero hasta cuarto grado, atrás los de pañoletas rojas que son los de quinto y sexto grado.

Todos tienen una posición en cada fila, por lo que es fácil para Tomas encontrar a Esteban ellos estarían separados por dos niños mas hacia atrás de Tomas, pero esta vez no sucedió así, Esteban no se encontraba en la escuela. Tomas habla consigo mismo.

…¿Que habrá pasado?, ¿se habrán enterado sus padres?

El día entero en la escuela pensó Tomas en la situación en que su amigo pudiera verse envuelto, pero también pensaba en el beso que casi le saca el corazón por la boca, ese beso que le hizo olvidar por un instante lo que lo rodeaba y sintió que el mundo eran solos ellos dos.

Terminó el día escolar y Tomás sale corriendo ansioso por saber que ha pasado con Esteban, antes de él llegar a su edificio, el camino le hace pasar por el edificio donde vive Esteban, o mejor dicho donde vivía, pues ese mismo día a eso de las tres de la mañana Esteban y sus padres abandonaron el país por sorpresa y en secreto e inmigraron a Los Estados Unidos, ni Esteban sabía que eso sucedería de esa manera, los padres mantuvieron eso en el más absoluto secreto, pues de enterarse las autoridades gubernamentales del país, hubiesen preparado manifestaciones con el vecindario donde les insultarían, les gritarían traidores, gusanos, escorias y hasta es posible que hubieran recibido una golpiza, entonces para la protección de Esteban y de ellos mismo se fueron como pájaros de la noche para nunca volver. El gobierno nunca les daría la oportunidad de volver porque se les consideraría traidores.

Tomas camina despacio frente al edificio de Esteban ve tres señoras hablando frente a la escalera, un policía se dirige a ellas llamándolas compañeras, Tomás se detiene pues trata de ver si sale su amigo, mira hacia arriba y se da cuenta de que el departamento de su amigo permanece cerrado tal y como lo vio esa mañana, en ningún momento le pasa por la cabeza el comentario que hacía unos días Esteban le había hecho de que se iría para el Norte.

Se agacha el niño pretende ajustarse los cordones de los zapatos, mira hacia arriba nuevamente y nada, continua entonces su camino a casa.

Camina por la acera que lo lleva a la escalera de su edificio, allí sentadas estaban las tres señoras de siempre, hablando de todo el mundo, una de ellas con las piernas cruzadas en short y fumando un cigarrillo. Tomás sube las escalera abre la puerta, ve a su madre hablando con una vecina en la cocina y tomando una taza de café, el niño pasa por el medio de las dos y la saluda, la vecina le detiene y dice,

…Tomas, tienes que comer más para que te pongas fuerte como tu hermano.

Esto no era la primera vez que se lo decían, y ya Tomas no le daba ni importancia a ese tipo de comentarios por lo repetidos, la madre solo sonríe y le pide que la espere en el cuarto que quiere hablar con él.

La vecina camina hacia la puerta y ya casi se retira, la madre de Tomas la acompaña, mientras tanto el niño se prepara para escuchar algún tipo de regaño de la madre, sabe que está en problemas por las faltas a la escuela y por las escondidas en casa de Esteban.

Escucha a lo lejos un adiós que le dice la madre a la vecina en alta voz. Tomas se alista, entra la madre y le pide que se siente en su cama, ella empuja una silla pequeña que estaba en ese cuarto y se sienta frente a él, la silla es tan pequeña que la madre queda por debajo de su hijo, Tomas nota algo extraño en su madre, ella esta muy preocupada. La madre le da la noticia a Tomas, se ha enterado por medio de la vecina de que su adorado Esteban se ha ido para siempre, le toma las manos y le dice inteligentemente,

…Tomas, se que tu eres un gran amigo de Esteban, crecerás y tendrás muchos amigos más, yo soy tu madre y aquí estaré para ti, he luchado toda mi vida por tu felicidad, y si en un futuro tu felicidad está en juego por cualquier situación yo estaré aquí para apoyarte, hijo cuenta conmigo siempre.

El chico no entiende lo que le quiere decir la madre, pero sabe que cuando crezca se acordará de esas palabras y le servirá de mucho en un país llenos de machistas y discriminadores. Tomás no mira a la cara de su madre, ella le mira a los ojos en todo momento como si se los estuviera leyendo y agrega,

…Tomas, dice la madre, los padres de Esteban y él se fueron al norte anoche.

La madre sabe lo que significaba para él Esteban y sabe que ella misma sufrirá al ver a su hijo sufrir la perdida de algo tan querido. El niño mira los ojos de su madre,

…¿Qué significa eso mama? Pregunta con angustia en la voz y lágrimas en los ojos pero sabiendo cual es la respuesta.

… Él no volverá, le explica la madre

Tomás empieza a llorar, la madre se levanta de la pequeña silla se sienta en su cama y lo abraza, ella llora también,

…Lo siento Tomas,

…¿Tienes la dirección mami?, le pregunta el niño en medio del llanto.

…No amor y si la tuviera tampoco podríamos mantener contacto, sabes es peligroso, el gobierno de este país no quiere que mantengamos contactos con los que se van, ahora no puedo explicarte pero ya entenderás, le dice la madre temerosa de solo pensar que su hijo pudiera hablar esas cosas en la calle o la escuela.

Tomas esta desbastado, roja su cara por el llanto, la madre lo abraza de nuevo, llega el padre a la casa del trabajo ella le pide que se calme que no llore para que el padre no se de cuenta de que está tan mal y así no le pregunta nada.

…Tu padre no puede saber que lloras por Esteban.

El niño se calma se seca las lágrimas y sigue acostado la madre sale del cuarto y saluda al marido, hablan entre ellos pero en muy baja voz, Tomas no sabe que se dicen, a él no le importa, solo sabe que vendrán días amargos y muy solitarios para él, hundido en la más absoluta tristeza, se vira hacia el lado derecho de la cama que da exactamente contra la pared, Tomas mira la pared pero no la ve, en ella hay un reflejo de un confuso sentimiento por un lado su amigo Esteban, por otro lado Esteban su amor, es muy temprano para que el mismo se de cuenta de que lo que acaba de perder ha sido el primer amor de su vida, sigue atento hacia la pared y vuelve a llorar, se tapa la boca para que el padre no se de cuenta de que llora, que duro es llorar de esa manera, que machismo tan cruel que no deja que su propio hijo que tiene el corazón destrozado pueda recibir un abrazo de una de las personas que aparentemente más lo quiere en el mundo, su padre, y escuchar de él, lo siento hijo ya vendrán tiempos

mejores, ese abrazo de su padre lo ayudaría tanto a esperar la resignación.
Pero no, Tomas tiene que seguir en esa cama solo, pensativo y triste, en ese momento entra el padre a su cuarto.

…Hey, ¿no hay un beso para tu padre hoy?, le dice el padre a Tomas éste lo mira asustado y casi sentado en la cama apenas tiene tiempo de limpiarse las lágrimas ya que no esperaba esa inoportuna visita.

Él no habla, se arrodilla en la cama y de rodillas camina hacia los pies de la cama donde está parado su padre esperando un beso, extiende sus delgados brazos, y le da un beso, el padre lo toma en los suyos y lo abraza muy fuerte, Tomas ya no llora, pero el padre lo aprieta y en medio de ese abrazo su padre suspira fuerte y le dice,

…Hijo mío.

Se separa el padre de su hijo y abandona del cuarto.

Tomas se vuelve a la cama, y sigue pensando en ese tormento que a tan temprana edad ya lo está castigando, escucha hablar a sus padres desde la cocina que está a solo unos metros de distancia, pero hablan en muy baja voz apenas se los escucha.

Pasan los días Tomás como siempre, metido en la en la misma rutina de siempre donde el uniforme verde olivo, el militarismo y las ideas absurdas de un país socialista, no permite a los adultos pensar en otra cosa que no sea sobrevivir y sostener una familia, y a muchos jóvenes a pensar en emborracharse para olvidar lo que viven y las mentiras de un gobierno que todos los días afirma "Vamos bien" aunque nada pero absolutamente nada esté bien.

Tomas sin embargo hasta este punto no le interesa nada mas que pensar en como comunicarse con su amado Esteban, llega una tarde como de costumbre a su casa y le dice a la madre penoso, con algo de miedo pero decidido,

...Mami le voy a escribir una carta a Esteban

La madre levanta la vista de una revista extranjera que una amiga le ha prestado, el novio de esa amiga que es marinero se la ha traído de España,

…No puedes, dice la madre.

…¿Por qué no? es mi amigo yo quiero escribirle.

…Siéntate, dice la madre, se quita los anteojos con patas sostenidas por un alambre.

…Mira Tomas, no puedes escribirle y creo que es hora de que te reúnas con otros amiguitos.

Histéricamente se levanta el blancuzo niño, se para en firme, con un coraje que hasta a la madre impresiona y le grita,

…¡Tu no quieres que le escribas porque el me besó!, eres una egoísta yo lo quiero, yo quiero verlo, y yo quiero irme con él.

Luego de decir todo eso empieza a llorar, la madre no hace ninguna expresión con su cara, solo se queda tensa aunque simula estar tranquila para así poder escuchar todo lo que su hijo tiene para decir, la madre en cierta forma aprovecha el enojo de Tomas y Tomas está convencido de que su madre sabe toda la verdad y aprovecha a quedar en evidencia para de una vez aclarar en su mente lo que ha pasado ese día que los descubrió juntos en casa de Esteban, por otro lado su madre estaba convencida de que no había sido solo una emisora extranjera el motivo de las faltas a la escuela, ella sabia algo más, solo que no quería aceptarlo.

Tomas sale corriendo, se dirige a su cuarto deja la maleta de libros tirada en una silla que está cerca del sofá donde estaba sentada su madre, cierra la revista que tenía abierta sobre sus piernas y la coloca en una mesita a mano izquierda de ella, se queda sentada por unos minutos, su corazón late algo más rápido que de costumbre, mira hacia el piso y piensa en como solucionar el problema de Tomas, como ayudarlo a salir de ese vacío y de esa depresión que le está causando la separación de Esteban.

Tomás entra a su cuarto y se tira en su cama, no esta llorando ahora, pero ha llorado y las lágrimas se han secado en su cara, está su nariz muy roja, la madre entra también se sienta en la cama a su lado

…Tomas tengo que hablar contigo.

La madre sabe por lo que esta pasando Tomas, pero hay algo más importante para ella, Tomas a pesar de su corta edad es un niño maduro y capaz de guardar el secreto, está convencida de que puede contarle a Tomas muchas cosas y que él guardará el secreto.

…Hablare contigo de madre a hijo esto quedara entre tu y yo, solo te pido que me prometas que guardarás varios secretos que son importantes para ti y toda la familia.

El niño levanta la mirada y mira a su madre que está sentada a su derecha. No habla, no promete. Pero la madre insiste en contarle el secreto.

…Tu padre y yo estábamos planeando llevarte al Norte con tu hermano desde hace unos años atrás, Tomás abre los ojos y sonríe,

…Espera Tomas, le dice la madre, no te ilusiones muy pronto.

…El gobierno se enteró de nuestros planes, tú sabes que tu papá es ingeniero, se sacrificó muchos años para poder hacer su carrera de ingeniería, todo fué para darnos un futuro mejor, pero este país no te ofrece nada más que lo que tenemos, vivimos en una isla separada del mundo, no es fácil escapar, no tenemos fronteras, y el mar que nos rodea es muy peligroso, no es una buena idea irnos en una embarcación pequeña e insegura, tampoco tenemos los recursos para buscar algo mejor y salir, tu padre fue severamente castigado, te acuerdas que hace uno dos años te dijimos que tu padre se había ido a otra provincia a trabajar, en realidad él pasó ese tiempo en la cárcel, por desviación ideológica, y como fue preso político, le quitaron sus diplomas de ingeniero y hoy está limpiando calles en las afuera de la ciudad donde ni tu hermano ni tu lo puedan ver, para que no se pongan tristes, eso no es un trabajo deshonrado pero no es lo que él estudió, lo que él soñaba ser.

La madre cuenta todo esto con tristeza mientras mira por la ventana que está a un costado de la cama de Tomas, la cabeza de su hijo reposa en su pecho, la madre acaricia la cabeza de Tomsas pasa por entre los cabellos de su hijo los finos y pequeños dedos.

...Ahora solo esperamos que venga otra oportunidad pero no es fácil Tomas, es como un sueño que hemos tenido tu padre y yo de darte lo que sabemos que podemos darte pero este gobierno no nos deja y quiere imponernos que la educación de ustedes en la casa sea como en la escuela, estilo militar enseñándolos a adorar a un presidente con ideas absurdas, ridículas y que no funcionan para nosotros el pueblo, que está sometido bajo su mandato, aunque este gobierno claramente funciona muy bien para él y sus camaradas.

… ¿Que quieres decir con eso mami? Pregunta Tomás intrigado por la forma adulta en que su madre le hablaba, ésta parecía no darse cuenta de que estaba frente a un niño de solo once años , su madre cegada por la ira que la situación le causaba no se daba cuenta de que no es un hombre con quien hablaba sino su hijo, su pequeño hijo.

...No te preocupes Tomas ya entenderás mas cuando crezcas. Le contesta la madre,

...Lo más importante que quiero decirte es que recuerdes que tu padre y yo te apoyaremos siempre en la vida en todo, no queremos que sufras queremos que vivas a plenitud, pero cuídate mucho hijo, cuéntanos tus problemas, nosotros siempre seremos tus mejores amigos, no busques en otros lo que ya tienes porque otros pueden hacerte daño, le dice la madre mirándolo directamente a los ojos.

Le da un beso en la frente y se levanta de la cama, ya se dirigía hacia la puerta cuando se detuvo y Tomas que está sentado aun en la cama la mira,

...Tendrás muchas oportunidades en tu vida hijo lucha por lo que quieres siempre, le dice la madre sonriendo.

Capitulo III
Crecer y crecer los problemas.

Pasan algunos años.

Hoy es 20 de Marzo, Tomas cumple 15 años, como de costumbre no hay mucha ilusión por cumplir los años en un país donde todo es en base a una ideología y nada es más importante que eso, donde las personas tuvieron que cambiar a dios por un presidente y adorarlo como si fuera el dios de los dioses, pero no importa ahí estaba Tomas cumpliendo un año más, Esteban había pasado poco a poco a un segundo plano, Tomas nunca mas había dado un beso a nadie, simplemente no lo quería, la imposibilidad de comunicación con Esteban, y la falta de recursos para ello, hicieron que Esteban fuera solo un sueño pasado, y aunque pensaba en él algunas veces ya no le era tan importante, ahora lo más importante para él, era ir a al pre-universitario y sacar buenas calificaciones para luego entrar a la escuela de medicina, Tomas quiere ser médico.

…Felicidades Tomas en tu día, que lo pases con sana alegría, muchos años de paz y armonía, felicidad, felicidad, felicidad ehhhh, cantan sonriente, los padres de Tomas y su hermano quienes entran a su cuarto con una panetela hecha por su madre, él estaba mirando por la ventana de su cuarto en el quinto piso hacia la acera, se vira y sonríe, se acerca a ellos, cierra los ojos y pide un deseo, él solo pide salud para los seres que ama.

El padre le regala un llavero, su hermano un retrato fotocopiado del cantante favorito de Tomas éste sonríe y les da las gracias, los tres se retiran y Tomas busca un espacio para poner el retrato del cantante. Entra el hermano nuevamente esta vez con una chica, se la presenta a Tomas como su novia.

Tomas se da la vuelta, la mira, y la saluda, ella le responde al saludo,

…Bueno nosotros nos vamos a la costa, ¿quieres venir?, Le pregunta el hermano.

…No, gracias, tengo que estudiar, contesta Tomas, buscando unos libros.

Salen del cuarto y mientras se alejan Tomas escucha claramente que la novia del hermano comenta,

…Pensé que el sería fuerte como tú pero qué flaquito es.

El hermano se sonríe y dice

…Es muy vago para los ejercicios.

Así se fue perdiendo la voz en la lejanía, Tomas los escucha pero como es costumbre las opiniones de otros que siempre decían que él tenía que ser fuerte como el hermano ya le daban lo mismo.

Cada día en la escuela Tomas actúa tal como es, serio, tímido, solitario, y pensativo, los mismos estudiantes le tenían puesto nombretes, por el solo hecho de ser diferente a los demás, muy estudioso y de muy buenos resultados académicos, aunque eso no era lo más importante para sus compañeros, que no lo veían, ni siquiera lo comentaban, pero como siempre el instinto de muchos seres humanos de amargarles el día a otros sin razón alguna, era lo que Tomás sufría, era parte de la vida rutinaria de este chico que ya era un joven alto, flaco, blancuzco, y no muy atractivo físicamente.

Tomas baja las escaleras de la escuela para salir a la calle rumbo su casa, lleva unos libros en su brazo y en su mano una regla, se para Francisco delante prohibiéndole el paso, Francisco es uno de los chicos más problemáticos de la escuela, un delincuente, hijo de un famoso militar de ese país, a quien nadie podía castigar por nada, iba acompañado de dos grandulones más, los tres rodearon a Tomas, quien se detuvo y enseguida notó que había problemas. Francisco se le acerca a la cara y le dice ofensivamente,

...Tú eres maricón,

Tomas traga en seco y le contesta,

…Yo no lo soy,

…Si lo eres confiésalo, insiste Francisco

Tomas no habla empieza a sudar y su palidez se destaca aun más, los delincuentes se aprovechan del miedo de Tomas para seguir con sus ofensas, las personas pasan por alrededor, y se detienen solo para ver una buena pelea, pero no para proteger al pobre Tomas, o para decirle a Francisco que pare de crear problemas, los mas tímidos simplemente siguen su camino y pretenden que nada sucede, no son capaces ni de pasar por la dirección para avisar a un adulto lo que en el segundo piso de la escuela sucede.

Carlos unos de los chicos que rodea a Tomas y unos de los mejores amigos de Francisco se para por atrás de Tomas, y le da un empujón, Tomas cae encima de Francisco quien no le da tiempo a quitarse del medio, Tomas trata de reponerse, pero Francisco le empuja hacia atrás enfurecido porque Tomás le ha caído encima, Tomas deja caer los libros y la regla, entonces tiene la oportunidad de salir corriendo, baja los escalones de dos en dos como acostumbraba en su edifico, los malhechores salen tras él, dos profesores pasan por al lado y notan que algo pasa, pero no les importa, están tan descontentos con el sistema político y con lo que están viviendo que no les interesa estar corriendo atrás de un par de chiquillos para detener una pelea, ellos están mas preocupados en hablar de quien pudo escaparse a los Estados Unidos o de lo que vino ese día al mercado de comer.

Tomas sigue corriendo los chicos se detienen, Tomás mira hacia atrás y lo nota pero no para de correr, sigue corriendo con todas sus fuerzas, el terror de ser golpeado le hace correr mas rápido de que lo que acostumbra, llega a su casa y hace lo que nunca ha hecho anteriormente busca a su hermano para que lo defienda, eéste sale del baño secándose la cabeza,

…Necesito que me ayudes unos chicos me quieren dar golpe defiéndeme,

…Tú eres un penco, le dice el hermano, tal como se acostumbra a decir a los tímidos en ese país,

…Defiéndete tú, aprende a defenderte.

Tomas se va a su cuarto y busca a través de la ventana a los malhechores, no los ve.

Esa misma tarde Tomas tiene que prepararse para ir a la clase de educación física, donde practicaría deporte lo cual para los chicos es genial, jugarían béisbol, competirían entre ellos en carreras entre otras actividades físicas, pero para Tomas era solo una tortura más que tendría que pasar durante el día. Tomas no es muy deportista que digamos, odia el béisbol, y lo peor de todo era la pena que sufría cuando los chicos y chicas se reían al verlo jugar. Pero tenia que hacerlo, era una obligación imposible de eludir, siempre buscaba una justificación para no asistir a esa clase, pero ya se le habían agotado todas las historias que inventaba para contarle a su profesor de educación física simplemente para poder faltar a clase y no vivir el bochorno que le causaba la risa burlona sus compañeros de aula.

Se prepara Tomas para irse a la escuela de nuevo, sabiendo que aquella puede llegar a ser una tarde infernal tal y como la ha vivido muchas veces ya. Llega al parque detrás de la escuela donde se realiza la clase, era tarde, todos estaban allí, Tomas se coloca atrás del grupo y ve a Francisco con sus amigotes sentados más cerca del profesor, todos en el piso, el profesor está hablando de todos menos de educación física, ya que son todos varones aprovecha para contarles que se va a casar con esta chica que está muy rica y que tiene tremendas piernas y un culo delicioso, los chicos lo miran con celos, quisieran estar en su lugar, es natural, todos son jóvenes hombres de 15 años. Tomas no veía bien que el profesor hablara de la chica de esa manera, el profesor siguió comentando que solo le faltaba una pintura color carmelita para los muebles de su juego de cuarto y le pedía a los estudiantes que si alguien podía ayudarlo él lo agradecería.

Tomas sin pensarlo dos veces, y como siempre actuó de la manera más inteligente, le dice al profesor que él cree que su padre puede conseguirle la pintura, el profesor lo mira y le pregunta,

…¿Cierto?

El profesor tiene cara de esperanzado no imagina que el astuto chico le ha dicho eso solo para encontrar una excusa para faltar a la clase.

…Sí, puedo ir ahora mismo creo que está en casa y nos puede ayudar

…Perfecto dice el profesor ve yo te doy permiso, te lo voy a agradecer.

En ese país es muy frecuente ver profesores a quienes no les importa más que resolver sus problemas, como muchos ciudadanos ellos también están cansados de tener que pedir para poder satisfacer una determinada necesidad.

Tomas se levanta del piso, se sacude del short y las piernas el polvo y la tierra pegados a su cuerpo y se va caminando algo apurado por si el profesor cambiaba de idea. No regresa a la escuela ese día, un día mas en que ha podido escapar de lo que él considera un castigo.

Al día siguiente Tomas está en su escuela, la clase de matemática se ve interrumpida en la mitad por el profesor de educación física,

…Permiso maestra, dice el profesor,

…¿Puedo hablar con tu alumno Tomas?

…Tomas, dice la maestra,

…por favor salga al pasillo a hablar con su profesor.

El chico se levanta de su silla sale de la clase se le acerca al profesor,

…Bueno, ¿y que?, ¿Pudiste conseguir la pintura?, Pregunta el profesor.

Por supuesto Tomas no tenia forma de conseguirle la pintura al profesor y ni siquiera se lo había mencionado a su padre, entonces solo responde:

…No, mi papá me dijo que trataría pero no la tiene en la casa, miente.

…¿Tú crees que la pueda conseguir? Le vuelve a preguntar el profesor

…No lo sé, contesta Tomas.

…Esta bien no te preocupes yo resuelvo gracias Tomas, dice el profesor.

… De nada, contesta Tomas y vuelve a su asiento.

La maestra continúa dando su clase de matemáticas.

Terminan las clases y sale Tomas de su aula como siempre mirando alrededor entre el tumulto de alumnos para no encontrarse con Francisco y sus amigos, esta vez parece que tiene suerte y sale de la escuela tranquilo, unos pasos más adelante luego de pasar por un parque por donde siempre tiene que tomar Tomas para llegar a su casa, estaban en un muro de concreto Francisco sentado encima de las piernas de su novia, y sus dos amigos, ellos acostumbran sentarse allí para perder el tiempo y buscar problemas con otros mas débiles que ellos.

Tomas como si mirara para el piso apura sus pasos, y por el rabillo de los ojos mira a los busca pleitos, con temor de que lo ataquen o le hagan pasar vergüenza si le gritan una grosería. Tomas pasa a pocos metros de ellos.

…¡Maricón, le grita Francisco y se ríe con sus amigos.

La novia solo sonríe, y pregunta,

…¿Es cierto que es maricón?

Francisco le da una vuelta a su cabeza y sin levantarse de las piernas de su novia le pregunta con una sonrisa en su boca,

…Pero, ¿tú estas ciega chica?

Ella mantiene la vista dirigida hacia Tomas para ver si puede verle algún rasgo homosexual o amanerado para llegar a su propia conclusión, como si un rasgo o una suposición fuera suficiente como para catalogar a una persona de homosexual.

…Mira como camina, ¿cuando le has conocido una jeba? Le pregunta Francisco a su novia utilizando la palabra jeba refiriéndose a las novias,

… Ese tipo es maricón, insiste Francisco,

…Bueno ya, basta ya, esta entendido que el chiquito es mariquita, dice la novia cansada de escuchar lo mismo de Francisco.

Casi todos los días de la vida de Tomas en esa pequeña isla caribeña es la misma rutina, la misma odisea. Muchos chicos y chicas pasan por lo que pasaba Tomas, imposible detectar en el medio de tanta discriminación, que como Tomas, existan otras personas encerradas en un closet hecho de su propio cuerpo.

Llega un nuevo día. Tomas vuelve a la escuela, es una mañana fresca y soleada, carga su maleta de llena de libros pesados como siempre, se para a escuchar el informe matutino escolar, hoy hablan de la discriminación racial de los negros en los países capitalistas, hablan de como la revolución protege a todos por igual y como gracias a la revolución todos tienen los mismos derechos, aunque eso no se ponga en práctica. Pero Tomas no le da importancia a lo que dicen y parado fingiendo atención en su fila pretende escuchar, pero realmente esta totalmente sordo a lo que dicen. Canta el himno nacional y saluda a la bandera, nada de esto lo hace sintiéndose patriota no siente el más mínimo sentimiento por la bandera o el himno que representa a su país, simplemente no le importa.

Ya es hora de entrar a clase y cada unas de las filas se prepara para que alineadamente cada alumno entre a su aula. Poco a poco el área donde se hacen los matutinos escolares se va quedando vacía, desde abajo Tomas escucha el ruido de las sillas y mesas arrastradas por los primeros alumnos que llegaron a sus aulas, en los pisos superiores.

Ya está Tomas sentado y listo para aprender, entra la directora y no la maestra,

…La maestra hoy llamó avisando que está enferma, dice la directora con esa cara seria de siempre y rudamente sin ni siquiera saludar a los alumnos.

Les explica que otro profesor vendrá en unos minutos a cubrir a su maestra y le dice que mientras tanto deben permanecer sentados y sin hablar.

La directora es una señora mestiza, con ojos grandes pasada de peso, muy cierva a las ideas de la revolución y muy en contra del capitalismo cruel y asesino del Norte, como ella misma le llama hipócritamente aunque solo sea para mantener una posición elevada en el ámbito escolar y así poder darse sus escapadas cuando quiere y justificar días de ausencia en el trabajo inventando inexistentes reuniones en juntas escolares en otras ciudades.

Cuando la directora se retira una chica sentada en el tercer pupitre la misma fila de Tomas mira hacia atrás, Tomas se encuentra a cuatro pupitres detrás de ella, se levanta la chica de mediana estatura y con un cabello largo y rubio, lleva entre sus brazos un libro, Tomas tiene la mejor opinión de ella por lo inteligente y tranquila que es,

…Hola Tomas, dice la chica

…Hola Isabel, le responde Tomas

…¿Me permites sentarme a tu lado?, es que tengo una pregunta que hacerte, dice Isabel.

…Si, claro, contesta Tomas moviendo su silla para darle espacio a la chica.

Isabel tiene una duda sobre la clase anterior sobre algo que no había entendido y Tomas pudo darle una explicación exacta y concreta le acercó el entendimiento necesario para el examen final que se acercaba. Ella sabia que uno de los pocos con quien podría hablar en su clase era con Tomas. Sus grados eran la prueba de que era un chico inteligente o que al menos se esforzaba por aprender.

…Isabel. Le dice Tomas,

…Vives cerca de mí, ¿porque no vienes a mi casa a estudiar? Si quieres yo iré a la tuya.

Ella lo mira y sonriendo le contesta,

…Seria genial nos turnamos.

…Claro, dice Tomas y quedaron de acuerdo en que estudiarían varias veces a la semana turnándose de casas, así empezó a crecer una muy linda amistad entre los jóvenes. Empezaron a salir a dar paseos juntos y en pocos días ya eran inseparables amigos.

Ella encontró en él un hermano, él en ella una amiga y de cierta manera una forma de tapar y confundir los comentarios de vecinos y compañeros de clase acerca de su vida privada ya que al no verlo con novias y solitario, insistían en su homosexualidad.

…¡Tomas!, Le llama Isabel una mañana desde las escaleras del edificio de Tomas

Sale el chico casi sin peinarse ya que estaba durmiendo era la mañana de Sábado 14 de Febrero día de los enamorados y no tenían que asistir a la escuela.

…Hey vamos a la playa, le grita Isabel.

…Si claro ya bajo, le dice Tomas.

Mientras Isabel espera, una joven vecina sale como entretenida y trata de buscar conversación, ella que también la conocia pues todos vivía muy cerca, se anima y ambas conversan.

…¿Vas a la playa?, Le pregunta la vecina,

…Sí, contesta inocente Isabel

…Que rico yo iría pero hoy no puedo, le comenta la vecina.

Isabel no dice nada, unos segundos en silencio y le vuelve a preguntar la vecina,

….¿Eres novia de Tomas?

Ella nota que esta vecina quería tomar una dirección que para la inteligente chica era la dirección equivocada,

…No lo soy aun, ¿por qué eres su novia acaso?

En voz alta la indiscreta vecina contesta,

…Nada de eso, siempre se ha dicho que él es mariquita

…Bueno, ¿si tienes tanta certeza de esto porque me preguntas si soy su novia?, pregunta ofendida Isabel.

La vecina se da cuenta de que no debió comentarle nada pues noto que la había ofendido.

…Solo quería alertarte, le dice la vecina.

…¿O es que solo querías joderle el día al chiquito?,

…Mira vete de mi lado, le dice Isabel,

La vecina se vuelve a su apartamento, Isabel se retira un poco de las escaleras y continua esperando a su amigo.

Sale Tomas con una mochila llevaba unos libros de poemas para leer en la playa, bajando las escaleras, nota que la puerta de un vecino en el tercer piso esta abierta, pasa por delante sin mirar hacia adentro, pero de allí sale el vecino que lo saluda,

…Adiós Tomas.

Era el vecino de unos cuarenta años del tercer piso que intencionalmente había dejado la puerta abierta para hablar con Tomas, el vecino sabía que pasaría pronto por que había escuchado a Isabel llamarle para ir a la playa.

…Hola Ramón, saluda Tomas.

…¿Que chico esa es tu novia?, Le pregunta sonriente el curioso vecino.

...Sí, dice sin pensarlo Tomas,

... Estoy apurado ella me espera adiós Ramón.

…Adiós Tomas, le dice el vecino,

…Ah, le grita Ramón a Tomas,

…Si quieres unas clases de sexualidad déjame saber.

Tomas lo mira con cara de asco, se da la vuelta y se va.

Se unen los chicos en la esquina del edificio como si nada les hubiera pasado, acostumbrados a esa falta de respeto que diariamente viven muchos,

…Buenos días Isabel, ¿Como estas? Le pregunta Tomas cuando se encuentran inclinándose para darle un beso en la mejilla a su amiga.

Ella responde con un beso y le dice,

…Muy bien gracias y mejor ahora que vamos a la playa.

Sonríe Tomas y empieza a sugerir que debían usar un camino que realmente era un poco más largo para caminar hacia la playa.

… No, ¿por qué?, le pregunta Isabel, si este camino atravesando la escuela es mas cerca.

…No por favor Isabel vamos por donde te digo, le suplica Tomas.

…No entiendo, pero ¿por qué?, pregunta Isabel.

Tomas antes de salir de su casa y por estar en un quinto piso pudo ver que en el muro cerca de la escuela estaba Francisco y sus amigotes quienes le buscarían un problema a Tomas si pasaran por allí, pero en ese momento le da pena contárselo a Isabel.

…No Tomas nos vamos por este camino que es mas corto y seguro, estaremos allá en solo diez minutos, le dice Isabel,

…Está bien, acepta el chico con palabras entre cortadas,

Su rostro cambia notablemente, siguieron caminando y cuando ya estaban cerca de los malhechores, Isabel le pregunta,

…¿Que te pasa Tomas?

El camina con su cabeza baja, no contesta, ella mira hacia delante y ve a los tres chicos ya sonriendo con la mirada directa hacia Tomas, enseguida nota algo raro, como un nerviosismo en su amigo.

…¡Maricón!, le grita Francisco,

…¿Que a donde vas con la chica?, ¿vas a tratar a ver si puedes con ella?

Isabel se da cuenta que esos tipos eran un problema para Tomas, a quien le pasa el brazo por el hombro y le dice,

…Tomas no te preocupes no los escuches están locos, son unos envidiosos, nunca llegaran a ser como tú.

Esto le da un poco de paz a Tomas y siguen su camino hacia playa.

Una vez allí se sientan lejos de donde pueda haber personas, quieren estar solos, ella se quita una blusa que lleva puesta y se queda con la parte superior de su bikini, él se queda con sus shorts, y los zapatos que usa para poder caminar entre las peligrosas rocas, estiran una sábana que traían para no sentarse directamente sobre las rocas que en aquel lugar llamado playa las había por todas partes como si fueran la arena.

…Mira lo que te traje, dice Tomas a Isabel sacando un libro de su mochila

…Déjame ver, dice la chica.

…Es un libro que trata la historia de la vida de un niño, es mi libro favorito, léelo y quédate con él guárdalo como un recuerdo mío.

…Ni que te fueras a morir mañana, dice Isabel

…Nada de eso Isabel todavía yo no conozco lo que es la vida. Tomas se queda serio.

…¿Como puedes decir eso Tomas? Un chico tan educado, inteligente y serio como tú. Le pregunta Isabel

…No Isabel, le dice Tomas y a su vez traga en seco,

…No es suficiente, las personas demandan más de las mismas personas, hoy y en este país nada de eso es importante, aquí lo importante es sentirte mas macho que nadie, tener más mujeres que nadie aunque les acabes con el corazón, emborracharte diariamente como para olvidar los problemas y pretender que no existen, eso es más importante.

…No para mi Tomas, dice Isabel,

…Estoy segura de que estudiaré, seré una abogada y protegeré a los ciudadanos de mi país como merecen.

…¿Como harás eso?, Solo podrás defender los intereses de este gobierno, dice Tomas

…SHHHHH baja la voz, dice con los ojos saltones Isabel y sonriendo irónicamente agrega.

…¿Como vas a decir eso? Vivimos en un país justo y digno donde reina la justicia.

…¿Que justicia?, ¿De que me hablas? Le pregunta Tomas.

…Isabel imagínate el caso en que seas abogada y alguien pide tus servicios para que lo defiendas porque tiene que presentarse en la corte, su único delito fue, que se cansó de comer la mierda que le dan por la libreta de racionalización de alimentos y dijo que el gobierno lo está matando de hambre, ¿como lo defenderías?. Pregunta Tomas.

…No se si lo haría fíjate, le dice Isabel,

…No es verdad que el gobierno lo esta matando de hambre, continua burlona la chica.

…¿Que?, pregunta irritado Tomas,

…¿Como vas a decir que lo que comemos en un mes es la nutrición adecuada para cada uno de nosotros , ¿sabes lo qué pasa?,

…Lo que pasa es que creciste comiendo lo mismo siempre y no has visto o comido en tu vida nada más que eso, pero mira hacia el mar existe un país al norte donde con tu trabajo puedes ganar para comer dignamente trabajando honradamente y sin sufrir día a día los acosos de un gobierno que como a ti le ha lavado el cerebro y quiere aprovechar lo aislado que estamos del mundo como náufragos para imponer sus leyes e ideas.

Isabel asustada por la actuación lustrada de Tomas le dice,

…No digas eso Tomas te meterás en problemas,

…Ah ¿y es eso vivir en un país libre? Le pregunta Tomas.

Tomas se para al lado de Isabel, ella lo toma por un brazo y lo empuja hacia abajo, y le dice,

…Cállate ya Tomas por favor, y en baja voz y temerosa agrega se a lo que te refieres, estoy jugando contigo, pero también quiero llegar a ser abogada y tu quieres llegar a ser un doctor, si alguien nos escucha perderemos todo el derecho de estudiar en la universidad, y ya nos falta poco para llegar a ella.

…¿Sabes Tomas?, continua Isabel, en la Universidad dan unos cursos para estudiar maestría en leyes en la Unión Soviética, yo tengo que entrar dentro de ese programa y salir de aquí de esa manera, será mi única vez para fugarme, yo me lo prometí tengo que alcanzarlo, es difícil y solo dan pocas becas para los estudiantes, ¿qué crees?.

Tomas se queda pensando en la oportunidad que ella tendrá para escapar de la isla, él no piensa que ese podría ser su destino pero le desea la mejor de las suertes y promete ayudarla a estudiar para alcanzar su objetivo, ella lo abraza y rompe a llorar, él la aprieta y le dice,

…Tranquila Isabel no llores por favor todo saldrá bien.

… ¿Y tu Tomas?, Que piensas hacer?, la escuela de medicina entrega también unas becas similares para estudiar neurología, le comenta la chica

…¡Ah!, dice Tomas, yo quiero ser cirujano plástico, la neurología no me gusta,

…Pero bueno seria el chance de poder escapar y empezar a vivir tu vida Tomas tal y como quieres, le dice Isabel.

Tomas la mira a la cara y le pregunta,

…Isabel, ¿como crees que quiero vivir mi vida?

Isabel piensa en algo que no quiere decir

…¿Que?, ¿también crees que quiero vivir mi vida al lado de un hombre?, ¿es decir como un maricón? Le pregunta Tomas.

Isabel lo mira y busca la forma de darle la respuesta más correcta y sin ofender al chico.

...No como un maricón Tomas porque tú no lo eres, creo que quieres vivir tu vida con alguien que realmente te ame, sin sufrir la discriminación, ni los comentarios de la gente, en plena libertad y protección de autoridades que aceptaran tu forma de vida tal y como aceptan las de todos en general.

…Lo lograre un día Isabel, yo estoy seguro que lo lograré, dice decidido Tomas

…Así es Tomas, le dice muy seria Isabel, lo lograremos,

…¿Es que acaso eres lesbiana Isabel? Le pregunta Tomas en forma de juego.

…No Tomas, me gusta exactamente lo que te gusta a ti, pero yo también quiero tener una vida como la que tu quieres, una vida libre de perjuicios, y moralidades falsas, dice Isabel.

…Y, ¿que es lo que nos gusta a los dos? no entendí esa parte. Le pregunta Tomas.

…¿Quieres que de verdad te lo diga?, Le pregunta Isabel.

Él la mira y sonríe se pone algo rojo de la vergüenza, se acerca al oído y le dice,

…A ti te gusta un hombre que te de dos buenas nalgadas.

Con grandes carcajadas ríen los chicos de tal manera que Tomas se tira hacia atrás, se acuesta ya que no puede respirar de la risa.

…¿Lo has hecho alguna vez Tomas?, le pregunta Isabel

…¿Que cosa?, ¿Lo de las nalgadas?, Pregunta el chico.

… No Viejo, sexo, contesta Isabel.

Tomas acostado contesta,

…No nunca, ¿Y tú?

Isabel le contesta,

…Si, dos veces, pero no podré decir que mi primera vez fue muy agradable, lo hice por hacerlo simplemente, ¿y tu? Vuelve a preguntar la chica,

…¿Cuando fue tu primer beso?, digo si hubo alguno.

Tomas se pone muy serio y se sienta, mira hacia el mar donde a solo unas millas esta el primer y único beso,

…¿Estas bien Tomas? Le pregunta Isabel al ver que de los ojos del chico sale una lágrima, él mira hacia abajo y toma un pequeño pedazo de madera, escribe en un área de tierra allí sentado entre dos rocas, "Esteban",

…¿No quieres hablar de eso? Le pregunta Isabel preocupada.

…No te preocupes Isabel te diré como, cuando y con quien fué mi primer beso, tu serás mi cajita de secretos, tu sabrás que pasó exactamente con mi corazón cuando se llevaron a Esteban de mi lado.

Isabel escucha atentamente la historia y los dos miran hacia el norte donde a solo unos kilómetros vive una de las personas más importantes en la historia que Tomas relata, Isabel, pasa el brazo por arriba del hombro de Tomas, al ver que sus palabras se van cortando por suspiros llorosos que el chico no puede contener,

…Pero bueno ya han pasado varios años, he crecido y madurado se que por ahí habrá otro Esteban y un día podré ser feliz nuevamente y esta vez para toda mi vida y no por solo unas horas al día como cuando los dos compartíamos el camino hacia la escuela o nos escapábamos a ver televisión extranjera, dice optimista Tomas.

Termina Tomas de contarle a Isabel quien a la par de él se va limpiando las lágrimas que provocaron la triste historia de un amor joven que ya estaba escrito como imposible.

Los dos con la mirada atenta hacia el mar se quedan callados, Tomás piensa en Esteban y lo que pudiera haber sido su vida si estuvieran aun juntos, Isabel algo enfurecida piensa que si no fuera por un gobierno corrupto, y dictador, y por el machismo latino que los rodea Tomas y Esteban podrían aun quizás estar viviendo juntos.

…Tomas, le dice Isabel todavía mirando hacia el mar,

…no creas que tu triste historia es la única que hay para contar en este país, yo sé que como tu existen miles de personas, no sé si esto puede estar pasando en otros países, no me interesa lo que interesa es que donde vivo no tenemos libertad, por eso no me casaré en este país.

… ¿Como? Pregunta Tomas curioso

… No Tomas, no me casare aquí, ¿para que? No tendría futuro, ¿qué puede brindarme un hombre aquí?

…Seguro que me lleva a casa de sus padres a vivir con ellos, tu sabes que aquí no podemos comprar una casa o al menos alquilarla, vivir en un espacio reducido con toda una familia más los hijos que vendrían, sería un infierno y un divorcio seguro. Sabes que ni siquiera un médico o un ingeniero puede ofrecer el mínimo confort a su familia, ¿que puedo esperar? Ni que estuviera loca, continuó diciendo exaltada Isabel,

…yo planeo mi futuro y espero que la vida me de salud para cumplir con mis metas

…¿Crees en dios Isabel? Le pregunta Tomas

…Habla bajito sabes que eso no se puede mencionar, le dice Isabel.
 En Cuba, solo se puede adorar al presidente, tienes que ser ateo y no se puede hablar de la existencia de ningún ser supremo.

…Realmente para serte honesta Tomas, no creo en dios, contesta Isabel como muy segura de lo que habla

…¿Y tú? pregunta la chica,

…Quizás el mundo entero pueda creer en un ser supremo, yo creo que existen elementos físicos y químicos llamados agua, hidrogeno, oxígeno y otros que hacen posible la vida, explica como un académico graduado Tomas, si dios existiera ¿por qué entonces pasa todo lo que pasa en la tierra?, ¿Sabes Isabel?,

… he leído la Biblia tres veces

…¿QUE? exclama súper asombrada la chica,

…¿Una Biblia?, ¿de dónde la sacaste?, ¿cómo es eso? Nunca he visto una Biblia, Tomas trata de que no te vean con ese libro, perderás tus estudios y serás severamente castigado por el gobierno, mira ni me hables de eso, es un delito mas fuerte que robar, ssshhh ni me comentes, dice histéricamente Isabel.

…Está bien, dice Tomas

Isabel se queda pensativa, pasan quizás dos minutos de silencio, ella lo mira a él y él a ella, Tomas sonríe y le dice,

…¿Quieres que te cuente sobre las historias de la Biblia, verdad?

…Si pero por favor bien bajito y espera ahí viene alguien, le contesta la chica con miedo.

Pasa esa persona por atrás de ellos y continúa su camino.

…Ahora dime Tomas que me muero por saber, dice la impaciente chica.

Tomas se da una vuelta para sentarse esta vez frente a ella, pues los dos todos el tiempo han permanecido sentados de ladito, se acomoda bien porque le gusta hablar del tema y sabe que será para largo como siempre que se habla de algo relacionado con la religión y la política mucho bla, bla, bla, para al final no ver ningún beneficio, piensa Tomás.

…Bueno Isabel sabes que la Biblia fué escrita por hombres, usaron una lengua que casi nadie habla en el mundo, el latín, como para que los siervos de dios no la entendieran y para dar oportunidad a los ministros religiosos a planear como utilizar a esos siervos, yo tengo una opinión sobre la Biblia como un libro sabio, pero no lo interpreto como lo hacen los religiosos, ya que cada una de las diferentes religiones lo interpretan a su manera, ¿Por qué no interpretarla yo a la mía entonces?,comenta Tomas muy excitado y como si estuviera seguro de lo que esta hablando.

…La Biblia habla del final de la vida como un apocalipsis, dice Tomás,

…describe que los desastres naturales y las cosas horribles que pasan en el mundo es señal de la llegada de Cristo a la tierra.

…¿Cómo es eso? Pregunta Isabel, yo sé que cristo muere en la cruz y resucita según me contaba mi abuela, pero ella no me dijo que Cristo volvería a la tierra aunque sí me explicaba como él cuida de todos nosotros, pero tu sabes, ella tiene esa mentalidad porque creció antes de que este gobierno tomara el control del país y entonces si había libertad de religión.

…Si Isabel, según la Biblia Jesús volverá a la tierra pero nosotros veremos antes señales de su acercamiento con desastres naturales, que matarán a miles o quizás millones de seres humanos, continúa contando Tomas.

…¿Niños también?, Pregunta Isabel interrumpiendo a Tomas.

…Si Isabel, cualquiera podrá morir en esos momentos, por eso la iglesia pide que nos arrepintamos de nuestros pecados, visitemos la iglesia frecuentemente y paguemos el diezmo.

…¿Que es el diezmo? Pregunta Isabel,

…El diez por ciento del salario, contesta Tomas.

… Jajaja que inteligentes son ¿verdad? comenta Isabel, ¿es que acaso dios trabaja con dinero?

…Jajaja, ríen los dos

…Eso se lo preguntamos a un cura cuando estemos fuera de este país, porque los de aquí se fueron o los desterró el gobierno, dice Tomas y continúa su historia bíblica.

…Habrá pánico, confusión, guerras etc.

…Si pero las guerras y los desastres naturales siempre han existido, vuelve a interrumpir Isabel.

…Te entiendo, dice Tomas, solo te explico los pasajes bíblicos.

…Espera, espera, antes que continúes, dice excitada por la conversación Isabel.

…¿Entonces para que Jesús, lleno de amor y que cuida de nosotros según mi abuela venga a la tierra tiene que pasar todo eso?

Pone una cara algo cómica y burlona Tomas y le contesta.

…Si, eso dice la Biblia.

…Bueno mira chico dile a Jesús que coja su camino y se vaya pa' otro lado porque eso no es amor.

Se ríe a carcajadas Tomas y en segundos Isabel lo acompaña en su risa

…¿Cuantas religiones existen Tomas? Pregunta Isabel.

…A la verdad no se, sabes que no tenemos muchos conocimientos de esas cosas aquí en este país no nos dejan saber mas allá de lo que nos enseñan, contesta el chico.

…Es cierto Tomas, le dice Isabel.

…Pero si he podido escuchar que hay muchísimas y que todos luchan sin sentido para imponer sus ideas a los pueblos algo así como lo que vivimos en nuestro país, lo que ellos no luchan contra nadie solo contra el pueblo, sin embargo las religiones luchan entre ellas y las guerras han sido crudas y las fatalidades humanas han sido ya incontables, le cuenta Tomas.

…Que pena con lo que sufrió Jesús Cristo por salvarnos según dice mi abuela, al final de esas torturas ponerlo en esa cruz con esos clavos que horror, dice Isabel

…No pienses que él ha sido el único Isabel, los mismos católicos han quemado a muchas personas vivas por no creer en ellos, y los musulmanes han torturado a la par, en fin todos sufrimos por igual, recuerda lo que le paso a los indios, y a los negros del África y todo era dirigido por personas que los Domingos visitaban la Iglesia para dar gracias a dios por su salud y bienestar, y los curas no les castigaban por hacer tan semejante e inhumana crueldades con sus semejantes, no lo hacían porque les convenía tener a esos ciervos que pagaban el diezmo en sus iglesias, en fin hablar de esto da asco, ¿no crees?, pregunta Tomas.

…Si es cierto, pero es interesante, le comenta Isabel.

…¿Sabes Tomas?, me has enseñado algo hoy, siempre pensaré que el mundo está dirigido por hombres que se creen los dioses capaces de hacer de tu vida lo que quieran y pueden hacer de tu vida, una vida llena de amor y belleza o pueden destruírtela cuando quieran en un segundo, y no existe nada que pueda pararlos.

…Yo pienso igual Isabel, esas palabras son sabias para mí y las tendré en cuenta siempre, le dice Tomas a Isabel mirando sus ojos.

Bueno, ¿y ahora que?, ¿Que tal si nos vamos al mar?, le pregunta Isabel a su amigo Tomas, dale chico vamos a nadar el agua debe estar riquísima.

…Esta bien chica, vamos, dice Tomas.

Se levanta él primero y le da una mano a Isabel para ayudarla a levantarse también, se levanta la chica y salen corriendo los dos con chancletas puestas para no lastimarse con las puntiagudas rocas o con erizos negros que estaban por toda la orilla de la playa, ella entra de una vez al mar, pero él se queda rezagado al sentir el agua fría tocar sus piernas,

…Dale Tomas no seas penco, le grita Isabel que esta a pocos metros de él y ya mojada hasta la cabeza.

Él da pasos cortos y va entrando lentamente con sus brazos abrazándose el tórax, erizado como si tuviera la piel de gallina, de una vez se agacha y moja todo el cuerpo, y en solo segundos se adapta al agua y se siente mejor en ella.

…Mira Tomas un pescado que lindo, mira, corre mira, le grita Isabel.

Tomas se le acerca para ver el pescado pero más que nada para decirle, algo a su amiga.

… Isabel no se dice pescado, se dice pez, todavía esta vivo y en el agua. Isabel le dice,

…Si pero con el hambre que tengo ya lo veo en un plato frito y con un poco de arroz al lado.

Los dos se ríen con carcajadas tan grandes que los que están cerca pueden escuchar.

…¿Sabes Tomas? Yo tengo un primo entendido, le dice la chica usando el nombre inofensivo que se les da a los homosexuales en su país,

…Es un viejo ya, así que no te hagas ilusiones, le dice la chica.

Sonríe Tomas y no comenta nada.

…Él me decía que siempre va a una playa donde van los entendidos, quizás si tu quisieras ir un día allí y conocer a personas como tu, no sé, ¿que crees? Le comenta Isabel con la intención de ayudarlo a conocer a chicos o chicas como él.

…Nah no quiero conocer a nadie estoy puesto para mis estudios por ahora, le dice Tomas a medida que mueve sus brazos extendidos hacia delante y medio abiertos de un lado al otro dentro del agua mientras ésta se abatía formando pequeños remolinos.

…Y….uuummm, ¿donde es esa playa? Pregunta con vergüenza el chico tratando de conseguir lo mas discretamente toda información posible para luego ir a visitar la playa de entendidos como le llamaban.

…Esta localizada en las playas del Este le llaman "Mi Cayito", le explica ella.

…Oh, si la arena allí es muy fina la playa es bella, usaba visitar el lugar con mis padres y mi hermano cuando pequeño, pero por allí no pasa transporte público ya no se puede llegar, comenta Tomas

...claro como la playa es tan bella y un lugar de atracción turística, el gobierno prohibió que el transporte público pasara por allí para evitar la unión entre nosotros y los extranjeros, sigue comentando Tomas.

…Tu sabes como es eso Tomas, no quieren que de ninguna forma nos informemos acerca del mundo exterior, dice la chica con medio cuerpo dentro del agua, en muy bajo tono de voz y mirando alrededor para estar segura de que nadie la este escuchando.

…¿Pero sabes que? Los buses pasan no muy lejos tampoco, claro tendrás que caminar muchísimo. Todavía hay personas que insisten en visitar esas playas así que un día quizás podremos ir juntos los dos, ¿que crees? Le dice ella.

Tomas sonríe y le dice,

…Seria genial serás mi chaperona y mi protectora porque yo estoy tan bueno que todos se me querrán tirar arriba hasta las tortilleras, los dos no pueden controlar las carcajadas, nombrando a las lesbianas como se acostumbra a hacerlo allí.

Pasa un rato y los chicos se preparan para salir del mar, caminan hacia las rocas con cuidado los dos de no caer en ellas, llegan donde tenían la sabana vieja extendida para sentarse, él se agacha y saca dos toallas, le da una a Isabel y con otra se empieza a secarse la cara.

…Bueno es hora de irnos a casa, dice Isabel.

Tomas se agacha y empieza a recoger su sábana y la mochila que allí estaba tirada, también le alcanza el libro que le había regalado a Isabel, se lo entrega en las manos, Isabel no le da tiempo a retirar las manos del libro pone su mano derecha encima de la del chico y le dice,

…Tomas, este libro estará siempre conmigo y si un día por algún motivo nos separamos te tendré cerca de mí con solo tocarlo.

…¿Que te iras como se fue Esteban?, Pregunta sonriente Tomas,

…No Tomas, tu sabrás siempre de mi, no te preocupes. Se acerca a Tomás, le da un beso en la cara y lo abraza,

….Y ya vámonos que es tarde, dice Isabel separándose.

Van de regreso a casa, han pasado dos horas después del medio día. Casi llegando al edificio de Isabel ésta se detiene y le dice,

…¿Vistes Tomas?, hoy como es el día de los enamorados van a poner un concierto de tu cantante preferido en la televisión.

…¿Sí?, pregunta asombrado Tomas.

…Si lo pondrán a las 6 de la tarde en uno de los dos canales no me acuerdo cuál, le explica Isabel confiada en que la información sobre el programa televisado será suficiente para que Tomas pueda encontrarlo, por que solo existen dos canales que la llamada revolución le ofrece al pueblo

…Que bien, dice Tomas,

…¿Quieres venir a verlo en mi casa? Yo tengo un televisor a color

…OHH, exclama Isabel,

…Que dichoso eres, tienes un Televisor a color.

Y sin pensarlo dos veces la risueña niña le contesta a su invitación,

…Está bien espérame, allí estaré.

….Perfecto, le dice Tomas con cara de felicidad. Dentro de todas las limitaciones y las pocas cosas que se pueden hacer en ese país donde todo es malo, la posibilidad de ver a su artista favorito que por cierto es extranjero es toda una felicidad, sobre todo teniendo en cuenta que el gobierno muy pocas veces le da acceso a su pueblo para ver este tipos de conciertos, algo así como para que nadie vea que en el mundo muchas personas se divierten y ríen, el gobierno siempre da señal de que todo lo perfecto es su país y que en otros países todo se esta acabando por culpa del capitalismo imperial que está a solo unos kilómetros, que si existe algo malo en esta maldita isla es por culpa del país del norte que los tiene bloqueados, entonces los obliga a vivir 24 horas al día siete días a la semana escuchando la misma historia por la tele o el radio.

Llega Tomas a su casa y le cuenta a la madre sobre el concierto.

...Si escuche algo sobre eso Tomas, lo veremos todos hoy juntos a las seis de la tarde, le contesta la madre.

Llega la hora esperada por Tomas, por fin vería un concierto de su artista favorito, él solo lo había visto en fotos o revistas que traían turistas o marineros Cubanos a escondidas con temor de ser decomisadas por las aduanas del país.

Tocan a la puerta.

...Adelante, dice Tomas que está sentado en una silla cerca del sofá donde están la madre y el padre. En el piso frente a la tele, el hermano mayor y su novia. La que golpeaba a la puerta era Isabel quien venía sofocada por correr tanto para llegar a tiempo y no perderse ni un segundo del concierto.

Empieza el concierto, la poca calidad de grabación, como si fuera hecha en casa, y la mala señal televisiva, no impedía a la familia disfrutar aunque fuera unos minutos del artista y ver como los jóvenes que habían acudido a verlo en directo gritaban como locos fanáticos por su artista, todos con una amplia sonrisa en la cara, cantando junto a él, llorando, hubo también algunos desmayos por la emoción y el fanatismo,

...Un día yo estaré en un concierto así, comenta Tomas.

Sus padres lo miran y no comenta, el hermano le pide que se calle para poder escuchar.

Continúan atentos a la Tele, se acababa una canción y empieza otra como si cortaran los intermedios del concierto, pasan veinte minutos y el artista está terminando de cantar su última canción.

...¿QUE? dice Tomás en alta voz, ¿ya se acabo? Estoy seguro de que eso no es lo que dura un concierto, pero estos tipos del gobierno que controlan la mierda de televisión lo cortaron para que no podamos ver lo feliz que viven los jóvenes fuera de esta porquería.

...Cállate Tomas, le dice el padre, el hermano se hecha a reír

...Me voy, dice Isabel quien esta de retirada y se la veía notablemente molesta.

...Buenas noches, agrega.

...Adiós, Isabel les dicen todos.

Se retira también Tomas y se dirige a su cuarto, se acuesta sobre su cama y pone el brazo derecho encima de su frente, se pone a pensar, Tomas no piensa en su artista favorito ni en que por fin después de unos años de conocerlo pudo verlo al menos veinte minutos por la tele.

Tomas piensa en la cara de los jóvenes que estaban en primera fila cerca de la plataforma donde se desarrollaba el show. Cierra, los ojos y vuelve a ver sus caras sonrientes, chicas bien vestidas, limpias con sus cabellos cuidados, suaves, largos y sueltos, Los chicos junto a ellas con una sonrisa de lado a lado viviendo como cualquier joven quisiera vivir al menos por un momento

…Un día yo estaré en un concierto de esos, donde no haya nada de políticas, nadie acusándome, y todos disfrutando, sí, un día yo seré parte de ellos, se dice a sí mismo Tomás.

Luego, se sienta en la cama, mira hacia la ventana, se levanta y va hacia allí, mira hacia abajo, hay varias parejas, están tomando un trago es todo lo que pueden hacer por el día de los enamorados y luego buscar un lugar miserable donde puedan acostarse y terminar la noche porque hasta los hoteles están prohibidos para la población, ya que allí hay extranjeros y el gobierno se defiende a toda costa y mantiene al pueblo separado de cualquiera que les pueda suministrar información de como se vive fuera de esa jaula en el medio del mar Caribe.

Tomas ve como uno de los chicos besa a su novia, siente una cosquilla en el cuello, solitario y triste el chico alza su mirada al cielo oscuro, despejado y lleno de estrellas,

…Yo sé que existe algo más que esto allá afuera, yo sé que mi vida no está hecha para vivir aquí, que hay alguien esperándome para celebrar juntos el día de los enamorados, que me amará, sé que existe un lugar que me dará lo que mas ansío, la libertad de expresarme, de ser quien soy, no dejaré que mi juventud termine aquí entre políticos, machismo e ideologías. Luchare hasta lograrlo, lo juro coño, dice el chico aun mirando hacia el infinito del cielo oscuro con lágrimas en los ojos.

Llega un nuevo día para Tomas, pero nada nuevo ha pasado en su vida o de los que lo rodean, caminando hacia la escuela siente los llamados de su amiga Isabel,

…Tomas, Tomas espérame.

Se da la vuelta el flacucho chico y ve que su amiga camina de prisa hacia él, Isabel llega casi sin aire y le dice,

…Buenos días Tomas.

…Buenos días Isabel, pensé que ya estarías en la escuela tu siempre llegas mas temprano que nadie, le dice Tomas sonriendo.

...Tomas, le dice Isabel quien lo toma por un brazo y se detiene como para tomar un poco de aire,

50

…Te traje algo, mira.

Sube una pierna Isabel y sobre su rodilla coloca su mochila llena de libros, saca de ella una revista Española, en la portada el artista favorito de su querido amigo Tomas. Se lo entrega,

…Es para ti Tomas, le dice la chica sonriente. Es una entrevista de tu artista favorito, habla de todo, es casi una biografía de su vida, habla de su ineficacia y hasta de su vida sexual.

Tomas escucha atento a su amiga y al mismo tiempo que han re-iniciado la marcha hacia la escuela va ojeando las páginas de la revista bien rápido donde puede ver fotos nuevas de su cantante en posiciones muy sexy, algunas de esas fotos cubren casi la página entera, era el mejor regalo que le podrían que Tomas podría haber recibido en mucho tiempo.

…¿Como la conseguiste?, pregunta el chico feliz.

…Me la dio una amiga que su padre es piloto y viajo a Madrid, escóndela la ves en tu casa cuando llegues y a solas, le dice Isabel.

…Gracias Isabel eres la mejor. Agradece Tomas.

Se inclina y le da un beso, los chicos van tan felices que no se dan cuenta de que en el mismo muro de concreto de todos los días cercano a la escuela estaba sentado el abusador de Francisco con su novia y los dos amigos más, quienes ya estaban preparándose para los diarios nombretes que le gritaban a Tomas.

…¡Maricón!, le grita Francisco.

Tomas cambia su sonriente cara por una llena de preocupación y miedo, mira directo hacia ellos, Isabel le dice,

…Continuemos Tomas déjalos.

Tomas se detiene y le dice a Isabel.

…No Isabel yo no puedo más con esto y hoy lo pararé.

…No Tomas, te mataran, no les hagas caso, suplica preocupada Isabel.

…Isabel tu sabes que esto tiene como todo un límite, tengo que ponerle fin, espérame, dice con valentía el chico quien se dirige hacia los delincuentes.

…No Tomas por favor, ¡No!, continuaba suplicando Isabel quien corre detrás de Tomas.

Los malhechores ven algo inusual después de sus habituales gritos de nombretes en contra de Tomas, hoy el chico se dirige a ellos, Francisco se levanta del muro, los otros dos también, la novia de Francisco se queda sentada y le dice,

…Francisco no sé por qué tú buscas problema mira ahora como viene

Tomas.

…No te preocupes ese es un penco, un cobarde, esa mariconcita no podrá tocarme.

Llega Tomas donde se encuentra Francisco, Tomas suda y le tiemblan las manos, Isabel esta con él, ella aunque no quiere ver su amigo en peleas sabe que es hora de que él le ponga fin a esa situación.

Francisco se le para frente a frente a Tomas con una sonrisa maligna en la cara, Tomas sube un poco la vista pues Francisco es mas alto y por supuesto también más fuerte que Tomas,

…Francisco, dice Tomas con la voz un poco temblorosa y en un tono bajo pero seguro que todos pueden escuchar. Estoy cansado de que me grites maricón, estoy cansado de tus acosos, yo he mantenido por todo este tiempo nuestro secreto como te prometí

Todos miran a la cara de Francisco asombrados y siguen escuchando atentamente lo que Tomas tenía para explicar sobre ese secreto que se guardaba entre Francisco y Tomas.

…Si Francisco aquí nadie sabe que yo soy maricón, pero yo no guardo más el secreto, explícale a tu novia y a tus amigos que existe entre nosotros y que por eso me llamas maricón, ¡dale explícale!, le dice ahora en un tono de voz mas elevada.

Los dos amigos de Francisco se echan para atrás con los ojos más grandes que un sapo, la novia lo mira y exclama,

…¡Francisco! ¿Qué es lo que pasa aquí?, ¿Qué tu tienes con Tomas?, Explícame Francisco, insistía la chica en una respuesta rápida.

Francisco se da la vuelta y la mira a la cara y le dice,

…Este está loco eso lo está inventando.

…Bueno y ¿como es posible que tu estás tan seguro de que Tomas es maricón? Le pregunta molesta la novia

…Nada, te lo juro, éste está inventando, le vuelve a explicar Francisco a su novia dándose la vuelta y mirando la reacción de sus amigos, uno de ellos con la mano se cubre la boca y el otro tiene la boca abierta por el asombro. Tomas sigue parado ahí, Isabel se cubre cara y comienza a reír.

…Vamos Tomas, ya dijiste lo que tenias que decir, le dice Isabel previniendo que algo peor pudiera pasar.

Mientras tanto Francisco sigue tratando de explicarle a la novia que todo es falso pero ella se va de retirada también callada y muy molesta, los otros dos chicos prefirieron ir a la escuela. Francisco trata de alcanzar a su novia, bueno quizás a su ex novia.

Al entrar a la escuela Isabel le pregunta a Tomas

...¿Tomas es cierto?

...¿Que cosa?, Pregunta Tomas

...¿Tú tienes algo íntimo con Francisco? Vuelve a preguntar Isabel.

...Isabel nunca lo he tenido pero a partir de hoy lucirá como que algo pasó entre nosotros y el quedará marcado para siempre con esto, ya verás los amigos y la novia les dirán a otros y así toda la escuela se enterara, pero ya no me importa, esto había que pararlo además hoy es nuestro último día escolar, ¿no es cierto? Isabel lo mira con una sonrisa en la cara y le dice,

...Eres muy valiente Tomas, tienes que sacar esa valentía de ti y utilizarla para alcanzar tus metas en tu vida.

Los dos sonríen y entran en la escuela hoy tienen un examen final.

Llega la tarde el timbre de la escuela anuncia que es el final del día y hora de salir, las vacaciones llegaron, todos están felices aunque en las vacaciones no hay nada más que hacer que ir a la playa o pasear por la ciudad vieja donde no tendrán acceso a nada porque todo se mueve con moneda extranjera y solo los extranjeros tienen acceso a esos lugares.

...Como te fue en el examen Isabel, le pregunta Tomas esperándola en el pasillo que sale del aula y los lleva a las escaleras para salir de la escuela.

...Bien, ¿y tu? Pregunta la chica.

...Muy bien, contesta Tomas,

...Por favor espérame voy al baño, cuídame mi maleta con los libros recuerda que tengo allí la revista que me regalaste y estoy loco por llegar la casa para leerla, le dice Tomas sonriendo.

Se dirige Tomas al baño abre la puerta de entrada en tanto Isabel lo espera afuera mirando por un balcón hacia la calle donde ve una masa de estudiantes dividirse cada uno por su lado hacia sus casas.

Tomas abre uno de los baños privados pues no le gustan esos lugares donde los hombres pueden pararse uno al lado del otro a orinar, no se siente privado, y siempre que entra a un baño publico para hombre, se hace la misma pregunta, ¿por qué tendrán que crear servicios sanitarios donde los hombres se paran uno al lado del otro a orinar? Si al menos hubiera una pared de por medio, piensa Tomas.

Por otro lado Francisco ha visto que Tomas ha entrado en el baño y aprovecha la oportunidad para ir solo a defenderse de la falsa pero merecida acusación de Tomas en contra de él esa misma mañana. Trata de que Isabel no lo vea pasar, caminando sigilosamente por atrás de ella y entra en el baño, espera frente a los lavaderos a Tomas y nota que están ellos dos solos en el baño, le pasa el seguro a la puerta impidiendo la entrada a los demás estudiantes o profesores.

Mientras tanto Isabel se da la vuelta y sigue esperando a Tomas, en ese momento ve extrañada que uno de los estudiantes trata de entrar al baño y éste esta cerrado con llave, el chico se retira sin persistir porque es costumbre que esos baños no funcionen y casi siempre están clausurados por los directores de la escuela a causa de las roturas que solo luego de meses se arreglan sin que a nadie le importe que los que van a esa escuela necesitarán en algún momento del día utilizar esos servicios.

Isabel nota que algo raro está pasando y recuerda que hace un rato su amigo Tomas había entrado sin dificultad a utilizar los baños.

Sale Tomas del servicio privado y frente a los lavaderos se encuentra con Francisco, se detiene traga en seco. Francisco se le acerca y lo coge por la parte frontal del cuello de su camisa de uniforme.

…Mira maricón, dice Francisco mordiéndose los dientes con cara de odio, como si estuviera poseído por el mismísimo diablo. Tú aclaras las cosas allá afuera o te voy a destrozar tu puta cara.

A Tomas se le pone roja la cara de los nervios pero con coraje le dice aun con fuertes manos de Francisco sobre su cuello.

…Estoy cansado de tus burlas yo nunca te he hecho nada a ti, tú siempre me buscaste y ¿sabes que?, ya me encontraste.

Un fuerte toque de puerta alerta a Francisco de que alguien sabe que algo esta pasando en el baño

…¡Abre la puerta Tomas! Que pasa explícame, le grita Isabel asustada y pensando lo peor, ya que presentía que Francisco estaba dentro.

…¡ABRE! la puerta, sigue gritando la chica histéricamente.

Francisco levanta en peso a Tomas y lo tira contra la puerta que da al servicio sanitario privado, éste cae al suelo, trata de reponerse pero Francisco es mas rápido, con sus puños cerrados le da en la cara a Tomas quien en segundos escupe sangre.

Isabel escucha el ruido de los tirones,

…¡Ayúdenme!!!!, grita desesperada.

Los estudiantes se detienen.

…¿Que pasa? Le pregunta un profesor que sale de su oficina y a pasos de gigantes se acerca al baño.

…¡Mi amigo Tomas esta en peligro algo esta pasando allá adentro! exclama Isabel alterada.

…A un lado, dice el profesor quien le da una patada a la puerta aunque no logra abrirla.

….¡Abre la puerta!, grita el profesor intentando abrirla con otra patada, mientras tanto Francisco ya tiene a Tomas hecho un trapo, ha recibido piñazos por todo el cuerpo, los hematomas son claramente visibles, la sangre le sale hasta de la cabeza.

Tomas medio desmayado por el cansancio y el dolor le dice a Francisco buscando una manera de quitárselo de arriba,

…ábrele la puerta al profesor te meterás en problemas.

Sus palabras salen casi inentendibles entre la sangre de su boca y la hinchazón de sus labios, pero Francisco lo entiende claramente, los ruidos en la puerta lo hacen reaccionar y detiene la golpiza.

Francisco deja tirado a Tomas en el piso y abre la puerta, su camisa llena de sangre y estrujada por el forcejeo es una evidencia clara para el profesor, Isabel y los estudiantes que allí estaban curiosos esperando, comprende ahora lo que intuían, la situación en ese baño fue muy seria.

El profesor Toma a Francisco del brazo y lo saca del baño dos profesores más y la directora se acercan al lugar del hecho,

…Llévenselo a la dirección, dice el profesor a los dos profesores quienes se asombran de ver tanta sangre.

Isabel entra al baño y corre donde esta echado su gran amigo Tomas, la directora anuncia que todos los estudiantes deben abandonar el área y entra también al baño corriendo al ver al chico inconsciente en el piso.

…Tomas por favor háblame, ¡Tomas!, Le grita llorando Isabel, sosteniendo la cabeza del chico sobre sus piernas.

…Vamos quítate, le ordena la directora, a Isabel,

…Profesor llame a la policía y busque una máquina para llevarlo al hospital, dice la directora.

El profesor toma por los hombros a Isabel y la saca llorando incontrolablemente del baño, la directora saca una libreta de la maleta de Tomas y empieza a agitarla para que algo de aire un poco más fresco le de en la cara, pero el mal olor circundante común en esos lugares por la falta de sanidad hace que la directora le pida a otros profesores que ya van llegando que muevan el cuerpo de Tomas hacia fuera del baño.

Dos hombres cargan a Tomas casi desmayado aun, y lo llevan al pasillo, allí lo acuestan en el piso en solo minutos llega la policía y en ese mismo auto lo llevan al hospital mas cercano.

Poco a poco y adolorido Tomás se va despertando casi no puede abrir los ojos por los moretones y la sangre, casi no puede quejarse por el dolor en los hinchados labios.

Tomas tiene fractura en tres de sus costillas, en una de sus manos, y muchos pero muchos moretones en todo el cuerpo, se siente morir, mira hacia un costado y ve a su madre que esta sentada junto a él, ella llora y le dice,

…No te muevas papi yo estoy aquí contigo.

Alrededor de la cama está su padre, un oficial de la policía el doctor que lo atiende y una enfermera quien le esta aplicando un antibiótico por el suero para prevenir infecciones, dentro del dolor insoportable de sus huesos, cara y músculos también siente como el líquido inyectado le va entrando por la vena con una sensación de quemazón que es natural en ese tipo de medicamento. Tomas se vuelve a quedar dormido.

Bajo sedantes pasa tres días Tomas, en un cuarto del hospital, su madre siempre está junto a su cama además de la cercana vigilancia de las enfermeras que son consciente de la gravedad en la que se encontraba Tomas después de tal injusta golpiza.

Se despierta Tomas al escuchar una voz, es un oficial de la policía que quiere hacerle unas preguntas a Tomas ya que sus respuestas supuestamente ayudarían a investigar el caso y así dar justicia a quien lo merecía.

…Buenos días hijo, le dice la madre acariciando la cabeza de Tomas con cuidado de no tocar las suturas que tiene por todos lados.

Él la mira pero no habla, mira al policía quien se le acerca y atrevidamente se sienta en su cama,

…Hola Tomas soy un oficial de la policía me hace falta que respondas unas preguntas, dice con cara seria el oficial.

Hoy Tomas puede hablar un poco mejor y está dispuesto a cooperar con las autoridades para que de una vez se haga justicia y ponga tras las rejas al delincuente de Francisco.

El policía le explica a Tomas que Francisco lo acusa de acoso sexual, la madre lo mira atenta y confusa y asombrada, y de la misma manera lo hace Tomas.

…¿Como es eso?, pregunta Tomas.

…Te callas, le impone el oficial, déjame terminar lo que tengo que decir.

La madre de Tomas le aprieta la mano y le hace una señal con sus labios como para que Tomas deje que el policía explique todo lo que tiene para decir.

…Tu entraste al baño sabiendo que Francisco estaba allí, cerraste la puerta porque querías acosarlo y no querías testigos, según Isabel ella solo te vio entrar a ti al baño, es decir que Francisco entró primero y en defensa propia para protegerse de ti, que según los estudiantes y profesores de tu escuelas tienes fama de afeminado y homosexual, te propinó la golpiza.

…Espere un momento, le dice la madre notablemente indignada,

…¿Usted está acusando a mi hijo sin hacer una seria investigación de lo que ha sucedido?

…Y usted mejor se calla si no quiere ser acusada por proteger a un criminal. Le dice el oficial en un grito a la madre.

…Mami cállate por favor, le dice confundido y molesto Tomas.

El policía se levanta de la cama y le dice a Tomas,

….Francisco no presentara cargos en contra tuya, él mantiene su actitud de hombre y nos dice que mejor es que vayas a un psicólogo para que te ayude con tu problema, continua el policía.

El chico empieza a respirar mas rápido debido al coraje, con una pierna empieza a bajarse la sábana para refrescarse del calor que la impotencia le había causado.

En el cuarto también estaba su doctor quien leía la historia clínica del paciente, y sin pedir permiso, el doctor se dirige al oficial y le dice frente a Tomas a y a su madre.

…No se preocupe compañero policía, estoy seguro de que Tomas lamenta lo sucedido y se arrepiente, yo me encargaré de que reciba la ayuda medica psicológica que necesita para que salga de este hueco en que se encuentra, se lo prometo.

El policía un señor de grandes bigotes raza negra, alto y flaco escucha al médico mirándole a los ojos, una vez que el doctor termina de hablar se da la vuelta y mira a Tomas y le dice,

…Tomas la revolución esta hecha para los hombres, así que arréglate o la pasaras mal.

La madre se levanta de un tirón del sillón, el doctor le aprieta el hombro y le dice,

…Usted tranquila, Tomas va a recibir ayuda.

Se retira de la habitación el oficial y el doctor sigue leyendo por unos minutos la historia de Tomas.

…¡Que hijo de Puta!, suelta al aire las palabras indignada la madre, el medico da la vuelta y se pone el dedo índice de su mano derecha entre la boca y la nariz verticalmente como pidiéndole que cierre la boca.

El médico se levanta de la silla y se dirige hacia la puerta de la habitación, mira disimuladamente hacia el pasillo largo de uno de los niveles del hospital donde esta ingresado Tomas, y entra nuevamente.

Arrastra una silla cerca de la cama de Tomas y se siente frente a éste y a su madre.

...Señora, Tomas, les explicare algo bien bajito y tienen que escucharme bien porque una sola vez se los explicaré, esto es muy delicado, yo no puedo decir exactamente qué pasó en ese baño con Tomas y ese otro chico, pero mi experiencia como médico en este país me da la corazonada de que Tomas estuvo en peligro. Tomas gente como tú en este país no tienen derechos, desgraciadamente es así y si te propones llevar a este chico a la corte perderás y quedarás peor, quizás no puedas ni estudiar la carrera que deseas.

...¿A qué se refiere con personas como Tomas?, le pregunta la madre al doctor.

...Señora usted sabe a lo que refiero y Tomas también, no entremos en detalles.

...Sigue tu vida y trata de olvidarte lo sucedido, concéntrate ahora en curarte y ponerte fuerte para que sigas en la lucha diaria a que este país te somete.

...Lo siento mucho Tomas, lo siento mucho señora, pero es lo que nos ha tocado vivir, y con una inmensa tristeza en la cara el doctor se va de la habitación.

Tomas y su madre permanecen en silencio, pero miran atentamente al viejo médico mientras éste se dirige hacia la puerta del cuarto,

...AH, Tomas, dice el doctor dándose la vuelta, tú no necesitas ayuda psicológica,

...Tú eres completamente normal y estás capacitado como cualquier ser humano para hacer de tu vida lo que quieras, claro sin que afectes a otros.

...Gracias doctor, le dice la madre.

Tomas no habla, se retira el doctor.

Sentados solos en el cuarto Tomas se dirige a la madre y le pide un vaso de agua.

...Lo siento Tomas pero no puedes tomar agua, si puedo darte un pedacito de hielo y pasártelo por los labios, le dice triste la madre.

El chico mueve de una forma positiva la cabeza, y la madre se levanta para alcanzarle el hielo.

Poco a poco el hielo se derrite a medida que la madre lo pasa delicadamente y casi sin tocar los labios hinchados y adoloridos de Tomas.

Llega la hora de la visita, media hora tendrán los amigos y familiares de Tomas para estar con él. Entra su padre, su hermano, la novia de este, la madre separa la mirada del hielo y los labios de Tomas, y mira con alegría a sus seres queridos entrar por la puerta.

…¿Como sigue mi macho?, Pregunta el padre acercándose lentamente para darle un beso Tomas en la frente, el hermano y la novia se paran por la parte de los pies de la cama,

…Me siento mejor loco por irme de aquí, dice Tomas con la boca casi cerrada todavía por la inflamación.

...¿Es cierto lo que se dice de ti Tomas?, Pregunta el hermano,

…No es hora de preguntar esas cosas, le dice molesto el padre al hermano de Tomas.

La madre mira al hermano algo molesta por la pregunta, la novia mira a Tomas excitada por ver la respuesta del chico

…¿Que se dice de mi?, pregunta Tomas

…Olvídalo Tomas no es momento de hablar de eso, dice el padre

…Dicen que tú querías violar a Francisco en el baño, dice el hermano.

…¡Cállate!, y no hables mas mierda, le dice en voz alta la madre,

…En vez de escuchar lo que dicen la gente deberías usar ese cuerpo para proteger a tu hermano.

…Yo no digo nada, dice el hermano mayor de Tomas

…Entonces cállate, vinistes a ver a Tomas al menos pregúntale como se siente, si vienes a joder te vas ahora mismo, dice la madre enfadada.

Todos se quedan en silencio, Tomas mira al padre, el padre a Tomas, el hermano mayor y la novia simplemente bajan la cabeza.

En medio del silencio, entra Isabel con su madre al cuarto de Tomas

…¿Hola se puede?, Pregunta la chica sonriente y feliz de poder ver a su querido amigo ya recuperándose.

Tomas feliz de ver a la única persona de la escuela que vino a visitarlo, su gran amiga Isabel,

…Que bueno que viniste, le dice Tomas.

…Es mi deber Tomas. Le contesta la chica tomándolo de su mano y preguntándole,

…¿Como te sientes?

…Mucho mejor, contesta Tomas,

… Ya quiero irme de aquí

…Si Tomas tienes que salir pronto, nuestro lugar en la playa nos esta esperando y tu me prometiste que iríamos en las vacaciones así que tienes que ponerte bien pronto. Le dice sonriendo Isabel.

Tomas también sonríe, al igual que la familia en general incluyendo a su hermano mayor.

Veinte días después de la golpiza sufrida por Francisco, Tomas está listo para abandonar el hospital, e irse a casa aun con un yeso cubriéndole el brazo izquierdo y con algunos moretones en la cara y el pecho, el doctor lo examina por ultima vez, Tomás está parado frente a él sin camisa y con el pantalón de pijamas. El médico le explica como debe portarse, le dice que no debe mojar el yeso y que debe tomar unas pastillas para evitar el dolor si es que lo tiene, entre todas esas cosas también le dice,

…Tomas, eres joven y sé lo que pasa por tu cabeza, yo soy exactamente igual que tú, no dejes que tu juventud se vaya sin disfrutarla, esa etapa se pasa muy rápido, busca lo que quieres en otro lado porque aquí no lo encontrarás, cuídate de los hombres que son poderosos, ellos son capaces de destruir tu vida en solo un segundo.

Tomas mira hacia su madre que está sentada muy cerca y escucha todo lo que hablan pero ella sabe que el doctor tiene razón y lo deja continuar.

…Solamente te pido que no confíes en nadie, confía solo en ti, cuídate mucho hijo, ahora vístete y vete hay un mundo más grande que esta isla esperándote, búscalo está creado para ti, así terminó de hablarle el humilde y triste doctor.

Tomás se viste sin decir una palabra.

Una vez fuera del hospital se aprestan a esperar como todo en ese país tomar un taxi puede resultar muy difícil quizás, se pasen horas esperando a que uno los lleve a casa, Tomas está sentado en un banquillo y le pregunta a la madre,

…¿Qué crees de lo que dice el doctor?

La madre lo mira y le contesta,

…Él tiene razón y además es muy buen doctor.

Esperan dos horas antes de que pase un taxi, la madre lo detiene y le pregunta si los llevaría a la ciudad donde ellos viven, el taxista simplemente dice que no, no le importa que el joven pueda tener notables traumatismos en el cuerpo, allí a nadie le da por pensar en la palabra "ayuda", todo es "sobrevivencia" y el taxista está seguro de que recogerá mas adelante a alguien que le pagará buen dinero por el servicio.

…Mami, hay que irse de este país, dice el chico sudando por el sol radiante del medio día sentado aun en el banquillo y con la esperanza de que alguien pase y los lleve a la ciudad donde viven.

La madre que está parada y atenta al tráfico esperando también por un auto, se da la vuelta se le acerca y le dice,

…Yo lo sé Tomas, todos en casa pensamos igual pero no digas esas cosas, no te busques más problemas hijo.

…Mami, dice el chico,

…Yo no me busco los problemas, los problemas me buscan a mí, ¿es que no te has dado cuenta de eso?

La madre se levanta y sigue esperando el codiciado auto, hasta que por fin casi tres horas mas tarde pueden tomar un bus que los llevaría al menos cerca de la casa.

Capitulo IV
Vacaciones de verano.

Unas semanas después Tomas ya está completamente repuesto. Aun tiene unos días más de vacaciones y tratará de sacar de ellos el mayor provecho posible. Sale de su casa un sábado en la mañana, va a la casa de Isabel, llega a su puerta que está abierta y la llama,

..¡Isabel!.

...Hey hola, dice Isabel que sale luciendo unos shorts, sandalias y una camiseta, y con el pelo rubio un poco alborotado recogido hacia arriba,

....¿Que haces?. Pregunta Tomas

...Nada ya terminé de limpiar mi cuarto,

...¿y tú?, pregunta la chica.

...Nada quería ver si quieres ir a playa hoy conmigo, le propone Tomas.

...Claro no tengo planes para hoy, entra siéntate ya me visto, dice Isabel retirándose a su cuarto para alistarse.

...Si pero, dice con cara de avergonzado el chico

Se detiene Isabel se da la vuelta y espera a escuchar lo que le tiene que decir Tomas.

...Quisiera ir a la playa que un día me hablaste, ¿te acuerdas?

La chica piensa por unos segundos,

...AHHH, si la de Mi Cayito,

...Si claro, pero es difícil llegar allí no tenemos transporte, dice la chica.

...No importa vamos en bicicleta llegaremos en unas dos horas le dice contento Tomas.

...¡QUE!, el camino es largo, exclama Isabel

...Vamos despacio y descansamos, dice Tomas con cara de lástima.

...Está bien, espérame déjame ver si mi bicicleta esta buena para eso, desde que se la dieron a mi mama nunca la he usado, explica Isabel.

El gobierno Cubano ha facilitado bicicletas a la población por la falta de transporte, hasta los mas famosos doctores y abogados tendrían que usar en ese país ese medio de transporte hasta para ir a trabajar, algo igual que lo implementado por el gobierno Comunista Chino.

Todo está listo y las bicicletas trabajan perfectamente, los chicos salen en camino a la playa que Tomas ha pensado visitar desde hace ya un tiempo.

Pasan dos horas y media, finalmente llegan a la playa, muy sudados y agitados por el largo viaje. Desmontan de las bicicletas para caminar desde la calle hasta una montaña de arena, detrás de ésta, un campo inmenso de arena y un mar azul cristalino, los chicos caminan con dificultad por la arena fina, blanca y caliente por los fuertes rayos de sol, pasan la montaña de arena y los dos se detienen cuando ven hacia abajo ese bello mar esperándolos para refrescar sus cuerpos cansados por el viaje.

A unos pies del agua buscan un lugar algo apartado de los demás, ellos notan mucha vigilancia policial, varios extranjeros caminan por la playa, grupos de jóvenes varones sentados y otros de mujeres también separados, también notan algunos hombres sentados solos, unos miran el mar, otros se miran entre ellos. Isabel y Tomás deciden sentarse cerca de un pequeño carrito donde venden helados, refrescos y agua fría que solo podrán comprar los extranjeros usando dólares.

La policía ve la llegada de los dos nuevos bañistas y no esperan ni cinco minutos para ir a donde ellos a caerles a preguntas. Isabel mira a Tomas y le dice,

…Allí viene un policía, no te pongas nervioso.

Tomas indiscretamente mira alrededor y ve que el policía viene por la derecha.

...Documentos, dice un policía flaco y alto, con un bigotón tal y como lo tenía el policía que entrevistó a Tomas en el hospital el día que tuvo la pelea con Francisco.

Los chicos sacan el carnét de Identidad como se denomina al documento oficial de identificación del país.

…¿Que hacen aquí?, pregunta el policía

…Vinimos a la playa, contesta Isabel

…¿No tienen una playa más cerca de tu casa?, Vuelven las preguntas insoportables del oficial.

...Si pero hay demasiadas rocas queremos estar en la arena, le contestaba Isabel mientras el policía lee los documentos.

Tomas mira la cara del policía con la cabeza inclinada hacia arriba, los chicos permanecen sentados en la arena el policía de pie mira a Tomas y le pregunta,

…¿Y tu?, ¿Te tragaste la lengua?

...No, ¿porque? Pregunta Tomas

…Porque no contestas, dice el policía con un acento bajo y una manera de hablar que denota su poca educación escolar.

…Bueno ella está contestando no quiero interrumpirla, dice Tomas.

…¿No quieres interrumpirla?, dice el impertinente policía orgulloso de su derecho de molestar a los ciudadanos,

…Tomen sus documentos y manténganse alejados de los problemas los estaré vigilando.

Él llamaba problemas al hecho de acercarse a hablar con los turistas extranjeros.

…No se preocupe oficial, nos portaremos bien, somos Revolucionarios, le asegura Isabel

…Más les vale, le dice el policía ya alejándose de los chicos.

Los dos exhalan un profundo suspiro y sienten que no vale la pena hablar de lo sucedido, es mejor disfrutar un día lindo en la playa y olvidarse una vez mas del acoso policial.

Sentados en la arena ven un padre llevar a su hija en los brazos al carrito donde venden helados, allí hay una chica de raza negra muy flaca es la única empleada en el lugar, el hombre se acerca y le pide un pedazo de hielo para la niña, pues en las playas no hay nada que tomar para los Cubanos que no tienen dólares. La empleada le pregunta porqué no ha traído agua para la chica, el padre le explica que el agua se le viro cuando ella trataba de sacarla de la bolsa, entonces la empleada orgullosamente, le dice al padre que aquello es un área dólar y que simplemente no puede darle el pedazo de hielo.

…Pero es solo un pedazo de hielo. Le suplica el angustiado padre.

…No, dice la empleada esto es para turistas nada más.

El padre se enfurece pone la chica a un lado y saca fuerzas desde lo mas profundo de su alma, toma el carrito por la parte de abajo y de un tirón lo voltea dejando caer todos los productos frescos y el hielo.

Esto es suficiente para que dos policías con sus palos, le caigan encima al pobre hombre y le den unos buenos bastonazos, frente a la criatura que histéricamente llora.

Nadie se atreve a tratar de hacer algo para detener lo que allí pasa, pero una señora supuestamente la madre de la niña y esposa del hombre viene corriendo y gritando como una loca,

…No, por favor no le den.

Ella llega levanta a su hija en los brazos y trata de virarle la cara para que no vea más de la golpiza que le están dando a su marido. Mientras que la empleada del carrito dice que se lo merece.

La injusticia cometida es traumatizante para cualquiera que pudiera haber estado allí, todos ven como se llevan preso a un hombre que solo había pedido un pedazo de hielo para su hija.

Ya pasa un rato y lo único que hacen los presentes es tratar de olvidar lo que vieron, incluyendo a Tomas e Isabel quien le surgiere a Tomas meterse en el agua.

…No, iré en unos minutos, contesta Tomas

...Yo estoy loca por refrescarme no aguanto mas, me voy y de un salto sale corriendo la chica al agua.

Tomas se queda en la arena muy cerca de la orilla de la playa, una pequeña ola le moja los pies y decide alejarse un poco del agua donde extendería sobre la caliente y fina arena una sábana para poder sentarse a tomar sol.

Saca de su mochila la revista que Isabel le había regalado donde se le hace una entrevista a su cantante favorito, y a pesar de que no puede olvidar lo recientemente sucedido, la empieza a hojear y a leer una vez más después de quién sabe cuantas veces, sentado con sus piernas de frente, las rodillas levantadas y la revista acostada sobre sus piernas. Al rato, Tomas levanta la vista y ve a un chico al pasar indiscretamente mira hacia él.

Isabel permanece tapada hasta los hombros por el agua que refrescaba la blanca piel de la chica mirando lo que estaba sucediendo.

El chico que mira a Tomas, es alto, de pelos muy negros y rizos, un cuerpo bien definido y atlético, Tomas se queda hipnotizado por tal mirada, a medida que va caminando, ninguno le quita la mirada al otro, el chico le sonríe a Tomas, Tomas le responde con una sonrisa corta y baja la cabeza algo tímido. Sigue el chico su camino, Tomas se percata de que el chico está sentado no muy lejos de él con otros dos muchachos. Isabel sale del agua. Se le acerca a Tomas sacudiendo sus largos pelos rubios.

...¿Y que fue eso? Pregunta Isabel.

…¿Que cosa?, pregunta haciéndose el ingenuo Tomas.

...No te hagas, sabes de lo que te hablo, del chico ese que acaba de pasar, contesta Isabel

….Ah, no se, dice Tomas aun pretendiendo no saber de que le habla Isabel.

…Chico el muchacho ese que paso que esta riquísimo. Insiste Isabel.

Tomas sonríe y su cara se enrojece.

…Vamos Tomas que ya es hora que vuelvas a besar y amar a alguien, ¿no crees?, dice Isabel.

...¿De que hablas?, pregunta Tomas.

…Bueno, dice la chica sentándose en la sábana blanca donde esta sentado Tomas.

...Es hora que de conozcas chicos que salgas con ellos y que hagas lo que tu sabes.

Tomas sabe a lo que se refiere Isabel quien esta sentada a su lado izquierdo, pero a solo unos metros a su lado derecho esta el chico que deslumbro su mirada. Tomas da vuelta a la cabeza y lo busca con la mirada, el chico está acostado de lado de manera que puede continuar mirando a Tomas, mientras espera a sus que amigos están en el agua.

…Me voy a caminar, le dice Isabel.

…No, no me dejes solo, le dice Tomas sosteniéndola por el brazo para que no se levante.

Isabel toma la mano de Tomás y le dice,

...Tomas yo solo iré a caminar, si el viene a ti deja que te hable no tengas pena, ni miedo.

Se levanta Isabel que atrae la atención hasta de los policías allí presentes por su figura femenina de caderas anchas, largas piernas, definidos pechos y un estomago espectacular.

Ella camina en dirección al chico que mantiene su mirada hacia Tomas, va por la orilla de la playa de manera que el agua le moje los pies, el chico sigue acostado, ella pasa cerca de él y sin detenerse le dice,

…Hey embúllate ve y háblale, él es mi hermano se llama Tomas.

El chico la mira le sonríe, se sienta y le pregunta,

…¿Que tal y si me da un puñetazo?

Isabel se detiene y le dice,

…Quizás te de un beso, anda ve acércate a él, háblale.

...ay mami quien tendría ese cuerpazo y ese par de tetas, escucha la chica de una voz de hombre afeminada que venia del agua detrás de ella.

Isabel se da la vuelta y ve que son los chicos amigos del muchacho con quien está hablando, sonríe y les pregunta apretándose los pechos,

…¿Que?, ¿las quieren?

Uno de ellos le dice,

…Ay si, por favor préstamela para salir con mi marido esta noche.

Los tres se echan a reír, mientras que el chico que le trajo la atención a Tomas ya se esta dirigiendo a éste.

Isabel entra al agua para hacer amistad con los dos afeminados chicos.

…Hola, le dice el muchacho ya cerca de Tomas

…Hola, saluda Tomas,

…¿Me puedo sentar? Pregunta el chico

….Claro, le contesta Tomas.

El muchacho camina frente a Tomas y se sienta en la sábana, extiende su mano y se presenta,

…Me llamo Rafael

Tomas extiende la suya y con un apretón le dice,

…Me llamo Tomas

El chico no suelta su mano y le dice,

…Es un placer Tomas

Mirándose a los ojos, Tomas le responde,

 …El placer es mío.

Rafael deja ir la mano de Tomas lentamente acariciándole la palma con los dedos.

…¿Donde vives?, pregunta Rafael,

...Vivo a solo veinte minutos en auto de aquí al oeste.

…Que bien yo vivo a una hora más o menos también en auto, pero vine en mi bicicleta, tú sabes que no hay de otra, le dice Rafael.

…Nosotros también, le cuenta Tomas

…¿En que grado estas? Le pregunta Rafael al apenado Tomas que solo mira hacia abajo.

…Ya pase a la universidad empezaré mi primer año en la escuela de medicina después de las vacaciones.

…¿NO? dice Rafael,

…Yo también.

Tomas levanta la cara sonríe y le dice,

…¿De veras?

..Sí, le contesta Rafael, que comienza a contarle a Tomas que quiere ser neurocirujano.

Tomas va entrando en confianza y se va sintiendo más cómodo, los dos están sentados uno al lado del otro, viendo el mar y hablando de los estudios que se avecinan, también pueden escuchar la risa de Isabel que juguetea con sus nuevos amigos, quienes resultan ser los mejores amigos de Rafael.

….¿Puedo preguntarte algo serio Tomas?. Pregunta Rafael

...Si claro Rafael, contesta Tomas.

...¿Tienes pareja? Pregunta Rafael mirando los ojos de Tomas.

Tomas baja la cabeza y sin pensarlo le dice,

...no, ¿y tu?

…Nah, dice con carácter de despecho Rafael y entonces le cuenta,

…Hace unos meses salí de una relación que fué un desastre ya me recuperé y nada estoy listo pa' lo que venga.

…Yo nunca he tenido pareja, le dice Tomas.

Rafael asombrado le pregunta.

…¿Qué?, ¿Cómo es eso?

…No sé quizás no tengo suerte o quizás no lo he buscado, contesta Tomas.

Rafael lo mira a la cara y le dice,

…Suerte si tienes por que eres muy bonito, quizás sea que no te lo has buscado.

Tomas lo mira a la cara, pero no le dice ni una palabra, salen los tres chicos del agua y se dirigen a Rafael y Tomas, Isabel presenta a sus nuevos amigos a Tomas, Tomas le presenta Rafael a ella. Todos se sientan cerca y empiezan a conversar, uno de los chicos es notablemente amanerado y femenino, le llaman "La Yeya", es muy cómico, con sus ocurrencias hace reír a todos, a pura carcajadas, hace chistes y se burla discretamente de los policías que pasan por allí y de los dos que están sentados a pocos metros de ellos en la arena sin la mínima sombra, como en un puro desierto con sus uniformes sudados.

El sol está ardiente, el día está bello, el cielo despejado, la brisa del mar refresca a los que usan pocas ropas, los chicos siguen hablando de todos los temas, era una dicha encontrarse con chicos que académicamente están preparados para discutir cualquier tema de conversación.

…Ramón, dice Rafael a uno de sus amigos, ¿sabes que Tomas empieza la escuela de medicina este año?

…Oh que bien, dice Ramón.

…¿Y a que te dedicaras después?

…Yo quiero dedicarme a la cirugía reconstructiva y de estética, me gustaría trabajar con quemados.

… ¡Ay, que asco! Exclaman de los chicos, el más amanerado, con una voz muy semejante a la de una mujer.

…Que bien, dice Ramón.

…¿Y tú que estudias? Le pregunta Tomas a Ramón.

…Yo estoy en segundo año de contabilidad,

….¿Contabilidad? pregunta Isabel.

…Aquí no hay nada que contar.

Todos se echan a reír porque saben que Isabel se refiere a la mala economía que hay en su país.

...Bueno eso es lo que hago para matar el tiempo, porque total al final yo me voy a ir de este país, dice Ramón,

...me buscare un tipo de otro lado para que me saque de aquí.

…No empecemos por favor, no quiero terminar en la estación de policía mí fin de semana, dice La Yeya.

…Y tu Yeya, ¿que haces? Le pregunta Isabel,

… ¿Yo?, Ay hija nada que voy hacer con este cuerpo y esta cara, nadie me resiste, cada vez que trato de entrar en la escuela me dicen que no, pero claro se me olvida que soy toda una diva y las divas no van a la escuela.

Todos se ríen a morir por la forma de hablar de La Yeya, porque del otro lado es muy triste que por su inclinación sexual y su afeminado carácter no lo valoren como ciudadano y no pueda hacer una carrera Universitaria.

Llega la tarde y Tomas se empieza a vestir,

…Bueno chicos es hora de irnos, no quiero que me coja la noche por ahí, la calle esta muy mala y los bandoleros están que no perdonan, matando a las personas por quitarles la bicicleta, dice Rafael.

…Mejor nos vamos Isabel, dice Tomas.

Isabel aun esta sentada se sacude sus manos de la fina arena blanca, y extiende una mano para que su amigo Tomas la ayude a levantarse, él le extiende la suya y de un golpe la levanta.

…Entonces Tomas, ¿nos volveremos a ver? Le pregunta Rafael.

…Si, por su puesto te dejo mi dirección pasa por mi casa, ¿tú tienes teléfono? Pregunta Tomas.

…¿Teléfono? Pregunta la Yeya, exclamando una vez más,

…¿quien tiene teléfono aquí hijo?

…No yo no, contesta Rafael,

…¿y tu?

…No yo tampoco, le contesta Tomas.

…Bueno dame la dirección y paso por tu casa, estamos de vacaciones, ¿puedo pasar a cualquier hora verdad?, pregunta Rafael quien se esta levantando y se prepara para irse también.

…Si siempre estoy en casa, ¿a donde voy a ir? Dice Tomas.

…Es cierto no hay donde ir entonces te iré a ver mañana, ¿que crees? Le pregunta Rafael.

…Claro en casa estaré, le contesta con cara de felicidad Tomas.

Isabel empieza a repartir besos a sus nuevos amigos, Tomas le da un apretón de mano a cada uno de ellos, pero con Rafael es diferente, le acaricia la mano, los dos se miran a los ojos, saben que no pueden llegar ni siquiera darse un beso, la policía esta allí vigilando y eso los puede llevar a la cárcel.

Ya en camino a la casa van Isabel y Tomas por la orilla de la calle en sus bicicletas, uno al lado del otro, Isabel le pregunta,

…Bueno y, ¿que te pareció la playa?

…Me gustó mucho, gracias por venir conmigo, le contesta Tomas.

jajaja, se ríe Isabel y le dice,

…Yo creo que más te gustó Rafael.

…Bueno él si me gustó, le dice el chico con una sonrisa.

Llegan a casa muertos del cansancio. Tomas se da una ducha y prepara algo de comer, los ojos se le cierran y no puede esperar más para tirarse en su cama y dormir.

Solo unas horas más tarde Tomas se va a su cuarto, se acuesta y en solo unos minutos queda profundamente dormido. El cansancio solo lo dejo pensar unos minutos en el chico que había conocido en la playa.

….Tomas, Tomas, le dice la madre quien trata de despertarlo, mi'jo son las once de la mañana despierta, hay un chico buscándote, está en la puerta.

Tomas abre los ojos poco a poco y pregunta,

…¿Que hora es?

…Las once, le contesta la madre.

…Estaba muerto mami, ni siquiera soñé, creo que no había dormido tan profundo en mi vida, dice Tomas, estirando cada parte de su cuerpo.

...Dile que estaré con él en unos minutos.

…Está bien, dice la madre.

Se levanta Tomas, va al baño y se prepara para recibir a su nuevo amigo Rafael.

….Hey hola Rafael, ¿como estas? Saluda Tomas

...Muy bien dormilón, contesta Rafael.

…Si chico estaba con mucho cansancio, pero ven entra siéntate, comeré algo de desayuno y nos vamos a dar una vuelta ¿que crees?, le surgiere Tomas a Rafael, y le señala con el brazo donde sentarse.

Rafael, entra a la casa se sienta en el sofá, frente a Tomas en una silla, la madre de Tomás sale de la cocina, y le pone el pan diario en su mesa con un vaso de jugo de limón,

…Ven Tomas siéntate y come algo, le dice la madre.

…Ya voy mami, Hey mami, ¿sabes?, Rafael va a empezar la escuela de medicina también, le comenta Tomas a su madre.

…¡Oh que bien!, exclama la madre.

Tomas se sienta en la mesa, es una costumbre sentarse a comer delante de otros y no ofrecer, porque al final nadie tiene nada extra que ofrecer y todos los saben.

Una vez ya listos para salir Tomas se despide de su madre,

…adiós mami nos vemos luego, le dice en alta voz para que la madre pueda escuchar desde el baño lo que Tomas le dice desde la sala.

Salen los chicos del edificio, las chismosas están asomadas pero eso a Tomas no le importa, es rutina la hipocresía y la indiscreción de esas mujeres.

…¿A donde vamos?, le pregunta Rafael a Tomas.

…No se, si quieres podemos ir a la costa de lo contrario a la verdad no sé, porque aquí no hay nada que hacer o donde ir, le contesta Tomas.

…Esta bien vamos a la costa, le dice sonriendo Rafael.

Una vez allá, los chicos caminan con dificultad por las puntiagudas rocas, muy cerca de donde las olas rompen y el agua del mar puede salpicarlos.

Caminan con sus miradas hacia las rocas como en busca de algo, ellos saben que en cualquier momento se pueden tropezar con algún pez pequeño atrapado entre las piedras y arrastrado por el mar.

…Tomas, ¿puedo hacer una pregunta? Pregunta Rafael

Tomas que estaba un poco más adelante que Rafael se detiene se da la vuelta y le contesta,

…Si, claro.

...Me dijiste que nunca has tenido pareja pero, ¿cuando fué la última vez que te enamoraste?, le pregunta Rafael.

Tomas mira hacia abajo busca un lugar donde sentarse con suficiente espacio para los dos, encuentra el sitio ideal entre las rocas, se acerca y se sienta,

…Ven siéntate conmigo, le dice Tomas.

Rafael se acerca, se sienta, los dos están frente al mar, una vez más Tomas tiene que mirar el mar porque es desde allí donde viene la historia de su primer y único amor.

…Mi última pareja no ha existido, pero mi único amor si existió hace un tiempo ya, yo solo era un niño de once años, pero ya era capaz de sentir un gran amor, explica Tomas.

Rafael lo mira a la cara como curioso y confundido.

…No entiendo Tomas, ¿a que te refieres?

...¿Ves el mar?, Le pregunta Tomas,

…¿Has tratado alguna vez de ver mas allá de lo que se puede ver?, bueno atrás de ese mar está el que un día fue el amor de mi vida, el que me enseño a sentir amor, cuando era niño miraba mucho el mar, trataba de ver

71

mas allá de esa línea azul que ves en el horizonte, y pensaba que él podría saltar con sus brazos elevados y que yo al menos podría ver sus manos al saltar, yo hacia lo mismo, venía hasta aquí donde estamos sentados, saltaba con fuerzas con mis brazos alzados bien hacia arriba, solo trataba de que él me viera, en cierta forma sabía que era imposible pero yo no lo quería creer, el amor me tenía ciego y la separación me había dejado desesperado, le contaba Tomas a Rafael que lo escuchaba.

…Cuéntame Tomas, ¿que pasó? Le pide Rafael dispuesto a escuchar todo lo sucedido a Tomas.

Tomas traga en seco, lo mira a los ojos y le dice,

…Perdóname si lloro, pero de solo recordarlo se me hace un nudo en la garganta, siento dolor en el estómago y hasta me pongo a temblar. Pero si quieres escucharlo, será un placer, no quiero que te burles si te digo que no he besado a nadie más, después de mi primer beso.

…¿Como es eso? Le pregunta Rafael,

…Solo escucha, le pide Tomas.

Tomas empieza a contarle lo que cambió su vida para siempre, quizás para Rafael la historia fuera algo pasajero, quizás piense que es hora de que Tomas se olvide de eso, pero sigue escuchando atentamente, hay una parte de la historia de Tomas que lo hace sonreír. Tomas se detiene y le pregunta,

…¿De que te ríes?

…No de nada, mencionabas lo del cable de antena y los canales extranjeros me dio risa, no sé porqué, pero por favor continua, le dice Rafael

Tomas continua y unos minutos más tarde termina su historia, Rafael le mira la cara triste y llena de lágrimas, le pasa su mano para ayudarle a secar las lagrimas, Tomas se hecha a reír y dice,

…Que casualidad, las dos personas que saben exactamente qué pasó conmigo cuando tenía once años, lo escucharon aquí entre estas mismas rocas, se lo conté a Isabel y ahora a tí.

Rafael lo mira directo a los ojos y le dice,

…Quiero que vengas a mi casa, ahora conmigo.

… ¿QUE?? Exclama Tomas, eso esta muy lejos de aquí.

…No importa Tomas, dale vamos a mi casa esperamos a que pase un bus, vamos a ver si tenemos suerte, aprovechemos que en mi casa no hay nadie, le dice entusiasmado Rafael

…¿Aprovechemos para que?, le pregunta seriamente Tomas.

….je, je, je no te preocupes Tomas no te haré daño dale vamos, no perdamos tiempo tengo una sorpresa para tí.

…¿Una sorpresa? Pregunta Tomas.

…Chico dale deja de preguntar vamos. Persiste Rafael

Los dos chicos se levantan de las piedras, y salen caminando apurados en busca de algún medio de transporte que los lleve a casa de Rafael.

Se detienen en el estacionamiento del bus, y esperan, prefieren pararse unos metros más delante pues el bus casi siempre viene lleno de gente y para no dejar subir a nadie se detiene fuera del estacionamiento solo para dejar bajar a los que allí les corresponde.

…Mira allá viene uno, UF vienen las personas como racimos de plátanos, colgados en las puertas, dice Tomas.

…¡Corre!, ¡Corre!, le grita Rafael.

Tomas mira hacia atrás y ve una multitud de personas que vienen corriendo como para caerle encima, pero en realidad es para tratar de alcanzar el bus.

Tomas y Rafael salen corriendo son los dos que más cerca están del bus que ya se detiene. Llegan al bus, dos personas se bajan, no han terminado de bajar completamente y ya se esta moviendo nuevamente el bus, el conductor trata con cuidado de irse antes de que llegue el bulto de personas que parecen ganado corriendo, Rafael se aguanta de la baranda de una de las puertas del bus, le extiende la manos a Tomas a quien le faltan unos pasos solamente para llegar.

…¡Apúrate Tomas!, ¡apúrate!, grita Rafael.

Llega Tomas, extiende la mano y le da tiempo a Rafael de agarrarlo, con toda la fuerza con que puede Rafael, lo atrae hacia sí para que pueda subirse al menos en el último escalón de las escaleras de la puerta del bus, finalmente Tomás sube.

….Por favor caminen, grita Tomas, con miedo a caerse.

Ya el bus va rápido, nadie más alcanzo a tomarlo, el chofer no considera las personas que van colgando y acelera,

…No te preocupes Tomas yo te aguanto, le dice Rafael.

Es una odisea poder tomar ese medio de transporte en aquel país, muchos son los accidentes fatales, la pérdida de vidas humanas por personas que se caen de los buses es cotidiana, pero eso al gobierno no le importa, ellos tienen buenos autos que los mueven a donde sea.

Tomas y Rafael pasan unos veinte minutos casi colgados fuera del bus cuando por fin están llegando a casa de este último.

…Es aquí vamos bájate, le dice Rafael a Tomas.

Los dos se alejan del bus y caminan a casa de Rafael, es un barrio viejo, sucio con construcciones de hace más de dos siglos, una arquitectura bella perdida en medio del churre, y el maltrato de los años, con paredes llenas de consignas comunistas una de ellas dice "vamos bien" y una foto que demuestra la cara sonriente y cínica del presidente de la republica, Fidel Castro. Nada de esto impresiona a los chicos quienes han nacido y crecido viendo la ciudad hundiéndose en la pudrición.

…Llegamos, dice Rafael, sacando una llave del bolsillo

Primero hay que pasar una puerta subir unas escaleras y al llegar al segundo piso está el apartamento de Rafael, una vez adentro es como si estuvieras en otro mundo, el interior de la vivienda esta muy limpio y recogido, nada que ver con lo que se ve afuera .

…Entra Tomas, siéntate y ponte cómodo, ¿quieres agua? Le pregunta Rafael.

…Si por favor dame un poco, le dice Tomas que se sienta y mira a la tele, curioso le pregunta a Rafael está en la cocina,

…¿Es este un televisor en colores?

..Si, así es, le contesta Rafael que viene con dos vasos de agua.

Le da uno a Tomas, y le dice,

…Ahora viene la sorpresa.

Rafael enciende el televisor y empieza a cambiar los canales, cuando en uno de ellos se detiene, es un canal extranjero, uno de esos que Tomas acostumbraba ver en las mañanas cuando se escapaba de la escuela con su inolvidable Esteban. Tomas sonríe y Rafael lo mira a la cara, Tomas parece un niño, Rafael disfruta el momento, sabe que le está dando a Tomas un bonito momento y un muy agradable recuerdo.

Tomas, mantiene su vista en la tele donde ahora puede ver los comerciales de una cadena de restaurantes con el anuncio de una de las ofertas para el mes, una hamburguesa grande y jugosa. Tomas suspira profundamente, Rafael está sentado a la derecha de Tomas, le toma la mano y le da un fuerte apretón, Rafael sabe que Tomas estaba viviendo un momento pasado y quiere hacerle saber que él está allí para disfrutarlo con él. Tomas le mira a la cara y le dice

…Gracias Rafael, has traído un lindo recuerdo, no sé como pagarte por esto.

Rafael lo mira a la cara y le dice,

….Solo dame un beso Tomas, págame con un beso.

Tomas baja la cabeza, Rafael insiste preguntándole,

….Hey, ¿Quieres que me vista de Zorro como hacia Esteban?

Tomas lo mira y sonríe, sin pensarlo le da un beso a Rafael, Rafael responde a su beso, virándose de frente a él y abrazándolo con todas sus fuerzas. Tomas se siente cómodo con Rafael como si lo conociera de toda la vida, como un chico de mucha experiencia lo besa, Rafael separa sus labios de los de Tomas pero no se aleja mucho y le dice,

…¿Te imaginas que ahora venga tu mamá y me tumbe la puerta, como hizo cuando estabas con Esteban?, los dos se echan a reír.

…¿Sabes Tomas? Le dice Rafael,

…Quizás sea muy pronto para decirte esto, pero creo que de este beso va a nacer una historia de amor de las más bonitas que se puedan escribir, de verdad que eso es lo que siento.

Tomas lo mira sonriente, y lo vuelve a besar, y aunque no le decía que siente lo mismo, sabe que ha encontrado un chico que podrá amar y esta vez por largo tiempo quizás para toda la vida.

Tomas deja de besar a Rafael, y le pregunta,

…Rafael, quiero que seas sincero, ¿Tu crees que tus padres te llevaran pronto a otro país?

Rafael sonríe, le acaricia el cabello y le contesta,

…No pienses en eso Tomas, si lo hubieran tenido planeado yo ya no podría irme, quiero estar contigo y quiero ver lo que pasará entre nosotros, desde que te vi en la playa me sentí diferente, así que no te preocupes seguiré mi corazón y estaré contigo si tu me lo permites.

Tomas lo abraza, y suspira profundamente.

…Hey ya casi empezamos la Universidad nos veremos todos los días y hasta podríamos estudiar juntos, le dice Tomas muy risueño a Rafael.

…Sí claro, te presentare a mis amigos y tu a los tuyos, le responde Rafael.

Tomas lo mira serio y le dice,

…Rafael ya tú conociste a mi amiga Isabel ella es lo único que tengo.

…Oh chico, le dice Rafael abrazando a Tomas y apoyando la cabeza en su pecho,

…Creo que tuviste un pasado triste y solitario, pero todo eso va a cambiar.

…No, solitario no, le dice Tomas,

…Tengo a Isabel, mis padres y mi hermano, ellos son mi vida.

...Sí pero tienes que tener más amigos como nosotros, ¿entiendes? Le dice Rafael.

Los chicos se acuestan en el sofá, Tomas le da la espalda a Rafael, siguen mirando la televisión, pasan unas dos horas, Tomas se sienta y le dice,

…Bueno Rafael me tengo que ir ahora, para conseguir un bus que me lleve a mi casa me va a tomar trabajo y quiero llegar antes de que caiga la noche, ya sabes como está la delincuencia, que te atacan solo por quitarte lo que llevas puesto por muy malo que sea.

…Si es cierto, espérame te llevare a tomar tu bus, y, ¿cuando nos vemos?, le pregunta Rafael.

…Mañana por su puesto yo puedo venir aquí si quieres, le contesta Tomas.

…Claro mi madre no estará por unos días, puedes venir y hasta te puedes quedar a dormir aquí, le dice Rafael.

…hum Pillo, le dice Tomas apretándole una mejilla a Rafael, sí, me encantaría Rafael, agrega

Salen los chicos de la casa de Rafael, a solo unos metros está la parada del bus. Increíblemente ha llegado uno y casi vacío, bueno al menos en este no hay personas enganchadas como racimos de plátanos.

….¡OH el bus!!, ¡Corre Tomas!, ¡Corre!!, Le grita Rafael a pesar de que lo tiene a su lado.

Tomas sale corriendo, el bus se detiene en el estacionamiento,

…¡Te espero mañana! Le grita Rafael.

Tomas sin mirar hacia atrás y atento al bus le contesta gritando también,

…¡SI!, ¡aquí estaré!!.

Llega Tomas al bus y finalmente lo toma.

Va Tomas en el bus, y en su cara se le nota la felicidad que desde hacía años no se le veía, una sonrisa indica que el chico va pensando en algo agradable, lindo y prometedor, tiene el presentimiento de que por fin se podrá olvidar de Esteban y empezar una nueva historia de amor esta vez con Rafael, cinco años tendrán que pasar en la Universidad juntos antes de graduarse como médicos, y sabe que podrá verlo todos los días, eso lo hace feliz.

El bus llega y se detiene en el estacionamiento más cerca de la casa de Tomas, él se baja y no camina hacia su apartamento, Tomas se dirige sonriendo a la casa de su querida amiga Isabel, no puede esperar más para contarle lo que le está pasando.

Dos toques a la puerta, Isabel abre y muy expresiva le dice,

…heyyyy chico, ¿donde estabas metido? Dale entra anda, mira que te he buscado, fui a hasta tu casa, pero no te encontré, ¿y esa sonrisa de camaleón contento que tu tienes?

…No sabes lo que me ha pasado, le contesta Tomas

…Si me imagino, ví a tu mamá y me dijo que estabas con Rafael, no te preocupes niño esa cara de contento la ponemos todos cuando nos cojen por primera vez, le dice Isabel quien se hecha a reír.

…¡No!, no seas mal pensada nada de eso paso, le dice Tomas enrojecido por la vergüenza.

…Ah, ¿No?, pregunta Isabel con cara de curiosa, entonces perdieron el tiempo, dice riendo la chica.

…Chica no jodas más y escúchame, le dice Tomas que toma a Isabel por sus brazos y la sienta en uno de los dos sillones de la casa.

Él se sienta en el otro.

…¿Tú mama esta aquí?, le pregunta Tomas.

….No para nada, dale suelta el chisme que me muero por saber, le dice Isabel.

…Que chismosa eres mi'ja, le dice Tomas.

Isabel se pone seria se acerca a su amigo Tomas, ahora es ella quien le toma las dos manos y le dice,

…Tomas, todo lo que te digo es pura jodedera, no quiero que me cuentes nada si no lo quieres hacer, yo solo quiero que seas feliz, que vivas el momento que la vida te ofrece, por favor eso es lo único que te pido.

…Yo sé que eso es lo que quieres Isabel, eres mi amiga y has estado conmigo siempre, quiero que sepas las cosas lindas y feas que en la vida me pasen, porque yo estaré a tu lado cada vez que te pasen a ti, le dice Tomas.

…Bueno ya suelta el chisme, le dice riéndose Isabel.

Tomas muy entusiasta le cuenta con lujo de detalles el día que ha tenido con Rafael, Isabel lo escucha atentamente, y se ve muy feliz por su querido amigo.

Una vez que Tomás termina con su historia, Isabel se levanta del sillón y dice,

…Esto hay que celebrarlo, por ahí tengo una botella de ron la voy a abrir y nos tomamos un trago.

Isabel va a la cocina a preparar la bebida, mientras Tomas se levanta del sillón y va al balcón del apartamento de Isabel, allí puede tomar un poco de aire fresco, y seguir sonriendo de felicidad.

…Mira toma aquí tienes un trago, le dice Isabel que se le acerca con una blusa vieja casi rota y nada de elástico, un par de shorts descalza y con el pelo rubio recogido hacia arriba, ella trae dos vasos de cristal en la mano con un poco de ron cada uno.

De un tirón Isabel se toma el de ella, Tomas, no puede, lo huele primero y dice,

…¡Coño!, ¡Pero esto es puro alcohol!.

….Claro, ¿y tu creías que te daría Whisky?, eso mi querido amigo lo haré cuando viva fuera de la mierda de éste país y pueda brindártelo mientras tanto te tomas el alcohol y punto, le dice Isabel.

Los dos se echan a reír, Tomas lo prueba y hace mil muecas con la cara,

…¡Uf! Que fuerte es esto, dice.

…Bueno tómatelo poco a poco, le dice Isabel,

…Tu sabes que aquí no hay con que ligarlo, si tuviera un refresco seria mejor pero mi'jo ni eso tenemos. Ahora cuéntame ¿se lo dirás a tus padres? Pregunta la chica.

…No sé todavía es muy pronto me daré un tiempo para estar seguro de que Rafael vale la pena y entonces hablaré con ellos, digo si no lo notan antes, porque quiero que Rafael me visite a menudo y yo haré lo mismo, ellos no son come mierda, ellos lo notaran, dice Tomas,

…Sí es cierto, le dice Isabel.

Un nuevo día llega y Tomas está listo para irse a casa de Rafael, pues tiene planes de pasarse el día entero con él y hasta dormir en su casa. Se le acerca a la madre y le dice,

…No me esperes a dormir me quedo en casa de mi amigo Rafael.

…Espera, espera, tu nunca has dormido fuera de aquí, ¿como es eso que te quedas en casa de ese chico?, ¿quién está en su casa? Le pregunta la madre preocupada.

...Mami no te preocupes, estaré bien. Le dice Tomas.

La madre está preocupada, curiosa y con miedo, pero por encima de todo sabe que su hijo Tomas no es un niño, es un adolescente que ha crecido y está experimentando cosas nuevas, tiene que dejarlo ir, ella sabe que ya es hora de que Tomas se convierta en todo un hombre, entonces sonriente le dice,

...Claro hijo ve cuídate mucho, no hagas nada que te meta en problemas, recuerda aquí para el gobierno todo es ilegal.

…Adiós mami, dice Tomas y le da un beso en la frente.

Sale el chico en busca del bus que lo llevará a la casa de Rafael, con una mochila con ropa para pasar la noche.

No hay muchas personas en el estacionamiento. Tomas sabe que en algún momento pasará el bus, no sabe cuanto demorará, pero por la hora y el día sabe que no vendrá tan lleno como para salir corriendo como si estuviera cazando algo.

Una hora quince minutos demoró el bus en llegar, ya el chico impaciente estaba pensando en otra alternativa para transportarse a casa de Rafael, hasta en la bicicleta pensó pero sabe que es muy lejos y llegaría muy tarde.

Por fin llega a casa de Rafael, inclina su puño para tocar la puerta, y éste la abre con la cara sonriente antes que Tomás golpee, ya que lo había visto por la ventana de la sala al llegar.

Entra Tomas, y Rafael sin cerrar la puerta lo toma por los hombros y le da un beso, así envueltos los dos en un abrazo Rafael alcanza cerrar la puerta con una patada.

Siguen besándose y Rafael lleva a Tomas a su cuarto, no hablan, no dicen nada, con sus besos es como si mantuvieran una conversación no les hace falta ni una palabra.

Rafael empuja a Tomas a su cama, se le tira arriba, y con pasión siguen unidos por el beso.

Llega la noche y los chicos aun están en la cama, ahora están tapados con una sábana blanca, Tomas tiene los ojos cerrados pero no duerme, esta acostado de lado, a su espalda está Rafael quien lo abraza. Rafael tiene los ojos abiertos, los dos se notan cansados, Rafael le dice en voz baja a Tomas.

…¿Duermes?

Tomas, se da la vuelta y le contesta,

...No, pienso.

...¿En que piensas? Le pregunta Rafael.

…Me gustas mucho y me gustaría estar contigo siempre. Le contesta Tomas con una sonrisa en la cara.

…Así podrá ser si queremos, por que tú me gustas mucho también, tenemos que ser discretos, recuerda ser homosexual en este país es ilegal y pudiéramos perder hasta los estudios Universitarios, le dice preocupado Rafael.

Tomas, no habla y ni siquiera le preocupa perder nada por tal de estar con Rafael, se quedan dormidos.

Tres semanas pasan desde el primer encuentro entre Rafael y Tomas, y parece como si fuera el primer día, los chicos se quieren, se extrañan cuando no están juntos, se buscan cuando han estado lejos, todo ha pasado a un segundo plano, ahora lo primero es estar juntos, hacer el amor y quererse aun más cada minuto que pasa. Tomas decide hablar con sus padres sobre Rafael.

Entra por la puerta de su casa, son casi las cinco de la tarde, la madre está preparando la comida, Tomas se le acerca y le dice,

…¿Mami a que hora llega papi?

…A la misma hora de siempre ya debe estar al llegar, ¿por que?, le pregunta la madre.

Traga en seco Tomas, como es usual en momentos difíciles, costumbre que le da señal a la madre de que su hijo algo importante tiene para decir.

…Nada mami es que quiero hablar con los dos juntos, pero luego hablamos, ¿esta bien?, Tomas contesta sin mirarle a la cara y se va a su cuarto.

…¿Es sobre Rafael? Le pregunta la madre.

Tomas se detiene se da la vuelta y le dice,

…Sí, sobre Rafael.

La madre cierra la llave del agua del fregadero donde lavaba unas papas, sacude sus manos y se las termina de secar con un trapo de cocina que ella tiene cerca, se acerca a Tomas y le dice,

…Tomas ya nosotros sabemos todo lo que esta pasando, somos tus padres, desde que ese chico vino a tu vida eres otro, sonríes mas, te comunicas mas, veo un cambio positivo en tí y tu padre también, los dos estamos felices por ti, solo queremos que te cuides, que nadie note nada, que la policía no los vea en nada que les pueda dar a entender que ustedes son homosexuales, sabes muy bien lo que te puede pasar, no te preocupes, no tienes nada que decirle a tu padre, sigue feliz que es como queremos verte.

…¿Y mi hermano que tal si se entera?, le pregunta Tomas.

….Tomas el tendrá que lidiar con eso y seguir siendo tu hermano quiera o no, no te preocupes se tendrá que resignar a la realidad. Le contesta su madre.

…Gracias mami, le dice Tomas y le da un abrazo a su madre, el chico se siente mejor.

La madre se separa, le mira a la cara y le dice a Tomas,

…Oye una cosa, la que esta enojada es Isabel, dice que ya no la quieres y que la tienes abandonada, mejor ve a visitarla pronto.

Tomas sonríe y le dice,

…Si mami voy para allá ahora mismo, ella lo que está es celosa se le pasará, los dos se echan a reír.

Capitulo V
La Universidad de la Habana

Se acaban las vacaciones de verano, es el primer día escolar, es un día importante para muchos y más para Isabel, Tomas y Rafael, hoy empiezan la Universidad, las horas de clases son las mismas para todos así que Isabel y Tomas podrán utilizar el mismo bus para ir a la Universidad, Rafael vive más cerca y usara su bicicleta como transporte.

Luego de una gran odisea para conseguir un bus llegan a la escuela Tomas e Isabel, se detienen frente a una gran escalinata ancha y bella que los llevará a las aulas, miran hacia arriban sonriendo y piensan que lo consiguieron y que en solo cinco años mas serán profesionales de la ley y la salud, los dos se miran a la cara se toman de las manos y empiezan a subir los anchos escalones, arriba está Rafael amarrando su bicicleta en un lugar asignado para esto.

...Buenos días, saludan Isabel y Tomas al mismo tiempo.

...Buenos días, ¿como les va?, saluda Rafael.

Hablan por unos minutos y ya es hora de entrar a clase, Isabel se despide de los chicos pues su aula es al otro lado del edificio, mientras que Tomas y Rafael estarán en la misma clase.

...Nos vemos luego Isabel, que tengas buen día, le dice Tomas.

...Ciao chicos pórtense bien en clases no hagan nada malo, les dice Isabel con cara de pícara.

Se separan y van a sus respectivas aulas, cada uno de ellos van felices, saben el sacrificio tan grande que tuvieron que hacer para llegar a la universidad. El objetivo más grande de estar allí es convertirse en profesionales pero cada uno guarda un secreto que de destaparlo o de alguien descubrirlo los años de estudios y sacrificios no tendrán valor ninguno. Isabel quiere ser abogada pero quiere conseguir un programa universitario en otro país donde pueda escaparse y vivir en libertad, Rafael y Tomas esconden el amor que se tienen, y que mientras estén viviendo bajo ese sistema deben mantener en algo así como una tumba cerrada y quien sabe, cuantos estudiantes mas tendrían secretos en esa escuela, quizás todos guarden un secreto.

Llega la tarde han pasado seis horas de clases y un timbre con un ruido horrible, les indica a todos que es hora de irse a casa.

Salen los chicos del aula, Rafael le pregunta Tomas,

...Bueno, ¿y que te pareció el día?, ¿Interesante verdad?

…Sí creo que la materia será difícil pero bueno, queremos ser médicos ¿no?, vamos a buscar a Isabel, le dice Tomas.

Caminando por un pasillo ven venir a la chica que se la nota muy feliz, sus ojos brillan, Tomas la mira curioso y piensa, ¿habrá encontrado un novio?

…Hola chicos, saluda Isabel acercándose a ellos.

…Hola Isabel, saludan los dos al mismo tiempo.

…¿Y esa cara de felicidad?, le pregunta Tomas.

…Vámonos de aquí, quiero contarles algo, dice Isabel.

Los tres se dirigen a buscar la bicicleta de Rafael, él le quita el candado que la protegía para que no se la robaran, la carga y bajan las largas escaleras, los tres van callados, pero Tomas no aguanta la curiosidad, y le dice,

…Dale chica cuéntame que pasa, ¿por qué esa cara?

…Que chismoso eres Tomas, espera a que salgamos de aquí y estemos lejos de los estudiantes no puedo decírtelo ahora, dice Isabel sonriendo.

Llegan abajo, están en la acera y caminan en dirección al estacionamiento del bus que los llevará a casa, Rafael camina con ellos.

…Esta bien les cuento, le dice Isabel.

Los tres se detienen, se acercan, Isabel les dice en un tono bajo de voz,

...He podido descubrir que el programa que se da en el extranjero lo podré tomar cuando este en segundo año, solo cuatro podrán ir al programa después de pasar por unos exámenes, cogeran a los mejores y los envían a Europa a estudiar.

…¿Y?, pregunta Rafael.

…Espera Rafael, le dice Tomas, esto es muy importante para ella, te explico luego, Isabel continúa

…Eso quiere decir que estudiaré lo más que pueda me ganaré una de esas becas y me iré de aquí, mi sueño se convertirá en realidad, Tomas, te lo juro estoy cada vez más cerca.

Tomas la abraza y le dice,

…Te extrañare mucho, falta aun mucho tiempo pero se que lo conseguirás con tu esfuerzo.

Rafael mira la escena entre los dos, pero quiere saber aun mas por qué es tan importante lo que Isabel les decía. Continuaron el camino, y Rafael curiosamente les dice,

…Bueno ahora yo quiero saber porque es tan importante la beca para Isabel.

Tomas e Isabel se miran a los ojos, Isabel siente confianza en Rafael y le contesta,

…Rafael mi sueño de toda la vida ha sido irme de este país.

…SHHHH bajito, le dice Rafael, yo creo que ese es el sueño de toda persona inteligente Isabel, estoy contigo en ésta.

Tomas lo mira sorprendido y seriamente, Rafael mira a Tomas y le dice.

…No te preocupes Tomas yo sin tí no hago nada, si tengo que vivir aquí lo haré solo por ti, pero entiende esto no es vida.

…Eso no me lo tienes que decir Rafael, pero me dio miedo cuando hablaste así, le dijo Tomas.

…Es natural, no te preocupes chico, yo no te dejo por nada y adonde yo voy, vas tú, le dice Rafael.

…Bueno dejen la novela, les dice Isabel.

…Una vez que me pueda ir de aquí podré terminar mi escuela de abogado en otro lado y ya podré ser libre de hacer y decir lo que me de la gana.

...Te deseo mucha suerte, le dice Rafael.

Los chicos caminan en busca del bus, Rafael solo tiene que usar su bicicleta y en pocos minutos llegara a su casa, él decide acompañar a Tomas e Isabel a cazar un bus antes de irse, así podrá estar más tiempo con ellos sobre todo con Tomas.

Van caminando por la acera, Isabel se atrasa, Tomas mira hacia atrás y le dice,

…Dale chica que si no alcanzamos este bus estaremos aquí dos horas esperando a que otro pase.

Tomas nota algo extraño en su amiga que no habla, no da un paso, está pálida, Rafael también da la vuelta, los dos caminan apurados hacia ella, Tomas preocupado le pregunta,

...¿Que te pasa Isabel?, ¿estas bien?

Usualmente cada mes Isabel padecía de dolores abdominales y calambres fuertes cuando el periodo menstrual se le estaba acercando o cuando ya lo tenía. Tomas no estaba ajeno a esto pues ya ella le había comentado sobre sus dolores, ella lo mira a la cara y le dice,

...Tomas me siento mal quiero sentarme y tomar un poco de agua, tengo mucho calor.

…Estás pálida Isabel, ¿que tienes? le pregunta Rafael,

…Ven vamos crucemos la calle, podemos sentarnos en el lobby de ese hotel allí hay aire acondicionado, pediremos agua y te refrescaras, dice Rafael.

…¿Estas loco Rafael? le dice Tomas,

…Sabes que allí no podemos entrar no somos extranjeros.

Al cruzar de la calle hay un famoso y lujoso hotel llamado "Habana Libre", los chicos han crecido viéndolo pero por no ser extranjeros y no tener moneda convertible en este caso dólares se les ha negado siempre la entrada, inclusive al lobby de éste como de cualquier otro hotel.

Rafael los mira indignado y suelta la bicicleta que cae en medio de la acera, toma un brazo de Isabel y se lo coloca encima de su hombro para sostenerla.

…Tienes un problema y necesitas sentarte y tomar un poco de agua, eso no me lo van a negar, al carajo con todo, vamos para el hotel, dice decidido Rafael.

Isabel no dice nada ella no puede con el dolor, Tomas toma la bicicleta de Rafael y la mochila de Isabel, los sigue, cruzan la calle, suben unas escaleras que los llevan al lobby, un policía en la puerta los detiene.

…¿A donde van? Les pregunta el policía con cara de serio, y complejo de superioridad.

…Mi amiga se siente muy mal, necesita sentarse y tomarse un vaso de agua hay mucho calor aquí afuera. Le explica Rafael.

El policía mira a Isabel quien tiene el cuerpo medio doblado y sólo gracias al soporte del hombro de Rafael no se cae, luego mira a Rafael y le dice.

…Chico ven acá, ¿tú llegaste ayer o que te pasa?, ¿tú no sabes que en estos lugares no pueden entrar? además esto no es un hospital.

…Compañero policía, le dice Tomas,

…por favor ella no necesita ir al hospital, ella necesita sentarse en un lugar fresco y tomarse un vaso de agua es todo lo que pedimos.

…Y a tí quien te mando a hablar, dice el policía.

…¿Que pasa? Pregunta una señora que sale por la puerta principal del lobby y se les acerca, ella trae el uniforme que usan para trabajar en el hotel, una blusa carmelita clara y más oscura la saya, hacia el lado izquierdo encima del pecho una identificación metálica, la señora se llama Rosa.

…Mire compañera, el problema es que mi amiga tiene el periodo a ella le dan dolores muy fuertes y esta con mucho calambre, solo queremos entrarla al lobby, sentarla y darle un vaso de agua en unos minutos se sentirá mejor y así podremos salir a buscar el bus, vivimos lejos, le explica Tomas a la señora que lo mira con cara seria y déspota.

…Jóvenes déjenme explicarle algo, dice la señora,

…Ustedes saben que esto es área dólar y que aquí ustedes no pueden entrar.

…Pero, dice Rafael que es interrumpido por un apretón de hombro que le da Isabel mirándolo a la cara como señal para que no hable más, ya que sabe que se puede buscar un tremendo problema solo por contradecir la palabra del policía o de la señora que allí trabaja.

Cuando la señora va a empezar a hablar nuevamente dos extranjeros de nacionalidad Española llegan a donde están ellos y les preguntan como llegar a los baños del hotel.

La señora Rosa muy amable y sonriente les explica como llegar, los Españoles le agradecen por la cortesía y la pronta respuesta, ella simplemente le contesta,

…Estamos aquí para serviles, se da la vuelta mira a los chicos y dice cínicamente,

…¿De que hablábamos? ¡Ah! , ya me acuerdo, bueno en realidad no hay nada mas que explicar, por favor retírense del lugar si no quieren tener problemas.

Los chicos se retiran, serios, angustiados y molestos, muy molestos, tienen ganas de gritar, de llorar, de pelear, pero tenían que aguantarse, ellos saben las consecuencias de una rebeldía así que es costaría la cárcel, y perder los estudios.

Rafael sigue con el brazo de Isabel sobre su hombro, Tomas camina junto a ellos, ninguno menciona ni una sola palabra, van en dirección al estacionamiento del bus que los llevará a casa.

La línea para tomar el bus es inmensa, es casi imposible que puedan abordarlo cuando llegue, Isabel no puede más con el dolor, y dice,

…Espérenme voy al primero de la cola para ver si me deja montarme primero y poder ir sentada.

Los chicos la dejan ir esperanzados de que dentro de todo el problema exista un alma caritativa que al menos deje montar a Isabel en el bus.

Isabel se acerca a un señor que al parecer es el primero de la cola.

…Compañero, perdóneme que le haga esta pregunta, pero me siento muy mal y necesito irme en el primer bus que llegue, ¿usted sería tan amable de dejarme montar con usted? Pregunta con cara de pálida y casi sin poder hablar.

El hombre la mira de arriba a abajo y le contesta,

…Tú me pareces muy saludable pero bueno si eso es lo que quieres quédate.

…¡Nada de eso!, grita una señora que es la tercera de la línea y que esta escuchando el pedido de Isabel, a ella se unen dos señoras más que son la cuarta y las quinta en la fila,

…Ella lo que quiere es colarse, claro es jovencita y provoca a los hombres para no hacer las filas, pues no te vas a colar, gritan las mujeres.

Tomas y Rafael que están cerca y pueden escuchar lo que decían se acercan aun más, Rafael se nota más frustrado que Tomas y le dice a una de las mujeres,

…Ven acá chica, ¿tú no eres mujer?, ¿Tú nunca has tenido calambre cuando tienes el periodo?, la chiquita se siente mal, ¿no te das cuenta la cara pálida que tiene?

Un hombre que esta en la cola también y sería el sexto o séptimo le sale al paso a Rafael y le dice gritándole casi en su cara.

…Oye, no trates a la compañera de esa manera, es verdad la chiquita es una descarada y se quiere colar.

…Eso es mentira ella esta muy mal, y se va de primera te guste o no, le dice Rafael, también gritándole en la cara al señor.

Isabel trata de explicar a las personas que se quejan en la fila en alta voz,

…Traté de entrar al hotel que está en la esquina para pedir un poco de agua y sentirme mejor así no tener que estar ahora pidiéndole a nadie que me deje entrar de primera al bus y me lo negaron como si fuera un animal, y ahora ustedes me tratan como si fuera otro animal, por eso este país está como está, matándonos unos a los otros en vez de pelear y matar el problema real.

Todos se callaron, en la fila nadie habló una palabra, para casi todos allí era la primera vez que alguien se expresaba de esa manera en público, todos sabían que se refería al dictador que los educó con esa falta de cortesía humana.

Sale de la fila una señora que estaba más atrás y le grita desde su lugar,

…bueno chica si no te gusta esto vete de aquí y punto.

Isabel la mira, y fue a contestarle, cuando Tomas se lo impide diciéndole,

…Basta, Isabel no hables ni una palabra, Rafael cállate ya, por favor no discutan más no busquen problemas.

…Si pero, dice Rafael.

…Pero nada, silencio, dice Tomás interrumpiendo a Rafael muy enojado.

Todos en la fila están callados y Tomas dice en alta voz,

…Mi amiga se siente muy mal, necesita irse en el primer bus que llegue, ella pidió permiso y el compañero se lo permitió yo haré mi fila y cuando me pueda ir me iré, por favor dejen que mi amiga vaya de primera nosotros se lo agradeceremos a todos los que están presentes.

Nadie habla en la fila quizás dos señoras en muy baja voz, aunque no se les puede entender o escuchar lo que dicen, de todas maneras a los chicos ya no les importa. La cola empieza a lucir como una fila nuevamente todos se ponen uno detrás del otro.

Isabel se coloca de primera en la fila, Tomas se va al final con Rafael y su bicicleta.

Se despiden los chicos muy discretamente, ya no pueden dar a entender a nadie alrededor de ellos que son novios.

El bus demora dos horas quince minutos en llegar, la cola es un infierno, la irritación y frustración del público incontrolable, todos se empujan y nadie respeta la fila, hasta por las ventanas se meten como si fueran hormigas entrando todas hambrientas a un pastel, después de tanta odisea, Isabel y Tomas pudieron tomar el bus, Rafael ya había abandonado el lugar con su bicicleta.

Los chicos tendrían que pasar cinco años más antes de graduarse, y cada día de la semana por todos estos años tendrán que sentirse que están en un campo de batalla solo para lograr transportarse desde la casa a la Universidad.

Se levanta de la silla del bus Isabel pues ya está llegando a destino, y se acerca a la puerta trasera del bus, pide permiso para pasar por el muy estrecho y de muy poco espacio pasillo entre cada viajero, no tiene más remedio que restregar su cuerpo en contra de los genitales de hombres que se aprovechan de la situación, para toquetear a las jovencitas, de mujeres que tratan de moverse para no tocarse entre ellas, de niños que están parados en el medio y no pueden casi ni respirar.

Tomas esta cerca de la puerta, los dos se alistan para abandonar el bus una vez que se detenga, pero nada de eso, el bus sigue su camino, el conductor trata de evadir que alguien mas de los que están esperando se suba al bus, donde no cabe un ser humano más, los que quieren abandonarlo gritan, unos hasta malas palabras, a nadie le importa, el conductor como si con él no fuera el problema a unos metros hacia adelante detiene el maldito bus, la gente irritada, se gritan unos a otros, es como si existiera un odio social generalizado, Tomas e Isabel prácticamente se tiran del bus que empieza a moverse de nuevo, el conductor puede ver por los espejos que todavía quedan personas bajándose, pero no le importa, lo importante es que las personas que vienen corriendo a alcanzarlo no lleguen a tiempo, la carrocería del bus va casi chocando con el pavimento de la calle por el sobre peso debido a la cantidad de pasajeros, el conductor arranca sin que nada ni nadie le importe.

Ya una vez en la acera Tomas decide acompañar a su amiga que todavía está adolorida, cada vez peor, ahora sudada, sucia y pálida, ella lo mira y le dice,

…Tomas esto es lo que nos espera cuando nos graduemos, de nuestros trabajos no sacaremos ningún provecho, así viviremos toda la vida o al menos perderemos nuestra juventud en esta miseria de vida, corriendo riesgos, con las bocas tapadas, penando para todo, podrán existir pueblos pobres en el mundo, pero nada se puede comparar con este país, aquí no tenemos opciones, en otros países sí existen, eso te lo garantizo, y te garantizo, que no perderé mi juventud aquí, buscare mi vida fuera, lucharé por irme cueste lo que me cueste, no puedo seguir dirigida y rodeada por delincuentes, de que nos sirve tener escuela "gratis" o medicina "gratis", más importante es la libertad y no la tenemos, sí claro, no pagamos con dinero pero pagamos con nuestro silencio, con nuestra libertad, ¿pues sabes que? Al carajo, yo no quiero escuela, yo no quiero medicina, yo quiero mi libertad, mi comodidad, que por mi trabajo en un futuro se pueda ver mi confort. Continuó excitada y frustrada Isabel hablando con lágrimas en los ojos.

Tomas va caminando a su lado la escucha atentamente, le pasa el brazo por encima del hombro y le dice,

…Vamos amiga ya te falta poquito, por favor tienes que ser fuerte, siempre lo has sido no te desesperes.

…¿Como que no me desespere?, le dice la indignada muchacha,

…Tomas, tengo el período que me esta corriendo, estoy manchada y no tengo nada que ponerme, tengo que buscar trapos recortarlos y cubrirme con eso, porque el gobierno vende el algodón a los que tienen dólares, y como yo no tengo, me tengo que joder.

Tomas no tiene palabras para hacerla sentir mejor, sabe que ella tiene razón, y sabe que la desesperación y el dolor, la está llevando a la crisis de llanto y frustración que Isabel no puede contener.

Llegan juntos al edificio de Isabel, cerca de las escaleras que la llevarán a su casa se despiden los dos, Tomas le da un beso en la frente y le dice en muy baja voz,

…Tranquila amiga, todo pasara.

Ha pasado un año entero, y nada ha cambiado, el gobierno se manifiesta con que todo va mejorando, aunque nada va mejor, la hipocresía se apodera de los medios de comunicación para informar al pueblo sobre las batallas de ideas, sobre la gran potencia médica que es el país, se llenan la boca para hablar de las escuelas nuevas que abrieron, para que todos puedan ir a estudiar, aunque se cuidan de decir que la escuela es también un lugar donde les lavan el cerebro a los que allí acuden, sin embargo, a pesar de todo hoy es un día especial, Isabel ha presentado en la Universidad su decisión de participar en los exámenes donde los tres finalistas podrán ganar una beca para ir a estudiar a Europa, solo tres candidatos podrán ir.

El examen será en un mes, Isabel tendrá que estudiar muy duro para poder ganar unas de las becas, aunque esto no es suficiente, si alguien del gobierno tiene un hijo o hija que este interesado en una de esas becas, primero se la otorgaran a él o ella y de eso es conciente Isabel, pero no le importa, está decidida a luchar.

Un día más ha pasado, Tomas, Isabel y Rafael van saliendo de la escuela.

...Tomas esto es como la época de los esclavos cuando trataban de alcanzar una carta de libertad, así mismo me siento, pero me veo sentada en un avión alejándome de toda la desgracia que nos ha tocado vivir, dice Isabel

Tomas y Rafael la miran con una sonrisa, Rafael se detiene frente a ella y le dice,

…Oye fíjate me tienes que mandar uno de esos refrescos que los turistas toman aquí, yo nunca los he probado.

…Ni yo tampoco, dice Tomas.

…Y yo mucho menos, dice Isabel.

Todos se ríen a pesar de la verdad cruda de no haber podido tomar refrescos porque son vendidos con dólares, dinero que ellos no poseen.

Un mes entero se pasa Isabel estudiando, sus amigos Tomas y Rafael, siempre la ayudan, los tres estudian en casa de Isabel, en las noches a la luz de una lámpara creada por ellos, hecha con kerozene y un trapo, aunque el humo negro que desprende la antorcha y el mal olor les molesta, no les impide continuar estudiando hasta altas horas de la noche.

Llega el examen, la Universidad entera está pendiente a los resultados, todos quieren saber quien se irá al otro lado del mar, ya que solo serán tres los candidatos que ganaran. Es un día soleado, y aunque es temprano en la mañana ya hace calor.

Tomas, Rafael y los padres de Isabel esperan en el primer piso de la Universidad por la chica quien está en su examen que durará aproximadamente dos horas. Todos están en un estado de ansiedad muy notable, los chicos quieren que su amiga gane una de las becas, saben que Isabel se podrá ir del país y empezar a luchar por la vida que quiere, eso es también lo más importante para ellos.

Transcurre una hora e Isabel baja las escaleras con una sonrisa en la cara, Tomas y Rafael corren hacia ella,

...Y cuéntame, ¿como te fue?, ¿pasaste?, ¿Crees que ganaste? Tomas es el primero en caerle a pregunta a Isabel sin darle tiempo a ésta a decir una sola palabra.

...Espérate Tomas, deja que ella hable, le dice Rafael.

...Yo creo que salí bien, respondí todas las preguntas en tiempo y sin dificultad ahora solo nos queda esperar los resultados, dice Isabel.

Los padres y los chicos están preocupados, porque no saben cómo reaccionará Isabel si no gana la beca, la madre se le acerca la toma por los hombros y le dice,

...Isabel, mírame a la cara, hija si no ganas unas de las becas, yo trataré de buscar la manera de contactar un familiar que tengo fuera de este país para que te ayuden a salir, pero por favor, no te me deprimas hija.

Isabel la mira seriamente, Tomas y Rafael están al lado de ella, el padre de Isabel está al lado de la madre frente a Isabel, todos se quedan callados, solo falta esperar al día siguiente para saber los resultados.

Se van todos de la Universidad, ha sido un día largo y será una noche interminable para Isabel, pero un nuevo día comienza y ya los resultados están listos esperándola.

Isabel, sus padres, Tomas y Rafael van juntos a la Universidad, esa noche todos se quedaron a pasar la noche en casa de Isabel.

Suben las grandes escaleras que los llevaran a la dirección de la Universidad donde estarán escritos en un papel los ganadores, el papel está pegado en la puerta de la dirección, han pasado muchas personas por allí y durante el día pasarán muchos más.

Se acerca Isabel a la puerta con sus padres, Tomas no puede llegar, el miedo a no ver a su amiga en la lista lo pone muy nervioso, el estómago le duele, Rafael decide estar con él y esperar a que Isabel y sus padres lleguen con la noticia.

Desde lejos ven a Isabel venir con sus padres, ella viene con las manos en la cara, los brazos de los padres por encima de los hombros de Isabel a modo de consuelo, Tomas traga en seco, tiene un mal presentimiento, Rafael no puede ni moverse, no sabe si debe alcanzarlos o quedarse con

Tomas.

Por fin llegan Isabel y sus padres donde están Rafael y Tomas.

…Isabel no lo logró, pasó el examen pero no irá a la beca, dice el padre que llora a la par de la hija.

Tomas abraza a Isabel, Rafael se da la vuelta y se pone a llorar también, es un día muy triste para todos, la tan ansiada carta de libertad, Isabel tendrá que buscarla de otra manera, porque por la escuela no la podrá alcanzar.

Los cinco se retiran de la Universidad, Tomas decide ir a casa de Rafael para que Isabel quien no para de llorar pueda descansar en su casa en compañía de sus padres.

Indiscutiblemente Isabel pasará unos días muy tristes por no haber logrado su ansiado viaje, lo mismo le pasara a Tomas al ver el sufrimiento de su amiga.

Es la mañana de un fin de semana y Tomas esta en casa de Rafael donde han pasado unos días juntos, la madre de Rafael acepta la relación de su hijo con Tomas y para ellos no es un problema compartir un cuarto, el padre de Rafael está divorciado de su madre y no vive muy cerca de ellos de manera que no tiene opinión sobre el asunto.

Acostados pero aun despiertos y abrazados, Tomas le dice a Rafael que irá a ver a su amiga Isabel, hace unos días que todos se enteraron de la negativa de su viaje y quiere ver como se encuentra.

Rafael le dice que se quedará ayudando a su madre a tratar de reparar una parte de la plomería de la vieja casa que estaba con salideros desde hacia un tiempo, el moho y las manchas hechas por la humedad se veían por todo el techo.

Sale Tomas todavía de mañana, como siempre a pasar la odisea de tomar un bus, llega a casa de Isabel unas dos horas más tarde, toca la puerta y abre la madre de Isabel,

…Hola Tomas, ¿como estas? saluda la madre

…Bien, ¿como esta Isabel? le pregunta Tomas,

La madre lo lleva a un lado de la puerta pegada a la pared para decirle algo a Tomas en muy bajo tono de voz, como para que nadie más escuchara lo que tiene que decirle,

…Tomas, le dice la madre de Isabel con cara de angustia,

…Por favor explícale a Isabel que algo se hará para ayudarla a salir de la isla pero que no piense locuras.

…¿Locuras? Pregunta Tomas muy curioso y preocupado.

…Sí Tomas, le dice la madre, Isabel esta planeando escaparse en una balsa.

…¡COMO! exclama Tomas, y abre sus ojos muy grandes, él sabe que escaparse de la isla en una balsa es un suicidio, existen personas en la isla que buscan la forma de escaparse a través del mar a como dé lugar, algunos con ruedas de camiones infladas, amarradas a una vieja soga y con un pedazo de madera con la cual han hecho unos remos pesados y muy incomodos de usar, con pocos alimentos y líquidos que solo les ayudarán a refrescarse unas horas en un viaje que tomará semanas bajo el intenso sol del caribe y un mar listo para tragarse a quien se le ponga en el camino.

…No, ella no puede pensar en eso, está loca, dice Tomas quien aparta a la madre de Isabel a un lado para darse paso a entrar al apartamento e ir directamente al cuarto de Isabel para hablar con ella.

La madre de Isabel queda en la puerta mordiéndose las uñas de las manos con cara de angustia y tristeza.

Tomas entra al cuarto de Isabel, la puerta está abierta y ella en su cama tirada leyendo una revista.

…Hola Isabel, saluda Tomás.

…Hola Tomas, saluda Isabel y baja la revista de su cara triste e hinchada por el llanto, luce como alguien que ha perdido las esperanzas de tener algo que siempre ha querido, se la ve destruida.

…He escuchado que tienes planes muy locos y tenemos que hablar, le dice Tomas con voz enojada.

…Déjalo ahí Tomas, yo haré lo que mejor sea para salir de esta mierda, me siento enjaulada, yo no tengo a nadie afuera de aquí que me pueda llevar, tengo que hacerlo por mi misma, explica Isabel.

Tomas la mira de frente y le dice,

…Tiene que existir otra posibilidad algo se puede inventar, y no cometer esa locura, no puedes hacer eso de escaparte en una balsa, no te lo permitiré.

…¿Que?, ¿llamaras a la policía?, ¡dime!, grita Isabel, sentándose en la cama mirándole de frente la rabia se mezclaba con sus lagrimas en sus ojos.

…Yo no puedo más, no puedo vivir así, sigue a puro gritos la chica.

…Yo no llamaría a la policía Isabel, sabes que te deseo lo mejor pero piensa que en el mundo existen personas peores que nosotros y no puedes desesperarte, le explica Tomas con un tono mas calmado de voz.

….No, está bueno ya de decirme que pueden existir personas peores que nosotros, mis padres me dicen lo mismo, eso no es mi problema, no es mi culpa que nadie viva peor o mejor que yo, dime,

…¿Que carajo puedo hacer por el que vive peor? No soy una egoísta, pero tengo que resolver primero mi problema para poder pensar o ayudar a otros, mírate a ti, dice Isabel casi gritando luego se levanta de la cama y caminando de un lado para otro como una loca.

…¿A mi?, ¿mirarme a mí mismo?, ¿que quieres decir? pregunta Tomas.

…Eres un chico inteligente, dotado de conocimientos, serás doctor un día, claro si no se enteran que eres maricón, y entonces,

…¿De que te servirá?, vivirás en una mentira contigo mismo, nunca podrás ser tú, nadie te entenderá, el gobierno no te protegerá de nada ni de nadie, experiencias ya tienes, dice Isabel.

…Si Isabel yo estoy de acuerdo con todo lo que dices, es cierto y tu mejor que nadie sabe que yo te comprendo pero no puedo dejar que te desesperes, le dice Tomas.

…Yo no dejaré que mi juventud se acabe aquí, no dejaré que otros seres me la destruyan, ya lo hicieron con mis padres, con los tuyos y no les importará hacerlo con nosotros también, no Tomas, estoy segura que hay un mundo para nosotros detrás de ese mar, cada vez que veo un avión pasar me pongo a pensar de donde vendrá, hacia donde ira, quisiera ser hasta el polvo de la pista del aeropuerto que se pega en sus ruedas para poder transportarme fuera de aquí, no sabes Tomas cuanto pienso en eso, dice Isabel histéricamente llorando y en alta voz.

Tomas le va encima y la abraza, la madre de Isabel se asoma llorando a la puerta, impotente por saber que su hija tiene razones para estar así, pero conciente de que no puede hacer nada por ayudarla, ella se siente como si hubiera parido una hija para la Revolución y no una hija para ella.

…Perdóname Tomas, perdóname, dice sollozando Isabel con la cabeza descansando en uno de los hombros de Tomas.

….No me pidas perdón Isabel, es natural que te sientas así, porque eres una chica inteligente y sabes que aquí como seres humanos y profesionales no tendremos futuro, le dice Tomas.

Ya más calmada la chica decide ir a la sala y sentarse en uno de los sillones a conversar con su gran amigo Tomas, la madre, aprovecha y forma parte de la conversación, se sienta en otro de los sillones, los tres frente al balcón que da al mar, una brisa fresca les da en la cara, mientras hablan de como va la relación entre Tomas y Rafael, como van los estudios en la Universidad, en fin hablan de cosas rutinarias.

Una vez pasado ya un rato se levanta del sillón Tomas, y dice,
….Bueno chicas, me voy a mi casa, hace unos días que no veo a mi mamá, y la extraño, me mata si se entera que estoy aquí y no he pasado por allá.
Isabel y su madre se levantan, le dan un beso a Tomas, se despiden, y Tomas se retira a su casa a ver a su familia.
Va caminando y Tomas va pensando como acostumbra cuando esta solo, esta vez piensa en su amiga Isabel y en todo lo que ella le dijo, pero lo distrae el comentario que puede escuchar de las chismosas vecinas de siempre que están sentadas en los bancos por donde él camina, ellas tratan de ser discretas pero no les sale bien, estaba claro que una le comenta a la otra que Tomas es maricón y que hasta tiene novio, y que él había acosado sexualmente a un chico de la escuela llamado Francisco que hasta incluso parece que estuvieron juntos y todo.
Tomas escucha comentarios sobre él desde que era muy pequeño, que si tenía que comer porque estaba flaco, que si tenía que tomar sol porque estaba muy blanco, que si tenía que ser como su hermano porque el sí era fuerte, que si cuando creciera sería homosexual, en fin, ya se había acostumbrado a todo eso, ni siquiera le importaba, pero esta vez, fue muy diferente, está vez Tomas torna su mirada directa, profunda y enojada hacia las chismosas, se muerde los dientes, tratando de aguantar palabras obscenas y defensivas que querían salir de su boca.
Las chismosas mira a Tomas, sorprendidas por la reacción, y avergonzadas pues es la primera vez que se dan cuenta las muy ignorantes de que Tomas tiene oídos y que ha escuchado sus comentarios. Tomas sigue su camino, ellas se miran a la cara y no dicen una palabra.
Llega Tomas a su casa, allí estaban sus padres quienes lo reciben con mucha alegría pues hacia unos días que no lo veían, su hermano estaba en su cuarto y también sale, contento de verlo.
Tomas se sienta con ellos y les cuenta todo lo que sucedió con Isabel, y como ha reaccionado, los padres de Tomas y su hermano entienden a Isabel y el porque se siente así, ellos también se sienten igualmente frustrados y cansados de vivir bajo la dictadura.

Capitulo VI
Fallido intento.

Isabel sale de su casa y le dice a la madre que va a caminar un rato y quizás pasará a ver a Tomas para que la acompañe, Isabel conocía de personas que estaban tratando de escaparse del país en una balsa, ella esta decidida a buscarlos y por todos los medios conseguir un espacio para poder irse también, entre los chismes que habían llegado a sus oídos, ella estaba segura de las personas que planeaban el viaje, los conocía bien pues todos crecieron juntos en el mismo barrio, Isabel se siente en confianza, como para plantearles su deseo, son personas jóvenes y casi de su misma edad.

Casualmente Isabel ve a uno de los chicos que según los chismes están planeando la fuga, a él le llaman "El Niño", nadie sabe porque, pero el apodo se le quedó desde muy pequeño.

…Hey hola Isabel, ¿como estas?,

…me contaron lo que te paso en la Universidad, le dice el niño a Isabel a quien se le va aproximando.

Isabel lo mira con una sonrisa y le dice,

…A ti te quería ver,

Cuando lo tiene cerca le dice al oído,

…Quiero hablarte de algo importante.

El Niño la mira con cara de maldito y le dice con una entre sonrisa,

…¿Oye chica que tu quieres conmigo?, ¿me vas a enamorar o que te pasa?

Isabel sonríe y le dice dándole una palmada en el pecho,

…Nada de eso no seas malo, además lo que tengo que hablarte es más serio que el amor que yo pueda sentir por tí.

Los dos se echan a reír, El Niño le pasa un brazo por el hombro a Isabel y le dice,

…Vamos camina conmigo, vamos a mi casa estoy solo, mis padres salieron.

Isabel toma la iniciativa sabe que es la oportunidad que tiene para comentarle que quiere formar parte del escape.

Llegan los dos al apartamento,

…Ven siéntate ponte cómoda, le dice generosamente El Niño a Isabel.

Ella se sienta en una de las cuatros sillas que están alrededor de una mesa redonda en el comedor, El Niño toma asiento en otra frente a Isabel, la mira a los ojos y le pregunta.

…¿Que te pasa chica?, ¿que quieres de mi?

Isabel no separa la mirada del mantel que cubre la mesa, temerosa pero decidida le dice,

…Niño tengo que confesarte algo, me quiero ir de este país, no aguanto más, no tengo a nadie afuera que me pueda sacar, y la única forma de irme es escapándome en una balsa.

Isabel de una le dice todo esto con una voz temblorosa, El Niño la escucha atentamente, luego la interrumpe y le pregunta.

….Y, ¿porqué me dices todo esto a mi?, ¿no te da miedo?, ¿sabes la cantidad de años y torturas en la cárcel que te pueden costar tus comentarios?

Isabel lo mira a la cara y le dice,

…Niño yo sé los planes que tienes y yo quiero formar parte de ellos.

…SSSHHHH, manda el niño a callar a Isabel,

...cállate, ni hablar de eso.

…Niño yo te lo pido, por favor déjame ir contigo, en algo podré ayudarles, le implora Isabel.

…Que te calles, no me hables de eso porque no existe ningún plan y no sé a qué te refieres, es más vete de mi casa ahora, le dice Niño a Isabel, enojado.

Isabel se levanta de la silla y se va sin mirar hacia atrás deja la puerta abierta, Niño, se queda en la mesa pensativo y grita,

...¡Isabel!

Isabel se detiene sonríe y regresa a la casa de Niño, entra y Niño la está esperando aun sentado en la misma silla con cara media sonriente,

…Isabel cierra la puerta por favor y siéntate, tenemos que hablar, le dice Niño.

Isabel cierra la puerta y se sienta nuevamente en la misma silla, Niño la mira y le dice,

...Estas desesperada Isabel, quiero ayudarte, confiaré en tí porque te conozco desde que éramos unos chiquillos, te contaré bien los planes y te diré cuando es la fuga, te diré lo que puedes traer contigo.

Isabel sonríe inclina su cuerpo, y le da un beso en la mejilla a Niño.

Han pasado unas tres semanas, Isabel se ve mucho mejor y resignada a la idea de no haber obtenido su beca, Tomas y Rafael mientras tanto siguen juntos queriéndose cada día más, los dos son inseparables, y aunque ya en la escuela tienen sospechas de la relación romántica entre los chicos, están confundidos pues Tomas e Isabel se hacen pasar por novios para de una manera camuflar el amor entre Rafael y Tomas, camuflar el amor entre ellos es quizás algo que tendrán que hacer toda una vida para no entrar en problemas con las autoridades del país.

Es un día nuevo, un día bello, hace un poco de calor, pero la brisa refresca a los estudiantes de la Universidad a donde llegan Tomas y Rafael, curiosos porque Isabel no ha llegado aun, piensan que puede estar enferma, o que no alcanzó a tomar el bus, ese día Tomas se quedo en casa de Rafael por eso no sabe si ella alcanzó o no el bus, ellos piensan que quizás llegará más tarde.

Es la hora del receso, Tomas y Rafael salen del aula y van a la clase donde debería estar Isabel, llegan y sorprendidos ven que ella no se encuentra, le preguntan a varios alumnos y nadie sabe de ella.

...Que raro, le dice Tomas a Rafael.

…Nada chico, quizás está enferma y no pudo venir hoy, ¿tienes algún teléfono a donde llamar para saber de ella? Pregunta Rafael.

Tomas lo mira sonriente y le dice con cinismo,

…Rafael ¿quién tiene teléfono en este país?, solo los comunistas que lo usan para poder llamar a los gobernantes cuando ven que alguien está hablando en contra del gobierno, pero bueno, estoy preocupado, ella no falta jamás a clases.

…Déjate de boberías y preocupaciones Tomas, ya veras que seguro tiene los calambres esos que le dan cuando tiene el período y por eso no pudo venir, dice Rafael tratando de aliviar la preocupación a Tomas.

...Mira vamos a hacer algo, dice Rafael, hoy voy contigo, dejamos la bicicleta en mi casa y los dos casamos un bus y vamos a verla, nos podemos quedar en su casa a pasar la noche.

Los chicos de vez en cuando acostumbran quedarse en casa de Isabel a pasar la noche ya que ella vive sola con su madre que entiende muy bien la relación entre Tomas y Rafael, hasta un cuarto les habilitan para que se queden juntos, los padres de Tomas y su hermano sabían también sobre la relación homosexual de su hijo, pero el padre y el hermano no lo consentían. Una o dos veces se quedaron Rafael y Tomas a pasar la noche estando el hermano pero la tensión era demasiada y decidieron no hacerlo cuando éste estuviera.

Los chicos van por casa de Rafael, dejan la bicicleta, él se despide de su madre que está preparando la cena, le dice que no vendrá a pasar la noche, la madre de Rafael esta acostumbrada a las trasnochaderas de su hijo, desde muy joven, Rafael fue muy independiente siempre y casi se lo podría llamar un chico de la calle.

Luego de correr una gran aventura para poder cazar un bus, los chicos llegan al edificio donde esta el apartamento de Isabel, sorprendentemente ven dos autos de policía frente al edificio, dos oficiales escribiendo unas notas cerca de los autos, muchos vecinos parados frente a la escalera que lleva al apartamento de Isabel, y varios policías mas subiendo las escaleras.

Tomas mira hacia arriba con mirada directa al balcón del apartamento de Isabel, hay varias personas allí, entre ellos tres oficiales de la policía, caminan unos pasos más hacia adelante y pueden ver la puerta del apartamento de Isabel abierta de par en par, también allí hay dos oficiales, y vecinos por toda las escaleras.

Rafael y Tomas se miran a la cara, Tomas traga en seco como acostumbra cuando presiente que algo no está bien, se acerca a una de las vecinas, es una chica joven que estudió con Tomas e Isabel en la educación primaria y secundaria, ella está con una bata de dormir, Tomas le saluda,

...Hola Tania,

...Hey, hola Tomas, saluda la chica algo asustada porque estaba entretenida mirando hacia el apartamento de Isabel y no esperaba que alguien le hablara tan cerca.

...¿Que paso aquí Tania? le pregunta Tomas esperando una respuesta que no quiere escuchar, su presentimiento es claro, algo no está bien.

...Niño, dice Tania con tono bajo, mirando a uno de los oficiales pero hablándole a Tomas,

...Isabel se lanzo anoche en una balsa con otros chicos creo que Niño estaba también, pero dicen que los cogieron y están en prisión.

Rafael mira a Tomas que se ve pálido, y con un miedo indescriptible en la cara, y le dice,

...Tomas vámonos de aquí.

...¿Que?, no voy a dejar a mi amiga sola en estos momentos, su madre y ella me necesitan, dice Tomas enfadado.

...Tomas, entiende la policía te caerá arriba, te llenará de preguntas, te acosaran y quizás hasta te culpen de algo para meterte en la cárcel también, entiende no puedes, perderás tus estudios, por favor Tomas, implora Rafael tomando de la mano a su amigo.

Tomas lo mira, no dice ni una palabra y se digna a subir las escaleras, él quiere saber mas de lo que está pasando con su amiga Isabel, quiere hablar con la madre de ésta.

A punto de pisar el primer escalón, Tomas escucha una voz, fuerte y seria,

…Hey tu, párate ahí, es uno de los oficiales que estaba cerca del auto de policías,

…¿a donde crees que tú vas?, ven acá.

Tomas se detiene, mira hacia atrás y camina hacia el policía, Rafael que esta parado cerca de Tania empieza a caminar apurado en dirección a Tomas tratando de llegar antes de que su amigo llegue al oficial, se le acerca y le dice en muy baja voz y muy disimuladamente para evitar que el oficial se entere que le esta diciendo algo

…Tú no sabes nada de Isabel.

Tomas llega al oficial, se le para en frente, el oficial lo mira de arriba a bajo, también mira a Rafael y le dice con una voz déspota.

…A tí nadie te ha llamado así que retírate.

Rafael se aleja del oficial y de Tomas pero no se va del lugar, sabe que la situación es tensa y delicada y que cualquier cosa puede pasar, los oficiales pueden inventar historias y llevarse detenido a quien puedan solo para ganar créditos con sus superiores, es un descontrol absoluto y la justicia en ese país que no es solo ciega, sino que no existe.

El policía se dirige a Tomas con la misma voz déspota y ruda que todos los oficiales usan en todo momento,

...¿A donde es que vas?

Tomas sin miedo lo mira de frente y le contesta,

…Voy a casa de Isabel.

…Ah, ¿la conoces? le pregunta el oficial.

...Claro que la conozco, es mi amiga ella vive aquí en mi barrio, crecimos juntos y vamos a la Universidad juntos, le dice Tomas.

…Iban a la Universidad juntos, por lo que hizo ella, ya no ira más a la escuela, dice el policía sonriéndole y con su cara muy cerca a la cara de Tomas.

El otro oficial se le acerca, Tomas lo mira se da cuenta que es Ulises, uno de los chicos que había crecido con él en el barrio y aunque no se relacionaban mucho se conocen bien por vivir en el mismo vecindario.

…Tomas, ¿sabías los planes de Isabel? le pregunta el oficial Ulises.

...No sé de que planes me hablas Ulises, le contesta Tomas.

…No me llames Ulises llámame compañero oficial, le ordena Ulises.

Tomas lo mira directamente a los ojos y le dice.

…Nosotros hemos crecido juntos, hemos ido a la escuela juntos, tú abandonaste los estudios en octavo grado y ahora, ¿quieres que te llame oficial?

…Si lo harás, mientras que esté usando este uniforme de policía, le dice Ulises.

Tomas sabe que la autoridad del país esta dirigida por necios, ignorantes, mal educados y hasta delincuentes, el gobierno busca este tipo de personas para controlar la población, porque saben que no pueden poner a dirigir personas inteligentes capaces de entender, porque éstas intentarían cambiar el sistema.

…Perdóname compañero oficial, le dice Tomas a Ulises, complaciendo al oficial para así tratar de evitar problemas.

…Así me gusta, dice Ulises.

Desde el apartamento de Isabel se siente un quejido y un llanto, todos miran hacia arriba, ven que sale por la puerta la madre de Isabel, abrazada por el padre, también salen dos amigos de la familia y todos acompañados por la policía, la madre de Isabel se cubre la cara con las dos manos, los curiosos que están en las escaleras se echan a un lado para que pueda pasar la familia escoltada por los oficiales, una vez que llegan abajo se dirigen a los autos de policía donde esta parado Tomas con los dos oficiales, Rafael que mira el drama también se le acerca a Tomas, la madre de Isabel mira a Tomas, se quita la mano de la cara y le dice sollozando,

…Isabel se tiro en una balsa anoche, la cogieron y esta presa, voy a tratar de verla después que me interroguen.

Uno de los oficiales que está parado atrás de la madre la empuja y le ordena que siga su camino hacia el auto, Tomas y Rafael se echan a un lado, todos entran a los autos de policía, Ulises el oficial se queda rezagado y le dice a Tomas,

...Cuídate papito, que no te vea en nada porque te meto preso a tí también.

Tomas no contesta, él sabe que no puede ni abrir la boca, Rafael sigue parado al lado de Tomas, todos ven como se llevan detenidos a los padres de Isabel, ¿a donde los llevan?, ¿por cuanto tiempo?. Es la pregunta que todos se formulan, pero eso nunca se sabe, como tampoco se sabe si volverán a verlos. Existen versiones de que en las prisiones de ese país, les ponen cristales pequeños en las comidas a quienes ellos llaman contra revolucionarios, para que mueran por hemorragias internas, o inventan historias tales como que se escaparon de las cárceles, tomaron una balsa y se tiraron al mar y murieron ahogados para que la condena sea interminable, también los que en cautivo están son obligados muchas veces a cumplir sin un juicio justo largos años de prisión. La historia verdadera de los que mueren o desaparecen en las cárceles Cubanas nunca se ha llegado a conocer, todos especulan.

Los carros patrulleros se alejan de la escena sin sirenas, solo a muy alta velocidad, algunos vecinos se retiran, otros se quedan comentando lo sucedido o hablando de la vida de otros como siempre pasa, y otros ni siquiera eso sino simplemente se quedan hablando de la mala calidad de papas que llego al mercado justo cuando es lo único que les toca comprar por la libreta de abastecimiento hasta el próximo mes.

Tomas y Rafael deciden irse también, no hay nada que puedan hacer más que esperar unas horas o quizás días para saber que pasó con Isabel y su familia.

Se dirigen a casa de Tomas, cuando este ve que su madre viene con pasos de gigantes, pues a última hora se ha enterado de que algo había sucedido con Isabel y piensa que quizás también estaría en problemas su hijo Tomas.

La madre ve a Tomas y Rafael que caminan en dirección a ella, se detiene y espera a que estén más cerca para preguntar que pasó con Isabel, fundamentalmente para estar segura de que Tomas no está metido en problemas.

Tomas le cuenta a su madre todo lo que había escuchado cuando estaba frente al edificio de Isabel y le dice que no sabe en detalles lo que sucedió, la madre lo escucha preocupada, pero a la vez algo relajada al saber que Tomas no tiene nada que ver con la fuga de Isabel.

Es casi de noche, Tomas decide preguntar a su madre si es posible que Rafael se quede dormir esa noche con el en su casa, es tarde y él se siente muy triste, la madre le explica que no hay problemas pero que sabe como piensan su padre y su hermano, aquello era como decirle si y no a la misma vez, pero Tomas a no le importo su padre ni su hermano y le dijo a Rafael que se preparara a pasar la noche con él.

Así transcurrió la noche. Temprano en la mañana cuando llega la hora de ir a la Universidad, los chicos se levantan casi de madrugada, hace un poco de frío, pero en pocas horas el sol caribeño calentará el día.

Ellos no hablan ni una palabra, se asean, desayunan un pedazo de pan y agua con azúcar y se van, los padres de Tomas y el hermano duermen, ellos sin hacer ruidos se van de la casa. Están bajando las escaleras aun está oscuro y Tomás, le dice a Rafael.

…Rafael, antes de irnos a buscar el bus vamos a pasar por casa de Isabel un segundo, quiero ver si los padres están de vuelta.

Rafael acepta la proposición de Tomas y los chicos van al apartamento donde vive la chica.

Las calles aun permanecen vacías, es muy temprano, sólo dos o tres personas que se dirigen al estacionamiento del bus. Tomás y Rafael llegan al edificio, suben las escaleras discretamente tratando de que los vecinos no los escuchen, tocan a la puerta, nadie les contesta, tratan una vez más, golpean más fuerte por si estaban durmiendo entonces despertarlos, pero nadie contesta.

Tomas y Rafael se resignan y se van a la Universidad, es un día largo para los chicos, ellos cuentan los minutos para la hora de la salida para llegar a casa y ver si había noticias de Isabel. Ese día no le prestaron atención algúna a la materia de clase que se impartía, no tenían cabeza para pensar nada más que en Isabel.

Por fin llega la hora deseada, la salida de la Universidad, Tomas y Rafael salen corriendo del aula, tratan de llegar primero al estacionamiento del bus para poder irse en el primero que arribe, Rafael, en el camino le dice a Tomas,

…Tomas, ¿no te moleta si esta noche no voy a tu casa?

Tomas lo mira y le pregunta,

…¿Es que acaso no quieres saber de Isabel?

…Oh, no, no es eso, le explica Rafael, es que sabes como se pone tu padre y tu hermano cuando me quedo allá, y si voy ahora no podré regresar, seria imposible tomar otro bus.

Tomas comprende a Rafael, y entiende que no quiere poner la situación difícil para su familia, entonces le dice.

…Esta bien Rafael, te entiendo y te agradezco que seas tan comprensivo, si tengo noticias de Isabel, mañana en la mañana te las daré en la escuela.

Rafael lo mira y le dice,

…ven acá sígueme.

Tomas lo sigue y curioso le pregunta,

..¿A donde me llevas?

Rafael lo lleva a un edificio derrumbado por lo viejo y la falta de mantenimiento, lo empuja hasta llegar a una columna con poca visibilidad para el público que por allí pasaba, lo pone contra la pared de frente a él, y le dice,

…Tomas cuídate mucho, no te metas en nada ni des opiniones de lo que esta pasando con Isabel, Te amo.

Rafael termina su frase y besa en la boca a Tomas, él responde al beso de su amado Rafael, es un beso que por el riesgo que corren y el temor a que los descubran solo puede durar unos pocos segundos.

Rafael se va por un lado y Tomas por el otro, así salen del derrumbe por caminos completamente opuestos.

Tomas ve que se viene acercando el bus y corre, a empujones lo toma. Finalmente llega al edificio donde vive Isabel, desesperado por saber, mira hacia el balcón del apartamento de su amiga, todo esta cerrado tal y como lo había visto esa mañana, sin esperanzas a encontrarse con alguien allí sube y toca la puerta, una vecina se asoma y lo saluda,

...Hola Tomas

El busca a ver quien le saluda y se da cuenta de que es la vecina que vive un piso mas abajo de Isabel que está en el balcón, es una señora de raza negra vestida completamente de blanco que es el símbolo de la religión afro-cubana, Tomas contesta al saludo y le pregunta.

…Hola Josefina, ¿has visto a los padres de Isabel?

La señora entra del balcón para salir a la puerta principal, abre la puerta, Tomas va bajando las escaleras para acercarse a ella en busca de respuestas a todas sus preguntas sobre el paradero de Isabel.

…Nadie ha vuelto después de lo sucedido, dice la señora Josefina,

...No deberías estar buscándola o viniendo mucho por aquí, la policía esta vigilando quienes visitan la casa para hacerles preguntas e investigar sobre el intento de fuga de Isabel a ella le llaman escoria, gusana y contra revolucionaria, sabes que no puedes mezclarte con esas personas puedes meterte en un lío, se comenta que la llevaron a villa Marista, esta presa y sus padres están detenidos también.

…¿Quien comenta todo eso? pregunta Tomas.

…Me lo dijo la madre de Ulises el policía, sabes que ella no se calla por nada del mundo y todo lo dice, comenta Josefina.

…Gracias Josefina, me voy, le dice Tomas bajando las escaleras.

Tomas va caminando hacia su casa, va pensando en como conseguir mas información sobre Isabel, se detiene y piensa que debe ir a ver a Ulises el policía y hablar con él, sabe como convencerlo y sacarle información. La casa de Ulises que es un apartamento en uno de los edificios cerca donde vive Isabel, está a pocos minutos de camino.

Ulises, vive en un primer piso, el balcón da a la acera, Tomas se acerca y desde allí lo llama,

…¡Ulises!

Con una sola llamada sale una chica joven de unos 18 años con unos shorts de lycra y una muy escotada blusa, cualquiera diría que es una mujer de la calle y ejerce la prostitución, bueno en realidad eso es lo que se comenta en el barrio sobre la chica, pero nadie tiene el valor de confirmarlo porque es la hermana de Ulises el policía y su madre es una de las mas comunistas del área, ella era una de esas que el gobierno le había dado un teléfono para que informara de cualquier disturbio, o comentarios contra revolucionarios.

Se le acerca la chica a través del balcón y le dice con actitud déspota,

…¿Que quieres?

…¿Se encuentra Ulises?, le pregunta Tomas.

…Se estaá bañando, le dice la hermana quien también conoce a Tomas como a todos los que viven en el barrio, ella también había crecido allí.

…Por favor dile cuando salga que yo lo estoy esperando que necesito hablar con él, le dice Tomas.

La chica sin contestar da media vuelta y entra al apartamento, Tomas se sienta en el primer escalón de las escaleras que están a un costado del apartamento de Ulises, ahí pasa unos veinte minutos.

Sale Ulises al balcón, y busca a Tomas, Tomas se levanta de las sucias escaleras que le han dejado una mancha de polvo en la parte trasera de su pantalón el cual sacude dándose palmadas a medida que se acerca al balcón donde esta Ulises.

…¿Que tu quieres?, pregunta Ulises con la misma actitud de su hermana.

…Necesito que salgas un momento quiero hablar contigo por favor, le dice Tomas.

Ulises lo mira de arriba a bajo y no contesta aunque decide salir, con solo brincar el pequeño muro del balcón ya estaría fuera de su apartamento, Tomas le dice.

…Vamos al parquecito.

El parquecito es un área de juegos donde acuden mucho los chicos del barrio cuando son pequeños, los equipos de columpios y las canales por donde se deslizaban están completamente destruidos, pero Tomas sabe que es un lugar algo privado donde pueden sentarse a conversar.

Ulises sabe mas o menos de lo que quiere hablar Tomas, pues él lo veía andando mucho desde la secundaria con Isabel, entonces decidió ir con él al parquecito.

Una vez allí, la puerta de dicho parque estaba cerrada con un grueso candado, pero como siempre lo hacían desde chiquitos saltan la reja y entran para disfrutar del parquecito, pero esta vez son dos hombres que hablarán de algo muy delicado.

Se sienta Ulises con los brazos abiertos de par en par apoyados en el espaldar del banco, Tomas se queda parado frente a él y le dice,

...Ulises no se si sabes de que quiero hablarte, solo te pido por favor que te olvides que eres policía ahora, y que vuelvas a verme como uno de los chicos que jugaba contigo cuando éramos pequeños, necesito saber que pasa con Isabel.

Ulises lo mira a la cara y le dice,

...Esa puta está donde tiene que estar.

Tomas no dice nada, no sale a la defensiva por la forma en que se expresa Ulises de su mejor amiga, su razón de estar allí era escuchar que pasa con ella, Ulises sigue hablando en un tono insultante,

...Ella esta presa y allí estará para que aprenda, se quiso escapar con Niño y otros mas en una balsa, la enviaron a Manto Negro.

Tomas abre los ojos impresionado por lo que le acaba de decir Ulises, Manto Negro, es una de las cárceles para mujeres donde las detenidas generalmente son criminales reales, donde el abuso y las violaciones son diarias, Tomas sabe por comentarios que las torturas que se cometen en Manto Negro son suficiente como para volver loca a Isabel o quizás matarla, entonces pregunta,

...¿Pero por qué?, ¿como que Manto Negro? ella no merece eso Ulises.

Ulises se levanta del banco y le dice con voz arrogante,

...Eso lo merecen todos los traidores, los contras revolucionarios, el gobierno les da escuela, y medicina gratuita y mira como les pagan tratando de irse a Estados Unidos para hablar allá mierda de aquí, se lo merece y no hay nada más de que hablar.

Ulises empuja hacia a un lado a Tomas, pero este lo detiene y le pregunta,

...¿Que tiempo estará allí?

Ulises se da la vuelta y le dice,

...Pueden ser hasta trece años.

Se vuelve a dar la vuelta y salta la reja, sale del parque y se va.

Ya es de noche, se pueden ver las estrellas claramente en el despejado cielo, Tomas no sabe que hacer, no sabe a quien pedir ayuda, está desesperado, triste y confundido, se queda sentado en el mismo banco donde estaba Ulises, no puede ni llorar, sus emociones están encontradas, mira hacia el cielo y en forma de oración dice,

...Dios mío, perdóname si no confío en tu existencia, perdóname por ser como soy, por favor esta es la hora en la que te pido la prueba de que estas ahí, viendo las injusticias y mi desesperación, por favor, dame la prueba de tu existencia ayudando a salir a Isabel de la cárcel tan pronto como sea posible, te prometo creer en tí para siempre, pero por favor concédeme el milagro que te pido.

Termina de orar Tomas mirando hacia el cielo con lágrimas saliendo de sus ojos, sus manos pegadas una con la otra.

Se va Tomas del Parquecito y llega a su casa, la madre esta colocando un plato de comida en la mesa frente al hermano de Tomas, y otro frente al padre, Tomás llega con la cabeza baja, la tristeza se le nota desde lejos, la madre levanta la mirada y le pregunta,

...¿Que pasa Tomas?, ¿Estas bien?, ¿Supiste de Isabel?

Tomas se detiene y les cuenta lo que había hablado con Ulises, el hermano mayor interrumpe a Tomas y dice,

...Que mal me cae el Ulises ese, solo porque es policía se siente el más macho del barrio, le voy a escachar la cabeza.

...Cállate la boca, sabes que no puedes meterte con él, te meterías en problemas, le dice el padre.

Tomas se dirige a su cuarto, la madre le dice que le va a servir algo de comer, pero Tomas se niega, la noticia de que Isabel permanecerá tanto tiempo en la prisión le ha quitado hasta el apetito.

Al día siguiente se levanta a la misma hora Tomas para ir a la Universidad, a pesar de las pocas ganas que tenía de ver a nadie o asistir a clase era importante para él estar presente, pues tiene un examen que no puede perder, entonces se alista el chico sale de su apartamento y baja las escaleras, allí piensa ir a casa de Isabel a ver si alguien había llegado a su casa, esta vez llega con tan buena suerte que después de tocar una vez la puerta del apartamento de Isabel, contesta la madre de ésta, abre la puerta de par en par y se le tira con un abrazo encima a Tomas, la señora llora desconsoladamente, el padre de Isabel también esta ahí, y se acaba de levantar.

Tomas entra al apartamento, con ansias de saber todo lo que esta pasando con Isabel, la madre le cuenta que Isabel trató de escaparse con Niño, otros dos chicos y una chica más en una balsa para los Estados Unidos, pero la policía los interceptó, según lo poco que había podido hablar con su hija en la cárcel después de que los oficiales le dieran quince minutos para conversar. Isabel le contó que les hundieron la balsa con unos sacos de arenas lanzados desde una lancha guardacostas Cubana, ella le contó que el material utilizado para construir la balsa había sido robado y que por eso les acusaban, pero ella no había robado nada, solo participo en la fuga, aunque la policía no le importa eso y aprovechan para acusarla de ladrona y no de presa política.

Es una de las formas que utiliza el gobierno Cubano para llamar a los presos políticos delincuentes delante de las Naciones Unidas, algunos países le creen y los que no les creen no hacen comentario alguno, es como si nadie en el mundo quisiera tener problemas con uno de los dictadores más asesinos que existen.

La madre de Isabel le cuenta que ella y el padre de la chica fueron objetos de una intensa entrevista hecha por funcionarios del gobierno y le confirma a Tomas que Isabel se encuentra en Manto Negro y que sin juicio la castigaron por unos trece años de privación de libertad, al igual que a los demás chicos.

Tomas suspira profundamente, y decide irse, quiere llegar pronto a la Universidad para contarle todo a Rafael, ya era tarde por lo que se despide de los padres de Isabel quienes en unas horas más se irían a otra provincia a pasar unos días en casa de la familia.

Tomas pierde el bus de la mañana ya que con todo esto ha llegado una hora más tarde al estacionamiento, tendrá que esperar un buen tiempo antes de que pase el próximo. Mientras tanto Rafael lo espera en la Universidad, sentado en los primeros escalones de la gran escalinata que los lleva al aula, está nervioso y ansioso por saber qué ha sucedido con Tomas que no ha llegado.

Es hora de entrar a clases, Rafael se levanta y empieza a subir la escalinata lentamente y mirando muy a menudo hacia atrás a ver si veía llegar a Tomas.

Entra a su clase, con una sonrisa en la cara, siempre tratando de aparentar que todo está bien, no es conveniente hacer notar a nadie que está preocupado por Tomas, ya habían comenzado los comentarios entre los alumnos de que ellos siempre andan juntos y que son homosexuales, Rafael tiene que ser muy discreto.

Termina la primera clase, y nada de Tomas, en los cinco minutos de receso, ya Rafael tiene otra cara, no es la misma sonriente que tenía cuando llegó, esta vez ya se le nota preocupado, una de las alumnas que está sentada con otra chica le pregunta a Rafael.

…Hey, Rafael, ¿donde esta Tomas?

Toda la clase se hecha a reír, ellos sabían que la pregunta era una broma de mal gusto, Rafael la mira y le dice con mal carácter,

…No se, debe estar masturbándose pensando en tí.

Rafael es un chico muy impulsivo y trata por todos los medios de no buscarse problemas pero su carácter se lo impide una vez que le dice eso a la chica, el aula entera se hecha a reír burlándose de la curiosa.

Pasan cinco minutos, empieza la otra clase y Tomas no llega, Rafael apenas puede concentrarse, en medio de la clase un toque a la puerta, el profesor abre, y entra Tomas, varias personas miran hacia Rafael solo para ver la reacción de Rafael quien sonríe.

Tomas le explica al profesor que se le fue el bus, y entra a clases, a medida que camina hacia su asiento mira a Rafael, y Rafael lo mira a él.

Termina el día y los chicos se van del aula, Rafael no podía esperar más para saber que pasó con Isabel. Tomas aprovecha el camino hacia la casa de Rafael para contarle con detalles lo que averiguó de ella por medio de Ulises el policía y los padres de Isabel.

Rafael toma la noticia sin sorprenderse pues sabe que en su país es cotidiano que esas injusticias sucedan, pero está muy triste tanto como Tomas, los dos quieren a Isabel como una hermana.

Hace hoy tres meses que los chicos no ven a Isabel, ella sigue en la cárcel, sí saben de ella pues la madre la ha podido visitar unas cinco veces por quince minutos cada vez, Tomas y Rafael visitan a la madre de Isabel frecuentemente, ella esta muy deprimida y no se acostumbra a la idea de que su hija esté encerrada por tantos años, ella les cuenta a los chicos que Isabel está fuerte, que se ve bien, un poco flaca, y que trata de darle animo, que ha hecho nuevas amistades dentro de la cárcel con mujeres que han sido detenidas también tratando de escapar de la isla.

Tomas piensa que quizás Isabel no le quiere contar a la madre exactamente por lo que está pasando en la cárcel, para no preocuparla aun más, entonces le pregunta a la madre de ésta, tratando de encontrar la posibilidad de que ella le cuente como está de verdad sin rodeos

…¿Crees que yo pueda ir a verla?

La madre le explica que las visitas están limitadas solamente a sus padres y solo cuando reciben notificación del día la puede ir a ver, sin garantías de que aun con la notificación pudieran verla.

Así y sin muchas esperanzas de que Isabel pudiera salir pronto de la cárcel pasa el tiempo, de vez en cuando Tomas y Rafael reciben una cartica que oculta su madre ya que la correspondencia esta prohibida.

Capitulo VII
Un examen Importante.

Ya los chicos están en tercer año de la Universidad, siguen estudiando mucho para poder ser profesionales, sin futuro es cierto, pero al menos, adquieren conocimientos que les servirían para en algún momento ejercer como médicos. Salen del aula Rafael y Tomas, caminan por el largo pasillo que los lleva a la escalinata, no sin antes pasar por un mural donde existen solo consignas comunistas y mentirosas describiendo los logros de la revolución, que no se ven por ningún sitio, también hay un gran anuncio para los estudiantes del tercer año de medicina, se anuncia la posibilidad de que dos estudiantes podrán ir a la Unión Soviética después de pasar unos exámenes para estudiar neurología, también una beca para el mismo país donde solo uno podrá ir a hacer una maestría en medicina nuclear.

Tomas y Rafael se detienen al ver dicho anuncio, se miran a la cara y Tomas dice,

…Rafael, esta es nuestra oportunidad, haremos lo que no pudo hacer Isabel, pasaremos los exámenes nos ganaremos las becas y nos vamos de aquí.

Rafael lo escucha mientras lee el cartel, Tomas sonaba seguro y decidido, de pronto mira a Tomas y le dice con una sonrisa en su cara,

…Sí Tomas, nos vamos de aquí.

Los chicos se miran fijos a los ojos por unos segundos y van hacia la dirección de la Universidad a dar sus nombres para participar en el concurso. Una vez en la dirección les atiende Siomara la secretaria de la directiva de la Universidad, una señora de muy baja estatura y de unos cincuenta años que les dice

…¿Saben que todas las Universidades del país participarán en el concurso y solo dos irán para neurología y solo uno a medicina nuclear? Pregunta la señora.

Rafael le contesta,

….Si, yo quiero ir para medicina nuclear y Tomas para Neurología.

Los chicos se inscriben en el proceso y desde ese día comienzan a prepararse para los exámenes. Ese día Tomas decide no ir a casa de Rafael a pasar la noche, se irá a su casa a contarle a sus padres y hermano, también pasara por casa de Isabel a contarle todo a la madre.

Una vez ya en su casa, Tomas, le dice a su madre que tiene algo que contarle pero que lo hará cuando su padre y hermano lleguen a la casa, la madre nota a Tomas contento, como si algo bueno por fin le estuviera pasando, después de la desgracia de tener a su mejor amiga en la cárcel.

La madre de Tomas prepara la mesa ansiosa por saber lo que tiene que contar su hijo y le dice al esposo y a su otro hijo quienes están en el balcón floreando con una guapa chica que por allí pasaba,

…Hey entren déjense de saterías con las mujeres y siéntense, Tomas tiene algo que contar.

El padre de Tomas y su hermano curiosos entran, es muy raro que Tomas tenga algo que contar y más raro es que reúna a la familia.

Una vez sentados en la mesa, la madre le pide a Tomas que empiece a hablar, el chico sonríe coloca sus dos manos sobre la mesa hacia ambos lados del plato de comida que esta frente a el y dice,

…Quiero decirles que la universidad esta ofreciendo dos becas para ir a estudiar a la Unión Soviética, neurología, me inscribí en el concurso y si gano me iré a Moscú una vez terminados los exámenes los padres de Tomas y su hermanos se alegran por la noticia pero ven muy poco probable que eso suceda, serán exámenes extremadamente difíciles y la dirección de la Universidad siempre elige alumnos que además de buenas calificaciones están integrados en actividades comunistas de las cuales Tomas no participaba nunca y creaba siempre el pretexto de que estaba enfermo, o que tenía que ir a un hospital a ver a alguien. Entonces el hermano le dice riéndose y en forma de burla,

….Ja, Ja, tu no iras ni a Moscú, ni a Miscá.

Tomas los mira y dice,

…Si paso el examen y me logro ir no vuelvo a este país, trataré de sacarlos a ustedes de aquí a toda costa, pero yo para acá no vuelvo.

Los padres se miran mutuamente preocupados, unos segundos más tarde miran a Tomas, y el padre le dice,

…Tomas, te deseamos la mejor de las suertes y te apoyaremos en cada decisión que hagas en la vida eso te lo hemos dicho antes, pero queremos que nos prometas que recuerdes que es difícil y si no lo logras no queremos que hagas locuras como Isabel.

…Y, ¿que pasara con Rafael? Pregunta la madre.

Tomas le contesta con una sonrisa,

…Él participara en los exámenes también y si lo logra nos iremos juntos.

La familia termina de hablar del tema y comen, una vez terminados cada uno toma su camino como siempre, la madre va a limpiar los platos, el padre a escuchar en el radio la emisora de los Estados Unidos, el hermano se retira a su cuarto y Tomas se va al suyo.

Toma un libro de su mochila y se tira en su cama a leer, trata de concentrarse pero a pesar del tiempo que han pasado después de la detención de su amiga Isabel no puede, acostado boca arriba, pone el libro abierto en su pecho, y mira hacia el techo, tiene tantas preguntas en su cabeza que no sabe por donde empezar a preguntárselas él mismo. ¿Porqué suceden estas cosas?, piensa, ¿porqué los hombres que se sienten súper machos y capaces de gritarle maricón en la calle no hacen nada para cambiar el destino del país?, sigue pensando, ¿serán de veras suficientemente machos como para salir a la calle y gritar Abajo Fidel?, ¿porque todos los que se han escapado no hacen nada para volver a Cuba y librarla del dictador?, ¿Me podré ir de este país?, ¿Como será la Unión Soviética?. En fin las preguntas tiene Tomas a montones y solo el tiempo las ira respondiendo una por una, y mucho más cuando él tenga la posibilidad de abandonar la isla.

Se levanta de su cama y se dirige a una pequeña mesita a buscar un lápiz y un pedazo de papel, le escribirá una carta a su amiga Isabel y le contará todo lo que está sucediendo en la Universidad, no le contará nada sobre las intenciones que tiene de abandonar el país, porque si las autoridades le quitan la carta a la madre puede ser fatal, pero él sabe que ella se imaginara todo.

Una vez escrita la carta Tomas se cambia de pantalones y va a casa de la madre de Isabel.

Caminando hacia el edificio donde ella vive, ve que la madre de Isabel camina en esa dirección también. Tomas con un grito la llama, ella se detiene mira hacia atrás y espera a que Tomas la alcance, el chico apresura su paso llega a ella sonriente, le da un beso en la mejilla y le dice.

…Te traigo una carta que quiero que se la entregues a Isabel cuando la veas.

…No hay problemas Tomas, dice la cariñosa madre,

…yo la escondo y tratare de pasarla, ¿no escribiste nada que hable mal del gobierno?

…No, ni que estuviera loco, y por favor trata de poder sacarme una cartica de ella de la cárcel, dile que la extraño mucho, le dice Tomas despidiéndose de la señora para volver a su casa y tratar de leer el libro que es muy importante para su examen.

Han pasado dos semanas desde que Tomas le entregó la carta a la madre de Isabel, él está en su cuarto estudiando para el primer examen del concurso que lo llevará probablemente a ganar una beca a la Unión Soviética, está acostado en el piso con libros abiertos por todos lados, también en el piso pero sentado esta Rafael los dos se notan cansados ya llevan varias horas enredados en la materia. La puerta del cuarto está abierta por lo que pueden sentir que la madre de Tomas ha recibido a alguien que acaba de llegar al apartamento, es la madre de Isabel que le trae una carta a los chicos, los dos escuchan la voz y la reconocen enseguida saben que hay noticias de su gran amiga.

De un impulso se levantan y corren a la sala a encontrarse con la señora, la saludan cuando ella está sacando de entre sus pechos una carta que trae muy oculta desde que su hija se la entregó secretamente en la cárcel.

Tomas la toma en sus manos y la abre desesperado, Rafael tiene una sonrisa en la cara, y trata de leer al mismo tiempo que Tomas quien sin esperar a que la señora se siente y allí mismo parado en la puerta Tomas lee en alta voz,

…Queridos Tomas y Rafael, ¿como están?, mi carta será corta porque saben que no puedo escribir mucho, ya buscaré la forma de poder escribirles más a menudo y extenso, estoy muy feliz por ustedes.

Tomas casi no puede leer sus ojos se llenan de lagrimas y la voz le sale entre cortada mezclada con suspiros, Rafael decide quitarle la carta de sus manos y leerla él, así continua,

…Se que lograran pasar los exámenes y aunque no veré **pájaros volar**, sé que lo harán, este mundo es pequeño y todo se sabe, ya me enteraré cuando esto suceda, los quiero mucho su gran amiga Isabel, nota, por favor envíenme una postal aunque sea.

Así termina la carta, Rafael dobla el arrugado papel escrito con lápiz, Tomas está abrazado al pecho de su madre han estado llorando mientras escuchaban las escrituras de Isabel, la madre de ésta solo mira hacia el suelo, no llora, toma un profundo respiro por la nariz y lentamente lo va soltando por su boca, nadie habla, es triste tener que escuchar noticia de alguien tan querido de esta manera, todos saben que Isabel es una persona joven y fuerte y que su vida se le irá de entre las manos en un cautiverio que no merece.

La tarde termina de caer y no es sorpresa que el gobierno les haya cortado la electricidad para según dicen, ahorrar petróleo, aunque estas restricciones no se contemplen en los lugares para extranjeros ni en aquellos donde residen los altos funcionarios del gobierno que sí pueden disfrutar de tan codiciada energía las 24 horas del día, los siete días de la semana.

Está oscuro la madre de Isabel decide volver a su casa, los chicos amablemente la acompañan para que no corra peligro en el oscuro camino, ellos llevan en sus manos una lámpara vieja hecha con una botella llena de kerozene y un pedazo de trapo que sería la antorcha, con ésta misma lámpara estudian ellos inhalando el desagradable y apestoso humo negro que ésta desprende.

Es Viernes, día de exámenes los chicos se enfrentaran a una buena cantidad de estudiantes para competir por las becas, luego de este primer examen solo veinte a nivel nacional pasaran a la próxima y más difícil prueba.

Rafael y Tomas están en el último escalón de la escalinata allí se despiden, cada uno va a diferentes aulas donde podrán hacer los exámenes que durarán dos horas exactas, los resultados los expondrían luego en el mural central de la Universidad donde podrán leer si van o no a una segunda oportunidad.

Dos horas exactas ha pasado cuando los chicos vuelven a encontrarse en el mismo lugar, los dos con una sonrisa en la cara, ellos sienten que salieron muy bien y creen que podrán ir al segundo intento, lo que no pasara muy rápido será el tiempo que tendrán que esperar para ver los resultados. No obstante ellos irán a sus casas y seguirán preparándose, estudiando intensamente por si se les da la oportunidad.

Finalmente llega el lunes, Tomas ha pasado la noche en casa de Rafael para poder llegar a tiempo a la Universidad y ser uno de los primeros en saber los esperados resultados. Abre los ojos, mira el reloj, trata de quitarse a Rafael que duerme abrazado a él, y le dice,
...Oye chico, despierta tenemos que irnos pronto.

Rafael respira profundo y estira cada uno de los músculos de su cuerpo, Tomas esta tan ansioso que ni de bostezar le dan ganas, sale de la cama como un rayo y se prepara para ir a la Universidad.

Salen los dos en una misma bicicleta, es muy temprano en la mañana, hace un poco de frío y aun esta oscuro, el tiempo que tardarán en llegar podrá ser de unos quince minutos.

Una vez en la Universidad y frente al mural se dan cuenta de que aun no han puesto los resultados, por el pasillo va caminando Siomara, la secretaria de la dirección de la Universidad.

Rafael corre a ella y le llama por su nombre, Siomara se da la vuelta y espera a que llegue Rafael para ver que es lo que quiere, aunque sospecha que le preguntará por los resultados del concurso.

Ella le explica que los pondrán en el mural en unas horas, Rafael le agradece y se va donde está Tomas, a contarle lo que la secretaria le ha dicho.

La primera clase del día termina, y los chicos salen al pasillo, ven que hay una buena cantidad de estudiantes parados frente al mural, están pegados unos a los otros casi se empujan para ver los resultados que finalmente están expuestos. Tomas y Rafael se miran con una sonrisa en la cara y sin hablar salen corriendo a ver los resultados.

Que alegría, los dos fueron seleccionados para el próximo examen, cada uno se enfrentará a veinte estudiantes, los dos se abrazan sin importarles lo que otros puedan pensar o comentar sobre ello, de todas formas ya lo han hecho y la alegría que sienten cubre el miedo que pudieran tener que los estudiantes se enteraran de su relación romántica.

Tomas le explica a Rafael que esa noche la pasara en su casa, él quiere contarle a sus padres y hermano sobre los resultados, Rafael entiende y le dice que él quiere también contarle a su madre, esperan al final del día y los dos se van de la Universidad.

En el apartamento de Tomas están sus padres sentados en el balcón frente a frente, los dos esperando escuchar sobre el concurso. Tomas tan pronto abre la puerta les dice que pasó al otro examen, los padres se alegran pero aun no tienen muchas esperanza de que su hijo pueda llegar al final de la competencia, ven muy difícil la posibilidad de que él pueda irse del país de esta manera, no obstante los dos lo felicitan y le dan un abrazo, con halago le dan la buena noticia al hermano mayor de Tomas.

Tendrán que esperar dos semanas hasta el próximo examen, por ahora Tomas y Rafael tendrán que estudiar muy duro, eliminarán a varios estudiantes, para la especialidad de Tomas solo quedaran diez, para la de Rafael solo cinco, ellos son concientes de que el examen podrá ser tan difícil que quizás no lo puedan ni pasar, pero el propósito está fijado y la promesa entre ellos de irse de la isla por este medio esta hecha, harán lo posible por lograrlo.

Tomas y Rafael estudian hasta largas horas de la madrugada, sin electricidad con la habitual lámpara. Son alrededor de la una de la mañana y se detienen a descansar unos quince minutos, se toman un vaso de agua con azúcar y se comen un pedazo de pan, luego continúan estudiando, así tienen momentos en el que unen la noche con el día.

Tomas trata de por todos los medios de quedarse a dormir en casa de

Rafael para poder estudiar por mas tiempo y no tener que preocuparse en tratar de cazar un bus que lo lleve a la Universidad, pero hay un día en que decide irse a su casa después de las clases. A Tomás se lo ve cansado, él siempre ha sido muy flaco, pero se nota que ha perdido mucho mas peso, la cara muy blanca y los labios con apenas color por la palidez, la madre que lo ve le avisa del peligro que corre por estudiar de esa manera, le dice que tiene que tratar de dormir mejor, ella sabe que la dieta alimenticia no está ni siquiera muy cerca de ser la adecuada para la nutrición del joven, pero también aunque las esperanzas son pocas sabe que si logra pasar los exámenes e irse a estudiar a la Unión Soviética tendrá la oportunidad de escarparse y ser libre del gobierno verde olivo que día a día los acecha.

Esa noche que Tomas pasa en su casa estudia hasta casi las tres de la mañana, y del agotamiento Tomas, se queda dormido en el piso de su cuarto cubierto por una manta de libros y libretas, ni el ruido de una bomba podría despertar al chico, pero la preocupación y las ansias por pasar el nuevo examen hace que a las 5:45 a.m. se despierte.

Adolorido por la mala posición en que quedó dormido y aun muy cansado se levanta y va al baño. Todos duermen aun en casa, por lo que trata de no hacer ruidos, y luego de un rápido aseo, sale a cazar el bus. Está oscuro, llueve y hace frío, Tomas, no tiene paraguas, o algo que lo pueda proteger de la lluvia, pero aun así sale corriendo del edificio hasta el estacionamiento del bus que queda a unos metros de su casa. Allí hay varias personas ya esperando a que pase el bus, todos parecen hormigas en una cueva, entre ellos hay dos personas fumando y aunque el humo molesta, nadie les dice nada y a ellos no les importa fumar entre el bulto de personas, a Tomas le molesta mucho el humo del cigarrillo, siempre le da alergias, pero parece haberse acostumbrado ya a la poca delicadeza de otros. Casi dos horas después por fin el maldito bus llega, repleto de personas, las ventanillas cerradas para proteger a los pasajeros de la lluvia. En pocos minutos Tomas comenzará a sentir un calor indescriptible debido al apretujamiento entre las personas que viajan en el bus, él va parado en el medio del pasillo. Pasan unos veinte minutos, y Tomas ya experimenta el inmenso calor, y un horrible mal olor, todas las ventanas del bus permanecen cerradas, la lluvia hace imposible que puedan abrir una de estas aunque fuera un poco, para refrescar el interior del bus que no presenta ventilación interna alguna.

Tomas mira en la ventana la humedad reflejada en el cristal, las gotas de lluvia que caen son barridas por el viento y la velocidad del bus, Tomas, siente un sonido en el hambriento estómago, siente un fuerte dolor de cabeza y muchas nauseas, trata de controlarse, solo le faltan unos veinte minutos más para llegar a su destino, las manos le sudan, su cara pálida se pone aun peor, la temperatura le baja extremadamente rápido, sabe que está apunto de desmayarse, por el agotamiento y la falta de nutrición, aprieta fuerte la baranda de la cual se sostiene para no caer, concenta su mirada en la lluvia, para tratar de olvidar los síntomas, y poder llegar sin desmayarse, todo es en vano, el flacucho cuerpo de Tomas, no resiste más, el calor solo ayuda a empeorar los síntomas, y Tomas cae encima de uno de los pasajeros, éste lo mira y lo empuja bruscamente, pensando que es alguien que quiere acosarlo sexualmente como se acostumbra en el bus, pero mira y una vez después del empujón se da cuenta de que el chico no está respondiendo,

…¡Una silla, que se desmayo!, grita el preocupado hombre.

El chofer mira hacia atrás por el espejo, pero no le preocupa, sigue su camino, nada lo detiene, una señora se levanta de su silla y ayuda a que puedan sentar a Tomas, la persona sentada cerca de él abre la ventana de un tirón para que el aire fresco entre, la lluvia sigue aun fuerte, algunas personas comentan, otros se los escucha burlarse.

…Denle un plato de comida al chiquito ese que se ve que lo que tiene es hambre, grita un necio pasajero desde atrás del bus, y muchos lo acompañan con risas burlonas, parece mentira que en un país donde casi todos están pasando por lo mismo, la burla ante ese tipo de situaciones pueda existir, pero es así, es la falta de educación, y de humanidad que genera el gobierno, la falta de interés por ayudarse unos a los otros, quizás sea uno de los motivos por el cual el país está tan jodido.

Tomas, abre los ojos y empieza a responder, se va sintiendo mejor cada segundo que pasa, su mejoría es rápida y notable, uno de los pasajeros le explica que se desmayó, Tomás puede escuchar a los burlones pero no comenta, ya esta próximo a llegar a la Universidad, se encontrara allí con Rafael, y se enfrentará a un nuevo examen.

Por fin se baja del bus, y corre hacia la Universidad, la lluvia sigue aunque no tan fuerte, se detiene frente a las escalinatas y mira hacia arriba, allí esta protegido de la lluvia, Rafael, parado con su bicicleta. Tomas sube corriendo, casi se ha olvidado de que hace solo unos minutos estaba inconciente, eso para él no es importante ahora, y ni se lo contará a Rafael para evitarle preocupaciones antes de un examen tan importante.

Los chicos se encuentran, se desean suerte uno al otro, esta vez no es como cuando Isabel se presentó que ganando ella sola, todos ganaban porque la verían irse del país y finalmente podría hacer sus sueños realidad, ahora tenían que ganar los dos, para poder irse juntos y hacer una vida nueva, en un país libre.

Cada uno de los chicos se dirige al aula donde se realizará el próximo examen. Ya casi alejados uno del otro, Rafael se detiene da media vuelta y le grita a Tomas,

…Tomas, todo saldrá bien esto es nuestro.

Tomas se detiene mira hacia atrás le sonríe, los dos se retiran.

Serían las dos horas mas largas de mi vida si tuviera que esperar porque los chicos terminen el examen para ver como salieron, pero el tiempo pasa, y ya es hora de entregar sus exámenes. Pasadas las dos horas, Tomas se levanta de la silla, y se dirige a la profesora que él no conoce pero que está para vigilar que el examen se realice sin ningún tipo de problemas y para evitar entre otras cosas que los alumnos se filtren respuestas entre ellos. Siente que las largas noches de estudios y sacrificios valieron la pena, piensa que salió bien del todo y que tendrá la chance de ir a una próxima oportunidad en dos semanas.

Rafael esta idénticamente igual, con una sonrisa se levanta de la silla, y entrega su examen, sale del aula, y ve mas adelante a Tomas que está saliendo de la suya, los dos caminan en la misma dirección con una sonrisa en la cara, se encuentran en el medio del largo pasillo, la sonrisa se hace más notable, y sin comentar nada se van de la Universidad.

Bajan las escaleras, Rafael con la bicicleta al hombro, Tomas con los libros de Rafael y los de él abajo del brazo, van comentando como fue el examen. Ese día Tomas se quedará con Rafael para llegar temprano al día siguiente y conocer los resultados, después de los cuales sólo quedaran cuatro para presentarse en el próximo examen para la beca que solicitó Tomas y solo dos quedaran para ir a estudiar Medicina Nuclear que fue la que solicitó Rafael.

Llegan a casa de Rafael los chicos contentos, Rafael le brinda un jugo de mango a Tomas, y este le cuenta a Rafael lo que le había sucedido en el bus esa misma mañana, Rafael se enoja y le dice que tiene que comer más, que tiene que descansar, que está muy flaco, que se le ve muy cansado. Rafael siempre ha tenido un cuerpo de constitución más fuerte que la de Tomas, se le ve musculoso, y a pesar de las necesidades trata de comer todo lo que puede, sin embargo Tomas, es de buen comer, y sus padres siempre han podido conseguir mas comida que lo que usualmente comen las familias cubanas compradas en el mercado negro, pero aun así su cuerpo es mas débil, simplemente su contextura física es lo que hace la diferencia.

Los chicos están en la cocina de casa Rafael hablando del desmayo que había sufrido Tomas. La madre de Rafael llega, pone la cartera encima de la mesa de comer y les pregunta a los chicos como les fue, Rafael sale corriendo de la cocina abraza a su madre, y pretendiendo bailar un vals le cuenta que estuvo fácil, que la materia que habían estudiado salió en el examen y que ganarían, la madre sonríe pero a la misma vez le dice preocupada,

...Rafael, tu sabes como es esto aquí hijo, tienes que siempre tener presente que aun si ganas quizás el gobierno puede negarte la salida del país, sabes muy bien que no es fácil.

Tomas con su cuerpo apoyado contra la pared que divide la sala de la cocina, mira a Rafael y a su madre como bailan en la sala, Rafael al escuchar a su madre se detiene, y le dice,

...Mami lo tengo todo presente pero tengo un buen presentimiento de todo esto.

Continuaron bailando, él con su mano derecha en la cintura de su madre, y la izquierda sujetando la de ella, bailando pero en este caso sin música.

Ya es tarde la madre de Rafael, Tomas y Rafael están sentados en la sala, no hay nada que ver en la televisión, pues el comandante de la revolución está dando uno de sus largos y aburridísimos discursos que quizás pudieran durar hasta cinco horas hablando pura porquería, los fanáticos y perros de la llamada Revolución lo aplauden.

Tomas se levanta de la silla donde esta sentado, toma a Rafael de la mano y le pide ir a dormir, la madre también se levanta y les comenta que está cansada que también se retira.

Cuando llevan un par de minutos en la cama, Tomas que está abrazado a la espalda de Rafael le pregunta en un tono de voz bien bajito para que no se sobresalte en caso que estuviera durmiendo,

...¿Duermes?

Rafael abre los ojos y le contesta que no, Tomas hace que se de la vuelta quiere mirarle la cara y le dice,

...Rafael, ¿que será de nosotros si nos vamos de aquí?, ¿nos quedaríamos en Europa a vivir?, ¿nos podremos escapar de la Unión Soviética?, ¿Crees que será demasiado difícil poder llegar a los Estados Unidos?

Rafael toma un profundo suspiro y le dice,

…Tomas lo más difícil es salir de aquí, una vez que lo logremos ya veremos que pasará, por ahora no conocemos nada del mundo, ni avión hemos montado, esperemos a que todo suceda, entonces podremos planificar nuestras vidas, por ahora seguimos teniendo un dueño, Fidel Castro y sabes que mientras estemos en su territorio estaremos bajo su total dominio.

Tomas se queda callado espera unos minutos, y ya cuando Rafael tiene los ojos cerrados le dice con una sonrisa en la boca,

…Si todo lo que queremos se nos cumple haremos una vida feliz, tendremos una casita, tendremos perros, iremos al gimnasio, tendremos nuestro auto, que rico, así nos olvidamos del maldito bus.

Rafael no abre los ojos pero sonríe escuchando lo que Tomas le dice, y a su vez le dice,

…Bueno, duérmete ya, tienes que descansar Tomas.

Tomas se da la vuelta, Rafael lo abraza, y se quedan dormidos.

Hoy es un nuevo día, los chicos salen como unos niños corriendo por saber los resultados que ya tendrían que estar expuestos en la Universidad, pero cuando llegan, la escalinata esta cerrada, están instalando una plataforma para un concierto que usualmente realizan bandas que solo le cantan a la revolución. Los jóvenes dentro de la falta de diversión logran con esos espectáculos pasar un rato agradable en compañía de otros y aunque muchos no soportan las canciones comunistas, simplemente van para florear con chicas y chicos.

Tomas y Rafael tienen que pasar por una de las esquina de las escaleras, con cuidado de no tropezar con los tendidos eléctricos que allí están tirados y que no presentan ninguna señalización que les indiquen que pueden ser peligrosos.

Llegan por fin arriba, y corren adonde esta el grupo de alumnos parado frente al mural ya con los resultados, hay muchas personas apenas pueden leer, pero Rafael si nota que su nombre está entre la lista de ganadores. Tomas trata de acercarse para ver el suyo, por fin lo logra, los chicos han logrado pasar al último examen, es tanta la alegría que deciden irse de la Universidad ese día, no asistirán a clases y pasaran el día juntos celebrando. Tomas no puede esperar ni un minuto más para llegar a su casa y contarle a sus padres y hermanos.

Los chicos abandonan el local y se van a casa de Rafael, pues quieren darle la noticia a la madre de ésta antes de se vaya para el trabajo, los dos bajan las escaleras, Rafael carga su bicicleta, por fin llegan abajo, se suben en ella y salen a todo lo que da para la casa.

La madre de Rafael está en su cuarto, sentada frente a una mesa con un espejo viejo, se está peinando para ir al trabajo, escucha llegar a los chicos gritando de felicidad. La señora detiene su peinado, sale corriendo a la sala, ella sabe que tanta felicidad podía tener una sola razón, los chicos pasaron el examen y están mas cerca a cumplir sus objetivos, abraza a los dos a la vez, también decide no ir a trabajar, irá con ellos a casa de Tomas, y quizás hasta decidan pasar el día en la playa.

Los tres salen de la casa y van a casa de Tomas, una vez allí, la madre de éste se sorprende por la inesperada visita.

…Mami, pasé el examen, le dice sonriendo de felicidad Tomas.

Ella lo mira y lo abraza, Rafael y su madre se quedan en la puerta para dejar que Tomas y su madre disfruten el momento, ella se separa de su hijo y le pregunta,

…¿Entonces te queda un solo examen?

Tomas le contesta que sí.

La madre esta orgullosa de Tomas, y lo vuelve a abrazar, ahora está preocupada, ella ve que su a su hijo le falta un solo examen para poder definir su futuro.

Tomas le pide a su madre que los acompañe un rato a la playa, ésta le dice que tiene algunas cosas que hacer pero les pide que vayan ellos, que disfruten y que vuelvan cuando el padre de Tomas esté de vuelta del trabajo para darle la noticia todos juntos.

Así lo hicieron, transcurrió el día y ya en la tarde llegan los chicos con la madre de Rafael al apartamento de Tomas, su padre hace solo unos minutos que ha llegado del trabajo, está en su cuarto, la madre de Rafael y éste se sientan en el sofá, mientras Tomas va a avisarle al padre que tiene algo que contarle.

El padre sale del cuarto y la madre viene de la cocina ella quiere ver la reacción de su esposo al enterarse de la noticia.

…Papi, pasé el examen, me falta uno solo, dice contento Tomas.

El padre lo mira orgulloso pero le dice,

…Bueno yo te felicito cuando pases el último de los exámenes, eso para mí no significa que ya ganaste.

Tomas se enfurece por la reacción del padre, sus reacciones siempre fueron iguales, para él nunca nada era suficiente.

La madre le explica a Tomas, que el padre no lo hace por nada malo, ella sabe que el padre podría darle una respuesta mejor, pero ella no le dice nada, solo trata de calmar al enfurecido hijo.

Rafael y su madre no comentan nada, y deciden retirarse antes de que se haga mas tarde, Tomas se quedará esta noche en casa de sus padres, se despiden las dos familias.

Es sábado en la mañana y Tomas, quiere ir a darle la noticia a la madre de Isabel sobre los resultados del examen, cuando ésta se entera, le dice a Tomas que esta feliz por él y le promete que en la próxima visita le contara todo a Isabel.

Después de la corta visita del chico a la madre de Isabel, el chico se va a la costa donde acostumbra a sentarse solo y pasar largas horas frente al mar pensando.

El mar está tranquilo parece un plato, el cielo despejado. Tomás busca sentarse en su acostumbrado rincón, no sin antes buscar unas piedras para lanzar al mar. Allí sentado permanece unos veinte minutos, ve que un señor canoso y viejo se le acerca, es evidente que ese señor no es Cubano, se le acerca y le habla en inglés.

Tomas no entiende mucho y le pide que le hable despacio, dentro de lo que puede entender, el señor le cuenta que es Canadiense y que está de visita en Cuba tras la muerte de su hermana, ha decidido pasar unas vacaciones en la Habana. Tomas sabe que es ilegal hablar con extranjeros, mira alrededor, ya es demasiado tarde, a unos metros de él están sentados dos hombres de unos treinta años con bigotes grandes como acostumbra a usar la policía de ese país que lo vigila. El señor quien se sienta cerca de Tomas, saca de una bolsa de nylon, una lata del refresco extranjero que Tomas acostumbraba a ver en los comerciales de los canales de televisión de Estados Unidos, el Canadiense le ofrece una de estas latas a Tomas.

Tomas recibe contento el regalo y no abre la lata para tomársela, piensa que si la lleva a casa les dará una gran a alegría a los padres al compartir el refresco que desde hace muchos años ellos no han probado y que Tomas probaría por primera vez.

Luego de una corta conversación, Tomas, con su inglés muy malo le dice al extranjero que se tiene que ir, el señor entiende y también se va. Camino a su casa, Tomás ve que los policías vestidos de civil lo persiguen, ya cuando el Canadiense se ha perdido de vista, los policías ordenan a Tomas que se detenga.

Él se detiene da media vuelta y espera a los oficiales.

…Dame tu carné de Identidad, preguntan arrogantes los policías con un acento tal y como lo tienen los ciudadanos de la parte oriental de Cuba.

Tomas saca su identificación, ellos la abren y pretenden que están leyendo aunque quizás ni siquiera saben leer ni escribir, y le preguntan,

…¿Que hacías con ese tipo?

Tomas le explica lo que habían hablado y como fue que el Canadiense se puso en comunicación con él.

Uno de los policías lo mira de arriba a bajo y le pregunta,

..¿Tú eres maricón?

…¿Que es eso oficial?, No yo no soy maricón, dice temeroso Tomas.

…¿Tú no sabes que ese tipo es maricón? Le pregunta el oficial.

Tomas le dice que no sabe nada de él y le vuelve a explicar que fue el Canadiense quien vino a él y le contó la razón por la que había visitado Cuba.

El policía le pide a Tomas que le muestre lo que tiene en sus manos, Tomas le muestra y le dice que es solo una lata de refresco. Uno de los oficiales pretendiendo estar indignado le dice,

…¿No sabes que esa soda es una soda imperialista? Eso lo venden nuestros enemigos, no debes andar con ella, mejor lárgate ya estas metido en demasiada candela, le dijo el oficial arrebatándole la lata de refresco de sus manos

Tomas se va triste por no poder llevarle la soda a sus padres pero satisfecho de que no lo hayan detenido y lo llevaran a la cárcel por estár hablando con el extranjero.

Tomás llega a su casa y le cuenta a sus padres lo que sucedió, la madre le dice que ella sabe que él triunfará, que está segura de que pasará el próximo examen, se irá de esa isla y podrá llevárselos a ellos un día y también podrá invitarlos a tomar todos los refrescos que quiera.

Tomas sonríe pues tiene el presentimiento de que así será, entonces decide ir a su cuarto y hundirse en un mar de libros y materia para poder pasar el próximo examen.

Todo el fin de semana Tomas, se la ha pasado los días y las noches enteras estudiando, y cuando descansaba lo usaba para mirar un atlas donde puede ver los países que quedan cerca a la Unión Soviética y que posiblemente pueda utilizar para escarpar del gobierno comunista pidiendo asilo político.

Parecía telepatía, pero en el otro lado de la ciudad estaba Rafael haciendo exactamente lo mismo, estudiando y buscando las vías de escape una vez que estuviera en la Unión Soviética.

Tomas y Rafael se encuentran en la Universidad, los dos se cuentan lo que hicieron el fin de semana separados uno del otro, ellos mencionan cuanto se extrañaron. Tomas le cuenta la experiencia que tuvo por una soda con los policías, y Rafael le pide que ni le termine de contar lo que sucedió porque le incomodan esas historias. Ambos están con más fuerzas para seguir hacia delante y pasar el examen final.

Hoy es el día que marcara a los chicos para siempre, los dos tendrán que pasar el último examen que de ser aprobado los llevara a la Unión Soviética y así poder escapar para empezar sus nuevas vidas en cualquier otro país donde les puedan brindar Refugio o Asilo Político.

Es un día especial, es un evento como ningún otro, las familias de los que compiten están allí, la madre de Rafael esta con su hermana, la tía de éste, los padres de Tomas y su hermano también están allí, los alumnos de la Universidad están presentes ya que no se quieren perder ni un detalle del examen, la directiva, los profesores, en fin, la universidad está llena hoy a pesar de ser sábado por la mañana cuando no se dan clases y generalmente el local permanece vacío como todos los fines de semana.

Un timbre suena indicando que es hora de entrar al examen, las familias y amigos se despiden, la madre de Tomas le da un beso y le dice,

…Te deseo la mejor de las suertes hijo.

Tomas no puede ni hablar, esta muy nervioso, Rafael lo nota y cuando ya van a las aulas se le acerca y le dice,

…Esto es por Isabel.

Los dos se miran y Tomas le contesta,

…Por ella y por nosotros.

Dan media vuelta miran a sus padres desde lejos y agitan las manos en señal de adiós, entran a las aulas.

Este examen puede durar unas tres horas, y contiene material sobre Anatomía, Físicas, Matemáticas, y Químicas. El que termine antes de las tres horas podrá entregar el examen y salir del aula, Tomas compite con tres alumnos más, solo dos ganarán las becas, Rafael compite con un solo alumno y uno de ellos ganará.

La familia permanece sentada en unos bancos del parque que está en el centro de la Universidad, allí todo lo que hacen es mirarse unos a los otros, pero no hablan ni una palabra, los nervios no los dejan.

Pasa una hora treinta minutos, y del aula de Tomas, dos de los alumnos ya salieron, pero aun no hay señal de Tomas, sin embargo, desde lejos se ve salir a Rafael, sonríe, buscando con los ojos a Tomas, todos se levantan y corren hacia él.

Rafael cuenta que el examen fue un poco difícil pero que cree que salió bien, a solo unos pasos atrás esta el alumno que compite con Rafael.

Mientras tanto Tomas sigue en el aula, preocupado, hay una pregunta de física cuya respuesta no está seguro de tener, cuando solo faltan 45 minutos para que termine el plazo para entregar el examen, sale la última de las alumnas que compite en su aula, solo queda Tomas, la profesora está sentada al frente del aula, Tomas está en la fila del centro en el tercer asiento.

…Tomas es hora de que entregues el examen, le dice la maestra cuando transcurrieron las tres horas establecidas.

Se levanta serio y preocupado, va y entrega el examen, al salir del aula ve que Rafael se levanta primero que nadie de los bancos y corre hacia él, atrás viene la madre y atrás de ella el resto la familia. Rafael llega a Tomas con ganas de abrazarlo, pero no lo hace por el temor a los comentarios entre los alumnos sobre su inclinación sexual, pero Tomas se abraza a su madre y rompe a llorar.

La madre también llora y trata de calmarlo, les explica a todos la confusión que tuvo con una de las respuestas de Física. Rafael quien es un sabio en esa materia le pide que le escriba en un papel en ese mismo instante la pregunta y la gráfica que le pedían que dibujara para la respuesta, Tomas lo hace, y Rafael no ve nada erróneo en ella, le dice que esta bien, no obstante Tomas al ver que todos entregaron los exámenes mas rápido que él, no se siente confiado esta vez, ahora solo les queda esperar a las cuatro de la tarde del mismo día, cuando les den los resultados, solo son las diez de la mañana de manera que falta un buen rato.

Todos deciden entonces abandonar el lugar, Tomas quiere irse a su casa y volver en la tarde por los resultados, Rafael le dice que irá con su madre y que luego se encontrarían en la Universidad.

Así se van cada uno por su lado, Tomas llega a su casa con sus padres y hermano, y le dice a la madre que quiere ir un rato a la playa y le pide al hermano que lo vaya a buscar cuando sea hora de saber los resultados.

Tomas se va y una vez en la costa, abre una toalla, se acuesta sobre ella, y cierra los ojos, es la primera vez que no quiere ni siquiera pensar. Quiere sentirse en un limbo, no quiere ni escuchar el ruido de las olas romper contra las rocas. Así pasa las horas, casi se queda dormido, cuando siente unas pisadas, mira hacia atrás y ve a su hermano que se le acerca y le dice.

…Tomas vamos es hora, los resultados deben estar listos.

Tomas se levanta recoge la toalla en la que estaba acostado y la sacude, la dobla y la lleva sobre el brazo, se pone las sandalias, y camina con el hermano hacia el apartamento, allí están esperando los padres, quienes juntos con su hermano lo acompañarán a la Universidad, ellos se habían puesto de acuerdo con un vecino que tiene un auto para que los llevara, le explicaron la importancia del resultado y que querían llegar allí a tiempo, entonces el vecino aceptó cuando los padres de Tomas le dijeron que le darían dinero para pagar la gasolina.

Tomas entra al auto y se sienta en el asiento trasero cerca a la ventanilla derecha, en el medio se sienta el hermano y en la otra esquina en la ventanilla izquierda la madre, el padre va en el asiento delantero del auto con el chofer.

En el auto nadie habla, Tomas por un lado, va mordiéndose las uñas y mira hacia fuera, la madre va también muy nerviosa y pide a la vida que le conceda el viaje a Tomas.

Aun no están cerca de la Universidad pero el chofer decide parquear el auto, en una esquina de la calle que termina directamente en la Universidad, todos se preparan para salir del auto, la madre le pide a Tomas que se quede allí dentro, que no se mueva del auto que ella le traería la noticia, el padre apoya en la decisión a su esposa, Tomas, se queda sentado dentro del auto. Todos se alejan caminando inclusive el chofer que los acompaña a buscar los resultados del examen.

Tomas inclina la cabeza para ver si ve a Rafael pero solo ve personas caminando hacia la escuela. Se queda sentado con la cabeza recostada en espaldar del asiento, cierra los ojos.

Su corazón late fuerte, las manos le sudan, el estómago le duele, los nervios parecen que quieren traicionarlo, entre tantas emociones sufridas no sabe en realidad que hacer, siente que quiere salir corriendo, pero al mismo tiempo tiene miedo a encontrarse una mala noticia, sigue con los ojos cerrados.

Las ventanillas del auto están bajas para que el chico pueda ventilarse, él no abre los ojos ni cuando escucha a la gente que pasa por al lado del auto. Dos chicas vuelven de la Universidad y otra que llega en sentido opuesto se les acerca, era evidente que el encuentro de las tres chicas seria muy cerca del auto donde Tomas está ansioso y con miedo, la chica que se dirige a la Universidad no puede esperar la curiosidad y le pregunta a las que vienen en dirección a ella,

…¿Quien ganó?

Tomas escucha la pregunta, pero no abre los ojos, aprieta fuerte los dientes, sabe que esta muy cerca de saber los resultados, ahora el corazón le palpita más rápido, los ojos le traicionan y quieren abrirse pero él es más fuerte y los aprieta, esperando escuchar la respuesta a la pregunta de esa muchacha que se dirigía a la Universidad, una vez que las chicas se encuentran mas cerca una de las que vuelve de la Universidad contesta,

...Ganó el muchacho flaquito que entregó de último el examen y la única chica de la competencia para Neurología.

Tomas abre los ojos, sale del auto como un loco, se detiene al lado del mismo, mira hacia la Universidad. Por la acera larga y estrecha rota y levantada por las raíces de los grandes árboles, viene corriendo su madre, con una sonrisa, y los ojos llorosos.

...¡Ganaste coño! Le grita

Tomas sale corriendo, la abraza fuertemente, el padre viene atrás con el hermano y el chofer, se les veía la alegría en la cara, Tomas llora en el hombro de su madre, ella hace lo mismo, su hijo pronto será un hombre libre, eso era lo más importante para todos, la madre lo separa de su cuerpo, le toma la cara con ambas manos y le dice,

...¿Que?, ¿no vas a preguntar por Rafael?

Él la mira pero no puede ni hablar entonces la madre le dice,

...Rafael también ganó.

Ella toma a Tomas por los brazos, y hace que se de la vuelta, atrás está Rafael, los dos se miran con lágrimas en los ojos, Rafael le dice,

...Lo logramos amor.

De un impulso sin importar nada se abrazaron con fuerza, lloraron por unos minutos, no podían creer que estaban tan cerca a ser libres, y de poder hacer sus vidas como querían, sin persecuciones ni secretos.

Así poco a poco se fueron abrazando y felicitando entre toda la familia y fueron felicitados inclusive por estudiantes que presenciaban la escena.

...Esto hay que celebrarlo, todos a mi casa, dice el padre con un grito y con una felicidad como hacia rato no se le notaba.

Todos fueron al apartamento de Tomas no antes sin detenerse por casa de la madre de Isabel para que pasara ese feliz momento con ellos. A ella le pareció fantástico y acepto la invitacion.

Dentro de la miseria y los pocos elementos para festejar, el padre de Tomas, sacó una botella de Ron, unas galletas y celebraron.

La noticia enseguida se regó por el vecindario. Todos felicitaban a Tomas, algunos felices por él, otros con envidia, pero esta vez Tomas se siente persona y esta listo para enfrentar el futuro que le espera junto a Rafael.

La celebración duró el resto de la tarde y toda la noche, en todo momento allí estuvieron los padres de Tomas, quienes le pedían a Rafael que le cuidaran a su flaco refiriéndose a Tomas. El hermano también habló un poco más de lo acostumbrado con Rafael, eso le daba alegría a Tomas, porque siempre quiso más vínculo entre su hermano y su novio. También estaba la madre de Isabel, que en dos días la visitaría para contarle todo lo que había sucedido.

Esa noche la madre de Rafael se quedó a dormir en el apartamento de Tomas, ella pudo dormir en el sofá de la sala, Rafael y Tomas pudieron dormir juntos en su cuarto, fue una noche de felicidad, quizás la noche mas feliz que hasta ese momento haya tenido Tomas en su vida.

Una vez pasado ese día, todo sería gestionar papeles de Inmigración y prepararse para el tan deseado viaje en busca de la libertad.

Capitulo VIII
El alto costo de la libertad.

Es lunes en la mañana y los chicos deciden irse a la Universidad para recoger los papeles que necesitarían para hacer los trámites de viaje. Allí la directiva los felicita una vez mas y les explica a donde tienen que presentarse y como será el proceso para viajar.

Los muchachos no querían desperdiciar ni un minuto y decidieron irse directo a sacarse unas fotos para los pasaportes, fueron a un estudio cerca de la Universidad, que mas que un estudio parecía un edificios en ruina, con muy poca iluminación, y nada decorativo, en el mostrador está una señora con cara de aburrida, con la cara apoyada en las manos encima del escritorio, como si no tuviera absolutamente nada que hacer, los chicos entran y la saludan,

…Buenos días compañera.

La señora no contesta al saludo y solo les dice muy seria y muy poco amable, tal como es el acostumbrado servicio al cliente que se ofrece en Cuba, que no tiene reactivo para sacar fotos. Los chicos le preguntan que si les puede dar una dirección donde pudieran ir a sacarse las fotos, la señora les dice que pueden ir a un hotel que esta cerca, donde sí hay reactivos aunque el inconveniente es que tendrían que pagar usando dólares americanos y no la moneda nacional, eso insulta a los muchachos quienes se van a otro estudio donde pueden pagar con la moneda nacional y se encuentran con el mismo problema, no hay reactivo, ellos preocupados salen del lugar, y buscan la forma de conseguir dólares americanos para poder pagarse las fotos.

Ese día ya está perdido, ningún lugar de todos los que visitaron tenían reactivo para revelar fotos. Rafael tiene la idea de vender su bicicleta, y comprar con ese dinero unos dólares, sabe que debido al mal servicio de transporte puede venderla muy rápido. Efectivamente tres días más tarde Rafael vende su bicicleta, y junto a Tomas, fueron a ver a una prostituta que da servicios única y exclusivamente a extranjeros. Ella vive cerca de Rafael y este la conoce muy bien, crecieron juntos en el mismo barrio. Es un edificio sostenido por unas barras de madera para que no se derrumbe lo que falta por caerse, en el segundo piso vive Beatriz la Jinetera, así les llaman a las prostitutas en Cuba, es simpático saber que en el mundo a las prostitutas las ven como mujeres de la calle, bajas, y que no sirven para nada, pero en Cuba ellas son diosas, y son capaces de resolver el mínimo problema que cualquiera pueda tener, los más profesionales de la república quieren tener algún tipo de contacto con estas chicas para resolver sus problemas ya que sus magros salarios les alcanza ni para sobrevivir. Estas chicas con su cuerpo pueden adquirir los artículos de primera necesidad que una doctora graduada no podría tener ni con ocho años de trabajo, es decir más efectivo es ser prostituta en Cuba que ser profesional.

…¡Beatriz!, le grita desde abajo Rafael, esperando con Tomas que la jinetera se asome al balcón

Al segundo grito, Beatriz sale al balcón, ella le pide a Rafael y a Tomas que suban a su apartamento.

Es un apartamento en ruinas, se ven unos cuadros muy antiguos en la pared con fotos de sus abuelos, una mesa vieja, pero un televisor a color nuevo que se lo ha regalado un Italiano, Beatriz siempre está metida en problemas con el gobierno, ya tiene cartas de advertencias por andar con extranjeros, pero al final nunca le pasa nada, duerme una noche en una cárcel y al otro día la dejaban libre, es una forma conveniente para gobierno de decir que están en contra de la prostitución, pero por otro lado la dejaban libre para que siga sacándole dólares a los turistas.

Los chicos suben y se sientan a hablar con ella, le explican la necesidad que tienen de comprar los dólares y así poder sacarse las fotos para los pasaportes, le contaron también que ya habían perdido tres días y que no podían esperar mas. Beatriz les dice que ella por suerte tiene lo que los chicos buscan, lo mira a Rafael y le dice que no estaba equivocado que ella les resolvería el problema.

Beatriz muestra curiosidad por el viaje de los chicos, Rafael le cuenta como fué que ganaron el concurso, y ella previniendo que alguien pudiera escucharlos les dice en baja voz,

…Oye maricones pa'tras ni pa'cojer impulso, aquí no vuelvan, esto esta cada día peor, yo enseguida que me consiga uno que se quiera casar conmigo aunque sea de Burindi, me largo.

Los chicos se ríen y le agradecen a Beatriz por el cambio del dinero, le explican que tienen que irse a ver si tienen tiempo de sacar las fotos ese mismo día.

Los chicos van al hotel cerca de la universidad, van por la parte trasera donde está el estudio y finalmente consiguen sacase las fotos. Al día siguiente visitarían las oficinas de Inmigración para hacer los trámites para sus pasaportes, pero como los dos viven en ciudades diferentes, tendrán que ir también a oficinas diferentes de manera que Tomas decide irse a su casa a pasar la noche, y Rafael se va a la suya, antes se ponen de acuerdo para que una vez que salieran de Inmigración encontrarse en casa de Rafael.

Cuando Tomas llega a su casa, sus padres y hermano lo están esperando, es hora de que se siente con ellos y les explique cual es el plan exacto de su viaje con Rafael.

Tomas, les pide que lo dejen ir al baño a lavarse las manos y todos los esperan en el cuarto de sus padres. Tomas sale del baño llega al cuarto, se apoya sobre una cómoda grande que tiene su madre en su cuarto y se sienta en la cama está acostado su padre, y sentados la madre y su hermano, Tomas les explica el plan,

…Ustedes saben todo lo que hemos pasado en este país, no vemos futuro, la discriminación, la falta de libertad, de privacidad y las violaciones constantes de nuestros derechos han hecho que Rafael y yo tomemos esta decisión, primero queremos llegar a la Unión Soviética, poder graduarnos de médicos y luego escaparnos antes de que nos envíen de vuelta a Cuba, iremos a cualquier país de Europa donde nos brinden asilo político, investigaremos más adelante cual será el país seguro, cuando estemos establecidos mandaremos a buscarlos a ustedes, ese es el plan.

Los padres y el hermano se animan a expresar nada, no hablan, saben que no pueden preguntar nada, porque ni el propio Tomas sabe como le irá hasta que llegue a la Unión Soviética, en Cuba no existe forma de conseguir información sobre donde asilarse o nada relacionado con otros países a no ser las informaciones que dan en la televisión Cubana donde todo lo que se habla sobre otros países es malo, ya que el mensaje es que el único país sonde se vive bien es en Cuba.

Al día siguiente Tomas, se levanta temprano aunque no como cuando va a la Universidad, tiene planeado ir a Inmigración para empezar los trámites, puede ir caminando el camino es corto no le tomará más de 30 minutos. Quiere llegar temprano para ser el primero.

La oficina es una casa abandonada, donde los oficiales están vestidos con uniformes verdes, el carácter de la gente que atiende es de perros rabiosos, o quizás de envidia al ver que otros si pueden irse de la maldita isla, la oficina abre sus puertas a las 8:30 de la mañana. Tomás llega a las siete de la mañana, se sorprende de ver tanta gente en la oficina tan temprano, ya hay unas 40 personas esperando en fila para poder entrar y ver a un funcionario de Inmigración, entonces toma su turno y se sienta.

Luego de una larga espera, sin ningún otro motivo de los empleados más que interrumpir su trabajo para sentarse afuera a fumar, el público tiene que esperar incluso ese tiempo extra. Ya a las 11:30 de la mañana le toca el turno a Tomas, lo atiende un oficial alto, flaco, blanco con pelo trigueño, y el habitual bigote de todos los oficiales públicos.

Tomas le muestra todos los papeles, el oficial los lee, luego se hecha del todo hacia atrás en su silla, mira a Tomas y le dice que necesita una carta del cuerpo de vigilancia de su zona. El cuerpo de Vigilancia es un equipo de personas que vigilan el área residencial para protegerla de anti comunistas y contra revolucionarios, aunque ellos mismos se describen como vigiladotes de ladrones y violadores.

Tomas le dice que él no sabe donde encontrar las oficinas de ese cuerpo de vigilancias, el oficial sin cortesía alguna le contesta simplemente "pues búscala."

Tomas se va de la oficina indignado y preocupado, llega a su edificio y le explica a una de las más comunistas de allí lo que necesita encontrar. La vecina le da la dirección de la oficina del Comité de vigilancia de la zona, Tomás apresurado va directo hacia allá. La oficina está ubicada en el sótano de un edificio. Cuando llega Tomás no hay nadie la puerta es de cristal lo cual le permite a Tomas mirar hacia adentro. Solo hay una mesa y dos sillas, Tomas no sabe a quien dirigirse, entonces decide esperar a ver si alguien llega a la oficina. Todo fue en vano, se va con las manos vacías. Ese día había planeado encontrarse con Rafael en su casa, pero no podrá ir, porque necesita esa carta.

Llega angustiado a su casa y le explica a su madre lo que sucedió, la madre le explica que en ese país es todo difícil pero que al día siguiente los dos juntos tratarían de conseguir la carta lo más temprano posible y así irían directo a Inmigración para tramitar el pasaporte.

Se levanta la mañana siguiente la madre de Tomas, y va al cuarto de su hijo para despertarlo, pero como era de esperar Tomas esta despierto y ansioso por lo sucedido el día anterior y también porque debería haber pasado la noche en casa de Rafael, pero como no estaba en sus planes que tendría que gestionar una carta del comité de vigilancia para poder hacerse el pasaporte y tuvo que quedarse en su casa, tampoco pudo avisarle, no hay medios para hacerlo y sabe que Rafael debe estar preocupado.

La madre y el hijo salen de la casa, van a ver a una amiga de la madre que forma parte del comité de vigilancia pero de una zona completamente diferente a donde vive Tomas, van en camino a su casa, cuando Tomas le pregunta porque van tan lejos, su madre le explica que conoce a esta compañera y que sabe sobornarla para que le haga una carta pretendiendo que ella es la directora del comité de vigilancia de la zona donde residen.

Estos sobornos son muy fáciles y se pueden hacer en cualquier lado, sabiendo donde y como se puede sobornar hasta al mismo gobierno.

Suben las escaleras del edificio donde la señora vive, le tocan a la puerta y esta abre,

…Hola, pero que sorpresa, ¿que hacen por aquí? por favor entren, dice la señora que al parecer acababa de salir de la cama.

Tomas y la madre entran al apartamento, se sientan en unas sillas que hay en sala, y la madre de Tomas no va con rodeos, le explica directamente que necesita una carta del Comité de Vigilancia para presentar en Inmigracion luego de explicar esto, saca de su cartera dos dólares, la señora los mira y sonríe, enseguida accede al pedido de la madre de Tomas.

Una vez que la carta fue terminada, la mujer se la entrega en mano a Tomas, quien se levanta de la silla y sonríe y le agradece por la ayuda. En seguida se despiden y salen como una bala hacia la oficina de Inmigración.

Van tan apurados que con los pasos se escuchan cada uno el corazón palpitar al mismo ritmo de sus pisadas, ninguno de los dos habla, solo caminan o mejor dicho casi corren, quieren estar allí temprano para poder terminar con los trámites.

Luego de caminar unos treinta minutos llegan a la oficina de inmigración donde hay una fila de alrededor de veinte personas, son casi las diez de la mañana cuando llegan al lugar, Tomas toma su turno y ahora solo le queda esperar a que lo atiendan.

Ya casi son las dos de la tarde, y luego de la extensa espera, un oficial de inmigración lo llama por el número que le habían dado cuando llegó. Tomás se acerca al oficial, que es una chica de veinte años, delgada de pelo largo y negro, vestida con el uniforme verde olivo, ella está parada en la puerta de entrada de la oficina, Tomas llega con su madre y el oficial le pregunta,

…¿A que vienes aquí?

…A hacer los trámites de pasaporte, le contesta la madre de Tomas.

El oficial mira a la señora y le pregunta,

…¿Es que acaso él se trago la lengua?

La madre le contesta,

…Perdón es mi hijo, solo quería contestar por él.

…No se preocupe, su hijo bien grandecito que está, vamos entra, dice la odiosa chica.

La madre y Tomas van entrando por la puerta, el oficial va delante, en un momento se da media vuelta y le pregunta a la madre de Tomas,

..¿Vienes a hacerte pasaporte también?

La madre asustada le contesta,

…No compañera solo lo acompaño. …Bueno espere afuera, le ordena el oficial.

La madre le pasa la mano por la cabeza a Tomas y le dice,

…Te espero afuera.

Tomas sigue su camino con el oficial. La oficina de Inmigración es una sala rodeada de mesas y sillas, y es ahí donde se hace cualquier tipo de trámites de viaje. La chica se detiene atrás de una mesa y le pide a Tomas los documentos requeridos para hacer el trámite, entrega su carné de Identidad, su certificado de nacimiento, su fe de soltería, las fotos, la carta de la Universidad, y la carta del Comité de vigilancias, esta última el oficial se la devuelve sin leerla hasta el final, Tomas sorprendido le dice que esa carta se la habían pedido el día anterior para poder hacer el pasaporte, el oficial le contesta,

…¿Quien fue el que te la pidió?

Tomas mira alrededor y ve el oficial que lo había atendido el día antes, él le señalo y le dijo,

…Él me dijo que la necesitaba.

Ella sigue leyendo los documentos que Tomas le había entregado y agrega,

…Bueno eso no es necesario, lo que no veo aquí es la baja de tu servicio militar.

El servicio militar en Cuba es obligatorio, pero como Tomas iría a estudiar, ellos no creen que tenga que pasar por eso, Tomas le explica el objetivo de su viaje a la Unión Soviética, el oficial lo mira y le dice,

…Eso no importa tienes que pasar dos años de servicio militar.

Tomas traga en seco, la mira y con la voz media temblorosa le dice que él es un estudiante, ella le repite que eso no importa que viajará al extranjero y tendrá que pasar el servicio militar cueste lo que cueste antes salir del país.

Ella le dice a Tomas que le hará el pasaporte pero no podrá obtener la tarjeta blanca hasta que pase el servicio militar. La tarjeta blanca es un permiso de salida que les otorga el gobierno cubano a sus ciudadanos, es muy comparada con la carta de libertad que le pueda entregar un amo a su esclavo. El gobierno se puede tomar la atribución de negar la salida y simplemente así se quedaría todo.

Tomas termina las gestiones y sale del lugar, al cruzar la calle en el césped está su madre charlando con una señora que conoció mientras esperaba cuando lo ve se levanta del césped, se despide de la señora y camina en dirección a Tomas. A la madre no le gusta la cara que tiene Tomas, es señal de problemas.

Camino a la casa Tomas le explica a su madre lo que le habían dicho en Inmigración, ella le pregunta si la carta del comité de vigilancia no ayudó en nada y él le contesta,

…Mami, tanta mierda ¿para que?, perdiste tus dos dólares y no se necesita ninguna carta, ese tipo que me dijo eso es un come mierda.

La madre suspira y en el trayecto va pensando como puede encontrar la forma de que le den la baja del servicio militar a su hijo Tomas.

Llegan al edificio, sentado en las escaleras está Rafael esperando por ellos,

..¿Que te paso?, ¿porque no fuiste anoche?

…No me digas nada Rafael, vamos arriba que te cuento todo, le dice Tomas.

Llegan al apartamento y Tomas le cuenta lo que ha pasado en Inmigración. Rafael está muy sorprendido porque en la oficina de Inmigración a la que él asistió ninguno de esos requisitos les fue impuesto. Rafael le cuenta que tendrá que esperar treinta días por su pasaporte y unos sesenta días mas para la tarjeta blanca, pero no le preguntaron nada sobre el servicio militar, ni cartas de comité de vigilancia, por lo cual Rafael le surgiere volver a la oficina a la que Tomas fue para preguntarles y que aclaren tanta incoherencia, pero la madre sale al paso y le dice,

…No Rafael, ni se te ocurra, si vas allí la pueden coger contigo, esa gente no conocen ni las leyes, aquí cada uno hace lo que le da la gana, nadie sabe como funciona realmente nada, no menciones lo que te pasó a tí, ellos se pueden comunicar con la oficina a la que tu fuiste y hacer que pases por lo mismo, no, de eso nada.

…Yo pasaré el servicio tan pronto sea posible, dice Tomas.

…¿Que? preguntan la madre y Rafael al mismo tiempo con asombro.

Tomas los mira a la cara y les dice,

…Crean en mí, pasaré el servicio muy rápido y entonces vamos a ver que me pedirán después.

La madre le dice,

…No Tomas esa no es la salida, si vas al servicio ya quizás Rafael se habrá ido, además Inmigración puede inventar otro pretexto, no puedes hacerlo.

Rafael también cree que Tomas esta loco tomando esa decisión y sugiere buscar otra salida.

Tomas podría decir que es homosexual, pues los homosexuales no pasan por el servicio militar, pero podría perder los estudios por esto, también podría ir a un psiquiatra y decir que esta medio loco, pero le pasará lo mismo con los estudios. Se siente acorralado, con sus documentos de viaje tan cerca pero tan lejos a la vez, como cuando a un preso sediento le están virando lentamente un jarro con agua al piso cerca para torturarlo.

La madre les dice a los chicos que irá a hablar con la persona encargada de internar a los jóvenes en el servicio militar a ver si puede hacer algo por Tomas.

Mientras tanto Tomas y Rafael se quedan juntos en el apartamento, se van al cuarto y en la cama se tiran, Tomas mira a Rafael y le dice,

…No se lo que pueda pasar pero quiero que me prometas que tan pronto tengas tu pasaje te vas, yo estoy seguro de que me iré atrás y nos encontraremos en la Unión Soviética.

Rafael lo mira y le dice que no lo dejará y que jamás se iría solo.

Pero Tomas lo convence, le explica que si se va el primero quizás borren la imagen de que están juntos como pareja, y no se les complique más la situación.

A solo unos minutos llega la madre de Tomas, los chicos se sientan en la cama y esperan a que ésta entre para que les de la noticia que tenga. Ella entra muy seria y preocupada, lo que escuchó de la persona que fue a ver no es muy alentador, Tomas tiene que pasar el servicio y cuanto antes. La madre les cuenta también que le pidió a esa persona que inscribiera a su hijo Tomas lo mas pronto posible.

Es difícil entender que a Rafael le apliquen una ley y a Tomas le apliquen otra, pero el problema grave de todo es que esos oficiales no saben nada de leyes, entonces aplican lo que ellos creen que está bien, es solo cuestión de suerte para poder hacer cualquier tipo de trámites en ese país.

No hay nada que puedan hacer para salvar a Tomas del Servicio Militar y a medida que los días pasan a Rafael se le acerca mas la hora en que podrá salir de Cuba, mientras que a Tomas la hora en que será llamado a cumplir con el servicio.

Han pasado unos meses desde que Tomas se enteró que no puede salir de Cuba hasta que pase por el militar. Rafael ya tiene su pasaporte, ahora solo espera la tarjeta blanca, los dos juntos salen de la Universidad y se van a casa de Tomas donde pasarán la noche. El padre de Tomas y el hermano de éste ven la relación de Tomas y Rafael más sólida y con un poco más de paciencia han ido aceptándola mejor.

En la casa la madre de Tomás está sentada en el sofá, Tomas y Rafael abren la puerta entran y ven a la madre con una carta en las manos, Tomas y Rafael se detienen, él suspira y Rafael lo abraza llorando, es evidente que lo que tiene la madre entre sus manos es la notificación que hará que Tomas se vaya al Servicio militar.

El separa a Rafael de su cuerpo y le dice con valentía,

…Rafael, hemos llegado muy lejos, esto lo voy a pasar y muy pronto, no te preocupes, nos vemos en Moscú.

De nuevo Rafael se le hecha encima y llora desconsoladamente. La madre se levanta con lágrimas en los ojos y le entrega el papel a Tomas, éste lee que en solo cinco días tendrá que presentarse. Luego con la cabeza rapada se dirigirá a un lugar desde donde lo llevaran con otros jóvenes a una base militar quizas no se podrá saber nada de él hasta que pase al menos una semana, entonces sí recibirá visitas de sus familiares y amigos.

No será fácil, Tomas tendrá que pasar por experiencia nuevas donde tendrá que sacar toda la fuerza para poder estar allí y resistir los gritos de los superiores, las prácticas militares y lo peor resistir a otros jóvenes que son delincuentes y que sin consideración las autoridades mezclan con los otros, la situación puede ser peligrosa.

Es un día triste, pues ya todos saben que Tomas se va a cumplir el Servicio Militar, pero mas triste será cuando Rafael y él se tengan que decir adiós por un tiempo sin saber por seguro si se podrán volver a ver. Pasar el servicio militar no le garantiza a Tomas que se pueda ir, aun hay muchas cosas que pueden hacer cambiar de ideas a la directiva de la Universidad e impedirle a Tomas su viaje, cualquier cosa puede suceder.

Es Domingo en la noche, Tomas y Rafael están acostados juntos y abrazados, los dos mirándose a la cara, Tomas le acaricia el pelo a Rafael, ese es su delirio, el día siguiente será el día en que Tomas tenga que irse al Militar, los chicos prometen volver a verse muy pronto, Tomas le dice que sabe que saldrá pronto del Servicio y se podrá reunir con Rafael, al parecer ya Tomas tiene un plan creado para poder cumplir con el Servicio Militar mas rápido que lo que la ley exige.

Amanece, los padres de Tomas y Rafael acompañan al chico a tomar el camión que lo llevara a la base militar. Cuando llegan al sitio hay una gran cantidad de jóvenes, y tres camiones estacionados, una baranda de madera rodea la cama de cada camión, y allí como vacas serán trasportados los chicos a las diferentes bases, nadie tiene idea a donde los llevaran, lo único que saben es que será lejos de la ciudad.

Tomas mira alrededor, allí ve la calidad de jóvenes que irán con él. Algunos son buenos estudiantes que como Tomás tienen que pasar por esa prueba para terminar sus estudios y convertirse en profesionales, otros son unos parásitos delincuentes que lo único que han hecho en sus vidas ha sido robar y buscar problemas.

A Tomas se le nota nervioso, cuando un militar de alto rango se sube a uno de los camiones y pide que a medida que va mencionando los nombres se suban al camión. Una madre a los gritos le pregunta adonde llevarán a los chicos, y el militar le contesta que lo sabrán en un par de días por medio de una carta que recibirán por correo.

Tomas, no se separa de sus padres, Rafael solo mira su cara, se le nota más deprimido que a los demás, no puede aguantar las lágrimas. Tomas trata de ser fuerte, y escucha el llamado, se da media vuelta abraza a su padre, y luego a su madre, mira a Rafael y le dice,

…Si no podemos vernos antes, que tengas buen viaje amor, se abrazan muy fuerte, Tomas no puede aparentar ser fuerte por más tiempo y se echa a llorar.

El padre los separa para que los chicos no se depriman aun más, mientras algunos chicos se suben al camión como si lo hubieran hecho todos los días, Tomas lo hace con dificultad, se resbala y necesita ayuda, él siempre ha sido un chico tranquilo y no muy aventurero que digamos por eso todo le cuesta más que al resto.

Les ordenan a los jóvenes en el camión sentarse en el piso, Tomas mira entre las dos barras de madera a su familia y a su amado Rafael, en ese instante los motores del camión arrancan, un humo negro se desprende por los tubos de escape de gases de cada camión y Tomas agita la mano en señal de adiós, los padres también le dicen adiós, y Rafael no puede ni mover la mano, sigue llorando, mirando el camión alejarse. Rafael corre pero la velocidad no lo deja llegar, se detiene en medio de la calle, y agita la mano.

Tomas desde lejos ve como sus padres van en busca de Rafael, le pasan los brazos por el hombro y se alejan.

Tomas va en el camión, callado, nadie habla, los jóvenes se ven tristes, como ganado, sentados y pensativos. Tendrán que esperar unas dos horas para poder llegar a la base militar central donde, los dividirán y serán enviados a otras bases en otro camión, esa base será el hogar de esos jóvenes durante dos años, aunque Tomas está convencido que saldrá de allí mucho antes.

Después de haber llegado a esa base central y de ser divididos, Tomas tendrá que viajar en otro camión durante dos horas más, no tiene idea de adonde lo llevarán, solo sabe que tiene que cumplir con lo que le dicen para poder salir de la isla.

Son casi las siete de la noche cuando llegan a la base militar, la entrada está llena de consignas comunistas y una foto muy grande de Ernesto Che Guevara uno de los grandes culpables de la tragedia Cubana, las paredes están pintadas con una pintura hecha de polvo blanco al que llaman lechada, no hay asfalto en la calle, es todo tierra. Se bajan del camión, y hacen una fila, todos se ven cansados.

Allí les entregan los uniformes, Tomas es tan flaco que todo le queda grande pero eso no les importa a los oficiales mayores que no se fijan en los tallas, le dan el primero que aparece y a nadie importa si le queda cómodo o no.

También les indican donde están los baños, las duchas, y el comedor, los horarios de comidas y rápidamente les explican lo que será la vida rutinaria en ese desagradable lugar, una vez terminada la orientación los conducen a los dormitorios.

Los dormitorios son unos campamentos largos llenos de literas con techos de tejas pegados con barras de hierro separadas de la pared por donde cualquier animal puede introducirse, los servicios sanitarios, popularmente llamados letrinas en Cuba, son solo unos cuartos con cuatro paredes y unos huecos donde las heces son visibles, la higiene no existe por ningún lado y hasta los gusanos se ven caminar por donde los jóvenes tendrán que agacharse para hacer sus necesidades.

Esa noche no les dieron comida, los enviaron a dormir así como estaban, sudados y hambrientos. Tomas llega a su cama tendrá que dormir en una de las literas de arriba, no conoce a nadie alrededor, a los otros chicos de su ciudad los han enviado a todos a otras bases, se siente completamente solo. Sube a su cama, se sienta mira alrededor y se recuesta, trata de dormir porque sabe que al día siguiente lo despertarán a las cuatro de la mañana, se tapa con una sábana vieja que ya estaba en su cama.

Esta vez Tomas trata de no pensar porque de hacerlo se pondría a llorar, entonces se concentra en el plan que tiene para salir pronto de allí. Con los ojos cerrados trata de dormir, escucha un quejido, abre los ojos, pero no se mueve, lo escucha de nuevo, es el chico de la litera continua a la de Tomas que llora, hay poca luz y Tomas se siente mal por el muchacho pero cierra sus ojos y trata de dormir, no hay nada que Tomas pueda hacer por él

Un grito hace que Tomas se siente de golpe en la cama, son las cuatro de la mañana hora de despertarse, en pocos minutos tienen que estar arreglados para ir a desayunar.

Los rudos oficiales obligan a los chicos a darse prisa, tienen que hacer sus camas, ponerse el uniforme y pararse al lado de cada litera, el que duerme arriba debe pararse frente a la cama, el que duerme abajo en la parte de atrás.

Tomas pudo terminar a tiempo pero el chico que lloraba en la noche no pudo cumplir con la orden de los militares mayores a tiempo. Los oficiales se le acercan y le grita en la cara en un tono ofensivo,

…Párate derecho como una pinga.

Al joven se le ve traumatizado desde que llegó a la Base Militar, sus mejillas están rojas, es un joven con sobre peso y cuando habla se le nota claramente que es afeminado, esto hizo que los que estaban a su alrededor se rieran de él burlonamente.

Todo esta listo para desayunar y Tomas solo tiene tres minutos para hacerlo. El desayuno es solo un poco de leche en polvo ligada con agua caliente sin azúcar, luego de eso forman filas y salen, así la unidad militar entera en solo una hora completó el desayuno. Para el almuerzo fue igual, solo que ésta vez les dieron cinco minutos para comer un poco de arroz, con frijoles y nada más. Luego se pasarán el día marchando y preparándose militarmente para lo que según dice el gobierno de Cuba pueda ser una futura agresión de los Estados Unidos, lo cual hace más de treinta años que vienen repitiendo y no acaba de ocurrir.

Ya casi es medio día y los oficiales les piden a los chicos que se sienten a descansar. Tomas aprovecha la ocasión que el chico que lloraba en la noche está solo y se le acerca, se presenta.

…Hola, mi nombre es Tomas.

El joven se ve cansado y muy deprimido, sentado en la tierra con la espalda pegada a un árbol, levanta la vista hacia Tomas y le dice,

…Mi nombre es Joel.

Tomas se alegra de que al menos Joel le hable y decide sentarse junto a él. Tomas le cuenta que es un estudiante de medicina y que pronto irá a hacer su especialidad a la Unión Soviética, Joel se siente cómodo cerca de Tomas, le cuenta que hace solo dos meses su madre ha muerto de cáncer en el seno, y que él ha pedido a los militares que no se lo llevaran porque aun se sentía muy mal, pero eso no les importó y lo trajeron igual.

Tomas baja la cabeza y le dice,

…Lo siento por tu mamá Joel.

Y luego para hacerle sentir mejor le da su mano y le dice,

…Tú serás mi amigo mientras que estemos aquí.

Joel lo mira sonriente y le responde con un apretón de manos también y le dice,

…Gracias Tomas, ya empiezo a sentirme mejor.

Tomas y Joel poco a poco y a medida que pasan los días van entrando en confianza, se van contando un poco mas sobre sus vidas. Tomas le cuenta sobre Isabel y le habla de su mejor amigo Rafael, Joel tiene el presentimiento, por la forma de hablar de Tomas de que éste y Rafael no son solos amigos y que existe algo más que eso. Joel es homosexual también y le dice a Tomas,

…Conmigo no tienes que llamar al amor de tu vida tu mejor amigo.

Tomas, lo mira sonríe y le dice,

…Sí, aquí tengo que llamarlo mi mejor amigo, tú puedes mantener el secreto.

Joel sonríe y sabe que al menos tiene alguien que lo entenderá.

…¿Y por qué decides venir al servicio? Puedes decir lo que eres y seguro que te hubieran dado la baja, le comenta Tomas.

Joel le explica que su padre es Militar y no debe enterarse de que tiene esas inclinaciones, el joven está convencido de que su padre sabe algo por la forma afeminada que tiene pero nunca han hablado sobre tema, y le ha dicho repetidas veces que si su hijo le sale maricón lo mata.

Tomas no puede consolarlo, casi todos los homosexuales en su país están en la misma situación y él lo sabe.

Los soldados no son bobos y poco a poco se van dando cuenta de que Joel es homosexual, aun tienen la duda sobre Tomas, así el pobre chico se convirtió en objeto de burlas, abusos y maltratatos que un día hasta llegaron a ser físicos.

Están almorzando, Joel mira a Tomas con curiosidad, Tomas no prueba ni un bocado de la comida solo toma agua, a Joel le parece muy raro pues los jóvenes están muy hambrientos.

Una vez fuera del comedor Joel le pregunta a Tomas,

…Tomas, ¿por qué no comes?, ¿por qué solo tomas agua?

Tomas lo mira y le contesta,

…Eso es asunto mío Joel, además tengo una promesa que cumplir tengo que salir de aquí tan pronto sea posible, por favor no preguntes más sobre eso y mantén la discreción, te lo pido.

Joel entiende que Tomas tendrá sus razones, y no pregunta nada más. Camino al cuarto donde duermen los soldados, Tomas es detenido por uno de los oficiales que se dedica a repartir cartas que llegan procedentes de familiares y amigos para los soldados.

Tomas está muy feliz, hace sólo mas de una semana que se fué de su casa y ya recibe la primera carta de Rafael, Joel le pide que se quede leyendo, que él tratará de darse una ducha.

Tomas corre a su cama se acomoda y abre el sobre con una sonrisa en la cara.

Rafael le cuenta cuanto lo extraña y la falta que le hace, a Tomas se le saltan las lágrimas se las limpia y continua leyendo, también le cuenta que el próximo Domingo será la primera visita que Tomas podrá tener, le explica que no podrá asistir, Tomas cambia la cara totalmente, se pone serio y sigue su lectura,

…Tus padres te visitaran el Domingo, yo no podré ir, mi viaje a Moscú se programó para el Viernes y no me dará tiempo a la visita, traté de cambiarlo pero no me lo permitieron, te espero allá, cuídate mucho.

Rafael por temor a que un oficial abra su carta, no puede plasmar en el papel sus sentimientos románticos para con Tomas que ahora cierra la carta se sienta en la cama y se hecha a llorar desconsoladamente.

Un oficial entra al cuarto y le pregunta si esta bien, Tomas contesta que sí, entonces el oficial le dice,

..Mira deja el lloriqueo y prepárate que estamos marchando en unos minutos.

Tomas seca las lágrimas y decide ir al baño a lavarse la cara, el baño está en un edificio separado del dormitorio, cuando se está acercando escucha un llanto de alguien que grita con dolor, el llanto se mezcla con risas, como si hubiera varios jóvenes riéndose. Tomas entra al baño y ve tirado desnudo en el piso, a su amigo Joel, con moretones por todo el cuerpo, tres jóvenes soldados han envuelto en toallas pastillas de jabón enteras y con eso le daban golpes al pobre muchacho.

Tomas se queda tieso, no da un paso mas, no sabe qué hacer. Joel sigue tirado en el piso mojado, mira hacia Tomas, sus lágrimas se mezclan con la sangre que sale a chorros de su cabeza a la vez que el agua que cae de las duchas hechas por un tubo oxidado moja todo su cuerpo golpeado.

Por suerte, detrás de Tomas entra al baño un sargento, un tipo grande y fuerte, quien al ver lo que allí estaba sucediendo también se queda en un estado de shock, mira a los soldados con cara de genio y con un grito les pide a todos que suelten las toallas, que se paren en atención y que se preparen para recibir un castigo por el injusto abuso que han cometido contra de Joel.

Uno de los soldados le dice que Joel es homosexual y que los estaba seduciendo en el baño, Tomas mira al solado y luego mira a Joel que está de rodillas en el piso llorando, Joel desde allí le dice al sargento que todo es mentira, que él estaba en el baño primero y que los muchachos aparecieron de pronto con los jabones envueltos en las toallas y sin una explicación comenzaron a golpearlo.

El sargento mira a Tomas y le pregunta si él ha visto algo o estaba participando en la golpiza, el chico le explica que cuando llegó al baño vio que los soldados le daban golpes a Joel pero que no había visto más nada.

Tomas se acerca a Joel y le da una mano para ayudarlo a levantarse y así tratar de llevarlo a la enfermería para que le curen las heridas, el sargento se acerca a los tres soldados y les dice que tendrán que pagar por lo que hicieron y que no cree una palabra de lo que habían dicho. Sorprendentemente Tomas levanta a Joel y torna su mirada al sargento sin poder creer que alguien al fin hará justicia frente a este tipo de abusos dolorosos y discriminatorios.

Joel se levanta y se empieza a secar, sus quejidos rompen el alma a cualquiera que no sea tan necio como los machistas que creen que el homosexualismo es algo maligno y tiene que erradicarse de esa manera, a golpes.

Tomas ayuda a vestirse a Joel para llevarlo a la enfermería, el sargento luego de hablar con los soldados y ordenarles que lo esperaran afuera de las duchas se acerca a Joel y le dice,

…Soldado no se preocupe haré que estos tipos paguen por lo que te han hecho, te lo prometo, no dejaré que te toquen más.

El sargento se dirige a la puerta que lo lleva fuera del edificio de las duchascuando Tomas le dice,

…Sargento, espere por favor.

El sargento se detiene da media vuelta, Tomas camina hacia él y le dice,

…Muchas gracias por su ayuda.

El sargento con cara muy seria lo mira de arriba a bajo y le dice a Tomas,

…No es usual que escuche a alguien decir por favor o gracias, se ve que no hay lugar para ti en esta base militar, así da media vuelta y se retira.

Tomas se queda ahí parado pensando que quiso decir el sargento con eso, pero los quejidos de su amigo Joel hacen que vuelva hacia su amigo para ayudarlo a ir a la enfermería.

Hoy es Domingo y no hay que levantarse tan temprano, todos están contentos, recibirán visitas de sus familiares. Tomas desde muy temprano se para frente a la puerta de entrada de la base militar que es vigilada todos los días y a todas horas por oficiales, según ellos para proteger del enemigo el lugar, pero estaba claro que era para no dejar escapar a ningún soldado como ocurría a menudo.

Sentado en una piedra mira la larga carretera, a ambos lados de la misma hay matorrales más altos que un auto. Tomás divisa como caminando desde lejos van llegando poco a poco los visitantes, se ven personas llegar en autos muy viejos, otros que con más suerte han podido llegar en camiones, ve a una señora con un pañuelo que le cubre la cabeza, una blusa blanca y una falda negra, carga en ambos brazos unas bolsas inmensas y notablemente pesadas, se la ve desde muy lejos.

Joel aun tiene moretones en la cara y unos puntos de sutura en los labios, se acerca a Tomas, Tomas lo mira y le pregunta

…¿Como te sientes?

Joel le contesta que está muy dolorido pero por sobre todas las cosas muy deprimido, entonces los dos miran hacia la carretera, y Joel por primera vez después de la golpiza pone una sonrisa en su cara, por el dolor en su boca no puede sonreír como quisiera entonces le dice a Tomas,

…¿Ves a esa señora que viene con saya negra?, esa es mi abuela la madre de mi madre.

Tomas se siente feliz porque alguien ha venido a ver a Joel pero sigue mirando a ver si sus padres llegan, está preocupado de que sus padres no sepan en que base militar se encuentra, o como llegar a ella.

Joel se acerca a la barra de madera que separa el mundo exterior de la base militar, pasa por abajo y sale, uno de los vigilantes le dice que no puede salir, Joel le explica que su abuela esta llegando que está vieja y cansada y que esas bolsas la estaban matando, a los oficiales eso no les importa y le ordenan que vuelva a pasar la barra, Joel cumple la orden. Poco a poco va llegando la señora, cansada, sudada, como si lo único que quisiera es morirse, pero con una sonrisa en la cara, está feliz de ver a su nieto Joel.

Tomas se para al lado de Joel para poder ayudar a la señora una vez que pase la barra. La abuela de Joel por fin llega, pasa la barra, suelta las bolsas y abre sus brazos para abrazar a Joel. Lo aprieta muy fuerte y comienza a llorar, Tomas la mira y escucha cuando la abuela le pregunta a Joel,

…¿Te ha pasado de nuevo?

Joel se separa de su abuela y le dice,

…No te preocupes abuela, el baño estaba mojado y resbalé, me di unos golpes pero estoy bien.

Tomas mira a Joel intrigado, no sabe lo que quería decir la abuela con eso de que le había pasado de nuevo, y no sabe por qué Joel tiene que mentir.

Joel le presenta su abuela a Tomas y surgiere un lugar debajo de un árbol donde pueden sentarse y comer algo de lo que la abuela le ha traído y así hablar para contarle su experiencia como militar. Tomas toma una bolsa y Joel toma la otra, se dirigen hacia el árbol, allí se sientan, la abuela saca unas galletas que pudo conseguir, el chico desesperadamente se introduce una entera en la boca, casi sin morderla ni respirar se la traga, le ofrece a Tomas, pero éste se niega a comer, la abuela se queda sorprendida porque había escuchado el hambre que se pasa en unidades militares, Joel le dice que su amigo solo toma agua, la cansada abuela le dice que si sigue así se enfermara.

Tomas le dice que estará bien, mira hacia la entrada principal de la Unidad y sonríe, allí están sus padres y su hermano. Tomas les dice a Joel y a su abuela que se irá con ellos a otro sitio.

Sale corriendo el chico, la madre lo ve desde lejos, y abre sus brazos para recibir a su hijo y darle un fuerte abrazo, es la primera vez en la vida que se han separado de esta manera. Llega Tomas abraza a su madre, luego a su padre y a su hermano, Tomas había pensado en un lugar donde podrían sentarse a conversar.

El padre trae una bolsa muy grande y el hermano una cazuela llena de comida para el momento.

Llegan al lugar elegido, contra la pared del edificio donde Tomas duerme que les brinda una acogedora sombra, la hierba esta verde y muy bien cortada, la madre saca una sábana blanca, la extiende y todos se sientan sobre ella, el hermano le cuenta a Tomas, que tuvo que dormir en la calle toda una noche para hacer una fila de cientos de personas en un mercado donde venden caramelos y chocolates, y que le trajo un poco a Tomas, y le dice,

…Mira te traje esto, yo quería traerte mas, pero después que me tuve que meter la cola de toda la noche hasta el otro día que abrieron la tienda, me dieron un número muy alto, casi no alcance a nada y luego me dijeron que solo daban dos paqueticos de huevitos de chocolates por persona, imagínate cada paquete solo trae cinco huevitos, Tomas sonríe y le da las gracias, también le pide que no haga ese tipo de colas tan largas nunca más, que no vale la pena. El hermano ve que Tomas pone las golosinas a un lado y que ni siquiera abre el paquete, aquella actitud es muy extraña porque a Tomas le encantan los chocolates, él mismo trataba de hacer esas colas nocturnas para llevarse unos chocolates, el hermano le pregunta si no los quiere probar, Tomas le contesta que lo hará mas tarde después de que almuercen lo que la madre le había cocinado. Entonces mira a su madre y le pregunta,

…¿Mami que paso con Rafael?

Todos se miran a la cara la madre traga en seco y le contesta,

…Se fué Tomas, ya esta en la Unión Soviética.

Tomas baja la vista hacia la sábana donde están sentados y suspira profundo, hay un silencio total por unos segundos, el hermano le pasa el brazo por el hombro y le dice que tan pronto salga de ese lugar, se podrán reunir, Tomas lo mira a la cara, se lo ve serio y muy triste y le dice a su familia,

…Saldré de aquí muy pronto.

La madre mira preocupada a su hijo y le pide que no haga locuras, él le dice que no hará nada que lo perjudique y que confíen, entonces el padre para suavizar la tensa situación les dice que es hora de almorzar.

El hermano abre la cazuela, el padre había cocinado arroz con mariscos, Tomas se sonríe y le pregunta,

…¿De donde sacaste estos mariscos papi?

El padre lo mira se le acerca y con una sonrisa, le dice en muy baja voz,

…no te preocupes tengo una buena conexión en una tienda con dólares.

Todos se echan a reír, es normal que el padre este siempre tratando de hacer negocios para poder salirse aunque fuera una vez al mes de la rigurosa racionalización de alimentos a la que el gobierno Cubano los tiene sometidos.

La madre les sirve a todos un poco del arroz con mariscos que se huele riquísimo, se ve exquisito y aun caliente, como si recién hubiera salido de la cocina, pero ella nota que Tomas no come y le pregunta,

..¿Que te pasa, no vas a comer?

Tomas le contesta que lo hará cuando ellos se vayan, que ha tenido un buen desayuno en la base y que no tiene hambre, el padre curioso y confundido le dice que en las bases militares la comida es muy pobre, pero Tomas le dice que esa base militar ha quedado en primer lugar en la emulación, así se le llama a las competencias en Cuba entre las organizaciones políticas, no se compite como en el mundo capitalista hace entre compañías para vender más, en este caso se compite para supuestamente alcanzar mejores resultados en disciplina y organización.

Los padres le creen y deciden seguir almorzando, Tomas le cuenta como le va en la base y que conoció a Joel, habla de los madrugones, de que todo está marcado por horas y sobre todo que allí como en todo lugar en Cuba te quieren hacer creer, que los americanos vendrán y atacarán la isla. Tomas está convencido de que Cuba ya ha sido atacada por una dictadura que los ha llevado al extremo de la miseria y la represión y que es evidente que no existe nada que les interese a los americanos en Cuba cuando no han hecho nada por detener a un dictador que se levanta en la mañana y usa palabras ofensivas contra el país más poderoso del mundo.

Es hora de que la visita termine y eso es anunciado por bocinas que apenas se pueden escuchar y que han sido colocadas en árboles y en la entrada de cada edificio de la base militar.

Los padres de Tomas, así como todos los visitantes se preparan para despedirse de sus familiares. De la sábana blanca se levantan los padres y su hermano, Tomas se levanta y siente algo así como un mareo, trata de que su familia no se entere de esto, se despiden todos y poco a poco la base se va quedando solo con sus soldados y oficiales.

Tomas se va a su dormitorio, los oficiales les habían dicho a todos que después de la visita tendría que marchar por unas horas. Se acababa el descanso, por el pasillo dentro del dormitorio a ambos lados están las literas cada una poseen una fina y apestosa colchoneta donde descansan los cuerpos cansados de los soldados.

Tomas se vuelve a marear pero esta vez no puede evitar hacerlo notar, los soldados que también van entrando y Joel que esta mas atrás del chico, nota como él se tira sobre una de las camas para no caerse, está pálido, ha tenido experiencias anteriores de desmayos, pero esta vez son aun mas fuertes los síntomas, quizás el olor delicioso que pudo experimentar del arroz con mariscos, ayudo a que los síntomas se agudizaran.

Tomas lleva muchos días sin comer y solo toma agua de la que le dan en la cocina cuando va a comer, sin duda está provocando un cuadro agudo de deshidratación que lo llevará al hospital, buscará entonces desde allí la forma de que le den el alta del servicio militar antes de los dos años.

Joel corre hacia él y le pregunta que le sucede, otro soldado que pasaba por allí con tres más le dice que quizás este embarazado, todos se echan a reír de Tomas que está con nauseas y muy pálido.

Su amigo sin escuchar las burlas lo ayuda a llegar a su cama, lo acuesta, y nota que Tomas esta caliente, entonces decide ir a la enfermería.

Pocos minutos más tarde entra una enfermera y le toma la temperatura. Tomas tiene fiebre, no se le ve nada bien, la enfermera le dice que no puede ir a marchar y que tendrá que pasar el resto de la tarde y toda la noche acostado, la enfermera se retira del lugar diciéndole también que avisara a sus superiores para que no lo molesten hasta que mejore.

Uno de los sargentos entra gritando al dormitorio y ordena a todos que se preparen para ir a marchar, se acerca a Tomas y le pregunta por qué sigue acostado, él le explica lo que pasa, el oficial termina de escucharlo y se retira con los soldados.

Pasan unos minutos y Tomas se queda dormido. Al rato se despierta por el ruido que hacen los demás compañeros de cuarto cuando muy tarde en la noche entran al lugar para dormir. Una vez que todos están acostados, Tomas se vuelve a quedar dormido.

Son las dos de la mañana, solo se escucha el sonido de las ranas en el silencio de la noche. Tomas se despierta, tiene un dolor de cabeza horrible, y muchas ganas de usar el baño. En su pequeña maleta guarda un rollo de papel sanitario que les dan a cada uno de los soldados cuando llegan el primer día a la base militar, lo toma y se prepara para bajar de su cama que es la de arriba, trata de no hacer ruido para no despertar a nadie, se siente muy mal, la fiebre le ha subido. Sin fuerzas sostiene en sus manos el rollo de papel, pero antes de bajar de la cama, el papel se le cae en el medio de la oscuridad del dormitorio. Tomas se lanza de la cama y trata de buscar, pero los dolores en el estómago se le agudizan, y sale corriendo al baño, tendrá que salir del dormitorio y caminar unos metros antes de llegar al baño. Una vez allí, gracias que no hay techos y la luna lo ilumina evita caerse es ese apestoso lugar mojado y resbaladizo. Tomas se baja los pantalones, se agacha, cuando lleva solo unos minutos mira hacia arriba, alguien se le ha parado frente a él, es Joel que le alcanza un rollo de papel sanitario. Joel no dice una palabra y se va, Tomas está tan débil que no puede dar ni las gracias.

Al terminar Tomas en el baño se va al dormitorio, se acuesta, y con la fina y vieja sábana cubre su cuerpo, tiene mucho frío, siente que la fiebre es aun peor, se queda dormido y delira, los que están alrededor de su cama, se dan cuenta de que algo le está sucediendo a Tomas, se van pasando la noticia entre ellos y uno va en busca de ayuda.

Encienden la luz, los que estaban dormidos se despiertan y curiosos tratan de ver lo que sucede. La enfermera no estaba pues no es su horario de trabajo de manera que un oficial entró en la enfermería y trajo unas aspirinas para tratar de bajarle la fiebre a Tomas, Tomas se las toma con un vaso de agua, se le ve muy enfermo.

Uno de los oficiales le explica a Tomas que tiene que tratar de dormir y que si en la mañana se siente peor tendrán que llevarlo al hospital. Luego el oficial ordena a los curiosos soldados que vuelvan a la cama, apagan la luz.

Tomas con miedo ve que el sacrificio de no comer nada estaba empezando a funcionar.

Es muy temprano en la mañana cuando suena la campana, es hora de levantarse y todos como siempre en pocos minutos deben estar listos para comenzar a marchar y a practicar técnicas militares.

Un oficial va gritando por el pasillo del dormitorio apresurando a los jóvenes, llega a donde está Tomas quien a penas puede sentarse en la cama, le pregunta como se siente y le toca la frente, el oficial nota que Tomas sigue con mucha fiebre, entonces le surgiere que se quede acostado que traerá la enfermera tan pronto ésta llegue a la base.

Unas horas más tarde entra al dormitorio la enfermera y un oficial de los más altos rangos dentro de la base, ellos notan por el mal olor que Tomas se ha vomitado y defecado encima, la enfermera lo destapa y le dice al oficial que hay que llevarlo al hospital.

La enfermera explica que hay un camión que saldrá unas horas a la ciudad y quizás puedan utilizarlo para que al menos los lleve hasta la carretera central donde podrán tomar otro auto hasta el hospital, la base se encuentra en un lugar rural muy remoto a la civilización de manera que llegar al lugar de la asistencia hospitalaria no es fácil.

La enfermera ayuda a limpiar a Tomas que casi no puede moverse, lo cambia de uniforme, lo baja de su cama y lo lleva a la enfermería, una hora más tarde un camión se detiene frente al lugar y un oficial sale a buscar a Tomas, mientras que el conductor espera dentro del camión.

Tomas sale caminando con dificultad y mareado, el oficial lo ayuda a subir en la cama destapada del camión, cualquiera pensaría que llevaría a Tomas delante con el chofer donde pudiera estar cómodo, pero no es así, él no cabe en la parte delantera porque ahí va el oficial que lo llevará al hospital. Tomas se sienta en la cama y ve como se va alejando la base militar, sonríe, cierra los ojos y dice en baja voz para si mismo, Rafael ya voy en camino.

Veinte minutos tomó el trayecto desde la base hasta la carretera central, allí el camión se detiene y deja abandonados al oficial y a Tomas, el oficial parado casi en el medio de la carretera trata de detener a los autos que por allí transitan y que no son muchos, Tomas se acuesta al costado de la calle sobre la hierba, se siente tan mal que no escucha al oficial cuando le ordena que se levante porque se había detenido un auto, el oficial al ver que Tomas no responde asustado le grita, ...¡Tomas reacciona!,

El chico sin casi poder se levanta.

El chofer del auto ve que Tomas no esta nada bien y decide llevarlos directo al hospital. Es una hora de camino y cuando pasaron unos 45 minutos el chofer tiene que apresurarse porque Tomas se ha desmayado, el oficial le dice que tiene que ir mas rápido y trata de despertar al chico sin obtener resultados.

Llegan a la sala de emergencia del hospital, salen varios enfermeros, doctores, y trabajadores de la salud, todos con una camilla donde acuestan a Tomas aun inconciente, lo entran a una sala donde a pesar que hay varias camas Tomas es el único paciente. Enseguida lo conectan a monitores, los doctores reconocen que su respiración es débil pero no lo suficiente como para conectarlo a una maquina de respiración artificial, una enfermera le pone un suero intravenoso, la aguja es gorda, grande y por haber sido utilizada tantas veces y por tantas esterilizaciones ha perdido el filo. Tomas se despierta al sentir la quemazón del líquido entrando por sus venas, la enfermera nota que el oficial y los doctores están hablando afuera y aprovecha que está sola en la sala con Tomas para decirle,

…Dame un teléfono o algo para localizar a tus padres, los médicos y el oficial están planeando sacarte de aquí y llevarte a un hospital militar porque estás muy grave y creen que han cometido un error contigo, quieren ocultarte y que tu familia no se entere.

La enfermera termina de hablar e inclina la cabeza hacia la puerta para comprobar que no la han escuchado, Tomas recuerda el número de una vecina de su edificio y la enfermera lo anota en la palma de su mano. Ella sale de la sala y corre hacia un teléfono para localizar a los padres de Tomás.

Mientras tanto el muchacho ve que el oficial y los doctores entran de nuevo a la sala, cierra los ojos simula dormir y así puede escuchar lo que se habla.

Uno de los doctores le dice al oficial que indiscutiblemente había que llevarse a Tomas a otro hospital que se lo nota muy desnutrido, también le dice al oficial que la poca alimentación que éste le explico que le dan a los soldados es causa de muerte en las bases militares y que eso tiene que parar, el oficial no dice una palabra, ahora es cuestión de tiempo para que una ambulancia militar llegue y se lleve a Tomas a otro sitio donde ocultaran al chico hasta que mejore.

No da tiempo a que la ambulancia llegue primero que los padres y el hermano de Tomas quienes le pidieron a un vecino que tiene auto que los lleve al hospital, los gritos de la madre preguntando por su hijo se escuchan desde lejos. Tomas abre los ojos, el médico mira al oficial y sorprendido se pregunta,

…¿Como carajo se enteraron?

La familia enojada encuentra la sala donde está Tomas, el oficial trata de detenerlos pero la madre sin pensarlo abre su mano derecha y con gran fuerza le da un cachetazo en la cara, le deja los cinco dedos marcados en una de las mejillas, y le dice,

…Ustedes me lo quitaron pero el sigue siendo mi hijo, procura que no se me muera.

El oficial trata de hablar con la frustrada señora, pero el marido le dice,

…No es hora que digas absolutamente nada, te callas.

La madre se sienta en la cama donde se encuentra Tomas. Se lo ve muy mal, ella se hecha a llorar, recuesta la cabeza sobre el pecho de su hijo y le pregunta,

…¿Hasta cuando tendrás que estar pasando por todo esto en la vida hijo mío?

Se despega de él y le pregunta al doctor que es lo que le sucede, el doctor le explica que está deshidratado, y desnutrido, le explica también en que consistirá el tratamiento y de una forma hipócrita le dice que ya le tienen reservada una habitación privada en el hospital para que pueda recuperarse tranquilamente. Tomas lo mira él sabe que ese no era el plan entre ellos, entonces le pide a su madre que no se aleje.

Esa misma noche Tomas es trasladado a una habitación privada, allí empieza a recibir el tratamiento que necesita para recuperarse, en pocas semanas ya está mucho mejor.

Tomas buscando la baja del militar pide que un psicólogo lo atienda pretendiendo estar muy deprimido y con mucho miedo de volver, a la base, a tal punto que se quitaría la vida si eso sucediera.

El doctor le sugiere que vaya a unas salas de conferencias donde se reuniría con otros soldados que estaban también traumatizados, Tomas solo se presenta a una donde encuentra con mucha alegría a su amigo Joel, éste se había declarado homosexual dentro de la base sin importarle las consecuencias, lo cual también le ha dado resultados positivos, al menos estaba cerca de salir para siempre de la milicia.

Luego de las terapias psicológicas y consejos, el doctor consideró que Tomas había quedado con un gran trauma y a solo un mes de haber ingresado en el hospital le entregó la baja. Tomas no tuvo que regresar a ese lugar.

Ya está libre para terminar lo que dejó pendiente y reunirse con Rafael en la Unión Soviética. Llega a su casa por primera vez después que marchara al servicio militar, allí lo esperaban su padre, su hermano, la madre de Rafael y la de Isabel, se siente aun un poco débil pero no toma asiento hasta lograr a abrazar a todos.

La madre de Isabel tiene varias cartas para él, la madre de Rafael le comenta que habló con su hijo la noche anterior y él ya tiene conocimientos que Tomas esta en casa y le hace entrega de la primera carta enviada por su hijo.

En medio de la conversación y la felicidad de todos por tener a Tomas en la casa, éste les pide que lo perdonen pero que tiene que acostarse, se siente cansado y mareado, todos lo entienden y dejan que se retire a su cuarto.

Tomas se acuesta mira las cartas de su amiga Isabel y la de Rafael y se pregunta,

…¿Cuál debo leer primero?

Tomas abre la de Isabel, porque sabe que a ella no la verá por mucho tiempo y presiente que a Rafael lo verá muy pronto.

Isabel le cuenta en sus cartas que sabe todo lo que ha pasado y que lo siente mucho pero le da fuerzas diciéndole que no pierda la fe, que siga su lucha hasta lograr lo que quiere, entre otras cosas le cuenta que ya se siente mejor y que se ha recuperado en la cárcel, que hasta piensa que se ha resignado a estar allí, y termina la carta con un beso muy grande.

Rafael le cuenta que esta en Kiev que es la ciudad donde estudiará, también le dice que no piense que irá a estudiar a una universidad bella sino, que lo enviaran a una sucursal que pertenece a la Universidad de Kiev, un lugar lejos de allí y que dicen que se parece a una base militar, allí es donde estudian los que vienen de países comunistas. Eso a Tomas no le preocupa él sólo quiere salir de Cuba y reunirse con Rafael.

Pasa la primera noche Tomas en su casa después de la baja del Militar. La madre despierta al chico temprano en la mañana ya que ese día irán a Inmigración para terminar los trámites de su viaje.

En la oficina de Inmigración por suerte hoy no hay muchas personas esperando para ser atendidos, está cayendo un torrencial aguacero. Tomas será el segundo en ser atendido.

Llegan dos funcionarios de Inmigración, uno de ellos abre la puerta de la oficina entra y pide a los que están esperando que también entren ya que la lluvia es fuerte y todos se están mojando.

Tomas se sienta en una de las sillas y la madre en otra frente al oficial de Inmigración. El chico le enseña todos los documentos nuevamente, entre ellos le entrega la carta que una vez le habían pedido del Comité de Vigilancia y la baja del Servicio militar, el oficial le dice que no necesita la carta de vigilancia y también le explica que no entiende por qué tuvo que pasar por el servicio militar ya que usualmente a los estudiantes los dejan salir sin tener que pasar por ese servicio, Tomas sonríe y le dice,

...Quería cumplir con mi Revolución compañero oficial.

El oficial lo mira y sonríe, luego torna la mirada a su madre y le dice,

...Compañera, debe estar muy orgullosa de su hijo, él sí es un hijo de la revolución.

La madre mira al oficial y sonríe por fuera, por dentro solo dice,

...Que come mierda eres estúpido, este es hijo mío, no de la revolución.

El oficial quedo tan impresionado con Tomas que allí mismo le dio la tarjeta blanca que es el permiso de salida mandatario para los ciudadanos Cubanos. Tomas mira a su madre y no puede contener la alegría, el oficial lo mira y le dice,

...Arriba compañero, hágase un buen médico para que cuando vuelva continué sirviendo a la Revolución.

Tomas lo mira muy serio y se le queda callado por pocos segundos, entonces sonríe y le dice,

...Así será compañero oficial, gracias por todo.

Tomas se va del lugar con su madre quien le pregunta,

…¿Y ahora que?

Tomas le dice que irá a la Universidad inmediatamente a buscar la reservación del vuelo, entonces la madre le pasa el brazo por el hombro y le dice,

…Vamos que ya todo debe estar arreglado para tu viaje hijo.

Ya en la noche están en casa cuando llega el padre, Tomas está sentado en el sofá al lado de su madre y frente a ellos en una silla el hermano, el padre se sorprende al verlos a todos juntos pero más se sorprende cuando la madre le cuenta que Tomas se iría el próximo martes.

El padre abraza a Tomas, y le dice,

…No te felicito hasta que estés fuera de aquí, pero te deseo la mejor de las suertes.

Capitulo IX
Pájaros Volar.

Es sábado en la mañana, Tomas quiere aprovechar para pasar el día caminando y visitando por última vez lugares a los cuales acostumbraba a ir. Fue a la costa, allí se sentó en las rocas, miró hacia el horizonte donde el mar se perdía, pensaba en cómo decir adiós a los se quedaban atrás. Luego fué a la escuela donde estudió cuando pequeño y ya de vuelta a su casa pasa frente al edificio donde vivía Esteban, mira hacia su balcón y suspira profundo, sigue su camino y decide quedarse el resto del día en su casa, pronto llegaría a visitarlo la madre de Rafael para enviar con Tomas unas cartas a su hijo.

Ha sido un fin de semana muy largo para Tomas, está tan ansioso que no sabe qué hacer, se acuesta, se levanta, se sienta en el balcón por horas, quiere estar solo, pero al mismo tiempo no quiere perder un minuto sin estar cerca de los que ama, sabe que no los verá por largo tiempo.

Son días de emociones y despedidas, aunque no son muchas. Tomas no tiene una familia muy grande y unida que digamos, siempre han tratado mal a los padres del chico por sus ideas anticomunistas, por lo que se han mantenido alejados unos de otros durante mucho tiempo, sólo algunos conocidos en el vecindario que vienen a despedirse, nada más.

Hoy es un día importante, Tomas se va del país y lo hará para siempre, su vuelo será en la noche. Se pasa el día preparando una pequeña maleta donde llevará un poco de ropa y unas cartas para Rafael de su madre, en su mente, las dolorosas memorias de Cuba, el país que solo le dio educación y medicina gratuita a cambio de pocas libertades y la discriminación a la que tuvo que sobrevivir, en su corazón lleva a sus padres, a su hermano y a su amiga Isabel.

Es hora de salir de su casa para el aeropuerto, Tomas está en su cuarto sentado en la cama abraza una almohada, la misma almohada que ha usado desde pequeño, pasa su mirada por cada esquina del cuarto que lo vio crecer y que ha vigilado sus sueños, la madre entra y le dice,

…Tomas es hora, nos tenemos que ir, el chofer nos está esperando.

Tomas suspira profundamente, se levanta de la cama y sobre ella deja su almohada, sale del cuarto, siente que necesita mirar cada rincón del pequeño apartamento donde ha vivido toda su vida, se asoma en el baño, mira la cocina, se despide de todo. En la sala está la madre de Isabel, la madre de Rafael, sus padres, el hermano y Joel el chico que conoció en la base militar, y que ha conseguido la dirección de Tomas, al que ya ha visitado en varias ocasiones.

Tomas está vestido de negro con camisa y pantalón, se acerca a la madre de Rafael que con fuerte abrazo y lágrimas en los ojos le dice,

…Sean felices, dale un beso a mi hijo de mi parte.

Luego abrazó a la madre de Isabel que le dice,

…Mi hija estará pensando toda la noche en tí, ella sabe que te vas hoy, te envía un beso, y esta cartica dice que la leas en el avión.

Así se despide de todos, en el auto están los padres y su hermano. Tomas, baja las escaleras esta vez pisando cada uno de los escalones y no saltando de dos en dos como solía hacer.

Llega a la acera, camina unos pasos, se detiene, da media vuelta y mira el edificio de lado a lado, en los balcones están todos los vecinos despidiéndose.

…¡Adiós Tomas!, ¡escríbenos!, escucha que algunos gritan desde los balcones.

Tomas agita su mano se despide de todos, da media vuelta, entra en el auto, y se van. Él no mira hacia ningún lado, va serio, callado y pensativo, la madre está sentada a su lado y en la otra esquina su hermano, en la parte delantera del auto, el chofer con su padre que mira hacia atrás y le pregunta si se siente bien. Tomas le contesta que sí con la cabeza y una pequeña sonrisa en la cara.

Llegan al aeropuerto, como en todos los lugares de Cuba existe una rigurosa seguridad no para proteger aviones de terroristas, la protección sólo es para que nadie se les acerque a los turistas que llegan a Cuba o para impedir que se escape alguno de los ciudadanos abordando a escondidas algún avión.

Todos salen del auto pero Tomas se queda, la madre lo nota y le dice sonriendo pero preocupada por la aptitud de su hijo,

…Oye, vamos, que quien se va eres tú.

Tomas la mira sonríe y le dice,

…Si mami, el que se va soy yo.

Sale Tomas del auto, en el aeropuerto hay muchas personas, solo un vuelo saldrá esa noche y es el que supuestamente tiene que tomar Tomas. Él se acerca a los representantes de la aerolínea, que por supuesto son oficiales del gobierno de Cuba también, le entrega a una señora su pasaporte, la tarjeta blanca y los papeles de la Universidad donde está escrita la razón por la cual se va del país. No es usual ver a un joven Cubano salir de Cuba por ningún otro motivo que no sea el de estudiar de manera que la señora ya espera esa explicación.

La representante abre el pasaporte y pretende que lo lee pero no es así, ella está entrenada para torturar a todo cubano hasta el final, es una tortura psicológica llena de amenazas, los Cubanos que viajan saben que esas personas son capaces de cambiar su destino y no dejarles viajar inclusive si tienen los documentos en regla, es como una última prueba que tienen que pasar, cumpliendo con esa su misión la mujer le dice de manera arrogante.

...¿Sabes que?, no creo que te puedas ir esta noche.

Tomas abre los ojos, respira profundo, la madre escucha lo que tiene que tiene para decir la señora y le contesta,

...Compañera, él tiene todo en regla, ¿porque crees que no se pueda ir esta noche?

La señora le explica que el vuelo está lleno, pero la madre insiste en que él tiene su asiento reservado, entonces la representante le explica que perdió su asiento hasta el próximo vuelo que será recién el próximo Sábado, agrega que su lugar se lo dieron a unos turistas franceses que necesitaban viajar.

Un oficial de la policía que está parado en el punto de chequeo le dice a Tomas,

...¿Chico tu eres sordo?, ella te explicó lo que pasa así que mejor quítate del medio para que puedan pasar los que están detrás de ti.

Los que están atrás esperando son extranjeros, gente que debería estar agradecida de no haber nacido en Cuba y que pueden abordar el avión y viajar el mundo cuando quieren.

La familia no sabe que hacer y Tomas no puede protestar por su asiento, porque los turistas tienen preferencias siempre en Cuba, claro son ellos los que dejan los dólares al gobierno, y de protestar le podrían quitar la tarjeta blanca, entonces el padre le pregunta a la representante si de volver el Sábado será seguro que Tomas pueda tomar el vuelo, ella le contesta,

...Compañero aquí no hay nada seguro, pero vuelvan el Sábado y veremos que se puede hacer.

La familia decide retirarse del aeropuerto, van en el auto callados, no pueden ni hablar, la madre va muy preocupada por Tomas y trata de hacerle sentir mejor diciéndole que al menos estarán unos días más juntos, también le explica que son situaciones que se le presenta a cualquier ciudadano Cubano en cualquier momento del día o lugar.

Una vez en la casa Tomas decide ir directo a la cama, los padres y su hermano también hacen lo mismo, Tomas pasa la semana sin salir, no quiere ver a nadie hasta incluso hubo vecinos que le preguntaban a sus padres por él, y cuando le contaban lo sucedido en el aeropuerto algunos no lo podían creer, otros se quejaban del gobierno por permitir esos tipos de acosos y otros, los comunistas, le explicaban a la madre que es necesario porque había que atender a los turistas ya que ellos traen las divisa al país, la madre solo quiere entrarle a piñazos a ese tipo de personas pero no puede, ella tiene que decir que está de acuerdo con la medida para no meterse mas en líos que al final solo lograrían perjudicar a Tomas prohibiéndole definitivamente su viaje.

Por suerte llego el Sábado ya es de noche y casi la hora de partida del vuelo. Todos están en el aeropuerto más relajados, Tomas se podrá ir esta vez, ya había reservado su silla en el avión y esta vez nadie se la quitará pues el vuelo va casi vacío.

Están afuera todos y las bocinas anuncian la salida del vuelo a Moscú, Tomas tiene que despedirse y pasar a un área donde solo las personas con pase de abordar pueden estar.

Tomas se despide uno por uno de todos ellos, nadie llora, todos están felices por el chico. Es el final de una pesadilla en Cuba y el comienzo de una vida que nadie tiene la remota idea de cómo será, ni el mismo Tomas.

El chico pasa el punto de chequeo y entra a la sala, desde un cristal ve a su familia que le tira besos y se despiden agitando los brazos. Se forma una línea de pasajeros para tomar un bus que los llevara hasta el avión, Tomas se coloca último y ya cuando es su turno para abordar el bus da la vuelta, mira hacia atrás y agita la mano.

Luego en el bus se coloca cerca de la ventanilla. el chico nota que el pasar a solo unos metros de una cerca hay un bulto de gente del otro lado, es su familia, Tomas los mira y nota a su madre saltando de alegría y Tomas tratando de que ella lo vea, saca la mitad del cuerpo del bus y les grita,

…¡Adiós!

A lo lejos escucha a sus padres y a su hermano que también a puro gritos le dicen,

…¡Cuídate mucho!

…¡Adiós!

El bus se detiene cerca de las escalerillas del avión que está rodeado por oficiales de la policía, ellos escoltaran como hacen con cada vuelo la nave hasta que tome la pista del despegue. Tomas sale del bus y se detiene frente a las escaleras, mira hacia arriba, es la primera vez que montará un avión, sube, se da media vuelta y mira a lo lejos, hacia donde está su familia, es de noche, la oscuridad no lo dejo ver por última vez a sus seres queridos, pero su familia si puede ver de lejos el avión donde viajará Tomas.

Entra en la nave y una azafata le enseña donde queda su silla, se sienta en ella y se prepara para un largo viaje desde la Habana hasta Madrid y luego hasta Moscú.

Mientras tanto la familia ve desde la reja como el avión lentamente toma la pista para el despegue y unos minutos más tarde, la nave se impulsa y despega. Entre el ruido de los motores del avión, todos agitan las manos en señal de adiós, el padre mira a la madre de Tomas quien llorando y sin quitar la vista del avión dice,

...En ese avión se me va un trozo de mi vida.

El hermano de Tomas y su padre abrazan a la madre una vez que el avión es tragado por la oscuridad del cielo y cuando solo quedan a vista por unos segundos más, las luces intermitentes de ambas alas.

Tomas trata de mirar por la ventana el país donde sufrió, donde no fue feliz, está oscuro casi no hay luz en las ciudades, entonces coloca la cabeza en el espaldar de la silla, la inclina un poco hacia atrás, cierra los ojos y suspira, se dice hablando para si mismo,

...Al fín.

Tomas siente por primera vez un gran alivio en su alma, es como si le quitaran a un esclavo los grilletes de los pies, no siente miedo, está feliz como nunca, sabe que ahora empezara a luchar por su vida sin un amo a su espalda diciéndole lo que tiene que pensar y hacer. Tomas se siente libre.

A solo minutos de vuelo, saca de su bolsillo la carta que su amiga Isabel le había enviado con su madre, se muere de curiosidad por leerla, entonces la abre,

...Querido Tomas,

...A esta hora estarás sentado en un avión, te sentirás como un pájaro viendo como le abren la puerta de la jaula para salir de ella. Sé que tu vuelo es de noche y por eso sé que si miras hacia abajo solo veras oscuridad que es la representación absoluta de la tristeza de otros pájaros que quedamos enjaulados.

...Hoy me atrevo a escribirte de esta manera porque será la última vez que sabrás de mí por mucho tiempo, mi madre tomara un cuidado extra para esconder esta carta y que tú la puedas leer, te quiero como un hermano y no puedo dejar de pensar en ti, espero que hagas lo mismo.

…Yo no estoy segura de mi final, no se cuánto tiempo más podré durar encerrada, pero estoy feliz porque al menos se que tu tiempo transcurrirá fuera de aquí. Verás el mundo, olerás su perfume, y vivirás la libertad, piensa en lo que viviste aquí para cuando las cosas buenas o malas te sucedan no las dejes pasar sin darles importancia, vive cada minuto y cuando logres tus sueños, quiero que te pares afuera de tu casa y abras tus brazos hacia los lados, que respires profundo y mirando al cielo, me digas lo logre coño, el pájaro voló.

…Prométeme que serás feliz, prométeme que darás amor y que llevaras al mundo la historia de nuestra desgracia, dile a todos cómo vivimos, cuéntale lo caro que es ser Cubano y lo baratas que son nuestras vidas para el gobierno Cubano.

…Cuídate mucho hermano mío, y espero que nos veamos algún día, te quiero desde el holocausto Cubano, Para Siempre Isabel.

Tomas termina su carta la dobla y se la introduce en el bolsillo de la camisa para tenerla cerca a su corazón.

Unas horas han pasado ya después de que el vuelo partió desde la Habana y Tomas se queda dormido. Cuando abre los ojos nota que el sol ha salido, mira a través de la ventana y a lo lejos ve la tierra, ya ha cruzado el Océano Atlántico y está viendo tierra Europea. Trata de mirar lo que puede, hay un poco de nubes y el avión vuela a mucha altura, al menos puede ver cultivos en verdes campos y una que otra ciudad, él siente curiosidad por saber sobre qué lugar está volando, pero más satisfecho está al saber que pronto se reunirá con Rafael en un país extranjero.

El piloto anuncia que el avión va a descender en pocos minutos, tendrán que estar unas horas en el aeropuerto de Barajas en Madrid para cargar combustible, y todos tendrán que abandonar la nave hasta que este proceso termine.

Tomas ya estaba al tanto de esto y está muy contento de poder al menos ver algo de España por dos horas desde el aeropuerto, con eso se conforma, siempre ha escuchado hablar de otros países, y cualquier cosa fuera de Cuba que pudiera ver, es un sueño para él.

Llegan al Aeropuerto, Tomas sale por un tubo del avión a una sala donde tendrá que esperar para volver a abordar el vuelo que finalmente lo llevara a Moscú. El olor, la limpieza, los anuncios propagandísticos sobre los artículos que allí se pueden comprar, la decoración, la iluminación, la sonrisa de una azafata explicándole como llegar al área donde podrá esperar, las vitrinas de las tiendas, todo es muy nuevo para Tomas que se queda con la boca abierta mirando para todos los lados. Es como si hubiese entrado en una de las revistas extranjeras que leía su madre.

El chico decide ir a una de las tiendas, cuando se acerca ve que hay un oficial de protección del aeropuerto de Barajas parado frente a una, la costumbre de no poder entrar a lugares como esos hace que se acerque al oficial con algo de miedo, y en voz muy baja le pregunta,

…Compañero, ¿puedo entrar a la tienda?

El oficial lo ve, le sonríe y le dice,

…Joder chico, ¿estas jugando?

Tomas abre los ojos pensando que lo ha ofendido y que como en Cuba no podrá entrar a esos lugares entonces le pide perdón y empieza a retirarse.

El oficial no entiende la reacción de Tomas y le dice,

…Espera, claro que puedes entrar.

Tomas lo mira y le pregunta,

…¿De verdad?

El oficial le pregunta,

…¿Tu estas jugando conmigo?

Tomas le dice que no y quiere explicarle que viene de un país donde eso no se puede hacer pero le da miedo contarle, baja la cabeza y se dirige a la entrada de la tienda, el oficial lo vuelve a detener y le pregunta,

…¿Vienes de Cuba?

Tomas se da la vuelta y preocupado le pregunta a él,

..¿Como lo sabes?

El oficial le cuenta que no es la primera experiencia que tiene con pasajeros de Cuba que siempre se le notan preocupados o diferentes en las tiendas del aeropuerto, ya uno de los pasajeros le ha hecho en otra oportunidad el comentario de la razón por la cual la mayoría de los Cubanos actúan de esa manera, entonces con su acento español le dice,

…Joder hijo, que este es un país libre, entra a la tienda y disfrútala, no te preocupes por nada, yo estoy aquí simplemente para proteger el aeropuerto y a los que por aquí transitan.

Tomas le agradece y entra a la tienda, él solo puede mirar porque no tiene dinero para comprar nada, pero eso es suficiente. Es una experiencia extraordinaria, parece un salvaje al que sacaron de una selva y colocaron en ese lugar, se detiene frente a una máquina donde venden el refresco por el cual estuvo cerca un día de ir a la carcel en Cuba, el oficial con quien hace un rato había hablado pasa por atrás de él y le pregunta,

…¿Quieres un refresco?

Tomas lo mira y le da pena decirle que si, pero se muere de ganas por estar sentado en esa sala donde para él todos es perfecto y tomarse el refresco, pero su vergüenza no le permite decir que si, entonces le contesta que no.

El oficial deposita unas monedas en la maquina y le dice,

…Solo dime cual te gustaría,

Tomas aunque con pena señala uno, y por la boquilla de metal en el frente de la máquina sale la lata del refresco que escogió.

Le da las gracias al oficial y trata de abrir la lata, pero se le hace difícil, es la primera vez que Tomas abre este tipo de lata, entonces el oficial le dice,

…Permite, yo te ayudo, mira se abre así.

A tomas no le da vergüenza que el oficial tenga que enseñarle como abrir una lata de refresco, él esta consciente de que viene de un país donde nada de esto estuvo jamás a su alcance.

Tomas le vuelve agradecer y se va de la tienda. Se sienta frente a las inmensas paredes de cristal que permiten ver la pista por donde aterrizan y despegan los aviones, se toma por primera vez el refresco del que tanto sus padres le han hablado, le pareció la misma gloria.

Solo pocos minutos después de haber terminado con su soda, se anuncia que su vuelo continuará viaje. Tomas se levanta de la silla coloca la correa de su maleta en el hombro y camina hacia el tubo por donde podrá abordar la nave.

Cuando pasa frente a la tienda donde aun sigue parado el oficial, Tomas le dice,

…Gracias por todo.

El oficial simplemente le contesta,

..Tenga un buen viaje.

Así continua su vuelo.

Ya está pronto a aterrizar en Moscú, allí lo estará esperando un funcionario de la embajada Cubana que le dará un ticket para que vaya en tren hasta Kiev y allí donde espera uno de los trabajadores de la Universidad.

Capitulo X
Re-encuentro

Tomas llega a Moscú, espera llevarse la misma impresión que se llevo en el aeropuerto de Barajas, pero no fué así. Hay demasiadas propagandas y aunque no entiende muy bien el idioma, sabe por los símbolos que son propagandas comunistas, entonces se da cuenta de que ha entrado en otra jaula pero esta vez con las rejas un poco mas anchas para en cualquier momento poder escapar.

El funcionario estaba allí con un cartel con el nombre de Tomas escrito. Tomas sigue las instrucciones dadas por la Universidad en la Habana y se dirige hacia él.

El oficial un señor trigueño y flaco con una camisa azul clara, lo saluda muy seriamente, y le pregunta,

...¿Como fue su viaje compañero?

Tomas lo mira con repugnancia, ahora estaba convencido de que tendría que lidiar con este tipo de gente una vez más.

El funcionario le entrega el ticket a Tomas y le explica como debe hacer cuando llegue a Kiev. Salen del aeropuerto, Tomas quiere ver, pero el funcionario a penas lo deja, le exige entrar en el auto que lo llevará a la estación de trenes y le explica que se le hace tarde y que debe marcharse ya que tiene que estar de vuelta en su oficina en muy pocos minutos, Tomas casi corriendo llega al auto, ya en las calles puede ver la roja ciudad de Moscú.

Llegan a la estación y el funcionario le indica con el dedo cual es el tren que deberá tomar, lo deja allí y se retira. Tomas, casi sin entender trata de estar cerca del tren que le ha señalado el oficial, y espera que las personas empiecen a abordar pues el idioma además de no ser su favorito no lo ha aprendido muy bien.

Son largas las horas que tiene que viajar en tren hasta llegar a Kiev, pero por fin el largo viaje termina, el tren que trae a Tomas arriba a la estación central de Kiev.

Abandona el tren entra a la estación y allí esta esperándolo una profesora Rusa que habla un perfecto español, ella se da cuenta de quien es Tomas porque se ha comunicado con la embajada Cubana en Moscú y el funcionario le ha explicado como va vestido el chico.

Ella le llama,

...¡Tomas!, ¡Tomas!

Tomas la ve y se dirige hacia ella, entonces ambos se presentan. La profesora se llama Olga, una señora muy blanca de pelo rojo con pecas en la cara, ella lo lleva al auto que lo trasladara a la Universidad. En el trayecto le cuenta que vivió en Cuba unos años con su marido que es un general del ejército Soviético, y que por eso habla español, le cuenta lo maravillosa que es la isla, y lo feliz que ella está de que la juventud cubana siga las teorías Marxistas Leninistas, también le dice que con optimismo espera que Cuba llegue a ser completamente comunista.

Tomas, la mira y le sonríe, pero por dentro siente que quiere decirle cosas que a la mujer le sonarían ofensivas, pero tiene que aguantarse sabe que no puede.

Llegan a la Universidad de Kiev, Tomas queda impresionado por la belleza de la arquitectura con la que fue construida, es una edificación muy vieja pero tan fuerte que se mantiene en pie como un roble. Una vez que el coche se detiene la señora y le dice,

…Espérame aquí, no salgas del auto enseguida nos iremos.

Tomas se queda aunque la curiosidad lo invade pensaba que sería allí donde se quedaría, pero rápidamente recuerda que en una carta de Rafael, él le explicó que para los alumnos que llegan de países comunistas el lugar de estudio es otro.

Olga regresa al auto con unos papeles, le explica a Tomas que es su expediente estudiantil, el visado y otros papeles requeridos por la Universidad de Kiev. Cierra las puertas de un tirón y pone su auto en marcha nuevamente.

Tomas le pregunta,

…¿A donde vamos?

Ella le explica que irá a estudiar en unos edificios que son parte de la Universidad pero donde también hay dormitorios, agrega, que en la edificación original de la universidad no puede quedarse porque no tienen dormitorios para los alumnos.

Tomas no opina, se mantiene callado. El auto sale de la ciudad y entra en una zona rural, va por una calle central que muy pronto se transforma a una carretera solitaria, cubierta por campos inmensos de papas por ambos lados, unos kilómetros más adelante llegan a la que al parecer es la entrada principal de la Universidad, una pequeña caseta con una barra de metal que prohíbe el paso de los autos, un oficial sale de allí y reconoce al conductor, sin que el auto detenga por completo la marcha el oficial sube la barra de metal permitiéndoles la entrada.

Tomas ve impresionado que estará muy lejos de todo pero está alegre porque estará cerca de Rafael, aunque por momentos todo ese procedimiento le hace recordar la amarga experiencia de su servicio militar.

Por fin se ven unos edificios a lo lejos, son idénticos a las edificaciones feas y cuadradas que han hecho los soviéticos en Cuba. Una vez en el lugar, Tomas sale del auto se para frente a uno de los edificios y mira hacia arriba, esta buscando a Rafael, pero no lo ve.

Carga su maleta y sigue a la profesora. Ya dentro de uno de los edificios que sorpresa para Tomas, Rafael estaba parado al final de uno de los pasillos por donde entra Tomas.

...¡Tomas!, grita Rafael.

Los dos salen corriendo, se abrazan tan fuerte como si fuera la última vez que se verían, Olga la profesora sigue caminando en dirección a los chicos, Rafael le dice,

...Profesora Olga, éste es mi hermano del que te hablaba.

La profesora convencida de que son hermanos deja que ellos terminen de saludarse, luego, lleva a Tomas a la oficina donde le dan el horario de todas las actividades del día, Rafael que no quiere separarse ni un minuto de Tomas los acompaña.

Una vez allí la profesora le explica que no está permitido salir de la escuela, que tendrá que permanecer en el lugar hasta que se gradué o hasta que sea enviado a la Habana. Le pide que la acompañen al que será el dormitorio de Tomas, en camino, la profesora le pregunta Rafael donde queda su cama, Rafael le cuenta y como los lugares quedan alejados ella decide hacer unos arreglos para ubicarlos uno cerca del otro.

Los dormitorios son como la base militar en la que estuvo Tomas, unos pasillos muy largos llenos de camas por ambos lados, solo que esta vez las camas son paralelas y algo más cómodas, no son literas. La profesora, le explica al estudiante que duerme al lado de Rafael que lo cambiará a otro dormitorio para dejar a los hermanos juntos.

Cuando la cama de Tomas fue preparada la profesora le surgiere que descanse del largo viaje y le permite a Rafael quedarse con él por un tiempo para que puedan hablar.

El dormitorio se queda vacío, todos se van a clase. Rafael se sienta en su cama y frente a él se sienta Tomas en la suya, los dos se toman de la mano y Rafael le dice,

...Me muero por darte un beso.

Tomas le dice que habrá tiempo para eso, ellos saben que corren un grave peligro y el riesgo enorme de que los regresen a Cuba si los sorprenden en una actitud como esa.

Tomas toma su maleta le abre uno de sus bolsillos y le entrega a Rafael las cartas de su madre. Rafael tiene muchas preguntas, está curioso por saber cómo fue el servicio, qué paso al final, cómo pudo salir antes del tiempo requerido, pero Tomas lo mira y le dice,

…Rafael nos olvidamos de eso por ahora, yo quiero saber qué planes tienes para nuestro futuro que pasará con nosotros, y mirando hacia a todos los lados en voz muy baja continua,

...Yo no vuelvo a Cuba, algo tenemos que hacer.

Rafael le cuenta que ha pensado en muchas cosas pero que tienen tiempo para juntos crear un plan de escape, entonces le dice que lo acompañará en un tour por la escuela para que la vaya conociendo mejor.

Tomas sonriendo le dice,

…Con mucho gusto.

Rafael y Tomas salen del dormitorio y caminan por los largos pasillos. Son cuatro edificios divididos en dos, uno es el dormitorio para las mujeres, otro para los varones, y los otros dos edificios son las aulas.

Rafael le enseña la biblioteca, el comedor, le cuenta que la comida es mejor que la de Cuba que al menos les dan una papa extra, los chicos se ríen, también le muestra las oficinas, la enfermería, y los jardines que rodean la escuela. Rafael le explica a Tomas que los despiertan a altas horas de la madrugada estilo militar, les hacen gritar consignas comunistas y en contra de los Estados Unidos, tal y como si estuvieran en Cuba, también que allí hay estudiantes Chinos, Vietnamitas y de otros países comunistas más.

Vuelven al dormitorio y Rafael quiere enseñarle con malicia el baño y las duchas, Tomas accede a la petición de Rafael porque el también se muere por buscar un lugar donde al menos poder darle un beso.

Entran a las duchas, Rafael busca un sitio donde estar seguros y que no haya nadie, se le acerca a Tomas y con pasión le da el primer beso después de tanto tiempo, ellos quieren seguir pero el miedo es más fuerte y los hace detener el apasionado momento, se separan y Rafael le dice,

…Estoy loco por terminar con este miedo y poder besarte siempre que quiera.

Tomas le sonríe y le dice,

…Lo más importante es que logramos salir de Cuba, lo demás será más fácil, verás.

Los dos salen de las duchas y se dirigen a las camas nuevamente, allí se sientan. Tomas está muy cansado, tiene los ojos rojos de sueño, entonces Rafael le pide que se quede durmiendo un rato que él irá a la biblioteca a estudiar.

Tomas se cambia su ropa, se pone algo más cómodo y decide acostarse a dormir un rato, el cansancio del viaje ha estropeado su cuerpo y necesita dormir.

Una vez listo se acuesta, pone la cabeza sobre al almohada, piensa en lo lejos que está de su familia y se pregunta cuando los podrá ver nuevamente, así se queda dormido.

A las dos horas, Rafael lo despierta, le avisa que es hora de comer y que irán juntos al comedor, Tomas se sienta en su cama y se queda mirando con una sonrisa a Rafael que está sentado en la suya guardando unos libros, Rafael nota la sonrisa y le pregunta,

…¿Por que sonríes?

Tomas le contesta,

…Para mi es una alegría que seas tú quien me ha despertado.

Rafael le sonríe y le dice,

...No seas bobito, vamos a comer.

Los dos se van al comedor, ahora Tomas tiene la oportunidad de ver a más estudiantes, todos caminan por los pasillos y hacen largas filas para entrar al comedor. Rafael y Tomas se paran últimos en las filas y esperan para entrar.

Uno por uno va entrando y toman una bandeja de metal donde les servirán lo que ese día hay para comer que sin dudas alguna, es una dieta mucho mejor que la que les ofrecen en Cuba en cualquier comedor estudiantil o en la base militar en la que estuvo Tomas.

Cuando salen del comedor, la profesora Olga los ve y los detiene, le explica a Tomas donde queda el local donde recibirá clases, le advierte que no se permite llegar tarde, el chico entiende las instrucciones de la profesora y le pregunta donde puede hacer una llamada a Cuba para tratar de hablar con sus padres, ella le contesta,

…No te preocupes, tus padres saben que estas en buenas manos, que estas en la Unión Soviética, no es como si te hubieras ido a los Estados Unidos.

Tomas se queda callado, Olga se retira, Rafael mira a Tomas y le dice,

…Tomas no te preocupes yo te llevo a la oficina donde podremos llamar, aunque sea un minuto.

Es el primer amanecer de Tomas en la Unión Soviética, están todos durmiendo aun cuando entra un profesor con una campana, no ha amanecido y se enciende una luz que molesta los ojos de los estudiantes que allí descansan, es hora de levantarse.

Las duchas no son privadas son una al lado de la otra, no hay muchas por lo que algunos de los estudiantes tendrán que esperar, el aseo tiene que ser breve, todos tienen que estar listos para ir a participar de la reunión matutina donde como en Cuba solo se trata de hacer un lavado de cerebro a cada uno de los estudiantes para imponer el odio hacia los Estados Unidos y la creencia cada día más en el comunismo.

Tomas entra por primera vez a su aula, hace un rato se despedió de Rafael que irá a otra aula a tomar clases. Tomas está feliz de poder continuar por fin con sus estudios, la profesora que le dará su primera clase es Olga, la misma que conoció en la estación del tren, las clases son en español, los alumnos de su aula usan ese idioma como su primera lengua.

Cuando están en la mitad de la clase Tomas nota que más que medicina se ha hablado sobre el comunismo, sobre la filosofía Marxista-Leninista, así como de las agresiones de los Estados Unidos a otros países, Tomas no entiende por qué solo se habla de esto y para preguntar alza su mano, la profesora que lo ve le deja hablar, Tomas le dice,

…Profesora, no entiendo por qué llevamos tanto tiempo hablando de política, y no de medicina.

La profesora desde el frente del aula le contesta,

…Si vas a ser un buen profesor, tienes que enseñar a tus alumnos a confiar en el sistema primero.

…Yo no seré profesor, seré doctor, dice Tomas.

La Profesora se le acerca y le dice,

…Claro que serás profesor, ¿para que crees que te enviaron aquí? después de te gradúes como medico irás a Cuba a impartir clases, así no tendrán que gastarse dinero en enviar más estudiantes aquí.

…Eso nunca me lo dijeron, dice Tomás

La maestra le explica que así será, también le dice que no es su problema y el solo tendrá que cumplir con las órdenes de su gobierno. Tomas queda impresionado por lo que le acababa de decir la profesora y no puede esperar a que termine el día para contarle a Rafael.

Por fin es hora de salir del aula, Tomas camina apresurado hacia su dormitorio, cuando entra ve que Rafael esta en su cama, se le acerca y le dice,

167

…¿Sabes que la profesora me dijo que seré profesor cuando vuelva a Cuba?

Rafael lo mira, sonríe y le dice con un tono de voz bien bajo,

…Tomas, tú no volverás a Cuba, y si, eso me lo dijeron también, nos envían aquí para tomar conocimientos y cuando lleguemos a Cuba nos utilizan como profesores y así no enviar más alumnos fuera del país, no quieren que la gente se les escape.

Tomas lo mira con roña y le dice que no lo puede creer, Rafael se le sonríe nuevamente y le dice,

…Tomas, ¿que puedes esperar de los gobiernos comunistas?, es hora de que sepas que cualquier cosa se puede esperar de esas dictaduras,

… Ah, exclama Rafael,

…Te tengo una sorpresa, hoy entraremos en la oficina a escondidas y llamarás a tu vecina para que le diga tu mama que llegaste bien.

Tomas le pregunta,

…¿Escondidos?

…Sí, es que no nos dejan utilizar los teléfonos para llamadas de larga distancia, todo pasó después de que un alumno cubano se comunicó con su familia en Estados Unidos y luego de una manera misteriosa desapareció, le explica Rafael.

…Lo mandaron pa' Cuba, especula Tomas.

…No se sabe, unos dicen que se fue a otro país y de allí fue a Estados Unidos, otros que lo enviaron a Cuba quien sabe, le contesta Rafael.

Esa misma noche, fueron a la oficina donde se encuentra el único teléfono de la escuela, un teléfono viejo, ya que tal parece, que los Soviéticos sólo han utilizado la tecnología de la que presumían en el mundo para su programa espacial, porque todo lo demás está hecho de muy mala calidad.

Rafael trae dinero para sobornar al personal que esa noche cuida la oficina, es un viejo ruso al que se ve más muerto que vivo, cansado a esas altas horas de la noche. El ruso abre la puerta y deja entrar a la oscura oficina a los chicos y sin mencionar una palabra abre la mano esperando que uno de ellos deje caer algo de dinero.

Tomas corre al teléfono pero una vez allí se da cuenta de que no conoce los códigos para marcar a la Habana,

Rafael vigila la puerta desde adentro. El viejo se acuesta a dormir en un sofá que está cerca de la mesa donde se encuentra el teléfono, todo lo tienen que hacer muy discretamente, con el menor ruido posible y en medio de la oscuridad.

Rafael ve a Tomas que le hace señas con la mano, se acerca a él, entonces le dicta los números que debe utilizar para comunicarse con la Habana.

La vecina de Tomas toma el teléfono y no disimula su alegría al saber que es el chico, los padres de Tomas le han preguntado desde pocas horas después de que él partiera de la Habana si el chico había llamado,

…Tomas que alegría espérame avisaré a tus padres, le dice la vecina.

Tomas ansioso por hablar con su familia tiene que esperar unos siete minutos para que puedan llegar sus padres al apartamento de su vecina.

…Alo, ¿Tomas? Es la madre que pregunta con voz temblorosa pero feliz.

…Mami, ¿como están? Pregunta Tomas.

La madre no puede casi hablar, el llanto no la deja, el padre toma el teléfono y le explica a Tomas quien llora también, que su madre esta muy feliz por él.

No es una simple llamada, están concientes de que esta separación será por demasiado tiempo.

Tomas les cuenta cómo la está pasando y que tiene a Rafael a su lado, les explica que es casi imposible comunicarse por teléfono pero que los mantendrán informados de los próximos pasos por cartas, ellos tienen que hablar muy discretamente, existen operadoras Cubanas que escuchan toda la conversación. Tomas nota que Rafael le pide que se apure, solo duró unos pocos minutos la llamada cuando se ve forzado a cortar.

Los chicos se retiran de la oficina y vuelven al dormitorio, les espera un día largo de más lavados de cerebro y unas pocas horas de estudio.

Son las cinco de la mañana y la usual forma de despertarlos estilo militar obliga a Tomas a abrir los ojos, feliz al menos de saber que sus padres supieron de él, eso lo tranquiliza.

Una vez en clase escucha a su profesora Olga, quien con un tremendísimo orgullo explica una vez más la diferencia entre el comunismo y el capitalismo, coloca a los Soviéticos, a los Chinos y a los Cubanos como hermanos, como camaradas que juntos lograrán la paz del mundo haciendo crecer nuevos soldados que mantendrán el mundo libre de escorias, prostitutas, homosexuales y religiones, también a Los Estados Unidos les llama un cáncer maligno que ha crecido en la tierra y que debe ser exterminado.

En un proyector de muy mala calidad les enseñan un documental donde se ven niños supuestamente de los Estados Unidos sufriendo, muriendo de hambre y ya hasta muertos en las calles, el video casi no se puede ver, es en blanco y negro y no tiene voz. Tomas puede notar que los niños a los que les llaman americanos no tienen la fisonomía de un niño de Estados Unidos, lucen mas bien como niños del tercer mundo de cualquier país de América Latina, entonces Tomas alza la mano, la profesora detiene el proyector y le pide a Tomas que pregunte,

…Profesora, ¿usted esta segura de que esos niños son de los Estados Unidos?

…Si, ¿por qué? Pregunta curiosa la profesora.

Tomas le explica que siempre se ha escuchado hablar de que los niños americanos son más blancos, y que no lucen tan hispanos como los que se ven en la pantalla, le dice que parecen más bien de cualquier país de América Latina.

La profesora indignada le pregunta,

…¿Dudas de mi explicación?

Tomas sabe que esto puede causarle problemas y prefiere mantenerse callado. La profesora continua con su documental y su explicación, que para Tomas es ridícula, estaba claro que no eran los Estados Unidos lo que mostraba el video. El chico trata de mirar a través de la mala calidad del video los letreros que se ven por detrás de esos niños, entonces se da cuenta de que cada esos letreros están escritos en Español, sonríe y piensa que puede aclararle a la profesora que está errada, entonces alza el brazo nuevamente. La profesora se incomoda por tener que detenerse por segunda vez, aunque decide dejarlo hablar una vez más.

Tomas le explica frente a toda la clase lo que está viendo en el video, y pregunta porque si las imagines pertenecen a los Estados Unidos todas las señales y letreros están en español. En la clase todos son latinos y uno que otro de España, todos escuchan a Tomas y se ríen, la profesora lo toma como una ofensa y decide detener el documental, llama a Tomas fuera de la clase y lo amenaza diciéndole que si una vez más él pone en duda sus explicaciones o sus conocimientos hará lo posible por enviarlo a Cuba tan pronto como sea posible, sin graduarse, Tomas baja la cabeza y pide perdón a la profesora.

Una vez que la clase ha terminado Tomas se encuentra con quien para todos en la escuela es su hermano Rafael y le cuenta lo que sucedió. Rafael molesto le dice que no puede estar contradiciendo a nadie, que tiene que pretender que cree todo lo que dicen, así es la única manera en que podrán crear un plan de escape para irse de la Unión Soviética a algún otro lugar.

Dentro de la escuela todo es muy rutinario, nada cambia y dentro de esa rutira pasa un año desde que Tomas llegó. Ha tenido sus encuentros con la profesora Olga, cuyas explicaciones son realmente caducas y hay que ser un estúpido para creerlas. Tomas tiene su forma de ser y ha crecido, ya no es aquel niño tímido que se quedaba callado aun sabiendo que tenía razón, ahora de una forma u otra siempre trata de dar su opinión sin ofender a nadie, el único problema, es que a pesar de que está fuera de Cuba sigue bajo los mandatos del comunismo donde su opinión si no es para apoyar las ideas comunistas aunque sean notablemente ridículas, no vale nada.

Capitulo XI
Mala noticia, escape sin planificar.

Después de la llegada de Tomas a la universidad en cierta forma la Unión Soviética ha cambiado mucho. El país está ahora revuelto, existe algo llamado Perestroika, nadie le hablaba a los estudiantes sobre esto, pero eran notables los cambios por lo que se podía ver en la Televisión. Un día Tomas vio en la Unión Soviética un restaurante de comida rápida americano donde venden las hamburguesas que él ya había visto cuando chico en la tele en casa de Esteban. Comenzaron las discusiones sobre si enterrar a Lenin a quien habían momificado luego de su muerte en el Kremlin, en fin algo no estaba como cuando llegó, Tomas le hace el comentario a Rafael, este le contesta que ya lo había notado cuando mandaron de regreso a los estudiantes chinos y Vietnamitas a sus países sin graduarse.

Tomas recuerda que en una de las pocas cartas que ha podido recibir de su familia la madre le pidió que no le enviara más las revistas Soviéticas, Spútnik pues habían prohibido su venta en Cuba, esto también le causo sorpresas, pues esa revista circulaba por el país desde hacía mucho tiempo y se reportaban en ellas artículos interesantes de ciencias entre otras cosas.

Esto preocupa a los chicos quienes temen que por los cambios políticos en la Unión Soviética de los cuales no están bien informados los envíen a Cuba.

Ese día sale de la clase Tomas, caminando por el gran pasillo hacia el dormitorio y ve que se acerca Rafael, Tomas le sonríe pero cuando lo ve mas cerca con cara de espanto Tomas cambia su rostro y se preocupa.

Rafael llega, lo toma de la mano y le dice,

…No digas ni una palabra y sígueme.

Tomas acompaña a Rafael, salen del edificio y se sientan en un pequeño parque deportivo que tiene la Universidad, allí Rafael saca una carta y la abre le pide a Tomas que la lea.

Era lo que más temían. Es una carta de la embajada Cubana en Moscú donde dice que solo en dos meses serán enviados a Cuba, la carta no explica la razón por la tan precipitada determinación. Tomas abre los ojos, mira a Rafael con cara de miedo, y le dice,

…Y, ¿ahora?, ¿qué hacemos?

Rafael le dice tratando de hacerle sentir mejor,

…No te preocupes amor mío, crearemos un plan y nos iremos de aquí.

Lo único que puede favorecer a los chicos es que aun es verano en La Unión Soviética y al menos el frío crudo que se acostumbra a vivir en ese país, no tendrá que molestarlos por un tiempo si tuvieran que vivir en las calles.

Rafael se despide de Tomas pues tiene otra clase. Tomas mientras tanto se queda unos minutos más sentado en uno de los bancos del parque, leyendo nuevamente la carta.

Hace tres días que los chicos saben sobre la decisión del gobierno de Cuba, y se les nota cansados y hasta han perdido peso, casi no pueden dormir, la preocupación los tortura, y aun no tienen nada planeado, ello no saben a donde ir, por donde empezar, en fin, están desesperados.

El temor es tanto que hace unos días que casi no se hablan entre ellos, solo piensan y piensan, sin ver un rayo de luz que les pueda ayudar a crear una idea para escapar de las manos del comunismo Cubano.

Subiendo las escaleras hacia el dormitorio va Tomas, cuando se encuentra con la profesora Olga, cuando esta pasa por su lado, Tomas la saluda brevemente y sigue su camino hacia arriba. Cuando Olga llega casi al ultimo escalón de abajo se detiene se da media vuelta, mira hacia arriba y lo llama, Tomas se detiene y también da media vuelta, la profesora lo nota triste y preocupado, ella sube las escaleras nuevamente se le acerca y le pregunta,

…¿Te enteraste que los enviaran a Cuba?

Tomas le contesta que si.

…¿Y tu no quieres volver, verdad? Pregunta la profesora.

A esa altura Tomas está desesperado buscando información que lo ayude a escapar del lugar antes de que lo lleven a un avión y lo trasladen a la Habana, entonces con honestidad le contesta a la profesora,

…No profe, no quiero volver.

La profesora suspira profundamente y mira hacia abajo como pensativa y luego de asegurarse de que no hay nadie cerca le pregunta a Tomas,

…Tú no eres comunista, ¿verdad?

Tomas la mira con miedo pero con una valentía tremenda le contesta,

…No, no lo soy.

La profesora le pide que la acompañe a la biblioteca, Tomas va con ella.

En el camino a la biblioteca la profesora le pide a Tomas que busque un lugar donde sentarse y que pretenda que esta estudiando, que haga de cuenta que fue solo y que no tiene nada que ver con ella.

Tomas ve todo muy extraño pero presiente que de todo esto algo bueno saldrá.

Una vez allí, Tomas se sienta en una de las sillas abre uno de sus libros lo pone encima de la mesa y pretende estar estudiando, mientras que la profesora también pretende buscar unos libros en los grandes estantes Tomas está de espalda, allí están también la bibliotecaria, otros alumnos y un profesor.

La profesora parece encontrar el libro que desea, se sienta en una de las mesas cerca a Tomas, abre su libro saca un papel y escribe una nota, cuando termina decide devolver el libro a su lugar y pasa cerca a Tomas, que la mira, Olga deja caer la nota, Tomas mira hacia alrededor para estar seguro que nadie lo ve, disimuladamente Tomas se inclina hacia abajo extiende su brazo y alcanza el papel que está muy bien doblado, lo abre encima del libro que tiene abierto frente a el, y lee,

…Los ayudare a escapar, pretendan que están muy enfermos el viernes, en el camino les explico más.

Tomas traga en seco, sonríe y confía plenamente en la profesora que ya se ha retirado del lugar.

Sale corriendo a buscar a Rafael. Llega al dormitorio, Rafael no estaba, corre al baño lo llama pero sin resultados, hasta en las duchas busca, y cuando está saliendo de allí ve a Rafael que entra al dormitorio. Tomas lo llama, Rafael se detiene y lo espera,

…Tengo que hablarte, es sumamente importante, le dice Tomás agitado.

…¿Que te pasa?, le pregunta Rafael.

Tomas le cuenta lo que ha pasado con la profesora Olga,

…¿QUE? Grita Rafael,

…Estas loco, tu sabes lo comunista que esa mujer, nos va a embarcar Tomas, ¿que has hecho? ¿Como le dices que no eres comunista?, ¿Como le dices que no quieres volver a Cuba? Le pregunta Rafael en baja voz pero alterado.

Tomas, lo mira serio y le dice,

…Por favor Rafael, cree en mí, estoy seguro de que ella nos ayudara de verdad.

Rafael no le da respuesta y muy molesto entra al dormitorio. Tomas lo sigue y trata de explicarle hasta que Rafael le dice,

…Basta ya, no me expliques nada, no creo que ella nos ayude, es la esposa de un general, ha vivido en Cuba y hasta quizás sea amiga de Fidel Castro, estás loco Tomas.

Tomas le pide a Rafael que esta vez confíe en él, que solo faltan dos días para pretender que están enfermos.

Otro día trascurrió como si nada hubiera pasado para la profesora sigue dando las clases a Tomas como si nada hubiera pasado, ni siquiera le ha hecho el más mínimo comentario sobre el plan, y a Tomas le da pena preguntar, lo único que hace es recordarle que el Viernes tienen que estar listos. Por otro lado Rafael y Tomas están muy tensos y es muy poco lo que se hablan entre ellos durante el día.

Es Viernes al amanecer todos se despiertan a la misma hora de siempre, Rafael se sienta en su cama, y Tomas permanece acostado, mira a Rafael, y le dice,

…Espero que estés listo porque estoy seguro de que ella nos ayudará.

Rafael que está preparándose para ir a desayunar lo mira. Unos de los instructores que va despertando a los que se han quedado dormidos, pregunta por qué Tomas no se ha levantado.

Tomas se mantiene con los ojos cerrados muy serio y se pasa la mano por el estomago, Rafael se queda callado unos segundos y le contesta,

…Se ha pasado la noche vomitando y con diarreas, esta muy enfermo parece ser algo que comió.

El instructor le cree a Rafael y le pide a Tomas que se quede acostado, Rafael le dice que es su hermano y prefiere quedarse cuidándolo hasta que lo vea mejor. El instructor se retira, Tomas permanece acostado con los ojos cerrados, con cara seria pero por dentro una sonrisa, Rafael se sienta en su cama y le dice,

…Hay que hacer algo para que te vean más enfermo aun.

Tomas abre los ojos y le dice

Tráeme bastante agua la tomaré cuando tenga que ir a la enfermería o cuando vea a alguien entrar al dormitorio.

Rafael le busca el agua y se la pone en una mesita que separa ambas camas.

A media mañana entra una enfermera para ver como está Tomas. Rafael nota desde lejos que ella viene acercándose y le dice a Tomas que se tome el agua pronto. Cuando la enfermera casi ha llegado a la cama Tomas, el chico se introduce el dedo en la garganta para vomitar.

La enfermera lo ve vomitar, y Rafael le comenta que todo lo que come o toma lo ha vomitado desde la noche anterior, ella dice que quizás tenga que ir a ver un doctor. Justo en ese momento la profesora Olga entra al dormitorio y le pregunta a la enfermera que es lo que cree que Tomás puede tener.

Ella le explica que puede ser un virus estomacal pero que tiene que ver a un doctor, la profesora se ofrece llevarlo al hospital.

La enfermera le dice a la profesora que irá a la oficina a preparar los papeles necesarios para que ellos puedan salir con ella de la Universidad, Olga se queda con ellos y les dice,

…Tomas ponte un abrigo pretende que tienes frío, Rafael recojan lo necesario métalo en una sola maleta pequeña y vamos.

Los chicos cumplen las órdenes de la profesora, y bajan a la oficina. Una vez allí uno de los directores le pregunta en Ruso a la profesora,

…¿Y la maleta para que es?

Los chicos entienden la pregunta y la profesora le contesta que teme que dejen a Tomas internado en el hospital que es muy lejos de la escuela, y que han traído con ellos la ropa necesaria parador si tienen que pasar unos días allí.

Una vez que todo está listo, la profesora y los muchachos salen de la escuela llegan al estacionamiento donde está el auto de la profesora Olga, lo abordan y se van. Es la primera vez que ambos saldrán de la Universidad rodeada de campos de papas después de que han llegado de Cuba.

En el auto la profesora le pide a Tomas que está sentado en la parte trasera con su supuesto hermano que abra su cartera. Dentro hay dos boletos para el tren dos itinerarios de vuelos de Cubana y de Aereoflot y dinero envuelto en una servilleta, ella conduce el auto y presta atención a la carretera mientras les explica que deben llegar a Moscú, ir a la embajada Cubana y decir que no quieren estar más tiempo aquí que el comunismo ya no existe, los chicos la interrumpen y le preguntan al mismo tiempo,

…¿Que?, ¿Ya no existe?

La profesora mira por el espejo hacia atrás y les dice,

…No chicos esto se acabó, ya no habrá comunismo en mi país.

Ella les explica por qué tiene que ser tan fiel al sistema. Todo se debe a su esposo que es un general de las fuerzas Soviética, y si ella no fuera o fingiera ser comunista él podría hasta matarla.

Tomas y Rafael no comentan nada y siguen escuchando con mucha atención las instrucciones de la profesora Olga,

…Una vez en la embajada Cubana, le dicen a los diplomáticos que los envíen a Cuba lo más pronto posible, los aviones siempre hacen escalas en cualquier país de Europa o Canadá, y allí tendrán que escaparse, es solo una oportunidad en la vida y si la pierden terminaran en Cuba nuevamente. Usen el dinero envuelto en la servilleta para comprar algo de comer en el tren, lean los itinerarios para que tengan una idea donde podrán quedarse.

Ya en la estación del tren, los muchachos se preparan para salir del auto, Tomas mira a la profesora y le dice,

…No se quién eres ahora, ya no sé en qué creer, pero si esto lo haces de buena fe y nos permites escapar, lo agradeceremos eternamente, y nos tienes que prometer que nos visitarás en cualquier lugar donde estemos.

La profesora sonríe, inclina su cabeza, mira a Rafael y aprovecha para decirle,

…Cuídense los dos, nos volveremos a ver, salgan del auto ya el tren esta próximo a salir.

Los chicos salen del auto suben unos escalones y entran a la estación. Tomas empuja una gran puerta de cristal y mira hacia atrás, ve que la profesora ya no se encuentra en el lugar. Caminan hacia el anden donde está el tren, hace unos minutos que han llamado para que los pasajeros aborden.

Rafael y Tomas entran y buscan sus sillas. Una vez sentados, Rafael le dice a Tomas,

…Tomas, si lo que la profesora dice es verdad y realmente no quiere perjudicarnos creo que es ahora cuando empieza la gran aventura.

Tomas descansa su cabeza en el espaldar de su silla, suspira profundo, pone su mano encima de la de Rafael y le dice,

…Si, una aventura pero será de los dos, nuestra aventura.

Pocos minutos más tarde el tren con muy pocos pasajeros a bordo parte hacia la ciudad de Moscú. Tendrán que viajar durante varias horas, entonces aprovechan y con el dinero que les entrego Olga compran algo de comer y se disponen a estudiar el itinerario de los vuelos hacia la Habana. Casi todos los vuelos son con escalas a través de Irlanda, Bruselas, y Québec en Canadá, pero no tienen idea de cual será el país al que le llamaran refugio por un tiempo hasta que puedan ir a Los Estados Unidos o quizás vivir allí para siempre, pero de lo que sí están seguros es de que harán todo lo posible por no volver a Cuba.

Los dos muchachos van sentados, Tomas va pensando, tiene tantas preguntas en su cabeza y está tan confiado por la seguridad que ya siente que no puede callar más y empieza a preguntarle a Rafael,

…¿Seremos los únicos en este mundo que estamos pasando por esto?, ¿Porqué tenemos que separarnos de nuestras familias por culpa de una dictadura?, ¿Es que no existe país en el planeta que ayude al pueblo Cubano a sacarnos de esta miseria y de esta represión?, ¿Porqué los Estados Unidos fueron hasta Vietnam a erradicar el Comunismo y no han ido a Cuba que lo tienen a solo 90 millas?

A Rafael le parece que son demasiadas preguntas para el momento y le pide a Tomas que se relaje, que todo tiene una respuesta y poco a poco intentará contestar sus preguntas.

El tren llega a Moscú. Es tarde y no saben que hacer de manera que deciden pasar la noche en la estación el próximo día en la mañana salir a la sección diplomática de Cuba en Moscú tal y como les explicara la profesora Olga.

Los muchachos encontraron unos bancos donde descansar y dormir un poco.

Tomas luego de dormir un par de horas se despierta y ve que Rafael esta sentado cerca suyo,

…¿Que, no puedes dormir? Le pregunta Tomas.

…No Tomas, lo único que quiero es que pase el tiempo para terminar con todo esto, tengo hambre y estoy cansado, ya casi llega el amanecer, enseguida que veamos el sol llamaremos a la Embajada para que nos vengan a buscar.

Tomas decide sentarse también y acompañar a Rafael en su desvelo. Así llegan las ocho de la mañana, ya la estación está repleta de personas, entonces Rafael le dice a Tomas,

…Es hora, vamos a llamar.

Tomas esta nervioso y le comenta a Rafael que le duele el estómago, Rafael entiende lo que es lo que le pasa al chico y aunque trata de no aparentar, siente lo mismo pero le dice,

…No te preocupes Tomas, vamos a salir de esto.

Encuentran un teléfono público dentro de la misma Terminal, Rafael hecha un par de monedas y llama a la embajada. Del otro lado le contesta una mujer con voz joven y agradable, Rafael le dice,

…Hola compañera somos Cubanos y necesitamos hablar con el embajador.

La joven compañera al enterarse de que son cubanos los que llaman enseguida hace desaparecer su voz agradable y rudamente pregunta,

…¿Bueno y que tu quieres?

Rafael le explica que es importante que ellos hablen con el embajador personalmente, ella molesta porque no puede saber en realidad lo que quieren le contesta a Rafael,

..Bueno si no me dices lo que quieres no te lo paso, vaya.

Rafael nota desde el principio que por el acento esa empleada de la embajada es Cubana, el sabe de las pocas intenciones que ella tiene de ayudarlos, entones le dice con una notable cordialidad en la voz,

…Compañera como estudiantes de medicina venimos desde Kiev, sentimos que no estamos a salvo en este país y queremos volver a Cuba.

Es muy difícil escuchar que un Cubano quiera volver a Cuba por este motivo, hasta ella se impresiona de lo patriota que sonaba la voz de Rafael entonces accede a transferir la llamada al embajador, éste toma el teléfono y sin siquiera saludar dice,

…Bueno dime ese cuento que te quieres ir a Cuba.

Rafael le da los buenos días al embajador lo cual le interesa al diplomático y no le responde el saludo, entonces Rafael le cuenta porque salieron de la Universidad de Kiev y le pide que los ayuden a salir de la Unión Soviética lo más pronto posible.

El embajador le pregunta exactamente donde están para enviar un auto y recogerlos, Rafael le dice que están en la estación central de trenes, entonces el funcionario le pide que no se muevan de ahí que los recogerán en solo media hora.

Rafael le agradece al embajador cuelga el teléfono, mira a Tomas y le dice,

…Bueno amor ya lo hicimos, ahora todo es cuestión de suerte.

Los chicos deciden moverse hacia la entrada principal de la estación donde pueden ver los autos llegar, y así darse cuenta cuando los vengan a buscar. Ahí esperan más de tres horas, nadie se aparece. Preocupado Tomas le pide a Rafael que vuelva a llamar a la embajada, que él lo esperará en la entrada y en caso de que alguien llegue en su busca le avisará.

Rafael saca las monedas que le quedan en el bolsillo y las cuenta para saber si le alcanza, en ese momento un auto Lada blanco llega a la Terminal, un señor de raza negra se baja, los chicos se dan cuenta de que es un Cubano, el señor se les acerca, cuando el hombre ve que ellos se aproximan también nota que eran los chicos que buscaba.

Una vez juntos Rafael le extiende la mano para saludarlo, el hombre no se la extiende sólo les dice que es muy tarde que se monten en el auto. Ya en el trayecto hacia la embajada Tomas le comenta al conductor del auto que se ha demorado demasiado que le habían dicho que tendrían que esperar sólo media hora, el conductor lo mira por el espejo y le dice,

…Bueno para empezar mi nombre es Coronel Alfredo, el problema de la demora fue que el embajador me pidió que le comprara unas botellas de Vodka para su familia, yo mismo se las llevaré mañana a Cuba.

Tomas se queda callado y pensativo se dice a sí mismo,

…Una prueba mas de que los Cubanos valemos mucho menos que una botella de Vodka, nos deja esperando mas de cuatro horas para poder satisfacer los deseos de su jefe, entonces reacciona cuando se acuerda que le dijo que mañana le llevaría los regalos a la familia en Cuba y le pregunta,

…Entonces, ¿vas a Cuba mañana?

El Coronel le contesta,

…Si, me voy mañana pero vuelvo en una semana, y ustedes se irán conmigo, es más bien para protegerlos de que nada les pase.

Tomas y Rafael no hablan ni una palabra, no tienen expresiones en sus rostros, los dos piensan lo mismo, eso de viajar con este hombre pudiera ser fatal, él los vigilará todo el tiempo en el país de escala y no podrán escaparse.

Llega el auto a la embajada y entran los chicos con el chofer, que los lleva en presencia del embajador, frente a la oficina se detienen y esperan a que una joven le avise al diplomático que ya han llegado, por el intercomunicador el embajador les pide que entren.

Entra el Coronel Alfredo y los dos asustados chicos, el embajador está escribiendo algo en un papel, sin alzar la cabeza apenas levanta los ojos, mira a los chicos pero no dice una palabra hasta que mira al chofer y le pregunta,

…¿Conseguiste el encargo?

El chofer levanta con su brazo una bolsa de nylon y se la enseña como señal de que había conseguido el encargo del embajador, este sonríe y le dice,

…Tú eres el mejor, eres un caballo, gracias por todo, ¿y ustedes? Pregunta ahora dirigiéndose a los muchachos,

…¿Que les pasa porqué se fueron de la Universidad? Cuéntenme eso de que no quieren estar más aquí.

Tomas da un paso al frente y le dice,

…Compañero, nosotros recibimos una carta comunicándonos que nos enviarían pronto a Cuba, pero no queremos esperar más, vemos cambios en este país que no respetan el pensamiento comunistas y nos da miedo, queremos volver a nuestro país y cumplir desde allá con nuestra Revolución.

Es la primera vez que Rafael escucha a Tomas hablar de esa manera y le pareció tan gracioso que disimuladamente se tapo la boca para detener la risa.

El embajador impresionado por lo que le había dicho Tomas se quita sus espejuelos, los coloca encima del libro abierto donde escribía, se levanta de la silla y le dice al chofer,

…Alfredo, ¿escuchaste lo que dijo este compañero?

Luego mirando a Tomas dice,

…Hijo serás muy grande dentro de nuestra patria tus palabras han sido claras y honestas, así hablan los revolucionarios, mañana mismo los pongo en un avión hacia la Habana, ahora por favor vayan a ver a mi secretaria ella les preparará un cuarto y les dará algo de comer, de la embajada no pueden salir a buscar absolutamente nada.

Los chicos entienden las órdenes del embajador y se retiran de la oficina, cierran la puerta. Adentro siguen el Coronel y el embajador quien comenta,

…Ese chico si que es comemierda.

Los dos se ríen con malicias, es claro que ni los mandatarios son comunistas pero para poder darse una vida de lujos con viajes y regalos, cumplen al pie de la letra las órdenes de Fidel Castro.

Los chicos llegan al cuarto donde pasaran la noche, cierran la puerta. Hay dos camas personales y un closet, bien bajito, Rafael le dice a Tomas,

…Oye, como hablaste mierda.

Los dos se ríen a carcajadas, y se preparan para relajarse y descansar, cada uno se tira en una cama diferente. Tomas acostado de lado mira a Rafael y le dice,

…¿Cuando dormiremos juntos de nuevo amor?

Rafael le contesta con una sonrisa,

…Pronto.

Se acuerda Rafael que la profesora le había entregado dos itinerarios de vuelos hacia la Habana, entonces se sienta en la cama y se lo comenta a Tomas. Aprovechan para sacarlo y estudiarlo. Existen muy pocos vuelos así pueden más o menos intuir por que país viajaran, sorprendidos notan que los dos vuelos que salen a Cuba, pasaran por Shannon,

…¿Shannon?, Pregunta Tomas,

… ¿Y donde carajo queda eso?

Rafael se ríe y le dice,

…Que bruto eres mi'jo eso es en Irlanda.

…¿Allí vamos a vivir? Le vuelve a preguntar Tomas.

Rafael paciente y sonriendo le contesta,

…Si no te callas no vivirás allí, vivirás en Cuba.

Entre los dos llegan a la conclusión de que lo más probable es que el viaje sea a través de Irlanda, pero todo se sabrá una vez que tengan los boletos de regreso en sus manos, lo más preocupante de todo es tener que viajar con el coronel Alfredo.

Los dos decidieron tomar un descanso pues la noche anterior casi no habían podido dormir nada, Rafael se queda dormido, Tomas sigue consultando los libros de itinerarios de vuelo que les había entregado Olga.

Unas horas más tarde una de las trabajadoras de la embajada toca la puerta del cuarto y abre sin esperar el permiso de los chicos, les avisa que la comida está lista y servida, Rafael se despierta y Tomas se prepara para ir a comer.

En el comedor hay comida Cubana, bueno la que realmente se comería si tienes suerte en Cuba. En la mesa está Alfredo el Coronel y una de las queridas de éste, una prostituta Rusa que ha conocido en su primer viaje a la Unión Soviética.

Tomas aprovecha en la mesa para investigar sobre el vuelo en que saldrían el día siguiente hacia la Habana, con la excusa de avisar a su familia que pronto llegaría.

El coronel no le da mucha información y tampoco le da la oportunidad de que se comunique con su familia sólo le explica a Tomas que las llamadas son muy caras y que el teléfono es estrictamente para uso diplomático.

Entonces Rafael le pregunta,

…¿A qué hora salimos?

El coronel comete el gran error de contestarle de esta forma,

…Bueno el vuelo sale a las siete de la mañana estaremos una hora en escala y llegaremos a la Habana a eso de las tres o cuatro de la tarde.

Tomas y Rafael se miran a la cara con una sonrisa, y terminan de comer, Tomas les dice que quiere acostarse un rato y Rafael lo acompaña.

Los chicos corren al cuarto que se encuentra en el segundo piso de la embajada, abren la puerta entran y buscan desesperadamente los itinerarios de las dos aerolíneas una de las cuales utilizarán para viajar. Buscan en Cubana y notan que no hay vuelo a esa hora para la Habana, una vez que abren el itinerario de Aereoflot, pasan el dedo por una página llena de horas y destinos, hasta llegar a la letra H, buscan Habana y ahí está, hay un vuelo que saldrá a las siete de la mañana con escala en la ciudad de Shannon, ellos no tienen mucho tiempo para informarse más sobre el país que posiblemente les dará refugio político, entonces Tomas le dice a Rafael,

…Rafael vamos a ver si nos dejan ir a una librería o biblioteca cerca de aquí, así podemos leer algo que tenga que ver con el historial de asilos políticos o inmigración en Irlanda.

Rafael lo mira y le dice,

…Podemos preguntarle pero aun así es la única opción y hay que tomarla, nos tenemos que quedar pase lo que pase, no podemos volver a montarnos en el avión, si no estamos perdidos, además seguro que hay espacio para nosotros en Irlanda, he escuchado que hay más irlandeses viviendo en Estados Unidos que en Irlanda.

Los dos se echan a reír, y siguen buscando en el libro de horarios de vuelos de ambas aerolíneas la posibilidad de algún otro vuelo a la misma hora por un país diferente.

Estando al rato seguros sobre el vuelo que tendrán que tomar la mañana siguiente, deciden bajar las escaleras y donde pueden encontrar una librería. Una de las secretarias aun está sentada en su buró, Tomas se le acerca y le dice,

…¿Sabes donde hay una librería cerca por aquí?

La chica lo mira y le contesta,

…Yo no sé, pero de todas formas por órdenes del compañero embajador no pueden salir de la puerta hacia afuera.

Tomas que había escuchado eso antes también se le acerca y le pregunta,

…¿Porqué no?, ¿es que acaso estamos presos?

La chica le contesta,

…No están presos pero no pueden salir porque se pueden perder y pudiera ser peligroso.

Incluyendo la secretaria, Tomas y Rafael saben que todo es para prevenir un escape de los chicos a algún otro sitio, pero los muchachos deciden no hacer más preguntas y permanecen callados. Tomas se da cuenta de que el televisor está conectado pero sin volumen alguno, entonces camina hacia él, le sube el volumen y se sienta cerca, Rafael lo acompaña, y la secretaria se mantiene sentada leyendo una revista.

En el televisor están anunciando un nuevo Restaurante de comida rápida , es una cadena Norte americana, se dan cuenta de que están cerca de ese lugar y Tomas le dice a Rafael en muy baja voz, mirando hacia la secretaria para estar seguros que ella no lo escuche,

…¿Vistes que cerca ya lo tenemos?

Rafael le sonríe y le dice,

…No te preocupes mi flaco llegaremos a él.

Continuaron mirando la tele por unas dos horas más. Pudieron ver las noticias y aunque están en idioma Ruso pueden entender un poco, además las imágenes hablan por sí solas. Era claro que muy pronto ese país no sería más el país comunista que conocieron.

El cansancio rinde a los chicos que deciden irse a su cuarto a dormir, ya es tarde y mañana tendrán que levantarse temprano. Se despiden de la secretaria que también se está preparando para irse a dormir a su cuarto en el mismo edificio.

Una vez en la habitación, Tomas y Rafael deciden acostarse al menos por unos minutos en la misma cama, aprovechando que todos duermen, juntos y abrazados y tratan de no dormirse, se miran las caras, y Rafael le dice,

…Tomas, quiero que me prometas que si por alguna razón yo no puedo escapar que sigas tu camino, que hagas tu vida y que no vuelvas a Cuba a no ser que ya el comunismo no exista y el gobierno que esté te lo permita.

Tomas lo mira serio y le dice también,

…No digas eso ni jugando no soy nada sin ti, nos escaparemos juntos y llegaremos a nuestro destino juntos, ya hemos llegado muy lejos, sé que podemos hacerlo, ¿no crees?

Rafael sonríe y lo besa, entonces le pide que se acueste en la otra cama para no quedarse dormidos juntos y que alguien los descubra.

Tomas se va a su cama y en solo muy pocos minutos se queda rendido. Rafael da una vuelta y mira por la ventana, la noche es clara, él la mira detenidamente y piensa, siente las ganas de hablar con un ser supremo para pedirle fuerzas y que los ayude a encontrar la libertad pero no cree en nada, solo en Tomas y teme por ahora al Coronel Alfredo que puede llegar a detener el escape, entonces bosteza, se relaja también como un bebe y se queda dormido.

Han pasado solo unas horas, un toque fuerte en la puerta y una voz gruesa de hombre que les pide que se levanten que es hora de irse, es el Coronel que viajara con ellos. Tomas de un salto y asustado se sienta en la cama, Rafael abre los ojos y estira sus extremidades.

Ambos se levantan y se preparan para el largo viaje, Hay un desayuno esperándolos, pero Tomas está tan nervioso que no quiere comer nada, Rafael baja las escaleras va a la cocina allí esta una de las secretarias y el Coronel que le pregunta por Tomas. Rafael le explica que Tomas no es muy comilón y que no desayuna pero no obstante le alcanzará un vaso con jugo de naranjas y unas tostadas.

Rafael sube y le exige a Tomas que se coma lo que le ha traído, le explica que será un día muy largo y que no saben cuando comerán nuevamente.

Tomas se come una de las tostadas y toma un poco del jugo. Desde abajo se escucha al Coronel avisando que está todo listo para partir hacia el aeropuerto. Tomas y Rafael se paran de frente se miran y se abrazan, en un fuerte suspiro Tomas le dice a Rafael,

…Te deseo la mejor de las suertes amor.

Rafael se separa de él un poco, lo mira a sus ojos y le dice,

…Estaremos juntos, así que la suerte tiene que ser pareja, anda vamos.

Los chicos recogen su maleta, bajan las escaleras y salen por la puerta principal donde está la secretaria parada mirando al conductor sacar de un pequeño garaje el lada blanco que los llevara al aeropuerto, también allí parado está el coronel. El embajador no se ve por ningún lado, tal parece que ni siquiera pasó la noche en la embajada.

Los chicos salen al exterior del edificio, la mañana esta fría aun oscura pero promete, una vez que el sol salga, ser una mañana bella sin nubes y con un poco de calor. Se apresuran para entrar en el auto y calentarse. Tomas y Rafael se sientan en la parte trasera, a Tomas le tiembla la quijada, le castañetean los dientes, quizás sea el frío pero están pesando mucho sus nervios. Rafael lo nota verdaderamente nervioso y aprovecha que el coronel está sentado adelante y no puede verlos para tomarle la mano, lo mira a la cara y sin emitir sonidos mueve los labios diciéndole,

…Tranquilo, todo saldrá bien.

Unos 45 minutos más tarde llegan al aeropuerto. Salen del auto y caminan hacia donde tendrán que chequear los vuelos, el coronel lleva los pasajes de cada uno, él se encargará de chequear y contestar por ellos cualquier pregunta que la aerolínea pudiera hacer.

El representante de la aerolínea explica que el avión tomará un curso nuevo, Rafael y Tomas se miran a la cara, y tratan de entender en Ruso lo que les explican a cerca del vuelo.

Por motivos que no pueden entender claramente el vuelo tendrá dos paradas una en Estocolmo y luego otra en Shannon. El coronel actúa como si eso no le molestara y los chicos simplemente se quedan callados. Tomas piensa que serán dos paradas y serán dos oportunidades de poder escapar.

Una vez terminada la confirmación del vuelo, deciden ir a la sala principal donde tendrán que esperar para abordar, allí Tomas, le pregunta a Rafael si quiere caminar el coronel le dice que pueden hacerlo hasta donde él los pueda ver y les pide que dejen la maleta con él.

Lo chicos van caminando y disimuladamente Tomas le comenta a Rafael,

…Pudiéramos quedarnos en Estocolmo, dicen que hay muchos cubanos allí, ¿que crees?

Rafael le dice,

…No se si será buena idea, he escuchado que debido a la gran inmigración de cubanos a ese país los estaban deportando para Cuba, creo que mejor es llegar a Shannon.

Los dos se ponen de acuerdo con el plan y vuelven sentarse cerca del coronel.

Pocos minutos más tarde anuncian el vuelo. Los tres se preparan para abordar. Entran por un tubo que los lleva al avión y ya en la nave los tres se sientan uno al lado del otro, solos pocos minutos después del abordaje el avión sale hacia Estocolmo, unas pocas horas y estarán arribando. El coronel Alfredo va leyendo un periódico Cubano, quizás para ponerse al día con lo que está pasando en Cuba, ya que en la Unión Soviética solo disfrutó con la prostitutas unos días que supuestamente tendrían que haber sido de trabajo, y que cualquiera llamaría vacaciones.

Mientras tanto Tomas y Rafael están algo ansiosos pero tranquilos sin dejar de pensar que pasará una vez que lleguen a Shannon.

El avión aterriza en el Aeropuerto Internacional de Arlanda. Los pasajeros son obligados a bajar del avión aunque realmente no está muy claro el porqué los chicos piensan que esto puede ser muy común en las aerolíneas que hacen viajes tan largos, la poca experiencia de ellos en viajes de este tipo no les mueve a pensar que algo podrá estar ocurriendo. Todos salen del avión y se dirigen a la sala donde tendrán que esperar unos minutos para continuar el viaje.

Tomas y Rafael se sientan cerca del Coronel aunque tienen muchas ganas de ir a visitar las maravillosas tiendas que con sus decoraciones, coloridos y productos que atraen la atención de los ingenuos muchachos.

Inteligentemente no quieren demostrar ese interés frente al Coronel que sí está cansado de visitar esas tiendas, que son para él sólo compañías capitalistas y deben ser siempre rechazadas, él no debe mostrarse interesado por nada, pero absolutamente por nada que tenga que ver con capitalismo.

Tomas mira a una de las tiendas donde hay un gran anuncio que dice,"Duty Free", entonces le pregunta al Coronel que significa eso, los muchachos han estudiado en Cuba Ruso pero en cuanto al Inglés están bastante perdidos.

El coronel les explica que eso significa que son tiendas libres de impuestos y pretendiendo ser más inteligentes que los chicos comienza a darles una explicación estúpida y completamente falsa, algo así como para que ellos continúen creyendo en las ideologías y las mentiras que por años les ha contado el gobierno Cubano, entonces les contesta,

…Eso son anuncios que hacen para atraer a las personas y que la gente compre, pero en realidad no es así, siempre que en estos países capitalistas vas a comprar un articulo ellos cobran un impuesto extra a las ventas para hacer más ricos a los ricos y más pobres a los pobres, eso es lo que en la escuela ustedes aprendieron como la plusvalía, la explotación del hombre por el otro, aprovecharse los ricos de los más pobres para cobrarles dinero extra.

De cierta forma Rafael sabe que esos impuestos serán utilizados para otros fines en el país, pero no está seguro, de lo que sí está seguro es que el Coronel piensa que ellos son unos estúpidos y entonces tienen que pretender que creen cada palabra que este necio les dice.

Tomas también inteligente al fin le comenta al Coronel,

…Por eso es que ya quiero estar en Cuba no puedo esperar más, éstas son las injusticias que no soporto.

Entonces mirando dos niños pequeños con cabellos muy rubios correteando y jugando entre ellos Rafael dice,

…Mira esos pobres niñitos que tendrán que crecer entre esta falsedad de país, que horror, tener que soportar esos abusos de los ricos sabiendo que nada pueden hacer.

Los tres se quedan callados, Tomas mira a los niños jugar, el coronel sigue leyendo su periódico Cubano de solo cuatro paginas que habla de lo bien que va la revolución y lo criminales que son Los Estados Unidos. En una de esas páginas hay un pequeño horario sobre los programas que se proyectaran en Cuba ese día.

Rafael, pasa su vista alrededor de la sala donde esperan, y nota que cerca hay un baño, entonces dice,

…Coronel Alfredo necesito ir al baño.

El coronel lo mira coloca el periódico encima de sus piernas y le dice,

…Anda ve, allí hay uno.

Tomas quiere ir también aunque no sabe que Rafael tiene dobles intenciones con esta visita al baño, el coronel les dice,

…Bueno vayan juntos y no se demoren pronto tendremos que abordar el avión.

Rafael lo mira y le dice,

…No compañero quisiera que usted vaya con nosotros es que con tantos abusos y tantas cosas que hemos aprendido yo quisiera que me protegiera hasta que salgamos de allí.

El coronel sonríe y les dice,

…Está claro que para eso estoy, para protegerlos, anda vamos así también uso el baño y no tengo que estar levantándome de la silla en el avión.

Los tres dejan sus sillas, caminan al baño. Al entrar, Rafael ve que el coronel usa uno de los baños privados, entonces rápidamente mira a Tomas quien va confiado en que solo quieren utilizar el servicio, Rafael le abre los ojos bien grandes como señal de que algo quiere decirle, esto incomoda a Tomas que ya hasta las ganas de usar el baño se le pasaron, entonces pretende que se prepara para orinar, mira al coronel que cierra la puerta, torna su mirada a Rafael, quien ahora le dice en muy baja voz,

…Ven conmigo

Tomas se pone nervioso pues piensa que Rafael tiene la idea de escapar, se acerca a una esquina de la entrada del baño donde esta Rafael y pregunta,

…¿Que pasa?

Rafael le explica que es un pretexto el venir al baño con el Coronel pidiendo que para su protección los acompañe, el quiere ganar toda la confianza posible del Coronel para en Shannon hacer lo mismo y escapar.

Tomas entiende y vuelve adentro allí esperan que el Coronel termine.

El Coronel sale del baño privado y va a lavarse las manos, cerca están los chicos, una vez que terminan se dirigen a la sala para esperar al llamado de abordaje, van caminando y muy cerca de una de las vitrinas de las tiendas, Rafael no puede controlarse y mira hacia adentro, sonríe y piensa,

…Un día yo te visitaré libremente no te preocupes.

Para los muchachos no es tan importante visitar una tienda como la prohibición de no visitarlas desde que nacieron, ellos como todo ser humano reaccionan de una manera impulsiva cuando se les prohíbe algo que evidentemente es ilógico, entonces, en ese momento, Rafael como cualquiera siente deseos aun más fuertes de hacer aquello que siempre le prohibieron.

Solo pasaron unos veinte minutos cuando llaman para abordar el vuelo. Tomas y Rafael notan que hay nuevos pasajeros, parecen suecos o al menos europeos que van de turismo a Cuba.

El avión despega a tiempo y solo pasaran un par de horas antes de llegar a Shannon, el lugar donde tendrán la última oportunidad para escapar del Coronel y del gobierno comunista que vigila hasta sus sueños. El avión estará en ese aeropuerto por solo una hora, es decir una hora para buscar un refugio esconderse y escapar.

Capitulo XII
La nueva ciudad.

Hay muchas nubes, casi no se puede ver la tierra por eso el anuncio del capitán de la nave de ajustarse los cinturones. Por la inclinación breve y lenta del avión hacia abajo ya saben que han comenzado a descender. Tomas mira a Rafael, Rafael mira a Tomas, los dos suspiran, Rafael le sonríe, y solamente moviendo los labios le dice,

…Todo está bien.

Tomas mira hacia adelante apoya la cabeza en espaldar de su silla, cierra los ojos y trata de relajarse.

El avión toca tierra, el Coronel confía en los muchachos aunque no hablaron ni una sola palabra durante el vuelo.

Apagan las luces que indican ajustarse cinturones, en señal de que ya pueden desajustarlos y prepararse para salir de la nave. Tomas mira por la ventana, ve muchos aviones pintados de verde, cerca de uno de ellos va pasando una limosina negra, entonces piensa,

…Uff, como en las películas.

Los tres salen del avión, les prohíben dejar allí sus pertenencias así que los chicos aprovechan para sacar su maleta de mano que por el tamaño les ha sido permitido llevar en la cabina del avión desde que salieron de Moscú.

Tomas siente saltos en el estómago, sus manos como es natural cuando esta nervioso empiezan a sudar, su cara se pone algo pálida pero no es notable para nadie que no lo conozca, sin embargo Rafael sabe el estado en el cual se encuentra su novio, es natural, él siente lo mismo. Una vez que salen del tubo que los lleva al interior de la Terminal aérea, comienzan los dos mirar para todos lados, desesperadamente buscan un lugar y la mínima oportunidad para esconderse.

Se sientan los tres pasajeros a esperar el próximo vuelo. Es una Terminal parecida a la de Estocolmo, las acostumbradas tiendas con los mismos anuncios que dicen "Duty Free"

Tomas mira hacia los lados y Rafael también. Próximo a la puerta del baño hay un cuarto donde se almacenan productos de limpieza, Rafael nota que una de las empleada ha salido de allí con una escoba en la mano y la puerta queda entre abierta, entonces sin pensarlo Rafael le dice al Coronel,

…Necesito ir al baño de nuevo.

Tomas sabe que puede ser el esperado momento, entonces dice,

…Yo también, tomé demasiada agua en el avión.

El Coronel que continua leyendo la misma revista les dice,

…Bueno esta bien pero ahora vayan solos, no se preocupen que nada les pasará, yo los espero aquí.

Los chicos toman la maleta y se dirigen al baño. En el camino Rafael le dice en voz baja,

…Cuando lleguemos mira hacia atrás con disimulo si el coronel no está vigilando entraremos por esa puerta que ves abierta a tu mano derecha.

Tomas escucha claramente a Rafael, su corazón palpita aun mas rápido, su cara se torna roja por el descontrolado bombeo de la sangre a través de su agitado corazón, sus dientes suenan por los nervios pero es fuerte y no deja que esto lo detenga, mira hacia atrás y vuelve su mirada al frente entonces dice,

…Dale que no está mirando.

Los chicos se desvían, rápidamente Rafael mira alrededor para estar seguro de que nadie los ve. Sin embargo, ellos desconocen que los vigilan a través de cámaras instaladas en el aeropuerto, aun así nadie nota que los chicos entran a un lugar donde solo trabajadores del servicio del lugar pueden entrar, es un cuarto pequeño la luz está apagada, cierran la puerta y pasan un pestillo, encuentran como encender la luz.

Rafael y Tomas miran alrededor, no hay salida, solo un par de escobas y trapos, un olor fuerte a productos de limpieza y varios envases en una cubeta plástica grande para agua.

Tomas mira hacia arriba y nota que el techo es falso, y de cartón, entonces le pide a Rafael que lo ayude a subir para tocarlo. El techo está dividido por piezas cuadradas de un material fino y polvoriento, Tomas lo empuja hacia arriba y nota que puede abrir una de las piezas que cubre el techo, Rafael busca algo donde Tomas pueda subirse para mirar hacia adentro y buscar una vía de escape.

Mientras tanto a pocos metros del pequeño cuarto la empleada que hacía pocos minutos había salido de allí camina en dirección al cuarto de limpieza.

Adentro Rafael puso una de las cubetas encima de un pequeño banquillo, Tomas puede inclinarse y ver que encima de ellos hay un lugar vacío, oscuro lleno de cables y tubos y que fácilmente serviría para estar allí por un corto tiempo, entonces con su mano toca el interior del espacio oscuro, hay una pared que termina exactamente donde el falso techo comienza, esta pared separa el cuarto de uno de los baños, Tomas se apoya firmemente en dicha pared y sube a ella, su cuerpo doblado cabe perfectamente dentro de ese espacio, hay olor a humedad pero eso no le importa, se inclina hacia afuera y le pide a Rafael que le alcance la maleta, Rafael siente que alguien trata de abrir la puerta, se sube en la cubeta y le alcanza la maleta a Tomas.

La empleada nota que la puerta está cerrada con el seguro y busca entre sus bolsillos la llave del lugar.

Mientras tanto, adentro Rafael pone sus manos encima de la base de la pared y antes de subirse con una patada tira la cubeta al piso para tratar de borrar cualquier evidencia que le permitiera a la empleada saber que alguien ha estado allí.

Una vez arriba, Rafael toma con sus manos la parte del techo que quitaron y la vuelve a colocar en su sitio. Ya sobre la base, en ese espacio intermedio y totalmente a oscuras caminan de rodillas por encima de la pared para alejarse del cuarto entre un alambrado enorme y peligroso. El techo propiamente dicho está a pocos metros encima de sus cabezas, allí tendrán que buscar la forma de ponerse cómodos.

Pocos segundos más tarde la empleada abre la puerta y nota el desorden, pero no le da importancia, al parecer otros empleados acostumbran tomar las escobas o las cubetas y no ponerlas en su lugar, lo que sí la deja medio confundida es que ella está casi segura de que haber apagado la luz, pero sin darle importancia coloca todo en su lugar recoge un trapo y sale del cuarto, los chicos pueden escuchar el ruido que ha hecho la empleada y la conversación de los caballeros en el baño que da al otro lado.

Poco a poco deciden arrastrarse un poco más a través de la base de la pared para alejarse del lugar, tienen que ser muy cuidadosos, de poner una de sus manos o piernas en el lugar equivocado se caerían de la delgada pared y esto podría ser fatal.

El coronel pone la revista sobre sus piernas y dirige la mirada hacia el baño de los caballeros, mira el reloj, y nota que los chicos se han demorado un poco, pero no le da importancia, entonces continua leyendo aunque atento, por un costado de la revista mira hacia la puerta de entrada del baño para verlos salir.

La aerolínea hace el llamado para el nuevo abordaje, el coronel se levanta de la silla y preocupado se dirige al baño, entra y ve a un señor lavándose la cara en los lavamanos y llama por sus nombres a los chicos.

Tomas y Rafael de un salto escuchan sus nombres, entonces casi se paralizan, tragan en seco y esperan, ellos saben que la búsqueda ha comenzado.

El Coronel vuelve a llamar,

…Tomas, Rafael es hora de irnos.

Pero ni rastro de los chicos, el Coronel se da cuenta de que hay problemas, y que está metido en una seria situación, sale del baño y casi corriendo busca entre las tiendas, busca entre las personas, como un loco corre de lado a lado, no sabe qué hacer, sabe que podrá recibir un severo castigo cuando llegue a la Habana si los funcionarios del gobiernos se enteran de que los chicos escaparon, su vida está en juego, podrá perder la lujosa vida que lleva en Cuba y los viajes continuos al extranjero.

La aerolínea repite el llamado para los pasajeros que faltan, saben por el conteo les faltan tres. El Coronel se dirige al escritorio que está en la entrada del tubo que va hacia avión y en un inglés malo le dice a la empleada de la aerolínea,

…Estoy buscando a dos chicos que venían conmigo, no los encuentro.

La empleada le surgiere que busque en el avión a ver si ya entraron, y le asegura que ella no los había visto, entonces curiosamente le pregunta,

…¿Son tus hijos?

El coronel la mira y le dice sonriendo,

…No lo son, pero es como si lo fueran.

La empleada al ver tan conmovido al Coronel pide ayuda a la seguridad del aeropuerto mientras deja que éste entre a la nave para asegurarse de que no están allí.

El Coronel no toma ni dos minutos para volver a salir. Con la empleada hay tres oficiales de seguridad del aeropuerto y un oficial de inmigración, la chica le pregunta,

…¿No están?

Él contesta que no. El oficial de Inmigración le pide al Coronel el motivo por el cual los chicos pudieran haber decidido abandonarlo, el coronel le explica que los chicos son terroristas que están detenidos y que tienen que ir a Cuba para cumplir castigos por los actos terroristas que han cometido.

La empleada de la aerolínea lo mira sorprendida y el oficial de inmigración escucha detenidamente la historia del coronel. Mientras tanto los tres otros oficiales de seguridad le piden al coronel que los acompañe para buscar en el lugar donde por última vez los vio y en las áreas cercanas.

La empleada de la aerolínea se queda sola con el oficial de inmigración y le comenta, que el Coronel le ha dicho hace un instante que quiere a esos muchachos como sus hijos, el oficial de migración que no es tonto, se da cuenta de que los muchachos se están fugando de la muy comentada dictadura Castrista, él es uno de los más altos dirigentes del departamento de aduanas e Inmigración y sabe que cuando algún criminal debe utilizar la Terminal aérea él es notificado previamente, para asegurarse que todo se desarrolle lo más cuidadosamente posible, ninguno cree en los comentarios del coronel y esperan unos minutos más en la entrada del avión.

Parte de la tripulación del avión sale a ver qué sucede y el por qué de la tardanza, la empleada les explica.

Tomas y Rafael sudando por el calor, y la tensión del momento escuchan los grandes portazos y los gritos del coronel desde el baño llamándoles. Ellos no se mueven y siguen esperando.

Vuelve el coronel con los oficiales a la entrada del avión, el capitán de la nave le explica al coronel que es hora de salir y que no esperara ni un minuto más.

El coronel está visiblemente molesto y persiste en que hay que llamar más gente de seguridad y buscar en cada esquina del aeropuerto. El oficial de Inmigración le dice que no habrá mas búsqueda y hace enteramente responsable al coronel de lo que ha sucedido, le exige que aborde el avión inmediatamente, los demás oficiales allí presentes se quedan sorprendidos por la reacción y decisión, mantienen el silencio para esperar a ver cual es el final de todo esto.

Al coronel no le queda otra que entrar a la nave. Una vez que los controladores dan el permiso al avión para salir, la nave sin un minuto más de tardanza parte hacia la Habana con un coronel encendido en un fuego de odio y miedo, él sabe que sus días como famoso Coronel y amigo grande de embajadores y diplomáticos de Cuba, sus viajes al extranjero para reunirse con prostitutas y la buena vida están contados. Hasta él mismo piensa que mejor hubiese sido quedarse en Irlanda a vivir como un cubano común en la isla.

En el aeropuerto uno de los oficiales de seguridad le pregunta al oficial de inmigración por qué lo dejo ir así y no intensificó la búsqueda de los fugitivos.

El oficial de inmigración un hombre de experiencias en estos asuntos, les explica que ellos aparecerán pronto y buscaran asilo político en el país, le informa que el hombre que con insistencia los buscaba es uno de los verdugos que acostumbran a torturar a su gente y que esa ha sido la mejor actitud que podía tomarse frente a dos seres humanos en peligro.

Todos se van del área y esperan pacientemente a que los chicos aparezcan, los oficiales de seguridad alertan a los que atienden los monitores de vigilancia para que con sus cámaras puedan detectar cualquier anormalidad.

Mientras tanto, Tomas en voz baja le dice a Rafael.

...Ya no puedo más, mis rodillas no resisten un minuto más en esta posición.

Rafael esta de acuerdo y planean salir del sitio, han pasado casi cuatro horas desde la última vez que escucharon el llamado de sus nombres, no pueden ver el reloj que llevan puesto pero Rafael por la oscuridad calcula que deben haber pasado más o menos cuatro horas desde que están allí en esa posición.

Poco a poco empiezan a arrastrarse hacia atrás buscando el lugar que utilizaron para subir. Rafael llega primero y cuidadosamente levanta la pieza del falso techo, buscando con su mirada que no haya nadie en el cuarto de limpieza.

El cuarto está oscuro y las cubetas ya no están, tendrán que saltar unos metros con cuidado a de no tropezar pues no saben lo que puede haber en el medio.

Rafael baja su cuerpo lentamente y con las manos se sostiene fuerte de la base de la pared y con sus pies busca tratar de tocar el piso o al menos algo donde poder apoyarse y finalmente sin lograrlo se deja caer. No hay nada en el medio que aguante su caída y fuertemente cae al suelo, las débiles rodillas no soportan su cuerpo, cae completamente acostado.

Tomas por miedo a que alguien escuche solo trata de mirar sin preguntar si Rafael está bien.

Rafael se levanta del suelo, y enciende la luz, los ojos de ambos chicos se cierran por la violenta luz de golpe pero pocos segundos más tarde ya adaptados, Rafael coloca la cubeta para que Tomas pueda bajar, este le alcanza la maleta y poco a poco baja, los dos se dan un poco de masajes en las rodillas para fortalecerlas y aliviar el dolor, se dirigen hacia la puerta y determinan que uno a uno con mucho disimulo saldrán de allí.

Rafael abre poco a poco la puerta, ve que hay muchos pasajeros caminando de un lado hacia el otro, y cuidadosamente sale del cuarto de limpieza, se queda detrás de la puerta, espera, da unos toques a la puerta y Tomas sale también del cuarto.

Los dos miran hacia donde habían dejado al Coronel sentado, y caminaron hasta el tubo para ver si el avión todavía se encontraba allí.

Se percatan de que la nave ha partido, se miran y se abrazan, es una victoria para ellos, es la primera vez que empiezan a sentir algo de libertad.

Caminan por el pasillo largo que los lleva a Inmigración, uno de los oficiales le indica a otro que ellos deben ser los chicos buscados y deciden detenerlos para pedirles identificación.

Tomas y Rafael no hablan casi inglés pero entienden que los oficiales están pidiéndole los pasaportes.

Los oficiales les piden que los acompañen, ellos se quedan parados sin entender pero uno de ellos, toma a Rafael por el brazo para que lo siga.

Así los chicos se dirigen a Inmigración. Una vez allí los hacen sentar y esperar. Ellos ya no están nerviosos al contrario, se sienten tranquilos al saber que el Coronel no está cerca y que el avión se ha marchado, lo demás será explicarles a las autoridades de ese país la razón por la cual tuvieron que escapar.

Luego de unos minutos de permanecer sentados llega el oficial con una traductora, una muchacha joven de pelo negro, esta les pide a los chicos que los acompañen a dentro de la oficina para contestar unas preguntas.

Una vez allí frente a dos oficiales de Inmigración, la traductora les pide que se sienten en las dos sillas que están frente al escritorio. Los oficiales comienzan a atacarlos con preguntas.

Tomas es el que mas preguntas contesta, es sincero en sus respuestas, no exagera y pide a las autoridades Irlandesas que los dejen quedarse en el país.

...Eso es una decisión que será tomada más tarde por un juez en la corte, le explica uno de los funcionarios de Inmigración.

Tratando de sacar mas informaciones de los chicos les amenaza diciéndoles que los enviaran a la Habana en un próximo vuelo. Tomas que está cansado y dolorido no puede controlar sus emociones y rompe a llorar, el chico no tiene otra forma de explicarles a los funcionarios que de volver a Cuba correrían el grave peligro de ir a la cárcel como les sucede a tantos otros cubanos.

Todos al ver la desesperación en la cara llena de lágrimas de Tomas guardan silencio. El oficial más viejo, toma un teléfono y hace una llamada, cuando termina le dice,

...Irán a un hotel que esta en un pueblo cerca de aquí, allí recibirán ayuda monetaria una vez al mes hasta que el juez determine qué hacer con ustedes, tendrán un abogado de inmigración que los representaran, tienen que vivir allí por un tiempo y luego pueden mudarse a cualquier otra ciudad que deseen mientras que notifiquen a las autoridades sobre su paradero.

Tomas se tranquiliza, Rafael que esta pasándole la mano por la espalda a su amigo, mira al oficial y en inglés le dice,

…Thank you very much (muchas Gracias)

El oficial en forma graciosa toma una presilladora en sus manos y dice,

…Castro, y hace gestos como si presillara los testículos al dictador.

Los chicos se ríen, esperan a que llegue el auto que los llevará al hotel. Los dos se quedan solos en la oficina, los oficiales y la traductora continúan haciendo su trabajo en otro lugar.

Rafael mira a Tomas y le dice,

…Estoy loco por llamar a mi mamá, hace mucho que no sé de ella y tengo miedo por lo que pueda suceder en Cuba.

Tomas esta preocupado por eso también, ellos han escuchado que el gobierno, en casos como estos, toma represalias con los familiares que allá quedan.

Dos horas han pasado y finalmente el auto llega, los chicos notan la diferencia del lugar donde esta el volante del auto, ellos acostumbran a verlo en la parte Izquierda pero en este país están a la derecha, lo que es motivo de comentarios entre los chicos.

Van por la calle y Tomas parece aterrorizado al ver como circulan por la senda contraria pero el chofer les explica que para ese país esa es la ley del transito. Rafael ya lo sabía por una película que ha visto hace tiempo entonces le comenta a Tomas que Irlanda tiene las mismas reglas de tránsito que Inglaterra.

Llegan a un pequeño pueblo llamado Ennis. Un pueblo antiguo con casas bellas, la limpieza de las calles es impresionante, los dos salen del auto y ven el Hotel donde permanecerán. Miran hacia arriba, el edificio es de dos plantas, muy pequeño nada de lujos solo lo necesario para que los que allí se hospedan puedan pasar una noche o dos.

Cuando entran a la recepción notan que hay dos cubanos mas mirando la televisión en una sala. Sin tiempo a saludarles una empleada del hotel los lleva a la habitación. Es en el segundo piso y tiene una ventana que da hacia la calle principal del pequeño pueblo, mas allá de esa calle hay un muro y un río.

Tomás y Rafael miran alrededor de la pequeña habitación donde hay dos camas, un closet y un pequeño baño con una ducha.

La empleada sin decir una palabra se retira, ellos cierran la puerta le pasan el pestillo y con inexplicable emoción se abrazan. Comienzan a llorar y a reír al mismo tiempo se miran se besan, se tocan las caras, Rafael le dice a Tomas,

…Este primer triunfo es por Isabel.

Los dos abrazados caminan hacia la cama y allí se tiran. Unos veinte minutos después aun acostados, Tomas le dice a Rafael,

…Vamos a ver la ciudad estoy loco por salir del cuarto.

Rafael se levanta y ambos salen del cuarto. Caminan por un estrecho y pequeño pasillo donde se encuentran con una chica rubia, cubana, aprovechan para presentarse, pero no se quedan hablando con ella por mucho tiempo ya que prefieren salir a la calle y caminar libremente.

Una vez que salen del pequeño hotel se dirigen a los Cubanos que están sentados en un muro y les preguntan donde pueden encontrar un lugar interesante para visitar en ese pueblo, también cómo pueden hacer una llamada a Cuba. Uno de ellos se presenta como Rolando y muy amablemente les explica que cerca hay un complejo de tiendas, en el mismo lugar hay un mercado y que allí podrán comprar una tarjeta para llamar a Cuba, él se ofrece a ir con ellos a su paseo, y con gusto Rafael y Tomas lo aceptan como su guía.

Rolando es un ingeniero de electricidad que ha aprovechado para escaparse también en un viaje que había realizado a Rumania. Les cuenta que ha dejado en Cuba a su esposa y tres hijos, y que lleva en Irlanda treinta días.

Ya en la tienda los chicos se muestran impresionados por la variedad de artículos y el tamaño del lugar. Caminan por el medio de esta y llegan al supermercado donde podrán comprar las tarjetas. Rafael saca de su bolsillo el dinero que le ha entregado el funcionario de Inmigración al llegar al hotel. Ese tipo de ayuda se les brinda a cada refugiado al llegar, luego, cuando visiten las oficinas de ayuda del gobierno podrán recibir un poco más, lo suficiente para vivir cada mes.

Rolando les enseña la tarjeta que deben comprar. Rafael le indica en un inglés muy malo a la empleada cual es la que quiere, esta se la alcanza, pagan y se van.

Caminan por las calles, y Tomas va haciéndole preguntas a Rolando entre ellas le dice,

…¿Y cual crees que sea la decisión que tome este país con nosotros?

Rolando le contesta,

…A la verdad que no sé, pero no creo que podamos quedarnos aquí para siempre en un limbo, lo mejor será viajar a Los Estados Unidos.

Entonces le cuenta que uno de los cubanos que se hospeda en el hotel, tiene un contacto en Miami que los puede ayudar a inmigrar con documentación falsa aunque les costaría unos siete mil dólares. Los chicos escuchan con atención y ven muy lejana la posibilidad de pagar esa cantidad de dinero, por lo que si deciden irse a Estados Unidos tendrán que buscarse otra vía para hacerlo.

Llegan donde hay una caseta de teléfonos públicos, los tres entran y aunque el espacio es chico, Rolando les explica como se deben hacer la llamada, les muestra que el teléfono les indica como el tiempo de las tarjetas se va agotando y por último les advierte que las llamadas a Cuba son muy caras.

Entonces Tomas decide llamar primero. Muy fácil y rápido se comunica con la vecina a quien le pide que le diga a sus padres que se acerquen al teléfono en cinco minutos que él llamará de nuevo.

Sin embargo Rafael no tuvo suerte la vecina a quien él llama para que le comunique con su madre no esta en casa y como no existen máquinas grabadoras en Cuba que le permitan dejar un mensaje, nadie llega a enterarse de su llamado. Entonces deja que Tomas una vez pasados los cinco minutos llame de nuevo.

La madre toma el teléfono y con alegría lo saluda, hace ya varios meses que no sabe nada de su hijo, no sabía nada sobre el escape de Tomas y Rafael de la Universidad.

El chico le explica donde se encuentran, la madre sorprendida y con miedo le da el teléfono al marido para que continué hablando con su hijo, ella llora y no puede ni hablar, quizás sea la alegría de que su hijo al fin vivirá en libertad, o el miedo a la represalia que el gobierno podrá tomar con la familias, todas las emociones se mezclan en ese momento y la madre solo atina a llorar.

El padre toma el teléfono y deja que Tomas le explique todo lo sucedido. Tomas le dice al padre que son muy pocos los minutos que le da la tarjeta para poder hablar y brevemente le cuenta como fue todo, también le pide que se comunique con la madre de Rafael y la de Isabel para contarles lo sucedido. El tiempo expira en la tarjeta y con una corta despedida se desconecta la comunicación.

Ellos se quedan con muchas ganas de volver a llamar pero es muy caro y

tienen que ser precavidos con el dinero, entonces deciden volver al hotel.
En camino Rolando les explica el horario en que les sirven las comidas diarias. Les cuenta que ya él había ido a ver el juez de Inmigración y éste le ha dicho que no califica para el asilo político, asegura Rolando que ninguno de los Cubanos que van a la corte han sido aceptados como asilados porque todos piensan que viajan más por problemas económicos que políticos, entonces Tomas les comenta,
…Claro porque no han vivido en Cuba.
Cuando llegan al hotel ya esta casi oscuro. Es la primera vez que los chicos podrán dormir juntos y sin pensar en nada al menos por ahora, entonces Rafael tuvo la idea de hacer de esa noche, una noche muy especial.
Tomas decide darse una ducha caliente para relajar su tenso cuerpo de todo un día de viajes y escapes. Rafael le dice que volverá en solo cinco minutos y sale del cuarto.
En el primer piso del pequeño hotel hay una tienda donde Rafael ha notado que allí estaba el refresco que tanto quería tomarse Tomas desde que estaba en Cuba. Frío y como esperando allí sigue el refresco cuando llega Rafael que con el dinero que le han dado aprovecha y lo compra.
Ya en el hotel, sube las escaleras y llega a una máquina que hace hielos, en un plato que había tomado de su cuarto echa unos cuadritos de hielos, y los lleva a la habitación, donde entra felizmente y le dice en alta voz a Tomas para que lo escuche desde la ducha,
…¡Hey, ya llegue!
Pasan unos minutos y Tomas sale de la ducha. Rafael ya está en ropa interior sentado en una de las camas, desde donde le ofrece un vaso del refresco a Tomas mientras con la otra mano sostiene otro y le dice,
…Te he comprado dos litros de refresco para que te lo tomes tu solito, así que brindemos.
Los dos alzan los vasos y brindan. Una hora o dos pasan y como ya es tarde, los chicos deciden irse a la cama. Es una noche como para no olvidar jamás, una noche sencilla, pero llena de amor y libertad, una noche en la que después de hacer el amor, los chicos se quedaron dormidos como bebes, y no despertaron hasta el día siguiente.
Es una mañana bella, son casi las diez se preparan para desayunar. Salen del cuarto y cuando llegan al salón comedor, hay alrededor de veinte cubanos mas desayunando. Tomas y Rafael se dirigen a cada uno de ellos y se presentan. Algunos son muy amables y educados, otros traen la

malicia que el comunismo les sembró, las pocas palabras y la mirada lo dicen todo, sin embargo aquello no molesta a los chicos que están adaptados a este tipo de actitudes.

Luego del desayuno deciden irse a caminar por el pequeño pueblo de Ennis, visitan los mercados, las tiendas, en fin, pasan casi un día entero caminando, realmente no hay mucho que ver para cualquiera que acostumbre a viajar, pero para ellos es como estar en un sueño, como un juego de muñecas, las edificaciones viejas pero cuidadas, la belleza de la arquitectura de cada una de ellas, y una limpieza en las calles como nunca habían visto.

Es el primer día que se pasan en libertad y deciden pasar la semana entera sin preocuparse por nada, no investigar acerca de cual será el destino de los refugiados en ese país, ni nada que les pueda molestar, ellos quieren vivir una semana de paz absoluta tratando de olvidar que vienen de un país donde la represión y la inseguridad es parte de la vida diaria.

Tomas le dice a Rafael que le quedan unos minutos en una tarjeta y que quiere usarlos para llamar a su madre, también Rafael quien tiene otra tarjeta quiere hacer lo mismo por lo que se dirigen aun teléfono público. Una vez allí, Rafael llama primero, de una sola vez se puede comunicar con la vecina de su edificio que tiene teléfono, tanta fue la casualidad que su madre estaba visitándola en ese momento y pudieron hablar los minutos que la tarjeta les dio.

Rafael esta muy feliz de haber escuchado la voz de su madre y por lo que ha entendido nadie del gobierno la ha visitado aun para decirle sobre el escape de su hijo, también le dejo saber una vez mas que esta lista para afrontar cualquier acusación que venga del gobierno Cubano.

Tomas levanta el teléfono, es su turno para poder comunicarse con su familia, luego que la vecina le avisa el tiene que cortar la llamada para no perder los pocos y carísimos minutos que le cuesta llamar a Cuba. Espera unos cinco minutos y vuelve a llamar. Su madre levanta el teléfono, esta muy feliz de escuchar la voz de su hijo Tomas, también su hermano y su padre están para ver si pueden tener la oportunidad de hablar con él.

La madre tiene muchas preguntas, dónde se quedan a dormir, con quién están, cómo es el país, qué pasara en el futuro, actúa como una madre preocupada que no puede parar de hacer preguntas, pero Tomas la entiende y la complace respondiendo lo más pronto y brevemente posible todo lo que ella quiere saber.

La llamada se corta, los minutos se agotaron, pero Tomas queda satisfecho de haberle podido explicar a su madre todo lo que ella quería saber, por otro lado la madre queda igual de satisfecha, ya mas fuerte y tranquila esta vez pudo hablar mejor con su hijo, ahora solo le queda esperar las cartas que Tomas ha prometido escribirle tan pronto llegara al hotel, y que ella sabe que demoraran un mes o mas en llegar, si les llegan, porque en Cuba la correspondencia se pierde fácilmente, mas cuando los trabajadores de correo notan que los sobres puedan traer algo mas que una carta, cualquier bobería que pueda contener un sobre éstos aprovechan para impedir así que las correspondencias y su contenido lleguen a su destino.

Tomas y Rafael contentos deciden ir a comprar libretas y plumas para escribirles a sus padres. Una vez comprado lo necesario vuelven al hotel para descansar un poco luego de la larga caminata. Entran al cuarto, Rafael se tira en la cama y en pocos minutos se queda dormido. Tomas decide escribir las cartas a su familia y a su amiga Isabel, entonces se tira en la otra cama y escribe.

Con los gestos de la cara manifiesta una supuesta conversación con su familia y su amiga Isabel a través de un papel, sonríe cuando les cuenta lo bien que le va con Rafael, y lo que hasta ahora han vivido, cambia su rostro a serio cuando les narra sobre cuanto les hecha de menos, y denota preocupación cuando escribe sobre el tiempo que podrá pasar antes de que los vuelva a ver.

A solo unos días de haber llegado a Irlanda un abogado de inmigración los visita para una entrevista para procesar el asilo político que les dará un status legal y estable en el país. Para ello deberán presentar todas las razones por las cuales ellos consideran que son perseguidos en Cuba y probar que realmente corren peligro.

Una vez terminada la entrevista, que tuvo lugar en el hotel, los chicos comentan entre ellos que poco les importa si les dan el asilo o no, porque están decididos a buscar refugio en cualquier lugar o en todo caso irse a Los Estados Unidos. Solo tendrán que esperar una semana más para saber el resultado del encuentro entre el abogado y el juez de Inmigración.

Pasa la semana en la que Rafael y Tomas se dedicaron solamente a relajar tensiones de su cuerpo y mente, pasearon todo el tiempo y ya se conocen la ciudad de punta a punta. El abogado los visita nuevamente y les dice que el juez les ha negado el asilo político, porque el cree que más bien están buscando asilo económico.

Tomas enfadado por la decisión del juez, le explica al abogado que en Cuba todos tienen problemas políticos, el abogado no le da mucha importancia, sabe que ya no hay nada que hacer, solo se limita a explicar a los chicos que podrán quedarse en el país con un status de refugiados pero no de asilo, es decir que pueden permanecer en el país prácticamente en un limbo viviendo de la ayuda del gobierno sin poder viajar, trabajar o reclamar a sus familiares, y que solo serán una sombra en Irlanda .

Rafael y Tomas, han decidido hacer algo por sus propios medios, ellos a pesar de la ayuda que les da el gobierno quieren ser útiles, quieren vincularse más con la sociedad y trabajar para con el dinero extra que puedan conseguir ayudar a sus familiares en Cuba.

Rafael piensa que lo mejor es visitar la capital de Irlanda y luego si les gusta irse a vivir a esa ciudad. Ennis es un pueblo muy pequeño de campo y no hay futuro de desarrollo para los chicos.

Casi todos los días llega un cubano más o dos a pedir refugio, y a todos los envían al mismo hotel. El grupo se estaba haciendo grande esto llama la atención de los periodistas locales del pueblo quienes publicaron artículos advirtiendo la posibilidad de una Inmigración mucho más grande de Cubanos en un futuro muy cercano.

La noticia alarma a los vecinos del tranquilo pueblo quienes nunca habían escuchado de tal invasión de cubanos refugiados, inclusive ciertos ciudadanos a quienes los chicos les han contado que vienen de Cuba y ellos no saben ni donde queda ese país.

Ya ha pasado casi un mes desde que Tomás y Rafael han llegado y el hotel se ha llenado completamente de Cubanos refugiados. El gobierno Irlandés pide el cese inmediato de los viajeros Cubanos por los aeropuertos Irlandeses y les exigen una visa de tránsito a cada uno que utilice el país como escala desde Cuba a cualquier otra parte del mundo.

Rápidamente la inmigración de cubanos cesa. La embajada Irlandesa en la Habana niega a cada Cubano la visa de tránsito, por lo que tendrían que buscar otros vuelos para poder llegar a sus destinos.

Rafael y Tomas, comentan entre ellos que en el hotel ya es imposible vivir, han llegado ciertos Cubanos que lo único que hacen es buscar problemas y hasta robos y grandes fájatelas se han dado lugar allí. Entonces deciden permanecer el menor tiempo posible en allí.

Un día deciden levantarse muy temprano dispuestos a tratar de encontrar un trabajo. La mañana está fresca, esperan a desayunar y solos salen a caminar a ver que pueden encontrar dispuestos a trabajar en lo que sea.

Luego de unas horas de andar, encuentran un restaurante de comida Italiana donde entran para ver si pueden encontrar el tan anhelado trabajo.

Al entrar no hay nadie, las sillas están sobre la mesa, al fondo cerca de los baños un hombre trigueño, está limpiando el piso, tiene un delantal blanco y sucio puesto, los chicos se acercan.

Rafael trata de comunicarse con el en un ingles pésimo le dice,

…We want to work (queremos trabajar).

El hombre que es casualmente el dueño del restaurante les habla pero nota que los chicos no entienden lo que les dice, su ingles no es muy bueno tampoco y tiene acento Italiano, entonces Tomas que ha estudiado algo de Italiano en la Habana le pregunta si habla Italiano, El le contesta que si, entonces al menos pueden entenderse.

El dueño del restaurante se llama Máximo, y les dijo que el restaurante está reservado para esa misma noche y la próxima para una gran fiesta de cumpleaños, y que ellos podrían ayudarlo, les pagara por la noche 50 libras Irlandesas a cada uno. Esto para los muchachos fue como encontrar una mina de oro, acordaron la hora en que volverían, y regresaron al hotel para tomar una siesta y estar descansados para la faena de la noche.

Van caminando por las calles estrechas hechas de antiguas piedras. Camino al hotel primero tendrán que pasar por una estación de buses que viajan por todo el país, entonces aprovechan para ver el precio y el horario del bus que los podría llevar a Dublín.

Ellos no lo ven caro, y deciden que una vez que terminen con el trabajo se levantaran muy temprano y tomaran el primer bus hacia la capital, el viaje durara unas cuatro horas.

Llegan al hotel saludan a unos compatriotas que están en el lobby y van directo a su cuarto, van a la cama y tratan de dormir algo. La felicidad de haber encontrado un trabajo tan rápido al menos por dos días no los deja dormir, entonces Tomas le pregunta a Rafael,

…¿Te imaginas en la ciudad que rápido encontraremos trabajo?, Quizás allá pagan más.

Rafael le sonríe y le pide que trate de dormir.

La tarde llega y los chicos se preparan para enfrentar su primer día laboral. Al salir del hotel uno de los cubanos indiscretamente les pregunta hacia dónde van. Tomas y Rafael lo miran y le contestan que darán una vuelta.

Caminan unos veinte minutos hasta llegar al restaurante. Al llegar el lugar está cambiado, ahora es un lugar con decoraciones para fiestas, un gran pastel sobre una mesa, y ya varios invitados adentro tomando unos tragos. Los muchachos se sorprenden al ver que la fiesta prácticamente ha empezado y piensan que no entendieron bien la hora que Máximo les dijo para que estuvieran allí.

Los chicos caminan hacia la caja registradora para preguntar a la empleada por el dueño. Maximo esta saliendo de un pequeño almacén de comida que esta atrás de la cocina y los llama, los chicos lo miran y se dirigen hacia él.

Máximo quiere que Tomas se encargue de la maquina de lavar platos y lave todos los platos y cubiertos a medida que van llegando sucios. Para Rafael por notar que tiene un cuerpo algo mas definido y fuerte que Tomas, lo lleva a un cuarto donde hay papas, que deberá tirar desde un saco dentro de una peladora eléctrica, luego lavarlas, y al final tirarlas dentro de una cortadora. Los chicos muy dispuestos empiezan a trabajar.

El calor es agotador, pero no se rinden. Tomas, parado frente a la máquina de lavar platos no descansa ni un minuto, no tiene donde sentarse pero de a ratos recuesta su cuerpo contra una pared que esta detrás suyo. Por una rendija puede ver a Rafael que carga grandes sacos de papa, y los tira contra la peladora, en una de esas veces Rafael mira a la puerta y ve que Tomas lo esta mirando, entonces con su cara amorosa le sonríe a su querido Tomas, este le responde con una sonrisa y continua su trabajo.

La fiesta transcurrió muy tranquila una música suave algo normal para los irlandeses en estas pequeñas reuniones familiares, aunque para los cubanos aquellos es como estar en un velorio. Los cubanos están acostumbrados a hablar a la misma vez, a gritarse entre ellos, con la música tan alta que no deje escuchar lo que se dice, risa, mucha risa, baile y mucho coqueteo lo que casi siempre hace que algunas fiestas terminen como diría un dicho totalmente cubano como el guatao, una pelea entre dos hombres por una mujer.

La noche termina cuando el último invitado se retira. Máximo les pide a los chicos que limpien el piso del restaurante entero y los baños. Ellos hacen lo que se les ordena.

Sólo esperan cobrar su dinero esa misma noche. Al terminar, Máximo les dice que se los dará la noche siguiente cuando termine la próxima fiesta. Tomas confía en Máximo y acepta, pero Rafael no confía y aunque acepta no deja de sentirse molesto por esto.

Caminan a esas altas horas de la madrugada hacia el hotel. Los dos huelen a comida en sus ropas, pero no les importa, están esperanzados de que la próxima noche será igual de fácil y podrán al fin cobrar su dinero.

Los chicos llegan al hotel tratando de hacer el mínimo ruido, las pisadas en el piso de madera cubierto por alfombras podrían escucharse en cada uno de los cuartos, ellos solo quieren prevenir que sus vecinos se despierten.

Una vez en su cuarto, los chicos se dan una ducha y se van a la cama. En solo minutos se quedan rendidos por el cansancio.

El día siguiente llega, Rafael y Tomas duermen casi hasta el mediodía, nada los hace despertarse, pero al menos descansan para poder enfrentarse a otra noche en la cocina del restaurante de Máximo.

El día transcurre y los chicos se la pasan todo el tiempo en su cuarto. Tomas decide escribir para poder contar con lujos de detalles a su familia y a Isabel lo que esta pasando con sus vidas.

Ya es hora de volver al trabajo y los chicos caminan contentos hacia el restaurante. Cuando abren la puerta para entrar, Máximo que está cerca de la entrada les dice que ellos trabajan muy bien y que le ha gustado mucho su trabajo pero que esa será como se los había dicho antes su ultima noche. Rafael y Tomas lo entienden y se van a sus respectivos puestos de trabajo.

Está vez la fiesta fue algo mas movida y alegre. Es el cumpleaños de una joven, y por supuesto casi todos los invitados eran de su misma edad. La música es casi toda Tecno, un ritmo que a Tomas y a Rafael les gusta mucho y que desde lejos escuchan y al compás mueven algo de sus cuerpos con ganas de salir a bailar también.

Ya son las dos de la mañana, el restaurante está como si un huracán hubiera pasado por allí cristales de vasos rotos en el piso, comida por todos lados, los baños súper sucios. Máximo piensa que tiene suerte de tener a esos dos muchachos que por un poco de dinero lo dejaran todo como nuevo.

Así fue como casi a las cuatro de la mañana los chicos terminan de limpiar todo lo que estaba sucio. Máximo complacido con el trabajo decide agregar al dinero que habían acordado diez libras Irlandesas mas, los chicos casi saltan de la felicidad.

Y así de felices se fueron al hotel, casi esta amaneciendo cuando van caminando hacia hotel, en el camino planean irse al día siguiente a Dublín. A su cuarto llegan tan cansados que a penas usan la última voluntad que les queda para ducharse e irse a la cama.

Son casi las once de la mañana y un ruido los despierta, son los pasos de los vecinos del hotel que bajan las escaleras para ver la tele en la sala cerca del cuarto de Tomas y Rafael.

Los dos deciden levantarse y aprovechar el día desde temprano, así primero llamaran a sus familiares en Cuba, y luego pasarán pasar por el estacionamiento del bus a comprar el boleto para el viaje a Dublín.

Tomas esta ansioso por saber si los padres recibieron las cartas que les ha enviado entonces le pide a Rafael que se apresure para salir cuanto antes del hotel. En pocos minutos Rafael sale del baño ya listo para salir a la calle con Tomas.

Recogen algo de dinero lo necesario para comprar los boletos y las tarjetas telefónicas, también quieren comprar por primera vez dulces y helados en el mercado para así matar unos antojitos que tienen desde hace mucho tiempo.

Al salir de la habitación el mismo hombre Cubano que indiscretamente les pregunto adónde iban unos días atrás, les pregunto esta vez si están trabajando y les advierte que eso no está permitido porque el gobierno de Irlanda no los autoriza.

Este hombre parece que ha dejado Cuba pero Cuba no lo ha dejado a él, y piensa que aun vive en la isla donde cualquiera se mete en la vida del otro solo por molestar o perjudicarte. Rafael molesto por la pregunta se detiene y enojado le dice,

…Oye, eso no es tu problema, tu no estas en Cuba así que deja de ser chismoso porque aquí solo te sirve para que todos piensen mal de ti.

El hombre se queda callado y pensativo quizás porque acaba de despertar a la realidad de que ese chismorreo y ese tipo de curiosidad maligna no es necesario utilizarla fuera de Cuba.

Tomas y Rafael continúan su camino. En una tienda cercana compran las tarjetas para las llamadas de larga distancia y deciden llamar a sus familiares en Cuba.

Esta vez nada suena bien por parte de la familia de Tomas pero era de esperar que pasara. Cuando lograron comunicarse, la madre le explica a Tomás que debido a su escape el padre ha sido detenido y se lo han llevado a las prisiones de Villa Marista, centro de retención donde primeramente habían llevado a Isabel cuando ésta tratara de escapar .

La madre trata de no llorar para no hacer las cosas mas difíciles para Tomas pero le explica que su padre lleva en la cárcel ya una semana, y que ella cree que pronto podrá salir, también le cuenta que ha tratado de visitar a su marido en la lejana localidad donde casi no se puede ni llegar porque no hay medio de transporte pero sin resultados positivos ya que siempre le han negado la visita, y hasta la han amenazado diciéndole que si vuelve por allí también ira a la cárcel y tendrá que contestar todas las preguntas que le hagan con respecto al escape de su hijo, pero también le dijeron que su marido quizás salga pronto en libertad.

Tomas escucha con atención todo lo que la madre le tiene para contarle, con la mano derecha aprieta el teléfono contra su oído para no perder cada detalle de la conversación de la madre. Tomás no llora, quizás ya estaba preparado para la noticia. Rafael que esta parado frente a él se nota desesperado por enterarse de lo que sucede, la cara de Tomas le dice que nada esta bien, pero espera pacientemente a que el chico termine en el teléfono para que le explique.

Tomas tratando de que la madre olvide aunque sea por unos minutos el drama que viven, le pregunta si recibió las cartas que le ha enviado, ella le dice que una de las medidas que ha tomado el gobierno fue interrumpir la correspondencia, que nada le ha llegado.

En Cuba existe un solo buzón donde los carteros depositan toda la correspondencia de los vecinos que en cada edificio viven y la presidenta del Comité de Vigilancia se encarga de repartirla si es permitido por el gobierno.

Enfadado con lo que le dice la madre, Tomas le dice que tratará de enviar las cartas a otra dirección para que se las hagan llegar a ella. La molestia de saber que todas las cartas que ha enviado con sus fotografías no le llegaran a su madre lo hace casi terminar la conversación con su madre casi inmediatamente. No quiere que ella note la frustración en su voz, y tragando su rabia, le dice,

…Bueno Mami no te preocupes todo saldrá bien salúdame a todos, te llamo la próxima semana para saber de papi.

Se despiden los dos y cuelgan el teléfono. Tomas se queda unos segundos con la mirada fija en un punto, concentrado, con odio, frustración, impotencia, ni siquiera puede escuchar que Rafael le está preguntando qué es lo que ha pasado.

Tomás reacciona, y le pide a Rafael que salgan de la cabina del teléfono. Caminan unos pasos hasta donde hay unos bancos que miran hacia un río, allí se sientan. Tomas le explica a Rafael todo lo que ha pasado, Rafael preocupado por su madre pregunta si supo algo de ella, Tomas le dice que no, que su madre no mencionó nada.

Rafael se prepara para llamarla, y con nerviosismo se devuelve a la cabina del teléfono, Tomas decide esperarlo en el banco sentado.

Rafael llama dos veces sin suerte, no puede comunicarse, una tercera vez y nada, a la cuarta la vecina contesta el teléfono, él sin casi no poder hablar por el temor que siente al pensar en la suerte que pudo haber corrido su madre, le pide entonces a la vecina que le haga el favor de llamarla para hablarle.

La vecina sin saber cómo le da la mala noticia explica que la madre de Rafael también ha sido detenida y esta en Villa Marista, no saben nada de ella desde que la arrestaron hace una semana atrás, Rafael no fue mas fuerte que Tomas, simplemente sin despedirse cuelga el teléfono.

Sale de la cabina, llega hasta donde está Tomas, se sienta junto a él y se miran a los ojos. Tomas puede entender lo que Rafael le dice con la mirada, no hacen faltas las palabras, los dos se abrazan y lloran.

Pasan unos minutos en silencio. Los dos siguen en el banco, solitarios y pensativos, con las miradas fijas en unos patos que nadan libremente por el lago frente a ellos. Tomas piensa, y le dice

...que suerte tienen esos patos que son tan libres.

Rafael piensa en algo mas práctico y le dice a Tomas,

...Vamos a comprar los boletos, vamos a la capital hay que hacer algo pronto, aquí no nos darán un status que nos permita traer a la familia, tendremos que inmigrar a Los Estados Unidos.

...¿Y como vamos a hacer eso? Le pregunta Tomas.

....Vamos a buscar al hombre de Miami que se dedica a sacar cubanos de allí, y a ver que pasa, quizás podamos hacer algún tipo de negocio con él.

Los dos se levantan del banco, van a la estación de buses, compran los boletos, se irán en la mañana temprano de Ennis y en cuatro horas estarán en Dublín. Vuelven al hotel muy deprimidos y preocupados, hasta han olvidado que querían comprarse unos helados y caramelos.

Al entrar al hotel, ven a Rolando, y aprovechan para invitarlo a su habitación, Rolando que no tiene nada que hacer y el aburrimiento lo agobia de manera que accede a ir con ellos.

Allí Rafael le pregunta como contactar al señor de Miami que se dedica a llevar Cubanos a los Estados Unidos, Rolando le dice que un chico Cubano que esta en Dublín lo conoce, Tomas le cuenta que se irán a Dublín, entonces aprovechan para conseguir por medio de Rolando el teléfono y la dirección del chico.

Rafael considera que lo mejor es llamarlo en ese mismo momento para poder ir directamente a verlo una vez que lleguen a Dublín.

Salen los tres del cuarto y van a la cabina de teléfono mas cercana, desde allí lo llaman y con tan buena suerte que Jorge, así se llama el chico de Dublín, les contesta el teléfono.

Jorge suena muy amable, hospitalario y cariñoso, inclusive les pide a los chicos que lo visiten y se queden a pasar unos días en su casa, así tendrá la oportunidad de enseñarles más la capital, él los esperara en la estación del bus en Dublín. Rafael le dice entonces la hora en la que estarán llegando y Jorge toma los datos para con gusto esperarlos. Los chicos encuentran un pedacito de tranquilidad después de todas las malas noticias que recibieron en el día y se les ve más contentos.

Regresan al hotel y solo tienen que esperar a que pase el resto del día para irse a Dublín.

Capitulo XIII.
Visita a Dublín.

Son las cinco de la mañana y en dos horas partirá el bus. Los chicos se despiertan, se duchan y se preparan para el viaje. Caminan por las calles semi oscuras del pueblo, la mañana esta un poco fría, llegan a la estación cuando falta solo una hora para partir.

Casi cuatro horas han pasado desde que abordaron el bus, y ya están entrando a Dublín, las grandes edificaciones, el tumulto de gente que cruza las calles, el lento trafico debido a la cantidad enorme de autos, hacen pensar a Rafael y a Tomas que están llegando a destino.

Llegan a Dublín la primera gran ciudad capitalista que han visitado los chicos. Viejas edificaciones, ligadas con las modernas, grandes anuncios de cadenas de hoteles que por ahora los chicos no saben ni siquiera lo que son, de restaurantes que no tienen ni idea que podrán visitar algún día, las calles estrechas, los pequeños bares unos al lado del otro anunciando la Cerveza Guinness, con letreros tan negros como la misma bebida.

El chofer anuncia la llegada a la estación central de Dublín, para Rafael y Tomas es como vivir un sueño, es indescriptible lo que sienten y ven con sus propios ojos. Es un mundo completamente diferente, la inocencia e ignorancia de los muchachos los hacen permanecer en el bus por unos minutos hasta ver que todos los pasajeros descienden solo para estar seguros de que es el destino final, que están cerca de encontrar a Jorge y encontrar también quizás una solución para sus familiares.

Al bajar del bus miran hacia todos lados y buscan la salida, pasan una puerta de cristal que los lleva dentro del edificio, allí está Jorge, recostado contra una pared y sonríe al reconocer a sus compatriotas.

Tomas y Rafael que aun no lo han reconocido, notan que un joven se les esta acercando con una sonrisa en la cara abriendo los brazos, ellos sonríen a su vez y se dan cuenta de que es Jorge. Los tres se encuentran, Jorge abraza a Rafael primero y le da la bienvenida, solo segundos mas tarde hace lo mismo con Tomas.

Rafael carga una simple maleta, Tomas camina a su lado y Jorge no cesa de darles la bienvenida, van camino al apartamento de este ultimo donde se quedaran un par de días, el trayecto no es largo solo cinco minutos y habrán llegado.

Caminan en la soleada mañana, por O'Connell Street, una de las avenidas más céntricas de la ciudad, Rafael tiene muchas preguntas que hacerle a

Jorge, y trata de hacérselas a medida que van caminando, mientras que Tomas, se queda fascinado con la ciudad. Las estatuas, los anuncios, la cantidad de gente, los edificios y los buses de dos pisos que pasan cerca de él, en fin todo lo deja deslumbrado.

Llegan al edificio que se encuentra en un lugar céntrico, a solo unos metros de la famosa Calle O'Connell. Es un edificio antiguo pero se ve que hace muy poco ha sido remodelado. Entran por la estrecha puerta y esperan un ascensor, suben hasta el tercer piso del edificio donde está el departamento de Jorge.

Entran a un apartamento que es solo una habitación, pequeño pero muy moderno, los chicos quedan encantados con el lugar. Jorge los invita a entrar y rápidamente les da un pequeño tour por dentro del apartamento, no hay mucho que ver pero es muy acogedor.

Una vez que han visto el lugar Jorge los invita a sentarse y les prepara unos refrescos. Rafael y Tomas se sientan en la sala en un pequeño sofá, Jorge les trae los refrescos y se sienta frente a ellos en un butacón que hace juego con el sofá.

Los chicos toman el refresco frío y con hielo que les acaba de servir su nuevo amigo, colocan el vaso en una pequeña mesa de centro y Jorge curiosamente les pregunta,

…¿Hay algo en especial que quisieran ver en la ciudad?

Rafael y Tomas se miran a la cara y luego dirigen la mirada a Jorge, Rafael le contesta,

…Realmente no.

Tomas sin embargo le dice,

…Bueno si, quisiéramos ver lo más posible, por lo poco que hemos visto quizás tomaré la iniciativa de mudarnos a esta ciudad.

Jorge le pregunta directamente,

…¿Ustedes son entendidos?

Tomas se queda callado, y Rafael pensando que ya no hay nada que pueda perjudicarlos le contesta con la mirada en alto y mucho orgullo en la voz,

…Si, lo somos, y el es mi pareja, ¿porqué?

…Yo también lo soy, le contesta Jorge.

...Bueno lo que haremos hoy es ir a un bar gay, les surgiere Jorge.

…¿Que? pregunta y exclama Tomas.

..¿Un bar gay?, ¿Que es eso?, ¿Un lugar donde solo van maricones?

Rafael y Jorge se ríen de Tomas y la forma en que pregunta, Rafael sabe a lo que se refiere Jorge, entonces Jorge aprovecha para explicarle a Tomas que es un bar como otro cualquiera destinado solo para homosexuales.

Ellos quedaron encantados con la proposición, tendrán mucho que aprender en solamente un día de estancia en Dublín.

Rafael está interesadísimo por saber cómo es la vida en Dublín y cómo pueden hacer para mudarse a la capital, con ese motivo le hace a Jorge un montón de preguntas, Jorge con placer les explica a los chicos que no hay nada complicado y que todo se puede resolver.

Jorge les explica que el gobierno le paga una cantidad de dinero para que él pueda pagar parte de la renta del apartamento, que no es un trámite complicado y que solamente tendrán que ir a visitar las oficinas de ayuda para registrarse, también les explica que a pesar de que no les permiten trabajar por el status, siempre hay lugares como restaurantes y establecimientos pequeños que los dejan trabajar aunque la paga no siempre es buena.

…¿Conoces al tipo de Miami que resuelve los viajes a Los Estados Unidos? Pregunta curioso Rafael.

…Si, contesta Jorge, por unos siete mil dólares, te lleva hasta Miami.

Esto no es sorpresa para Tomas y Rafael pues Rolando el Cubano que conocieron en Ennis ya les había contado. Jorge continúa la explicación sobre este hombre que los puede llevar a Miami. Les cuenta que mientras más Cubanos son los que quieran viajar él les bajaría el precio a los chicos.

Ellos con pocas esperanzas de poder conseguir el dinero o al menos poder conseguir cubanos que quieran viajar por esa vía, no comentan nada pero no se quedan preocupados por esto, ellos por ahora quieren conocer a la ciudad de Dublín y ver que puede depararles el futuro.

Ese día permanecieron en el apartamento hablando de todo lo que pudiera servir de información útil para Rafael y Tomas, lo mas interesante es que se enteraron que el mismo Jorge ya tiene el dinero acumulado para irse a los Estados Unidos y les ofrece la posibilidad de quedarse con el apartamento, esa idea entusiasma mucho a Tomas y Rafael. Jorge les promete también ponerlos en contacto con el abogado de inmigración de Dublín que se ha hecho cargo de él y de otros Cubanos refugiados en la ciudad.

Han pasado un par de horas y Jorge les pregunta,

…Bueno, ¿que tal si nos vamos a caminar por la ciudad? Les puedo enseñar donde queda la oficina de ayuda, los mercados, como tomar el bus para manejarse en la cuidad y donde queda la oficina del correo.

Los chicos se disponen a salir nuevamente y aprender del tour que Jorge les dará por la ciudad.

Caminando por las calles de Dublín entre el tumulto de gente, Jorge les va indicando donde queda la oficina para la ayuda del gobierno, los mercados más baratos, el banco donde pueden cambiar en efectivo el cheque que el gobierno les dará, lugares donde comprar frutas y vegetales baratos, un parque hermoso, un edificio donde otros Cubanos viven y el bar que visitaran en la noche. Todo queda a unos veinte minutos de camino desde el edificio donde vive Jorge y donde posiblemente vivirán en un futuro no muy lejano Tomás y Rafael.

Ya la tarde se va poniendo oscura cuando deciden volver a casa. Luego de la gran caminata por la ciudad, Tomas y Rafael están encantados.

En el apartamento de Jorge, unos minutos antes de empezar a prepararse para salir nuevamente a la calle y visitar el bar se quitan los zapatos para relajar los pies y se sientan para descansar sus cuerpos

…¿Y como está la situación en Cuba? Pregunta Jorge.

…Bueno chico déjame decirte, le cuenta Tomas a Jorge que hace unos años ya que ha salido de la Isla.

…La situación en Cuba es cada vez peor, la represión es cada vez mayor en contra de cualquiera que sea Cubano, la falta de artículos necesarios para sobrevivir es apremiante, incluyendo el papel para limpiarte el culo, la comida cada vez mas mala, no hay esperanza de nada.

…Si pero he escuchado de cambios en Cuba recientemente, le comenta Jorge.

…¿Cambios?, ¿que cambios? Pregunta Rafael

Bueno he escuchado comentarios de otros cubanos que han llegado que al menos pueden conseguir dólares y comprar algunas cosas, le dice Jorge.

…Nadie tiene dólares en Cuba, solos los que trabajan en turismo que se lo roban, o los que tienen familiares en Miami, fuera de eso nadie mas tiene acceso al dólar y si no tienes dólares no tienes nada, es una situación imposible, con el dinero que ganas como médico no puedes sobrevivir, ¿te imaginas si no eres un profesional? Eso no son cambios para Cuba, el único cambio favorable que pudiera haber en Cuba es que Fidel se caiga, o se muera, aun existen niños que no conocen un chocolate, un refresco o un caramelo, en el país donde se produce mas azúcar que cualquier otra cosa. Le dice molesto Tomas.

Para Rafael y Tomas al parecer no hay nada más ofensivo que ver un cubano diciendo que en Cuba hay cambios con relación a la política que por más de treinta años ha llevado al país a la más absoluta miseria y represión. Al parecer para algunos el hecho de que el gobierno les asignara una bicicleta a los que según miembros del partido comunista de Cuba la merecían, o que les dieran un huevo extra al mes es un significante cambio, para los chicos es la idea ridícula e ignorante de un Cubano que se conforma con seguir bajo las garras de un monstruo que día a día les chupa los mejores años de vida haciéndolos vivir sin libertades, justificando el hambre y la miseria con un embargo impuesto por los Estados Unidos.

…Bueno para relajar tomemos una cerveza, dice Jorge, se levanta de la silla y camina hacia el refrigerador.

Trae Jorge tres cervezas frías y se las brinda a los chicos, Tomas no toma nada que contenga alcohol pero esta vez brindara con sus amigos, los chicos alzan sus botellas y Rafael les dice,

…Salud, por una Cuba libre y soberana.

Tomas y Rafael no tienen idea de como es la moda con respecto a la vestimenta, están acostumbrados a vivir en un país donde eso no cuenta, en Cuba la gente se viste con lo que tiene y punto, algunos dentro de la isla gracias a revistas extranjeras que logran conseguir saber algo más sobre la moda y lo que en la actualidad se usa, sin embargo lo usual es que el que puede conseguir algo de ropa simplemente la utiliza, el que no, sigue usando el mismo trapo que por la libreta de abastecimiento un día le dieron en la tienda.

Jorge esta un poco mas a la moda, el lleva unos años en Dublín, suficiente tiempo para ver como los jóvenes se visten, entonces surgiere a Tomas y Rafael que usen alguna de sus ropas que hallarán colgadas en su closet, ayuda inclusive a modificar un poco el peinado de Tomas que parecía de primer grado de primaria, con el pelo liso aceitado y una raya al costado de la cabeza estilo años cuarentas.

Listos y más modernizados salen los chicos de la casa, van caminando hacia el bar, es la primera vez que ven la ciudad alumbrada en la noche. Les impresiona ver tantas luces en las calles.

Llegan al bar para homosexuales, abren la puerta y entran, Tomas y Rafael se quedan como paralizados, les parece imposible, después de haber vivido en el país donde los homosexuales son tan reprimidos que te hacen sentir hasta culpable, para ellos ver tantos homosexuales juntos, es como entrar a otro mundo, esa puerta separaba la realidad de lo que toda la vida habían vivido para llevarlos a un mundo justo, un mundo lleno de igualdades, donde por fin y por primera vez se sienten seres humanos, parte del planeta que los vio nacer, sin tener que escuchar comentarios desagradables por parte de nadie.

Los tres caminan hacia una de las barras al fondo de la discoteca, Jorge va primero, mira hacia atrás y ve que detrás suyo viene Tomas y cerrando la fila Rafael, entonces se detiene, da media vuelta y les toma las manos a Rafael y Tomas se las coloca juntas y les dice,

…Ustedes son una pareja, ustedes se aman y aquí lo pueden demostrar, mantengan sus manos juntas y caminen así, orgullosos de lo que son.

Los chicos se miran a la cara y es cuando realmente se dan cuenta de que en ese mundo donde se encuentran no tienen que tener prejuicios, entonces con sus manos juntas y una sonrisa en la cara caminan detrás de Jorge.

Una vez en el bar del fondo los chicos se sientan uno al lado del otro. Jorge por su experiencia pasada comprando bebidas recomienda unos tragos. Desde allí sentados tranquilos, pueden ver lo divertido que son los dias cuando están juntos, todos celebran el fin de semana, se les notas la alegría de encontrase con amigos en el lugar y disfrutan la noche bailando, bebiendo y riendo.

Tomas esta serio y piensa,

…Que afortunados son esos chicos, nacieron y crecieron en un país donde pueden al menos tener unas horas para compartir con sus amigos de una manera abierta sin el temor a enfrentarse con un cuerpo policial que pudiera entrar de un momento a otro y destruir esa alegría.

Rafael lo mira y sabe que Tomas tiene su mente en Cuba, entonces le dice,
…Olvídate de lo que piensas ahora y disfrutemos la noche.

Tomas lo mira sonríe y le dice,
…Como me conoces.

…No es que te conozco, le dice Rafael,
…es que yo vengo del mismo lugar que tú.

Después de unos cuantos tragos y de bailar por un buen rato, es hora de volver a casa. En las altas horas de la noches por las calles de Dublín van los chicos algo borrachos, cantando canciones viejas Cubanas. Llegan a casa y en solo minutos se tiran en las camas, cansados, y como rocas se quedan dormidos.

El olor a café despierta a Tomas, quien al moverse también despierta a Rafael que esta abrazado a él,
…Buenos días, saluda Tomas.
…Buenos días amor, saluda Rafael.

…Buenos días dormilones, les dice Jorge al entrar al cuarto,

…Les estoy haciendo café para que lo tomen con leche, vamos levántense para que desayunen y cojamos calle de nuevo.

Los chicos se levantan, se dan una ducha y se sientan a desayunar. Jorge les ha preparado café con leche, tostadas con mantequillas, huevos y jamón. Tomas impresionado por el menú le comenta a Jorge,

…Oye esto si es un desayuno, de los que solo Fidel y su camarilla pueden tener.

Los tres se echan a reír, se sientan en la mesa y disfrutan del rico desayuno.

Cuando están listos para salir nuevamente a la calle, un timbre indica que alguien está en la puerta, Jorge va al intercomunicador, presiona el botón y pregunta quien llama, es un chico Cubano llamado Lázaro, Jorge mira a los chicos con cara extrañada, como si hubiera preferido no contestar a la puerta y pretender que no hay nadie en casa, no obstante Jorge deja a Lázaro entrar al edificio, entonces le comenta a Rafael y Tomas que Lázaro es un chico que habla mucho, impertinente y autosuficiente, no tiene tiempo de comentar más nada acerca del chico cuando este llama a la puerta del apartamento.

Jorge abre la puerta y saluda a Lázaro,

…Oye chico que bola, dice Lázaro.

Caminando hacia la sala Lázaro se sorprende al que Jorge tiene visita,

...Lázaro ellos son Tomas y Rafael, Cubanos también.

Los tres se presentan entre ellos y Lázaro les pregunta a ambos,

…¿Cuando llegaron?

Rafael le cuenta cuando y como llegaron a Irlanda, pero Lázaro curioso sigue preguntando,

…¿Viven en Dublín?

Tomas le explica que quizás muy pronto se muden a la capital pero que todavía no tienen una decisión tomada.

Lázaro es un hombre de unos treinta y pico de años, muy negativo según Jorge, todo lo que ve en el mundo es malo y todo lo que espera de él es aun peor, quizás sea un trauma después de haber vivido en Cuba, Lázaro les cuenta a los chicos que llegó a Irlanda hace dos años, después de haber cumplido una condena de tres años en una prisión por enriquecimiento ilícito en Cuba.

Lázaro continúa contando que trabajaba para una compañía de turismo en la Habana, donde se les ordena a cada uno de sus trabajadores que reciben

217

propinas en dólares devolverla a sus superiores, les comenta que él jamás cumplió esas ordenes y que escondida entre la ropa se llevaba la propina que con sacrificio y buen servicio conseguía de los turistas extranjeros, así pudo construir un pequeño cuarto al fondo de la casa de su madre donde vivía con su esposa y su hija, compró un Televisor a color y una pequeña cazuela eléctrica para cocinar arroz, eso fue suficiente para que unos de los vecinos comunista avisaran a los medios policiales del país contándoles que en el barrio había un maseta, así se les llama a aquellos ciudadanos Cubanos que de una manera u otra poseen algo más que lo que el gobierno Cubano les brinda.

Así fue como detuvieron a Lázaro quien luego de cumplir prisión, vendió un auto viejo que tenía y consiguió una carta de invitación a Irlanda y por ese medio se quedo viviendo en el país.

Tomas entiende ahora porque este hombre es tan negativo, sus palabras suenan como si estuviera alterado, y hasta nervioso solo por contar su historia. Tomás trata de calmar al ansioso cubano, preguntándole si ha sabido de su hija, Lázaro le cuenta que habla con ella todas las semanas, saca de su cartera una foto en blanco y negro de su pequeña hija y con orgullo se la enseña a los chicos.

Jorge le explica a Lázaro que ellos se preparaban para salir, Lázaro entiende y le preguntan cuando estarán de vuelta para pasar nuevamente y hablar un poco más con ellos. Jorge no tiene más ganas de escuchar a Lázaro, pero se resigna cuando Rafael le dice,

…Estaremos de vuelta en solo unas dos horas, nos encantaría verlo nuevamente y compartir una cerveza.

Los cuatros bajan usando el único ascensor del pequeño edificio y una vez en la calle se despiden de Lázaro quien les recuerda que pasara más tarde para hacerles la visita.

Cuando Lázaro se alejó unos metros Jorge mira a Rafael y le dice,

…Tú estas loco, invitar a ese tipo que es tan negativo y solo está hablando de Cuba.

…Siento que ese hombre necesita sacar ese dolor que lleva adentro, recuerda, él no tiene a su familia aquí y se ve desesperado, le dice Rafael.

Los muchachos se dirigen a una tienda a comprar unas tarjetas para poder comunicarse nuevamente con su familia en Cuba. Las ansias de saber qué sucedió con su familia, los tiene muy nerviosos y preocupados aunque la nueva ciudad ha mantenido sus mentes distraídas.

Una vez que compran las tarjetas deciden que Tomas llamará primero por lo que entra en la cabina, Rafael y Jorge se quedan afuera esperando.

De primera intención Tomas tuvo la suerte de poder comunicarse con la vecina, esta llama a su madre y Tomas habla con ella. Desde afuera Rafael no pierde de vista a Tomas, quiere estar seguro de que este bien, Rafael conoce muy bien a Tomas que en su cara siempre manifiesta claramente lo que siente.

La madre le cuenta a Tomas que su padre ya esta libre, pero le advirtieron que su correspondencia será interrumpida y que lo estarán vigilando las 24 horas del día los cuerpos de vigilancia de la zona donde vive, también le dice que se encuentra muy bien y muy contento de que Tomas sea libre para siempre, Tomas sonríe casi llorando al escuchar a su madre.

Tomas le pregunta si pudieron recibir algunas de las tantas cartas que les escribió, ella le cuenta que ha conseguido unos dólares y con eso soborna a la persona encargada de abrir el buzón, esta persona es una señora llamada Josefina muy comunista y la presidenta del Comité de vigilancia de la zona, la madre le da unos dólares a cambio de las cartas, Josefina entonces sube muy tarde en la noche al apartamento y le toca la puerta, y le entrega las cartas que esconde debajo de la blusa.

La madre de Tomas continúa contándole que ha llegado a un acuerdo con esta comunista para que se mantenga el secreto entre ellas y así la correspondencia le siga llegando, por lo que Tomas podrá seguir escribiéndole por esa vía.

A Tomas no le sorprende que esa sea la única manera de que su familia reciba cartas suyas, el soborno en Cuba está por todos los lados y en todas las esferas y eso le repugna, pero se pone contento que al menos esta vez sirva para que su familia reciba sus cartas

…¿Mami que sabes de Isabel?, pregunta Tomas.

A la madre casi se le olvida decirle que Isabel es muy posible que por su buen comportamiento salga de la cárcel muy pronto, todos están muy optimistas y solo esperan que eso suceda.

Esta ha sido la mejor noticia que ha tenido Tomas en largo tiempo, la alegría se le manifiesta en la cara y Rafael que desde afuera lo ve no puede esperar a que él salga de la cabina para que le cuente.

A Tomas se le acaban los minutos de la tarjeta y sale de la cabina, le cuenta todo lo que hablo con su madre a Rafael. Este se prepara para llamar a ver si su madre ha corrido la misma suerte del padre de Tomas y está fuera de la cárcel.

Rafael trata de llamar y al primer intento logra comunicarse, le contesta la vecina que muy feliz le dice que su madre no está en ese momento en casa pero que ya está libre, Rafael mira hacia arriba suspira, se siente más tranquilo. La vecina le cuenta que se la ve muy bien y justo en medio de la conversación, llega la madre de Rafael a saludarla y preguntar si él había llamado,

…¡Corre, niña! que está en el teléfono, le grita la vecina.

Solo unos segundos le toma a la madre de Rafael llegar al teléfono, ella lo toma casi interrumpiendo la despedida de la vecina con Rafael,

…Hijo, ¿como estas?, pregunta la agitada madre.

…¡Mami!, le dice Rafael.

La voz de su madre lo pone muy triste pero muy feliz a la vez, entonces rompe a llorar, Tomas que esta afuera de la cabina, ve que Rafael llora, abre la puerta y entra, afuera solo queda Jorge esperando por ellos.

La madre de Rafael le dice que esta muy orgullosa de él, que le han llegado sus cartas y que le gustan mucho las fotos que recibió, también le cuenta que se siente muy bien y que la policía la ha dejado mas o menos tranquila después de salir de la cárcel.

La tarjeta no da para mas y Rafael ve que sus minutos se van acabando por una pequeña pantalla verde que indica el tiempo que le queda para hablar, entonces aprovecha para despedirse de su madre y prometerle que pronto la llamara nuevamente.

Una vez que terminan con sus llamadas, Rafael y Tomas, le cuentan a Jorge lo que ha sucedido con sus familias cuando ellos desertaron. Jorge les cuenta que lo mismo le sucedió a su padre.

Siguen caminando por las calles de Dublín y comentando lo imposible que está la situación en Cuba para vivir, recordándose unos a los otros lo que les tocó vivir en su momento, así como las absurdas leyes e ideas del Comandante y lo imposible que se les hace creer que aun existen Cubanos y políticos de otros países que crean que Fidel es lo mejor.

En el camino de vuelta a casa, Jorge decide detenerse en un pequeño local donde venden revistas y periódicos, allí encuentra un periódico hecho para la comunidad homosexual de Dublín que brinda información turística para los homosexuales que visitan la ciudad.

Jorge toma el periódico y se lo entrega a Tomas, lo abre lo mira y a pesar de lo poco que entiende de Ingles trata de leer algún que otro articulo. Jorge le dice que el periódico es gratis y que puede llevárselo. Para muchos es un periódico común y corriente para Rafael y Tomas es otro símbolo de la libertad, nunca imaginaron que algo así pudiera publicarse,

…Pueden existir ciertas restricciones con respecto al homosexualismo aquí en Dublín eso no lo se, pero al menos libertad tienen, comenta Rafael.

…Es cierto, dice Jorge, quizás las restricciones sean más por parte de la Iglesia que por otra cosa pero la libertad existe y la defienden.

Los chicos salen de la tiendan y apresuran el paso, no quieren que se les haga tarde para la cita con Lázaro, pero no están lejos, solo unos cinco minutos más de camino para llegar.

Llegan al apartamento se ponen cómodos. Jorge abre el refrigerador y les pregunta si quieren tomar una cerveza, los chicos aceptan la invitación y los tres se sientan en la sala a esperar que llegue Lázaro, mientras que Jorge quiere que Rafael y Tomas lo pongan más al día con respecto a la vida gay en Cuba.

…¿Que quieres que te digamos que tu no sepas? Pregunta Tomas.

Ellos mismos sienten que es lastimoso que cada vez que quieren hablar algo sobre la vida, el problema de Cuba tiene que salir como único tema de conversación, pero saben que es inevitable porque es que sus vidas se ha visto tan afectadas por el régimen que los alejó de su tierra, que quizás no haya de verdad nada más trascendente de lo cual conversar que de la política Cubana.

Unos 45 minutos más tarde el timbre de la puerta suena, es Lázaro que acaba de llegar. Jorge lo deja entrar al edificio, Lázaro sube al tercer piso, entra al apartamento, en sus manos trae una bolsa con galletas, una crema de ajo Irlandesa, cerveza y unos chocolates, coloca todo sobre la mesa y le dice a Jorge,

…Oye prepara unos bocadillos para darle la bienvenida a mis socios aquí.

Jorge lo mira sonriendo se levanta de la silla y le dice,

…Que te pasa chico, yo no soy tu mujer.

Todos se echan a reír.

Rafael le da las gracias a Lázaro por la atención y la delicadeza de haber hecho esa compra para darles la bienvenida. Tomas se levanta y aprovecha para ayudar a Jorge también.

En el sofá se queda sentado Rafael y frente a él en la silla Lázaro le cuenta que trabaja en un restaurante y que quizás pueda ayudar a los chicos encontrar trabajo. Rafael está muy feliz de escuchar la noticia, pero le dice que todavía no sabe si se mudaran a la capital ni que tan pronto puedan hacerlo.

Tomas y Jorge traen un plato de cristal grande lleno de galletas y crema para compartir con los chicos, también traen más cervezas frías y los cuatro comparten el momento hablando entre otras cosas de como poder viajar a los Estados Unidos.

Lázaro ya tiene el dinero para irse, y Jorge les cuenta que el hombre con quien se hace el negocio vendrá el próximo mes y se llevara a Lázaro y a Jorge también. Jorge les surgiere a Tomas y Rafael que para ese entonces pueden mudarse a Dublín y quedarse con el apartamento.

Todo queda arreglado, Tomas y Rafael decidieron mudarse a Dublín.

La tarde transcurre, cae la noche y los cuatros sin percatarse del tiempo, continúan tomando, comiendo y hablando. Lázaro está algo borracho y Tomas se cae del sueño, entonces Jorge decide que Lázaro debe acostarse en el sofá y quedarse a pasar la noche, Rafael y Tomas se van a dormir al cuarto, Jorge abre una pequeña cama para él mismo en la sala.

A la mañana siguiente todos despiertan casi al mismo tiempo. Rafael y Tomas tienen que prepararse para tomar el bus y volver a Ennis pero saben que será por no mucho tiempo, los chicos ya han planeado como harán para mudarse.

Antes de ir a la estación del bus, visitaran al abogado de Inmigración que los podrá ayudar con el papeleo de transferencia de una ciudad a otra.

Luego de un ligero desayuno, Lázaro se va primero no sin antes despedirse de los chicos, Rafael y Tomas comentan que Lázaro es una persona abierta, sincera y seguro de si mismo, es capaz de compartir con tres homosexuales y hasta dormir con ellos sin prejuicios ni complejos. Por otra parte Jorge reafirma que a pesar de su negativismo Lázaro parece ser un buen esposo y padre.

Unos minutos más tarde salen del apartamento Jorge, Tomas y Rafael, y caminan hacia la oficina del abogado que los representará en Dublín.

Caminan unos diez minutos y llegan al edificio donde se encuentra la suite, llaman a la puerta y una voz femenina les pide que se identifiquen, luego que Jorge se presenta, la puerta se abre dándoles acceso al interior del viejo edificio.

Utilizan unas escaleras con escalones de mármol blanco para llegar al segundo piso, el edificio a pesar de su antigüedad se mantiene limpio y sobre todo muy bien cuidado, alrededor todo es esculturas y trabajos visiblemente hechos a manos.

Tocan a la puerta de la suite, la secretaria les abre y les pide que entren, los acompaña hasta la puerta del despacho donde el abogado los espera. Jorge toca a la puerta dos veces, abre y pide permiso para entrar.

Allí esta parado al final de la oficina atrás de su escritorio el abogado, un señor alto delgado lleno de canas, se quita los espejuelos pequeños redondos y amablemente les dice en Inglés,

…Adelante, por favor.

Los chicos entran, Jorge presenta a Rafael y a Tomas, el abogado no sabía de ellos y se muestra curioso por saber como fue que llegaron al país. Rafael trata de explicarle pero su Ingles es tan malo que Jorge decide traducirlo para que el doctor pueda entender mejor.

El abogado queda impresionado por la vía que utilizaron los chicos para escapar, pero más impresionado queda por la valentía de ellos. Les dice que cree en la veracidad de la historia que le cuentan sobre lo que está sucediendo en Cuba y el motivo que los hizo desertar, ya que ha escuchado esas historias anteriormente en boca de otros Cubanos.

Una vez que termina de traducir, Jorge le explica al doctor la razón de la visita esa mañana a su oficina, le dice que los chicos han decidido mudarse a Dublín y que necesitan información de como hacer todos los trámites para que evitar cualquier problema con las autoridades del país.

El abogado les explica que no hay tramites que hacer, que ellos simplemente tendrán que ir a la oficina de ayuda del gobierno a registrarse para comenzar a recibir la ayuda, también les explica que esta prohibido para ellos trabajar en Dublín, y bueno todo lo demás consiste en mantener el buen comportamiento dentro de la ciudad, manteniéndose lejos de acciones ilegales que puedan traerles problemas en el futuro.

Los muchachos pasaron una hora en la oficina con el abogado que se queda fascinado por las historias Cubanas que los chicos le cuentan.

Luego de una corta despedida Rafael, Tomas y Jorge se van hacia la estación del bus, solo una hora tendrán para poder llegar y tomar el mismo que los llevara a la ciudad de Tenis.

Llegan a tiempo, se despiden de Jorge y le agradecen infinitamente la ayuda que este les ofreció y puso en practica. Jorge les dice que el placer ha sido enteramente suyo y que los espera muy pronto en Dublín.

Al rato Tomas y Rafael abordan el bus, comentan entre ellos sobre la bonita experiencia y las tremendas ganas que tienen de mudarse a la capital, van muy contentos, ahora solo tendrán que viajar durante unas casi cuatro horas para poder llegar al pueblo de Ennis.

Capitulo XIV
De vuelta a Ennis, no por mucho tiempo.

El bus transita por la ciudad de Limerick donde se detiene y les da treinta minutos a sus pasajeros para que puedan usar los sanitarios y comprar algo de comer, luego transita por la ciudad de Shannon, muy cerca del aeropuerto donde los chicos recuerdan cuando llegaron al país. Ya solo les faltan unos minutos para llegar al pueblo de Ennis.

Son las cuatro de la tarde y el bus hace su entrada a la estación central de Ennis, Tomas y Rafael abandonan el bus y caminan hacia el hotel, llegan a tiempo para la cena que se sirve alrededor de las seis de la tarde, por empleados del mismo hotel.

Camino a su habitación, se encuentran con Rolando quien los saluda y les pregunta como les fue, Rafael lo invita a entrar a la habitación para hablar mas cómodos mientras ellos se cambian de ropa y se preparan para la cena. Rafael y Tomas se notan muy contentos, por lo cual Rolando les comenta que la alegría se les ve por encima de la ropa y quiere saber con detalles las experiencias vividas en Dublin.

Tomas decide ducharse primero, mientras Rafael y Rolando se quedan sentados en la cama hablando del viaje a Dublín. Rolando también esta contento por los chicos y les dice que juntos ellos podrán lograr muchas cosas, les aconseja que solo tengan paciencia y que trabajen en base a lo que ellos realmente tienen planeado para su futuro.

Rolando decide salir a ver la tele y así dejar solos a los chicos para que terminen de ducharse y ponerse cómodos para la cena. Llega al área donde esta el único televisor del hotel, y se sienta en una de las sillas, allí también se encuentran tres Cubanos más que le prestan mucha atención a la televisión.

Mientras tanto en el cuarto Rafael nota que no tienen hielo para enfriar unos refrescos y decide salir a buscarlo en la cocina del hotel, para llegar alli debe pasar por la sala donde está el televisor.

Unos de los Cubanos que allí se encuentran mira hacia atrás y al ver a Rafael se dirige a Rolando y de manera burlona le dice,

…Hey, Roly cuidado con esos tipos con los que fuiste al cuarto que se ven algo extraños.

Rafael escucha el comentario, se detiene y le pregunta al estúpido burlón,

…¿Que es lo que ves extraño en nosotros?

El Cubano apenado pero ya sin poder echarse atrás le dice que solo estaba bromeando con Rolando, pero a Rafael que le causan una gran molestia los comentarios de este tipo le dice,

…Mira come mierda si te veo metiéndote con nosotros, te juro que te parto la cabeza.

El Cubano burlón quiere sacar su machismo por encima de todo y aunque sabe que no debió haber hecho este tipo de comentarios, decide enfrentarse a Rafael, para él es mejor enseñar el macho que lleva adentro que la decencia de pedir disculpas por sus burlones comentarios. Pero Rolando se levanta se le para delante y le dice,

…Si te acercas a ese muchacho al que le ves algo raro y lo tocas, yo soy quien te va a romper la cabeza.

El burlón se queda parado y mira fijo a la cara de Rolando, pocos segundos más tarde se vuelve a sentar en su silla. Rafael sigue su camino en busca del hielo, Rolando permanece mirando la tele.

Rafael entra a su habitación justo en el momento en que del baño sale Tomas, a quien le cuenta lo sucedido, esto hace que sea aun más fuerte la decisión de mudarse a la capital donde podrán vivir solos, antes de que cualquier problema serio pueda aparecer una vez que los demás se enteren de que son homosexuales.

No hay mucho que hacer en el pequeño pueblo de Ennis, Tomas y Rafael esperan pacientes a que pasen unos días más para volver a la capital, mientras tanto solo les queda seguir caminando las mismas calles del pueblo y parecer fantasmas entre la gente.

En el pueblo todos se conocen, y ya se comenta sobre los nuevos habitantes Cubanos que poco a poco han ido llegando a la ciudad pero nadie quiere saber de ellos, es como si no les importara por qué están allí, por eso no les dan oportunidad a casi ninguno de los refugiados de hacer nuevas amistades con los nativos de Ennis.

En espera del día en que se marcharán a Dublín, Rafael y Tomas aprovechan el tiempo para comprar unos libros que los ayudarán a aprender algo más de Ingles.

El día esperado llega. Son las cinco de la mañana, Rafael y Tomas ya están levantados y empacaron todas sus pertenencias, esta vez ya tienen un poco más de ropa que han ido comprando poco a poco, en solo una hora están listos y se despiden del pequeño cuartito donde pasaron su primera luna de miel.

Abordan el bus de vuelta a Dublín. Jorge no los esperará en la estación porque tiene que hacer unas diligencias pero Tomas y Rafael se saben de memoria el camino para llegar al edificio.

Después de las cuatro horas que dura el viaje, el bus hace su entrada en la Terminal, y para sorpresa de los muchachos pueden ver a través de la ventana que en una esquina Lázaro los está esperando.

Abandonan el bus y van hacia él, se dan un fuerte abrazo y Lázaro les explica que Jorge le ha dado la llave del apartamento para que puedan ir directo hacia allí y descansar.

Llegan, entran y se sientan en el sofá. Lázaro les pregunta acerca del viaje, y los chicos le cuentan que todo salió bien. Unos minutos más tarde entra Jorge, después del saludo, este les explica a todos que el hombre de Miami que saca a los cubanos llegará la semana próxima y que Lázaro y él, tendrán que estar listos para el viaje.

A Lázaro se le nota más nervioso que la primera vez que lo conocieron es como si no pudiera cerrar la boca y habla y habla demostrando su estado de ansiedad. Tomas nota que Lázaro no esta muy bien y prefiere sacar cervezas frías para todos y hacer un brindis, para así tratar de tranquilizarlo y hablar de un tema más ameno que pueda relajar al menos un poco, los nervios de Lázaro.

Jorge trae cuatro cervezas frías, todos se paran de frente inclinan las botellas hacia arriba y Rafael dice,

…Brindamos por nuestra salud, y para que el próximo brindis sea juntos y en Miami.

…Brindemos, dicen todos a la misma vez.

Todos se sientan. Rafael y Tomas en el sofá, frente a ellos en una silla Lázaro, Jorge decide sentarse en el piso, desde allí les dice a los chicos que el próximo día en la mañana irán a las oficinas del gobierno para la ayuda, entonces Lázaro les dice que después él los puede llevar al restaurante donde trabaja para ver si consiguen trabajo.

Lo que resta de ese día no tienen más nada que hacer y prefieren quedarse en casa. Lázaro les dice que saldrá a comprar algo de comida para todos, Rafael decide acompañarlo, Tomas y Jorge se quedan solos en la casa.

No hay nada que puedan contarse los muchachos que no sea hablar sobre la tragedia que les tocó vivir. Tomas le cuenta a Jorge sobre Isabel y lo que significa para él esa chica. Jorge escucha las historias de Tomas y aunque le parecen muy tristes no se sorprende porque sabe que en ese país cualquier cosa puede pasar.

Jorge también le cuenta a Tomas sobre su dura vida en Cuba y lo que ha pasado para poder salir de ella. Le comenta que lo que más le duele es que las cosas malas que están pasando en su país no son porque los americanos ni nadie mas las causa, son tristemente los mismos cubanos que entre ellos se lastiman. Esa historia que acaba de contarle Tomas sobre Isabel cuando tuvo su período y no la dejaron entrar al hotel a descansar para aliviar el dolor, quien los detuvo fue un Cubano y la historia que le contó sobre el día en la playa donde el hombre pidió un pedazo de hielo para su hija y porque era donde se vendían productos con dólares se le fue negado, quien le negó el hielo era una cubana.

…Es cierto Jorge, nosotros somos malos con nosotros mismos, me gustaría saber si es así en otros países o culturas, comenta Tomas.

…Y que me dices, de los familiares que llegan a Cuba en vuelos desde cualquier parte del mundo y los mismos Cubanos que trabajan en la aduana le roban las cosas diciéndoles simplemente que no pueden pasar lo que traen para su familia, o si no les hacen pagar grandes sumas de dinero y al final se quedan con la plata, comenta enojado Jorge.

…Esa es la única razón por la que no voy a Cuba, cualquier persona puede viajar por el mundo y traer lo que le de la gana, siempre y cuando declares en las aduanas, pero en Cuba no cumplen la ley, todo te lo quitan y nada llega a los familiares, es un trago muy amargo el que tienes que tragar para llegar a entrar a ese país, tu país, continua ya enrojecido de la rabia Jorge.

…Bueno dejemos el tema, no hay nada que podamos hacer, ahora estamos lejos, hemos tratado de resistir, y cuando tratamos de hacer algo allá, tu sabes las consecuencias, mira a Isabel, comenta Tomas.

Una hora más tarde vuelven Rafael y Lázaro de la calle, los dos se sientan a escuchar como Tomas y Jorge debaten sobre el problema Cubano.

Lázaro permanece callado escuchando y alimentando su mente con las historias que los chicos cuentan buscando entre ellas la justificación de haber abandonado la isla y la razón de haber dejo a su familia atrás.

El timbre de la puerta del edificio suena, Jorge responde, es el correo que trae un telegrama urgente para el chico, Jorge sale del apartamento y corriendo baja las escaleras, luego vuelve y abre el telegrama que curiosamente ha recibido desde Miami, entra al apartamento y dice,

…Bueno ahora les tengo que dar una noticia, el tipo que nos lleva a Miami adelantó su viaje, estará llegando aquí en dos días, estaremos en Miami el fin de semana.

Lázaro salta de la silla por lo que acaba de escuchar, sabe que él es uno de los que viaja ilegalmente a Miami, es un riesgo pero al final están concientes de que vale la pena, será el último paso que deben dar para encontrar la real libertad.

….Pero, ¿como es eso? Yo no estaba preparado para esta noticia, dice Lázaro exaltado a causa de lo que acaba de escuchar.

Jorge se acerca a él, lo toma por los brazos, lo sienta nuevamente y tratando de controlar los nervios de Lázaro le dice,

…No te preocupes Lázaro, todo saldrá bien, llegaremos.

Son comprensibles los nervios de Lázaro. Si ellos son capturados por los oficiales de inmigración o de aduana pueden ser deportados a Cuba y allí se tendrán que enfrentar a las leyes del gobierno Cubano, mejor seria morirse que retornar nuevamente a Cuba.

Lázaro tratando de olvidarse de lo que se avecina decide pedir a Rafael y Tomas que lo acompañen al restaurante donde trabaja para ver si puede conseguirles trabajo. Jorge decide quedarse en casa.

Van caminando por la calle O'Connell, Lázaro les va explicando a Rafael y a Tomas lo que hace en su trabajo. Unos diez minutos después llegan al restaurante Italiano, abren la pequeña puerta, entran y muy cerca de la caja registradora al final del restaurante está parado contando dinero el señor Florentino el dueño del lugar. Este levanta la vista para ver quien llego, el restaurante esta completamente vacío, solo una señora en la cocina y él, que no para de contar el dinero y en medio de un montón de papales con números anotados por todos lados saluda a los muchachos que acaban de entrar, levanta una de sus manos pidiéndole a Lázaro que espere y continua contando.

Una vez que finaliza introduce todo el dinero que tenia en las manos en la caja registradora y se acerca a Lázaro, le extiende la mano y Lázaro hace lo mismo, se saludan. Lázaro le presenta a Tomas y Rafael, y le explica que son cubanos que están buscando trabajo. Florentino le explica que no tiene nada para ellos pero que conoce a un amigo, otro Italiano, dueño de un restaurante cerca de la embajada de los Estados Unidos en Dublín, que quizás necesite ayuda, les explica como llegar, también les pide que digan que fueron de parte suya, para asegurarse de que si el italiano tiene trabajo se los de, gente como Florentino y su amigo italiano están concientes de que los Cubanos refugiados en Irlanda no pueden trabajar y por eso tratan de ayudarlos.

Los tres se despiden del señor Florentino y dirigen a la parada de bus que los llevará hasta el restaurante, serán unos veinte minutos de viaje.

Lázaro les explica como y cuanto les costara el bus en la ciudad pues es la primera vez que lo toman, allí en la parada esperan unos diez minutos, llega el bus de color verde con un diseño viejo, de dos pisos, los tres lo abordan y se trasladan al restaurante.

Lázaro que está un poco confundido con respecto a donde queda la parada exacta se levanta de su silla camina hacia el conductor y le pregunta,

…Perdone señor pero, ¿donde me puedo bajar para ir a la embajada Americana?

El conductor le indica que es la próxima parada, Lázaro se da la vuelta y les hace señas a los chicos con su mano avisándoles que en la próxima parada tienen que bajarse.

El bus se detiene y bajan. A pocos metros ven la embajada a mano derecha en la misma acera por donde ellos caminan, cruzando la calle esta el restaurante Italiano que les recomendó el señor Florentino. Caminan hacia el restaurante, entran, cerca de la puerta hay un mostrador donde las personas pueden pedir comida para llevar, allí hay una joven a quien le preguntan por el dueño del restaurante, Luciano que es como se llama el dueño sale de la parte trasera del mismo cuando escucha que preguntan por él. Luciano es un señor viejo de baja estatura, se acerca y pregunta en un tono rudo,

…¿Quien pregunta por mí?

…Vengo de parte de Florentino, le contesta Lázaro.

El dueño sale de atrás del mostrador, se acerca a los chicos y les pide que lo acompañen. Luciano aleja a los chicos de la muchacha que está en el mostrador y les pregunta,

…¿Que quieren?

Lázaro le explica que están buscando trabajo, que son cubanos refugiados en Irlanda,

…Si, pero sabes que para los Cubanos es ilegal trabajar, dice Luciano.

…Si, lo sabemos pero no hacemos nada malo solo queremos ayudar a nuestras familias tratando de envíales un dinero para sobrevivir, es todo, le explica Lázaro.

Luciano mira de arriba a bajo a los chicos y dice señalando para Tomas,

…Tú, tú puedes trabajar para mi en las noches. Pero no tengo nada para el otro.

Los chicos sonríen y están satisfechos al menos es algo que pudieron resolver en el día y todo gracias a Lázaro, además están confiados de que cuando Lázaro se vaya a Miami, Rafael podrá tomar su puesto en el otro restaurante.

…¿Y cuando empiezo? Le pregunta Tomas a Luciano.

Luciano le contesta que esa misma noche, que volviera a las 5 de la tarde. Así los muchachos abandonan el lugar y deciden irse a casa. Por el camino Lázaro les cuenta que es lo que deben hacer en el restaurante, básicamente lo que ya habían hecho una vez, pelar papas, lavar platos, limpiar el piso cuando cierra el local, no saben exactamente cuanto ganara por su trabajo, pero Lázaro también les explica que él hace unas 25 libras Irlandesas por noche y que quizás es lo que el ganará Tomás también.

Aprovechan volver a la casa caminando ya que a la hora en que cierra el restaurante es muy posible que no este trabajando el transporte publico, así Tomas sabrá como volver a casa caminando. Rafael insiste en que Tomas no vuelva solo, le dice que él vendrá a buscarlo todas las noches, siempre que no esté trabajando.

Llegan a la casa y le cuentan a Jorge sobre el nuevo trabajo de Tomas, todos están muy contentos, no se porque pero creo que será algo en mi cultura Cubana, la mayoría de los Cubano que conozco incluyéndome a mi que escapamos de la Isla somos luchadores y prosperadores, quizás por eso no resistimos el sistema comunista impuesto por Fidel Castro donde todo lo que hace es crear delincuentes que diariamente se roban unos a los otros.

Ya en la casa sentados y relajados Tomas decide darse una ducha y prepararse para lo que será su primera noche laboral en la ciudad de Dublín.

Hace unos minutos que Lázaro ha abandonado el apartamento cuando Tomas sale del baño, y termina de vestirse, Rafael preocupado le pregunta, ...¿Ya sabes donde tomar el bus? ¿Quieres que te acompañe?, ¿estarás bien?

Tomas caminando hacia la sala donde esta sentado su preocupado novio, se le acerca y le dice inclinándose hacia él,

...No te preocupes, yo soy un hombre, nada me pasara.

Tomas le da un beso en los labios a Rafael, Jorge que mira la escena les comenta cuanto quisiera poder tener a alguien de pareja para compartir de la misma manera, Rafael lo mira y le dice,

...No te preocupes el tuyo llegará solito, cuando estés en Miami.

...Eso espero, contesta Jorge.

Tomas se dirige al cuarto y se termina de preparar, desde la sala Rafael le dice en alta voz para que lo pueda escuchar que lo acompañara a la estación del bus y se quedará con él hasta que este se vaya. Tomas sonríe y acepta la proposición de Rafael.

Unos treinta minutos mas tarde salen los dos del apartamento y se dirigen al estacionamiento del bus. Ya en el lugar, Rafael le recuerda a Tomas que tiene que decirle al chofer que va a la embajada Americana para que le cobre la cantidad correcta de su pasaje.

El bus llega, Tomas se despide de Rafael paga su pasaje y camina hacia el fondo del bus, desde las ventanas puede ver como Rafael se queda parado en el lugar mirándolo fijo como si se le fuera para siempre, continua caminando Tomas hacia el final del bus, vuelve a mirar por la ventanilla, y le tira un beso, Rafael se saca unas de las manos del bolsillo se la pone en su boca, la besa y le lanza otro a Tomas. El bus se aleja, Rafael vuelve al apartamento.

Tomas llega al restaurante, pregunta por el dueño, Luciano sale de la cocina en el fondo del lugar y le pide que entre.

Luciano le explica con su acento Italiano a Tomas como debe pelar las papas, es en un cuarto pequeño cubierto de lozas en la pared y una pequeña bañadera donde debe tirar las papas primeramente para lavarlas, le enseña donde están los sacos, y también como manipular la lavadora de platos, donde quedan los productos de limpieza en fin le explica los pormenores de su trabajo para la noche.

Sin más Luciano se aleja y Tomás se prepara para atravesar un estrecho pasillo y cargar grandes sacos de papas desde la bodega del restaurante que está a pocos metros de la cocina para luego regresar por el mismo estrecho pasillo y lavarlas y cortarlas y así toda la noche.

Los sacos son inmensos, cada uno debe pesar alrededor de unas 60 libras. Tomas desde siempre ha sido un chico muy flaco, pero muy fuerte se tira el primer saco en la espalda, camina por el estrecho pasillo, casi tropieza contra una puerta media abierta, pero finalmente llega al lugar donde cortará las dichosas papas, sudado se quita el saco de encima, lo tira al piso, Luciano quién va entrando ve lo que hace y enojado le grita, diciéndole que no puede estar tirando las papas contra el piso porque las daña, Tomas trata de explicarle que le pesan mucho, a Luciano eso no le importa y continúa diciéndole que tiene que traer cuatro sacos mas pelarlos, y empezar a lavar platos tan pronto sea posible.

El restaurante esta algo lleno y Tomas se preocupa por su lentitud. Arrastrando los sacos pudo llevar uno a uno a la peladora, abrirlos, echar las papas en el agua dentro de la pequeña bañadera y sacar algunas para tirarlas en la peladora, esta máquina las pelas y las corta a la misma vez. En un momento determinado, mientras Tomás está en plena tarea Luciano desde la cocina le grita que deje lo que está haciendo y que vaya a lavar los platos.

Tomas sale del cuarto de las papas, llega a la fregadora y empieza a lavar los platos, el chico tiene que poner los platos y cubiertos en un lado de la maquina, ésta automáticamente las lava y por otro lado van saliendo. Hace mucho calor en esa área del restaurante, el agua está caliente y todo lo que sale lavado de esa máquina sale igual de caliente. Tomas tiene que terminar de lavar los platos a mano porque la máquina no lo hace completamente bien.

Diez minutos después de haber comenzado a lavar los platos y Luciano está gritándole de nuevo para que vaya a lavar y a cortar más papas, Tomas corre al cuarto y sigue con sus labores allí. Dentro del restaurante trabajan varios chicos más de meseros, en la cocina todos son irlandeses y ninguno trata de preguntarle ni su nombre a Tomas, por lo que no recibe en toda la noche ayuda de ningún tipo.

Tomas está lavando las papas inclinado hacia el frente con sus manos metidas en la bañadera llena de papas, Luciano entra por la puerta y de un grito le pide que traiga tres sacos de papas más, Tomas no puede creer lo que escucha pero tiene que hacerlo.

Sale del cuarto de las papas camina por el poco alumbrado pasillo, y poco a poco trae los sacos, arrastrando el último de ellos. Luciano lo insulta, le dice lo flojo y lo lento que es. Han pasado cuatro horas desde que Tomas empezó a trabajar, son las nueve de la noche y todavía le faltan tres horas más para que el restaurante cierre y entonces continuará su trabajo limpiando el restaurante completo incluyendo los baños y la cocina.

Es evidente que Luciano se aprovechó de las circunstancias y utilizó a Tomas para cubrir lo que serian dos o tres puestos de trabajo dentro de su restaurante.

Por otra parte Tomas es un inocente que piensa que el trabajo que se le ha asignado es duro pero que al final tendrá su dinero y podrán irse a los Estados Unidos muy pronto.

Trata de pensar en otras cosas mientras corta las papas, su mente lo transporta a Cuba, piensa con la cara sonriente que a esa hora, las nueve de la noche, su madre estará terminando de fregar los platos, su padre estará escuchando el radio y si el estuviera en casa estaría viendo la tele con su hermano o visitando a su amiga Isabel. Pero los gritos de Luciano lo hacen volver a la realidad desde la lejanía que lo separa de su familia y seres a quienes quiere como a su vida.

Por fin la noche termina. El restaurante cierra y Tomas empieza a palear las freidoras de hamburguesas removiendo de ellas los residuos de carne y aceite quemado pegados en el metal, luego busca un mapo y una cubeta de agua, camina por el medio del restaurante para llegar a los baños y limpiarlos, en las mesas están sentado todos los empleados que esa noche trabajaron, todos están comiendo pues Luciano les ofrece una pequeña merienda cuando terminan la jornada de trabajo, todos menos Tomás.

Ya a la una de la mañana, Tomas termina todo su trabajo, Luciano le dice que él llevará a sus empleados en su auto a casa porque es tarde, en ese momento Tomas le pregunta cuándo le pagará y Luciano le explica que no ha trabajado suficientemente rápido y que por eso no le pagará esa noche que depende de su ligereza quizás la próxima noche, él tendrá su dinero.

Tomas traga en seco lo mira a los ojos le dan ganas de tomarlo por el cuello y romperle la cara, pero piensa también que es necesario estar allí unos días mas a ver que pasa, y si le pagan, entonces poder reunir dinero.

Cuando todos han salido del restaurante Luciano apaga las luces. Tomas se da cuenta de que en la vereda de enfrente donde está la embajada Americana Rafael lo espera. Le dice a Luciano que se ira con Rafael, entonces Luciano se va en su auto con los otros empleados.

Rafael curioso le pregunta como le fué y Tomas le contesta que le fué bien y para no traerle disgustos a Rafael le dice que cuando vuelva a trabajar le pagarán todo el dinero, que aun no sabe cuanto será pero es así como se manejan con el pago allí. Rafael se queda satisfecho con la respuesta de Tomas, le cree, Tomas también le cuenta que es algo duro el trabajo pero que está seguro de poder hacerlo, y le cuenta también que Luciano siempre lleva a los empleados a casa, y que en lo sucesivo no será necesario que venga a buscarlo. Y así se alejan charlando por las calles de Dublín.

Llegan al apartamento, y tratan de no hacer nada de ruido pues Jorge esta durmiendo y no quieren molestarlo. Tomas decide darse una ducha y quitarse el olor a comida y sudor. Rafael va directo a la cama.

En el baño, Tomas se quita las botas y nota que se le han roto por debajo y que algo de agua esta entrándole, pero no le interesa y decide mantener esto en secreto, no quiere gastar ni una libra en zapatos, prefiere ahorrarlo todo para ver si un día pueden cruzar a los Estados Unidos.

Se da una ducha caliente para poder aliviar su dolorido cuerpo, se va a la cama, Rafael se da vuelta lo abraza y deja que poco a poco Tomas invada su espacio entrando entre sus brazos y piernas, Rafael le da un beso en la parte de atrás de la cabeza, los cabellos de Tomás están aun húmedos.

La mañana llega. Rafael se despierta y nota que ya Tomas está despierto también pero ve algo extraño en él y le pregunta,

…¿Que te pasa?

Tomas casi no vira su cuello y le explica a Rafael que esta tieso del dolor en el cuello y la espalda, que casi no puede moverse. Rafael preocupado se sienta en la cama y le pregunta el porqué del dolor.

Tomas le cuenta todo lo que tuvo que hacer en las horas de trabajo, Rafael indignado le dice que no ira a trabajar mas al restaurante, Tomas sin poder ocultar el dolor a través de algunos gestos pero sonriente le dice,

…Amor eso se me pasará además el trabajo ayuda a poner mis músculos fuertes es solo el primer día, un par de pastillas y un masajito tuyo me ayudarán, ya verás.

Rafael ayuda a Tomas a darse la vuelta y suavemente le va dando un masaje. Aprieta con sus grandes manos el diminuto y flaco cuello de Tomas y en la blancura de aquella piel van quedando marcados en rojo los dedos fuertes de Rafael.

Unos minutos mas tarde se levanta Tomas de la cama y trata de mover despacio su cuello, Rafael parado frente a él lo mira con lástima le toma las manos y le dice,

…Amor tu no tienes que estar haciendo ese trabajo, no lo necesitas.

Tomas con la cara marcada por las sábanas, despeinado aun le dice,

…Rafael, yo soy un hombre y tengo que aprender a hacer este tipo de trabajos, recuerda ahora yo no estoy estudiando para ser doctor y no se si algún día lo lograré, por tanto tengo que aprender a hacer trabajos duros, no te preocupes estaré bien.

A Rafael se le parte el alma al ver a su flacucho novio dolorido y solo decide abrazarlo, Tomas, para hacerlo sentir mejor le dice,

…¿Que tal si vamos al teléfono y llamamos a la familia?

Rafael lo mira con una sonrisa y le dice,

…De acuerdo.

Salen del cuarto los dos y ven que Jorge no se está en el apartamento, entonces salen a caminar hacia las cabinas de teléfonos. Tomas empieza a sentirse mejor de los dolores de su cuerpo y piensa que quizás estirando sus músculos podrá mejorar aun más, entonces le pide a Rafael que una vez que terminen las llamadas lo acompañe a un parque cerca del apartamento a caminar un rato. Rafael piensa que es una muy buena idea y le dice que lo acompañará.

Tomas llama primero, la vecina lo atiende y como es costumbre debe esperar a que ella le avise a su familia. El chico prefiere cortar y volver a llamar en unos cinco minutos así no gasta minutos de su tarjeta telefónica esperando.

Al rato Tomas vuelve a tomar el teléfono y llama a Cuba. El teléfono da timbre dos veces, una voz femenina y joven se escucha del otro lado, Tomas se sorprende porque no es su madre, entonces pide hablar con ella, del otro lado la voz le dice,

…Que Irlandés, ¿ya no quieres hablar conmigo?

Tomas traga en seco, su corazón palpita fuerte, Rafael nota el cambio radical de expresión en la cara de Tomas que da un grito,

…¡Isabel!!!

Isabel es la chica joven que esta en el otro lado del teléfono, Tomas y ella no pueden hablar los dos lloran.

Hace cuatro días que Isabel salió de la cárcel y casualmente estaba visitando la casa de la familia de Tomas cuando éste llamó.

Poco a poco se van calmando los llantos de los chicos quienes solo atinan a reafirmarse el cariño que sienten uno hacia el otro, varias veces repiten cuanto se quieren.

Tomas se calma y le pregunta,

…¿Cómo estas amiga mía? ¿Cuándo saliste?

…Tomas, salí hace cuatro días de la cárcel te estoy escribiendo una carta para contarte todo, no gastes mucho tiempo ahora.

...No importa el tiempo, yo compraré otra tarjeta si lo necesito pero necesito ahora escuchar tu voz, le dice Tomas sollozando.

…Que sorpresota amiga mía, que feliz me siento, le dice Tomas y continúa llorando.

Este le entrega el teléfono a Rafael que se siente más fuerte para continuar hablando a la vez que siente una inmensa felicidad.

…Oye, mi niña, ¿como estas? Pregunta Rafael.

…Muy bien Rafa, muy bien, ya sabrás todo cuando recibas mi carta una amiga mía que su padre es piloto me llevara la carta y la depositara en Madrid para que no la intercepten aquí en Cuba, por favor cuídame a mi flaco, los extraño mucho.

Rafael se despide de Isabel y le pasa nuevamente el teléfono a Tomas que se ha calmado ya. Tomas le dice a Isabel,

…Isabel, no te preocupes amiga, nos volveremos a ver y yo seré la razón por la que te reúnas con nosotros en este lado del mundo, te lo prometo.

…Yo lo sé Tomas, pero todo a su tiempo, aquí te paso a tu mamá.

Tomas habla con su familia y cuando se le agota la tarjeta, aprovecha entonces Rafael para llamar a su madre, con quien se comunica fácilmente y que también está enterada de la liberación de Isabel.

Antes de irse al parque a caminar, Tomas decide llamar a Luciano al restaurante para ver si tiene que trabajar esa noche, Luciano le dice que sí, que se presente a las cinco de la tarde.

Salen los dos de la cabina de teléfono y caminan hacia el parque como habían planeado. Los dos están muy felices de saber que Isabel por fín está fuera de la prisión aunque libre estará cuando salga de Cuba, si es que un día puede salir.

…Lucharé por sacarla del país cueste lo que cuente, le dice Tomas a Rafael.

…Lucharé, no, lucharemos, le dice Rafael.

Casi llegando al parque Tomas decide pasar por una farmacia y comprar unas pastillas para el dolor de su cuerpo.

Llegan al parque y caminan por unos minutos, hace un poco de frío cuando sopla el viento, el sol está tapado por algunas nubes, las hojas de los árboles ya cambian de color avisando que el otoño llegara muy pronto.

…Parece que llegara el frío, comenta Tomas.

Rafael mira hacia arriba y ve el sol escondiéndose entre las grises nubes, y le dice,

…Si, muy pronto estará aquí.

Pasan una media hora caminando por el parque y deciden irse a casa, es casi medio día y tienen hambre.

Al entrar al apartamento escuchan una risa y varias personas hablando, les parece raro, Jorge se les acerca para recibirlos,

…Hola chicos, saluda Jorge con una gran sonrisa en el rostro.

Curiosos Tomas y Rafael le saludan también.

Jorge les pide que vayan a la sala donde está Lázaro, un matrimonio Cubano, y el hombre que los llevara ilegalmente a los Estados Unidos.

...Tomas, Rafael, él es Rolando, el muchacho del que les hable, él que nos llevará a Miami, dice Jorge.

Los tres se saludan. El matrimonio Cubano se presenta también, todos en la sala excepto Tomas y Rafael estarán viajando a Miami en solo dos días.

Tomas aprovecha que está frente a la única vía de escape que conoce y que podrá llevarlo a Miami para preguntarle como concretar ese viaje y tratar de llegar a un arreglo monetario sobre el costo del mismo.

Rolando le dice que hay varias vías y le cuenta que si cada uno le entrega dos mil libras el puede enviar los pasaportes falsos y explicarles como llegar a Miami con pasaje incluido.

Tomas decidido le dice,

…Eso es lo que haremos, nosotros nunca podremos tener todo el dinero que pides para el viaje contigo, así que te daremos las cuatro mil libras para que nos envíes los documentos.

Rafael mira a Tomas sorprendido.

…¿Ahora? Pregunta Rolando.

…No, tienes que darnos unos dos o tres meses para reunir toda la plata, le contesta Tomas.

…Trato hecho, le dice Rolando.

Rafael nada sobre la súbita decisión de Tomas, se queda anonadado y luego le pide disculpas a todos y le sugiere a su novio que se vaya a dormir un rato pues tendrá que trabajar esa noche, Rafael lo hace con la doble intención de seguirlo para poder estar a solas con Tomas y preguntarle sobre lo que acaba de escuchar.

…Si, tengo que trabajar esta noche, ha sido un placer, les dice Tomas a todos.

En la habitación, Rafael cierra la puerta se le acerca y le pregunta a Tomas,

…¿Como pudiste llegar a un arreglo así sin contar conmigo?

…Pensé que te alegrarías del trato, contesta Tomas.

…Si, claro que estoy contento pero, de donde salió toda esa decisión nosotros no tenemos ni dos mil libras guardadas. Le explica Rafael, en muy baja voz como para que los invitados de la casa no lo puedan escuchar.

…No te preocupes, los dos trabajaremos duro y lo lograremos, tenemos que hacerlo, este país nunca nos dará un status legal y así nunca podremos hacer nada para ayudar a nuestras familias a salir del infierno en el que viven. Comenta Tomas.

…Si tú lo dices, dice Rafael.

Tomas se quita la ropa y se pone un short corto. Se acuesta en su cama a descansar. Serán solo dos horas las que pueda dormir porque muy pronto tendrá que estar de vuelta en el Restaurante de Luciano.

Rafael decide salir de la habitación y dejarlo tranquilo, y así poder informarse más sobre el ilegal viaje que harán los chicos a Miami.

Tomas descansa mientras afuera los demás hablan en voz baja en consideración a Tomas que necesita descansar. Luego de dormir Tomás siente su cuerpo un poco mejor de los dolores que había sufrido por la cargadera de sacos de papa la noche anterior. Es su segunda noche de trabajo en el restaurante y para estar seguro de que no se pondrá peor antes de empezar su jornada laborar se toma dos pastillas para el dolor.

Llega al restaurante unos minutos más temprano de que lo que estaba programado. Entra al establecimiento y busca al señor Luciano, aun Tomas no se siente confiado como para entrar a la parte donde solo los empleados tienen acceso, entonces se queda parado frente al mostrador que separa el área de empleados del área de los consumidores.

Viene caminando Luciano con un delantal blanco y algo sucio. Tomas lo ve y sonriente lo saluda, la contestación de Luciano al saludo fué,

…No te quedes ahí parado y empieza a trabajar.

Tomas entra al cuarto de las papas, el chico que estaba en el turno anterior al suyo no ha dejado ningún saco en el cuarto donde se pelan y las cortan entonces Tomas tiene que empezar desde el principio y cargar los sacos desde el primero, la lavadora de platos esta llena de platos y cubiertos sucios, el restaurante ha estado abierto todo el día y no está limpio como Tomas lo ha dejado la noche anterior. Hay papas fritas en el piso pisoteadas, la cocina sucia, en fin todo un caos.

Tomas va hacia el almacén donde mantienen los sacos de papas, están uno encima del otro, hay muchos, parece que ese día surtieron el lugar y la pila de sacos es tan alta que Tomas tiene que subirse a una silla para bajar el primero de arriba o de lo contrario tomar el saco primero por las esquina y empujarlo hasta dejarlo caer, tratando por supuesto de que Luciano no lo vea.

Al parecer esa fué la mejor idea para Tomas, toma el primer saco de arriba por las esquinas y lo empuja, ya el saco tiene la mitad en el aire y está a punto de caer, Tomas lo deja así y se asoma a la puerta para estar seguro de que Luciano o ningún empleado del restaurante lo vea.

Vuelve al saco lo empuja un poco más, el saco cae, Tomas abre sus flacos y descubiertos brazos, trata de abrazarlo para que no caiga al piso y haga el ruido que podrá atraer la atención del dueño del lugar, el saco está hecho de una rejilla plástica que araña el interior de los brazos de Tomas, él siente el dolor pero aun sigue tratando de no dejarlo caer, subiendo hasta la cintura una de sus rodillas para con ella detener la caída.

Da resultado, el saco cae cuidadosamente al piso, Tomas lo arrastra hasta el cuarto donde cortara las papas, allí hay mejor iluminación y cuando suelta el saco se mira los brazos, buscando moretones o sangre, alguna cortadura.

Esta vez tuvo suerte el chico, sus brazos solo están enrojecidos pero nada de traumas o cortaduras, entonces continua con la tarea de lavar y pelar las papas. Tomas quiere tratar de ir más rápido para impresionar al dueño del restaurante y conseguir que el descarado le pague por su trabajo.

La noche transcurre idénticamente igual a la anterior, Tomas esta cubriendo el trabajo que deberían hacer tres personas, Luciano el dueño se aprovecha de la situación para explotarlo cada vez más.

Ya le quedan dos horas a Tomas para terminar la noche, está inclinado hacia delante lavando las papas que le faltan, Luciano entra al lugar muy callado, Tomas hace su trabajo pero trata de pensar en los suyos en Cuba o en cualquier otra cosa que pueda sacar su mente del maldito lugar y sentirse un poco mejor, Luciano lo sorprende, le da una palmada en las nalgas a Tomas, el chico se da la vuelta asustado, Luciano le grita que tiene que ir a lavar platos, Tomas obedece al aprovechador y deja lo que esta haciendo para ir a lavar.

Unos minutos más tarde vuelve de nuevo a terminar de lavar las pocas papas que faltan. El chico está inclinado cuando vuelve a entrar Luciano, esta vez, sin respeto alguno casi acariciándole las nalgas le pide que termine lo mas pronto posible porque después tendrá que sacar la basura que se ha acumulado en el tanque de la cocina.

Tomas se molesta por la acción de Luciano y le pide que no lo toque jamás, Luciano, sonríe cuando ve a Tomas tan molesto, cierra la puerta del cuarto de las papas, se le acerca, lo toma por los hombros y le dice,

..Aquí yo hago lo que me da la gana y si hablas, te quedas sin trabajo, y si te veo trabajando en algún otro lugar llamaré a la policía para que te lleven preso y te envíen a Cuba, le da un empujón y Tomas casi cae hacia atrás.

Luciano muy calmado abandona el lugar, Tomas se queda pensativo y presiente que esta noche tampoco llevará ni una sola libra a su casa.

La noche transcurre, y termina la jornada de trabajo para Tomas. Esta vez, Luciano se le acerca cuando esta colocando las escobas en la parte trasera del almacén del restaurante y le da 25 libras Irlandesas, eso es todo lo que ganará por esa noche Tomas, pero el chico está feliz de que al menos pueda llevar a casa algo de dinero.

Los empleados abandonan el lugar y Luciano los lleva en su propio auto a sus casas uno a uno. A pesar que el último es Tomas, no hablan ni una sola palabra por el camino. De todas formas es muy difícil entenderse el uno con el otro, los acentos son diferentes y es complicado entablar una conversación.

Al llegar al edificio, Tomas nota que Rafael está esperándolo en la puerta, sale Tomas del auto y le da las gracias a Luciano, sin más se aleja. Rafael abraza con una sonrisa en su cara a Tomas, este también le sonríe, luego de hablar por unos minutos y contarle como le fue la noche, deciden subir al apartamento, es tarde y la noche está fría.

En el ascensor Rafael le pregunta a Tomas cuanto ganó por la noche, éste le dice la verdad contestándole

…Me gane 25 libras.

Rafael le comenta que para el trabajo duro que esta haciendo cree que es poco dinero, pero Tomas le explica que es algo y que poco a poco reunirían el dinero para irse a Miami.

…A propósito, dice Rafael,

…mientras tú descansabas hable con Rolando acerca de como haríamos el viaje nosotros si pagamos solo dos mil libras cada uno.

…¿Si?, ¿y como es entonces? Explícame, estoy muy curioso por saber, dice Tomas.

Rafael le cuenta que según la explicación de Rolando él no viajaría con los chicos, pero que les enviaría los pasaportes falsos por correo y una guía que les mostraría como hacer el viaje, Rafael entusiasmado sigue contando que tendrán que viajar a Londres y desde allí buscar la casa de alguien que recibirá los boletos y se los entregará a los chicos para finalmente viajar a Madrid donde tomarán el avión que los llevará a Miami.

…Oh, ¿porque tan largo el viaje? Pregunta Tomas

…Eso mismo le pregunte a Rolando, contesta Rafael, él me explico que los pasaportes que recibiremos son vírgenes nunca se han usado y que necesitan tener unos cuantos cuños de diferentes aduanas para que en Madrid no sospechen del documento y pasemos fácilmente a tomar el avión.

Llegan al apartamento, y en la sala están durmiendo Rolando y el matrimonio que se irá con él, Lázaro y Jorge, el cuarto esta vacío y listo para que Tomas y Rafael puedan descansar.

Tomas no quiere despertar a nadie con el ruido que haría al ducharse, el apartamento es muy chiquito y sabe que el mínimo ruido podrá despertarlos a todos de manera que prefiere irse a la cama así tal y como esta.

Una vez en la cama cae como una pierda y en solo minutos se queda rendido del sueño.

En la mañana una voz llamando a Rafael esto 0despierta a ambos chicos, es Lázaro que a través de la puerta esta llamándolo, Rafael le pide que entre.

Lázaro entra al cuarto y le dice,

...¿Sabes que?, hable con mi jefe te quedas con mi posición tendrás que empezar mañana pues mañana en la mañana me voy a Miami.

Rafael sonríe y se levanta de la cama abraza a Lázaro y le da las gracias, también le desea la mejor de las suertes en su riesgoso viaje.

Tomas desde la cama cubierto hasta los hombros con las sabanas también le da las gracias a Lázaro. Los dos deciden levantarse y tomar el desayuno con sus amigos que se irán al día siguiente a Miami. Luego de una ducha, Tomas sale del baño y acompaña a los demás que ya están algunos sentados a la mesa y otros en el sofá de la sala, Rafael ya esta acomodado y disfrutando del rico desayuno.

Jorge alza un vaso de leche y dice,

…Brindemos.

Rolando que los acompaña también dice riéndose,

…¿Con leche?

…No importa con lo que sea, dice Jorge,

..Lo importante es brindar por la amistad y porque tengamos un buen viaje a Miami.

Todos alzan sus vasos unos con leches otros con jugo de naranja y brindan.

Una vez finalizado el desayuno, Rafael y Lázaro deciden ir al restaurante donde este ultimo trabajaba para hablar una vez mas con el dueño y enseñarle a Rafael como será su trabajo, por otro lado Jorge se queda en casa para hablar con Tomas y darle unos detalles de como hacer a la hora de pagar la renta, entregarle los números de teléfono del dueño del apartamento y dejar un mensaje escrito al abogado de inmigración, quien tan cercana relación ha tenido con Jorge.

Ya claro de como hacer bien las cosas, Tomas decide irse a una cabina de teléfono para llamar a Luciano y preguntarle si tiene trabajo para esa noche. Por su puesto que Luciano tiene trabajo, no es fácil encontrar un empleado que le trabaje en su negocio cubriendo tres posiciones y por solo 25 libras la jornada completa, y quizás no pagarle ni un centavo, que Tomas exista es una dicha para el descarado de Luciano que del otro lado del teléfono le pide que este presente a las cinco de la tarde.

Cuando termina de hablar por teléfono Tomas, sale de la cabina y siente que tiene sentimientos encontrados, por un lado esta contento que podrá trabajar y conseguir algo de dinero para su viaje a Miami, por otro lado no quiere ni verle la cara al desgraciado, pero por ahora tiene que hacerlo no hay de otra, con el dinero que gana en la semana por la ayuda del gobierno, lo poco que gana en el restaurante y con el trabajo nuevo de Rafael está confiado en que pronto podrán planificar su viaje a Miami.

Llega al apartamento y están Jorge, Lázaro y Rolando sentados en la sala. Tomás mira alrededor buscando a Rafael, pregunta por él a Lázaro y este le cuenta que lo dejo trabajando, que cubrirá el turno de la mañana y que empezó desde el momento en que llego al restaurante.

A Tomas le da como algo de pesar porque sabe que no lo verá en todo el día, pero sabe también que tiene que adaptarse a la idea de que así será por unos cuantos meses.

Rolando saca de su bolsillo una tarjeta y se la entrega a Tomas diciéndole, …Cuando estén listos con toda la plata me llamas a este número que figura en esta tarjeta y yo te lo envió todo.

Tomas le da las gracias, y se queda a pasar un rato con los chicos hablando, todos tienen preguntas sobre Miami, quieren saber como es la vida allá, como es el trato a los cubanos que llegan con los pasaportes falsos y hasta le preguntan a Rolando el tipo de auto que conduce.

Así pasaron las horas, Rafael no llega y Tomas tiene que prepararse para ir a trabajar nuevamente, no sin antes preguntarle a los muchachos si los verá antes de irse, ellos aseguran que si pero que eso será muy temprano en la mañana, Tomas les piden que por favor lo despierten antes de salir del apartamento.

Es el tercer día que Tomas ira a trabajar y hoy casi no pudo ver a su amado Rafael, pero llega al restaurante y antes de que Luciano salga con una grosería, entra directo al cuarto de las papas, ve que como había pasado anteriormente, tendrá que arrastrar los sacos desde atrás, Tomas piensa que el chico que trabaja en el turno de la mañana quizás le deje al menos un saco cerca de la peladora, pues el todas las noches antes de irse ha dejado papas listas para que en las mañanas solo tenga que cortarlas, todo ordenado por Luciano, pero al parecer es una orden solo para Tomas y no para todos los que allí trabajan.

El bulto de las papas está mas cómodo hoy, los sacos no están amontonadas casi hasta el techo como había pasado la noche anterior, y Tomas arrastra el primer saco hasta el cuarto donde las pelas y las corta, con temor a que Luciano se acerque por detrás a tocarlo y por el ruido de la máquina peladora él no pueda escucharlo. Tomas se inclina pero hacia un lado algo incomodo para lavar las papas pero preparado por si Luciano viene con la mala intención de tocarle el trasero.

La noche es mucho mas suave hoy para Tomas, no hay muchos clientes, el clima esta pésimo, hace frío y llueve, solo han entrado unas sietes personas, a Luciano no le gusta para nada cuando esto sucede, mucho menos a sus empleados que se reparten las propinas cuando termina la jornada, pero Tomas esta muy feliz, porque es señal de que no tendrá que trajinar tanto, además sabe que nunca le darán ni un centavo de las propinas, por lo que para él que haya gente es más una complicación que una dicha.

Termina de limpiar los baños, los empleados están esperándolo para poder irse a sus casas, Luciano se le acerca y le da diez libras se queja de que fue una mala noche y de que no puede pagarle más, Tomas se enfurece pero no dice nada, Luciano no se entera de lo molesto que está el chico y no le importa tampoco, entonces todos abordan el auto y se van.

Llegan al edificio donde vive Tomas, y en la puerta muy abrigado pero con frío está Rafael esperando, Tomas sale del auto y le da las gracias a Luciano que se va. Los chicos entran al lobby del edificio y ahí se abrazan, el frío esta imposible y no pueden esperar ni un segundo para estar en un lugar cálido.

Tomas no le dice la verdad a Rafael sobre cuanto gano esa noche, le dijo que había ganado 25 como la noche anterior, y piensa que ya habrá tiempo cuando le paguen el dinero de la ayuda del gobierno de sacar la diferencia y ponerla en la cuenta sin que Rafael se entere.

Sin embargo Rafael le cuenta que su trabajo es mas suave, que tiene que pelar papas también, pero que no tiene que hacer mas nada, el dueño lo trato muy bien esa noche y esta contento de poder trabajar para él, alegre comenta que esa noche le han pagado 50 libras.

Entran los dos al apartamento, sin hacer el mínimo ruido para no despertar a los viajeros que al día siguiente tendrán que estar de pie muy temprano en la mañana, entran al cuarto y notan que esta Jorge sentado en una de las camas, con las piernas cruzadas, abrazando una almohada y notablemente nervioso.

Tomas se le acerca, se sienta a su lado y le pregunta,

…Jorge, ¿que te pasa?; ¿estás bien?

Jorge lo mira y se echa a llorar, apoya su cabeza en el pecho de Tomas,

Rafael que ve que Jorge no está bien, se sienta en la cama también y lo abraza,

…vamos, vamos que todo saldrá bien, le dice Rafael

Jorge les dice que tiene mucho miedo al viaje, que teme que lo capturen y lo envíen de vuelta a Cuba, y él sabe que estará muerto si esto sucede. También les entrega un papel con el teléfono de una prima que vive en Miami donde podrán llamar para saber cual fue el resultado de su viaje.

Tomas y Rafael le hablan, le dan aliento, conformidad, valentía y optimismo, es normal que Jorge se sienta así, muchos Cubanos nacieron para sufrir es como un castigo que no se acaba y no hay nada fácil para ellos.

Jorge luego de escuchar a sus amigos hablarle se acuesta en la misma cama en la que se encuentra y trata de quedarse dormido, en la otra se acuestan Rafael y Tomas.

Son casi las cinco de la mañana, está oscuro, frío y mojado afuera pero dentro del apartamento hay una gran tensión, miedo y preocupación, todos están despiertos y algunos están preparándose para salir al viaje que los llevara a la llamada tierra de la libertad, se irán a Los Estados Unidos.

Tomas despierta y nota que en su cuarto no hay nadie, pero afuera hay un murmullo, decide salir de la cama y ver a sus amigos antes del viaje.

Abre la puerta y solo la luz de la sala esta encendida, para evitar que otras luces pudieran entrar por las rendijas de la puerta del cuarto y molestar el sueño de Tomas.

Ya todos están listos, hay un olor fuerte a colonia de hombre en el ambiente, pero también se respira el nerviosismo que se desprende de los cubanos que viajan.

Varias maletas en el medio de la sala, Rolando sentado en la mesa del comedor, revisa una vez más los documentos falsos que utilizarán para poder pasar las aduanas.

Lázaro sentado frente a él lo mira con preocupación, el matrimonio cubano que también viaja, están sentados unos al lado del otro en el sofá, y Jorge mira por la única y pequeña ventana que da hacia fuera del edificio, se muerde las uñas.

Rafael les prepara café, pero solo Rolando accede a tomar un poquito, los demás tienen miedo que por el nerviosismo el café les caiga mal al estómago, entonces deciden no comer nada.

Es hora de salir hacia el aeropuerto, todos abrazan a Rafael y Tomas, uno a uno se despiden, Rafael abraza a Lázaro, y le dice,

…Gracias por ayudarnos con el trabajo, nos veremos allá muy pronto.

Lázaro lo mira sonríe, pero no dice ni una palabra.

Al mismo tiempo Tomas abraza a Jorge y le dice,

..Fuerte amigo que de los cobardes no se ha escrito nada, todo saldrá bien.

Jorge lo mira con lágrimas de miedo en los ojos, no es fácil pensar que solo por un pequeño error todos sus sueños puedan terminar, sabe que si los detienen y los deportan a Cuba, nunca más serán personas, no es como cuando deportan a un ciudadano de un país a otro y todo queda como si nada pasara, en este caso, volver a Cuba bajo esas circunstancias pudiera causarles hasta la muerte.

Abandonan el apartamento, Tomas y Rafael se quedan solos, dejaron atrás un sentimiento de miedo pero a pesar de todo confían en que los chicos llegaran sin problemas a Miami y ellos un día podrán hacer lo mismo.

Tendrán que esperar dos días para poder llamar a Miami y estar seguros de que los chicos llegaron, por ahora, continuaran trabajando para reunir su dinero y planear el viaje que los lleve a ellos también a tierra de la libertad.

Rafael se tiene que ir a trabajar, y Tomas aprovecha para dormir un poco más, aún esta cansado de la noche anterior. Ya casi cerca del medio día, se despierta nuevamente, mira por la ventana mojada de su cuarto y ve que la lluvia aun no ha parado de caer, sabe que Irlanda es un país donde llueve mucho porque se lo han dicho antes, también excepto los meses de verano y algunos de primavera, los días son oscuros, grises y tristes. Nada comparado con el clima tropical y caliente del país donde creció.

Capitulo XV
Primera visita a la Iglesia.

El apartamento tiene un pequeño equipo de calefacción que lo mantiene con la temperatura perfecta, Tomas se da una ducha, y se sienta con una taza de café con leche en la mesa del comedor, aprovecha la soledad y el silencio absoluto que lo acompaña, y decide escribirle una extensa carta a su gran amiga Isabel.

Sonriente y casi llorando le describe la alegría inmensa que sintió al enterarse de que está libre y mucho más al escuchar su voz, le cuenta como es la vida en Irlanda, lo duro que está trabajando y lo más importante, lo feliz que está con Rafael.

Termina su carta, la dobla cuidadosamente, la introduce en un sobre pasa la lengua por el borde y la cierra, se levanta de la silla, busca un abrigo y sale al correo para enviarla a Cuba, también hará la rutinaria llamada a Luciano para saber si tendrá trabajo esa misma noche, Luciano nunca lo provee de un horario fijo de trabajo y prefiere que Tomas lo llame todos los días.

Al abrir la puerta que da al exterior del edificio en la Calle Parnell Tomas siente el frío crudo y mojado que le da en la cara, es el comienzo de la época fría en Irlanda y sabe que lo peor esta por venir.

Camina por la calle Parnell hasta la esquina de la avenida O'connell, dobla hacia la izquierda y a solo unas cuadras está al correo, antes se detiene en la primera cabina telefónica y hace la angustiada llamada al odioso de Luciano quien le dice que se presente a las seis de la tarde a trabajar.

Tomas mira que su reloj ya marcan las tres de la tarde entonces decide apresurarse para enviar su carta. No hay nadie en la cola del correo y solo le toma unos cinco minutos terminar.

Sale del lugar y decide tomar otro camino para volver a casa, él sabe que es un poco mas largo, pero tiene ganas de ver las vidrieras de algunas tiendas y encontrarse con los vendedores ambulantes de frutas y vegetales para aprovechar y comprar unas manzanas, él conoce este camino que ya ha utilizado varias veces y siempre tuvo curiosidad por visitar una gran iglesia católica.

Es un edificio muy antiguo con esculturas tristes de personas con cara de sufrimientos, las pinturas en las paredes también reflejan lo mismo, y a pesar de que le llaman la casa de Dios no parece ser un lugar de paz cuando todo lo que allí se ve es el sufrimiento humano reflejado en diversas formas y todo en un ambiente oscuro y frío. Hay solo dos señoras sentadas en uno de los banquillos, en el altar hay una pintura inmensa de la crucifixión del señor Jesús Cristo, a Tomas le impresiona lo que ve pero quiere verlo de cerca y asi ver los detalles de la pintura, las manos clavadas, la corona de espinas, las llagas en su cuerpo, su cara de sufrimiento, el dolor en sus ojos.

Está parado en el medio del pasillo frente al altar, mirando fijamente la pintura, frente a él hay una cruz con una pequeña estatua de Cristo crucificado en ella, cubierta de un color dorado, como si estuviera hecha de oro.

Una mano le toca el hombro derecho, Tomas salta del susto, se da la vuelta, es un señor de muy avanzada edad, vestido con sotana, al parecer un cura.

…¿Le puedo ayudar? Le pregunta el cura en Ingles.

Tomas lo mira sorprendido, es la primera vez que se acerca a una figura religiosa y con palabras entre cortadas le dice que no habla muy bien el inglés.

El cura le pregunta que idioma habla, él le contesta que el español, el cura con un acento fuerte le dice que él también habla español.

Tomas lo ve como un frágil viejo que tiene intenciones de contestarle alguna pregunta, y aprovecha la oportunidad para conseguir respuestas sobre la religión que el nunca pudo encontrar en Cuba o en la misma Unión Soviética.

Le explica al cura que es Cubano, al cura le cuesta trabajo entender de que país le decía que era, entonces le pregunta,

..¿De dónde?

…Cuba, de la Habana, dijo despacio el chico para que el cura entendiera

Aun no entiende, entonces Tomas piensa que diciéndole algo mas directo el entendería enseguida,

…¿Conoces a Fidel Castro?

…¡Ohh, Cuba ya entiendo!, exclama el cura

Es como si para el mundo fuera mas importante el maldito presidente que el mismo país, quizás en el mapa aparece la Isla con el nombre de Fidel Castro encima y no Cuba, su nombre real.

El cura le pide a Tomas que lo acompañe a una oficina, a él le encanta la idea, y se dirige a ella con el frágil anciano. Es una habitación inmensa llenas de libros y más pinturas en las paredes con personas sufriendo, hay escritorio está hecho de una madera sólida y finamente tallada, atrás se encuentra un ventanal muy grande por donde se ve la pared de otro edificio y la lluvia caer.

El cura toma asiento y Tomas se sienta frente a él, mirando lo que hay sobre su escritorio, unos papeles, una pluma, un teléfono algo antiguo y un libro "la Biblia" escrito en inglés.

El cura le comenta a Tomas que nunca ha conocido a un cubano, y luego le pregunta

…¿Como te llamas hijo?

…Tomas, le contesta el chico, ¿y usted?

…Puedes llamarme padre Andrew o Andrés como más te guste, contesta amablemente.

Tomas le sonríe y le dice que hay cubanos regados por el mundo entero, el cura le dice que debe ser por la dictadura a la que están sometidos.

…¿Por que nos abandonaron? Le pregunta Tomas.

…¿Perdón? pregunta confundido el cura.

…Si, ¿Por que se fueron todos de la isla? Insiste en la pregunta el chico.

…No, nos fuimos, nos echaron, dice el Padre.

…¿Por que no lucharon? Si Cuba era un país católico y existían tantos católicos, ¿porque simplemente no se quedaron en Cuba? Pregunta exaltado,

…¿Por que no se encerraron en sus iglesias y dijeron que no se irían?

…Quizás miedo, responde el cura

…Pero en la Biblia dice que los seguidores de Dios no pueden tener miedo, continuó Tomas.

…¿Crees en dios? Pregunta el padre Andrés al ver que Tomas está algo irritado y nervioso.

…No creo en dios porque ustedes no estaban allá para presentármelo, prefirieron que un comunista nos creara otro tipo de fé, contesta Tomas.

…No lo tomes así Joven, dice el cura, mira te explicare algo.

…Yo realmente no estaba en Cuba cuando todo eso pasó, yo era un joven cura aunque sí sabia lo que estaba sucediendo, yo vivía en Italia cuando Fidel tomó el poder, y vimos lo que sucedía en Cuba, el vaticano estaba muy preocupado por las vidas de los religiosos en Cuba si permanecieran en la Isla, entonces aconsejaron a casi todos abandonarla.

…¿Como es posible que el vaticano estuviera tan preocupado por el riesgo que corrían las vidas de los religiosos por culpa de un hombre, y no se preocupara por la vida de las monjas que están cuidando tuberculosos por el mundo con riesgo a contagiarse?, ¿o no preocuparse por las vidas de los indios que los españoles quemaron vivos frente a curas como tú que al mismo tiempo le leían pasajes bíblicos? Pregunta Tomás hablando muy rápido como si no pensara lo que dice.

...Eran otros tiempos, Tomas, dice el cura.

...¿Puedo hacerte una pregunta a ti Tomas? Pregunta el padre Andrés.

...La que quieras padre, estaría muy orgulloso de contestártela no soy como la iglesia que no contesta nada claro, ni preciso, responde algo déspota Tomas.

El padre sonríe por la fuerte respuesta de Tomas y le pregunta,

...¿Entonces porqué tú crees que la iglesia realmente se alejó de Cuba?

Tomas lo mira a los ojos, y sonríe, cree tener la respuesta concreta a la pregunta del padre, entonces para explicarla claramente, toma aliento, lo mira directo a los ojos y le dice,

...La iglesia es la iglesia hoy porque ha sido dirigida por personas inteligentes capaces de controlar naciones enteras, como Fidel Castro. Ustedes sabían que Fidel es tan inteligente como ustedes y para no enfrentarse a él, decidieron abandonar la isla, ustedes sabían que Fidel les prohibiría a los Cubanos visitar las iglesias, no habrían misas y no habrían diezmos los domingos, la Iglesia todo lo que quiere es eso, dinero para tener poder, en Cuba no lo podían conseguir entonces los curas se dijeron ¿para qué luchar en un país pobre donde los ciudadanos no podrán sostenernos?, para nada, esa fue la respuesta que los curas se dijeron a sí mismos y por eso se fueron.

El cura traga en seco a medidas que el chico habla y una vez terminada su respuesta, le dice,

...En Cuba quedaron varios curas luchando por sus ideas, Tomas.

...Padre, dice Tomas, Todo tiene su excepción y esos que quedaron fueron los mínimos y los valientes.

...¿Te gustaría confesarte hijo? Pregunta el padre.

Tomas, sonríe y le dice,

...Mejor prefiero que me ayudes en algo más importante que la confesión, total si dios existe todo lo que yo hago él lo debe saber, ¿no?

...Entonces, ¿por qué tendría que decirte a ti lo que hago de mi vida?

El cura no quiere argumentar las preguntas que le hace Tomas y le dice,

...Entonces, ¿en que quieres que te ayude?

Tomas se le acerca y le explica que él está refugiado en Irlanda, le cuenta brevemente como llego a Dublín, pero que el país le había negado el asilo político y que posiblemente sería deportado a Cuba en un futuro o si se quedaba no podría ver a su familia nunca más.

Tomas le pregunta al cura si la iglesia puede intervenir en la determinación de la oficina de Inmigración y tratar de conseguirle un status legal que lo pueda proteger y ayudar a reunirse con su familia.

El cura rotundamente le dice,

...Si.

Tomas sonríe y suspira profundo, ya piensa como le contará a Rafael sobre lo que ha podido conseguir.

...Hijo, nosotros creemos en el poder de la oración y oraremos para que todo salga bien, le pediremos a dios la misericordia y el apoyo pleno para que este país les de lo que realmente necesiten, dice el cura.

...Entonces, ¿esa es la única forma de ayudarme? Pregunta desconsolado Tomas.

...Es la forma más divina y maravillosa en que se puede ayudar a un mortal, a través de la gracia de Dios, dice el Cura.

...Padre pero es que yo no puedo perder más tiempo, mi familia está pagando muy caro por mi huída de Cuba, ellos necesitan algún tipo de protección. Dice angustiado Tomas.

...Dios trabaja misteriosamente y todo tiene su razón y su momento hijo, dice el padre poniendo encima del escritorio sus manos, enseñando un gran anillo al parecer de oro con un diamante más grande que el mismo dedo del cura.

Tomas lo mira con cara de odio y le dice,

...¿Sabes? Con ese anillo que tienes en el dedo puedes alimentar a una aldea completa en el África quizás por un año, ¿por qué la iglesia no vende parte de sus riquezas para alimentar a esos niños que mueren diariamente en el mundo?

El padre con una sonrisa se levanta de la silla, extiende su mano derecha, y dice,

...Hijo, ve con la gracia de dios, que dios te acompañe siempre, ha sido un gusto en conocerte.

Tomas simplemente se da la vuelta y sale de la oficina, al pasar frente al altar, mira hacia arriba ve una vez más la pintura de Cristo y dice,

...Pobre hombre nació en un pesebre, murió en una cruz tan pobre como nació y de su nombre se han hecho millonarios muchos hombres en este mundo.

Se retira de la iglesia caminando por el medio del pasillo que va desde la puerta de entrada hasta el mismo altar.

En la salida bajo la lluvia hay una señora con un niño que es visiblemente anormal, tirada en el piso pidiendo dinero. Tomas la ve que le extiende su mano pidiéndole dinero, el chico se agacha con una mano le da una libra, apoya la otra en el hombro de la mujer y le dice en español,

… ¿Que?, ¿la iglesia no dejó que te interrumpieran el embarazo cuando quizás sabias que traías esta criatura al mundo?, bueno entra en ella y dile al Padre Andrés que te regale el anillo que tiene en su dedo para que ahora te ayude a mantener a tu hijo.

La señora no entiende nada de lo que Tomas, le dice, pero le da las gracias por la libra que le ha regalado. Sin embargo Tomas se levanta sonriente y piensa que si dios existe al menos él entendió lo que le quiso decir a la señora.

Tomás camina y mira su reloj son casi las cinco de la tarde, apresura el paso, en una hora debe presentarse en el trabajo, pero sabe que estará a tiempo si camina un poco mas rápido, esto hace que se olvide comprar las manzanas que quería.

Capitulo XVI
Acoso.

Llega Tomas al trabajo entra por una puerta diferente, es difícil saber qué ha pasado con él, pero la experiencia que ha tenido en la iglesia fue como si dios realmente existiera y con solo tocarlo lo hubiese hecho crecer aun más, fué un cambio repentino, se sentía decidido, valiente y fuerte, y decidió hoy no aguantar ni una sola falta de respeto de Luciano, le dira lo que tenga que decirle sin temor a perder el trabajo.

Al entrar va directo al cuarto de las papas siempre esperanzado encontrarse con algunos sacos allí y no tener que cargar tantos, pero como siempre nada, va al almacén y toma el primero que ve, que esta recostado contra la esquina de una de las paredes.

Lo toma por las puntas y caminando hacia atrás arrastra el saco lleno de papas. Luciano está en el medio del pasillo, pero Tomas no sabe que él esta allí y con su trasero toca los genitales de Luciano quien se había puesto en la posición exacta para que esto sucediera, Tomas se da vuelta lo mira, y le dice,

…Perdón déjame pasar.

Tomas piensa que pudo haber sido un accidente pero también esta conciente de que ese tipo es capaz de cualquier cosa. Entonces prefiere esta vez dejarlo todo así y empezar a lavar las papas.

A Luciano al parecer le ha gustado este tipo de encuentros con Tomas y no puede resistirse a tocarlo de nuevo, entonces entra al cuarto de las papas. Ahí esta Tomas inclinado hacia delante, con la llave del agua abierta, Luciano lo mira, está notablemente excitado con una de sus manos se toca los genitales, se le acerca despacio y en silencio, el chico presiente que Luciano esta detrás suyo, se da la vuelta, Luciano se asusta, Tomas mira donde tiene sus manos Luciano y sin pensarlo se le tira arriba, lo toma con las dos manos mojadas por el agua con el agua que lava las papas al cuello, con la cara enrojecida, una expresión de odio, y mordiéndose los dientes le dice,

….Hijo de Puta si te atreves a tocarme de nuevo te mato maricón.

Luciano tiene miedo pide perdón tratando de gritar, pero la presión en su garganta no se lo permite, la sobrina que usualmente está en el restaurante ayudando a Luciano, pasa por el cuarto de las papas y ve que su tío está en grave peligro, ve que Tomas llorando no le suelta el cuello, Luciano esta rojo, la falta de oxígeno y la presión del cuello hace que se le alteren las venas de la frente casi a punto de explotar.

La sobrina le pide a Tomas que lo suelte y es ella quien le pide disculpas por cualquier cosa que pudiera haber ocurrido, como si ella conociera muy bien de lo que es capaz de hacer su tío Luciano.

Tomas mira a la chica, y tira hacia atrás a Luciano, éste cae al piso tosiendo por la falta de aire, la sobrina no va hacia él, sino que se acerca a Tomas y le pregunta,

…¿Estas bien? Te pido perdón por lo que pudo suceder.

Tomas escucha a la muchacha, y continúa respirando rápidamente con cara de odio y mirando fijo a los ojos de Luciano.

Ella le pide que abandone el lugar, Luciano lo amenaza con que llamará a la policía, Tomas lo mira se le tira encima de nuevo pero esta vez lo toma por la camisa y le dice,

…Si lo haces diré que tu estas dándole empleos a los refugiados que no pueden trabajar para explotarlos, y te buscaras un lío.

Luciano sabe que si Tomas lo acusa, hasta su negocio podría estar en peligro entonces prefiere mantenerse callado.

La sobrina del dueño que ve que Tomas se ha lanzado sobre su tío de nuevo, entonces le grita

…No le hagas daño.

Tomas se levanta la mira y le dice,

…No me iré de aquí hasta que me pague todo lo que me debe, he trabajado por tres personas y hay días en que no me ha pagado ni un centavo, así que o me dejas trabajando normal con un salario fijo, o me pagas lo que me deben o el que llama a la policía soy yo.

La sobrina sabe que el tío no pagará lo que debe aunque sea una miseria, es un tipo duro y egoísta entonces lo mira a Tomás y le dice

…Tomas te puedes quedar a trabajar con nosotros, ganarás treinta libras la noche.

…Cincuenta, dice Tomas.

…Está bien cincuenta la noche, dice la sobrina, y se dirige a Luciano que aun permanece en el piso, le da una mano y lo ayuda a levantarse, luego le pide al tío que la espere en el segundo piso del edificio.

Los dos salen del cuarto de las papas, Tomas cierra los ojos por unos segundos respira profundamente y trata de sacar de adentro todo el coraje que le había quedado, un poco más tarde se sentía algo mejor y continuó trabajando.

Han pasado varias horas después de lo sucedido en el restaurante entre

Luciano y Tomas, y este último continua trabajando duro como lo ha hecho siempre, sin embargo Luciano no aparece por ningún sitio, también la sobrina esta desaparecida del lugar.

Tomas va al lavaplatos que esta repleto de platos y cubiertos sucios, entra Luciano, Tomas lo mira, pero sigue concentrado en su tarea, Luciano se le acerca, y le dice,

…No pasará más, pero búscate otro trabajo aquí no te quiero, Cubano de mierda.

Tomas no contesta y prefiere seguir trabajando, con lo que pueda ganar esta semana, con lo que reciba de ayuda del gobierno y lo que pueda ganar Rafael esta seguro que tendrá el dinero completo para llamar a Rolando y hacer el trato para que los envíen a los Estados Unidos.

La noche transcurre sin más sobresaltos. Tomas esta muy cansado como es normal, los dolores en su cuerpo se han ido quitando. Poco a poco se fue adaptando a la rutina de cada noche de cargar grandes sacos de papas. Hoy pudo ganar las cincuenta libras que le habían ofrecido sin ningún tipo de dificultad.

Al llegar al edificio utilizando el auto de Luciano como cada noche, Tomas nota que Rafael no está afuera esperándolo, es raro, pero también entiende que el debe estar cansado por su trabajo y el frío se esta haciendo cada vez mas intenso.

Tomas baja del auto de Luciano, le da las gracias como siempre y entra en el edificio, toma el ascensor y entra al apartamento, todo esta apagado, Tomas busca en el cuarto para ver si Rafael esta durmiendo pero la cama está vacía,

…que raro, dice Tomas hablando para sí.

Abre la puerta enciende la luz de pronto sale Rafael.

Tomas del susto casi se cae de espaldas

…¡Come mierda! le grita Tomas,

...No me asustes mas de esa manera, coño.

Rafael no para de reírse al recordar la cómica cara de susto que puso Tomas, pero siente lástima y lo abraza pidiéndole perdón y diciéndole que tiene una sorpresa para él.

Rafael saca de abajo de las sábanas un pequeño paquete, que había llegado desde Madrid por correo rápido. Tomas lo mira sonríe y se pone muy feliz, él sabe que es carta de su familia en Cuba y quizás hasta la carta que le había prometido Isabel que enviaría con un piloto.

Tomas enciende todas las luces, se cambia de ropa se relaja y como si fuera un gran evento, se prepara para leer detenidamente cada letra de cada carta que recibió.

En el interior del sobre hay cartas para Rafael también unos souveniles Cubanos y en unos pedazos de madera tallados con fuego unas palabras de la madre de Tomas para él.

Tomás lee lo que dice y le parece curioso de la forma en que fue terminado, le impresionan las lindas palabras de su madre, entonces empieza a leer cada una de sus cartas.

En su carta la madre le cuenta lo dura que ha sido la separación, los castigos impuestos a la familia por el gobierno Cubano después de su fuga, pero también le dice lo orgullosa que está de su hijo, y que tiene fé en que un día muy pronto se puedan encontrar.

El padre también le cuenta algo parecido, el hermano le habla de lo difícil que se ha puesto hasta visitar las playas, que han separado más áreas solo para turistas y han dejado al pueblo que utilice un pequeño charco. Le cuenta sobre los cambios de novias

Tomas ha dejado para lo último la carta de Isabel, son tres páginas escritas de esquina a esquina con lápiz.

Ella empieza describiéndole lo orgullosa que está de él y de Rafael, y lo irónica que es la vida, pues una vez le había contado que sería ella quien se iría de Cuba por la vía que los muchachos se fueron, pero que a pesar de todo esta muy feliz de que esto sucediera porque sabe que parte de ella esta con los chicos en Irlanda y un día ellos mismos la sacarán de Cuba, le dice a cada rato que no pierde las esperanzas, le cuenta de las torturas por las que tuvo que pasar en la cárcel, las violaciones a las que tuvo que ser sometida por parte de otras mujeres oficiales y criminales, que había conocido a una muchacha que estaba presa por política y que había muerto de hemorragia interna un día después de que gritara dentro de la cárcel, "Abajo Fidel" varias veces.

En fin todas las historias que su amiga tenia para contarle eran horribles, había que ser muy valiente para preferir continuar viviendo entre esas rejas y no buscar la muerte.

Pero ella resistió y a pesar de lo dañada física y mentalmente que estaba, a pesar de la desnutrición y de las heridas que le quedaron impuestas para toda la vida prefirió seguir viviendo y continuar la lucha por su libertad.

Tomas lee secándose las lágrimas que le impiden ver las escrituras de su amiga Isabel, Rafael también llora al ver las letras de su madre que le cuenta en el acoso constante que está viviendo después de que él se escapara, le cuenta que las piedras vuelan hacia el interior de la casa cuando tiene las ventanas abiertas, le gritan, ¡Susana Escoria! y algunos vecinos utilizan palabras ofensivas siempre que la ven. También le dice que ella no pudo continuar trabajando y se ha dedicado a tratar de vender dulces desde su casa y en secreto para que la policía no se entere y no le vengan a preguntar donde consigue los huevos y la harina que utiliza para dichos dulces.

Los dos leen las cartas una y otra vez sienten como si tuvieran en frente suyo a sus seres queridos, lloran al pensar que ésta es la única vía que tendrán para poder enterarse exactamente como la están pasando durante mucho tiempo.

Deciden al fin dejar las cartas y Tomas se prepara para ducharse, al baño lo acompaña Rafael quien se sienta en el servicio sanitario a escuchar una historia que según Tomas tiene para contarle.

Mientras Tomas se ducha, Rafael se corta las uñas de las manos sentado en el servicio y escucha lo que ha sucedido esa noche con Luciano en el restaurante, sin dejarlo terminar Rafael interrumpe a Tomas y le dice,

…No vas más a ese lugar.

Tomas le explica que trabajará el resto de la semana y se ira de ahí. Rafael le cuenta que ya casi tienen todo el dinero para irse y que al día siguiente llamará a Rolando para saber como llegaron los cubanos y le dirá que en pocos días más tendrán el dinero listo para el viaje.

También Tomas le cuenta lo que pasó en la iglesia, Rafael se ríe y le dice,

…¿Tú creías que esos tipos te ayudarían?

…No, contesta Tomas,

…Pero al menos pensé que aprendería algo de la religión hoy.

Ya cansados y a pesar de las tristes cartas se sienten felices de haber recibido noticias de sus seres queridos, se van a la cama a descansar, ya que son casi las dos de la mañana y Rafael tendrá que levantarse muy temprano para ir a su trabajo.

Aunque es oscuro, la mañana llega, y como todos estos últimos días llueve y hace frío, Rafael se levanta temprano y se va al trabajo, en la cama se queda Tomas, que a pesar del cansancio no puede quedarse dormido, él siempre se despierta cuando siente a Rafael levantarse, unos minutos mas tarde decide levantarse y preparar un café con leche y sentarse a leer las cartas una vez mas.

En un butacón, sentado, en pijamas y con un pulóver más grande que su talla lee las cartas y cuando finaliza, mira hacia la ventana y ve la lluvia fría caer. Sus ojos se quedan fijos, su mente se traslada al pasado y recuerda todo lo que en Cuba tuvo que vivir, las humillaciones, el maltrato, el acoso, el miedo, y no puede imaginar que aun existan personas que están pasando por lo mismo que él pasó una vez.

Piensa en su madre, en Isabel y el día que la llevaron presa, no hay nada bueno que recordar de su pasada vida en Cuba.

Así se le van las horas, mira el reloj, y se prepara para ir a llamar por teléfono a Luciano él piensa que quizás no le de más trabajo pero tiene que intentarlo.

Caminado por las calles de Dublín hace su primera parada en la cabina de teléfono. Luciano es el que le contesta y le pide que esté en el restaurante a las cinco de la tarde. A Tomas lo toma por sorpresa que aun Luciano tenga trabajo para él, pero el muy ingenuo no piensa que él es un obrero fácil para Luciano, cubriendo tres posiciones, y ganando una miseria.

Tomas sigue su camino y esta vez sí pasa a comprar unas manzanas, la fruta es barata en Irlanda y los chicos aprovechan ya que no quieren gastar mucho dinero porque todo lo que tienen es para poder pagarle a Rolando y viajar a Miami.

Llueve sin parar, la llovizna es fría y molesta, pero esto no impide a Tomas dar un paseo por la ciudad, de todas formas no tendrá nada que hacer hasta la hora de ir al trabajo esa misma tarde.

En una de las pequeñas calles hay muchos vendedores ambulantes, tienen de todo, desde cebollas, hasta cassettes de música pirateados que se pueden comprar a solo cinco libras.

Tomas hace su compra y sigue caminando por la ciudad, entra a uno de los súpermercados y ve los productos cárnicos, él tiene la idea de comprar algo para hacerle una cena a Rafael y cuando éste llegue del trabajo encontrarse con una deliciosa sorpresa, entonces decide sacar unas libras más y compra un pollo entero. Tomas vuelve a donde los vendedores ambulantes, y compra una cebolla, ajo y otros ingredientes que le servirán para poder cocinar.

Contento se va al apartamento, entra apurado para aprovechar el tiempo, al llegar, se quita el abrigo y lo tira en una esquina detrás de la puerta porque esta empapado de la lluvia.

Se lava las manos en la cocina y saca el pollo con sus ingredientes, le toma unos veinte minutos cocinarlo, es la primera vez que él realmente se dedica a preparar una cena.

Come parte del pollo y cubre la otra parte con un papel de aluminio, lo pone dentro del horno, encima de la mesa deja una cariñosa nota, y se prepara para ir al restaurante.

Sale del edificio Tomas, y camina varias cuadras para tomar el bus que lo lleva al trabajo, esta lloviendo algo mas fuerte que en las tempranas horas del día, pero eso no impide que las calles de Dublín estén abarrotadas de personas que caminan en todo sentido, es justo la hora de la salida de los trabajos y las escuelas.

Tomas ha sido precavido y ahorrativo con el dinero, nunca comento a nadie que sus zapatos de trabajo están rotos y el agua le entra a los pies, tiene las medias empapadas y los pies frisados. Para Tomas es solo un pequeño sacrificio el que tiene que hacer, pero ya la vida lo ha puesto en pruebas peores y ha podido superarlas, por lo que los zapatos rotos no es nada que le pueda impedir continuar su lucha diaria.

Cuando llega al estacionamiento del bus, y la lluvia se ha hecho más fuerte. Tomás por suerte tiene un paraguas que lo protege, el viento sopla con fuerza la única parte del cuerpo que tiene al descubierto, su cara que esta roja por el frío y la mano con la que sostiene el paraguas tiesa.

Tomas espera unos diez minutos hasta que por fin llega el bus, entra y al subir el primer escalón ya empieza a sentir el calor que les provee el vehiculo, el chico siente un gran alivio, paga su pasaje y camina hacia la mitad del bus donde busca un asiento libre y se sienta.

Al llegar al restaurante Tomas nota algo que no ha visto antes, a pesar de la lluvia fría y el viento cruel, hay un grupo de Irlandeses haciendo una protesta frente a la Embajada Americana, Tomas curioso se acerca para enterarse el motivo de la huelga.

Realmente él no entiende muy bien qué esta sucediendo pero es una nueva experiencia. El motivo de la protesta no lo sabe pero lo que le causa mas impresión es que muchos de los huelguistas llevaban carteles ya mojados con un retrato de Ernesto Che Guevara, Tomas se acerca a uno de los jóvenes Irlandeses, es un chico de pelo largo, mal cuidado ropa sucia y mal olor, con su fuerte acento le pregunta en Ingles,

…¿Sabes quien es el del retrato?

El Irlandés lo mira curioso, al reconocer que tiene un acento fuerte y le contesta,

…Si es un héroe de la Revolución Cubana.

…Pero, ¿sabes de donde es?, pregunta nuevamente Tomas.

…Si es un cubano que luchó por la libertad de su pueblo.

Tomas, se ríe abiertamente y a carcajadas a punto que otros tres jóvenes que estaban cerca, pararon su gritería y lo miraron fijamente.

...¿De que te ríes?, pregunta el Irlandés al que Tomas le ha preguntado por Guevara.

Tomas, casi no puede controlar la risa, pero se esfuerza y casi sin poder hablar le dice,

....No te preocupes sigue tu gritería, no creo que los Americanos entiendan el motivo de la huelga, si ni tu mismo sabes a quien llevas en tu cartel.

...¿A qué te refieres? Pregunta nuevamente el joven.

Tomas abre su abrigo y enseña una camisa que lleva debajo de éste, en la camisa hay una bandera Irlandesa con el número uno pintado sobre ella, y hay una de Polonia también con el numero cero,

...¿Sabes que significa esto que tengo en mi camisa?, le pregunta Tomas

...Si, dice el joven Irlandés,

...Significa que Irlanda ganó uno a cero en el partido de Fútbol contra Polonia, explica el joven.

...Perfecto, dice Tomas,

...Yo sabía lo que significaba y por eso lo llevo puesto, de lo contrario no me lo pondría.

El Irlandés aun no entiende lo que Tomas quiere decirle, y Tomas le dice,

....Lee libros e investiga quién es el asesino que llevas en tu cartel, y luego utilízalo para la protesta si crees que vale la pena.

Tomas se da la vuelta, deja al chico con la palabra en la boca y decide irse al trabajo que es donde conseguirá un poco de dinero y resolverá parte de sus problemas creados algunos por el propio Che Guevara.

Antes de entrar al restaurante cierra su paraguas, mira hacia atrás a los protestantes una vez mas, abre la puerta y entra al centro de trabajo, en el mostrador esta la sobrina de Luciano que sin saludarlo le dice que necesita hablar con él.

Tomas se detiene y espera a que ella le hable, la chica termina de quitar de las planchas calientes unas hamburguesa se da la vuelta y le pide a Tomas que se quede mas tiempo trabajando para ellos, que lo necesitan. Tomas reacciona a la noticia y le contesta que lo hará siempre que sus condiciones se mantengan, que siga ganando el mismo dinero y que Luciano no lo ofenda.

La chica le dice que el trato está cerrado y Tomas empieza sus labores.

Es una noche muy ocupada para el restaurante lo cual hace difícil el trabajo para Tomas, pero esto ya suele no molestarle, Tomas hace lo que tiene que hacer, solo le importa cobrar su dinero al final de la noche.

Llega casi a las dos de la mañana a su apartamento, abre la puerta, entra y la cierra cuidadosamente tratando de no despertar a Rafael quié casi seguro estará durmiendo.

Coloca el paraguas en el piso contra una esquina de la pared, camina hacia la cocina que es el único lugar que tiene una luz encendida en el apartamento, se quita la bufanda, abre el refrigerador, toma un vaso y lo llena de agua, se da la vuelta al escuchar que la puerta del cuarto se abre, Rafael sale despeinado con cara de sueño, y tapándose la cara para que no le moleste la luz, está sin camisas, lleva puesto un pantalón de pijama, se le acerca a Tomas, que le abre los brazos, se refugia entre ellos, reposa su cabeza en su hombro y le dice,

…Gracias por la comidita que me dejaste.

Tomas le dice que no hay de que y le pide que vaya a la cama dormir, que él se dará una ducha, pero como es costumbre entre ellos, a Rafael le gusta sentarse en el servicio sanitario para contarse uno al otro como les fue el día de manera que Rafael lejos de volver a la cama lo sigue hasta el baño.

Rafael le dice a Tomas, mientras mira el estado de la cuenta del banco que están listos para hacer el viaje, le comenta que el próximo día él estará de reposo y aprovechara para poder llamar a Rolando y averiguar como les fue en el viaje y de paso decirle que ya están listos.

Tomas siente alegría pero al mismo tiempo siente temor, le da dolor de estómago el solo pensar que tendrán que usar documentos falsos para poder llegar a Estados Unidos, arriesgando el todo por el todo.

Tomas termina de ducharse y los dos se van a la cama, abrazados como siempre. Rafael vuelve a quedarse dormido casi de inmediato, pero Tomas no, él no quiere pensar en el viaje, y trata por todos los medios de conciliar el sueño. Así que se pasa casi tres horas hasta que por fin el sueño se apodera de su mente y Tomas se queda dormido.

Capitulo XVII
Largo viaje, Larga espera.

La mañana llega, Tomas se despierta primero y pocos minutos más tarde se despierta Rafael al sentir el aroma del café Colombiano que llega desde la cocina.

Sale de la cama y acompaña a Tomas a desayunar, esperan a que sean por lo menos mediodía para poder llamar a Miami y hablar con Rolando pues a esa hora seguramente estaría durmiendo debido al cambio de horario entre un país y otro.

Mientras tanto, se sientan a escuchar música en una pequeña radio-cassettera, Tomas escucha un cassette de su cantante favorito, que le trae recuerdos lindos y feos.

Rafael sentado en el sofá con su taza de café, mira por la ventana la lluvia que desde hace tres día no cesa, es como si estuvieran bajo un manto de nubes que no se mueven para ningún lado, pareciera que el sol nunca los volvería a alumbrar, son las once de la mañana y ya parece que son las seis de la tarde, es un clima deprimente.

La hora esperada se avecina, Tomas y Rafael salen del apartamento en busca de una cabina de teléfonos, quieren buscar la más privada posible para poder hablar con tranquilidad, pues los autos de la ciudad y las sirenas de las ambulancias que son frecuentes, hacen mucho ruido y en ocasiones apenas se pueden escuchar las conexiones con Cuba, ninguno de los dos se ha dado cuenta que esta vez estarán llamando a Estados Unidos donde la conexión será mucho mejor de lo que ellos están acostumbrados.

Encuentran el lugar ideal y los dos entran a la cabina, introducen la tarjeta de larga distancia y llaman a Rolando, una señora con voz de anciana contesta el teléfono, Rafael que es quien esta tratando de comunicarse le pide hablar con Rolando, ella le dice que espere un momento y en el fondo se escuchan los llamados de la señora gritando el nombre de Rolando.

Rolando toma la llamada y le pide a la señora que cuelgue el teléfono.

Rafael saluda, y Rolando lo saluda, se percibe la felicidad en su voz. Rolando, le cuenta que sus amigos Jorge y Lázaro están bien, que se encuentran detenidos en un centro de inmigración pero que es un proceso normal por el que la mayoría de los Cubanos tienen que pasar para poner sus papeles en regla una vez que están en territorio Americano, pero que al final podrán salir a la calle como cualquier otro Cubano y hacer su vida normal.

Rafael esta feliz de poder hablar con Rolando y mucho más de saber que sus amigos han hecho la travesía sin dificultad, también le explica que ya están listos para su viaje.

Rolando le explica como tienen que hacer para que todo salga bien, le pide que le envié por cualquier compañía de envíos de dinero el total del costo para el viaje, también por correo que les envié cuatro fotos tipo pasaporte de cada uno de ellos para hacerles los documentos, y que les enviará los documentos y luego los pasajes y las instrucciones para el viaje.

Rafael queda satisfecho con la explicación, saluda a Rolando de parte de Tomas y se despide, ya los chicos tienen en sus manos la dirección donde enviar las fotos.

Rafael explica detalladamente a Tomas como harán los trámites, Tomas como siempre se pone nervioso y esto le causa confusiones, por lo que le hace preguntas a Rafael sin parar, sobre lo que había hablado con Rolando.

Aprovechan que van caminando para desviarse y buscar el lugar más cercano donde sacarse las fotos para el pasaporte. Tuvieron que caminar mucho pero finalmente recordaron una tienda donde hacían fotos de todo tipo, entonces pasaron por ella.

Allí se trataron de arreglar un poco el pelo. Tomas llevaba una camisa con cuello, se la abotono hasta el último botón y se pudo hacer su foto, sin embargo Rafael llevaba un pulóver sin cuello, Tomas decide quitarse su camisa, se la presta a Rafael y aunque le queda algo apretada, está perfecta para la foto que solo enseñara desde los hombros hasta la cabeza.

Salen de la tienda y caminan hacia la estación de ómnibus Nacionales, ellos recuerdan que allí hay una agencia de envíos de dinero porque la vieron la última vez que utilizaron la estación cuando llegaron de Ennis.

Utilizaron su tarjeta de banco para poder enviar el dinero y pagar por el envío de este, todos los tramites los hicieron en un solo día, ahora les resta esperar por los documentos, mientras tanto continuaran su vida trabajando y ahorrando cada libra que puedan para el viaje, ya que después del envío de dinero se quedaron casi sin nada.

Transcurre una semana y hasta dos también, cada vez que los chicos llegan al apartamento abren el buzón para ver si les ha llegado algo por correo, pero un día tras otro y nada de nada. Entonces deciden llamar a Rolando una vez mas para saber si al menos ha recibido todo el envío.

Rolando es quien esta vez sale al teléfono y le dice que sí, y que ya sus documentos están en camino, explica que ha utilizado ésta vez una vía directa para que les llegue seguro, una persona hará la entrega personalmente.

Le agradece Rafael a Rolando por la ayuda y se van al apartamento a continuar la espera.

Lunes en la mañana y Rafael se prepara para irse a trabajar, Tomas esta rendido de trabajar todo el fin de semana, no ha tenido un día libre desde que empezó a trabajar en el restaurante de Luciano.

El timbre de la puerta despierta a Tomas, son casi las once de la mañana, siente el primer llamado a la puerta pero esta tan cansado que no coordina lo que esta pasando, el segundo llamado hace que él abra los ojos y de un tirón corre al intercomunicador, pregunta quien es, y una voz masculina solo pregunta por Tomas, ¿sera el codiciado paquete que ha arribado?, se pregunta ansioso el chico.

Tomas le pide al hombre de la puerta que espere un segundo y corre a buscar un par de sandalias se pone un abrigo por encima, va hasta el ascensor, lo llama, pero la desesperación no lo deja esperar y corre a las escaleras, salta los escalones de dos en dos como acostumbraba cuando era pequeño en Cuba, llega a la puerta, la abre, es un señor vestido con uniforme de correo, le entrega el paquete, Tomas firma una forma y le da las gracias.

Sube corriendo nuevamente por las escaleras. El sobre tiene muchos colores y estampillas encima, entra al apartamento, lo coloca sobre la mesa y piensa,

…¿Debería abrirlo solo?, ¿debería esperar por Rafael?

Al final el decide no ir a trabajar esa noche y esperar por Rafael. Entonces se prepara para ir a llamar por teléfono a Luciano y decirle que esta enfermo.

Ya en el teléfono le explica a Luciano la razón de su ausencia, Luciano trata de insultar a Tomas diciéndole flojo y que no sirve para nada, y que si no viene al día siguiente a trabajar lo echara a la calle para siempre, hasta muerto de hambre lo llamó pero esto no molesta para nada a Tomas que se siente feliz de saber que muy pronto no tendrá que verle la cara a Luciano nunca más.

Vuelve al apartamento y se sienta a esperar a Rafael. Tomas no sabe que hacer, da vueltas, habla solo, se muerde las uñas, toma el paquete en sus manos lo mira de esquina a esquina, lo vuelve a colocar sobre la mesa, así pasa el tiempo hasta que escucha las llaves en la puerta.

Es Rafael que entra y sorprendido le pregunta a Tomas,

…¿Eh?, ¿que haces aquí?, ¿acaso no trabajas hoy?

Tomas le cuenta que llamó dando parte de enfermo y le señala la mesa, Rafael ve la sonrisa de Tomas en la cara y automáticamente se imagina la razón, mira hacia la mesa, ve el paquete y corre hacia el,

…¿Pero no lo abriste?, pregunta Rafael.

…No, estaba esperando a que llegaras para abrirlo juntos, contesta Tomas.

Rafael deja el paquete sobre la mesa y busca unas tijeras dentro de uno de los gabinetes de la cocina, vuelve con ella y con mucho cuidado abre el paquete.

Dentro de este hay dos pasaportes de nacionalidad Venezolana con las fotos de los chicos y con diferentes nombres, un pasaje en avión hasta Londres y una carta.

Rolando les explica a los chicos que tendrán que volar el Miércoles con la fecha señalada hacia Londres, el viaje esta planeado para en solo dos días, allí tendrán que ir a la casa de una amiga cuya dirección esta en la carta y buscar dos pasajes de avión que los llevara a Madrid y desde allí volaran a Miami.

Los chicos no entienden el porqué de tantos vuelos pero confían en Rolando y se preparan para el viaje, pero antes que nada quieren llamar a Rolando para dejarle saber que recibieron todo lo que esperaban.

Rafael con la misma ropa que utilizó para el trabajo y Tomas con un abrigo que buscó, salieron en busca de una cabina telefónica.

Rafael le pregunta a Rolando porque no recibieron todos los vuelos juntos, Rolando le explica que le daba miedo que se perdiera el paquete y así al menos tendría algo a salvo, los chicos creyeron en la historia de Rolando, confían en él y ahora solo esperan hasta que llegue el Miércoles.

Llega el martes los dos chicos están en sus trabajos. El restaurante de Luciano esta mas ocupado que nunca, y este le pide a Tomas que vaya a trabajar el día siguiente desde las cuatro de la tarde, Tomas lo mira con una sonrisa picara y le dice,

…No se preocupe aquí estaré.

Lo que seria supuestamente la última noche de trabajo para Tomas transcurrió rápidamente, el tiempo se le fue volando, es hora de irse, los demás empleados esperan afuera y Luciano lo agita para poder llevarlos a todos a sus casas, Tomas escucha los gritos de Luciano desde el almacén no obstante se da tiempo para terminar lo que tenia pendiente, se lava las manos en el mismo almacén. Al salir por la puerta, se detiene, da la vuelta mira la pila de sacos de papas, sonríe y les enseña el dedo del medio apuntando hacia arriba, al pasar por el pasillo mira la peladora de papas y con una sonrisa en la cara abandona el lugar.

Luciano nota la felicidad marcada en la cara de Tomas, lo mira como intrigado pero no le pregunta absolutamente nada, solo le dice,

…Ya era hora, por ti siempre hay que esperar, anda métete en el auto.

Llega a la casa Tomas, y Rafael esta despierto, tiene el closet vacío y la ropa tirada sobre la cama,

…Oh, parece que alguien se va de viaje, comenta Tomas,

Rafael lo mira, sonríe y le surgiere que tome lo más importante pues llevaran unas pequeñas maletas cada uno, algo que no tendrán que declarar en la aerolínea y siempre podrá estar con ellos. Poco a poco Tomas separa lo mas importante, en solo unos minutos empacan sus maletas, lo demás que les sobra lo dejan en el closet.

Miércoles en la mañana, amanece. Son las cinco de la madrugada y los chicos se levantan, casi no han podido dormir. Rafael prepara algo de desayuno pero Tomas prefiere no comer ni tomar absolutamente nada, los nervios siempre le juegan una mala pasada cuando está nervioso y prefiere no tener nada en el estómago.

Es hora de salir del apartamento, Rafael le entrega el pasaporte a Tomas, lo mira y le dice,

…Que la suerte nos acompañe.

Los dos se dan un fuerte abrazo y a la misma vez suspiran, Tomas dice,

…Vamos, tenemos un avión que tomar.

Son las ocho de la mañana, llueve y hace mucho frío, los chicos están haciendo su entrada en el aeropuerto Internacional de Dublín, están con los nervios de punta y cualquier cosa los irrita.

Miran en el punto de chequeo las personas que trabajan para la aerolínea y tratan de encontrar a las dos personas con cara más amistosa. Rafael señala a una de las chicas y los dos van hacia ella, Tomas esta notablemente pálido, los nervios quieren traicionarlo, entonces se detiene y dice,

…Espera.

Rafael que iba algo más adelantado se da la vuelta y le pregunta,

…¿Estas bien?

Tomas suspira profundo, y dice,

…Estoy listo.

Continúan el camino hacia la empleada de la aerolínea, le entregan los billetes y los pasaportes, ella los chequea, y sin casi mirar los documentos la chica se los devuelve, en ese mismo instante Tomas siente un alivio tan grande que el color le vuelve a su cara en su boca se pinta una sonrisa.

La empleada, les entrega los pases de abordar y les explica el camino por donde tendrán que ir para llegar al avión.

Los chicos toman las dos pequeñas maletas y se van en busca de la puerta que los llevará al avión, no sin antes pasar por otro control de pasaporte, Tomas y Rafael van confiados, llegan al sitio y sin problema alguno pasan a la sala donde esperan para abordar.

Rafael se sienta en la primera silla que ve, Tomas lo nota pálido y es que al parecer también los nervios lo han traicionado, Tomas le pide ir al baño antes de abordar para que se lave la cara, a Rafael le parece buena idea y van juntos.

Es una situación extremadamente peligrosa para los chicos, el mínimo error los puede llevar de vuelta a Cuba y pagar quizás hasta con la vida, lo que el gobierno cubano considera el delito de buscar la libertad.

Es hora de abordar, los dos entran al avión y buscan sus sillas, por ahora están a salvo, es un vuelo corto.

Una vez que llegan a Inglaterra, entrarán sin problemas al territorio Nacional, no tienen que reclamar equipajes por lo que harán el proceso mas rápido.

Salen del aeropuerto hace frío, esta lloviendo, tal parece que nunca se fueron de Irlanda, si no fuera por el tamaño del aeropuerto de Londres y la cantidad de personas y autos pensarían que nunca cambiaron de lugar.

Rafael surgiere a Tomas buscar un taxi para que los lleve a la dirección donde recibirán el resto de los boletos de avión, un pequeño taxi negro con diseño antiguo típico Ingles, se detiene delante de ellos cuando Tomas eleva una mano llamándolo.

Rafael saca el papel le enseña la dirección a donde quieren ir, el Taxista parece conocer el sitio adonde se dirigen y sin más preguntas los lleva.

En el camino, Rafael que va sentado en la parte derecha del asiento trasero junto a Tomas, divisa desde lejos el Big Ben, entonces toca con su brazo a Tomas y le señala, Tomas se inclina hacia delante y mira en la lejanía entre la nubosidad y la lluvia la famosa torre con el inmenso reloj.

Unos veinte minutos más tarde después de haber tomado el taxi, el taxista baja la velocidad y busca el número de la casa donde tiene que dejar a los chicos, le pregunta a Rafael mirándolo por el espejo retrovisor el número de la casa nuevamente solo para estar seguro. Rafael se lo menciona, el taxista que estaba acertado con respecto a la dirección, detiene el auto frente a una bella mansión. Rafael extrae de su bolsillo la cantidad total que marca el taxímetro y le deja dos libras de propina al chofer.

Abandonan el taxi, y caminan hacia la casa que está rodeada por un bello jardín, para llegar tienen que subir unas anchas escaleras de concreto sin pintar de pocos escalones.

Una fina cortina blanca sobre una gran ventana impide la vista hacia el interior de la casa, por detrás se trasluce la luz amarilla de una lámpara, esto hace pensar a los chicos que alguien debe estar allí dentro.

Se acercan a la puerta de madera finamente tallada, y llaman presionando un botón blanco que se encuentra a mano derecha en el marco de la puerta. Una señora muy blanca, alta y con las mejillas muy rojas abre la puerta y amablemente los saluda.

Rafael le explica que vienen de parte de Rolando en busca de unos boletos, ella sonríe como evidenciando que sabe perfectamente a que se refieren y sin permitirles entrar al tibio lugar, les dice que no le ha llegado nada, y les pregunta como podrá localizarlos para llevarles el envío cuando lo reciba. Rafael y Tomas se quedan con dudas y piensan que tendrán que buscar un lugar donde pasar la noche, ellos no tienen tanto dinero como para pagar un hotel y no están seguros de cuanto tiempo se demorara el paquete en llegar, entonces le preguntan a la señora qué hacer, esperanzados en el fondo de que ella los deje utilizar una habitación hasta que reciban los boletos.

La señora les dice que no sabe, pero les dará el número de teléfono de la mansión para que se comuniquen con ella. La mujer se dirige al interior en busca de algo para anotarles el número, Rafael y Tomas esperan en la puerta, entran unos pasos hacia interior de la mansión para refugiarse del frío y disfrutar por unos minutos del calor que allí adentro es verdaderamente acogedor.

La señora vuelve con un pedazo de papel y un lápiz en la mano, les entrega el número escrito en el papel y los despide.

Tomas y Rafael sienten vergüenza no se atreve a pedirle que los deje pasar la noche en su casa, sin más se retiran.

Caminan por la acera mojada por la lluvia, hay árboles en ambos bordes de esta, la acera esta cubierta por una alfombra hecha por las hojas amarillas de los árboles que han caído, el viento mueve las pocas que quedan en las ramas sacudiendo las gotas de lluvia y mojando a los chicos, el día es gris, y el cielo esta totalmente cubierto de nubes la sensación es un sentimiento triste y depresivo.

…¿Qué haremos? Pregunta preocupado Tomas.

Rafael continua caminando no dice una palabra pero se lo ve pensativo buscando la respuesta ideal para Tomas. Unos segundos más tarde.

…Llamemos a Rolando, él tiene que ayudarnos, él tiene nuestro dinero, responde Rafael.

Llevan unos minutos buscando un lugar donde comprar una tarjeta de teléfono, la ciudad es nueva para ellos y a pesar que las construcciones, las calles y hasta los autos en Londres sin parecidos a Dublín, se les hace difícil encontrar un Mercado.

Por fin ven una estación de gasolina, caminan apurados hacia ella, una vez adentro les fué muy fácil encontrar la tarjeta de teléfono que buscaban.

Tomas le dice a Rafael que comprará algo para comer, pues él no había desayunado y ya sentía hambre.

Salen de la estación de gasolina y en esquina del establecimiento hay una cabina telefónica, entran en ella.

A solo dos timbrazos, contestan el teléfono en casa de Rolando en Miami, es él.

…Hola Rolando, somos Rafael y Tomas, habla Tomas.

Tomas refleja con sus gestos, con la boca, con su cara en general la preocupación y la frustración,

Rafael esta ansioso por escuchar lo que Rolando le esta diciendo a Tomas, pero solo le queda esperar a que termine la llamada para enterarse de todo.

….Y, ¿entonces que quieres que hagamos? No tenemos dinero ni para un hotel, continua Tomas.

Rolando le explica que se había atrasado algo con los boletos de los próximos vuelo pero que se los tendrá enseguida y los enviaría a casa de su amiga en Londres con servicio Express para que llegue al día siguiente, le surgiere a los chicos que vallan a la Terminal de trenes Victoria y que pasen la noche allí, y que en el día lo llamen a Miami para el contarles a cerca del envío.

Tomas enojado, muy enojado, corta la llamada,

…Dime con detalles que fue lo te dijo, le pide impaciente Rafael.

Tomas suspira y le explica a Rafael que tendrán que dormir en la Estación de trenes y que al día siguiente deberían recibir los boletos.

Rafael se coloca las manos sobre la cabeza, pensativo, preocupado y frustrado. Los chicos hoy dormirán como vagabundos, y si no les permiten dormir dentro de la estación, tendrán que buscar un lugar donde pasar la noche y dejar que el mismo cielo les sirva de techo.

Los dos buscan la forma de llegar a la Estación de Trenes. Caminan por un parque, van protegidos por un mismo paraguas negro y pequeño, juntos, uno al lado del otro, cubriéndose del frío. Llegan a un café, entran, hay una anciana, sentada muy cerca a la puerta, con un pañuelo sobre la cabeza, tomando un té caliente, la mujer alza la mirada y ve que Rafael y Tomas se acercan.

Los chicos le preguntan cómo llegar a la estación Victoria, la señora les dice que están algo lejos y en forma sarcástica le comenta que seria genial ir caminando hasta allá si fuera verano, pero que con el frío es preferible tomar un taxi.

Los chicos tratan de sonreír al comentario de la señora y le dicen que irán caminando, una vez más Tomas le pide que le explique como llegar.

La anciana muy atentamente les explica la forma más rápida para llegar a la Terminal de trenes.

Caminan por lo menos una hora, hasta que al fin ven señales que les indican que están muy cerca a la Estación de Trenes.

Ya los chicos están seguros donde queda la Estación, desde lejos se hace visible, pero es aun temprano y no tienen mas nada que hacer. Son largas las horas que tendrán que esperar, entonces aprovechan el día que aunque frío y lluvioso para caminar por las famosas calles de Londres, no les impide visitar el Big Ben, y tratar de ir a algún museo, y hasta quizás al Palacio de Buckingham. Ellos saben que una vez que lleguen a Miami no podrán volver a Europa por largo tiempo.

A medida que pasan las horas los chicos van sintiendo el cansancio y a pesar de que han podido ver casi todo lo que querían, no han disfrutado mucho las visitas, la preocupación y el pensar en donde pasar la noche los tiene extremadamente preocupados.

Son casi las seis de la tarde, afuera esta oscuro, sigue lloviendo, el clima triste que caracteriza a Londres no los ayuda a levantar el ánimo, deciden pasar por un mercado y comprar unas galletas, papitas fritas y algo para tomar, será todo lo que podrán comer hasta el próximo día.

La estación esta abarrotada de personas, ya que es la hora en la que muchos salen del trabajo. Tomas y Rafael deciden sentarse en un banquillo dentro de la estación, colocan sus equipajes debajo del banco, protegen con sus piernas las pequeñas maletas. Allí hay calefacción y encuentran algo de alivio al frío y la lluvia de afuera. No hablan, solo miran alrededor, ven personas que corren para no perder los trenes, es una concentración de personas que poco a poco va desapareciendo, la estación queda casi vacía dos horas mas tarde, a las diez de la noche, lo que parecía un hormiguero de personas, se ha convertido en algo parecido al pasillo de un hospital solitario. En medio de la noche solo se ve a un hombre que limpia el piso.

Tomas se acuesta en el banco y descansa su cabeza en las piernas de Rafael, Rafael permanece sentado, mueve su cuerpo hacia delante de manera que su cabeza queda a la altura del espaldar del banquillo, para descansar también. Los dos se quedan dormidos.

Dos toques en las piernas de Rafael hacen que este abra los ojos sobresaltado. Tomas reacciona también y se sienta enseguida.

Un oficial de la estación les pregunta si tendrán que viajar esa misma noche.

Rafael le comenta que viajaran al día siguiente y que tienen que pasar la noche en la estación, porque no tienen donde quedarse.

El oficial no les hace ninguna otra pregunta y decide alejarse.

Tomas trata de volver a conciliar el sueño, lo mismo hace Rafael, es tarde, y están muertos por el cansancio, pero aun así la incomodidad del banquillo y la inseguridad no los deja dormir plenamente, ambos se despiertan a cada hora.

El día va llegando y con él van llegando también los pasajeros, el ruido del arribo de un tren despierta a Tomas, Rafael ya estaba despierto. Tomas se sienta en el banquillo, pone los codos encimas de las piernas y con sus manos se cubre la cara, se la restriega y bosteza, mira a Rafael sus ojos rojos y su cara demuestra el cansancio de una noche entera casi sin dormir. En solo minutos la estación esta como la tarde anterior llena de pasajeros que van hacia sus trabajos.

...Buenos días amor, saluda Tomas.

…Buenos días contesta Rafael con una semi-sonrisa en la cara,

…Vamos al baño a lavarnos al menos la cara y los dientes, sugiere Rafael.

Los dos toman las maletas y van a los baños públicos de la estación.

Allí tratan de asearse lo mejor que pueden.

Mientras caminan por la gran sala principal de la estación luego del aseo Tomas le pregunta a Rafael,

…¿Llamamos a Miami o a la señora?

…Tenemos que esperar unas horas, recuerda que son cinco horas de diferencia con Miami, no vale la pena llamar en este momento, mientras tanto podemos permanecer sentados aquí que esta caliente o ir a caminar, contesta Rafael.

Los dos vuelven al mismo banquillo, allí se sientan y siguen esperando largas horas para poder llamar a Rolando o a la señora Inglesa que se supone ese día recibiría los boletos.

Esta vez Rafael recuesta su cabeza sobre las piernas de Tomas, que está leyendo una revista, Rafael se siente protegido y como sabe que Tomas estará atento a cualquier cosa, aprovecha para dormir un rato.

Esta vez si pudo dormir unas dos horas, Tomas se mantuvo despierto en todo momento, leyendo y mirando alrededor de la sala donde siguen llegando pasajeros por cuanta puerta abierta.

Poco a poco pasaron las horas y deciden llamar primero a Rolando, por alguna razón les da vergüenza tener que molestar a la señora que recibiría los boletos.

Esta vez Rafael es quien decide llamar a Miami, hay muchos teléfonos públicos alrededor de la estación, llegan a uno, Rafael lo toma y llama, el teléfono suena y después del cuarto timbre se escucha una máquina contestadora, es la voz de Rolando que pide le dejen un mensaje, esto pone cada vez más incomodo a Rafael que corta y vuelve a llamar, pero el resultado es el mismo,

…Hola Rolando es Rafael, estamos embarcados en la Estación y durmiendo en la calle, te llamaremos en una hora, por favor toma el teléfono.

Una vez que Rafael termina la llamada, Tomas preocupado pregunta,

…¿Que paso?, ¿no esta ahí?

Rafael lo ve preocupado y le dice,

…No te preocupes llamaremos en una hora.

Los dos vuelven en busca del banquillo donde habían pasado la noche, pero esta vez hay varias personas sentadas allí, Rafael busca con los ojos otro sitio donde sentarse, y Tomas mira su banquillo con celos, ya casi sentía derechos sobre él.

Encuentran uno muy cerca, Rafael y Tomas apresuran el paso para tratar de que nadie se apodere del banquillo antes que ellos. Esperan allí sentados una hora más.

Rafael mira el reloj, y se levanta del banco, Tomas, le dice que se quedará allí esperándolo que prefiere que este vaya solo a comunicarse con Rolando.

Tomas ve como Rafael se aleja, el teléfono esta en una pared frente al banquillo pero algo lejos, Rafael toma el teléfono y llama, no tuvo suerte la contestadora nuevamente.

Vuelve al banquillo, y Tomas le ve la cara y como lo conoce bien sabe que no ha podido comunicarse con Rolando,

… ¿Nada? Pregunta como para confirmar lo que sospechaba.

…Nada, contesta Rafael y se sienta en el banquillo nuevamente.

Tomas le pide la tarjeta de teléfonos, él llamará a la señora para averiguar si ha recibido los boletos,

Rafael que tiene la tarjeta aun en sus manos se la entrega a Tomas. Este se levanta y se dirige al mismo teléfono que acaba de utilizar Rafael hace unos minutos.

Rafael lo observa curioso y preocupado, Tomas permanece en el por muy corto tiempo lo ve colgar el teléfono, y caminar en dirección a él

Juntos sentados en el banco, Tomas le dice a Rafael,

…Bueno hablé con la señora y dijo que no ha recibido nada que la llamemos mañana.

…¡No!, exclama Rafael dando un salto, Rolando tiene que escucharme hoy, necesitamos irnos de aquí tan pronto como sea posible.

Rafael esta claramente enojado, Tomas solo atina a morderse las uñas, no tienen la menor idea de qué hacer, pero dentro de la estresante situación y para tratar de aliviar a Rafael, Tomas le dice que ira al pequeño mercado dentro de la estación para comprar algo de comer.

Rafael se levanta con él y juntos entran al mercado, buscan entre las opciones algo que pueda costarles lo mas barato posible, se compran dos paquetes de galletas y dos sodas, no pueden gastarse ni un centavo más, los dos están preocupados y no saben cuánto tiempo estarán en Londres desamparados.

Cada hora Rafael pasó intentado comunicarse con Rolando, pero de nada ha servido, siempre atiende la contestadora Rafael ha dejado un mensaje grabado en cada intento.

Un día entero más perdido y ni rastros de Rolando, una segunda noche en la estación de trenes, y una preocupación que se les hace cada minuto mas grande y peor, los dos piensan que Rolando simplemente se perdió con el dinero.

El mismo oficial que se les acerco la noche anterior, llega hasta donde están los chicos y les hace la misma pregunta.

…Es que no nos ha llegado el dinero para comprar los boletos, por eso tenemos que estar aquí, le contesta Rafael.

El oficial, no les dice nada y se aleja, Tomas mira fijo la cara de Rafael y le dice,

…¿Sabes?, esto será solo temporal algo bueno pasará para nosotros los Cubanos y no tendremos que seguir viviendo como fugitivos por el mundo.

Rafael lo escucha atentamente y le contesta a sus comentarios,

…Parece mentira que tengamos que estar pasando por tanto trabajo, solo para buscar el derecho a la vida, ¿verdad?

…Estoy seguro de que no somos los únicos Rafael, pero desgraciadamente formamos parte de los desafortunados del mundo, dice Tomas, con la mirada hacia el piso.

Los chicos entablan una conversación profunda y clara acerca del tema de la Inmigración y el derecho a la libertad individual de cada ser humano, el enojo es tan grande que culpan a todas las organizaciones políticas y religiosas por lo que les está sucediendo a ellos, comentan que si desde Cuba hubieran hecho los tramites legales para viajar directo a Los Estados Unidos lo más probable es que los Estados Unidos no les hubiera otorgado la visa o Cuba no les hubiera dejado salir.

….Entonces si te tiras en una balsa y casi te mueres en el mar y llegas a la Florida te reciben con los brazos abiertos y dejan que residas allá para siempre, es como una propaganda de humanidad americana, hablaba Tomas, es como un juego entre los dos gobiernos, parecen dos putas que no se ponen de acuerdo, pero en el fondo de todo esto hay un interés entre ambos países, algo un día saldrá a la luz.

La estación ya esta vacía, los chicos vuelven a tratar de dormir un poco, el ruido de trenes los despierta a veces, la noche se les hace larga, algunas de las luces de la estación están apagadas, pero hay una intensa que alumbra el banquillo donde los chicos tratan de descansar. Rafael acostado descansa su cabeza sobre las piernas de Tomas, y este cierra los ojos, pero no duerme. Tomas piensa, su cabeza esta llena de preguntas sin respuestas, se siente como un indefenso animal en el medio de una selva tratando de sobrevivir.

…¿Como estarán mis padres?, ¿como estará Isabel?, ¿existirá alguna organización en este mundo que nos ayude?, ¿llegaremos a Miami?, ¿Donde estará Rolando? Una infinidad de preguntas las que Tomas se ha hecho así mismo durante toda su vida y esta situación en Londres sin duda le genera más preguntas aun. Trata de controlarse. Tomas, aquel indefenso chico, maltratado por el comunismo, inteligente, cuidadoso, pensativo y precavido hoy se siente simplemente un vagabundo perdido, en un limbo social que no lo deja descansar, un fantasma invisible para los pasajeros que abordan los trenes en la Terminal Victoria.

Pero todo tiene su final y la noche también. Son las siete de la mañana y los dos llevan dos horas despiertos, sentados en el banco, uno al lado del otro sin decir una palabra. Tomas se levanta y sin decir nada, va al baño, Rafael se queda sentado, no le pregunta a donde va, él sabe que del baño o la puerta de la estación Tomas no pasara.

Unos minutos mas tarde Tomas vuelve, se sienta junto a Rafael y le dice,

…Rafael tenemos que comer algo, nos vamos a desmayar.

Rafael lo mira y le dice,

…Es cierto Tomas, tenemos que comprar algo para comer, ¿que tal si nos vamos de aquí a una cafetería?

A Tomas le gusta la idea de Rafael, los dos toman sus maletas y salen de la estación. El tráfico es impertinente, las personas en la calle casi chocan unas con otras, es hora de ir al trabajo y a pesar del frío y la lluvia, nada detiene a los ingleses de volver a sus puestos laborales.

Cerca de la Estación hay un café, Tomas y Rafael entran. Allí hay varias personas desayunando, se sientan cerca de la ventana a través de la cual pueden ver una gran avenida, Tomas pide un café con leche, huevos y jamón, Rafael pide algo no mas que un Té y tostadas.

Luego de desayunar se quedan sentados en el café por unas dos horas más, ni a los trabajadores de la cafetería les molesta la estancia larga de los chicos dentro del establecimiento.

El día se torna algo más claro a medida que las horas van pasando, la lluvia para de caer, el frío se mantiene igual, es hora de intentar nuevamente localizar a Rolando,

…Tengo miedo, dice Tomas, en bajo tono de voz.

Rafael lo mira y caminando sin detenerse, le cruza el brazo por encima, y le dice,

…No temas Tomas, de todo se sale en esta vida.

Llegan a la primera cabina de teléfono que encontraron, Rafael aunque muy nervioso está un poco mas fuerte que Tomas y decide ser el quien trate de localizar a Rolando.

Los dos dentro de la cabina parecen dos pollitos recién nacidos pegados uno con otro para protegerse del frío. Rafael toma el teléfono introduce la tarjeta y llama, desafortunadamente, la maquina grabadora es la que contesta,

…Rolando, somos Tomas y Rafael te llamaremos en diez minutos por favor toma el teléfono.

Rafael cuelga y mira a Tomas, permanece callado, esperan diez minutos y trata una vez mas, introduce la tarjeta, Tomas ve como la mano fría y blanca de Rafael tiembla, su respiración agitada se hace notar por el humo que sale de su boca debido al frío.

La contestadota una vez mas es la que toma la llamada,

…Coño, Rolando que te pasa, contesta el maldito teléfono, estamos desesperados en Londres, tenemos hambre y frío, no tenemos dinero, le grita enojado y ya llorando Rafael.

De la rabia, no cuelga el teléfono y con el puño cerrado le da dos puñetazos al aparato, Tomas lo mira desesperado, le quita el auricular de la mano y lo cuelga. Abraza a Rafael que se ve completamente desanimado, el llanto es incontrolable. Es Tomas ahora quien tiene que ponerse fuerte y tratar de ayudar a sacarlo de esa depresión.

Lo toma por los hombros y le dice,

…Rafael por favor, cálmate, llamemos a esa señora a ver si ella tiene noticias de Rolando, no nos queda otra.

Rafael mira a Tomas, su cara esta roja por el llanto las lágrimas le corren por las mejillas hasta caer al piso,

…Llámala tu yo no creo que pueda, le dice Rafael entregándole la tarjeta de teléfono a Tomas.

Tomas descuelga el teléfono y llama a casa de la señora, esta contesta,

....Somos Tomas y Rafael, los amigos de Rolando, necesitamos que nos ayude señora por favor.

Rafael levanta la mirada y mira a Tomas, él no esperaba que éste pidiera ayuda, él solamente esperaba que preguntara por los boletos, Tomas llorando continua,

…Tenemos hambre, y frío, llevamos dos noches sin dormir, por favor ayúdenos a buscar al menos un lugar donde quedarnos.

La señora espera a que termine de hablar y le dice,

…Yo esperaba que me llamaran, ayer recibí el envío de ustedes.

Tomas se queda paralizado, no habla, traga en seco, y rompe a llorar ahora mas fuerte, Rafael, lo mira extraño y piensa que la reacción de Tomas se debe a que la señora no lo quiere ayudar, no le quita los ojos de encima cuando Tomas le dice a la señora,

…Ya salimos para allá y cuelga el teléfono.

Tomas mira a Rafael y le dice,

…Ya recibió el envío.

Rafael abre los ojos muy grandes, hasta el frío se le ha quitado, y con un fuerte abrazo se le hecha encima a Tomas llorando de alegría.

Salen de la cabina telefónica dos personas completamente diferente a las que habían entrado allí, dos chicos felices dispuestos a comerse el mundo, caminaban apurados, ni el frío les hace daño, saben que tendrán que caminar por mas de una hora para poder llegar a la casa de la señora que les tiene el paquete, pero no les importa.

Por fin frente a la casa, llaman a la puerta, la señora abre y esta vez los invita a pasar, los chicos entran, ella les había preparado algo de comer, aunque los chicos habían comido en el café hacia muy poco tiempo, no quisieron desaprovechar la oportunidad de poder comer algo mas.

Los dos se ven cansados y sucios, la señora les invita a que usen uno de los baños de la gran mansión para que se bañen y luego puedan saborear lo que ella les ha preparado de comer.

Al rato los chicos se sienten como nuevos, hasta aprovecharon para afeitarse, en la mesa encontraron cereal, leche, te, café, jamón, huevos pan y frutas era lo que con tan buena voluntad esta señora les había ofrecido, mientras los chicos comen, ella se les acerca con un paquete blanco entre las manos, se lo entrega a Tomas.

Tomas sin tragar y con la boca llena de comida rompe el sobre por las esquinas con cuidado de no romper nada de su contenido, dentro hay cuatro pasajes aéreos, dos para Rafael, dos para Tomas, los dos tendrán que volar desde Londres a Madrid y desde Madrid hasta Miami, hay una pequeña nota de Rolando donde les explica que cuando entren a los aeropuertos que se registren para el vuelo por separado, pero no les pide disculpas ni les da explicaciones sobre la razón por la cual no contesta el teléfono, esto ya no les importa a los chicos ahora ellos solo quieren volar.

El vuelo será al día siguiente, por lo que los muchachos tendrán que prepararse para el viaje, buscaran la forma de irse al aeropuerto hoy mismo, pues el vuelo es temprano en la mañana.

Permanecen en la casa de la señora por unas horas más, hablan de muchos temas, política, religión, cine, cultura y hasta de la carrera universitaria que los chicos habían abandonado para ir en busca de la libertad.

Ellos por último le piden a la amable señora que les llame un taxi para irse al aeropuerto, ella no pregunta nada sobre el vuelo, se levanta de la silla, busca el teléfono y llama. Veinte minutos después un taxi está en la puerta esperando por los chicos.

Tomas y Rafael se despiden de la señora, caminan hacia el taxi, entran y le piden al taxista que los lleve al Aeropuerto de Heathrow, en el taxi los chicos van nerviosos pero contentos, no hablan pero se toman de las manos, cada uno mira por las ventanillas del auto la mojada y fría ciudad de Londres.

Capitulo XVIII
Tormento.

El taxi se aproxima al aeropuerto, hay una fila inmensa de autos tratando de entrar, pero los chicos tienen tiempo, ellos no se irán de viaje hasta el día siguiente. Rafael mira a Tomas y le dice en voz baja,

…Recuerda, iremos por caminos separados, pero quiero que me prometas algo.

Tomas lo mira seriamente y espera a que Rafael termine de hablar.

…Quiero que si uno de los dos pasa sin problemas, se monte en ese avión aunque el otro no pase, le pide Rafael.

…No me pidas eso, Rafael, le dice Tomas, juntos siempre si no, no hay vuelo.

Rafael aprieta la mano de Tomas y le dice,

…De la única forma en que los dos podamos vernos de nuevo tiene que ser que uno de los dos este en Estados Unidos trabajando y ahorrando dinero, ¿entiendes?

Tomas toma un profundo respiro, no promete nada y se queda callado, Rafael le vuelve a apretar la mano y le dice,

…Prométemelo Tomas, promete por favor.

Tomas reacciona y le dice con los ojos cerrados,

…Te lo prometo.

Llega el taxi a la Terminal donde se encuentra la aerolínea que los llevara a Madrid. Una vez dentro del aeropuerto, deciden caminar un poco para luego buscar la forma de encontrar las sillas más cómodas donde pasaran lo que seria la última noche en Londres.

Pero el aeropuerto esta abarrotado de pasajeros, hay filas interminables para chequear los vuelos, Tomas y Rafael caminan casi toda la Terminal, entran en cada tienda que ven, lo miran todo, es la mejor manera de que el tiempo pase lo más rápido posible. Así poco a poco las horas pasaron y aunque en la madrugada la cantidad de pasajeros no era la misma que cuando los chicos llegaron a Heathrow, aun así es difícil encontrar lugar donde sentarse, es que hay muchos que como Tomas y Rafael, pasaran la noche allí. Por fin encuentran el lugar ideal para poder dormir, unas sillas que pudieron mover y poner una frente a la otra, en una se sentarían y en la otra pondrían las piernas, ellos vieron que habían varias personas haciendo lo mismo y les pareció una buena idea.

Aunque están tensos y nerviosos los dos de cierta manera logran conciliar el sueño por algunas horas, aunque el ruido natural del aeropuerto y la iluminación abundante hace que despierten a menudo.

Las horas esta vez pasan rápido, la noche termina en un abrir y cerrar de ojos, son las seis de la mañana y el vuelo para Madrid saldrá a las ocho, tienen poco tiempo para chequear con la aerolínea, y las ganas de salir de todo esto son mas grandes que el nerviosismo que sienten, lo cual hace que se sientan decididos a dar el paso sin temor.

Los dos se despiertan, estiran el cuerpo, separan las sillas y deciden ir al baño. Caminan unos pocos metros y entran en los sanitarios, están lavándose la cara uno al lado de otro y, Rafael le pregunta a Tomas,

…¿Estas listo?

Tomas, saca una servilleta, con ella se seca la cara y se mira al espejo y contesta,

…Si, ya quiero terminar con esto.

Los dos se paran uno al frente del otro, se miran a la cara y se abrazan, apretando fuerte sus cuerpos, Tomas le dice en medio de un suspiro,

….Espero que todo nos salga bien.

Se separan uno del otro, cuando notan un hombre entrar por la puerta del baño y mirarlos con cara de espanto.

Rolando les había explicado a los muchachos que el aeropuerto de Heathrow no es como el de Dublín, el chequeo es más riguroso, ellos habían notado la presencia policial por todas y cada esquina del aeropuerto,

…Recuerda tu chequeas por un lado y yo por el otro, nos vemos en el avión, y luego en Madrid vamos por diferentes puertas para pasar Inmigración, le explica Rafael a Tomas.

Tomas siente que el plan es perfecto pero su corazón de miedo palpita con fuerza, es hora de salir de los baños y chequear con la aerolínea, uno de los pasos más importantes y peligrosos el mínimo error o sospecha por parte de los trabajadores de la aerolínea o de los oficiales del aeropuerto podría ser fatal.

Rafael le entrega a Tomas los boletos de los dos aviones que los llevarían desde Heathrow a Barajas y desde Barajas a Caracas Venezuela, pero es en Miami donde cambiarían de avión para continuar vuelo, y es ahí donde finalmente pedirán el asilo político.

Salen los dos del baño uno toma hacia la derecha y el otro hacia la izquierda, no hay casi nadie para chequear en la aerolínea, es un mostrador largo con muchos empleados para hacer mas fácil y rápido los chequeos.

Tomas constata que detrás de esos escritorios hay personas y que al parecer todos lucen amables, todos tienen una sonrisa en la cara. Mira a una de las empleadas, es una chica joven que parece no tener experiencia y Tomás piensa que seria alguien fácil de engañar, entonces se acerca y dentro suyo se repite, sin dejar de mirar fijo a la chica a medida que se va acercando,

…He pasado mucho para llegar aquí tu no serás quien me detenga.

Llega Tomas a la empleada, y la saluda, la chica levanta la mirada y con una sonrisa le extiende la mano para tomar el boleto y el pasaporte de Tomas que lo tenía listo para entregárselo,

La chica con la mirada en el pasaporte le pregunta,

…Y, ¿a donde viajas hoy?

La voz le sale un poco temblorosa a Tomas y le contesta,

…Viajo a Madrid.

…¿Tienes algún equipaje para chequear? Pregunta la amable empleada.

Tomas, sabe que su voz ha respondido temblorosa a la primera pregunta trata de concentrarse en la siguiente, respira y suena mas calmado cuando dice,

…No, solo llevo un equipaje de manos.

La chica continua leyendo el pasaporte y el boleto, Tomas, busca disimuladamente con la mirada a Rafael, que ya esta chequeando el vuelo también y se encuentra a unos metros hacia la izquierda.

Tomas vuelve a mirar a la chica quien continua tecleando en la computadora cuyo monitor no se ve porque esta protegido, en un instante la empleada se levanta y le dice,

…Espera un momentito, tengo una pregunta que hacer.

Tomas, le sonríe y le pide que se tome su tiempo, pero detrás de esa sonrisa hay un pánico terrible, cree que algo no esta funcionando, el corazón se le quiere salir, empieza a sudar, pero trata por todos los medios de tranquilizarse y cooperar, batalla contra su cuerpo y mente para que no lo venzan. La empleada vuelve, esta vez viene con un señor de unos cincuenta años, Tomas no sabe qué hacer, el pánico casi lo vence, pero trata de resistirlo, se lleva una mano hacia la parte de atrás del cuello, se lo aprieta dándose masajes, llega la empleada con el señor y le dice,

…Perdone pero es que tenemos un problema.

Tomas traga en seco, mira por un segundo a Rafael, torna la mirada nuevamente hacia la chica y asustado le pregunta

…¿Que es lo que pasa?

El señor que está acompañando a la chica y sostiene el boleto y pasaporte en sus manos le contesta,

…El problema es que usted saco pasaje para ir en ventana, y ese pasaje por accidente fue cancelado, el vuelo va lleno y no tenemos ventana, ¿le gustaría viajar en el pasillo?

Tomas no piensa y contesta,

…Eso no es problema, por favor póngame donde sea.

El señor agradece la paciencia de Tomas, y se retira. La joven empleada termina con el proceso de chequeo y le entrega a Tomas su pasaje para abordar.

Mientras tanto Tomas se ha aflojado y siente ganas de llorar por el susto que ha pasado, pero no puede permitirse demostrar ningún sentimiento que ponga en riesgo el viaje. La chica le entrega el pasaporte y el pasaje de abordar, ella se levanta de la silla, se inclina en el mostrador con un lápiz, y le explica a Tomas como llegar a la puerta de salida donde podrá abordar el avión.

Tomas le agradece y se aleja caminando, busca con su mirada a Rafael, y nota que este todavía sigue parado frente a un empleado de la aerolínea, también ve como dos oficiales se acercan al empleado, al ver todo esto Tomás asustado se sienta en la primera silla que ve.

Algo no anda bien, piensa Tomás, ve que uno de los oficiales tiene en sus manos el pasaporte falso de Rafael, y se ve que no para de interrogar a su amigo, mientras que el otro está hablando por un radio.

Rafael con la mirada busca a Tomas, su cara lo dice todo, Rafael esta en problemas. Tomas no se mueve de su silla ni pone expresiones en su rostro, simplemente se mantiene serio y aparentemente calmado. Con mucha discreción Rafael le lanza un beso, y con su mano derecha que esta hacia abajo le indica la puerta por donde Tomas debe irse a tomar su avión.

Tomas traga en seco, y casi no controla las lágrimas, era evidente que han descubierto a Rafael, Tomas saca las fuerzas de donde no le queda y se levanta de la silla, tiene en su hombro derecho el asa de su maleta negra, camina hacia la puerta, vuelve a mirar hacia atrás y ve que mientras los oficiales están haciendo sus investigaciones parados detrás del mostrador de la aerolínea, Rafael– que está parado del otro lado tiene sus manos encima del mostrador y vuelve a mirar a Tomas, esta vez con la cara seria.

Una puerta se abre automáticamente, y da paso a Tomas a una nueva sala, no sin antes pasar por un punto de control de pasaportes y el registro personal de pasajeros.

Esperanzado correr la misma suerte que Rafael y quedarse ambos si así debe ser, Tomas entrega el pasaporte y el pase de abordar, solo unos segundos, nada de preguntas, el oficial le entrega la documentación y le indica adonde debe dirigirse para que le hagan el registro personal. Tomas sin expresión en el rostro toma sus papeles y pasa por el registro sin problemas, ya esta en una nueva sala donde solo los pasajeros con pases para abordar pueden entrar, sabe que por la numeración la puerta por la que debe salir está cerca y prefiere esperar cerca de la puerta de entrada de la sala a Rafael.

Los minutos transcurren y la puerta no se abre para Rafael, Tomas decide caminar hacia la puerta donde esta su avión y sentarse cerca de este, en un pasillo muy largo por donde pasan miles de personas diariamente a tomar sus vuelos. Tomas se sienta cerca de la puerta donde esta el avión en la primera silla que da al pasillo por donde debería aparecer entre la gente su adorado Rafael. Con el equipaje entre los pies, coloca los codos sobre las rodillas, y con las manos se cubre la cara, está al punto de reventar en llanto, pero trata de ser fuerte, se quita la manos de la cara y ve a dos oficiales que traen por el medio del pasillo a Rafael, Tomás nota que su amor tiene las manos atadas en la espalda.

Tomas, permanece sentado y mira de frente a Rafael con los oficiales, la cara de Rafael desde lejos lo dice todo, Tomas quiere llamarlo con un grito, pero permanece callado, no hay otro camino y Rafael y los oficiales tendrán que pasar muy cerca de Tomas, Rafael para no levantar sospechas trata de no mirar mucho a Tomas, y Tomas hace lo mismo, una vez que ha pasado por su lado, Rafael mira hacia arriba y con lagrimas en los ojos dice,

…Te quiero amor, buen viaje.

El oficial que no entiende, le pregunta sin detenerse que habia dicho, Rafael le contesta,

…Estoy rezando.

Los oficiales continuaron su camino hacia las oficinas donde Rafael será procesado confiados en que Rafael solo estaba orando, pero Tomas cierra también los ojos al escuchar claramente a su novio, traga en seco, vuelve a cubrirse la cara con las manos y comienza a llorar.

A pesar de la tristeza que lleva Tomas por dentro, piensa que es mas fuerte la promesa que le ha hecho a Rafael de continuar el camino hacia Miami sin importar lo que pasase. Mira hacia atrás y ve como se va alejando

Rafael que se pierde entre la gente.

Es hora de abordar y Tomas trata de tranquilizar su depresión. Para de llorar y aborda el avión. Una vez sentado descansa la cabeza en el espaldar de la cómoda butaca, cierra los ojos. Tomas siente que dentro de él van mas de un millón de atormentados sentimientos mixtos, miedo, frustración, rabia, odio, amor, valentía, tristeza, en fin, siente que no es nadie en este mundo, como si el mundo no hubiera sido creado para él, sin derechos ni protección.

El avión carretea y despega, se aleja del aeropuerto Tomas no abre los ojos ni un instante, solo dice en un tono muy bajo de voz y con lágrimas en sus mejillas,

…Adiós amor mío, buena suerte.

Mientras tanto Rafael esta esperando en una oficina sentado, solo y con las manos esposadas, desde una gran ventana de cristal ve como varios aviones despegan casi al mismo tiempo. No puede definir en cual de ellos va Tomas, pero le habla a uno de ellos y le dice,

….Buen viaje mi flaco, yo siempre estaré contigo. Rafael llora desconsoladamente.

En una situación como esta, ¿a quien un ser humano puede dirigirse?, ¿quien pudiera creer que entre dos hombres enamorados puede existir también la desgracia de ser separados por otros hombres?, se escucha en las noticias y hasta en libros de historia universal la separación de madres de sus hijos, o de esposas de sus esposos, de familiares enteros, se han publicado sus historias a nivel mundial, se ha tratado por todos los medios de que sus desgracias sean escuchadas, pero, ¿acaso se le ha dado la misma importancia al caso de dos hombres o dos mujeres enamorados que han sido separados por leyes políticas y radicales existentes?. ¿Existirá algún día la forma en que todos los seres humanos puedan escuchar que también los homosexuales tienen corazones doloridos y maltratados por las políticas en el mundo? ¿Es que acaso los homosexuales pueden entender el dolor de los heterosexuales y los heterosexuales no podrán estar capacitados nunca para entender que los homosexuales también sufren el dolor de la separación, la discriminación y el acoso?

¿Como se pudieran re-unificar estos dos chicos que se han amado por años y han estado juntos en las buenas como en las malas, y que quizás el amor entre ellos pueda ser mas grande que el amor que cualquier pareja heterosexual?

¿Existe alguna organización en el mundo como para poder entender lo que están sucediendo con estos dos chicos y quizás miles de parejas homosexuales mas en el mundo, como para ayudarlos y protegerlos?, ¿Existe algo o alguien en el mundo capaz impedir que las vidas de un homosexual se trunque por la hipócrita moral de seres humanos que piensan que el homosexualismo es una enfermedad o simplemente lo ven como un acto asqueroso?

Mientras mis preguntas puedan conseguir una respuesta clara, rápida, convincente y sin rodeos, Tomas continúa su viaje a Madrid, su corazón destrozado, su vida hecha pedazos, sus fantasías y planes para su vida futura tirados a la mierda. Por otro lado Rafael enfrentando los órganos oficiales de Inglaterra quienes decidirán que harán con él, como si fuera un pedazo de papel que puedes usarlo para dejar plasmado para toda la vida una exquisita obra de arte o simplemente estrujarlo hacer de el una bola y tirarlo a la basura.

…¿Deseas algo de tomar? Pregunta una de las azafatas del vuelo a Tomas, ella nota que la cara del chico refleja una tristeza enorme, los ojos de Tomas aun con lagrimas confirman que está destrozado.

Tomas alza la mirada hacia ella y le dice,

…No, gracias.

La joven empleada continua ofreciendo bebidas a los demás pasajeros, Tomas hecha su cabeza hacia atrás la descansa en el espaldar de la butaca, cierra los ojos, al apretar los párpados de sus ojos salen las últimas lágrimas, se pasa una de las manos por las mejillas, y se las limpia.

En pocos minutos estará aterrizando en el aeropuerto Internacional de Barajas, España, allí permanecerá unas cuatro horas antes de tomar su vuelo final hasta Miami.

La azafata de la aerolínea llega al final del avión y le comenta a la jefa de azafatas de vuelo que ha visto a alguien visiblemente deprimido, ellas acostumbran asistir a este tipo de personas, para ayudarlos a sentirse mejor hasta que lleguen a su destino y evitar una crisis dentro de la nave en pleno vuelo.

La jefe de azafatas discretamente se acerca a Tomas y le pregunta con voz muy dulce en un tono suave,

… ¿Se siente bien?, ¿le gustaría que le traiga algo de beber?

Tomas abre los ojos al momento que escucha la pregunta y contesta,

…Estoy bien gracias, solo paso por un mal momento.

…¿Desearía asistencia cuando lleguemos al aeropuerto? Pregunta muy amable la empleada.

284

…No, gracias estaré bien, contesta Tomas.

...Por favor siéntase libre de pedir asistencia en cualquier momento que lo necesite, lo ayudaremos, pronto estaremos aterrizando, le dice la azafata de la aerolínea.

Tomas le sonríe, vuelve a echar su cabeza hacia atrás, cierra los ojos.

Desde la ventana del avión al aterrizar Tomas ve que el frío y la lluvia se han apoderado de Barajas también. Lentamente el avión aterriza, los pasajeros poco a poco salen de la nave, Tomas tiene que pasar por un chequeo de pasaporte y luego podrá ir hasta la sala donde estará el próximo y último avión que tendrá que tomar hacia Miami.

Va distraído y triste, busca la fila mas corta para chequear su pasaporte pero no busca por una cara amigable como lo había hecho antes de chequear en Londres, esta vez no le importa.

Un señor blanco de unos cuarenta años lo atiende. Tomas le entrega el pasaporte, al otro lado del mostrador el oficial Español lo lee, hace los chequeos pertinentes y extiende su mano para entregarle el pasaporte a Tomas, Tomas extiende su mano lo alcanza y pasa por inmigración sin problema alguno.

Son cuatro horas lo que tendrá que esperar Tomas antes de tomar el vuelo, mientras tanto en la sala internacional camina por los largos pasillos cubiertos de tiendas y anuncios.

Tomas se detiene y recuerda que el estuvo allí, aquel había sido el primer aeropuerto al que llegó después de salir de Cuba, reconoce el lugar y se dirige a la primera tienda que visitó en aquella oportunidad recuerda el oficial al que le pregunto si podía entrar en ella. Quizás sea la misma o quizás sea una parecida, todo luce igual lo único que ha cambiado han sido los anuncios.

Luego de pasar por la tienda sin entrar decide buscar primeramente la puerta por donde en casi cuatro horas saldrá su vuelo a Miami, y después ir a comprar una tarjeta de teléfonos para llamar a Rolando.

La salida de su próximo vuelo esta cerca y Tomas después de asegurarse del lugar donde deberá estar media hora antes de su vuelo, vuelve a caminar hacia la tienda, esta vez confiado y libremente entra en ella, busca una empleada y le pregunta donde puede comprar una tarjeta de teléfono.

La empleada le ofrece una con muy buena tarifa para llamar a Los Estados Unidos pero tiene que buscar primero donde cambiar el dinero, la empleada le explica que cerca hay una casa de cambios. Tomas se dirige hacia allí y cambia solo una pequeña cantidad algo así como para comprar la tarjeta solamente. Vuelve a la tienda, compra su tarjeta y se dirige al teléfono público más cercano.

Llama a Rolando y con tan buena suerte que esta vez él contesta y no la dichosa maquina grabadora de mensajes.

…Rolando soy Tomas.

…Tomas, ¿como estas? Pregunta con alegría Rolando.

Tomas le dice que no esta nada bien y le explica lo que ha sucedido con Rafael, le pide consejos, Rolando por su parte le dice que todo tiene su riesgo y que todo es como un juego donde puedes perder o ganar y en este caso Rafael perdió, también le explica tranquilamente sin reflejar en su voz algún tipo de resentimiento por lo sucedido que depende de la decisión de Inglaterra él lo podrá ayudar, si devuelven a Rafael a Irlanda, solo tiene que conseguir dos mil libras mas y él lo saca nuevamente, pero si lo devuelven a Cuba estará perdido.

…¿Y como podremos saber donde esta? Pregunta desesperado Tomas.

…Bueno tendrás que esperar a que él me llame tratando de localizarte o que te enteres que esta en Cuba, llama a sus familiares allá y explícales lo que paso así estarán pendientes.

Tomas se siente fatigado, tantos años tratando de llegar a lo que le llaman el país de la libertad, tantos pasos que han tenido que dar desde que estaban en la Universidad para que todo termine así, es como si lo que estuviera viviendo es una pesadilla, algo que no lo puede ni tan siquiera creer, ¿cómo llamar a la madre de Rafael y explicarle lo que ha sucedido?, Tomas no sabe ya en que pensar, su cabeza es un tormento, su corazón despedazado no ayuda a su cuerpo a mantenerse de pie, siente como si un desmayo quisiera tirarlo al piso, pero sabe que no puede llamar la atención, tiene que ser mas fuerte que su mente y su corazón, cuelga el teléfono y lo deja a Rolando con la palabra en la boca, lleva en la mano el asa de su maleta que casi va arrastrando por el piso, busca la silla mas cercana para sentarse.

Desde el medio del pasillo ve una línea de sillas una al lado de la otra mirando hacia un ventanal de cristal a través del cual se divisa la pista que utilizan los aviones para despegar y aterrizar. Tomas camina sin fuerza hacia una de las sillas, se sienta, deja su maleta en el piso entre las piernas, se pone las manos en la cabeza, y mira el depresivo clima lluvioso y gris, cierra los ojos nuevamente, no quiere estar vivo, siente como si estuviera solo en el mundo, atrapado en la agonía y la impotencia de una situación que solo semejantes a él crearon, como si le quitaran el derecho a vivir como cualquier otro ser humano.

Abre los ojos al escuchar una voz hablando con acento Británico, es un señor de unos cincuenta años, con sobre peso, blanco canoso y un gran bigote, visiblemente enojado, que camina buscando una silla para sentarse cerca de Tomas, detrás del hombre camina una chica joven, delgada, rubia, muy bella, con dos niños que lleva de las manos, la chica luce muy triste y cansada.

Todos se acomodan hacia la parte derecha de Tomas, la chica es la que se sienta cerca de este. Los niños están insoportables, la muchacha trata de cerrar los ojos para descansar, pero los niños no la dejan, corren de un lado para otro, y hasta le dan puñetazos a la chica en sus piernas para que esta jugara con ellos, lo cual hace que ella vuelva a abrir los ojos para decirles que está cansada. Tomas nota que la chica lleva un anillo de casada en uno de sus dedos, y también escucha que la chica le pide al señor con un acento algo Búlgaro o Polaco que cuide los niños, el hombre se vira hacia ella y rotundamente le dice que no.

Tomas queda sorprendido por la respuesta tajante y ruda del señor, y con disimulo trata de mirarlo a la cara, entonces nota que el anillo que el hombre lleva puesto, es idéntico al que la joven chica lleva en el dedo. Tomas supone que están casados, y se pregunta, ¿como es posible que una chica tan bella como esta esté casada con ese hombre que a simple vista la maltrata?

Uno de los niños le pide al padre ir al baño, y al otro se le antoja también, la madre no puede entrar con ellos a los sanitarios para hombre, entonces no queda otra que el padre se haga cargo de los niños y los lleve a los sanitarios.

Los tres se van, la chica los persigue con la vista, Tomas sigue mirando por el cristal los aviones que por allí transitaban, pero con la esquina de su ojo está pendiente a la chica, hay algo en ella que le llama la atención y que le hace sentir lástima. Cuando el marido entra con los hijos al baño, la chica retorna su mirada hacia la pared de cristal al frente de ella y comienza a llorar.

Tomas nota que ella no esta nada bien y le pregunta,

…¿Estas bien?

La chica es como una bomba que quiere explotar con palabras y cree que ha encontrado la única oportunidad para hacerlo y le contesta a Tomas en el medio de su llanto,

…Soy Polaca y me case con este cerdo a la fuerza, cuenta la chica

…Mis padres quisieron siempre escaparse del comunismo y no tenían forma de hacerlo, éramos muy pobres, este hombre llego a la escuela donde estudiaba como profesor de Ingles, me rapto un día cuando me pidió que lo viera al final de la clase, pensé que me hablaría sobre mis grados en Ingles pues estaba muy mal en la asignatura. Terminé embarazada, mis padres sintieron que la moral se había ido al piso y pidieron que me casara con él, vieron un escape por este medio, nadie cree en mi historia, a él simplemente lo ven como un buen profesor y se refleja siempre frente a mis padres como un gran hombre, él por su puesto, se ofreció enseguida a casarse yo solo tenia quince años.

…Ahora vivo en Londres soy prácticamente una esclava suya, y los niños son iguales a su padre, no puedo ni castigarlos porque él me golpearía, continúa la chica en el medio de un tremendo llanto y mirando a cada rato hacia el baño para evitar que el marido la escuche.

Tomas no sabe por qué ella tiene que contarle todo esto y a pesar de todo lo que esta pasando la escucha y aprende, aprende que él no es el único triste y perdido, existe una bella chica que sus padres utilizaron para escapar del comunismo, el mismo sistema del cual él ha escapado aunque en diferentes circunstancias y sin embargo tanto él como la chica, están pagando las consecuencias con dolor, solo que de diferente manera.

Tomas no habla, deja que la muchacha lo haga para que se desahogue, ella se calla repentinamente al ver que su marido sale del baño con los niños que se desprenden a correr hacia ella, se limpia la cara y pretende lucir que no esta llorando y mucho menos hablando con alguien.

Los niños se le tiran encima, ella les abre los brazos y hecha su cara hacia atrás previniendo que con sus pequeñas manitos le den un golpe en la cara, el marido pasa por frente a Tomas que sigue con las manos en la cabeza y los dedos entrelazados, Tomas mira al hombre seriamente a los ojos, con cara de rabia, Tomas cree en la historia de la bella rubia Polaca, el señor a medida que van pasando los minutos mira con intriga a Tomas, busca una silla cerca de su esposa y se sienta, abre un periódico y comienza a leer.

El corretaje de las malcriadas criaturas hace que sin intención le den un golpe en una de las piernas de Tomas, la madre le pide disculpas, el marido coloca hacia un lado el periódico para ver que había sucedido, Tomas le dice,

…No hay problemas.

El chico se levanta de la silla y decide caminar un poco o al menos buscar otro lugar donde sentarse lejos de la familia.

Poco a poco van pasando las horas, la aerolínea hace el primer llamado para abordar, Tomas, se siente confiado en poder pasar esta última prueba, pues la aerolínea solo pide el pase de abordar y no el pasaporte, Tomas nunca tuvo que salir del area internacional del aeropuerto y tiene su pase de abordar desde Londres.

El afligido muchacho se coloca último en la fila de pasajeros y atrás de él se colocan unos pasajeros más, cuando está por llegar su turno, mira hacia donde esta la desafortunada Polaca y con su mente y en silencio le desea la mejor de las suertes, Tomas entra al avión.

Son casi diez horas las que tendrá que esperar para llegar a Miami, y aunque esta confiado en que lo peor ha pasado otra preocupación viene a su mente, donde ira a vivir, como será cuando llegue. Sus preguntas son tantas que no le caben en la cabeza, por lo que decide tratar de relajarse mientras dure el viaje.

Tomas va sentado en una de las ventanas del inmenso y maravilloso Boeing 747, o como muchos les llaman Jumbo Jet. El viaje es durante el día y llegara a eso de las cinco de la tarde hora local de Miami. Con el lleva su pequeño equipaje y un corazón triste y destrozado. Espera poder llamar a su familia tan pronto llegue, y contarles que al menos esta en Miami, también para que preparen a la madre de Rafael, en caso de que éste sea enviado a Cuba, lo esperen y puedan acompañarlo en ese duro momento.

Sirven un almuerzo, Tomas trata de comer algo pero no puede, siente su estómago enfermo, la depresión al parecer ha destrozado no solo su corazón sino su cuerpo entero.

Capitulo XIX
Cautivo en la tierra de la libertad

Lleva nueve horas sentado y ni al baño ha querido ir, Tomas no ha comido ni bebido nada durante el viaje, y aunque quisiera algo ahora, seria muy tarde, el capitán ha anunciado que están descendiendo.

Tomas mira por la ventanilla la soleada costa de La Florida, va llegando por el Este y desde lo alto ve las playas con arena blanca, edificios, autos, siente como si llegara a casa, como si hubiera estado allí antes, y si, quizás había pensado tanto en Miami que sin querer y sin darse cuenta su espíritu se había trasladado a esa tierra primero buscando su primer amor, Esteban y luego buscando libertad.

Tomas mira como las alas del avión se expanden nota que está muy cerca a tocar tierra, desde su butaca y con la cara despegada al cristal de la ventana ve el aeropuerto, es un bello viaje pero que pudiera haber sido perfecto si Rafael hubiera estado con él.

Tomas ha hecho su viaje solo, la butaca a su lado, esta vacía, es supuestamente la silla donde Rafael tendría que haber viajado Tomás la mira, pone su mano en ella y suspira profundamente.

El avión se detiene completamente, los pasajeros poco a poco van saliendo, Tomas espera, quiere ser él último, sabe que tiene que presentarse a inmigración como un cubano que busca asilo.

Al salir por la puerta del avión y entrar al tubo que lo llevará al interior del aeropuerto, Tomas siente como el calor Floridano abraza su cuerpo, no importa que día del año sea, en la Florida hace calor casi todos los días del invierno.

Tomas siente interminable la caminata hasta llegar a Inmigración y aduanas, va siguiendo al gran grupo de personas que llegan en el mismo vuelo, sube escaleras, baja escaleras, utiliza pasillos mecánicos, hasta que al fin llega al lugar donde tendrá que presentarse.

Decidido pero con los nervios alterados, con la mirada busca un lugar donde encontrar información. Hay varias casillas, algunas dicen para ciudadanos Americanos y residentes legales solamente, otras para visitantes.

Tomas se siente confundido no sabe hacia donde ir, hasta que ve que hay un escritorio con una persona sentada y un anuncio donde le prestan ayuda a los que van llegando al aeropuerto. Casi tembloroso se dirige Tomas hacia allí y dice,

…Buenas tardes.

Es una señora trigueña, nada amable lo mira y le pregunta en Ingles,

…¿Puedo ayudarlo?

Tomas le explica que es Cubano y que viene pidiendo asilo político, la empleada de Inmigración le pide que no se mueva y hace una llamada por teléfono.

Solo pasan unos tres minutos cuando dos oficiales se acercan a Tomas, y en español le preguntan

…¿Eres Cubano?

…Si, contesta Tomas.

Los oficiales que al parecer se encuentran muy a menudo con este tipo de casos le piden muy calmados que los siga a las oficinas de Inmigración, Tomas con su equipaje en el hombro sigue a los oficiales.

Entran en una sala donde hay un mostrador, muchas sillas y varias personas sentadas en ellas, al parecer esperando ser atendidas. Son casi las seis de la tarde, Tomas permanece sentado, un oficial lo llama para que se acerque al mostrador. Tomas sin pensarlo dos veces se dirige hacia allí.

Resulto ser un oficial con acento Cubano que le habla en español a Tomas. Le hace varias preguntas al chico y coloca encima del mostrador un formulario.

…¿Cuando saliste de Cuba?

Tomas le explica, cuando y como salio de Cuba. El oficial de una forma impertinente le comenta,

…Claro es muy rico soportar un gobierno y cuando te pisan el dedo y te duele es cuando decides irte.

…¿A que te refieres? Pregunta Tomas.

…Mis padres si que no soportaron nada, comenta el oficial, ellos desde que vieron los comunistas tomar el poder no le aguantaron ni soportaron nada y conmigo en los brazos se montaron en un bote y nos fuimos de Cuba.

Tomas que ve al oficial frustrado le comenta que él solo tiene 23 años y que antes él no pudo hacerlo porque era solo un niño, y terminó diciéndole,

…Que pena me da tu caso que tuviste que venir en un bote desde Cuba, sin embargo yo, viene en un Jumbo Jet.

Al parecer al oficial no le gusta la forma de actuar Tomas desde que llego a la oficina y quiere hacerle su estancia allí más desagradable aún, ya que tiene en sus manos el poder de confundir los papeles y hacerle la vida muy difícil en trámites futuros.

Tomas es consciente de eso y no le importa, esta cansado, triste y ha pasado por tanto en su vida que se siente capaz de sacar el odio que lleva adentro y demostrárselo al estúpido y engreído oficial. Entonces le dice,

….Escúchame, no te permito que me faltes el respeto ni que me trates mal, yo a ti no te contestare ni una sola pregunta, así que busca alguien mas para que me entreviste tú y yo hemos terminado.

El oficial ve la rebeldía de Tomas y lo amenaza,

…Te enviare a un centro de retención para emigrantes, y te acuso de fraude por haber utilizado un pasaporte falso para entrar al país.

Tomas mirándolo fijo a los ojos, sin miedo y en alta voz le contesta,

…¿Sabes que?, no me asustas, yo conozco muy bien la ley y se que yo tengo derechos, yo no hice fraude, antes de presentar ese documento en una sala internacional dije que ese documento era falso y que soy Cubano, no intente entrar jamás a territorio americano con un documento falso, y quien piloteo ese avión no fui yo, la aerolínea es la culpable.

Sin tomar el formulario que el oficial le había colocado encima del mostrador Tomas se da la vuelta y se sienta en la primera línea de sillas frente al enfadado oficial.

Pocos minutos mas tarde un oficial de estatura baja y muy blanco, con espejuelos, llama a Tomas y le pide que se acerque al mostrador. Tomas se levanta, se acerca al oficial que muy amable le dice en Español con un acento Americano muy fuerte,

…Por favor te pido que llenes este formulario.

Tomas acepta el formulario, el oficial le ofrece un bolígrafo, Tomas lo toma y vuelve a sentarse en la misma silla. Son muchas las preguntas, trata de hacer lo mejor posible para llenar completamente la planilla.

Una vez que termina se levanta y se la entrega al oficial, el oficial le pide que lo acompañe. Tomas tiene que caminar rodeando el largo mostrador verde hasta llegar a una de sus esquinas, allí se encuentra con el oficial y la planilla.

Tomas camina detrás del hombre y ambos entran en una oficina mas privada y pequeña, solo el oficial y él están allí dentro, es algo así como un interrogatorio, el chico contesta las preguntas lo mejor que puede, él solo quiere salir de todo ese proceso que es normal.

La entrevista duro unos 45 minutos, luego Tomas tuvo que sentarse y esperar en la sala grande donde había estado anteriormente, allí estuvo hasta las once de la noche, el cansancio, la depresión, la preocupación y las ganas de salir de allí lo tenían casi a punto de volverse loco, cambiaba de posición en la misma silla, una y otra vez sin encontrar manera cómoda para sentarse.

Entonces, se le acerca un oficial de Inmigración y le explica a Tomas que ira a un hotel hasta que termine el necesario proceso de papeleos que necesita el chico para circular libremente en las calles. El oficial le informa también que en ese hotel permanecerá en una habitación sin salir, que tendrá un oficial vigilándolo todo el tiempo y allí esperará hasta que llegue el día de ir a la corte de Inmigración a presentarse.

…¿Que tiempo podrá durar todo esto?, Pregunta Tomas.

Es Diciembre del año 1994, y se esta desarrollado un gran éxodo de Cubanos que se lanzaron al mar en lo que primero encontraron tratando de llegar a las costas de la Florida, pero han sido detenidos la gran mayoría y trasladados a la Base Naval de Guantánamo, la política con respecto a la ley que protege a los Cubanos es algo confusa y nadie sabe que pasará, entonces el oficial le explica a Tomas todo lo que está sucediendo, y es por todo eso que no puede decirle cuánto tiempo deberá permanecer el chico encerrado en el hotel.

Tomas escucha atentamente la decisión de Inmigración de enviarlo al Hotel y esta satisfecho al saber que no tendrá que ir al centro de Retención de Inmigración, y sobre la política futura que puedan tomar con los Cubanos tampoco se preocupa, sabe que al final se quedara en Miami, lo que mas le preocupa en ese momento es Rafael y no tiene espacio en su cabeza para pensar en nada mas.

El oficial antes de retirarse le pide a Tomas que permanezca sentado hasta que un empleado del hotel lo venga a recoger y sea escoltado hasta allí con otro oficial.

Son casi las dos de la mañana, las luces están apagadas, solo una luz ilumina la parte trasera del mostrador frente a Tomas, por fin el empleado del hotel llega, Tomas esta al punto de quedarse dormido, pero la incomoda silla no lo dejo descansar, el oficial le pide a Tomas que acompañe al empleado, Tomas se coloca el asa de su maleta encima del hombro y sin fuerzas camina hacia él.

Nadie mas van con ellos solo el empleado y el oficial, el oficial tiene confianza en que Tomas no escapara por eso no trajo consigo a nadie mas para el traslado, y aquello es de esperar, los norteamericanos saben que los

Cubanos son concientes de que una vez que tocan tierra americana se podrán quedar y no ser deportados, sin duda el oficial no hubiera confiado de la misma manera si el inmigrante hubiera sido de cualquier otra nacionalidad.

El aeropuerto Internacional de Miami es un lugar soñado por miles de Cubanos que solo esperan el día en que puedan arribar. Tomas camina mirando a su alrededor sorprendido por el tamaño del lugar, afuera hay una van blanca con cristales oscuros, el empleado del hotel le abre la puerta y Tomas entra.

Por las calles de Miami en el medio de una calurosa madrugada a pesar de que es Diciembre, Tomas va mirando las tan añoradas calles, la iluminación en las avenidas le parece increíble, algo que no había visto ni en Europa.

El hotel se encuentra a unos diez minutos del aeropuerto, la van se detiende, el conductor se baja y le abre la puerta a Tomas, entran al pequeño lobby del hotel, llegan al ascensor, suben hasta el piso numero 6, el último piso del hotel, caminan por un pasillo largo, se detienen frente a una de las habitaciones que tiene la puerta abierta, hay un escritorio con un señor de camisa azúl, es un oficial de seguridad, al ver que llega Tomas, se levanta de la silla, le extiende la mano y le dice,

…Bienvenido a Miami.

Tomas extiende su mano y responde al saludo. El oficial le explica brevemente a Tomas que el podrá salir de su habitación y caminar por todo el piso, pero que no podrá entrar al ascensor, eso será considerado como una violación a las leyes o un intento de escape y entonces el proceso de inmigración se le podrá hacer mas largo y en un futuro le podrá traer muy malas consecuencias. Le explica también que le traerán a la habitación el desayuno, el almuerzo y la cena, y que podrá elegir su dieta por medio de menú semanal.

Tomas entiende la explicación clara del oficial quien le extiende la mano para entregarle una tarjeta, es la llave de su habitación, Tomas estará en una de las habitaciones al final del pasillo y antes retirarse le dice al oficial,

…Perdóneme, pero yo necesito hacer una llamada mañana temprano a mi familia en Cuba ellos no saben de mi desde hace días.

El oficial le dice que vuelva en la mañana a la oficina que desde allí podrá hacer su llamada.

Tomas le agradece y se retira, entra en su habitación enciende la luz que ilumina la entrada de la habitación, lo demás queda casi oscuro, pero puede ver que hay dos inmensas camas, un baño un closet y una ventana que tiene una vista hermosa al aeropuerto de Miami.

Tomas tira la maleta al piso, se sienta en una de las camas frente a un mueble que tiene un televisor encima, toma el control remoto en sus manos, pero antes de presionar alguno de los botones, se queda pensativo, la cara triste y cansada después del largo viaje, no sabe que hacer, si acostarse a dormir, si ver la tele, si darse una ducha, si comer algo.

Tomas cierra los ojos suspira fuertemente, trata de relajar el cuerpo, pero no puede, una que otra lágrima sale de sus ojos que ahora abiertos, miran fijamente hacia la ventana, se siente solo, muy solo, así se ha sentido desde que se separó de Rafael en Londres, deja su cuerpo caer hacia atrás sobre la cama, deja las piernas fuera de esta, poco a poco Tomas se queda dormido.

Tomas abre sus ojos al sentir un ruido, es Rafael que esta frente a él con los brazos abiertos, la alegría lo hace levantar de la cama, abre los brazos camina hacia él para abrazarlo, pero un ruido más fuerte aun lo hace despertar por completo, Tomas había dado con su cuerpo al televisor que esta frente y había tumbado al suelo accidentalmente una lámpara con su mano derecha, Tomas estaba soñando.

Su corazón vuelve a palpitar tristemente sin ganas, sin deseos se quita sus zapatos y las medias, luego la ropa, se queda en calzones, mueve la sábana que cubre la cama y se acuesta, cubre su cuerpo hasta la cabeza para tratar de conciliar el sueño de nuevo.

El cansancio es tanto que Tomas se queda rendido. Al amanecer será otro día, y Tomas vivirá su primer día en el país de la libertad pero sin ella, encerrado en un hotel hasta que tenga su cita con la corte de inmigración.

La claridad entra por la única ventana de cristal, las cortinas abiertas de par en par permiten que la luz del día sea el primer visitante en el cuarto de Tomas. Abre los ojos, mira al techo, se sienta en la cama, toma el control remoto y enciende la tele.

No puede concentrarse y decide ir al baño para ducharse y luego visitar la oficina para tratar de comunicarse con su familia en Cuba.

Luego de la ducha, ya algo mas fresco, Tomas sale de la habitación camina hasta la oficina y ve que es otro oficial que está allí. Es un señor de unos sesenta años, que invita a Tomas a pasar, Tomas lo saluda y le explica que le había pedido al oficial de la noche permiso para llamar a Cuba, este oficial de la mañana se ha enterado de todo y le entrega un teléfono inalámbrico a Tomas.

Tomas marca el numero de la vecina, ella contesta y le pide que le avise a su familia como acostumbraba, no le dice nada mas que eso, corta la llamada y espera los cinco minutos para que la familia a llegue al teléfono. Vuelve el chico a marcar, la madre toma el teléfono,

…¿Mi hijo donde estabas?, no sabemos nada de ti, hemos estado muy preocupados. Pregunta la angustiada madre.

…Estoy en Miami mami, llegue anoche, contesta Tomas.

La madre llora de felicidad y le dice al marido la gran noticia, ellos saben que allí estará mas seguro y que pronto tendrá un status legal.

…Mami, Rafael no llegó, le cuenta Tomas.

…¿Que paso?, ¿como que no llego? Pregunta la madre muy preocupada.

…Lo cogieron en Londres con el pasaporte falso, no se nada de él, no se qué le habrá pasado, cuenta a puro llanto Tomas.

La madre no sabe que decirle, ella sabe que su hijo debe estar con una tristeza enorme, piensa en las palabras que puedan hacerlo sentir mejor pero solo le viene a la cabeza el pensar que si Rafael es deportado a Cuba estará perdido para siempre.

…Te paso a tu padre, fué lo único que pudo decir la madre, aprovechando que cuando Tomas esté hablando con su padre ella podrá pensar palabras más alentadoras para su hijo y luego al final de la comunicación decírselas.

El padre trata de consolar a Tomas que no para de llorar,

…Debes estar pasando por un momento horrible hijo, pero al menos estas allá y cuando sepas de Rafael, entonces podrás crear un plan para que los dos puedan reunirse nuevamente.

…¿Y si lo envían a Cuba?, Pregunta Tomas en medio del llanto.

…Lo más probable es que él se defienda y no lo traigan de vuelta Tomas, espera a ver que pasa pero ten fe hijo, le pide el padre.

La madre toma nuevamente el teléfono y le dice que le contara a Isabel que está en Miami, también hablará con la madre de Rafael para contarle lo sucedido.

…No, dame unos días, dice Tomas,

…Quiero estar seguro de lo que paso, si él se queda en Europa estoy seguro de que llamara a un amigo aquí en Miami a quién llamaré ahora para decirle donde estoy y en caso de que tenga noticias él me las haga llegar.

La señora está de acuerdo con el plan y le pide a Tomas que sea fuerte, que se cuide y que trate por todos los medios de llamarlos tan pronto sea posible.

Tomas le explica a su madre porque está en ese hotel, y que deberá permanecer allí por tiempo indefinido. Así termina su llamada.

Agradece al oficial por dejarlo llamar y se retira a su cuarto, allí no tiene nada que hacer mas que ver la tele o sentarse frente a la ventana de cristal, ver el gran trafico de Miami y el aeropuerto. Tomas prefiere eso, muy cerca de la ventana coloca una silla se sienta y mira pensativo hacia afuera, el día esta bello, no hay una nube en el cielo, puede ver el despegar y aterrizar de los aviones cada minuto, así pasan las horas del día, esperando que llegue la tarde para llamar a Rolando que es la única esperanza de saber algo sobre Rafael.

Llaman a la puerta, Tomas se levanta de su silla y va hacia ella, abre, es una señora que le trae su almuerzo, Tomas le agradece a la señora que sin entrar a la habitación le entrega una caja blanca y una soda a Tomas.

Tomas vuelve a cerrar la puerta y coloca su almuerzo encima de una pequeña mesa redonda que arrastra hasta la ventana muy cerca de la silla, abre la caja y tiene un menú completo de comida Cubana, arroz, frijoles negros, pollo frito y papitas fritas, huele muy bien, Tomas tiene hambre y trata de comer algo.

Así se pasa casi una hora tratando de comer, esforzando a su cerebro a no pensar por un rato en Rafael para poder alimentarse. Pudo comer casi todo lo que le trajeron, se siente satisfecho, cierra la caja blanca donde vino el almuerzo para evitar mas olor a comida dentro de la habitación, busca su cepillo de dientes, se limpia la boca y sale del cuarto, va directo a la oficina, allí está el mismo oficial que lo atendió temprano en la mañana y dos señoras más vestidas con el mismo uniforme.

Tomas le pide que lo dejen hacer una llamada por teléfono y que esta vez es una llamada local, el oficial muy atento le alcanza el teléfono a Tomas que saca de su bolsillo una pequeña libreta de teléfonos, busca el número de Rolando y marca, Rolando contesta.

…Hola Rolando soy Tomas, estoy en un hotel en Miami.

Rolando con una voz nerviosa le suplica que no lo llame más, Tomas no entiende la reacción de Rolando, porque cree que él sabe el lugar donde se encuentra detenido y piensa que le dirá a las autoridades como llego a Miami, cosa esta que no le había pasado por la cabeza a Tomas,

…Lo único que te pido es que por favor, escribas el teléfono donde estoy y si te llegan noticias de Rafael por favor que me avises tan pronto sea posible, estoy muy mal, dice Tomas.

Rolando sin decir una palabra mas corta la llamada, Tomas entrega el teléfono al oficial, este nota que Tomas no esta nada bien y le pregunta,

…¿Que te pasa?, ¿necesitas algo?

…No, gracias, contesta Tomas.

Mientras Tomás camina por el pasillo las dos señoras preocupadas por él asoman la cabeza para seguirlo con la mirada y estar seguras de que el chico llegara bien a su habitación.

Tomas entra a su cuarto nuevamente, se detiene frente a una de las camas, mira hacia la ventana, ve un avión de la misma aerolínea en que llego el día anterior aterrizar en el aereopuerto de Miami.

A Tomas no se le va de la cabeza la imagen de la cara de Rafael la última vez que lo vio, o cuando caminaba por el pasillo, con las manos atadas como un criminal, o cuando miró hacia arriba y le dijo, te quiero. Tomás trata de no pensar pero es imposible olvidar, esto lo hace suspirar una y otra vez. Tomás llora.

Han pasado unas tres horas desde que se ha sentado frente a la ventana, cuando decide ver la tele un rato, busca el control se tira en la cama y empieza a cambiar las estaciones televisivas una y otra vez, no hay nada que le llame la atención, no hay un programa que lo saque al menos por unos minutos de ese pozo profundo y oscuro, lleno de recuerdos negativos de todo el sufrimiento vivido durante su viaje a Miami.

Después de jugar un rato con el control remoto, apaga la tele, se acuesta de lado, mira hacia la pared y trata de protegerse los ojos de la claridad que entra por la ventana que esta situada a su espalda, Tomas se queda dormido.

No pasa mucho tiempo cuando el chico se despierta, solo durmió una hora y media, mira hacia la ventana, aun la claridad es intensa, no es como en los paises fríos de Europa donde él estuvo, que a las dos de la tarde ya está oscuro.

Alguien llama a la puerta, Tomas se levanta de la cama, abre la puerta de la habitación, es un oficial, Tomas le invita a entrar, el oficial solo da unos pasos y se detiene, esta apurado y quiere explicarle a Tomas que tendrá derecho a un abogado de Inmigración antes de presentarse en la corte, el abogado vendrá a verlo el día siguiente.

Tomas le da las gracias por la información al oficial quien se despide de él, su horario de trabajo ha terminado, según dice y ya se va a su casa.

Tomas cierra la puerta, y se sienta en la misma silla donde ha pasado casi todo el día, frente a la ventana, mirando como el tráfico empieza a hacerse denso con la salida de los Miamenses de sus trabajos, coloca sus manos sobre la cabeza con los dedos entrelazados, levanta las piernas hacia la silla que esta frente a él, y piensa en lo que podrá hacer mientras esté encerrado en esa habitación sin volverse loco.

Al rato, Tomas decide buscar en su maleta un bolígrafo y una libreta y escribir lo que siente, hablar con una libreta sobre lo que le esta sucediendo, explicarle que se siente solo, que no sabe que hacer, que se siente perdido en un lugar nuevo, culpable por haber continuado el viaje sin Rafael y orgulloso por haber cumplido la promesa de que pasara lo que pasase continuaría su camino a Miami.

Escribe por horas, no hay nada más que hacer, es como estar preso sin ser culpable, pagando por un delito que no cometió.

Así pasa Tomás su primer día en el hotel las horas son largas, pero llega la noche. Tomas se da una ducha, al salir, la misma señora que le trajo el almuerzo le trae la cena también. Esta vez sentado en la cama, Tomas cena, cuando termina se acuesta. Coloca dos almohadas una encima de la otra para descasar los hombros, el cuello y la cabeza, semi sentado y tapado hasta la cintura con una sabana blanca, vuelve a jugar con el control remoto de la tele, esperanzado en encontrar algo para ver.

Pasa un canal de televisión tras otro, se detiene en uno y vuelve hacia atrás, son las noticias en español de un canal local de Miami. Tomas deja de jugar con el remoto, las noticias estaban por comenzar, aun estaban los titulares, uno de ellos hablaba de las condiciones de los balseros Cubanos refugiados en la Base de Guantánamo.

Tomas se impresiona al ver la cantidad de cubanos que están detenidos en la Base, las condiciones son precarias e incomodas. A medida que la cámara toma a los balseros Tomas busca entre la gente a conocidos de su barrio, en las entrevistas se ve a estos Cubanos maltratados por el sol, y hasta quizás por la falta de sanidad. Al menos Tomas no ha tenido que pasar por eso, se habla de un posible repatriamiento de los cubanos a Cuba, y hasta de la posibilidad de enviarlos en grupos a Los Estados Unidos.

También se ven las manifestaciones que hacen los comunistas en Cuba en contra de toda persona que se oponga a la Revolución. Un oficial de la Policía Nacional Revolucionaria empuja y patea una señora ciega a la cual llevan casi a la rastra hasta un auto de patrullas, al parecer hasta los mismos ciegos ven la realidad Cubana.

Tomas siente odio, todo lo que se ve en las noticias es malo, no hay nada que pueda hacerlo sentir optimista y positivo. Las noticias locales de Miami describen tiroteos y accidentes, es como si eso fuera lo único que sucede en esta ciudad, aunque al final de la trasmisión aparece algo diferente para ver. Un periodista le está haciendo un reportaje a un chico proveniente de Haití que padece un problema cardiaco muy serio, es solo un niño de ocho años que si no es operado rápidamente puede morir. La madre desesperada y llorando pide la ayuda a la comunidad Miamense. El único hospital del Condado le hará la cirugía a la criatura, los médicos han donado su tiempo, pero aun así necesitan colectar una suma de dinero que solo los ricos logran tener, la madre le da gracias a dios por los médicos que la rodean, también cantan canciones patrióticas americanas agradeciendo a Los Estados Unidos por la ayuda que le han prestado a su precioso niño.

Tomas sonríe y ve la hipocresía que sale desde la pantalla del televisor, él no ve la razón por la cual la mujer le da gracias a dios por los médicos cuando según los cristianos es dios quien todo lo puede, entonces, ¿porque dios no cura al niño de una vez y por todas sin tener que pasar por tantos sacrificios? Se pregunta por dentro Tomas, ¿por que dios tiene que hacer tan complicadas las cosas? ¿Por que agradecerle a este país si solo le ha dado una visa para que entre en él? La familia tendrá que conseguir ese dinero cueste lo que cueste porque el país no pagara el costo de la cirugía, Yo agradecería a los médicos que han donado su tiempo, pero nada mas, piensa Tomas y molesto cambia de canal.

La noche transcurre, Tomas se despierta varias veces, pero luego logra conciliar el sueño. Abrazado a la almohada, piensa en Rafael antes de quedarse dormido, y así al menos logra dormir hasta las cuatro de la mañana cuando se despierta y ya no resiste estar en la cama. A esa hora entonces Tomas decide en pijamas caminar por el pasillo del hotel.

Sale de su habitación, las puertas de las otras habitaciones están cerradas excepto la oficina de los oficiales que están a cargo de vigilar el piso. Tomas camina y pasa por frente a esa puerta, hay dos oficiales sentados con una televisión encendida pero con el volumen muy bajo, los dos son personas de unos cincuenta años que están hablando sentados muy cómodos fuera del escritorio en unas sillas de piel grande,

…Hey hola Tomas, saluda uno de los oficiales al verlo pasar por la puerta como un fantasma.

Tomas se detiene vuelve hacia atrás y saluda al oficial,

…¿Hola como estas?

El oficial invita a Tomas a entrar y compartir con ellos un rato,

..Entra para aca, somos Cubanos como tú, no te vamos a comer, dice uno de ellos sonriente y con un visible acento Cubano.

Tomas sonríe, acepta la invitación y entra a la oficina, se sienta en una de las sillas,

…Bueno cuéntame, ¿como está la patria?, pregunta uno de los oficiales.

Tomas le cuenta en las pésimas condiciones en que se encuentra la Habana que es la ciudad donde nació creció y siempre estuvo, los oficiales le dicen que hace unos treinta años que han abandonado la isla, y tienen curiosidad por saber de su patria a través de alguien recién ha llegado de allá.

..¿Y el Náutico?, cuéntame, ¿que ha sido del Náutico?, ¿y las tiendas de Galiano? Cuéntame, pregunta el curioso oficial.

Tomas sonríe y dice,

…Eso no existe, en Galiano solo puedes ver edificios viejos apuntalados para que no se caigan, y en el medio de las barras de maderas las vitrinas con cristales rajados y nada en el interior de ellas, en cada esquina de esos edificios orine y hasta mierda, ¿y el náutico? Qué náutico eso no existe tampoco, nada de lo que dejaste en Cuba existe, todo es ruinas, cuando vuelvas a ese país sentirás que estas en un cementerio gigante, todo muerto, sin color, destruido y apestoso.

…Increíble, dice uno de los oficiales,

…Cuba era una perla, primero transitaba un auto americano en la Habana que en el mismo Estados Unidos.

…Esos fueron otros tiempos, Cuba es un país sin esperanzas, comenta Tomas.

… Si claro el único que es rico allí es Fidel Castro y su camarilla, dice el oficial,

...Por eso apoyo el embargo americano contra ese régimen.

…El embargo americano lo que ha hecho es justificar a Fidel por la falta de recursos y el hambre que estamos pasando, dice Tomas y continua,

...Fidel se apoya en el estúpido embargo para engañar a muchos diciéndole que todo lo que nos falta es culpa de los Americanos.

…Si pero se la hemos puesto difícil a Fidel que no ha podido negociar con casi nadie en el mundo, comenta el oficial.

Tomas no entiende el punto de vista del oficial y le dice,

…¿Como puedes decir eso?, desde los Estados Unidos salen barcos llenos de granos hacia Cuba, mercancía que compra Fidel Castro a los mismos americanos, ¿como puedes decir que no hay negocios? Si ves la realidad, el embargo lo que ha hecho es perjudicar el pueblo aun mas, alejarnos de la civilización, y enriquecer a Fidel Castro, Fidel Castro siempre queda como uno de los hombres mas ricos del mundo, así que no veo por donde se la han puesto mal al tipo, dice casi enojado Tomas.

Los oficiales se quedan callados ante la explicación de Tomas, pero uno de ellos no tarda en contestar a sus comentarios diciéndole,

…Se ve que hace poco llegaste de Cuba.

…¿Que quieres decir con esto? ¿Que tiene que ver que yo llegué ayer de Cuba? Estaba adentro y vi el efecto del embargo en mi país, dice Tomas,

...Te repito, Fidel se apoya de eso para justificar el hambre, ahora usted que ha estado tantos años aquí me puede decir ¿cuál es el propósito de Estados Unidos de implantar un embargo en contra de Cuba?

…Oh, eso está muy claro hijo, dice el oficial,

…Destruir el comunismo y quitar al dictador del poder.

…Bueno llevan muchos años con la misma ley y no lo han logrado, Cuba es una pequeña Isla en el Caribe, y su presidente Fidel Castro se levanta cada día y se caga en la madre de los Americanos y nada pasa, sin embargo los Americanos tuvieron que ir al otro lado del mundo a luchar contra el comunismo en Viet-Nam, si lo que ellos quieren en realidad es sacar a Fidel del gobierno y acabar con el comunismo en Cuba ellos hubieran lanzado varias bombas y hubieran acabado con todo en dos días, sin embargo el bloqueo a Cuba les ha tomado años, pero como en Cuba no hay petróleo, no creo que les importe ir tan rápido.

…Hijo, dice un oficial, Te voy hablar como tu padre, yo llevo aquí treinta y cinco años, y cuando te escucho me parece estar escuchando a un comunista, si te expresas de esta manera ¿porqué viniste para los Estados Unidos? cuidado con lo que hablas que aquí puede ser malinterpretado y puede llegar a costarte caro.

Tomas se ofende se levanta de la silla y le responde,

…Yo no soy comunista y quiero Fidel que se vaya al carajo, quiero a mi país libre quizás lo desee mas que tú porque tengo a mi familia entera allá, y te digo algo, Estados Unidos no tiene derecho alguno en ponerle un embargo a Cuba o ningún otro país solo por el hecho de tener un dictador o de tener un sistema de gobierno que no les gusta. Vine a este país a comer de la Comida que este país también me quita con el embargo estúpido que tiene, además no debo tener cuidado alguno con lo que hablo, ¿es que acaso no se le llama a este país, el país de la libertad?

…Te aprovechas de la ley de ajuste Cubano para venir aquí y quedarte, ¿sabes? Eso no lo hace Estados Unidos con nadie, y no existe país en el mundo que te de la protección que aquí te damos, le dice casi indignado el oficial.

Tomas pone una sonrisa en su cara y le dice,

…¿Y porque esa preferencia con nosotros?, ¿no será porque quieren camuflar la mierda que están haciendo con Cuba por culpa del embargo? Si como tú mismo lo dices Cuba no podría negociar con nadie en el mundo por culpa de la ley, ¿cómo sobreviviría el país? Bueno la única forma seria tirarse en una balsa y si no te pudres en el mar y llegas a Estados Unidos poder comer aquí lo que no comes allá, y ni pensar en que te den una visa para viajar normalmente aquí, oh no, hay que tirarse en balsa, le dan la visa a los viejos que no pueden ni con su alma.

Los oficiales permanecieron callados y no quisieron entrar en una discusión mas profunda con Tomas, al final ellos tendrán que entender que Tomas está tratando de vivir en un país donde hay libertad de expresión.

Tomas indignado y lleno de frustraciones, se retira a su habitación y deja a los oficiales discutir entre ellos cualquier impresión que se llevaran por las opiniones expresadas por él.

Una vez acostado alguien llama a la puerta, Tomas se levanta abre y es uno de los oficiales, le dice que está seguro de que se aburrirá solo en ese cuarto y por eso le ha traído unas revistas para que lea,

..Muchas gracias, de verdad que estoy muy aburrido, le dice Tomas.

El oficial con una sonrisa se retira, su turno de trabajo ha terminado, Tomas vuelve a la cama y se pasa unas cuantas horas leyendo las revistas una y otra vez.

Habían pasado unos minutos después que una empleada de servicio del hotel le había traído desayuno cuando llaman a la puerta nuevamente, Tomas deja la revista abierta encima de la cama, y atiende,

…Buenos días soy abogado de Inmigración De la Cruz, dice un hombre de unos casi cuarenta años.

Tomas, lo saluda lo invita a pasar, el abogado se sienta en la silla que Tomas tiene colocada frente a la ventana y encima de la mesa coloca un portafolio negro.

…Tomas, dice el abogado,

...Tendrás que ir a una corte de Inmigración y tendrás que presentar tu caso diciendo que buscas asilo político, la situación se ha puesto mala para los cubanos después de este nuevo éxodo y hasta pudieras ser repatriado a

Cuba si la ley llegara a cambiar, comenta el abogado.

Tomas confundido lo detiene y le pregunta,

...¿Es que acaso no existe una ley que dice que lleguen como lleguen y siempre que toquen tierra americana los Cubanos tienen el derecho a quedarse?

...Si, dice El Dr. de la Cruz, pero quizás la ley pueda cambiar, por eso estoy aquí y quiero ayudarte.

Tomas siempre ha sido un chico muy inteligente y cree que aquí pudiera existir más que una ayuda un negocio para el abogado que sin duda se está aprovechando de la situación entonces le pregunta,

...¿Y como supiste que estoy aquí?

...Inmigración me aviso, contesta muy rápido el abogado.

...¿Entonces esto es un servicio que será gratis? Pregunta Tomas.

...No, contesta el abogado, y continúa explicándole,

...Por ser cubano y un caso más fácil solo te cobraré 700 dólares.

Tomas lo mira con mas intriga y le pregunta,

...Esta bien, ¿que tengo que hacer?

El abogado le explica a Tomas que tiene que presentar un caso lo mas real posible antes del juez para que le otorguen el Asilo Político y le pregunta,

...¿Tienes algo que contarme que pueda demostrar que fuiste perseguido político?

Tomas, piensa en contarle que fué estudiante de medicina, que se escapo de Rusia y que si volviera a Cuba, tendría que pagar por el escape, pero decide contarle que es homosexual.

El abogado se hecha hacia atrás sorprendido por la respuesta de Tomas, y con una risa en sus labios le dice,

...Bueno no creo que esto te califique para un asilo político y si quieres salir de aquí pronto tenemos que buscar otra historia.

...No, dice Tomas,

...Esa es mi historia, soy homosexual, me fui de Cuba porque allá somos perseguidos, maltratados y en ocasiones asesinados, fui golpeado, estuve en un hospital por los golpes, las autoridades crearon una versión diferente de lo que había sucedido y terminé yo siendo el acusado, nunca pude demostrar que estaba enamorado del ser mas bello que haya podido encontrar, el hombre de mi vida quien fue detenido en Londres y no se nada de él. Esa es mi historia, eso es lo que diré.

...Lo siento pero con esa actitud yo no podré ayudarte, le dice el abogado quien se levanta de su silla y recoge el portafolio.

…Entonces no me ayudes, dice Tomas,

…Yo me presentare en la corte solo y mis palabras serán las pruebas de mi verdad y mis desgracias.

El abogado sin decir una palabra más abandona la habitación de Tomas. Este se sienta en la silla que estaba ocupando el Dr. De la Cruz, sube los brazos a la mesa acuesta su cabeza en ella y nuevamente rompe a llorar. Sus nervios están visiblemente lastimados y naturalmente se irrita muy fácil, piensa que fue un poco duro con el abogado pero por otra parte sabe que no se dejara llevar por la propaganda que intenta venderle este abogado diciéndole que puede sacarlo antes que nadie de ese lugar metiéndole miedo, contándole que cambiará una ley que ha existido desde los primeros años de la década de los sesenta en Estados Unidos.

Ya mas calmado Tomas vuelve a mirar por la ventana, nota que ha llovido algo y aun parece que seguirá lloviendo mas tarde, el cielo esta cubierto de nubes grises, como si una tormenta tropical fuera a pasar por allí. Tomás escucha un ruido de personas hablando en alta voz desde el pasillo, al parecer son personas jóvenes, y para hacer algo nuevo que le mate el aburrimiento y con disimulo se asoma a la puerta pretendiendo ir a buscar hielo a la maquina que esta cerca del ascensor.

Se lleva una gran sorpresa cuando ve que es un gran grupo de Cubanos alrededor de diez o doces de ellos, con equipajes y escoltados por oficiales de inmigración, Tomas esta convencido de que son Cubanos que acaban de llegar por la misma vía que utilizó y que como él están detenidos en el hotel. Continua su camino pasando entre los recién llegados cuando nota que los dos últimos son dos detenidos que claramente se veían que son del centro o sur de América, ellos están algo mas separados del grupo de Cubanos que van hacia las habitaciones. Ve como en la habitación frente a la suya entran los dos chicos que no son cubanos.

El piso seis del hotel se había convertido en un centro de retención para Inmigrantes. Tomas vuelve a su habitación con hielo, busca un vaso, pone unos cuadritos de hielo dentro de este y abre una soda, cuando alguien llama a la puerta. Abre y es una chica Cubana que se presenta como María Elena,

…Hola, disculpa la molestia me llamo María Elena dice, la chica y le extiende su mano.

Tomas se acerca extiende la suya y se presenta,

…Me llamo Tomas, es un placer.

Tomas no sabe si invitar a pasar a la chica, no se siente cómodo,

…Llegue hoy de Venezuela, soy Cubana y tú, ¿hace mucho que estas aquí? Pregunta la chica.

Tomas le cuenta brevemente que ha llegado desde Irlanda y que hace dos días que está en el hotel, la chica está muy preocupada y le pregunta,

…¿Te han dicho algo de qué pasara con nosotros? Todo el mundo dice una versión diferente desde que llegue al aeropuerto, estoy confundida y tengo miedo.

Tomas sonríe y le dice,

…Saldrás de aquí y vivirás tu vida normal como cualquier otro cubano en Miami no te preocupes.

…Es que mis padres están aquí y me da miedo que me deporten, comenta María.

…Nada de preocupaciones, ya verás que pronto estarás reunida con ellos, le dice Tomas.

Poco a poco se fueron acercando el resto de los recién llegados a la puerta de Tomas, pensando que él estaba detenido desde hacía mucho tiempo lo asaltan con preguntas. Tomas les explica que solo lleva dos días y que hoy lo visitó un abogado de Inmigración, que pronto se tendrá que presentar en la corte, que quizás eso sea por lo que tendrán que pasar ellos también, pero nada que sea para entrar en pánico.

…No ven caballeros, es lo que digo ya estamos en el Yuma aquí estamos seguro, comenta uno de los Jóvenes Cubanos con un acento bajo y poco amigable,

…Aquí los que están jodidos son los indios esos que llegaron con nosotros a esos si los mandan pa'tras pero a nosotros, olvídenlo que ya estamos en el Yuma, continua el joven de una manera déspota.

Otro de los jóvenes Cubanos que recién acaba de llegar le dice,

…No debes expresarte así, es muy triste que eso les pase a ellos, estoy seguro que vinieron buscando un lugar para vivir en paz y ganarse el pan de cada día tal y como lo hicimos nosotros.

A su vez Tomás lo mira derecho a los ojos y le dice,

…Frente a mi no te expreses de esa forma de nuevo, eso es una manera déspota de hablar de dos seres humanos como tú y como yo, le dice Tomas que ha elevado su tono de voz y continúa mirando al joven cubano fijo a los ojos. La vida lo está haciendo crecer de golpe a Tomas, ya no es aquella tímida criatura que se dejaba pisotear por otros.

Los demás no hablan, todos se vuelven a sus habitaciones, María Elena se despide de Tomas y le dice que pronto lo visitará nuevamente, Tomas le dice,

…Claro me encantaría aquí tienes tu casa, se ríen los dos.

Tomas cierra la puerta se tira en la cama y vuelve a jugar con el control remoto de la tele. Cambiando de canal, encuentra una estación donde se habla de la vida animal y la naturaleza en general, es un programa agradable e instructivo con el que podrá pasar varias horas matando el tiempo y sacando de su mente aunque sea por un rato los días amargos que le ha tocado vivir.

Más tarde, el aburrimiento hace que se quede dormido, pero cada vez que despierta siente que dentro de ese hotel tiene las manos atadas y alguien se las aprieta cada vez más fuerte cada hora que pasa.

Se levanta de la cama, sale al pasillo y camina buscando algo con que entretenerse, pasa por frente a la oficina, allí y varios compatriotas Cubanos haciendo llamadas a Cuba, otros están al final del pasillo parados frente a una ventana de cristal que da a un costado del edificio, desde allí se pueden ver unas casas bellas y jardines verdes muy bien cuidados en cada una de ellas.

…Tomas, grita María Elena que sale de su habitación

Tomas se detiene da la vuelta, María Elena se acerca y le dice,

…Estaba aburrida en mi habitación y tú, ¿que haces?

Tomas le dice que está aburrido también y que cada minuto que pasa en el hotel le parece mas largo, que está loco por salir de allí.

…¿Y donde vivirás? Pregunta la chica.

…Aun no sé, contesta Tomas,

…Mi madre tiene familia aquí pero yo no los conozco llevan muchos años viviendo en este país, quizás con ellos, si no me iré a donde me envíen. Contesta Tomas.

Los dos siguen caminando por el pasillo, y aprovechan para conocerse un poco mejor, María le cuenta que vivió en Venezuela dos años y que llegó a Miami con un pasaporte falso utilizando un vuelo desde Caracas a Miami y que supuestamente continuaría vuelo hasta Madrid, Tomas también le cuenta algo parecido a María Elena, pero aun no se siente confiado como para contar su historia completa o al menos hablarle de Rafael.

…¿Hiciste el viaje sola?, Pregunta Tomas.

…No conmigo vinieron dos cubanos más, son los que están ocupando la habitación que está a mi derecha, explica María.

…¿Y tú?, le pregunta ella.

…Yo venia con mi mejor amigo, menciona Tomas,

…Pero lo detuvieron en Londres tratando de llegar a Miami.

…Ay, el pobre, lo que le espera si lo Mandan pa' Cuba, dice Maria.

…No hace falta que me recuerdes esa parte, dice Tomas,

…él es una persona muy especial para mí y lo que le suceda me afectará mucho, no es fácil.

…Je, je, ríe la chica,

…No me digas que eres mariquita y estás enamorado de tu amigo.

Tomas se detiene la mira con el rostro cambiado completamente, María Elena enseguida se da cuenta de que su comentario fué de muy mal gusto que no debía haberlo hecho, pero es muy tarde, Tomas le contesta a los comentarios de la chica,

….Déjame decirte algo, sí, estoy enamorado del hombre mas bello del mundo, y él lo esta de mi, lo que pasamos juntos no es como para que lo tomes a la ligera llamándonos simplemente mariquitas, somos una pareja enamorada y separada por gente como tú, ¿y sabes que? Quizás tú como mujer heterosexual que eres no has encontrado o jamás lo hagas, un amor como el que encontré yo un día en una playa, vivimos años juntos pasando por momentos bellos y momentos terribles, pero siempre estuvimos ahí el uno para el otro, así que por favor el día que te vuelvas a referir a lo que pueda tener mi amigo conmigo hazlo con el respeto que merece.

María Elena se avergüenza, no pensó en ofender a Tomas, pero como casi siempre sucede hablamos sin pensar y ofendemos a otros. María le pide perdón a Tomas, y siente mucho remordimiento por su comentario, Tomas acepta las disculpas, y también le pide que lo perdone si fue muy brusco con ella, le pide que lo acompañe a su habitación, ella acepta, allí Tomas le pide que se ponga cómoda, él se tira en la cama y ella se sienta en la silla frente a la ventana, y le pregunta,

…¿Y como es él?

Tomas la mira y le pregunta a ella

…¿Rafael?

…¿Es así como se llama? Pregunta María.

Tomas suspira profundo, acostado boca arriba mirando al techo y con las manos cruzadas encima de su pecho le dice,

…Sí, así se llama, es mi mejor amigo, mi compañero y el amor de mi vida, Rafael es único, él tomo mi mano sin pensarlo, me aceptó como soy me amó desde el principio.

La chica escucha atentamente a Tomas que tiene la cara cubierta de lágrimas. Tomas para de hablar y ella aprovecha para decirle,

….Necesitas sacar muchas cosas de adentro Tomas por favor siéntate libre de hacerlo conmigo yo te escucho, desahógate porque se nota que estás muy deprimido.

Tomas se sienta en la cama se cubre la cara con las manos y llora mas fuerte. María Elena ve el terrible dolor que sale con su llanto y se sienta cerca de él, lo abraza, y trata de hacerlo sentir un poco mejor.

….Tienes que ser fuerte amigo, tienes que luchar.

…Hasta cuando tendré que luchar, me he pasado la vida luchando, le dice preso de una crisis incontrolable de llanto.

...Lo necesito María, me estoy muriendo y no sé qué hacer, no sé cómo saber de él, estoy en un limbo emocional, ¿qué puedo hacer?

María no tiene respuestas para las preguntas de Tomas, ella sabe bien que como pareja homosexual no tiene muchas opciones quizás ninguna, la ley no reconoce ni en Cuba ni en Estados Unidos la unión civil de parejas del mismo sexo, todavía la humanidad no puede entender que el amor puede crecer de esa manera también, que se vive felizmente y se sufre como cualquier pareja heterosexual.

Despacio Tomas se va calmando, María Elena le alcanza una toalla pequeña para que se limpie la cara,

…Me siento un poco mejor, gracias, le dice Tomas.

…No sabia que dentro de tu cuerpo existiera un corazón destrozado, por favor cuenta conmigo cuando me necesites.

Tomas agradece a María Elena, ella se levanta de la cama y para suavizar el tenso momento le dice,

…Iré a buscar unas fotos a mi habitación para que conozcas a mi familia, ¿quieres?

Tomas sonríe y le dice mirándola a la cara con los ojos hinchados por el llanto y la piel roja como un tomate,

…Está bien genial, aquí te espero.

María sale de la habitación y en pasillo se encuentra con el impertinente joven Cubano que está cerca de los dos jóvenes suramericanos y que al parecer no correrán con la misma suerte,

…Oye mi'jita que rápida tu eres, le dice el joven.

La chica se detiene y le pregunta,

…¿A que te refieres?

…Bueno cuando quieras me puedes visitar a mi cuarto mamita linda le insinúa el chico.

María Elena toma eso como una ofensa personal y no se queda callada, en alta voz le dice,

…Mira, estúpido, no comas mierda conmigo que tú no me conoces.

La voz de María Elena se escucha por todo el pasillo atrayendo la atención de los que estaban en sus habitaciones y hasta la atención de los oficiales que dentro de la oficina también la escuchan. Todos salen poco a poco, unos para ver que pasa, otros para poder disfrutar de un show que amenice aquel aburrido lugar.

Tomas también sale de su habitación y presencia la discusión. El joven Cubano le pide a María que se tranquilice y que detenga sus gritos, pero María no se calla, continua con más fuerza diciéndole que merece lo que ella dice.

…¿Que pasa aquí? Pregunta uno de los oficiales que va llegando con pasos muy rápidos para prevenir una pelea.

…Este imbécil me ofendió, él cree que porque estaba en la habitación de Tomas yo debería entrar a la de él insinuándome, cree que soy una mujer fácil, responde enojada María Elena.

El oficial le pide al joven que lo espere en la oficina, y advierte a todos que cualquier ofensa dentro de ese hotel el ofensor la pagará con el traslado al centro de Retención de Inmigración.

Todos vuelven a su habitación, los oficiales van a la oficina y sin tolerar la primera ofensa del joven cubano, uno de los oficiales le advierte que tiene que recoger sus pertenencias porque esa misma tarde será enviado al centro de retención.

Tomas espera solo pocos minutos en su habitación por María, ella llega con varios sobres en la mano, se tira en la cama con Tomas y abre uno de ellos. En el interior hay fotos en blanco y negro y a color, ella tiene una colección completa de recuerdos plasmados en aquellas fotos,

….Que pena, yo nunca me pude sacar una foto de joven, dice Tomas.

…¿Y eso?, pregunta María.

…Es que yo no tenia cámara, una vez me prestaron una cámara de fotografías Rusa y saqué varias fotos en un día que fuimos de campo con mi familia y unos vecinos con sus hijos, luego lleve el rollo de fotos al único estudio fotográfico que existe en mi ciudad y me dijeron que estaría listo en 45 días, cuenta Tomas,

…Luego cuando fui a los 45 días me dijeron que el rollo no había salido, dijeron que el film no estaba bueno yo lo había comprado en una tienda común Cubana, y bueno eso podía pasar, tu sabes que los productos que venden para los Cubanos la mayoría están vencidos o no sirven para nada, cuando termino de explicarle le pedí que me devolviera el negativo pensando que en un futuro yo podría revelarlo en cualquier otro lado tenía la esperanza de tener al menos un recuerdo de mi juventud, y ¿sabes lo que me dijo?

…No quiero ni pensarlo pero dime, dice María.

…Que como no servía lo habían votado, así sin más, oye coji un odio, cuenta Tomas.

…Es de madre en Cuba no hay respeto por nada, dice María,

…Pero bueno yo tuve mas suerte con dólares que recibía de mis padres desde aquí pude hacerme unas fotos, mira.

La chica empieza a enseñarle las fotos a Tomas, tirados en la cama con un reguero de fotos encima de ellas que hasta los confundía y a veces hasta veían las mismas fotos una y otra vez.

Pasaron todo el día juntos, fue un alivio para Tomas tener a María Elena cerca suyo, su mente estuvo un poco más ocupada con las historias que entre ellos se contaron.

Tomas le dice a María Elena que tiene un parecido a una gran amiga llamada Isabel, él le cuenta todo por lo que esta chica en Cuba ha tenido que pasar, cuanto la extraña y que haría lo imposible por tratar de traerla a Estados Unidos.

…Bueno es hora de irme a mi habitación, mis padres vendrán a visitarme y quiero estar lista, le dice María recogiendo todo el reguero de fotos de la cama y volviendo a colocarlas en el interior del sobre.

María se marcha, Tomas se queda solo, se sienta frente a la ventana, mueve la mesa para tener espacio y colocar otra silla, en ella descansa las piernas, con un vaso de agua en la mano. Tomas, mira caer de la tarde, los vuelos continuos que llegan y salen del aeropuerto le mantienen la vista entretenida.

Un llamado en la puerta interrumpe el momento en el que Tomas disfrutaba su vista acompañado de la soledad y el ruido de la máquina del aire acondicionado de la habitación, empuja con uno de los pies la silla frente a él, la aleja para abrirse paso y llegar a la puerta, abre y es María Elena con sus padres,

…Tomas quiero presentarte a mis padres, dice la cariñosa muchacha.

…Es un placer, dice Tomas, Pero pasen por favor, invita el chico.

Los padres entran a la habitación de Tomas, los dos se sientan en cada una de las sillas cerca de la ventana, Tomas en una cama y frente a él María en la otra.

…Mira traje un cheesecake, dice la madre sacando de una bolsa plástica que ha puesto encima de la mesa, una pequeña caja plástica.

…¿Un que? Pregunta curioso Tomas.

…Un cake de queso, explica la madre,

…Ya verás te gustará.

La madre sirve a cada uno un pedazo del cake, y mientras disfrutan Tomás pregunta,

…¿Y cuando llegaron aquí ustedes?

El padre de María Elena le cuenta a Tomas que han salido en un viaje a Colombia y que allí se quedaron, también llegaron a Miami con pasaporte falsos pero que esto ha sucedido hace unos años atrás, la madre le cuenta el miedo que tenia, también cuenta todo lo que pasó para salir de Cuba, le dice que en el aeropuerto ya cuando tenían todos los documentos en regla para viajar, un oficial cubano de Inmigración se empecinó en pregúntales una y otra vez quién los había invitado, por qué los habían invitado a Colombia, cómo se habían conocido, en fin un cuestionario estúpido para poder hacer como hacen con cada uno de los Cubanos que viajan desde la Isla, mantenerlos tensos y con miedo hasta que el avión despegue.

…Claro porque esos mismos oficiales tienen la envidia de no poder viajar y además sabes que el gobierno Cubano no es solo dueño de la isla, es dueño de su gente también, dice Tomas casi interrumpiendo lo que la madre de María le contaba.

…¿Y tu a quien tienes aquí?, Pregunta el padre de María Elena.

…Yo no tengo a nadie, sólo unos primos de mi madre que vinieron hace mas de treinta años y que ni los conozco.

…¿Y que harás cuando salgas de aquí?, pregunta la madre.

…No se, a la verdad aun no se, contesta Tomas

Todos se quedan callados por varios segundos,

…Y cuénteme como es eso allá afuera, ¿es tan bueno como se pinta en Cuba? Pregunta Tomas a los padres de María.

…Bueno todo tiene sus cosas buenas y malas, contesta el padre de María,

…Aquí lo malo que tiene este país es que no te garantiza lo más fundamental para un ser humano que es la educación, la salud y una casa.

…Aquí se le llama el sueño Americano a tener una casa, pero después que la terminas de pagar en unos treinta años tienes que seguir pagando impuestos por ella, y si sube el valor de la propiedad, te suben los impuestos.

…¿Y que pasa si no pagas esos impuestos? Pregunta María Elena.

….Te pueden llevar hasta preso y perder la casa que ya has pagado por treinta años, no es fácil, no creas que lo es. Contesta el padre.

…Pero bueno hay libertades que no la tienen muchos países del mundo, al menos puedes hablar mal del presidente y nada te pasa, tu sabes como es eso en Cuba, comenta la madre.

…Bueno tendré que esperar a ver como me va allá afuera, dice Tomas.

…Si no te metes en nada, te superas y trabajas, ya verás que te irá de maravilla, le dice el padre de la chica.

…¿Cuánto tiempo creen ustedes que estarán en este hotel? Pregunta la madre.

… A la verdad no se, lo que si sé es que tenemos que ir a corte a presentarnos delante de un juez de inmigración y luego saldremos a la calle. Contesta Tomas.

…Que estupidez tan grande, dice el padre molesto,

…Todo esto es para sacar dinero y tener que pagar a un abogado que los represente, de todas formas siempre nos quedamos en este país, pase lo que pase.

Tomas le cuenta que un abogado de Inmigración ya ha pasado a verlo y le ha ofrecido sus servicios por unos 700 dólares.

…¿Vistes?, dice el padre en alta voz mirando a la cara de su esposa, todo esto es para sacar dinero, ellos primeramente no tienen porque ir a una corte, siempre les dan el parol y si no el asilo o lo que sea, al final todo es para esforzarlos a que busquen asilo político inventando que van a cambiar la ley, entonces te obligan a contratar un abogado y al final éste se queda con la plata.

…Bueno es cierto, dice la madre,

…Yo tengo amigos que han llegado al centro de retención, han estado allí una semana o dos y luego salen a la calle con sus papeles en regla.

…¿Porque se habla tanto de Cuba en la tele de aquí?, pregunta Tomas cambiando el tema.

…Porque no tuvieron los huevos de hablar lo que dicen aquí allá en Cuba, por eso, contesta el padre visiblemente molesto.

…Mira todo es una política de juegos, aquí hay muchos Cubanos que están en el congreso o que hacen su dinero hablando mierda por la radio y la televisión, que no les conviene que Castro se caiga, porque si no, ¿cómo consiguen la plata?, todo está conectado, ya verás que lo que te digo es la pura verdad, continúa el padre de María molesto exponiendo sus ideas.

…No entiendo, explícame eso, ¿como es posible que Cubanos que escaparon de la dictadura Castrista y saben como es eso allá no quieren que se caiga? Pregunta Tomas.

El padre de María mira a Tomas y apasionadamente, como un Pastor tratando de convencer que su religión es la verdadera palabra de dios, le cuenta a Tomas,

…Mira hijo, cuando dos o tres cubanos que llegaron a Miami se expresaron libremente y dijeron que Fidel es un HP, los demás cubanos que llegaron con ellos se asombraron de que hablaran de esa manera por canales televisivos, entonces aprovechando la cobertura, esas personas siguieron con campañas anticastristas pero solo de bla, bla, bla, nada de tomar otro tipo de acción que realmente ayudara a quitar a Fidel del poder, así empezaron a tener sus programas de radios, hasta llegar al Congreso ahí es cuando empiezan a agudizar la ley de embargo económico hacia Cuba, ellos quieren aislar a Cuba aún mas para que a los Cubanos no les llegue información desde aquí y así que no se revelen en la isla.

No digas eso, dice la esposa interrumpiéndolo,

…Ellos crearon TV Marti y Radio Marti para que se informaran.

...Pero a casi nadie le llega esa señal en Cuba, dice Tomas.

…Todo eso es porquería, dice el padre de María Elena quien continúa con su charla,

…En esas emisoras dan noticias y ya, nada que el pueblo de Cuba no sepa, la información de verdad llegaría si los Cubanos pudieran viajar a menudo a la Isla, entonces hablar con los de allá, organizarse todos y hacer algo.

…Los políticos Cubanos de aquí han armado esto de embargo para poder mantenerse en el poder y como casi todos los Cubanos que son ciudadanos y tienen derecho a votar son los que llegaron a la etapa en que siguen votando y apoyando el estúpido embargo, pero todo eso va a cambiar porque es evidente que el embargo solo ha ayudado a Fidel a ser mas rico, a matar al pueblo de hambre y a enriquecer también a los políticos de Miami.

…Papi te estas poniendo rojo, dice María Elena, no te enfades por favor.

…Bueno es mejor que nos vayamos, dice la madre de la chica,

…Ya se hace tarde y hay que trabajar mañana.

Los padres de María Elena se levantan de las sillas y se despiden de Tomas, María los acompañan hasta el ascensor, Tomás permanece en su habitación.

El chico no tiene más nada que hacer que esperar que le llegue el día para presentarse en la corte, al menos hoy tuvo su mente un poco ocupada con María Elena y luego con la visita de sus padres, pero ahora vuelve a acompañarlo la soledad y los recuerdos de Rafael. Tomas sin pensarlo decide llamar a Rolando una vez más para ver si tiene noticias de Rafael.

Sale de su habitación y aprovecha que en la oficina no hay nadie utilizando el teléfono y le pide al oficial que está al cuidado de los Inmigrantes esa noche que le permita hacer una llamada. El oficial le señala donde esta el teléfono y le dice que puede tomarlo.

Tomas llama a Rolando éste contesta,

…Rolando, perdona que te moleste es Tomas.

…Coño, ¿no te dije ya que no me llamarás más?, ¿y mucho menos desde allí? habla con voz molesta Rolando.

...Es que estoy desesperado Rolando solo quiero saber si tienes noticias de Rafael, ¿te ha llamado?

Tomas le repite el teléfono y el número de habitación para que cuando Rolando sepa algo lo llame. Luego Tomas le agradece a Rolando y le pide de favor que si tiene alguna forma de ayudarlo a encontrar a Rafael que lo ayude, él le estaría eternamente agradecido.

Luego de tan corto tiempo en el teléfono Tomas, cuelga y se va a su habitación, cierra la puerta y se acuesta a ver la tele. Al rato se escuchan unos gritos en los pasillos, y Tomas se sienta de un golpe en la cama, algo está pasando afuera.

Sale de la habitación curioso y preocupado, ve que hay oficiales por todo el pasillo hay un alboroto terrible, algunos comunicándose con otros por radio,

…¿Que pasa? Pregunta Tomas a María Elena quien también está en el pasillo y desde la puerta de su habitación esta mirando lo que sucede.

María Elena se acerca a Tomas señala con un dedo para la habitación donde se encontraban los chicos que han llegado con ella pero que no son Cubanos y le dice,

…Los chicos que estaban en esa habitación, son peruanos y se escaparon.

Los chicos Peruanos sabían muy bien que no correrían con la misma suerte de los cubanos detenidos allí, entonces optaron por escaparse del hotel antes de presentarse a un juez de Inmigración y enfrentarse a una deportación.

Tomas está lleno de tristeza y frustración, pero aun así tiene un espacio dentro suyo para sufrir por los jóvenes Peruanos que están escapando de hombres que les impiden realizarse como seres humanos, eso es todo lo que ellos están buscando, trabajar y vivir como personas, pero es muy difícil mientras los políticos, empezando por los del Perú, no den oportunidades a sus ciudadanos para alcanzar trabajando una vida normal, como todas las personas. Y esa manera de actuar parece contagiosa entre los políticos de la mayoría de los países de América Latina, todo es llegar al gobierno robar y llevarse una gran fortuna, dejando al pueblo aun peor que cuando empezaron sus mandatos y nada detiene la corrupción entre ellos, nada cambia aunque sea un poquito para mejorar, todo es peor y cada día peor. Esos mismos políticos luego le exigen a Los Estados Unidos que apliquen reformas migratorias para que los ciudadanos de sus países puedan quedarse a vivir legalmente en Estados Unidos y continúen enviando remesas a Latinoamérica en dólares, cuyos dólares al final irán a parar a los bolsillos de los corruptos presidentes.

Tomás entra a su habitación, no quiere saber más nada de persecuciones, ni de tragedias sin sentidos ni justificaciones, se acuesta en su cama, trata de dormir.

No consigue el sueño, da vueltas en la cama piensa que quisiera ser invisible, y viajar por el mundo sin que lo vean, ver como viven los dictadores, los políticos, y hacerles pasar sustos, pretendiendo ser un fantasma que les mueve la cama y le escribe notas en los espejos de sus habitaciones pidiéndoles que cambien su forma de gobernar, los asustaría cada noche hasta que los viera creando con los pueblos un plan de vida mejor y más justo para todos.

Piensa también que siendo invisible podría volver a Cuba sin que lo vieran y visitar a su amiga Isabel, ver a sus padres, acariciar a su madre, sentarse en la costa cerca del mar donde cuando era mas joven pasaba horas pensativo, disfrutando de la bella vista azul del mar que lo rodeaba.

Unas dos horas después Tomas logra dormirse. Ya a las cuatro de la mañana estaba como una lechuza, despierto y sin sueño. Tomas sale de su cama y decide sentarse frente a la ventana, allí ve uno o dos autos pasar, el tráfico es completamente diferente a lo que acostumbra ver durante el día, es como si todo se detuviera en la noche, hasta el tráfico de aviones luce paralizado, solo ve aterrizar uno durante las dos horas en que permanente sentado frente a la única ventana de la habitación.

El sol brilla nuevamente, pero es como si no saliera para todos. Tomas aun está en ese cuarto encerrado, lleno de angustias y tristezas, sin noticias de Rafael. Hoy él tratará de hablar con los oficiales para que le dejen hacer una llamada corta a Cuba y preguntar a sus padres si saben algo de él.

…Esperare unas horas para estar seguro de que mami esté despierta, piensa Tomas, quien sigue sentado frente a la ventana, viendo como en solo minutos la congestión de autos se hace ver y los aviones empiezan a llegar y salir más a menudo. Tocan a la puerta, Tomas sabe que es el desayuno.

Se levanta de la silla, se quita una sábana que tiene encima para protegerse del frío del aire acondicionado y abre la puerta, estaba en lo cierto es el desayuno, la señora le entrega en sus manos una bandeja con cereal, leche, pan tostado y mantequilla.

Tomás cierra la puerta, y se sienta a desayunar, solo segundos mas tarde vuelven a llamar a su puerta, el chico piensa que es María Elena y abre, se lleva una gran sorpresa, es Jorge el muchacho Cubano que había conocido en Irlanda, se le tira Tomas encima lo abraza y comienza a llorar.

…Vamos papi todo está bien, le dice Jorge dándole palmadas en la espalda.

Jorge sabe por el dolor que esta pasando Tomas, hace dos días que se ha comunicado con Rolando y este le contó lo que ha sucedido a Rafael, también le contó donde estaba Tomas.

Tomas se separa de Jorge y le pide que entre a su habitación, se sientan los dos en las camas uno frente al otro, Jorge le toma las manos y apretándoselas le dice,

…Tomas, yo se todo lo que pasó con Rafael, me lo contó Rolando.

…Estoy destrozado Jorge, no se me quita de la mente la última vez que me miró, su cara me lo decía todo, era como si me hablara con los ojos.

Tomas se levanta y de la mesa toma una servilleta, seca las grandotas lágrimas que le mojan casi toda la cara.

…Yo llamé al abogado de Inmigración en Dublín, él me dijo que empezará a investigar el paradero de Rafael hoy mismo.

…Gracias Jorge, a la verdad que estoy desesperado solo quiero saber que él no fue enviado a Cuba.

…Mira lo que te traje, dice Jorge, levantándose de la cama y sacando una tarjeta del bolsillo de su pantalón.

…Es una tarjeta para que llames por teléfono a Cuba.

Tomas lo mira y sonríe,

…Gracias Jorge, no sabes la alegría que me das,

…De nada Tomas, ahora mismo vamos a llamar, le dice Jorge.

…Que casualidad eso estaba planeando hoy llamar a Cuba, pero quiero esperar una hora mas o menos, quiero estar seguro que mi mamá esté despierta, por ahora cuéntame, quiero saber de tí, ¿como es eso allá afuera? le dice Tomas secándose aun las lágrimas.

Jorge se vuelve a sentar en la cama y le cuenta a Tomas que fue a una disco gay en Miami Beach, que es lo máximo, también que no está trabajando, que el gobierno le esta dando una ayuda por unos meses, y que tiene planes de ir a la escuela a estudiar Ingles,

….Estoy viviendo en un cuarto que tiene mi prima en el patio, cuenta Jorge,

...Me gusta tengo mi privacidad, es pequeño pero todo lo que me hace falta lo tengo ahí, ¿y tu que harás cuando salgas de aquí? Pregunta Jorge

…A la verdad que no se Jorge, contesta Tomas.

…Bueno yo hable con mi prima, le dice Jorge,

...Ella me dijo que puedes vivir en el cuarto conmigo, solo tendrás que pagar 200 dólares de renta.

…¿Y como consigo ese dinero para empezar?, pregunta Tomas.

…No te preocupes, contesta Jorge,

...Te llevaré a la oficina de la ayuda para que te den algo de dinero hasta que consigas un trabajo.

…Me tranquilizas mucho Jorge, no sabes que bien me vino tu visita, dice Tomas.

…Mi prima pasará por mi pronto ella fue a ver al doctor, entonces la conocerás, le dice Jorge.

Los chicos permanecen sentados unos minutos más hablando de todo, Jorge continua contándole como le va en Miami, y lo que Tomas puede esperar de esa ciudad, entonces Tomas cree que es hora de llamar a su madre y dice,

…Dale, vamos a llamar a mi madre.

Los dos salen de la habitación y van a la oficina,

…Buenos días, ¿puedo hacer una llamada a Cuba? Pregunta Tomas a un oficial.

…No, a Cuba no se permite, es muy caro, y ya tu hiciste la tuya contesta el oficial. A pesar de que son solo 90 millas lo que los separan, las llamadas son mas caras que a cualquier otro lugar, es casi imposible llamar a Cuba desde cualquier parte del mundo y para los cubanos se les hace demasiado difícil hacer una llamada desde Cuba.

Tomas le enseña la tarjeta que tiene para hacer llamadas internacionales y le dice,

…Es que tengo esta tarjeta.

…Oh, entonces si, no hay problemas, dice el oficial.

Tomas se acerca al teléfono lo toma y comunica, la vecina como es habitual es la que contesta y esta llama a su madre. Tomas siempre tiene que cortar la llamada y esperar unos cinco minutos a que su madre llegue a casa de la vecina.

Vuelve a llamar, la madre contesta,

…Estoy tan contenta de que me llames me he quedado tan preocupada desde el día en que hablamos, dice la madre.

…Mami, ¿has sabido algo de Rafael?

…Nada hijo, la madre se enteró de lo sucedido y ha visitado la embajada de Inglaterra en la Habana, pero nadie le da información, nadie sabe nada, ella está desesperada, cuenta la madre de Tomas.

…¿Crees que este en Cuba?, pregunta Tomas.

…Tomas, a la verdad no se ni que decirte creo que aquí no está, pero hay que esperar hasta que él nos de una señal de su paradero.

Tomas suspira profundamente, ahora solo le queda esperar.

…Cuéntame, ¿y tu?, ¿Que harás cuando salgas de ahí? ¿Cuando sales? Pregunta la madre.

…Mami, tendré el juicio pronto, aun no se nada pero Jorge un amigo de Irlanda me vino a visitar y me trajo esta tarjeta con la que te estoy llamando, me ofreció vivir con él hasta que pueda desenvolverme solo.

…Eso me deja mas tranquila hijo, se lo contaré a tu padre y a tu hermano, dice la madre.

Al Jorge comprar la tarjeta le decía que podría hablar unos 15 minutos, pero por una razón u otra solo hablo 7 minutos.

…¿Ya? Pregunta asombrado Jorge,

…Que poco duro la llamada, la compre porque decía que podrías hablar quince minutos, esas tarjetas son una estafa, dice Jorge enojado, cada vez que compras una te roban minutos sin haber hablado nada.

…No te preocupes Jorge, dice Tomas,

…Yo te agradezco tu gesto y al menos hablé con mi madre que era lo que necesitaba.

Los chicos salen de la oficina y vuelven a la habitación de Tomas, se sientan en las camas nuevamente, Jorge le cuenta a Tomas que ha pasdo mucho para encontrar trabajo y que a pesar de que domina el Ingles le ha sido difícil, también cuenta los mismo de algunos Cubanos que llegaron hace treinta o cuarenta años a los Estados Unidos, tienen complejo de superioridad frente a los que recién acaban de llegar.

…Eso no importa, dice Tomas,

…Se pueden sentir tan superiores como ellos quieran, pero nosotros podemos probarles que en solo unos años, tendremos lo mismo o más que ellos, nos superaremos, y seremos ciudadanos, eso es todo lo que hay que hacer.

…Es cierto Tomas, dice Jorge levantándose de la cama,

…Bueno amigo me tengo que ir, aquí te dejo el teléfono donde puedes localizarme, avísame de todo lo que pase contigo y si te llegan noticias de Rafael por favor llámame enseguida, yo trataré de seguir comunicándome con el abogado en Irlanda.

Los dos caminan hacia la puerta de la habitación, Tomas abre la puerta y se lleva la sorpresa que uno de los oficiales de Inmigración estaba a punto de llamarle,

…Oh, disculpe, dice Tomas

…No se preocupe, dice el oficial extendiendo su mano con un sobre, aquí le traigo la cita para presentarse delante del juez de Inmigración.

Tomas mira a Jorge y Jorge mira a Tomas, el oficial se retira, Tomas cierra la puerta, Jorge se queda unos minutos más, Tomas abre el sobre y lee que la cita será en un mes.

…¿Y tienes abogado?, pregunta Jorge.

…No, ¿Para que?, contesta Tomas

…Para que te represente delante del juez, dice Jorge

…Nada de eso, contesta Tomas,

…Soy Cubano conozco la ley que dice que todo Cubano que toque tierra tiene el derecho a quedarse, así que no entiendo para que me voy a gastar dinero en un abogado, iré solo y me representare solo.

Llaman nuevamente a la puerta, Tomas abre, es una chica algo pasada de peso, trigueña, blanca y con un pelo muy largo.

…Oh, Tomas, ella es mi prima, dice Jorge.

…Mucho gusto, saluda Tomas.

La chica lo saluda y hasta le da la bienvenida a los Estados Unidos llamándole tierra de libertad, y le explica a Jorge que tienen que irse ya, pues ella tiene otras cosas importantes que hacer ese mismo día.

Tomas los acompaña hasta el ascensor, y se despide, caminando de vuelta a su habitación, María Elena se le acerca,

…Hey Tomas, ¿vistes?, ya tengo la cita para el juicio, dice la chica.

…Oh, que bien María, yo también, ¿para cuando la tienes? Pregunta Tomas.

…En solo dos semanas, contesta María Elena.

…Que raro, yo estoy aquí primero que tú y la tengo dentro de un mes, comenta Tomas.

…Oh, ¿como será eso?, ya todos los que estamos aquí la tenemos y tú serás el ultimo en ir a la cita, le dice la chica.

…A la verdad que no se que decirte, pero la suerte nunca esta conmigo, dice Tomas.

María Elena sonríe, le pasa la mano por la cabeza le dice,

…Vamos chico, no digas eso, ya saldrás de aquí, al menos sabes el día que tienes tu cita y pronto estarás en la calle, a propósito, ¿quien es ese chico que salió de tu habitación?

…Es un gran amigo que conocí en Irlanda, me iré a vivir con el cuando salga de aquí, dice Tomas.

…¿Hey quieres ir a mi habitación? Pregunta Tomas.

…Pronto llegara el almuerzo, podemos almorzar juntos.

…Si, claro seria un gusto, dice María Elena.

Caminando muy despacio por el pasillo, varios de los Cubanos que allí están detenidos, saludan a Tomas y a María Elena, hasta se detienen a hablarle, María Elena piensa que es un tiempo ideal para que Tomas se socialice con el resto de sus compatriotas y se conozcan, al menos para que pueda cubrir un poco de este tiempo aburrido y triste, platicando y entreteniéndose.

…Hola, ¿como están? saluda María Elena a una pareja de cubanos de unos sesenta años cada uno, Graciela y Nemesio, que habían llegado en el mismo vuelo que ella.

…Estamos muy bien María, gracias.

…Él es Tomas, presenta María a la pareja de cubanos.

Los cuatros permanecen en el pasillo hablando de como llegaron a los Estados Unidos, al parecer cada uno de ellos allí tenia mas que suficientes historias como para escribir un libro por todo lo que han vivido y sufrido dentro de su país, Nemecio, llega a comparar a Cuba con un campo de concentración.

El almuerzo esta listo y ya se esta distribuyendo por cada habitación, Tomas, María y la pareja Cubana, deciden almorzar juntos, la señora le pide a los chicos que los acompañen a su habitación.

Los chicos acceden a la invitación y se dirigen a ella, solo una puerta separa las habitaciones de María y la de este matrimonio.

Allí se acomodan, la pareja Cubana tiene en su habitación una mesa y dos sillas, Tomas y María Elena se sientan en ellas, y el matrimonio en las camas.

…¿Tienen hijos ustedes? Pregunta Tomas, buscando un tema de conversación con el matrimonio.

…Si, tengo dos hermosos hijos y un nieto, contesta Graciela,

…Una hija y un hijo, mi hija vive en Tampa y mi hijo en Cuba.

…Que difícil dejar la familia atrás, dice María Elena.

Nemesio, para de comer, mira a María Elena y le dice seriamente,

…El que esta en Cuba cambio a sus padres por Fidel Castro.

María Elena y Tomas, saben a que se refieren, y no preguntan nada más sobre el comentario de Nemesio, pero no obstante, Graciela les explica lo sucedido a los chicos.

…Mi hijo es doctor, pero dejó su profesión para irse a trabajar de mesero en un hotel en la Habana, imagínate allí consigue dólares y vive muy bien, comenta Graciela.

Graciela también enfadada y les comenta, como el hijo trata de buscar a personas que no están con Fidel para enfrentarlos a la policía y así ganarse méritos que lo ayudaran a mejorar su posición dentro del hotel, y seguir obteniendo dólares, algo que es muy común en Cuba a estos Cubanos se los llama chivatores del gobierno.

Existen personas que no son comunistas pero lo quieren aparentar, y en realidad son oportunistas y mientras que tengan cargos en el medio turístico, pueden robar divisas que es como se les llama al dólar y vivir algo mejor que un Cubano común, se mantienen en esos puestos laborales, tratando de dilatar a cualquiera para seguir creciendo dentro del medio, hasta que el gobierno se entera que están viviendo algo mejor que cualquier otro vecino del barrio, entonces, los investigan, los sancionan y es cuando esa apariencia de comunistas se les acaba y tratan de irse a los Estados Unidos.

…Nuestro hijo dejó de hablarnos cuando se entero que queríamos abandonar Cuba, comenta Nemesio.

…Si eso ha pasado siempre, sucedió en nuestra familia también, dice Tomas.

…No importa, no hay nada mas lindo que un día tras del otro, dice María,

…Un día todos esos que nos gritan gusanos y escorias, pagarán muy caro por lo que hacen, y lo mas lindo que Fidel Castro es el que los hará pagar por eso, sufrirán más aun, por eso es que yo digo que Fidel tiene que estar en el gobierno mucho más tiempo.

…No digas eso María, dice Graciela.

…Si, dice Nemesio,

...Fidel tiene que estar ahí, para que todos paguen por sus maltratos, un día ustedes que son jóvenes podrán ir a Cuba triunfadores y les darán una galleta sin manos a todos ellos incluyendo a mi hijo, ellos nos pedirán a nosotros de comer, ya verán, Fidel tiene que estar ahí, lo pondrá todo peor de lo que está y esos comunistas oportunistas lo sentirán en las costillas, se van a arrepentir de la mierda que nos han hecho.

…¿Que crees que pase si Fidel se muere?, pregunta Tomas mirando a la cara de Nemesio.

…Nada, absolutamente nada, tomara el poder Raúl y todo seguirá igual, la misma mierda, contesta Nemesio.

…Quizás los americanos tomen Cuba, comenta María.

…Nada de eso, dice Nemesio,

…A los americanos no les interesa Cuba, allá no hay petróleo.

…Eso mismo digo yo, dice Tomas.

…Si, pero ellos ya lo intentaron una vez y no les resulto, cuando la agresión por Bahía de Cochinos, dice Graciela.

…Dale con lo mismo, dice Nemesio,

...Chica, te he dicho que eso fué un jueguito del gobierno Americano para aparentar que querían liberar a Cuba, y unos cubanos se lanzaron y nunca recibieron el apoyo que el mismo gobierno les había prometido, por eso no triunfaron, ¿no ves que no hay interés?

…Tomas, dice Nemesio dirigiéndose al chico,

...Mira, hace poco en Cuba pude coger una canal de esos de aquí de Miami, y vi una entrevista donde le preguntaban a uno de los congresistas Cubanos Americanos porque no ir y atacar Cuba sacar a Fidel y acabar con eso de una vez y por toda, ¿y sabes lo que contesto?

…No se, contesta Tomas, es muy raro que yo pudiera ver esos canales desde allá.

…Bueno, dice Nemesio,

...El congresista se acomodó en su silla, se tomó un sorbo de agua de un vaso que había sobre la mesa y contestó, existen 500 páginas de un tratado de bla, bla, bla, el tipo no contestó la pregunta, dio mas vueltas que un trompo, y al final no entendí ni papa, no dijo absolutamente nada sobre la pregunta que le habían hecho, el entrevistador simplemente cortó y fue a un comercial, la pregunta quedó ahí, y al final no la contestó, ¿sabes porqué? Porque simplemente no quiere dar la respuesta real a los cubanos, porque creo que perdería sus votos y claro el tipo no quiere perder el puestesito en el congreso, estamos hablando de mucha plata, al final, todo es mentira, nadie hace nada por liberar a Cuba, no les importa.

…Bueno y ¿porque no lo hacemos nosotros mismos? Pregunta María.

…¿Como?, pregunta Nemesio,

…Mientras tengamos un embargo y los Cubanos de aquí no puedan ir a Cuba, estaremos aislados de todo y no podremos transmitir información o secretamente introducir armas en Cuba, si alguien de Miami trata de llevar armas a Cuba en una lancha y lo cogen los guardacostas Americanos, lo anuncian por los medios informativos de Miami, lo toman como un agresor y le dan la chance a Fidel de enterarse lo que se estaba tratando de hacer, como para preparar al mismo Comandante y tomar medidas para que nada ocurra dentro de la isla, así que ves que no hay intenciones.

…Es que los americanos quizás no quieren que nadie en el mundo crea que ellos están permitiendo una agresión en contra de la Isla, dice Tomas. Nemesio ríe y le dice,

…Tomas, de que les sirve tratar de no crear esa imagen si cuando a ellos les da la gana, van y atacan cualquier otro país sin importales nada mas que el interés que tengan en ese momento en ese país, ellos nos dejan entrar aquí a la supuesta tierra de libertad pero no nos dejan ni volver, ni tratar de prepararnos para liberar a Cuba, ellos saben sus motivos, ¿y sabes quien puede decirte cuales son esos motivos? Los mismos congresistas Cubanos Americanos, ellos son los que saben, ellos son los que pueden hacer algo pero sin embargo, ellos no hacen nada, no les conviene, un día sabremos por qué.

Todos se quedan callados por unos minutos, nadie comenta nada, y hasta han parado de almorzar, están pensativos, tratando de reaccionar al comentario de Nemesio, sus palabras son fuertes pero sin duda verdaderas. Más tarde una vez que terminaron sus almuerzos cada uno decide irse a sus habitaciones, y Tomás se retira pensativo.

…Es cierto lo que dice Nemesio, piensa y habla consigo mismo Tomas,

…Es lógico, ¿como el pueblo de Cuba puede ser liberado, si tiene sobre sus hombros, a dos gobiernos que no los dejan en libertad?, Los Estados Unidos y el mismo gobierno Cubano.

El tiempo en el hotel va pasando y uno por uno de los detenidos van pasando por la corte de Inmigración, luego de esta cita tendrán que esperar unos días para poder recibir una respuesta del Juez y poder salir a la calle, parte de una burocracia absurda que al final trae el mismo fin para todos, salir y comenzar sus vidas en esa nueva ciudad.

Un Nuevo día llega y es el día en que María Elena tendrá que presentarse en la corte de Inmigración, es temprano en la mañana y antes de irse del hotel toca a la puerta de Tomas, para saludarlo, Tomas estaba despierto y el pensaba en ir a desearle suerte a su amiga.

María Elena se nota nerviosa, aunque trata de no aparentarlo, con ella hay un oficial de Inmigración que la escoltará hasta la corte, y luego la traerá de vuelta al hotel.

Brevemente se despiden los chicos, Tomas vuelve a su habitación, son las 7:30 de la mañana, y como ya es rutina, se sienta frente a la ventana a ver el tráfico Miamense y los aviones aterrizar y despegar en el aeropuerto.

El sol empieza a entrar por la ventana y como un niño juega con los ojos de Tomas, que al sentirse molesto por los rayos que penetran directo a sus ojos, decide cerrar la cortina para acostarse un rato y ver la televisión.

El medio día llega, y Tomas sigue acostado, aprovechando un periódico con fechas atrasadas que ha encontrado en una silla en el pasillo del hotel lee una y otra vez las mismas noticias, el periódico es local de Miami y en idioma Español. Llaman a la puerta.

Tomas se levanta y abre, es María Elena que acaba de llegar de la corte, a Tomas lo mata la curiosidad por enterarse lo que ha pasado con la entrevista de su amiga.

…Fue súper fácil, yo solo me senté en la silla, me hicieron dos preguntas, el abogado hablo dos palabras y ya, nada mas, dice risueña la chica.

Tomas, escucha con mucha atención lo que María le contaba, muy pronto será su turno y quiere estar seguro de que ha tomado la decisión correcta al no contratar un abogado.

Los chicos deciden almorzar juntos, también, la señora Graciela y su esposo Nemesio, decidieron ir a la habitación de Tomas para compartir el momento,

…¿Y quién es tu abogado Tomas?, pregunta Nemesio.

…No tengo abogado, contesta el chico.

El matrimonio Cubano deja de comer, mira al chico y Graciela le pregunta,

…¿Como es eso?, tienes que tener un abogado que te represente.

…Yo iré solo, contesta Tomas,

…Se defenderme solo, no he cometido ningún delito solamente les diré la verdad, no le daré mi dinero a ningún abogado, estoy muy necesitado, no puedo darme el lujo de perder ni un centavo.

…Estas loco, Dice Graciela.

…No, no tengo miedo, además, ¿que pueden a hacer?, ¿enviarme a Cuba?, entonces serian ellos quienes estén cometiendo el delito, porque yo sé claramente lo que dice la ley, contesta Tomas.

Nemesio cambia la expresión del rostro algo sonriente, al ver la valentía en las palabras de Tomas,

…Así se habla yo debía haber hecho lo mismo, pero es muy tarde ya pagamos, comenta Nemesio.

Esa misma tarde Tomas decide recordarle a Jorge que pronto tendrá la cita con Inmigración, se comunica con éste por teléfono también con la esperanza de que haya escuchado alguna noticia del abogado de Irlanda que pudiera al menos darle una idea del paradero de Rafael. Jorge le explica que el abogado, aun no tiene conocimientos de nada pero que está haciendo lo posible para poder contactar a las autoridades Inglesas que puedan decir que sucedió al final con el chico.

Las horas pasan, y los días también. Son las seis de la mañana y Tomas casi no ha podido dormir, se ha metido en el baño a darse una ducha. Mientras el agua cae sobre su desnudo, pálido y delgado cuerpo, tan caliente como a punto de hervir, los espejos y las lozas se mojan con el vapor, y Tomás trata de no pensar que hoy es el día en que debe presentarse delante del juez de Inmigración. Solo una hora falta para que llegue el oficial que lo escoltará hasta la corte.

Tomas se prepara, del closet saca una camisa de mangas largas negra y un pantalón del mismo color, es la ropa que ha utilizado para salir de Cuba, Tomas no ha cambiado mucho en su físico, sigue tan flaco como siempre.

El llamado a la puerta hace saltar el estómago de Tomas, a pesar que está decidido y se siente valiente, no es menos cierto que es una prueba más a la que tendrá que enfrentarse y no puede evitar los nervios. Abre la puerta, efectivamente es el oficial que viene por él, María Elena también esta en la puerta para despedirse de Tomas y desearle la mejor de las suertes, tal y como él ha hecho con ella cuando fué su turno.

Hay varios cubanos más de los que están detenidos que curiosamente vinieron a ver a Tomas,

…¿Es cierto que vas sin abogado? Pregunta uno de ellos.

Tomas lo mira y no le contesta, al parecer se ha corrido entre los inmigrantes allí cautivos la noticia de que Tomas, irá sin defensa a la corte, es el único entre ellos sin representación de un abogado.

Es la primera vez que Tomas sale del hotel desde que llegó, casi no reconoce ni el lobby.

Una Van blanca con cristales negros está estacionada frente a la puerta de entrada del hotel, el oficial abre la puerta, Tomas entra.

Tomas lleva unos papeles en la mano, allí ha escrito la constante agonía que sufrió en Cuba, y la razón por la cual vino a Los Estados Unidos, esa es su única defensa y la única prueba que presentará ante Juez.

A medida que el auto avanza por la ciudad de Miami, Tomas tiene la posibilidad por primera vez de ver la ciudad algo más de cerca. El tráfico está imposible, pero a él no le importa, mientras más demora, más tiempo tiene para poder disfrutar la vista, a lo lejos se ven varios edificios altos, el oficial le señala con un dedo a Tomas y le explica que es el Downtown de Miami, Tomas continua disfrutando de la vista tratando de no pensar en su cita con el juez de Inmigración.

La Van entra a uno de los edificios del Downtown de Miami, es un edificio de unas seis plantas, pintado de blanco, entra a uno de los estacionamientos bajo techo del edificio. Allí se detiene, el oficial sale del auto y le abre la puerta a Tomas. Tomas sale, y mira a su alrededor, el estacionamiento está lleno de autos, pero la Van tiene reservado un espacio, con un letrero que indica que solo vehículos de Inmigración pueden estacionar allí.

Tomas y el oficial caminan hacia un ascensor, una vez dentro éste los lleva hasta el piso tres, al salir hay un pequeño espacio, con una ventana de cristal muy grande, hacia la derecha una puerta, el oficial la abre y le cede el lugar a Tomas para que entre primero.

Es una gran sala llena de sillas, en la sala hay muchas personas esperando, él mira alrededor, a su izquierda frente a todas las sillas hay un pequeño escritorio con dos señoras muy gordas de raza negra sentadas, el oficial se acerca, intercambian unas palabras que Tomas casi no puede escuchar, una de las mujeres le pide al chico que tome asiento, el oficial le dice a Tomas que pronto lo llamarán que debe esperar en esa misma sala, agrega que se retira a comprar un café.

El oficial abandona el lugar y Tomas espera solo unos minutos, una voz femenina lo llama por su nombre, él mira hacia una puerta donde está parada una señora uniformada, es un oficial de inmigración, Tomas siente su corazón palpitar mas rápido, algo muy normal en él cuando se encuentra en situaciones tensas.

El oficial le pide que la acompañe, Tomas camina detrás de ella por un pasillo muy largo y estrecho, pintado de color claro pero con poca iluminación, con puertas no muy separadas hacia ambos lados, todas cerradas. Por fin llegan, frente a la quinta puerta a la izquierda el oficial da dos toques y abre. Es un pequeño cuarto con un escritorio, allí hay un señor delgado, mestizo, con espejuelos puestos, leyendo unos papeles. El hombre al verlos entrar levanta la vista y le pide a Tomas que tome asiento frente a él. El oficial que lo ha traído hasta ese lugar cierra la puerta y se retira. Solo quedan Tomas y el juez frente a frente.

Tomas toma asiento, pone las manos encima de los papeles que descansan sobre sus piernas. Mientras que el juez lee, Tomas mira alrededor, solo hay un cuadro con una pintura en la pared a mano derecha de Tomas. Atrás del oficial, hay una especie de cuño sobre el cual se ve el logo del Departamento de Inmigración y Naturalización de Los Estados Unidos, es un dibujo que refleja poder, imposición, pero sin dudar es un símbolo bello que inspira respeto.

…Ok, dice el juez, cierra los papeles que estaba leyendo, los pone a un lado y dirige la mirada a Tomas.

El juez, empieza a invadir con preguntas a Tomas, Tomas se prepara sentándose de una forma mas correcta, pegando su espalda completamente hacia el espaldar de su silla.

El juez, le pregunta a Tomas por su nombre completo, fecha de nacimiento, su última dirección en Cuba y como llego a Los Estados Unidos Tomas contesta las preguntas con voz temblorosa, pero valiente, contesta casi sin pensar.

…¿Porque decidiste no contar con la defensa de un abogado? Pregunta el juez.

…Estoy seguro de que no necesito gastarme el único y poco dinero que tengo en eso, contesta Tomas.

…Explícate, dice el Juez.

…Yo no he cometido ningún crimen, la sociedad ha cometido el crimen contra mi, y he tenido que defenderme solo, no veo la diferencia en este caso.

…Estas solicitando asilo político, ¿porqué? Vuelve a preguntar el Juez.

…Soy cubano, no estoy de acuerdo con las leyes implantadas por mi país, y no tengo recursos para luchar contra ellas, soy perseguido, por pensar diferente, por ser homosexual,

…¿Por ser qué? Interrumpe con su pregunta el Juez.

…Por ser homosexual, reafirma Tomas,

…No tenemos derechos dentro de la sociedad Cubana, no crecemos como seres humanos, y estoy en un constante agobio por la represión que sufrimos solo por el hecho de no compartir las ideas de la dictadura Castrista, y además por ser homosexual lo hace doblemente peligroso, cualquier tema político que pueda discutir lo llevan al tema sexual y me acusan de crímenes que no he cometido.

…¿Tienes forma de probar que eres perseguido político? Pregunta el juez.

…¿Es que no ves la televisión y lo que esta sucediendo en Cuba? Pregunta Tomas.

…Aquí quien hace las preguntas soy yo, contesta el Juez,

…Ahora respóndeme.

…Quizás en este país como muchos otros se basan mas en papeles burocráticos y documentos que puedan probar que soy perseguido político, y quizás mis palabras no sean suficientes, pero esto es lo que tengo, una historia larga y triste que contar, la vida de un ciudadano Cubano homosexual que vivió desde el acoso constante, hasta la separación del amor de su vida. Cuenta con firmeza Tomas

…¿A que te refieres cuando me dices el amor de tu vida? Pregunta el juez.

…A mi pareja, contesta Tomas.

…¿Que paso con él o ella? Pregunta el juez.

…Él, afirma Tomas,

...Soy homosexual, lo había mencionado ya.

Tomas le explica como los dos salieron de Cuba, como escaparon de Castro y como llegaron a Irlanda, también como llegaron a Londres y como fue la separación, el juez escucha atentamente, recostado contra espaldar de la silla, mientras sostiene con la mano sus anteojos, con una pata de éstos en la boca, él no hace preguntas, solo escucha.

Tomas sigue contando, en medio de lágrimas, pero con un valor increíble, ni el llanto lo hace detenerse, el juez continúa escuchando.

Le cuenta todas las humillaciones por la que ha pasado, le habla de los años de prisión por los que pasó su mejor amiga Isabel, del día que le dieron una paliza en la escuela y nada pudo hacer, en fin nada que el juez le pareciera nuevo y es parte de las mismas historias que ve diariamente por las noticias locales de Miami y que hasta quizás ha escuchado de boca de algún otro Cubano, pero es la primera vez que se enfrenta a un caso donde un joven Cubano habla abiertamente de su sexualidad. El juez ha escuchado de la situación real en Cuba por otros refugiados, pero nunca ha escuchado a un homosexual hablar de discriminación que sufren en Cuba.

El juez, le pide a Tomas que se calme y le entrega una pequeña caja con papel para que se limpie las lágrimas,

…Está bien he escuchado lo que quería, ya puedes retirarte. Dice el juez sin dar ningún tipo de opinión sobre lo que Tomas le acaba de contar.

Tomas se levanta de la silla, coloca encima de la mesa los papeles que ha traído, camina hacia la puerta, abre y mira hacia atrás, ve al juez revisando esos papeles, Tomas se retira.

El oficial que esperaba afuera escolta a Tomas hasta la sala donde espera el otro oficial que lo llevará de vuelta al hotel.

Tomas fué el último de los cubanos detenidos en el hotel en presentarse a la corte de Inmigración, a pesar de haber sido el primero en llegar. Aun nadie ha salido del lugar esperando la decisión de Inmigración.

Las leyes están confundidas y todo es burocracia, el gran éxodo de Cubanos balseros detenidos en Guantánamo, confunde a las autoridades y hasta a los abogados, nadie sabe qué hacer con aquellos Cubanos que llegan ilegalmente por vías diferentes a la del mar.

Pero Tomas no está preocupado, va en el auto hacia el hotel mirando por la ventana, las anchas avenidas llamadas expresways, en solo pocos minutos el auto entra nuevamente al hotel.

Tomas sale de la Van y camina hasta el ascensor, el oficial lo acompaña con una carpeta llenas de papeles que al parecer es el archivo Migratorio de Tomas.

Ya en el último piso al salir del ascensor Tomas ve a María Elena con el matrimonio Cubano, Nemesio y Graciela,

…Dime cuéntame, ¿como te fué? Pregunta María Elena caminando en dirección a Tomas, junto a Nemesio y Graciela.

…No sé, yo conteste todas las preguntas, fui honesto, contesta Tomas.

…¿Sabes? Aquí todos hablan de tu valentía al presentarte sin abogado a la corte, le comenta Graciela a Tomas pasándole un brazo por encima de sus hombros y mientras todos caminan en dirección a la habitación de Tomas.

Los cuatros entran en la habitación y Tomas se prepara para comer algo del desayuno que desde horas muy tempranas le han traído a la habitación, una tortilla de huevos fría, cereal, leche y tostadas de pan. Tomas invita a todos a ponerse cómodos, mientras él se sienta en la mesa, abre la pequeña caja de cartón con cereal, la deposita en un pozuelo y arriba le añade la leche.

Mientras come, hablaba de como le fue en la corte, las preguntas que le hicieron, Graciela y Nemesio permanecen callados escuchando, quizás les parezca algo chocante esa historia de que él esta enamorado de otro hombre, pero sin embargo María Elena, continúa curiosamente preguntándole mas sobre esta cita.

Un llamado a la puerta y Tomas se da la vuelta para poder ver quien era desde su silla. Es Jorge, su amigo de Irlanda que ha venido a ver como le ha ido a Tomas en la entrevista, Tomas aunque feliz de ver a su amigo, se pone nervioso y algo exaltado pensando en que por fin llegará el momento en que se entere que sucedió al final con Rafael.

Tomas antes de contarle como le fue en la cita le hace la pregunta que ya Jorge esperaba,

…¿Supiste algo de Rafael?

Jorge lo mira serio y con cara de lástima, lo que mas quisiera Jorge en el mundo es poder llegar al hotel y traerle noticias de Rafael, pero el abogado Irlandés que trabaja en el caso no tiene la mínima pista de lo que pudo suceder con el chico según le cuenta Jorge a Tomas.

Tomas le cuenta a Jorge exactamente lo que le ha contado a María, a Graciela y a Nemesio anteriormente sobre su cita en Inmigración, nadie tiene nada que comentar, todos piensan que es valiente pero que está loco y esto lo podrá llevar a una condición peor que la de estar detenido en un hotel, que quizás lo envíen al centro de retención de Inmigración, por ahora solo queda esperar.

Esperar, es la palabra que los Cubanos utilizan para hacer crecer la esperanza de que un día todo cambiara, de que un día las familias podrán reunirse y compartir como se hacia antes de que triunfara la maldita Revolución, si es que se le puede llamar a eso Revolución, yo siempre he creído que Revolución es algo que va hacia delante, pero esto que ha sucedido en Cuba ha llevado al país a la edad de piedra, aun siguen los Cubanos esperando, y me pregunto ¿esperando a que?.

Jorge se tiene que ir, él no puede quedarse por mucho tiempo, aun no conduce y no tiene auto, depende de su prima para que lo lleve a todos los lugares, según le comenta a Tomas. Jorge también le cuenta que ya le han traído una cama para cuando salga de allí y se vaya a la casa de la prima de Jorge tenga donde dormir, también le ha traído otra tarjeta para llamadas de larga distancia a Tomas, así él podrá comunicarse con sus padres.

Tomas agradece infinitamente el gesto de amabilidad de Jorge.

El día pasa, el cielo oscuro en la noche cubre como una manta la ciudad de Miami, Tomas permanece sentado solo en su habitación mirando por la ventana como siempre, él solo piensa y al hacerlo es como si se transportara a un lugar feliz donde puede relajar su cuerpo, como si detuviera el tiempo.

Dos de la mañana por fin a Tomas le llega el sueño, se va a la cama, se acuesta y apaga la luz de la lámpara que esta en la mesa de noche.

Capitulo XX
Por fin libertad, terrible noticia.

Un llamado muy fuerte a la puerta hace que Tomas se despierte y de golpe se sienta en la cama asustado, Tomas no tiene tiempo de abrir cuando un oficial de Inmigración, el mismo que casi siempre esta en las mañanas en la oficina entra con una gran sonrisa en la cara,

…Tomas, Tomas, llama el oficial.

…Si, ¿que paso? Pregunta Tomas sentado en la cama cubriéndose su cuerpo con las sabanas hasta casi los hombros.

…Eres libre, te dieron el asilo político, dice el oficial feliz, tal y como si el que saliera en libertad fuera él.

Tomas abre los ojos, sonríe y no sabe como reaccionar, no sabe si gritar, si llorar o salir corriendo, ha sido una odisea llegar hasta este punto, en el camino ha perdido personas que ama como a su vida y ha ganado experiencias que utilizará para seguir hacia delante.

Tomas sale de la cama, cubierto solamente por sus calzones, corre a la silla donde tiró un pantalón Pijamas, se lo pone, la puerta está abierta de par en par, Tomas, sale corriendo, toca con fuerzas la puerta de María Elena y a puro gritos la llama,

… ¡María Elena!, ¡María Elena!

Solo le toma segundos a María Elena abrir la puerta, despeinada, con los ojos hinchados por el sueño, y con expresión de preocupación en su rostro,

…¿Que pasa Tomas?, ¿Que pasa? Pregunta la chica.

…Me dieron el asilo, me voy a la calle, grita Tomas.

María Elena sonríe y le da un abrazo, Graciela escucha el aborto desde su habitación y también sale acompañada por su marido, la noticia corre como reguero de pólvora, todos salen de las habitaciones despeinados y con cara de dormidos pero sonriendo y felices de escuchar que el único detenido que no llevó abogado a la corte y el último en ser entrevistado por fin es libre, eso da esperanza a los que quedan de que pronto podrán ser libres también.

…Llamare a mis padres, dice Tomas mirando a María Elena.

Tomas corre a su habitación y busca la tarjeta para llamar, y de ahí sale corriendo a la oficina, llama y se comunica. Los demás esperan afuera de la oficina para darle la privacidad a Tomas, de poder hablar con su familia. Todos están parados recostados contra las paredes del pasillo hablando de lo dichoso que es Tomas.

Tomas sale de la oficina, su rostro está cambiado totalmente, María Elena se le vuelve a acercar sonriente, pero al ver la cara de Tomas, cambia su rostro también, es evidente que Tomas no esta bien,

...¿Que pasa Tomas? Pregunta María Elena.

Tomas mira a María Elena, y mira también a todos los que están allí, incluyendo a Graciela y Nemesio, vuelve a dirigir la mirada a María y le dice,

....Rafael fue deportado a Cuba.

Tomas continua caminando hacia su habitación como un sonámbulo, pálido, frío, y como si el alma se le hubiera salido del cuerpo. María trata de seguirlo, pero Graciela que sabe la historia de Rafael la toma por la mano y le dice,

...Déjalo solo por unos minutos María.

...Pobre Tomas, dice María.

Tomas entra en su habitación, deja la puerta abierta, se sienta nuevamente frente a la ventana, arrastra otra silla frente a él, allí coloca las piernas y las descansa, con las manos sobre la cabeza, mira por la ventana. Pero Tomas no ve nada, es como si todo estuviera en blanco para él, tiene un nudo en la garganta y siente el corazón del tamaño de un garbanzo casi sin fuerzas para palpitar, Tomas no llora, Tomas no piensa, Tomas esta hundido en la mismísima tristeza rodeado de agonías, desencantos y miedo.

Pocos minutos mas tarde entran Nemesio, María y Graciela a la habitación de Tomas, que permanece sentado, parece un cuerpo sin vida lo que esta sentado en la silla cerca a la ventana, desde la puerta María le dice, dando unos pequeños toques en la puerta,

...Tomas, ¿podemos pasar?

Tomas continúa con la mirada fija en la ventana y pocos segundos mas tarde torna la mirada hacia sus preocupados amigos. Se levanta de la silla y caminando hacia el baño, les pide que se pongan cómodos mientras él utiliza el baño.

Tomas entra, cierra la puerta y se para frente al espejo, debajo de éste se encuentra el lavamanos, Tomas abre la llave, se lava la cara, levanta la mirada y se vuelve a mirar en el espejo. Siente un odio enorme, se odia hasta a sí mismo.

Una crisis de nervios hace que él mismo se golpee, nada le causa más dolor que la noticia dada por su madre esa misma mañana de que Rafael ha sido enviado a Cuba y esta detenido. Tomas busca algo que pudiera causarle un dolor mas fuerte que el que su alma estaba sufriendo, con sus manos cerradas se da en la cara una y otra vez, grita, vuelve a darse en la cara, y vuelve a gritar mas alto.

…Abre la puerta Tomas, por favor abre, grita María Elena y el matrimonio Cubano a la vez que golpean la puerta.

…¡Ya no puedo mas! grita desconsolado Tomas.

Un oficial llega corriendo y de una patada tira la puerta abajo, Tomas, esta envuelto en sangre, él mismo se rompió la nariz, esta tirado en el piso entre el servicio sanitario y el gabinete que tiene el lavamanos, parece un demente, un paciente de un hospital psiquiátrico atravesando una crisis de nervios.

Nemesio y el oficial tratan de levantarlo del piso, María Elena vira la cara, ella esta muy impresionada por lo que ve, la sangre mezclada con las lágrimas hacen parecer que la situación es peor.

Un grupo de Paramédicos llegan en solo pocos minutos, el número de Emergencia ha sido llamado, entre todos logran levantar del piso a Tomas, y llevarlo cargado a la cama, Tomas no para de llorar,

…¿Es que se le murió alguien? Pregunta uno de los detenidos Cubanos.

La habitación tiene la puerta abierta de par en par, uno de los Paramédicos pide a todos que se alejen del lugar y dan entrada a una camilla. Tomas logra calmarse y le explica a los paramédicos que se encuentra mejor, solo que está muy triste y que no necesita asistencia médica.

Uno de los Paramédicos le limpia la sangre de la cara, no es casi nada, fué más la sangre que el trauma que había sufrido, solo una pequeña cortada en la nariz.

Una vez que firma un documento donde rechaza la Asistencia Medica, los paramédicos abandonan el lugar.

Con Tomas se quedan Graciela, Nemesio y María Elena, Graciela se sienta al lado de Tomas en la cama, le acaricia su cabeza,

…¿Te sientes mejor? Pregunta Graciela.

Tomas no sabe ni que decir, el viejo Nemesio está parado cerca a la ventana y lo mira, María Elena está parada frente a él, nadie sabe qué decirle en ese momento, todos son Cubanos y saben que la suerte de Rafael esta en manos de criminales.

…¿Que puedo hacer?, pregunta sollozando Tomas.

…Explícame Tomas, ¿que es lo que exactamente sucede?, pregunta Nemesio.

Tomas le ha contado la historia mas o menos completa a Graciela y

Nemesio, pero esta vez en medio de suspiros y lágrimas, Tomas le cuenta con detalle, el porqué de su tristeza. Graciela tiene lágrimas en sus ojos, María Elena llora también, Nemesio se mantiene tranquilo, relajado y escucha detenidamente la historia de amor entre dos hombres, que el jamás pensó que pudiera existir. Ahora más calmado también les cuenta que la madre le dijo que se enteró por medio de la madre de Rafael que el chico está en Cuba y que ha sido detenido, aun no ha tenido juicio y ni siquiera saben que pasara con él, solo que lo llaman traidor a la Patria y será juzgado como tal.

La historia de Tomas parece una novela, solo que en este caso, es una novela que esta sucediendo en la vida real una novela en la que al parecer los protagonistas buenos no tendrán un final feliz, y sin embargo, los malos quedaran felizmente victoriosos.

Una vez terminada la historia, Nemesio, sentado en la silla cerca de la ventana se queda pensativo por unos segundos, luego levanta la mirada y le dice a Tomas,

…Tomas, quiero decirte algo, hoy me has dado una lección muy grande, y aunque soy un viejo y debí aprenderlo antes, hoy he aprendido que el amor existe en todos y se manifiesta de diversas maneras, nunca pensé que el amor entre homosexuales pudiera llegar a ser verdadero, no puedo ver tu historia como un capricho tuyo, lo veo como si me hubiera pasado a mi con Graciela, me muero solo de pensar que a ella la hubieran podido descubrir, cuando pasamos con nuestros pasaportes falsos, no quiero ni pensarlo.

Debía haber sido un día muy feliz para Tomas, desde hace muchos años sueña con el día en que llegara a Miami y pueda vivir en la llamada tierra de libertad, pero no es así, el día se ha tornado negro y triste después de la noticia que su madre le ha dado por teléfono.

Se levanta de la cama y decide ir a llamar a su amigo Jorge, quiere contarle lo que ha sucedido con Rafael y sobre todo que ya es libre para irse a su nuevo hogar. Los demás deciden esperarlo en su habitación.

Tomas se va del cuarto, Graciela alcanza un pequeño cuadrito donde está la foto de Tomas con un chico muy guapo, los dos sobre un puente, en la ciudad de Dublín.

…Es Rafael, le comenta María Elena.

Graciela observa cuidadosamente la fotografía de dos sonrientes chicos envueltos en grandes abrigos, muy cerca uno del otro.

…Déjame verla, pide Nemesio.

Graciela se levanta y le alcanza el cuadrito a Nemesio que permanece sentado, Nemesio la mira y suspira profundo solo abre la boca para decir,

…Es increíble.

…¿Que es increíble? Pregunta María Elena, pensando que se refería al amor que se sienten los chicos.

…Es increíble que estemos pasando por tanta mierda y estemos pagando tan caro durante tanto tiempo, responde Nemesio.

Tomas entra sorpresivamente a la habitación, nota que Nemesio tiene el cuadrito en sus manos, se le acerca y dice,

…Ese que está conmigo en la foto es la razón de mi llanto, y Fidel Castro es el culpable.

Extiende su mano toma la foto, la mira y la coloca encima de la cama.

…¿Lograste comunicarte? Pregunta María Elena.

…Si, tengo que empacar en una hora vendrá a buscarme, contesta Tomas, sacando una maleta negra del closet.

María Elena, aunque algo triste está feliz de ver que su amigo al menos podrá salir del hotel donde han permanecido detenidos unos tres meses después que llegaron a Los Estados Unidos.

Graciela, y María Elena lo ayudan a recoger las pocas cosas que tiene Tomas, un oficial llega a su habitación y le pregunta si se siente mejor, Tomas le contesta que si, otro oficial llega al rato trae consigo unos papeles que Tomas deberá guardar hasta que se presente en Inmigración nuevamente para obtener su residencia permanente al año y un día después de la fecha en que su asilo le fué otorgado.

Solo pasaron 45 minutos cuando llega Jorge con su prima, la puerta permanece abierta y por ella han desfilado todos los cubanos detenidos deseándole suerte a Tomas.

Tomas está listo y aunque su cara manifiesta un dolor inmenso, no cabe la menor duda de que esta loco por salir del hotel, todos lo esperan afuera incluyendo los nuevos amigos que ha hecho en el hotel, María Elena, Nemesio y Graciela. Con él se encuentra Jorge y la prima, Tomas antes de irse, hace lo que siempre ha hecho cuando tiene que dejar un lugar donde ha pasado tiempo y no volverá, mira cada rincón de la habitación que fue su primer hogar en tierras de libertad. Abre la puerta y sale, poco a poco se despide de todos, ya él ha intercambiado teléfonos con María Elena, Nemesio y Graciela, ahora podrán contactarse una vez que salgan del lugar.

Luego de abrazos y besos, Tomas, Jorge y su prima entran al ascensor, es

337

la última vez que Tomas verá ese hotel como una prisión y en solo segundos dará los primeros pasos como ser libre en Miami.

Caminando hacia el auto, Jorge le pasa el brazo por encima a Tomas y le dice,

…Ahora si puedo decirte, bienvenido a Los Estados Unidos.

Tomas lo mira y sonríe, llegan al auto blanco que conduce la prima de Jorge, a Tomas y ya adentro puede sentir todo el confort, los asientos de piel, el olor a nuevo, el espacio, en fin, aunque Tomas vivió en Europa, nunca tuvo la oportunidad de poder disfrutar nada material como lo hará en Los Estados Unidos.

La prima de Jorge le habla, ella le va explicando que camino está utilizando para llegar a la casa, le explica también como se dividen las calles en Miami, Norte a Sur son Avenidas, Este a Oeste con calles, Tomas está agradecido por la explicación pues él muy bien sabe que muy pronto se tendrá que enfrentar con una nueva y totalmente diferente ciudad.

Les toma unos 15 minutos llegar a la casa de la prima de Jorge, la chica muy amable, los entra primero por su casa, allí les ofrece algo de beber y comer. Ella les sirve unos dulces Cubanos,

…Oh dios, hace rato que no comía esto y para conseguirlos en Cuba era peor que encontrar una aguja en un pajar, dice Tomas.

Jorge y su prima sonríen, Tomas saborea los dulces. La prima de Jorge se acerca con un teléfono inalámbrico,

…Tomas, le dice sonriente la joven muchacha.

…Quiero entregarte un regalo, quiero que llames a tus padres y hables con ellos todo lo que necesites hoy, te hará bien.

Tomas la mira sonríe y es ciertamente el regalo mas grande que pudo haber recibido en el día. Extiende su mano toma el teléfono, la muchacha le dice,

…Por favor habla lo que necesites, conozco la separación familiar.

Es la primera vez que Tomas podrá hablar a plenitud con sus padres desde que se fué de Cuba, entonces una idea mejor se le ocurrió,

….Yo llamare a mis padres te agradezco de corazón tu regalo, pero quisiera poder hablar hoy un minuto y pedirle que esperen mi llamada en dos días para que estén presentes algunas personas con las que necesito hablar, dice Tomas.

…No hay problema Tomas, le dice la Prima de Jorge,

...Creo que es una gran idea aprovecha y crea un plan con tu familia para que todos estén allí, esperando tu llamada.

Tomas llama a la vecina, se comunica muy fácil y cuando logra hablar con su madre, lo hace por solo tres minutos, le pide que allí estén en dos días, su padre, su hermano, su amiga Isabel y la madre de Rafael.

La madre de Tomas le dice que a pesar de lo mala que está la comunicación en Cuba hará lo imposible para avisarle a la madre de Rafael que es la que mas lejos vive para que ella esté el día de la llamada. Tomas cuelga el teléfono.

…Bueno, es hora de que veas el lugar donde vivirás, dice Jorge sonriendo.

Tomas se levanta de la silla, la prima los acompaña, al final de un patio muy grande y muy bien cuidado hay un pequeño apartamento, tiene en una de las ventana un equipo de aire acondicionado, al abrir la puerta hay una cocina donde apenas entra una sola persona, hacia el lado izquierdo una mesita con dos sillas y a mano derecha dos camas personales, en el medio de estas al final una puerta que da al baño. Es muy pequeño el apartamento pero muy acogedor y cómodo.

…Bueno, ahora les leo la cartilla a los dos, dice la prima.

La prima de Jorge toma a los chicos por las manos los sienta en una cama y ella se sienta en la otra frente a ellos y les dice,

…Yo se que ustedes vinieron a esta tierra a buscar libertad, esta casa es de ustedes, y los dos son bienvenidos aquí, solo les pido que respeten la casa, aquí no pueden hacer bullas, ni puede haber metedera de gente.

Los chicos entienden a la prima de Jorge y aceptan las reglas, no sin antes agradecerle por dejarlos estar en la casa hasta que puedan conseguir trabajo.

La prima se retira del apartamento, Jorge y Tomas se quedan solos. Tomas recoge su maleta del piso y le pregunta a Jorge,

…¿Cual es mi cama?

…Puedes escoger la que quieras, no hay problema, contesta Jorge.

Tomas escoge la que mas alejada esta del equipo de aire acondicionado explicándole a Jorge que él es algo friolento y que por eso quiere estar lejos del equipo, Jorge entiende y no le molesta en lo absoluto tener que dormir tan cerca del aire frío.

Tomas coloca su maleta encima de la cama, la abre y lo primero que saca de ella es el cuadrito donde tiene la foto de Rafael y él muy sonrientes en las calles de Dublín. Tomas lo mira, traga en seco, suspira y le da un beso. Jorge lo mira serio y triste, trata de disimular llevando su mirada hacia el piso, Tomas mira a Jorge, Jorge vuelve a levantar la mirada hacia Tomas,

….Que difícil se me hace Jorge, dice Tomas con los ojos aguados.

…Me imagino Tomas, no se ni que decirte hermano, le dice Jorge.

Tomas coloca su cuadrito encima de la mesita que esta a la izquierda de su cama, Jorge trata de que él distraiga su mente y le dice,

…Hey, vamos a caminar por el barrio, no hay mucho que ver pero al menos vemos algo y te entretienes.

Los dos salen del apartamento y pasan por un costado de la casa, que es el camino que utilizaran cada vez que tengan que entrar o salir del apartamento sin tener que entrar por la casa de la prima de Jorge.

Caminan por la acera, hace un calor horrible, no se ve a nadie en las calles, llegan a un pequeño mercado, allí hay varias personas de avanzada edad afuera, fumando y aunque el calor es horrible, están tomando un calientico café Cubano. Deciden entrar en la bodega, en ella se ofrecen todo tipos de productos que se pudieran utilizar para una cena completa Cubana, incluyendo el postre.

…Hay que rico, cuánto hace que no veía esto, dice Tomas tomando en sus manos una lata de mermelada de Mango.

Jorge la toma en sus manos y le dice,

…Dale, vamos a comprarla con quesito crema, uumm,¡que rico!.

Tomas sonríe, y compran la lata de dulce y el queso. Salen de allí caminan de regreso a casa,

…Uf, que calor hace aquí, comenta Tomas.

…Si, yo siento que hace más calor aquí que en Cuba, dice Jorge.

…Es que el suelo es arena, y sabes como se pone la arena, y en Cuba es tierra que se mantiene húmeda y fría, quizás sea eso, le explica Jorge a Tomas.

Los dos llegan al apartamento, Tomas saca del refrigerador una botella de agua, se sientan los dos en la mesa, abren la lata de Mermelada y la saborean, hace muchos años que Tomas no saborea uno de sus dulces preferidos.

Tomas, pasa su primer día libre en casa, no tienen mucho que hacer, no pueden salir a ningún lado, los ómnibus pasan a cada hora y les tomaría más de dos horas poder llegar a cualquier lugar, por ahora prefieren permanecer en la casa y prepararse para aprender a conducir y muy pronto comprarse un auto.

…Jorge, ¿estas ahí?, llama desde afuera la prima de éste.

Jorge abre la puerta, la chica viene caminando hacia él,

…Te conseguí el trabajo, mi amiga me llamo y me dijo que empezaras mañana mismo si quieres, dice sonriendo su prima.

A Jorge se le ve una felicidad inmensa en la cara, mira hacia Tomas y le dice,

…Mi prima habló con una diseñadora para que yo trabajara con ella y como a mi lo que me gusta es la costura, me pareció ideal trabajar para ella.

…Que bien, dice Tomas.

…Enseguida que me llegue el Permiso de Trabajo empezare yo también a hacer algo.

La chica se retira, Tomas y Jorge entran al cuarto, hoy ellos cenarán con la prima de Jorge y unas tías de su madre.

Pasa la tarde, llega la hora de la cena, Tomas y Jorge están en casa de la prima. Han sido presentados a las tías que son dos señoras que llegaron a Estados Unidos inmediatamente después que Castro tomó el poder, son muy católicas, y lucen muy bien. Una vez en la mesa, ellas narran historias sobre Cuba antes de Fidel Castro, y de como lograron salir de la isla, y de cuanto sufrieron cuando no las dejaron entrar mas a Cuba para ver a su madre moribunda.

Luego de la muerte de su madre, se prometieron no volver nunca más o al menos hasta que el gobierno cambie,

…¿Y tu a que te dedicabas en Cuba? Pregunta una de las tías a Tomas.

…Yo estudiaba medicina, contesta orgulloso Tomas.

…¿Entonces tendrías que pertenecer al partido comunista para poder estudiar?, pregunta la tía.

...Bueno, en realidad casi todos tenemos que pertenecer a algo, si no vivimos en un constante problema, comenta Tomas.

…Bueno, nosotros nunca aceptamos pertenecer a nada, dice la tía.

…Si pero ustedes se fueron enseguida después del triunfo de Castro, ¿no? Comenta Jorge.

…Es cierto pero si nos hubiéramos quedado en Cuba, tampoco lo hubiéramos hecho, dice la tía.

…Entonces fué mas fácil huir que luchar, dice Tomas.

Todos se callan y hasta paran de comer, el comentario de Tomas, fué muy directo.

A las tías no les gustó el comentario de Tomas y una de ellas le dice,

…No sabes lo que se siente al perder todo lo que con tanto sacrificios luchamos para obtener, nuestros negocios, nuestras casas, todo se lo robaron la partía de delincuentes piojosos esos.

Jorge mira a Tomas, y con un dedo muy disimuladamente le pide a Tomas que no hable y se mantenga callado. Tomas mira a la tía y le dice,
…Si, debe ser horrible.

Tomas prefirió no seguir dando opiniones que al final pudieran causarle una especie de disgusto a las tías o a cualquiera de los que estaban presentes en la mesa.

La cena terminó sin tensiones o encuentros de opiniones, la noche cae, Tomas y Jorge deciden irse al apartamento, al otro día Jorge tiene que levantarse muy temprano para ir a su nuevo trabajo.

El despertador que tiene Jorge en la mesita hace que Tomas también se despierte, pero permanece acostado con la cara tapada, le dice a Jorge que puede encender la luz, para ver, Jorge se arregla en pocos minutos y se va con su prima.

Tomas solo en el apartamento permanente acostado por unas horas más, trata de dormir, pero no puede. Casi a las nueve de la mañana Tomas decide salir de la cama, darse una ducha y salir a caminar.

Al abrir la puerta del apartamento en plena mañana siente ya el calor de la Florida, sabe que será un día sofocante.

Camina por las aceras de la ciudad de Hialeah, llega a la avenida 42 o también llamada Le Jeune RD, va en dirección sur, es casi imposible cruzar las calles, a pesar de las luces que le permiten el paso, ya que los chóferes no toman en consideración las leyes del tránsito y pasan casi a centímetros de quienes intentan cruzar. Tomas se asusta al ver que un auto al doblar hacia la izquierda sigue de largo sin respetar que es Tomas quien tiene el derecho a cruzar , Tomas lo ve y se corre hacia atrás, estuvo cerca de ser atropellado por un descuidado conductor de los que allí parecen abundar.

Tomas asustado regresa a la esquina, se detiene toma aire, y vuelve a mirar hacia ambos lados, ahora que el camino está libre, apresura el paso y logra cruzar a la otra esquina.

Quizás Tomás se asombra de esta manera de conducir porque se adaptó a la educación Europea donde la mayoría de los conductores y peatones respetan las leyes de tránsito, pensó que seria igual en Miami, pero ahora esta convencido de que no es así y tendrá que ser doblemente precavido en las peligrosas calles de esa ciudad

El sol es radiante y fuerte, el calor casi insoportable, Tomas suda, su cuerpo parece una sopa, pero eso no impide que una vez más se transporte con la mente a ese mundo privado donde siempre encuentra paz, felicidad y el amor de sus seres queridos.

Tomas hasta sonríe cuando por fin su mente llega a besar a sus padres y hermano, abrazar a su querida amiga Isabel y dormir junto a su gran amor, Rafael. No, Tomas no esta loco, Tomas esta solo, frustrado y triste, y no sabe cómo disfrutar el sueño que desde muy pequeño ha tenido el de vivir en la tierra de la libertad, donde existen tantas cosas que añoraba desde que era un niño.

Es casi la hora de almorzar y Tomas decide regresar al apartamento, no hay nadie en casa de la prima de Jorge, todos trabajan, llega al apartamento y siente con gran placer y alivio, el aire acondicionado en su cara, que lo refrescan y secan las grandes gotas de sudor que por cuerpo ruedan. Va directo al refrigerador, saca una botella de agua y de un solo golpe se la bebe.

Ya más fresco, Tomas se sienta a la mesa de la cocina, en ella hay una revista. La toma y se pone a leer, no hay nada mas que pueda hacer para tratar de olvidar las malas nuevas que por su vida pasan y hace lo posible por no sentirse preso y aburrido como cuando estaba en el hotel, pero por ahora realmente no tiene nada que hacer mas que esperar y adquirir todos los conocimientos posibles de como vivir y enfrentarse a su nuevo pais.

Llegan las cuatro de la tarde, el chico permaneció todo el tiempo acostado, Jorge acaba de llegar,

…Hola, ¿como te fué? Saluda Tomas.

…Mucho trabajo pero todo bien, contesta Jorge,

...No creo que me quede trabajando ahí por mucho tiempo, al parecer no hay futuro, claro que no lo hay, es una fábrica muy pequeña, en la administración todos son familiares, y los empleados ganan el mínimo y no tienen nada de beneficios.

…¿Como es eso? Pregunta Tomas,

…¿Es que acaso no es ley que los empleadores le den beneficios a los empleados?

Jorge se ríe y le dice,

…Eso si esta malo en este país amigo, aquí todo eso es opcional de las compañías, te dan lo que les de la gana a ellos darte.

…¿Pero hay trabajadores sin seguro médicos? Pregunta asombrado Tomas.

…Bienvenido a América cariño, dice sarcásticamente Jorge y le sigue comentando,

…Este país al parecer es un gran país, pero por el poco tiempo que llevo aquí te puedo decir que si en Europa me hubiera podido quedar lo hubiera hecho con los ojos cerrados.

…Explícate Jorge, casi interrumpe curiosamente Tomas.

…Mira aquí si no tienes un empleo en el que te den seguro médico, estás muy jodido, no sobrevives, la salud pública es súper carísima, en la factoría donde estoy trabajando hay empleadas que están ahí hace mas de tres años y no tienen ni vacaciones acumuladas, no les pagan ni los días feriados.

…¡No!!!, exclama Tomas,

…Creo que lo mejor es ir a la escuela superarme y entonces quizás otro gallo cantaría dice Tomas.

…Bueno si te puedes pagar una Universidad, podrás hacerlo pero no hay muchas opciones, la vida aquí es muy dura.

…Nada es fácil Jorge, dice Tomas.

…Es cierto amigo, dice Jorge,

…Tengo que buscar la forma de comprarme un auto pronto, mi prima no podrá llevarme al trabajo todos los días, ella empieza a las siete de la mañana y yo no empiezo hasta las nueve, imagínate me deja allí a las 6:15 de la mañana.

…¿No puedes ir en la guagua? Pregunta Tomas.

…Eso es otro problema, el transporte aquí es pésimo, es como si todo fuera planificado en este estado para quitarte el dinero, no hay guaguas para que tengas que comprar un auto, para que tengas que pagar seguro, para que tengas que pagar impuestos, en fin el pobre no vive, y si vas a tratar de usar el transporte público, la mayoría de las paradas solo tienen un tubo incrustado contra la acera enseñando los buses que por allí transitan, pero no hay un banco para sentarte o no hay un techo para protegerte del sol, en fin lo hacen muy difícil, dice Jorge notablemente molesto.

…¡Ah!, y eso de libertad de expresión, mejor ni te quejes porque te dicen, que se habrá creído este Cubano acabado de llegar. Continúa Jorge.

Tomas ve la frustración de Jorge que parece salir de su ropa, le sonríe se le acerca y parado frente a él le pone las manos sobre los hombros y le dice,

…Jorge, escúchame atentamente, ¿no hay personas allá afuera disfrutando este país?, ¿no hay personas que tienen buenos autos que no piensan que tienen que pagarlos o que tienen que pagar seguro o algo así?, bueno elige tu ser uno de ellos, sacrifícate y lógralo, solo tú puedes hacerlo, eres joven y saludable, hecha pa'lante amigo lo lograrás, yo no me quedaré así como estoy ahora, a pesar de todo lo que estoy pasando lucharé hasta verme como yo quiero.

Jorge lo mira a la cara suspira y dice,

…Tienes razón Tomas, es que quizás extraño demasiado a mi gente.

…Entiendo, dice Tomas.

...A todos nos pasa, pero estamos aquí, esto fué lo que elegimos para nuestras vidas, ahora lo mejor es hacer de nuestras vidas lo mejor que podamos.

…Bueno está bueno ya de charlas, y dale que tienes que llamar a tu familia, dice Jorge con una sonrisa en la cara.

Tomas suspira, el momento de hablar con sus seres queridos por primera vez abiertamente ha llegado. Salen los dos del apartamento y llegan a casa de la prima, ella ya los estaba esperando.

Tal parece que el corazón se le quiere salir del pecho a Tomas, no puede esperar mas para hablar con sus seres queridos, pero sobre todo saber de Rafael.

De un solo intento Tomas logra comunicarse, su madre sale al teléfono, y casi sin saludar Tomas le pregunta si todos están presentes, la madre le dice que si y que le tiene una sorpresa, luego de un breve silencio en el teléfono Tomás escucha,

…Hola mi amor, dice Rafael.

Tomas reconoce la voz, no habla, esta pálido, la prima de Jorge ve la reacción de Tomas en su cara, Jorge ve lo mismo. Por el otro lado Rafael le sigue hablando con voz temblorosa,

…Me imagino que no podrás hablarme se como te sientes, trataré de ser mas fuerte que tú y te hablaré yo a tí, llora si tienes que hacerlo.

Tomas trata de sacar fuerzas desde el fondo de su alma, y solo alcanza a decirle,

…Te extraño Rafael.

Jorge que está sentado hacia a la derecha de Tomas, sabe ahora que Tomas ha dicho con quien habla lo difícil que es para el chico seguir hablando con normalidad.

…Tomas, tienes que ser fuerte amor, yo se que nos reuniremos un día nuevamente, dice Rafael tratando de dar fuerzas a Tomas.

…¿Que te hicieron?, pregunta Tomas refiriéndose a las consecuencias que pudiera traerle su regresó a Cuba.

…No te preocupes por eso Tomas, estoy bien, no podré volver a la Universidad pero estoy buscando trabajo, lo más importante es que estoy bien, corrí con suerte.

Al parecer esto le trajo una gran tranquilidad a Tomas, y una vez distendido, rompe a llorar.

Rafael no puede contener el llanto y decide darle el teléfono a alguien más para que hable. Es el turno de Isabel y aunque llorando también le dice a Tomas en forma de jarana para mejorar el triste momento,

...Oye, chico ahora Rafael es mi novio.

Tomas la escucha, y el llanto se confunde con una carcajada,

...¿Dime mi amiga como estas? Pregunta Tomas lleno de lágrimas.

...Muy bien Tomas, en la misma mierda pero todo bien, contesta Isabel

...No te preocupes por Rafael, él estará bien, ya salió de todo, ahora cuéntanos de tí por favor que estamos locos por saber como te va.

Tomas un poco mas fuerte y a pesar de que no tiene mucho que contar les dice que vive con Jorge y que pronto tratará de buscar trabajo, habla de la cortesía que tuvo la prima de Jorge permitiéndole dejar llamar a Cuba y hablar con todos. Tomas logra hablar con cada uno de los que allí esperaban su llamada, por ultimo vuelve a pedir que le pongan a Rafael en el teléfono.

...Cuídate mucho por allá, yo haré lo que pueda por traerte a este país, tú y yo tenemos que volver a estar juntos, dice con voz fuerte Tomas.

...Ahora lo que quiero es que luches por tí y cuando puedas entonces lo hagas por mí, pero primero tienes que pensar en tí, le dice Rafael.

Los dos se dan fuerzas entre ellos, a pesar de que Tomas sabe que algo mas grave puede llegar a pasarle a Rafael por volver a Cuba, tiene miedo de preguntar, pero esta seguro de que como se lo acaba de prometer Rafael le explicara bien en una carta que fué lo que sucedió.

...Rafael por favor me envías la carta lo antes posible quiero saber bien que fue lo que sucedió desde Inglaterra.

La llamada termina Tomas siente que no tiene el valor de desconectar la línea, pero sabe que tiene que hacerlo, hablaron por mucho tiempo y las llamadas son caras, a pesar de que la prima de Jorge le ha pedido que hablara lo que quisiera, Tomas no es un chico abusador y habló solamente lo necesario.

Una vez que terminaron, Tomas a pesar de su tristeza el hecho de que Rafael está dentro de lo que cabe bien lo hace sentir fuerte y capaz de seguir superando obstáculos y ayudarlo algún día a llegar a Los Estados Unidos de alguna manera.

Ha pasado un mes desde que Tomas salió del hotel, y hoy es el día en que él recibió su permiso para trabajar, aunque ha recibido ayuda económica del gobierno, prefirió siempre conseguir algo de trabajo, entonces decidió salir en busca de algo que pudiera darle la libertad de no tener que llenar tantos papeles y responder tantos cuestionarios para obtener ayuda del gobierno.

Son casi las once de la mañana y ha caminado por al menos dos horas, tocando puertas y entrando en cada restaurante de comida rápida que pudo encontrar. Aprendió a hablar Ingles en Irlanda pero aun así se le ha hecho un poco difícil poder entender el acento de los Americanos.

Muy cansado llega a un establecimiento donde lavan autos, Tomas entra y pide hablar con el dueño, casualmente es el dueño quien esta frente a la tienda y le dice en español y con acento Cubano,

…Soy yo.

Tomas le explica que necesita trabajo, el dueño le ofrece una posición lavando autos a mano. Tomas la acepta, el salario ofrecido no es nada malo, pero el trabajo es bajo el puro sol tropical de Miami, Tomas empezara a trabajar el próximo día.

Llega al apartamento y espera por Jorge para darle la grata noticia, Tomas se siente como niño chiquito con juguete nuevo. Se sienta en su cama y se pone a ver la televisión, las noticias solo hablan del gran éxodo de cubanos que están aun detenidos en la Base Naval de Guantánamo y que por fin poco a poco serán trasladados a Miami.

Tomas se siente dichoso, al menos pudo conseguir un trabajo antes de que los miles de Cubanos arriben a Miami, ya que en ese momento la situación de los empleos se pondrá muy tensa.

Entra Jorge al apartamento, Tomas se levanta de la cama y le dice con una sonrisa de lado a lado,

…Adivina.

Jorge se detiene sorprendido y curioso por la reacción de Tomas, mira alrededor del apartamento a ver si nota algo diferente pero al ver que todo sigue igual mira a Tomas y le pregunta,

…¿Que?

…Conseguí trabajo, dice alegre Tomas.

Jorge sonríe y le dice,

…Mentira, ven siéntate cuéntame con detalles.

Tomas empieza contándole que a pesar de que no es nada que hará por el resto de su vida estará lavando autos y el salario es muy bueno.

…Tenemos que celebrar, dice Jorge.

Jorge se para va hacia refrigerador y saca dos cervezas frías, a Tomas no le gusta tomar bebidas alcohólicas pero esta vez quiere hacer una excepción y celebrar la ocasión.

...¿Y donde es? Pregunta Jorge.

Tomas le da una dirección que a Jorge le parece extremadamente lejos como para ir caminando diariamente y por allí no pasa medio de transporte público alguno, pero Tomas le dice que para empezar ira caminando y luego vera que sucede.

La prima de Jorge llama a la puerta, Jorge y Tomas la invitan a pasar. Ella al notar la alegría entre los chicos pregunta cual es el motivo, Tomas le cuenta, pero Jorge aun preocupado le comenta lo lejos que es para ir caminando hasta allá como pretende Tomás,

....Bueno en bicicleta podrás ir, dice la prima de Jorge.

Los chicos se miran a los ojos, y sonríen, en el patio de la casa hay una bicicleta amarrada a un árbol.

...Esa bicicleta amarrada en el patio será tu transporte hasta que te puedas comprar tu primer auto, dice la prima con mucho entusiasmo.

...Bueno primero tendré que sacar la licencia, dice Tomas.

...En eso estaremos los dos, dice Jorge, aquí tengo el libro de tránsito para estudiar.

La mañana siguiente Jorge se levanta un poco mas temprano que Tomas, él aun utiliza el auto de su prima para poder llegar a su trabajo, Tomas se levanta dos horas mas tarde, prepara algo para desayunar y sale a trabajar.

El sol esta radiante como siempre, la mañana calurosa, pero una vez que Tomas toma velocidad en la bicicleta la brisa algo más fresca le va dando en la cara. El tráfico esta imposible los carros parecen que van amarrados unos a los otros, Tomas va con mucha precaución, es prácticamente una locura andar en bicicleta por las calles de Miami, pero por ahora es la mejor y única opción que tiene para transportarse, poco a poco y una vez que conozca mejor el camino se propone utilizar vías mas directas y menos transitadas.

En el establecimiento para lavar autos, no hay nadie, está cerrado, Tomas sabía que sería así, pero él quería ser puntual a su primer día de trabajo. Solo media hora más tarde llegaron dos muchachos más, Tomas se dirige a ellos y les pregunta si trabajan en el local. Los chicos también trabajan allí, son hispanos.

Tomás se sienta sobre una piedra con su bicicleta al lado a esperar. A la hora después de haber llegado Tomas llega el dueño, abre el establecimiento, y le pide a Tomas que vaya con él a la oficina para llenar unos documentos.

El dueño le explica a Tomas donde se encuentra cada elemento que utilizará para su trabajo y el lugar específico donde trabajará,

…Utilizarás esta aspiradora para cada auto que pase por aquí, tienes media hora para el almuerzo, y terminarás de trabajar a las seis de la tarde.

Aun la mañana comienza y ya hay varios autos estacionados para ser lavados, Tomas empieza sacando las polvorientas alfombras de los autos tal y como le explicó el dueño, le pasa la aspiradora a cada una de estas, luego las vuelve a poner en su lugar, cada auto le toma unos quince minutos, pero a medida que la mañana va pasando el sol se hace mas intenso. En el sitio donde Tomas se encuentra no hay nada que pueda protegerlo del calor infernal, a las doce del día siente que está metido en un horno, desde que empezó su jornada laboral no ha podido detenerse, siempre que trata de ir a almorzar otro auto llega.

Cada vez que Tomas abre la puerta de uno de los autos sale un calor más sofocante aun del que hace afuera, no obstante tiene que entrar y pasar la aspiradora por cada uno de los rincones de esos calientes autos, el sudor que corre por su cuerpo hace que el polvo negro se le pegue a la piel.

Por fin a la una de la tarde Tomas puede tomarse un receso y conseguir algo de comer, ya que no trajo nada consigo, el calor no lo deja moverse de una sombra que encontró detrás de unas de las paredes del edificio del establecimiento, se sienta en el piso y se toma de un tirón una botella de agua, cierra los ojos, esperando que al menos en la sombra una brisa pueda refrescar su cuerpo.

Hace tanto calor que ni en la sombra se siente cómodo y la media hora de receso pasa como un avión, volando. Cuando le falta un minuto para terminar su tiempo de almuerzo, el dueño está dando gritos pidiéndole que vuelva porque la cantidad de autos que han llegado son demasiados para el único chico que estaba dando aspiradora en ellos.

Tomas se levanta y en el tanque de basura echa la botella de agua plástica vacía, y vuelve a su puesto de trabajo. Esta será la rutina laboral de Tomas todos los días hasta que pueda conseguir un mejor trabajo, por ahora a pesar del crudo calor y los dolores de cabeza producidos por el sol, Tomas continuará asistiendo sin faltar un día, le pagan diariamente y entre la propina y su salario mínimo esta haciendo lo que él considera muy buena plata.

Cada vez que Tomas va en su bicicletas al trabajo pasa por una escuela donde anuncian cursos de ocho meses para ser Asistente de Médico, a Tomás le parece curioso y piensa que un día se detendrá en el lugar para investigar sobre esos cursos, quizás pueda empezar a estudia algo.

Hoy es el día en que Tomas decide detenerse en la escuela, afuera hay tantos autos que hasta al cruzar la calle en los jardines hay autos estacionados. Tomas amarra su bicicleta afuera de la escuela en un poste de luz, entra al local y pregunta por la directiva.

En la dirección hay una señora hispana que lo invita a entrar a su oficina, Tomas entra y se sienta, le pide perdón por la apariencia y la ropa sucia pero explica que es la que va a utilizar para ir a trabajar en solo unos minutos.

…¿Como le puedo ayudar? Pregunta la señora.

Tomas le explica los años en la escuela de Medicina que ha pasado en Cuba y en la Unión Soviética, y que quisiera volver al campo de la medicina de alguna forma, por lo que quisiera obtener información sobre la escuela y como poder matricularse en ella.

La señora le da una explicación muy clara con respecto al curso, y le cuenta las horas en que ofrecen las clases, también le dice que será muy fácil, por el status legal de Tomas dentro del país, calificar para ayuda del gobierno y Tomas solo tendrá que pagar por el curso una pequeña cantidad de dinero, son ocho meses y podrá estudiar desde las seis de la tarde hasta las diez de la noche, cosa que le viene muy bien porque no tendrá que perder su trabajo.

…¿El Asistente Medico es el enfermero de un Doctor? Pregunta Tomas.

…Casi, dice la señora, el Asistente Médico es el responsable de asistir al doctor en todo lo necesario dentro de clínica, los salarios son muy buenos, y hasta podemos buscarte empleo.

Tomas se asombra y decide matricularse en el curso. El chico tiene una sonrisa en la cara y a pesar de que se le ha hecho tarde para llegar al trabajo, prefirió matricularse el mismo día y empezar la escuela lo antes posible.

Cuando por fin llega al trabajo le explica al dueño porque se le ha hecho tan tarde, él celebra la determinación de Tomas de continuar sus estudios y hasta le ofrece un horario flexible para que pueda ir a la escuela. Tomas infinitamente le agradece. Ahora solo le falta llegar a casa y contarle a Jorge.

Hoy trabajó como un loco pero ni el calor, ni el cansancio, ni los dolores de cabeza, ni algunos impertinentes clientes pudieron hacer nada para que él perdiera la sonrisa que en su cara llevaba.

Sale con su bicicleta, llega a la casa y así casi sofocado por el calor se mete en la ducha.

Al salir del baño ve que Jorge ha llegado también,

…¿Adivina que? Dice Tomas con los pelos alborotados mientras se seca la cabeza.

…¿Ahora que?, pregunta Jorge

…cada vez que llego me dices, ¿adivina que?

Los dos se ríen a carcajadas.

…¿Te acuerdas lo que te había contado sobre la escuela por la que paso todos los días y ofrecen cursos de Asistentes de Médico? Pregunta Tomas.

…Sí, contesta Jorge.

Llaman a la puerta interrumpiendo la conversación de los chicos, es la prima de Jorge y este le permite entrar.

…Espera que Tomas tiene una buena noticia que darnos, le dice Jorge a su prima.

…Bueno me matriculé en la escuela de Asistente Médico, dice con gran alegría Tomas.

…Cuéntame, ¿como es eso?, ¿que te pidieron? Yo quiero ir, dice también alegre Jorge.

…Cuidado, dice la prima de Jorge.

…Aquí hay muchas trampas y cuando las cosas te parecen muy fáciles lo único que hacen es complicarte la vida.

…¿Como es eso?, pregunta asustado Tomas.

La prima le explica que esas escuelas ofrecen cursos rápidos ofreciendo hasta empleos pero que al final no cumplen con su palabra.

…Pero ellos me dijeron que si me consiguen empleo, dice Tomas.

…¿En los papeles que firmaste lo dice? Pregunta la prima de Jorge.

…No sé, déjame ver, contesta Tomas quien va en busca de todos los papeles que le habían entregado.

…Mira, dice la prima de Tomas.

...Esos cursos no son malos para empezar, pero yo tengo conocidos que lo han pasado y después se les ha hecho difícil encontrar trabajo, y cuando lo encuentran dicen que les pagan una miseria y eres prácticamente el criado del doctor.

…Bueno quizás se les ha hecho difícil encontrar trabajo porque no hablan Ingles, comenta Jorge.

…Eso puede ser el factor principal, es cierto, pero lo que pasa es que esos

Asistente Médicos trabajan quizás más que un enfermero, tienen que ser un balance entre el paciente y el Doctor, no es una profesión fácil y no pagan nada bien en relación al tipo de trabajo que exige.

Tomas no ve en ninguno de sus papeles donde la escuela certifique que le buscarán un empleo por lo que empieza a desanimarse, pero le pide a la prima que le explique aun más de lo que sabe sobre este curso y lo que haría como Asistente Medico una vez que se graduó.

La prima le explica que los Asistentes Médicos tienen que hacer de todo en una oficina, y que a pesar de que existen técnicos flebotomistas y técnicos de Rayos-x, los doctores se aprovechan de los asistentes para que hagan todo eso ofreciendo un salario pésimo y ahorrándose una buena cantidad de dinero.

…Tienes que trabajar en el frente recibiendo los pacientes, luego llevarlos al cuarto, tomarles los signos vitales, llamar a los seguros médicos, verificarlos, llamar a las farmacias, llamar a los pacientes con los resultados de los análisis, sacarles sangre e incluso en muchos lugares sacarles hasta las radiografías, todo esto quizás por ocho dólares la hora, y tienes que aguantar las pesadeces de muchos doctores y la frustración de los pacientes, no es nada fácil. Comenta la prima de Jorge.

…¿Ocho dólares? Pregunta Tomas, pero es que yo hago más que eso lavando autos, exclama Tomas iré de todos modos al curso, es algo nuevo que aprendo y los conocimientos no me los quitará nadie, quiero aprender más sobre la salud Pública en este país y como se maneja para luego saber si vale la pena continuar en ese campo, son solo ocho meses, dice ahora un poco mas animado Tomas.

…Tienes razón, dice Jorge,

…Aprovecha el tiempo, yo haré lo mismo, ¿sabes si ofrecen algún otro curso allí?

…Si, contesta Tomas,

…Ofrecen cursos de computación y hasta de Ingles.

…Perfecto iré a ver como hago, dice Jorge.

…¿Y como harás para moverte? Pregunta con algo de celos la prima de éste.

…Iré en bicicleta si tengo que hacerlo, yo me la comprare, contesta Jorge.

A Tomas le agrada mucho la idea de Jorge, él le había incitado para que continuara estudiando, se supere y quizás un día hasta pueda abrir su propio negocio. Estados Unidos es un país de oportunidades, pero solo las alcanzas si luchas por ellas, es cierto, no es fácil cuando eres un

Inmigrante sin un centavo en el bolsillo, pero no es menos cierto que son los Inmigrantes los que han hecho de este país lo que es hoy, y que muchos de ellos han logrado conseguir el sueño de poder tener su propio negocio, todo es cuestión de sacrificios.

Jorge aprovecha y se matricula en un curso de computación.

Miami es una ciudad abierta y controversial, sin dudas el paraíso para muchos Cubanos que llegan buscando libertad, una ciudad donde se puede encontrar de todo, desde los dulces Cubanos mas antiguos hasta alcaldes acusados por corrupción.

Pero hoy la ciudad es una vez más la madre de miles de balseros Cubanos que poco a poco están llegando desde la Base Naval de Guantánamo. Esta ciudad ha tenido la generosidad de, a pesar de todos los defectos que pudiera tener como cualquier otra ciudad grande en el mundo, recibir a miles y miles de Inmigrantes, fundamentalmente desde Cuba. Miami, una ciudad cuya historia describe el maltrato sufrido por huracanes, y altos índices de criminalidad, siempre ha tenido la fortaleza de levantarse, de ser cada vez más fuerte y hasta de ser capaz de recibir a los miles de seres humanos que con sus diferencias culturales hacen hoy lo que es para mi una de las mejores ciudades en el mundo.

Las oficinas de gobiernos, las agencias de empleos, las escuelas, las calles, todos los sitios están abarrotados de personas que han llegado para vivir en esta gran ciudad, las colas para sacar la licencia de conducir, para aplicar al numero de Seguro Social, para matricularse en las escuelas y para pedir ayuda económica al gobierno son interminables. Cada día llegan cientos de cubanos nuevos desde la base de Guantanamo a vivir en Miami.

El gobierno actual del presidente Bill Clinton ha sido paciente y muy comprensivo con cada uno de los refugiados, les ha dado la posibilidad de poder escapar la dictadura de Castro, ofreciéndoles a todos su tierra para compartirla y sembrar en ella el árbol del que en un futuro recogerán su fruto.

Tomas y Jorge forman parte de esa gran Inmigración y tendrán que hacer las grandes colas para poder sacar la licencia de conducir.

Ellos llevan varios días practicando como conducir, con la prima de Jorge y ya están listos para enfrentarse el examen.

En las oficinas que otorgan la licencia de conducir donde tuvieron que acudir, trabajan personas tan rudas y con tan pésima educación como ellos estaban acostumbrados a ver con el servicio al cliente en Cuba. Es pésimo el trato, mucho de los empleados, por no decir la mayoría tratan a los clientes como si fueran perros, no hay una sonrisa, no hay un saludo, nadie explica nada, es como si odiaran a los que allí están tratando de hacer algún tramite, no se puede generalizar pero los chicos han tenido que ir a tres diferentes oficinas para poder adquirir la licencia y siempre el trato fue igual.

Tomas y Jorge tienen documentos que prueban que son legales en el país y que tienen que presentar en esas oficinas para obtener la licencia de conducir diferente a la que los balseros de Guantánamo poseen, a pesar de que ellos son los únicos dos que poseen este tipo de documentos aquel día, les dicen que tienen que traer mas pruebas de su legalidad dentro del país, cuyas pruebas ellos no poseen en ese momento y aunque están seguros de que con lo que ellos tienen es suficiente para poder presentarse al examen y obtener la licencia igualmente no se las otorgan en el momento.

Para los empleados de esa oficina no es suficiente con los papeles que los chicos presentan ya que generalizan y para ellos es como si todos los Cubanos han llegado por la misma vía, pero no es así, la mayoría si lo habían hecho, pero Tomas y Jorge son una excepción que al parecer a los empleados no les importa y simplemente los hacen pararse a un lado con despecho para atender a otros clientes. Tomas y Jorge tratan de explicarles que ellos no vienen de Guantánamo y que los documentos que ellos poseen son diferentes, pero eso no les importa a los empleados del lugar, nadie quiere ni tan siquiera escucharlos por eso tuvieron que cambiar de oficinas varias veces hasta que por fin en una de estas oficinas, una de las empleadas sí sabia lo que estaba haciendo y reconoce los documentos de los chicos como legales y suficientes para poder presentarse al examen. Esto les ha costado perdidas de días de trabajo a los dos jóvenes, que luego de estar largas horas en esas interminables colas no podían resolver su objetivo, en esas oficinas no los dejaban entrar ni para hacer preguntas hasta que les llegara su turno y para esto había que hacer la fila.

Pero al final ellos logran el objetivo, sacan la licencia de conducir, y esto los hace felices, ahora son más independientes y lo único que les queda por hacer es ahorrar el dinero que necesitan para poder comprarse un auto, mientras tanto siguen con sus vidas rutinarias del trabajo y la escuela.

Una noche de Viernes cansados de tanto trabajo y estudio, están acostados Jorge y Tomas, viendo la televisión, en las noticias pueden observar como en una de las oficinas de licencia de Conducción de Miami y justamente en una de las que ellos habían visitado y donde recibieron un pésimo trato los empleados son escoltados con las manos atadas hacia autos patrulleros, esas mismas personas que se sentían dioses capaces de maltratar a todo el que se le parase delante, son delincuentes y se los acusa de vender las licencias de conducir a personas que no querían presentarse en los exámenes, no poseían los documentos legales o simplemente no querían hacer las grandes colas.

Tomas y Jorge se sientan impresionados en las camas se miran uno al otro y se ríen a carcajadas, la justicia la vieron llegar con sus propios ojos y el maltrato que recibieron por parte de esa gente a los que algunos ellos pueden reconocer por medio de la televisión, ahora formará parte del pasado, los chicos se sintieron triunfadores.

El tiempo no se detiene y todo en la vida toma su camino, así hicieron Tomas y Jorge cuando unos ocho meses después de que Tomas salió del Hotel y ya casi al terminar los estudios deciden irse a vivir cada uno por su cuenta.

Tomas decide buscar un lugar donde vivir solo, la compañía de Jorge le sirvió de mucha ayuda para emocionalmente superar la tristeza y tratar de extrañar lo menos posible a sus seres queridos en Cuba, pero el espacio se les ha hecho pequeño, ya los dos tienen autos, que aunque no son muy buenos al menos los trasladan cuando lo necesitan.

El nuevo apartamento de Tomas casi del mismo tamaño que el de la prima de Jorge, está cerca de donde vive Jorge, también en el patio de una casa en Hialeah. Una vez instalado allí pudo conectar su primera línea de teléfono, y la primera llamada que hizo fué a sus padres en Cuba.

Tomas solo llama una vez al mes y planifica la fecha y la hora para poder hablar con todos. La madre en la última llamada le contó que una amiga iría para Miami y con ella enviaría cartas de todos, esto hace muy feliz a Tomas, sabe que en esas cartas todos le contaran con lujos de detalles lo que esta sucediendo con sus vidas. Tomas esperara las cartas con ansias.

Continúan pasando los días y hasta los meses. Tomas se va sintiendo cada vez más Mímense, al principio se sentía muy extraño y fuera de lugar, cosa esta que no le había sucedido mientras estuvo en Europa o quizás, si lo había sentido la compañía de Rafael en todo momento lo ayudó a sentirse como en casa. Poco a poco en esa nueva ciudad Tomas comienza a conocer lugares donde puede ir a pasar un buen rato, una librería, una discoteca, la playa y hasta el aeropuerto mismo, a Tomas le gusta pasar algunas horas libres estacionado a un costado del Aeropuerto Internacional de Miami donde puede tener una amplia vista de los aviones aterrizando y despegando, mas que un entretenimiento es una forma ideal para tratar de no pensar mucho en cosas del pasado y negativas, por ahora solo quiere enfocarse en lo que será su vida futura y planea poder hacerla como lo ha soñado siempre, junto al amor de su vida, sus padres, su hermano y su amiga Isabel, pero para esto tendrá que luchar contra todo, no será fácil pero es una de las duras pruebas que la vida le impone a casi todos los Inmigrantes, la reunificación familiar.

Tomas continua trabajando en el lavado de autos, pero sabe que muy pronto tendrá que dejarlo y buscar un trabajo que sea por las tardes, la escuela casi termina y para obtener su titulo como Asistente Medico tendrá que trabajar unas 380 horas sin cobrar un centavo durante el día en una clínica o un hospital, esto es una forma de práctica porque cuando tenga que presentar su examen final deberá tener los conocimientos necesarios antes de enfrentarse al trabajo de manera oficial.

Muchas de las clínicas en Miami aprovechan a estos jóvenes para entrenarlos y en un futuro hasta para convertirlos en sus empleados, además aprovechan la mano de obra gratuita, muchos de estos estudiantes son entrenados unas 80 horas y el resto de las horas que les faltan para completar el tiempo requerido, trabajan como si fueran empleados oficiales de esos centros médicos sin cobrar, mucho de los administradores de clínicas, buscan la forma de ahorrarse el dinero sin tener que pagar un salario o beneficios, utilizando a los estudiantes.

Tomas deja el lavado de autos y corre el riesgo de empezar a buscar una clínica donde hacer sus prácticas, y al mismo tiempo debe buscar un trabajo que en la noche le pueda dar un salario fijo, pero esta vez corrió con suerte, luego de haber conseguido por medio de una persona conocida una clínica Quiropráctica en la ciudad de Hialeah. Cuando solo llevaba una semana trabajando, el dueño vio en Tomas que sus conocimientos valían mucho mas que unas horas sin pago, y decidió hacerlo un trabajador permanente dentro de la clínica con funciones limitadas debido a que aun no posee aun la licencia requerida para trabajar como Asistente Medico, pero la práctica y la buena voluntad del dueño y administradores de la clínica así como la ayuda de sus compañeros de trabajo hace que Tomas comience a dar sus primeros pasos en lo que es la Salud Publica Norte Americana que es totalmente diferente a la de Cuba.

Tomas se gradúa con el máximo en puntuación, y con orgullo pudo presentar en la clínica donde trabaja sus licencias, ahora podrá desempeñar su trabajo sin limitaciones. En festejo de su graduación Tomas se regaló a sí mismo una llamada extensa a su familia en Cuba y la visita esa misma noche una discoteca en Miami Beach con su amigo Jorge.

Capitulo XXI
Encuentro Inesperado.

Jorge decidió esperar a Tomas en uno de los bares gays de Miami Beach, él trabaja cerca de allí y le ahorraría tiempo esperarlo en ese lugar. Tomas sale de su casa alrededor de las nueve de la noche, está manejando por el expressway, cuando mira por el espejo retrovisor que una luz potente se refleja sus ojos, es la policía, sin pensarlo mira el indicador de velocidades, el chico se da cuenta que está conduciendo unas veinte millas mas rápido de la velocidad permitida, lleva su auto hacia la derecha y como un hombre tímido que siempre ha sido, se pone nervioso, baja la ventanilla y sentado en el auto espera a que el oficial se acerque.

Una luz blanca intensa reflejada en el espejo no deja ver bien a Tomas, pero si nota que el oficial se esta acercando con una linterna en la mano mientras tiene la otra mano puesta encima de la bolsa negra donde trae cargada la pistola en su cintura.

El oficial le habla en ingles a Tomas y le pide la licencia de conducir, la registración y prueba de seguro, Tomas nota que el oficial un hombre alto y fuerte es hispano y le pide que le hable en español si es que puede, el oficial muy serio le pregunta esta vez en español,

...¿Sabes porqué te detengo?

Tomas le contesta que sí y trata de explicarle que no se había dado cuenta de lo rápido que iba, pero interrumpiendo su explicación el oficial le ordena que le acabe de entregar los documentos.

Tomas se los entrega y el oficial retira la linterna de la cara de Tomas, y la apunta hacia la licencia, el oficial vuelve a ponerle la luz de la linterna en la cara y rápidamente la cambia hacia la licencia, como si comparara la foto de la Identificación, con la cara de Tomas, pero esto lo hace como tres veces más y cada vez más rápido, Tomas algo intrigado le pregunta,

...¿Pasa algo oficial?

El oficial vuelve a mover la luz de la linterna desde la licencia a la cara de Tomas y le pregunta,

...¿Eres Cubano?

...Sí oficial, contesta Tomas.

El oficial le pide a Tomas que salga del auto, Tomas aun mas preocupado no entiende la situación y le vuelve a preguntar,

…¿Es que pasa algo oficial?

El oficial le dice que las preguntas las hace él y entonces le pregunta si ha tomado, Tomas nervioso le contesta,

…No oficial, yo no tomo.

Tomas esta fuera del auto, frente al oficial, y solo puede ver como él sigue cambiando la luz de su linterna desde la licencia de conducir a su cara, esto le parece raro a Tomas, pero por temor a crear una situación desagradable prefiere mantenerse callado, recostado contra la puerta de su auto.

El oficial le devuelve los documentos y le dice que puede irse. Tomas siente un gran alivio y con los documentos en la mano abre la puerta y entra en el auto, el oficial se retira a su auto también sin mas preguntas, Tomas por unos segundos cierra los ojos respira profundamente y decide guardar la registración y la prueba del seguro de su auto en la guantera frente a la silla del pasajero, se inclina la abre y la voz del oficial lo hace saltar del susto.

El oficial vuelve al auto y le ilumina directamente a su cara con su linterna y le dice,

…¿Tomas?

Tomas responde con sus ojos casi cerrados por la molestia de la luz de la linterna,

…Si oficial.

…¿Que tiempo hace que vives en los Estados Unidos? Pregunta el policía.

…Casi un año, responde Tomas.

El policía se para derecho por unos segundos, Tomas no puede verle la cara pues el techo del auto no se lo permite, el oficial se inclina de manera que Tomas pueda verle la cara y sonriendo le dice al nervioso chico,

…¿Quieres jugar al Zorro?

Tomas abre los ojos grandes, su corazón palpita con fuerza, no es por el nerviosismo o el temor a que el policía le de una multa por el exceso de velocidad, es porque tiene el presentimiento de que la persona parada frente a él es aquel que una vez formó parte de su vida y con voz temblorosa le pregunta,

…¿Esteban?

El policía sonríe aun mas, Tomas no sabe que hacer,

….Si Tomas, soy Esteban.

Tomas sale del auto con los ojos aguados, se miran de frente los dos,

…¿Puedo abrazarte? Pregunta Tomas.

…Estoy trabajando pero está bien contesta Esteban.

Los dos prácticamente se funden en un abrazo, Tomas llora, Esteban le pide que no lo haga, se separa y le dice,

…Que chico es el mundo Tomas, y no puede refrenar el impulso de volver a abrazarlo.

Ninguno de los dos puede contener las lágrimas, han pasado muchos años desde la última vez en que se vieron, y este encuentro hace revivir muchos recuerdos bonitos.

…Termino de trabajar a las once de la noche, llamaré a mi esposa, le digo que voy tarde y nos vemos en algún lugar, le dice Esteban a Tomas.

Tomas confundido le dice donde lo estará esperando.

Los dos se ponen de acuerdo, y antes de separarse, intercambian números telefónicos para en caso de que no se pudieran ver esa noche mantener la comunicación.

Tomas se va, lleva una sonrisa en la cara, no puede creer lo que le acaba de pasar y no entiende como Esteban pudo reconocerlo tan fácil y él no, Esteban está muy cambiado, Tomas se da cuenta, ese hombre parado frente a él no es el mismo chico que dejo de ver hace años atrás, Esteban es un hombre y parece como si hubieran quitado a uno para poner al otro, Tomas nunca se hubiera dado por enterado de que ese era el Esteban que él conoció.

En un bar en Miami Beach espera sentado con una cerveza en la mano Jorge, alza una mano y la mueve para que Tomas vea donde se encuentra. Tomas lo ve y camina con pasos apurados, con una sonrisa de lado a lado, sin a penas sentarse le dice a Jorge,

…Necesito un trago pero ya.

…¿Y a ti que te pasa? Pregunta Jorge

…Parece que has visto un fantasma.

….Si Jorge he visto un fantasma, le dice Tomas.

…¿Como es eso? No te entiendo, dice Jorge.

…Espérate, le dice Tomas levantándose de la silla.

Tomas busca algo de beber y al regresar, se sienta junto a Jorge y le dice,

…Estaré aquí un rato me tengo que ir, pero antes tengo que contarte lo que me ha pasado.

Tomas tiene tiempo para contarle a Jorge todo lo sucedido, Jorge escucha atentamente y aunque está asombrado por la historia de Tomas, lo interrumpe y le pregunta,

…¿Y que pasara con Rafael?

…Nada, no pasara nada, es solo un encuentro que he tenido con Esteban y al parecer hasta casado está, contesta Tomas.

Así pasan unas horas, los chicos continuaron hablando sobre el pasado de Tomas y el encuentro de esa noche, pidieron de tomar unas cervezas más.

Jorge sentado frente a Tomas ve a un hombre alto trigueño con un cuerpo espectacular entrando al bar, Tomas como Jorge desvía la mirada, también mira en la misma dirección ve que Esteban acaba de entrar al bar.

Tomas vuelve a mirar a Jorge y le dice con una sonrisa en la cara,

…Ese es Esteban.

Tomas se levanta de su silla, Esteban desde lejos lo ve y se dirige hacia él, no esta usando su uniforme de policía, sólo unos jeans y una camiseta negra, ahora Tomas reconoce en Esteban un poquito más al niño aquel del que a muy temprana edad se enamoró.

Tomas presenta a Esteban y a Jorge, Esteban le pide ir a otro lugar, Jorge entiende que debe quedarse solo y Tomas prefiere irse con Esteban a un lugar algo mas privado.

Tomas y Esteban salen caminando por Lincoln Road, una especie de Boulevard lleno de tiendas y restaurantes, con una vida nocturna ocupada y diversa, ya que es mucho el turismo que visita el famoso boulevard. Esteban le surgiere a Tomas un pequeño restaurante cerca del bar donde estaban, le dice que tiene hambre y que quiere algo de comer, Tomas acepta.

Mientras caminan no hablan, los dos miran hacia el piso, al llegar al lugar Esteban pide que los acomoden en una mesa pequeña al fondo del restaurante, el lugar mas privado que pudieron encontrar.

Los dos sentados en un área de muy poca iluminación, con una vela en medio de la mesa piden vino. Tomas tiene los codos encima de la mesa y las manos con los dedos entrelazados frente a la boca mirando la cara de Esteban, Esteban tiene las manos sobre las piernas y los hombros inclinados un poco hacia adelante mirando a Tomas y sonriendo, Tomas separa las manos de la boca y le pregunta,

…¿Por qué no supe más de ti?

Esteban continua mirándolo con una sonrisa y le contesta,

…No sé, era muy niño, me tomo por sorpresa cuando me vi en Miami.

…¿Como es eso?, pregunta Tomas

…Tú sabias que tus padres te traerían acá.

…Sí, pero no sabia cuando, y de mi casa me sacaron en la madrugada muerto de sueño, me dijeron que iríamos a dar un paseo, me dormí en el auto que nos recogió y en la mañana me desperté en una lancha ya en las costas de Cayo Hueso, estaba muy desubicado, contesta Esteban.

…¿Pensaste en mi?, pregunta Tomas.

…Sí, mucho, contesta Esteban.

…Siempre le preguntaba a mis padres cuando llegarías aquí, ellos trataban de convencerme diciéndome un día, muy pronto, hasta trabajando pensaba que un día yo te detendría por una infracción de tránsito y te reconocería, siempre pensé que nuestro re-encuentro seria así. Continuaba contando Esteban con un acento más fuerte y casi Bilingüe, muchas de las palabras le salían en Ingles.

…Te extrañé mucho Esteban, no pude ver más los canales de televisión extranjeras que me enseñabas, ¿te acuerdas? Dice con tristeza Tomas.

Esteban sonríe, y le dice,

…Como no me voy a acordar, a mi todo lo de Cuba se me olvidó, pero tú, Tú eres la única memoria que tengo de ese país, para mi tú eres Cuba.

Tomas esta realmente emocionado, sus ojos no ocultan las lágrimas, a Esteban se lo ve mas fuerte, Tomas le dice,

….No sabes lo triste que estuve cuando me entere que te habías ido, yo me paraba frente al mar y saltaba con los brazos en alto para que me vieras desde el otro lado.

Esteban escucha atentamente y no es menos cierto que la historia que le cuenta Tomas lo toca muy profundo, le hace tragar en seco y hasta casi llorar.

…¿Te casaste? Pregunta Esteban.

…No, soy gay, contesta Tomas.

Esteban baja la mirada y luego la vuelve a dirigir a Tomas diciéndole,

…Yo me case, tengo dos niños bellos.

Tomas sonríe, al ver que Esteban saca de su cartera la foto de su familia, es verdad son dos niños trigueños muy bellos, la esposa también esta en la foto,

…¿Ella es bajita? Pregunta Tomas.

…No, yo soy quien es muy alto, contesta Esteban.

La mesera interrumpe la charla para ver si ellos estaban listos para ordenar, Esteban ordena una Pizza, Tomas prefiere no comer nada, porque que había cenado hace unas horas.

En el medio de la poca iluminación los chicos continúan hablando de lo que ha sido la vida de cada uno de ellos, Tomas quiere preguntarle algo muy personal a Esteban y con rodeos le dice,

…Esteban quiero preguntarte algo pero no se como hacerlo.

Esteban lo mira curioso y con una sonrisa pícara, como adivinado lo que Tomas quiere preguntarle y le contesta,

…Pregúntame con toda confianza.

…Es que tú eres un hombre casado y no quiero que pienses mal de mí, tampoco quiero joder el encuentro tan bonito que hemos tenido, explica Tomas.

…OK, te ayudare, dice Esteban,

…¿Es la pregunta a cerca del beso que te dí?

A Tomas se le va una carcajada, con una de sus manos se cubre la boca con pena y no contesta, estaba claro que la pregunta es relacionada con ese beso que le hizo conocer por primera vez lo que era el amor.

…No se que fué, dice Esteban.

…Yo creo que fué algo así como un experimento de niños, a mí no me gustan los hombres y nunca pensé en eso.

…¿Y como sabes que era sobre eso que te preguntaría? Pregunta Tomas.

...No sé, quizás es un presentimiento, contesta Esteban.

...Fué cosas de niños y quizás a muchos nos sucede, queremos experimentar, fue algo que no lo pensé.

…¿Te arrepientes? Pregunta Tomas.

…No, fuiste mi mejor amigo y para mí como te dije antes tú eres Cuba, un beso es solo una expresión de amor, y yo siento amor por ti y por Cuba, de veras no me arrepiento, contesta Esteban.

…¿Y tú te arrepientes? Pregunta sonriendo Esteban sabiendo cual sería la respuesta de Tomas.

…No, por su puesto que no, fue una de las cosas más bellas que me ha pasado en la vida, ¿tú lo harías de nuevo? Pregunta también sonriendo y en forma de juego Tomas.

…No, contesta Esteban.

...Pero si te demostraría el respeto y el cariño que siento por ti de otra manera.

…¿Como? Pregunta Tomas.

…No sé, quizás ayudándote cuando me necesites, dándote buenos consejos, siendo amigos nuevamente, contesta Esteban.

Tomas lo mira sonriente y le agradece a Esteban el gesto. Mientras come, Tomas lo mira y aun le parece mentira que Esteban este frente a él. Esteban levanta la vista y con su boca llena de comida le pregunta,

…Bueno y tú, ¿que tal de amores?

Tomas aprovecha para contarle las anécdotas bellas que vivió con Rafael, como lo conoció, como vivieron en Cuba y como lograron escapar de ella, le cuenta de Isabel, de sus padres, de la situación horrible por la que está pasando Cuba, sobre la separación de Rafael y él en Londres y de como llego a Estados Unidos. En lo que trabaja hoy en día, sus aspiraciones, en fin en unas dos horas le cuenta prácticamente su vida completa.

Esteban se muestra asombrado al enterarse de todo lo que tuvo que pasar Tomas para poder llegar a Miami, y aun más, siente tristeza al enterarse de que Rafael y Tomas hayan sido separados. Esteban trata de convencer a Tomas de que todo estará bien y que eél lo ayudara a hacer lo imposible por traer a Rafael.

…¿Como lo podrás hacer? Pregunta Tomas.

…De eso hablaremos muy pronto, casi me tengo que ir y además este no es el lugar para hablar de esas cosas, llámame, tu tienes mi número, quiero que conozcas a mi familia.

Tomas y Esteban se preparan para irse, la noche se les ha ido de las manos y no es para menos, cosas así que pasan en la vida merecen varias noches de desvelos para poder disfrutarlas.

…Ah, no le menciones lo del beso a mi esposa, ni a mis hijos, dice sarcásticamente riendo Esteban.

Tomas se ríe a carcajadas, los dos abandonan el restaurante, Esteban y Tomas se despiden y cada uno toma su camino, Esteban va en busca de su auto para ir a casa, Tomas vuelve al bar donde supuestamente quizás aun lo estaría esperando Jorge.

Al llegar, loco de contento busca en el bar a Jorge, ahora hay muchas mas personas, y aunque busca a su amigo por cada rincón, no lo encuentra.

Al no ver a Jorge, decide volver a su casa, en el auto, busca su teléfono celular esperando ver mensajes de Jorge y conocer su paradero, hay una llamada perdida y hay un mensaje nuevo, Tomas pone en marcha el auto y con una mano lleva su celular en el oído, para escuchar el nuevo mensaje.

Es Esteban quien le agradece la gran noche que ha pasado con él y le pide que lo llame temprano en la mañana para planificar la cena en su casa con su familia.

Tomas sonriente termina de escuchar el mensaje y feliz vuelve a su casa.

Es Sábado casi medio día, Tomas se despierta al escuchar el teléfono vibrar, casi sin abrir los ojos lo toma, y contesta,

..Tomas soy Esteban.

Tomas se sienta de un tirón en la cama, la noche pasada ha sido como un sueño y la llamada de Esteban confirma que no lo fué, que aquel encuentro con su primer amor ha sido real.

…Buenos días Esteban, contesta Tomas.

…¿Tu todavía estas durmiendo? Pregunta Esteban.

Tomas le dice que acaba de despertarse, y Esteban lo invita para que visite a la noche su casa, Tomas busca un papel y un lápiz para escribir la dirección, Esteban vive en el sur de Miami, a una media hora de la casa de Tomas. Todo queda planificado para que a las siete de la noche se encuentren allí.

Tomas termina la llamada con Esteban y decide llamar a Jorge quien con voz de dormido le contesta,

…¿Chico donde te metiste anoche? Pregunta Tomas.

…No me cuentes nada, le dice Jorge.

Jorge le cuenta que en el bar se había encontrado con un chico y que con él se había ido, le cuenta lo bien que la pasó y hasta gráficamente le dice como fue el sexo. Tomas solo escucha y ríe porque a pesar de que es muy normal entre muchos homosexuales, Jorge fue muy explicito cuando le contaba sobre el encuentro sexual entre ese hombre y él.

Después de la erótica historia de Jorge este le pide que lo acompañe a una agencia donde puede enviar paquetes a Cuba, ya que tiene algo importante que enviarle a su hermana y quiere hacerlo ese mismo día, Tomas le dice que no tiene problema y que lo acompañaría. Quedaron en que Jorge pasaría por él una hora más tarde.

Tomas termina de hablar con Jorge y no puede esperar para tratar de comunicarse con Cuba y contarle a su madre sobre el encuentro con Esteban, pero ese día fue imposible comunicarse. Luego de tratar demasiadas veces, prefirió dejarlo para el día siguiente.

Jorge llega a casa de Tomas y los dos salen juntos para la agencia de envíos de paquetes a Cuba. Es una oficina pequeña donde hasta trámites consulares cubanos se pueden hacer, pagando los altos precios que cuestan cada gestión que se relacione con Cuba, Jorge solo esta para enviar unas tres libras de ropa.

…Son 18 dólares por cada libra, dice el empleado de la agencia.

Tomas asombrado exclama,

…¿Que?, ¿tanto?

…¿Y de donde tu llegaste chico? Pregunta el empleado.

…No te preocupes, dice Tomas,

...Yo solo digo que es por eso que Fidel no se puede caer,

…¿Como vas a decir eso chico? Pregunta el empleado.

…¿Es que no te das cuentas que a nadie le conviene que Fidel se caiga? Dice Tomas,

…Las llamadas telefónicas son más caras a Cuba que a cualquier otro lugar, eso ayuda a las compañías de teléfono, las agencias cobran demasiado aprovechándose de las leyes estúpidas del embargo, si Fidel se cae, o si quitan el embargo vamos a ver cuánto cobrarán por cada libra de envío ustedes, a la verdad que son unos abusadores, se aprovechan de la situación de los Cubanos para seguir quitándoles.

…Cállate, dice enfadado el empleado, y si no vienes hacer negocios vete de aquí.

…Es verdad lo que dice el chico, dice un cliente que también esperaba para enviar un paquete a Cuba,

…Todo es un descaro, solo aprovechan la situación para cobrar precios increíbles, continuó el cliente.

La situación se torna tensa dentro de la agencia y Jorge le pide a Tomas que lo espere afuera, a él no le queda otro remedio que quedarse y enviar lo que tiene embalado para su gente.

Lamentablemente no existe en Miami otra vía para hacerlo y la familia de Jorge en Cuba esta pasando por momentos muy difíciles desde que Fidel Castro tomó el poder, y no hay forma de ayudar a la familia si no es utilizando agencias como aquella ya que, debido al embargo económico contra Cuba, no existen medios mas efectivos y baratos.

Tomas sale de la agencia y espera afuera, Jorge sale en solo minutos,

…Es de madre lo que nos pasa a nosotros, comenta Tomas,

…Todos los ciudadanos de otros países envían remesas a sus familiares y pagan tres veces menos que lo que tenemos que pagar nosotros, es como si siempre las familias Cubanas tuvieran que ser las que llevan las de perder en todo, no hay nada que sea fácil para nosotros, absolutamente nada, continúa Tomas enojado, mientras van camino hacia el auto.

…Bueno al menos nos dan un status legal tan pronto llegamos a este país, mira los Mexicanos, Salvadoreños, Nicaragüenses lo que tienen que pasar para poder quedarse en este país, comenta Jorge.

…¿Nunca te has preguntado por qué a nosotros y no a los demás? Pregunta Tomas.

…A la verdad, no, contesta Jorge.

…Por eso mismo que te acaba de pasar, porque nos tienen impuesto un embargo que además de la dictadura de Castro es otro obstáculo para la familia Cubana. Entonces se quieren dar de buenos dándonos la residencia, todo es un juego y todo es mierda, aquí los que continuamos jodidos somos nosotros, dice Tomas.

...Puede ser que tengas razón, dice Jorge y trata de cambiar el tema para hacer sentir mejor a Tomas.

...¿Cuéntame entonces que harás con Esteban esta noche? Pregunta Jorge.

Tomas le cuenta que tendrá una cena en la casa de Esteban con su familia,

...¿No te sentirás mal de ver a su mujer? Pregunta Jorge.

Tomas ríe y le contesta,

...No chico, para nada, lo que paso, paso, y eso fue hace muchos años, ya no me siento igual, además tengo a Rafael esperando por mí para que lo saque de Cuba, y eso es una promesa que no puedo romper.

Los chicos entran en el auto y deciden antes de irse a casa pasar por una tienda de departamentos, Tomas quiere comprarse un pantalón para la cita de esa noche, desde que llego al país Tomas se ha dedicado solo a ahorrar el dinero para ayudar a su familia a salir de Cuba.

En la tienda a medida que van viendo los pantalones, Jorge le comenta a Tomas que quiere que su madre visite la sección de Intereses de los Estados Unidos en la Habana para que ella pueda venir de visita a Miami, a Tomas le parece una fantástica idea y el viendo muy lejos la posibilidad de que a sus padres le den la visa, cree que para ellos también sería una buena posibilidad.

...¿Y como deben hacer? Pregunta Tomas.

Jorge le explica que las líneas para llegar a tener una entrevista en el consulado son infinitas, que tienen que dormir esa noche en la calle frente a la Embajada y luego, si logran entrar tienen que pagar una buena suma de dinero en dólares, para la entrevista,

...¿En Dólares? Pregunta Tomas.

...¿Como que en dólares?, si los Americanos saben muy bien que nosotros no ganamos dólares en Cuba, y también saben muy bien que por culpa de ellos no podemos enviar dinero para allá.

...Así mismo como te cuento, dice Jorge,

...Lo mas lindo es que solo quizás un tres por ciento de los entrevistados consigan la visa y a los que se la niegan no se les devuelve el dinero.

...¡Como! exclama Tomas,

...No te digo, los dos gobiernos se la ponen bien dura a los Cubanos, por eso se hacen los buenos dejándonos vivir aquí si llegamos ilegales y nos brindan villas y castillas una vez que estamos aquí, es decir que tenemos que tirarnos en una balsa y casi muertos llegar a la Florida para poder obtener lo que ellos nos ofrecen y desde allá no nos dan las visas para salir con menos riesgo.

…Y si te dan la visa quizás Fidel no te da la salida, dice Jorge.

…Es cierto esto da risa, es lo que siempre digo, los dos gobiernos parecen putas que no se ponen de acuerdo y lo que hacen solo es joder, dice Jorge.

En el medio de la charla política, Tomas encuentra el pantalón que le gusta, se lo prueba y se lo compra, salen de la tienda y se van a casa, Jorge decide ir un rato a casa de Tomas hasta que sea la hora para éste de ir a su cena. Ya en casa Tomas trata de comunicarse con su madre nuevamente para contarle sobre el reencuentro con Esteban pero las líneas están ocupadas.

Llega la tarde y Tomas ha tenido ya dos llamadas de Esteban para asegurarse de que podrá encontrar la casa sin problemas, Tomas le asegura que estará bien, y se prepara para el viaje. Jorge entonces decide dejar solo a Tomas para que termine de vestirse. Tomas ya esta en el baño y Jorge desde afuera antes de irse le pregunta,

….Tomas, ¿que harás después de la cena?

…No se, ¿por qué? Pregunta Tomas.

…Podemos vernos en una disco en la noche cuando termines, le surgiere Jorge.

…Está bien Jorge yo te llamo, le contesta Tomas.

Jorge se va del apartamento, cuando Tomas termina de arreglarse, sale de la casa y llega a su auto, hace un calor horrible y el auto no tiene aire acondicionado, entonces el chico baja un poco la ventanilla para refrescarse aunque no demasiado para no despeinarse.

El tráfico va rápido, en solo minutos llega Tomas a casa de Esteban, para estar seguro de que va por el camino correcto, cuando cree estar cerca de la casa lo llama por teléfono. Esteban decide esperarlo afuera, Tomas desde lejos ve frente a la casa a Esteban, quien le va indicando donde estacionarse. Tomas detiene su auto atrás de un bello auto de lujo color negro.

Sale del auto Tomas y Esteban le da un abrazo, es visible la alegría de Esteban de poder tener a su amigo de la infancia en su casa, cuando se terminan de saludar Esteban le dice,

…No sabes como pensé en este momento, siempre supe que llegaría.

Tomas sonríe pero no habla, y Esteban sin más palabras lo invita a pasar. Es una casa muy grande y bella, con una decoración en la sala muy tropical, pinturas alegres en las paredes, muebles grandes y de muchos colores.

Desde la cocina viene una joven, es la esposa de Esteban,

…Y ella, debe ser tu esposa, dice Tomas.

…Si ella es Cristina, mi esposa, contesta Esteban.

Tomas y Cristina se dan un beso en la mejilla después de estrecharse las manos, es común entre los cubanos el besuqueo.

…Pero por favor entre para que conozcas a los niños, dice Esteban caminando hacia el final de la casa en dirección al patio.

Esteban abre una puerta de cristal que da al exterior de la casa, en el patio hay una piscina decorada alrededor con piedras, plantas y una fuente, en ella están los hijos de Esteban, Mary de cinco años, y Carlitos de ocho,

…Hijos salgan de la piscina les quiero presentar a un amigo, les grita Esteban a los juguetones chicos.

Los niños salen del agua y llegan donde están parados Tomas y su padre, saludan con timidez al que para ellos es solo un nuevo amigo del padre.

La esposa de Esteban permanece en la cocina terminando la cena, Esteban y Tomas se sientan en la terraza bajo un techo donde un ventilador los mantiene frescos, bebiendo y comiendo algunos aperitivos, hablan de todo lo que pudieron imaginarse, la esposa de Esteban sale a cada rato y forma parte de la charla. Los padres de la chica son cubanos pero ella nació en Los Estados Unidos y siempre ha tenido una gran curiosidad por conocer la tierra donde sus padres nacieron y que la política le ha quitado ese derecho.

Esteban tiene muchas preguntas y a pesar de que recuerda muy poco sobre Cuba, trata de recordar su casa, el edificio donde vivía y hasta los nombres de los otros amigos con los que jugaba, Tomas le menciona los nombres y Esteban recuerda algunos, Tomas le cuenta que fue de la vida de cada uno de ellos.

Las horas pasan muy entretenidas, no paran de hablar, de reír y de recordar lo que vivieron juntos, hasta los niños se sentaron en el piso frente a ellos para escuchar las anécdotas Cubanas, y ríen al escuchar a su padre describir como se escapaban de la escuela para ir a ver los canales extranjeros, hasta la niña que es la mas pequeña queda fascinada por las historias, Esteban les pide que nunca se escapen de la escuela, todos se ríen a carcajadas.

La charla es tan entretenida y el tiempo que están pasando es tan ameno que decidieron cenar en la terraza, Tomas, le comenta a Esteban que le gusta mucho la casa, la esposa de Esteban una vez que terminan de cenar, decide poner los platos vacíos a un lado y darle una especie de tour a Tomás para que conozca la casa que para Tomas es inmensa. Por unas escaleras anchas hechas de lozas blancas se sube al segundo piso donde hay cuatro habitaciones y dos baños más.

Cuando vuelven abajo Esteban le dice,

...Ven quiero enseñarte mi otro bebe.

Esteban abre una puerta que lo lleva a un garaje, en el hay una lancha inmensa, blanca y muy lujosa. Tomas asombrado recorre los alrededores de la lancha desde principio a fin, en la parte trasera hay una escalera y Esteban lo invita a subir, los dos suben y entran al camarote, Tomas queda fascinado por el lujo y confort de la lancha. Esteban le enseña los sofisticados instrumentos de navegación, y al rato deciden volver a la casa, se sientan esta vez en el comedor,

...¿Y porqué decidiste ser policía? pregunta.

...No se, eso siempre me gusto, contesta Esteban.

La esposa les trae un jugo de mango a cada uno de ellos, y se sienta en la mesa también, ella le pregunta a Tomas,

...¿Y tus padres, quieren venir?

...Claro, contesta Tomas,

...Pero es muy difícil por ahora.

...Podrá ser difícil pero no imposible, contesta Esteban.

La esposa que sabe a lo que Esteban se refiere decide ir a vigilar a los niños en la piscina para que ellos puedan hablar libremente.

...Yo conozco a alguien que puede traerlos, dice Esteban.

...¿Como es eso? Pregunta Tomas.

Esteban le cuenta que existen personas con las que él va de pesca muy frecuentemente, son grandes amigos y pueden traer desde Cuba en una lancha a su familiares, sería cuestión de ponerse de acuerdo.

...Pero eso es muy riesgoso y muy caro, comenta Tomas.

...No te preocupes por eso, ellos tienen embarcaciones rápidas y seguras y por el dinero no te preocupes tampoco, puedo llegar a un acuerdo con ellos, y si no tienes la cantidad yo te la presto, le dice Esteban en baja voz, como si hubiera una tercera persona en la casa que pudiera escucharlos.

En el mismo tono de voz Tomas le contesta,

...No se, tengo miedo Esteban.

...Te entiendo, pero es una buena oportunidad, le dice Esteban.

Tomas le agradece a Esteban lo que esta haciendo por él y le dice que primero enviará a sus padres a la Embajada Americana para ver si logran conseguir la visa y venir por un medio más seguro y legal. A Esteban le parece una gran idea y le dice también que cuente con su ayuda siempre, de todas formas él hablará con sus amigos para tener idea de cuanto puede costarles el traslado de los Inmigrantes a la Florida.

Se va haciendo tarde, y Tomas esta listo para retirarse, agradece una vez más y se despide de la esposa de Esteban, luego le da un abrazo a éste y quedan en verse muy pronto.

Tomas se va, esta feliz de haber conocido a la familia de Esteban y con un miedo enorme de tener que poner a sus seres queridos en riesgo para poder llegar a los Estados Unidos, pero después de la entrevista si no les otorgan la visa será la única vía que tendrá para reunirse con ellos, de lo contrario tendrá que pasar muchos años sin verlos.

Tomas busca su celular y conduciendo llama a Jorge. Jorge esta en una discoteca de Miami Beach, Tomas le dice que no se siente con ganas de conducir hasta allá y que se ira a su casa a descansar, que mejor se encuentran al día siguiente.

Una vez en su apartamento, Tomas se cambia de ropa y se acuesta, con su cuerpo boca arriba y mirando al techo las manos bajo su cabeza. Tomas piensa en lo que Esteban le ha propuesto para traer a su familia, es algo que no se le va de la memoria, y prefiere mantener en secreto cuando llame a sus padres y les explique que deben ir a visitar al cónsul en la Habana.

Se sienta en la cama, toma el teléfono y trata de comunicarse con Cuba, a la cuarta vez lo logra, la vecina con gusto les avisa a sus padres, ellos corren al teléfono,

…¿Que sorpresa? ¿Pasa algo? Pregunta agitada por el correteo la madre y preocupada porque no es la fecha en el que acordaron que hablarían.

…No mami, no pasa nada, le dice Tomas,

…Solo quiero que por favor intenten los dos ir al consulado Americano a pedir la visa lo antes posible.

…¿Y por que ese apuro Tomas?, pregunta curiosa la madre.

…No te preocupes no puedo decirte por teléfono, pero si habrá una sorpresa para ustedes, contesta Tomas.

...Les pondré el dinero por una agencia el lunes para que puedan pagar por la entrevista.

La madre queda curiosa con la llamada y lo que Tomas le comenta, pero ella confía plenamente en él y si lo que le pide es que vayan a ver al cónsul, todos lo harán tan pronto como se pueda.

La llamada fue corta pero precisa, los padres entienden las instrucciones de Tomas y esperan conocer la sorpresa muy pronto, por ahora sólo esperan a que llegue el dinero para presentarse en la Sección de Intereses de Estados Unidos en Cuba. Tomas por otro lado esperara para ver los resultados de los primeros pasos para la reunificación familiar.

El lunes llega y todo vuelve a la rutina diaria. Tomas sigue trabajando en la clínica, y reuniendo cada centavo para lo que se pueda presentar. A la hora del almuerzo Tomas se llega a una agencia que envía dinero a Cuba, por cada 100 dólares Tomas ha tenido que pagar 18, para poder hacer el envío, es caro pero esta vez a Tomas no le queda más remedio que hacerlo sin quejarse de los precios y el abuso. Pero al menos sabe que sus padres tendrán al día siguiente el dinero y podrán presentarse a la entrevista.

La familia de Tomas recibe el dinero dos días después de lo que estaba planeado, ellos habían esperado recibir el dinero y fueron al consulado y tuvieron que dormir dos noches en la calle para poder alcanzar los turnos, la madre tiene turno para presentarse frente al cónsul un día antes que el padre de Tomas ya que no pudieron tomar los turnos para entrar juntos.

Tomas espera con ansias por los resultados de la entrevista. Mientras tanto continua trabajando en la clínica en el día y por las noches limpia el lugar para poder ganarse un dinero extra. Él sabe que tiene que estar listo para gastar una gran cantidad de dinero si a los padres les niegan la visa, porque ya esta decidido a traerlos por medio del amigo de Esteban.

Son casi las siete de la noche y Tomas llama a Cuba sabe que su madre se presentó al cónsul ese día,

…Dime mami que te dijeron.

…Me negaron la visa hijo, contesta la madre.

Tomas siente como si un cubo lleno de agua fría le cayera encima, aunque sabe que era muy grande la posibilidad de que le negaran la visa a su madre, tenía una esperanza, ya que en Cuba todo es como un juego de loterías, entonces le pregunta,

…¿Pero que fue lo que te dijeron mami?, ¿que te preguntaron?

….Me preguntaron a quien iría a ver a Miami, yo les conteste a mi hijo, dice la madre,

…entonces me dijeron, que como tengo un vínculo familiar tan cercano me puedo quedar y pudiera ser posible inmigrante.

…Mañana le toca a papi, dile que no diga que yo vivo aquí, le dice Tomas frustrado y molesto.

Tomas corta la llamada después de despedirse de su madre, y espera al día siguiente para poder saber los resultados de la visita del padre. Usualmente las horas pasan en Miami muy rápido durante el día para Tomas que se mantiene ocupado en la clínica para la que trabaja, sin embargo hoy el tiempo ha pasado muy lento. Tomás tiene que esforzarse para sonreír a sus clientes luchando contra la preocupación y el miedo de que la visa le sea negada a su padre también.

El tiempo pasa y es hora de llamar, el padre espera del otro lado del teléfono, al primer timbrazo, contesta,

…Papi soy yo Tomas, cuéntame que paso, dice Tomas con voz temblorosa.

…Nada mi hijo me la negaron también, contesta muy triste el padre.

...Les dije que venia a visitar unos primos que tengo aquí y me dijeron que como esa familia no es tan cercana yo podría ser posible Inmigrante y me la negaron.

…Que mierda, grita Tomas molesto,

...A mami le dicen que porque tiene familia cercana se puede quedar y a ti por que no la tienes te puedes quedar también, siempre lo he dicho es un puto juego lo que tienen con los Cubanos.

…No te pongas así Tomas, hay que tomarlo suave, dice el padre tratando de aliviar la frustración de Tomas.

Tomas suspira profundo y le dice,

…Ok, bueno, esperen mi llamada mañana les hablare y veremos que hacemos en el futuro.

…¿A que te refieres Tomas? Pregunta el padre.

…Papi, solo canta la canción para niños barquito de papel, dice Tomas.

El padre traga en seco porque sabe a qué se refiere Tomas y entonces el con voz temblorosa le dice,

…Cuidado Tomas, no te busques problemas.

Tomas le dice que no se preocupe y que espere la llamada al día siguiente, cuelga el teléfono y lo vuelve a levantar, Tomas llama a Esteban,

…Esteban es Tomas.

…oh, dime, ¿como estas Tomas? Saluda Esteban.

Tomas le dice que tiene que hablar con él urgentemente y planean los dos el lugar, y la hora, Tomas trata de contarle a Esteban el motivo de tan urgente cita entre ellos, pero Esteban le pide que se detenga que no lo haga por el teléfono que será mejor que se vean más tarde.

El chico permanece sentado en su cama, se muerde las uñas y piensa en lo que pudiera sucederle a su familia en el peligroso viaje que planeará con Esteban esa misma tarde, unos minutos después desde su cama toma el control remoto de la tele y se tira a ver un poco de televisión.

A Tomas no le gusta mucho lo que en los canales hispanos transmiten, por lo que trata de buscar estaciones que sean algo más interesantes. Se detiene en un canal que transmite, en Ingles y a pesar de que lo entiende muy bien le pone subtítulos que lo ayudarán a entender mejor el programa. La estación está transmitiendo algo que lo deja muy perturbado, es un documental donde se describe la vida de los ciudadanos de Corea del Norte, la dictadura impuesta por el primer ministro Kim Yong-il, el documental tiene como duración una hora y fue necesario para Tomas ver que existen aun dictaduras en el mundo peor que la que Fidel Castro impuesta impuesto en su país. Para Tomas es imposible creer que exista un campo de Concentración en el mundo, siente lástima por esos Coreanos que como él viven bajo una dictadura totalitaria y asesina, reconoce al comparar ambas dictaduras que la que conoce en Cuba no es la peor que existe en el mundo, pero que aun dictadura es dictadura.

Apaga la tele, coloca el remoto en la mesita cerca de su cama y se tira en ella, piensa en las caras humildes de los coreanos entrevistados en el documental y en la descripción de las huidas que han protagonizado para salir del país, pero piensa también que algo así ha pasado en su vida, y vuelve a sentir temor con respecto al plan de escape que planeará con Esteban para que sus padres huyan de Cuba.

Capitulo XXII
Ultimo Plan, desagradable sorpresa.

Es la hora de salir a encontrarse con Esteban, Tomas llega al restaurante donde quedaron en verse en solo minutos. Allí, en la puerta del restaurante, recostado en su auto en el parqueo del lugar esta Esteban. Tomas estaciona su auto cerca del auto de Esteban, los dos se dan la mano y deciden entrar.

La mesera les indica que pueden sentarse donde deseen, Esteban encuentra el lugar perfecto, una mesa con solo dos sillas en uno de los lugares mas privados de aquel sitio donde podrán sentarse, cenar y abiertamente hablar del tema que los trae a esa cita.

Una mesera joven, cubana los atiende, les trae la carta con un menú con los platos típicos Cubanos, Esteban pide de tomar mientras tanto una cerveza y Tomas solo agua.

La mesera les da unos minutos para que seleccionen sus platos, mientras tanto Esteban le comenta a Tomas sobre lo rico que es el lechón asado en ese lugar, pero Tomas le dice,

...Yo comeré muy ligero, no me siento bien.

...¿Que te pasa? Pregunta Esteban.

...Ah, ya se, ¿es sobre lo que quieres hablarme verdad?

Tomas le contesta que si, y Esteban sabe que los nervios de Tomas pueden jugarle una mala pasada por eso llama a la mesera y pide que le traiga una copa de vino a Tomas,

...No, yo no quiero tomar, dice Tomas.

...Eso te relajara, te ayudara a pensar, dice Esteban pero Tomas lo interrumpe diciéndole.

...¿Pensar?, ya yo no tengo cabeza para pensar, estoy pensando desde que nací como sobrevivir, dice algo irritado Tomas.

....Es así, dice Esteban,

...La vida es así amigo mío, pero yo estoy aquí para ayudarte, a ver cuéntame que quieres de mi.

Tomas le cuenta las experiencias de sus padres en la Sección de Intereses de los Estados Unidos, y le dice que al no ver salida quiere planear el escape en lancha. Esteban ya sabía que Tomas vendría a hablarle de ese asunto y le cuenta que ya todo está hablado con el lanchero que se dedica al traslado ilegal de Inmigrantes desde la isla.

La mesera llega, Tomas y Esteban piden lo que desean para cenar, y una vez que ella se retira continúan hablando, Esteban le dice que este hombre le cobrara unos siete mil dólares por cada uno y que puede traer hasta cinco personas,

...¿Siete mil dólares? Asombrado dice Tomas.

...Otros que se aprovechan de la situación Cubana.

...Entiendo Tomas y créeme que estoy contigo en esta, es así, todos han sacado dinero de la tragedia Cubana, pero no veo otra salida, y ni intentes pedirlos por la vía legal, se tomaran años en dártelos, le explica Esteban.

Esteban le dice que después que hablar con el hombre éste ha aceptado hacerle un precio de cinco mil, si son cinco las personas que viajan,

...Yo no tengo ese dinero, dice Tomas,

...Quizás tenga para traer a uno solo.

...No te preocupes Tomas, yo te lo presto y cuando tus padres estén trabajando me lo pagan, dice generoso Esteban.

Tomas no sabe como agradecerle a Esteban y no sabe aun si debería aceptar esa cantidad de dinero,

...¿A quienes quieres traer? Pregunta Esteban,

...Necesitamos cinco para que nos dejen esos precios.

Tomas suspira nervioso y dice,

...Yo tengo a los cinco, mis padres, mi hermano, Isabel y Rafael.

...Perfecto Tomas, ya los tienes solo hay que planear la fecha, dice Esteban

...No se Esteban, no se que hacer es mucho dinero, dice Tomas.

Esteban mira para todos los lados y le pide a Tomas que se incline para estar mas cerca, y en voz muy bajita le dice,

...Mi amigo, la felicidad de tener a los tuyos cerca no tiene precio, déjame ayudarte y tú me lo pagas, para que te sientas mas cómodo te daré una fecha de pago, ¿qué me dices?.

Tomas suspira nuevamente se hecha hacia atrás pegando su espalda al espaldar de la silla, se pone las manos en la cabeza y los dedos de las manos entrelazados, cierra los ojos y piensa, solo segundos mas tarde los abre y dice,

...Llamare esta noche a mis padres, les explicare mas o menos el plan.

...Cuidado, dice Esteban,

...dicen que en Cuba el gobierno lo escucha todo.

...No te preocupes, lo haré todo de forma que solo ellos me entiendan.

...Bravo Tomas, ahora come algo y vamos, quiero que me acompañes a un teatro muy cerca de aquí en la pequeña Habana, hay un Cubano que presentará un libro y quisiera verlo para comprar uno, dice que narra sobre la realidad Cubana, me encanta escuchar sobre esto, dice Esteban.

...¿Te gusta escuchar sobre la realidad Cubana? Pregunta Tomas.

...Es decir, contesta Esteban,

...Cada vez que escucho sobre lo que pasa en Cuba yo le agradezco a mis padres lo que hicieron por mí, porque aunque no lo creas al principio los condené, no les perdonaba que me hubieran alejado de ti.

Tomas sonríe y le dice,

...Está bien te acompaño.

Terminan la cena, Tomas piensa en la generosidad de Esteban, pero aun no esta seguro si aceptar esa cantidad de dinero, trata de mantener una expresión en la cara de alegría para que Esteban no se sienta defraudado por su oferta.

Los dos aprovechan para ir a ver al escritor en el mismo auto, dejan entonces el auto de Tomas estacionado en el parqueo del restaurante.

En el teatro hay varias personas esperando afuera, hasta periodistas de canales de televisión locales están esperando a que se abran las puertas para poder adquirir un libro autografiado por el escritor Cubano y para escuchar su presentación.

Por fin a las ocho de la noche exactamente abren las puertas del lugar, todos entran como hormigas a un hormiguero. Por un pasillo se llega a la parte de atrás del lugar donde hay una mesa, una silla se encuentra el joven escritor sentado firmando autógrafos. Tomas y Esteban se colocan en fila para poder llegar a él y comprar uno de los libros. Las luces, los flashes de las cámaras y la cantidad de periodistas hacen pensar a Tomas que debe ser un libro bueno y un autor famoso, decide buscar dentro de su cartera dinero para tratar de también comprar uno de esos libros.

Llega el turno de Esteban y Tomas, Tomas levanta la mirada de su cartera porque cree que no tiene la cantidad necesaria para comprar el libro. El autor del libro en ese momento también levanta la mirada, Tomas se queda paralizado y se lleva una desagradable sorpresa, el autor baja la cabeza súbitamente y continúa firmando libros. El escritor está firmando el libro de Esteban, Tomas no habla, su corazón pareciera salirse de su pecho, su cara se transforma, Esteban mira a Tomas, nota que el chico no esta nada bien y en alta voz del susto le pregunta,

...¿Tomas tu estas bien?, ¿Que te pasa?

Todos los presentes escuchan la pregunta y la voz alarmante y preocupada de Esteban, inmediatamente vuelven sus miradas hacia los chicos, Tomas no contesta, pone las manos encima de la mesa, Esteban piensa que está por desmayarse o algo peor y le pasa una de las manos por la espalda,

...Tomas, por favor, ¿háblame que te pasa? Insiste Esteban.

Varias personas comienzan a acercarse para socorrer al chico en caso que cayera al suelo. Tomas indignado y con odio dice en alta voz,

...Levanta la mirada Ulises, déjame verte la cara.

El autor del libro es Ulises, el policía al que una vez Tomás le pidiera ayuda para sacar a Isabel de la cárcel en Cuba, él mismo que llamara a Isabel traidora a la Revolución, quien empujo esa tarde a Tomás en un parque, cuando aun Tomas le suplicaba que ayudara a Isabel, Ulises no sabe qué hacer, pero está seguro de estar metido en problemas,

...¿Que te pasa Tomas? Pregunta Esteban,

...¿Lo conoces?

...¿Que si lo conozco? Pregunta Tomas, mirando fijo la cara de Ulises.

Ulises levanta la mirada y le dice en voz baja a Tomas,

...Por favor Tomas, no me hagas esto ahora, mejor hablemos en privado.

...Yo no tengo nada que hablar contigo hijo de puta, dice Tomas.

Los lectores allí presentes se aproximan al ver la tensa situación que Tomas y el escritor están protagonizando todo el mundo reclama saber la verdad sobre el autor del libro que muchos acaban de comprar. Uno de los locutores de radio claramente amigo del autor dice refiriéndose a Tomas

...Ya llego un comunista que quiere hacer de este bello momento un acto bochornoso

...Tú cállate, dice Tomas,

...Bastante mierda que hablas por el radio sobre Cuba y nunca has tenido los cojones de ir allá y decir la mierda que hablas desde aquí, cuando estabas en Cuba no decías nada y aquí te quieres hacer el viejo valiente.

...Entonces, ¿quien es Ulises?, cuéntanos, grita uno de los periodistas de uno de los canales de televisión.

...Ulises es un policía Cubano, grita Tomas.

Todos se acercan más para escuchar la historia que Tomas está a punto de comenzar a contar.

...No Tomas por favor, dice Ulises en voz baja y visiblemente contrariado.

...Ahora te jodes maricón, dice Tomas.

Tomas se da vuelta y le da la espalda a Ulises, Esteban se mantiene al lado de su indignado amigo que empieza a contar detalladamente quien es Ulises. Una que otra persona trata de interrumpirlo, pero Tomas le pide que no lo hagan que él dirá quien es Ulises hasta el final. Aun con todo lo que Tomas les cuenta a los presentes allí, algunos le gritan mentiroso y le piden que salga del lugar, Tomas les dice que se ira pero no sin antes terminar lo que tiene que decir, la situación se pone tensa y Ulises se levanta de la silla llama loco a Tomas y como un desesperado llama a gritos al cuerpo de seguridad para que saquen al chico de allí.

Seguridad llega en segundos y toman a Tomas por los brazos, Esteban menciona que el pertenece al cuerpo policial de la ciudad de Miami y que se encargara de sacar a su amigo.

...Vamos Tomas vamos, dice Esteban.

... ¿Que?, ¿es así como enfrentan a los comunistas en este país?, ¿dejándolos llegar hablar un poco de mierda en contra de Fidel y ya por eso son héroes?, grita Tomas, al momento que Esteban lo tiene sostenido por los brazos y lo fuerza a salir del teatro.

Todos escuchan lo que Tomas dice, pero nadie hace nada, es como si nadie quisiera saber la realidad de la vida del que hoy es un autor renombrado en Miami pero que en años pasados ha sido un policía criminal que mucho daño ha causado a ciudadanos Cubanos.

...Al parecer hay mas comunistas aquí que en Cuba, continúa gritando Tomas casi empujado por Esteban que lo obliga a salir del teatro,

...Tienen una pila de comunistas en Miami y nadie hace nada, los americanos les dan las visas para que vengan a este país y sin embargo a los familiares de los gusanos y escorias como nos llamaban en Cuba negase las niegan, ¡es un abuso, es un descaro!

Tomas no deja de gritar. Esteban logra sacarlo hasta el portal del teatro arrastro, adentro se quedaron todos, simplemente prefirieron escuchar las mentiras que Ulises describía en la presentación de su libro antes que enfrentarse a la cruda realidad de un ciudadano común que les grita en la cara la inmundicia de un sistema perverso que ellos mismos están fomentando.

Tomas se pone a llorar, Esteban lo abraza,

...Vamos chico, tranquilo, le dice Esteban.

...¿Como voy a estar tranquilo?, ¿no sabes cuanto daño hizo ese hijo de la gran puta en nuestro país y ahora aquí mira como lo tratan, es que acaso, aquí se investiga solo a quienes les conviene investigar? Dice en medio del llanto Tomas.

...Así mismo es, dice Esteban,

...Ya se cuanto daño te hicieron, empezando por mis padres que ni siquiera pudieron sentarse contigo para explicarte que nos separarían y es por eso también que quiero ayudarte, quiero que termines la odisea que llevas en tu vida desde que naciste.

Tomas lo mira, y las palabras de Esteban lo conmueven aun mas, se siente como si fuera nada, algo que el viento se puede llevar y hacer de él lo que mejor le convenga, se siente con menos valor que el mismo polvo de las calles que pisa al caminar.

...Me voy a casa Esteban es tarde y quiero dormir, dice Tomas.

...Vamos te llevo de vuelta al restaurante para que recojas tu auto, le dice Esteban.

En el auto van callados por unos minutos, Esteban mira a Tomas y le pregunta,

...¿Estas mas tranquilo?

Tomas toma un profundo respiro, lo suelta y contesta,

...Sí Esteban, gracias ya estoy mejor.

...Tomas, tengo que decirte que estas cosas las veras muy frecuente en Miami, esos que un día te gritaron escoria o te hicieron daños vivirán aquí también y no puedes hacer nada, le comenta Esteban.

...Si ya veo que generoso es este país, dice Tomas.

Llegan al restaurante, el local esta cerrado, solo queda en el estacionamiento el auto de Tomas. Tomas le da las gracias a Esteban, Esteban le pide a Tomas que lo llame tan pronto decida que hacer con sus padres, para entonces ponerlo en contacto con el amigo dueño de la lancha.

Tomas llega a casa, corre al teléfono es algo tarde en la noche, pero quiere salir de todo lo que tiene planeado lo mas pronto posible, Tomas esta decidido a comenzar de una vez y por todas con lo que Esteban llamó Odisea.

Levanta el teléfono, suspira, trata de relajarse antes de marcar el número y pretender hablar con voz firme y segura para que sus padres no se pongan nerviosos por lo que tiene pensado contarles que es plan para abandonar la isla.

Marca el número, la vecina contesta, a Tomas le da algo de pena porque siente en la voz de la vecina que estaba durmiendo, ella le confirma que no, que solo había dado un pestañazo sentada en la sala porque no hay electricidad y el calor es insoportable, inmediatamente se presta a llamar a los padres de Tomas.

Al rato, el padre toma el teléfono algo asustado ya que es muy raro que Tomas llame a esa hora, pero a la vez tiene el presentimiento de que Tomas llama con la sorpresa que les había mencionado anteriormente,

...¿Como estas hijo? Pregunta el padre.

...Papi estoy bien, necesito que me escuches atentamente, le dice Tomas. Me entere que la familia entera de "García" llegaron en una lancha a Miami, ¿te imaginas la alegría que yo recibiría si todos ustedes llegaran así?, pregunta Tomas.

El padre no conoce a nadie llamado García pero se imagina lo que Tomas quiere decirle y entiende perfectamente que su hijo en clave está intentando contarles el plan que ha creado para ellos mismos,

...Mentira y, ¿como hicieron el viaje? Pregunta el padre sarcásticamente de manera que Tomas le explique en que consiste el plan.

...Bueno a la verdad dicen que fue muy rápido salieron en la noche desde la playa de Bacuranao, dice Tomas.

...Que bien dile que lo felicito y dile que por favor me mande a decir contigo el día y la hora en que me llamara para poder hablarle, es un gran amigo dice el padre, tratando también en clave de que Tomas le confirme la fecha y la hora en que se presentaran en la playa.

En Cuba se habla en ocasiones de manera que ni entre los mismos Cubanos se pueden entender, se usan frases para indicar cuando hay peligro o hasta cuando quieren decir algo sin que nadie mas se entere, para Tomas y el padre es muy fácil hablar en estos términos, siempre los han utilizado y les ha dado buenos resultados. Tomas continúa, le dice al padre,

...Cuando hablé con García me dijo que te llamaría pronto, él me dirá cuando, imagínate papi están acabados de llegar y las llamadas son muy caras, pero me dijo que le encantaría hablar con mami, mi hermano, Isabel y Rafael también, dice que ya los extraña a todos.

El padre del otro lado del teléfono a pesar del nerviosismo sonríe, y le dice que no se preocupe que todos estarán esperando la llamada. El padre de Tomas sabe muy bien que las personas mencionadas son las que tienen que estar en la playa la fecha y la hora que muy pronto Tomas les dará.

Tomas y su padre se despiden, no sin antes el padre mencionarle, que no se preocupe por nada que todos están bien y decididos a seguir enfrentando la separación dándole a entender que están decididos al viaje. Tomas sonríe y le dice,

...Ese es mi padre, gracias, hablamos pronto.

...Esta bien hijo, por favor dile a García que llame pronto, le dice el padre.

Tomas corta la llamada, sonríe y se siente fuerte al sentir a su padre tan decidido y valiente, no pudo hablar con su madre pero esta seguro de que en estos momentos su padre le estará dando la noticia a ella.

En la ciudad donde viven los padres de Tomas no hay electricidad, son casi las once de la noche y el apagón comenzó a las cuatro de la tarde, la luna esta llena, el calor es de infiernos, los vecinos están casi todos sentados en los banquillos fuera del edificio para poder refrescarse ya que en el interior de los apartamentos es imposible estar.

Los padres de Tomas salen de casa de la vecina directo a la casa de Isabel. Pasan por el medio de los vecinos que ya saben que cuando los padres de Tomas salen del apartamento de la única persona con teléfono en todo el edificio es por que vienen de hablar con el chico en Miami,

...¿Como esta Tomas? Pregunta una de las chismosas a quien le han pasado los años por encima sentada frente a las escaleras del edificio fumando y hablando mal de todos.

...¿Y quien te dijo que yo vengo de hablar con Tomas? Pregunta el padre furioso.

...Oh perdón pensé que como venias de esa casa era porque habías hablado con él, dice la vecina.

...No te preocupes yo tengo mas familia a los que les puedo hablar por teléfono también, Tomas debe estar bien gracias, contesta el padre.

Siguen su camino en medio de la oscuridad de la ciudad. La luna les alumbra el paso con su intensa luz en el medio de la noche, al pasar frente al edificio de Isabel, notan que hay alguien en el balcón sentado, es casi imposible saber quien es pero tienen idea que debe ser Isabel o su madre ya que son las únicas dos personas que viven en ese apartamento, la madre de Tomas, mira hacia arriba, y en un grito llama a Isabel, Isabel que está sentada en el piso del balcón contesta.

Sorprendida, no tiene idea del motivo por el cual los padres de Tomas a esas horas de la noche de visita. Los vecinos del edificio de Isabel también salen curiosos, no hay nada más que hacer que curiosear en esas horas con tanto calor y sin electricidad.

...Mi'ja hay mucho calor y vinimos a matar un poco el tiempo, le grita la madre de Tomas.

...Pues suban pa'ca, dice la chica pretendiendo creer lo que la madre le ha dicho, sin embargo ella sabe que la madre de Tomas acaba de hablar de manera disimulada para que nadie se entere de la realidad, Isabel está segura de que algo está pasando con Tomas o alguna noticia de él le traen,

Suben hasta el cuarto piso, Isabel y su madre los esperan en la puerta, Con besos como es la costumbre Cubana se reciben todos y entran a la sala alumbrada por un pobre farol de Kerosén, las puertas del balcón están abiertas de lado a lado de manera que una pequeña brisa entra y refresca un poco la casa. Los padres de Tomas se sientan en unos sillones en la sala, Isabel en el piso frente a ellos y la madre de la chica se queda parada, está algo preocupada por la repentina visita de los padres de Tomas y espera escuchar lo que tienen para decir.

El padre le explica a Isabel y a su madre cuales son los planes de Tomas, desafortunadamente será solo Isabel la que podrá irse en la lancha y tendrá que dejar a su madre pues Tomás no la mencionó. La madre de Isabel se lleva las manos a la boca y nerviosa se muerde las uñas, ella no quiere tener que ver a su hija en la cárcel una vez mas después de lo que le ha sucedido, pero sin embargo Isabel se nota decidida escucha con una sonrisa en la cara lo que el padre de Tomas le va diciendo, es la mejor noticia que ha tenido desde hace años y confía en que Tomas lo hará muy bien,

... A mi no me importa lo que hagan con mi hija, dice la madre de Isabel interrumpiendo al padre de Tomas,

...Pero por favor háganlo bien, no resistiría verla en la prisión de nuevo.

...No se preocupe usted, confiamos en Tomas, le dice el Padre del chico.

El padre de Tomas le explica a Isabel que tiene que ir hasta la casa de Rafael y avisarle tan pronto sea posible, le explica que sería peligroso hacerlo por teléfono, tiene que ir alguien y en persona a comunicarle que tiene que estar preparado, Isabel le dice que no se preocupe y que ella misma ira el día siguiente a ver a Rafael.

El plan está concretado y esperar es lo único que les queda por hacer. Isabel queda loca de contenta cuando los padres de Tomas abandonan la casa, la madre de la chica aunque muy nerviosa sabe que esta puede ser la vía en la que su hija al fin logre sus sueños.

Los padres de Tomas van caminando de vuelta a la casa y el padre le comenta a su esposa que deberían vender todo lo que tienen en la casa en dólares para llevar ese dinero con ellos, a la madre de Tomas le parece una gran idea y esperan al día siguiente para vender lo poco que tienen en la casa, ellos saben que deberán vender sus cosas a personas que no vivan cerca para que los vecinos no sospechen nada, por eso la madre de Tomas surgiere que pueden darle algunas cosas a la madre de Rafael y otras a la madre de Isabel para que ellos se encarguen de vender sin levantar sospechas.

En Miami es la misma hora de la Habana, casi media noche, Tomas está acostado, pensativo, cierra los ojos para tratar de dormir pero no puede, cuenta los minutos para que llegue la mañana y llamar a Esteban para comenzar a planear el riesgoso viaje.

Son casi las tres de la mañana Tomas logra quedarse dormido, y solo unas horas mas tarde se despierta al sentir la alarma de la radio que tiene en la mesita cerca a su cama.

Muy cansado se levanta, va al baño, se da una ducha, luego desayuna y sale para el trabajo. En el auto, decide poner la radio en unas de las emisoras donde solo se habla del acontecer Cubano, a él le gusta escuchar las noticias y algunas veces los comentarios o debates que en esa estación se realizan. Lo toma por sorpresa que una de las noticias donde hablan de la presentación del libro de Ulises la noche anterior, explican como las letras del escritor manifiestan con honestidad la cruda realidad vivida en Cuba, y las anécdotas que el mismo Ulises describe que vivió en Cuba bajo la dictadura abusiva de Fidel Castro. Tomas escucha la noticia con el corazón que se le quiere salir del pecho, las palpitaciones rápidas no son de miedo, ni nerviosismo, esta vez es furia al ver como Ulises presenta su libro dentro de la comunidad mas sufrida de Miami como un logro personal y como una galletada a esos que el mismo Ulises les causo tanta desgracias en Cuba.

Las llamadas de los oyentes comienzan casi todas es para felicitar al joven Cubano que con valentía publicó el libro, y otros para criticarlo porque como Tomas saben quien es, pero esas llamadas la misma emisora de radio las interrumpe y el locutor las comenta diciendo que son comunistas que quieren tergiversar las letras del libro e impedir la exitosa venta del mismo para mantener a todos lejos de la realidad Cubana. A Tomas le parece totalmente cochina la forma de expresarse del locutor quien tiene como visita en la cabina radial a Ulises y decide apagar la estación. Tomas toma su teléfono celular y llama a Esteban,

...Buenos días chico, ¿como amaneció? Pregunta Esteban quien reconoce el número en su identificador de llamadas.

...Estoy muy bien y estoy listo para hablar con tu amigo, contesta Tomas.

...Perfecto Tomas, espera su llamada esta misma tarde, le dice Esteban.

Tomas llega a la oficina quiropráctica donde trabaja, comienza su día laboral colocándole las bolsas de agua caliente y fría a los ancianos que allí van para recibir terapia físicas, casi todos debido a la artritis que padecen.

Como es natural a los Cubanos nos gusta hablar mucho, pero hoy Tomas esta diferente, a los ancianos pacientes les gusta mucho que Tomas los atienda, es un chico decente, precavido, cuidadoso con su trabajo y sobre todo comprensivo con los pacientes quienes van prácticamente a sacar de adentro la soledad que muchos viven en sus casas mientras la familia entera trabaja o estudia, le cuenta sobre sus vidas pasadas, sobre Cuba y hasta de religiones, Tomas siempre los escucha atentamente.

Uno de los paciente una señora de unos ochenta años, mira a Tomas y le dice,

...Hey, ¿que te pasa hoy? No te veo igual.

Tomas sonríe mientras prepara las bolsas de agua caliente y le contesta,

...Nada, todo está bien.

Era muy fácil ver cuando Tomas esta preocupado o pensativo por algo, ya los pacientes y sus compañeros de trabajo conocen muy bien al que aparenta ser un divertido joven por fuera, pero por dentro muerde el dolor. Tomas ese día no puede evitar sentir dolor por la separación de sus seres queridos y de su vida en general,

...Tú lo que necesitas es casarte, y tener muchos hijos, le dice uno de los pacientes a Tomas en alta voz.

Tomas lo mira y le dice,

...No te preocupes, se lo que puede hacerme feliz en la vida.

Todos ven que Tomas no esta actuando como siempre y prefieren dejarlo solo, nadie comenta nada mas para no irritar al chico.

Es la hora de almorzar y Tomas se esta preparando para salir a comprar algo de comer, cuando su teléfono suena, Tomas mira el identificador de llamada y no sabe a quien pertenece el número que enseña la pantalla pero si tiene el presentimiento de que es el amigo de Esteban, toma la llamada. Efectivamente es el amigo de Esteban quien quiere que Tomas pase por su casa esa misma tarde, Tomas saca de su mochila un lápiz y en un pedazo de papel escribe la dirección del hombre y le asegura que tan pronto salga del trabajo pasara por su casa.

A Tomas cualquier situación que lo pueda poner nervioso le ataca el estomago comenzando inmediatamente luego de la llamada los dolores que al rato son irresistibles, no obstante el chico trata de terminar su faena del día en la oficina médica.

Sale en su auto, son casi las ocho de la noche, conduce hasta la casa del señor que traerá en una lancha a su familia.

Llega Tomas a la casa es una mansión a medio construir, dentro de la misma construcción está la pequeña casa del hombre. Tomas detiene su auto, el hombre sale de la casa y le pide que tenga cuidado con las puntillas y los pedazos de madera que rodean peligrosamente la casa, Tomas con cuidado entra en ella, se sienta en el sofá, el hombre le invita a beber algo, Tomas le agradece pero se niega a tomar, su dolor de estómago es fuerte y teme que se ponga peor por tomar algo aunque más no sea agua.

El hombre le explica a Tomas como hará con la lancha, le dice el día y la hora en que deben estar en la playa de Bacuranao. Le describe con detalles la parte de la playa donde se encontraran, el hombre casi no deja hablar le dice también que solo cinco personas podrán venir, que no pueden ser niños ni mujeres embarazadas, a medida que Tomas escucha las instrucciones aumentan sus dolores de estómago, el hombre nota que el chico esta algo paliducho y sudando entonces le pregunta,

...¿Estas bien?

Tomas le contesta que solo un poco nervioso, el hombre le explica que todo saldrá bien y que Esteban le pagara el dinero. Todo queda arreglado antes de que Tomas abandone el lugar. Ya en la calle conduciendo a casa trata de tranquilizar sus nervios, respirando profundo y tratando de pensar en positivo.

El teléfono celular de Tomas suena, se asusta, lo toma, es Jorge, que lo está buscando para ver si quiere cenar con él. Tomas le dice que prefiere estar solo y que justamente estaba llegando a casa, Jorge le dice que pasara a verlo el fin de semana.

Tomas llega a su casa toma el teléfono y llama a Cuba nuevamente, tantas llamadas continuas pueden dar que pensar a la vecina dueña del teléfono de que algo raro esta pasando, pero a Tomas no le importa porque a pesar de la curiosidad que ella pueda tener Tomas sabe que es una señora muy discreta.

La vecina le avisa a los padres de Tomas que el chico esta en el teléfono, el padre decide bajar solo y hablar con el.

...Papi, vi a García me dijo que te llamará el próximo viernes a eso de las 9 30 de la noche, él quiere aprovechar para hablar con todos así que trata de que estén en el teléfono ese día, ¿le avisaste a Rafael? Pregunta Tomas.

....Sí, él esta muy contento de saber que García esta contigo allá, contesta el padre.

Tomas le cuenta a su padre que García esta algo triste por lo mucho que extrañaba a Cuba y que no puede olvidar la noche en que encima del pequeño puente de la Playa de Bacuranao se monto en esa lancha para abandonar Cuba.

...Así que papi dale mucha fuerza cuando hables con él para que se sienta mejor, le dice Tomas a su padre.

El padre entiende perfectamente el mensaje y hablan muy poco, pero sabe muy bien la playa y el lugar en que el próximo viernes tendrán que estar esperando por la embarcación.

Cuando la llamada termina Tomas decide llamar a Esteban y contarle. Esteban le dice que ya había hablado con el amigo y sabe todo lo que va a suceder y cuando, le pide a Tomas que este tranquilo y no comente nada a nadie.

Es martes Tomas tiene que esperar tres días para saber cual será el final de la odisea, como siempre una vez mas en la vida del chico, una espera que desespera una situación critica que esta vez tiene que salir perfecto, nada puede fallar, si algo pasara ellos preferirán morir en el mar que ser devueltos a Cuba.

Mientras tanto en la isla, todos los que viajaran están reunidos en casa de los padres de Tomas, en el antiguo cuarto de Tomas están sus padres sentados en una cama, el hermano, sentado en el piso con Isabel y Rafael y las madres de estos., todos se ponen de acuerdo, se encontraran a la hora señalada en la playa, no podrán ir juntos para no levantar sospechas, y esperan que como cada noche la electricidad falte para que la oscuridad sea la amiga que los ayude a que el escape sea más fácil.

Solo unas millas mas al norte de la Habana esta Tomas que no hace más que trabajar para distraer la mente y eso es lo que tiene planeado hacer hasta que llegue el día esperado, pero en la oficina médica todos saben que algo raro esta pasando con él, y aunque le preguntan y hasta le ofrecen ayuda él simplemente contesta que esta bien, una de las recepcionistas piensa que es dinero lo que le hace falta y le ofrece un préstamo, Tomas le asegura que no es eso, y le reafirma que esta bien. Todos tratan de creerle pero su rostro manifiesta preocupación y miedo.

El viernes llega y pasa, Tomas trabajó solo medio día. El chico está mal de los nervios, los tiene de punta, y pide que lo dejen irse temprano a casa. Es muy raro que Tomas esté enfermo, sus jefes sienten que realmente algo le pasa por lo cual lo dejaron irse del trabajo ese día sin dificultad.

Camino a su casa, mientras va conduciendo su celular suena, es Esteban Tomas lo toma,

..Hola chico, ¿como te sientes? Pregunta Esteban.

Tomas le cuenta que está muy nervioso que lleva días sin dormir y que la preocupación casi lo mata, Esteban se ríe y le pide que desvié su camino que pase por él para ir a almorzar algo juntos

Se ven en un restaurante en la Pequeña Habana es un restaurante Nicaragüense, Tomas no quiere comer y así lleva ya casi una semana, es muy fácil para él perder peso y se le ve extremadamente flaco,

...Tienes que comer chico, le dice Esteban

...Lo haré cuando ya estén aquí, dice Tomas.

...Nada de eso te comes aunque sea un poco de arroz, pero tienes que comer, insiste Esteban.

Tomas lo mira sonríe y le dice,

...Nunca tendré palabras para agradecerte lo que has hecho por mí Esteban.

...Estoy solo pagando por las lágrimas que derramaste por mí un día Tomas, yo sufrí mucho cuando me vi en la escuela sin tí, dice Esteban.

Tomas logra comer algo, aunque no mucho pero suficiente como para sentirse un poco mejor, Esteban le dice que puede quedarse en su casa esa noche a esperar la noticia, pero Tomas prefiere estar solo en su casa.

Los dos se despiden y Tomas va pensando que le gustaría mucho ir hasta los cayos de la Florida a ver cuando llegue la lancha pero él no sabe por que parte exactamente arribaran, y sabe que seria una locura dar ese viaje de casi cuatro horas, para quizás ni siquiera enterarse de que llegaron.

En casa Tomas permanece caminando como un loco de un lado a otro en su pequeño apartamento, suspira profundo, continua caminando, enciende la tele y al rato la vuelve a apagar, mira al teléfono, quisiera llamar a Cuba para ver como están todos pero piensa que se preocupara mas si se entera de que alguien no esta bien o al menos no esta preparado psicológicamente para la travesía.

Mientras tanto sigue Tomas en su casa, con un silencio absoluto que es interrumpido por un fuerte llamado a la puerta, Tomas abre, es Jorge quien súbitamente entra y dice,

...Oye, vine para que me digas que te pasa, estas muy raro y llevas días así.

Tomas le sonríe y le dice cerrando la puerta,

...Siéntate.

Jorge se sienta listo para escuchar lo que esta sucediendo con Tomas.

Tomas le pide como promesa mantenerse sin comentar nada y le pide también que pase la noche con él. Jorge promete no contar nada de lo que Tomas tiene para decirle. Tomas confía en Jorge y en su generosidad desde que se conocieron en Irlanda y luego el día que se vieron en el hotel donde estuvo detenido y luego Jorge le brindó un espacio para vivir, de manera que es sin duda alguien que merece la confianza de Tomás.

Tomas le cuenta a Jorge lo que esta sucediendo, Jorge al escuchar la noticia va abriendo la boca y los ojos de la impresión, sabe lo peligroso que puede resultar el viaje y además no tenía idea de que Tomas estuviera preparando esto para su familia, lo cual lo toma más que de sorpresa. Jorge se levanta, abraza a Tomas y le dice,

...Eres un bárbaro, ya veras que todo saldrá bien, me quedaré contigo esta noche y hasta que sepas que sucede con la travesía, mira trataremos de pasar el tiempo haciendo algo entretenido, espérame voy a rentar una película.

A Tomas le parece buena la idea y espera en la casa a que Jorge llegue con la película. Una hora mas tarde llega Jorge, trae un paquete de caramelos y refrescos también, los dos se sientan cómodos y comienzan a ver la película.

Tomas trata de concentrarse pero a veces no puede, su mente se va lejos de la película y mira al reloj cada cinco minuto, Jorge que lo ve sonríe y lo deja él sabe que no es fácil lo que su amigo esta viviendo en estos momentos.

Capitulo XXIII.
Fin de una historia.

La madrugada transcurre, Tomas se queda dormido con los dos teléfonos sobre el pecho esperando una llamada que pueda alertarlo sobre el paradero de su familia. La luz del día que entra por una de las rendijas de la ventana y lo despierta, de un golpe se sienta en la cama, tira sin querer al piso los teléfonos, Jorge que está durmiendo al lado de Tomas se despierta asustado,

...¿Que paso?, pregunta Jorge

Tomas mira la hora, son casi las siete de la mañana, teme haberse quedado dormido y no haber escuchado el teléfono entonces busca desesperado las llamadas perdidas, pero no hay nada, entonces decide llamar a Esteban. El contestador automático de Esteban atiende y Tomas piensa que quizás Esteban aun duerme no sabe qué más hacer.

Jorge se levanta de la cama y prepara algo para desayunar, Tomas permanece sentado en la cama abrazando los dos teléfonos,

...Oye, al menos ve al baño, le dice Jorge.

Tomas coloca los teléfonos en la mesita de noche y va al baño, Jorge esta preparando el desayuno cuando uno de los teléfonos suena, Tomas sale del baño como un loco, por el identificador el ve que es Estaban,

...¿Me llamaste? Pregunta Esteban

...Si, es que no se nada, no tengo noticias, le dice Tomas.

...Tranquilo Tomas, tienes que ser paciente, él no me ha llamado a mi tampoco, no te preocupes, escucha mantente en la línea tratare de saber que paso, no hables tú y solo escucha, le dice Esteban.

Esteban llama al hombre que se encargaría de traer a los familiares de Tomas a Miami, al cuarto timbrazo, el hombre con voz de sueño contesta, a Tomas el estómago vuelve a atacarlo y se tiene que sentar por los calambres que estaba padeciendo,

...Oye man, soy yo Esteban, ¿estas dormido? Pregunta Esteban.

...Oh man, que noche he tenido estoy muerto, dice el hombre.

...Coño pero dime que paso, ¿Donde esta la familia de Tomas? Pregunta Esteban.

...Oh, ¿esos? dice el hombre como si solo le importa el dinero que se gano y lo demás fuera un asunto sin importancia, sin pensar que Tomas pudiera estar muriéndose por las ganas de saber que sucedió.

..¡Oh! esa gente las deje en Cayo Hueso y se entregaron a la policía, dice el hombre.

Tomas sin hacer el mínimo ruido se hecha a llorar, Jorge se le acerca preocupado y Tomas con un dedo en su boca le señala que mantenga silencio, Esteban por el otro lado le dice,

...Coño compadre ni una llamada nos hiciste para saber, tengo al chamaco desesperado en su casa esperando y tu durmiendo.

...Ah, deja el drama dice el hombre,

...Todos están bien deben estar en el centro de retención en este momento.

...Bueno, sigue durmiendo, dice Esteban y corta la línea, entonces es cuando Tomas rompe a llorar a gritos de alegría, Esteban le dice que pasara luego por la casa a verlo y también corta la línea, Jorge y Tomas se abrazan los dos llorando y con una alegría enorme.

Tomas salta sobre su cama, corre, tira almohadas al aire, llora, ríe, grita y en medio de tanta locura no escucha que el teléfono vuelve a sonar, Jorge se lo alcanza y le dice,

...Deja la locura tienes una llamada.

Tomas contesta el teléfono,

...¿Hola?

...¡Tomas!, escucha el chico su nombre en un grito, es su madre quien rompe a llorar también,

...Mami, mami, ¿donde están? Pregunta Tomas a puro grito con las lágrimas rodando por sus mejillas.

...Estamos en un centro de retención, contesta la madre.

...Todos estamos bien.

...Mami dime quienes llegaron, dice Tomas ansioso por disfrutar los nombres de los que llegaron en la travesía.

...Llegamos, tu padre, tu hermano, Rafael, Isabel y yo, pero a tu hermano, tu padre y Rafael están separados de nosotras no te preocupes están bien, le explica la madre,

...Espérate mi hijo te paso a Isabel.

Isabel toma el teléfono y le dice,

...Hey, échale mas agua a tu sopa que pronto estaremos allí.

Tomas casi no puede hablar, su felicidad es inmensa y las lágrimas de regocijo corren por sus mejillas como nunca, Tomas había tenido primera vez para casi todo en su vida pero no para sentir tanta felicidad, es la primera vez que se siente libre de esos pensamientos torturantes y negativos que lo han estado acompañando durante toda su vida. Han existido muy pocos momentos para celebrar pero esta seguro de que este será el momento preciso para celebrar por todo lo alto el reencuentro con sus padres, su hermano y su amiga y el amor de su vida.

Es muy poco lo que puede hablar con su madre y con Isabel pero no le importa, sabe que pronto estarán juntos y hablaran por días sin parar,

..Oye, tienes que hablar con los dueños de la casa, le surgiere Jorge a Tomas.

...Con gusto, ahora mismo voy a avisarles, le dice Tomas.

Tomas lleva con él los dos teléfonos previendo perder alguna llamada, la casa de los dueños del apartamento esta a solo metros, va por la puerta del patio y desde allí llama, una señora la dueña de la casa sale y sonríe al ver la cara de felicidad de su inquilino,

..Hey, ¿y esa alegría Tomas? Pregunta la amable señora.

...Es que mi familia llego ayer en una lancha desde Cuba, contesta felizmente el chico.

...¿Como es eso?, pregunta la señora,

...que alegría tan grande, tenemos que celebrar.

La señora sale de la casa y abraza a Tomas felicitándolo por su logro, y le promete preparar una gran fiesta en el patio de la casa para dar la bienvenida a la familia.

Tomas vuelve a su apartamento, y aprovecha para llamar a todos los amigos que aunque no ve con frecuencia conoce, entre ellos se comunica con María Elena, Nemesio y Graciela, los Cubanos que había conocido en el hotel donde estuvo detenido y que aunque es muy poco lo que se pueden visitar, de vez en cuando se dan sus llamadas para saber como están.

Todos forman parte de la alegría de Tomas y le prometen que estarán en la fiesta que harán para celebrar la llegada. Tomas termina de hablar con María Elena y al colocar el teléfono en la mesita para cargarle las baterías, éste vuelve a sonar, es una llamada por cobrar desde el centro de Retención de Inmigración, es su padre,

...Papi, dime como estas, ¿donde esta mi hermano?, ¿como esta Rafael?

El padre de Tomas le dice que están todos bien y que es muy posible que salgan el lunes o martes del centro, es fin de semana y no pueden ser procesados esos días, tendrán que esperar hasta el lunes.

Tomas tiene la oportunidad de hablar con su hermano y con Rafael también quien por teléfono le dice,

...Yo siempre creí en ti Tomas, yo sabia que tu solo lo lograrías.

...Solo nunca se puede Rafael, pero les presentare a la persona que se encargó de pagar gran parte del dinero para que mi felicidad pueda ser completa, dice Tomas.

Cuando termina la llamada entran Esteban y su esposa por la puerta del apartamento que está abierta de par en par y con ellos llega también la prima de Jorge quien se entero por medio de este, todos quieren ser parte de este importante momento en la vida de Tomas.

Tomas se levanta de la cama y se tira con un abrazo encima de Esteban, llorando le dice,

...Gracias Esteban, muchas gracias, tu me hiciste llorar un día por la tristeza de saber que no te vería jamás, y hoy me haces llorar por la alegría de saber que tengo a los míos aquí, a mi lado.

Esteban lo trata de calmar y le dice,

...Es todo un placer amigo.

La esposa de Esteban quien ya conocer la historia de los dos amigos y también llora, Tomas se le acerca a ella y le dice,

...Te felicito, tienes un gran hombre a tu lado.

Tomas la abraza agradeciéndole también por lo que han hecho por el y su familia.

Los dueños de la casa han entrado a visitar a Tomas, es un apartamento pequeño y casi no cabe una persona más, Tomas no para de reír, de llorar y de disfrutar cada segundo de ese bello momento.

...¿Quieres que te lleve al centro de retención? Pregunta Esteban.

...No, contesta Tomas,

...Nací detrás de una reja y detrás de una reja deje a mis padres, mi hermano y mis mejores amigos, no quiero recibirlos aquí así, detrás de rejas, quiero verlos correr hacia mí libres como el viento, los veré cuando salgan de ese lugar, ya he esperado suficiente, ahora no me cuesta nada esperar unos días mas.

Los compañeros de trabajo también van llegando a visitar a Tomas, ellos entienden ahora la cara y el carácter de Tomas estas ultimas semanas en el trabajo.

El fin de semana Tomas la pasa entre visitas, su pequeño apartamento se ha mantenido constantemente lleno de amigos, hasta los que lavaban autos con él han venido a verlo, pero el Domingo llega y es tarde, todos se han vuelto a sus casas Tomas por fin se queda solo, su plan es descansar lo que le queda de fin de semana y estar en casa esperando por la llamada de su familia para que los vaya a recoger.

El lunes amanece, Tomas no fue a trabajar, despierta muy descansado, esta vez pudo dormir toda la noche, abre sus ojos, mira el reloj, bosteza y estira su cuerpo aun acostado con una sonrisa en la cara, se mantiene acostado por una rato mas, cubierto con las sábanas hasta los hombros, el aire acondicionado esta en un punto muy bajo por lo que el frío dentro del apartamento se siente hasta en los huesos, pero es así como le gusta dormir a Tomas.

Se pasó casi toda la mañana en la cama sin desayunar, solo se levantó, para ir al baño y volvió a ocultarse entre las sábanas, casi al medio día decide levantarse.

Recoge y tiende la cama, prepara un café con leche, sentado en su mesa de comedor plástica redonda, se toma el café con leche y justo cuando tiene un trozo de pan con mantequilla en la boca, el teléfono suena, sale disparado a atender.

Es su madre que le dice con alegría que esa misma mañana han sido procesados y que pronto los llevaran a un lugar en la pequeña Habana donde pueden ser recogidos, ella le da la dirección y la hora en que Tomas podrá pasar por allí a buscarlos.

Tomas siente una alegría intensa dentro de él y cuando termina la llamada con su madre, se vuelve a sentar en la mesa, con una sonrisa en la cara, mira fijo hacia un punto en el piso, y su pensamiento lo traslada lejos una vez más. Tomas piensa, recuerda cuando pequeño lo frágil que era, y se pregunta quien podría decir que ese pequeño, flacucho y tímido se convirtiera en el héroe para su familia entera, quien diría que el primer amor de su vida, quien un día desapareció de su vida fuera el causante de tanta felicidad.

Tomas no cree que sea justo que Esteban no esté con él cuando por primera vez todos se reencuentren en la pequeña Habana, por eso decide llamarlo y le pide que lo acompañe. Esteban le explica que esta trabajando pero que en una hora pasará por su casa para llevarlo al lugar acordado para el encuentro.

Es casi hora de irse de casa para la Pequeña Habana y Tomas esta en el baño terminando de secar su cuerpo, cuando Esteban llama a la puerta y le dice,

..Tomas, baja a jugar.

Tomas sonríe al escuchar esa voz de hombre diferente a la del niño que conoció aunque las palabras son exactamente las mismas de cuando Esteban lo llamaba para salir a jugar.

Tomas abre la puerta y le dice,

...Eso que me acabas de decir me transportó a mi pasado, Esteban
Esteban le sonríe y le dice,
...Nunca tuve a quien llamar para jugar después de que me fui de tu lado, bueno dejemos la mariconeria y vamos a recoger al familión.

Tomas termina de vestirse y se va en el auto de Esteban hacia la pequeña Habana, Esteban sabe como llegar a la dirección que la madre de Tomas le ha dado por teléfono buscándola llegar al lugar, primero buscan donde estacionar donde poder estacionar, Tomas y Esteban ven que hay muchas mas personas esperando la llegada de sus seres queridos, Tomas tenia la idea de que sería el único allí y se lo comenta a Esteban.

Salen los dos del auto y esperan en la esquina de la carretera por el bus que traerá a su familia, Tomas camina de un lado a otro, sin importarle el calor que castiga a los que no se refugian bajo un árbol o un techo, Esteban se mantiene parado con los brazos cruzados recostado contra una pared en la sombra, deja que el impaciente Tomas camine de un lado a otro, Esteban sabe que es natural que su amigo esté desesperado, ansioso por estar entre los brazos de su familia, Esteban lo mira casi sin pestañar, pensativo y orgulloso de quien fuera su mejor amigo cuando eran pequeños.

Tomas se detiene cuando ve que un Van blanco con ventanas de cristales oscuros entra al parqueo del edificio. Todos los allí presentes se dirigen como locos hacia el auto, no lo dejan siquiera detenerse y se le tiran encima. Tomas corre hacia el mismo lugar con la esperanza de que en ese auto lleguen a quienes él espera, pero es imposible definirlo en un primer momento ya que los cristales son muy oscuros y no dejan ver el interior.

El conductor que lleva puesto el uniforme de Inmigración sale del auto para abrir la puerta trasera, esto hace confiar a Tomas que ese es el auto que esta esperando, Tomas puede llegar mas cerca a la van por la cantidad de personas paradas en el medio, pero a través de la puerta abierta del auto ve a su madre sentada al lado de Isabel y a su padre en el asiento de atrás sentado al lado de su hermano y Rafael.

Tomas se detiene tranquilo espera a que ellos puedan salir de la Van.

Tomas no puede detener el llanto cuando ve a Isabel que es la primera que corre hacia él, la madre viene detrás y más atrás el padre, el hermano y Rafael, todos se mueren de ganas por abrazar a Tomas y a Tomas no le alcanza con abrir más los brazos como si quisiera abrazarlos a todo a la vez.

Finalmente en una especie de amasijo humano, todos juntos por fin y fundidos en un solo abrazo, lloran y ríen, y hablan y vuelven a llorar, la alegría es tanta que nadie quiere soltarse, así se mantienen por unos minutos, entonces Tomas prefiere separarse y abrazarlos nuevamente uno a uno.

Una vez que Tomas logra recuperar la fuerza para hablarles les pregunta a sus padres señalando hacia Esteban quien con una sonrisa y lágrimas en sus ojos se va acercando,

...¿Conocen a ese que viene por ahí?

La madre de Tomas, mira atenta y algo dudosa al chico que se acerca, una vez que Esteban está a solo unos pasos de ella, la madre de Tomas impresionada abre los ojos mas grande que nunca y grita,

...¿Esteban?

Todos miran hacia la madre de Tomas quien reconoce a Esteban, luego cambian la vista hacia Esteban.

La madre abraza a Esteban y le dice,

...Pero como has crecido coño, eres todo un hombre.

Esteban se abraza a la madre de Tomas y se echa a llorar, también abraza al padre y al hermano, Tomas les presenta Isabel y a Rafael.

Las emociones son encontradas, todos reaccionan con llantos y risas, Isabel está parada algo separada del grupo mirando alrededor, sonriente pero llorando, Tomas que la ve se le acerca, le pasa el brazo por encima del hombro y le dice,

...Te dije que un día yo te traería, bueno ya estas aquí, disfrútalo es todo tuyo.

Isabel mira a Tomas lo abraza y llora con profunda felicidad, Rafael se les acerca y le dice a Isabel,

..Oye chica ¿por qué tú lloras? No me digas que tienes el período de nuevo porque aquí no tenemos ni trapos para ponerte y ni intentes entrar a un hotel para usar sus baños y cambiarte.

Todos se echan a reír a carcajadas burlando el pasado triste que un día los hizo hasta llorar y Tomas para permitirles continuar con la jarana le dice a todos,

...Bueno, debemos irnos antes de que nos quiten la luz.

Isabel toma a Tomas por un brazo y le dice,

...Espera Tomas.

Se detienen todos, Isabel abre una pequeña cartera que lleva con ella y saca de su interior lo único que traía desde Cuba,

...Mira Tomas, este es el libro que un día me regalaste en la playa, ¿te acuerdas? Le dice Isabel.

Tomas sonríe y claro que recuerda el libro pero más recuerda la promesa de Isabel de mantener el libro con ella para siempre.

...Bueno es hora de irnos, dice Esteban.

Tomas les enseña donde esta estacionado el auto de Esteban, son muchas las personas que tendrán que transportarse apretados pero no importa, nada puede opacar la felicidad de estar juntos, ellos poco a poco entran al auto y casi uno encima del otro se van a casa.

Isabel va impresionada comentando sobre los bellos autos, en las carreteras, parece alguien que acaba de salir de un agujero donde no existe la civilización. Todo es nuevo para ella, para los padres de Tomas y su hermano. Rafael se ríe por la forma en que Isabel habla y habla sin parar, parece una loca y no se calla, pero todos saben que además de los nervios es la inmensa alegría de ver su sueño hecho realidad, un sueño que tuvo en el pasado y por el que pagó con años de cautiverio por tratar de alcanzarlo.

Llegan a casa de Tomas, y ya hay muchas personas allí. La noticia de que los padres del chico han salido del centro de Inmigración corrió como reguero de pólvora, todos esperan sentados en el portal de la casa con dulces, bebidas, y hasta globos que han colocado por todos los alrededores, los padres de Tomas se emocionan al ver tan cordial bienvenida. Esteban estaciona el auto, son casi las cinco de la tarde y el sol permanece ardiente tal y como si fuera medio día, todos salen del auto y Tomas presenta su familia a cada uno de los visitantes.

Es una gran fiesta lo que les tienen preparado y a medida que las horas van pasando más personas conocidas van llegando.

Tomas toma el teléfono, se lo alcanza a Isabel y le pide que llame a su madre para que tranquilice y sepa que el viaje fue todo un éxito, lo mismo le sugiere a Rafael.

El pequeño apartamento de Tomas no es el mejor lugar para tantas personas, por ahora tendrán que comprar pequeños colchones de aire y tirarlos al piso, mover la mesa del comedor a un lado para hacer espacio, así vivirán por un tiempo, pero a ninguno le importa, hasta comerían del mismo plato si fuera necesario.

Es la primera noche en libertad de los familiares de Tomas, no durmieron, permanecieron la noche entera hablando. Tomas aprovecha para contarles como fue su reencuentro con Esteban y como éste los ayudó a salir de Cuba, les cuenta que vio a Ulises convertido en autor de un libro que habla mal del sistema que él mismo apoyó y con el cual cooperó para destruir a cualquier ser humano que se opusiera al mismo. Isabel sorprendida dice que en Cuba se cuenta que Ulises está cumpliendo una misión Internacionalista, pero que no se dice que ha desertado, los comentarios y las dudas de que él pudiera ser un espía cubano en Miami no se hicieron esperar, pero Tomas desilusionado por la manera en que fue tratado esa noche en el teatro y por la forma de actuar de los que allí estaban presentes, les comentó que no vale la pena denunciar nada, que se ha dado cuenta de que muchos de los comunistas que ayer los pisotearon viven hoy libremente por las calles de Miami y si logran al menos tocarlo pueden sufrir graves consecuencia.

Rafael le cuenta a Tomás lo que sucedió en Inglaterra cuando lo detuvieron y cuando lo montaron en un avión de Cubana de regreso a Cuba, revive esos momento y dice que estuvo detenido varios días y que cuando salio como castigo lo pusieron a limpiar las calles de la Habana, las mismas calles que pasan por frente a la bella Universidad de la Habana donde él podría haberse graduado, cuenta como veía a sus amigos de la escuela con celos, vestidos de bata blanca y que algunos se detenían sin miedo a saludarlo, y que otros simplemente pasaban por su lado pretendiendo no conocerlo cuenta también que hasta hubo algunos que lo llamaron traidor a la Revolución.

Los días en la ciudad de Miami pasan muy rápido, y así de rápido pasan también las vidas de cada uno de los que en ella habitan. Las personas se mantienen ocupadas trabajando para poder salir hacia adelante, en Cuba es todo lo contrario el tiempo pasa lento por-que es como una eterna espera de todo, aunque nada llegue, espera a que cambie el país, espera a que muera Fidel, espera a que llegue el arroz al mercado, espera a que llegue una guagua, en fin todo es espera por lo que el tiempo pasa convirtiendo los minutos en horas, las semanas en meses, los meses en años malgastados.

La vida se encamina para los familiares y amigos de Tomas, todos consiguen trabajar y lo hacen duramente para poco a poco pagar cada centavo que debían a Esteban, luego de salir de la gran deuda, cada uno decide buscar su camino.

Hoy Tomas y su familia viven en los suburbios de la ciudad de Orlando, en un pequeño y tranquilo pueblo, cerca de todo, pero lejos de lo que pudiera traerle amargos recuerdos, decidieron irse allí para mantenerse apartados de las constantes y deprimentes noticias sobre Cuba, los comentarios de Cubanos que en las calles de Miami no hablan de otro tema, como si fuera el pan de cada día. Tomas y su familia decidieron vivir una vida tranquila, el pasado vivido es suficiente y cualquier cosa que suceda en Cuba no los asombrará en lo más mínimo.

Tomas se mudo a un apartamento con Rafael, Isabel vive con el hermano de Tomas y sus padres, todos trabajan, y todos se reúnen los fines de semana, hacen grandes cenas y celebran cada tiempo libre el haber tenido la dicha de volver a estar juntos.

Cada día le dan mas valor a sus vidas, el pasado lo tratan de dejar atrás y a pesar de que los recuerdos y las heridas de haber vivido en un país como Cuba los ha marcado, tratan de hacerlas cicatrizar, están convencidos de que es Cuba parte de una conveniencia de políticos que utilizan cada situación creada por ellos mismos para hacer de éstas propagandas baratas y darse a cada uno más poder, fama y dinero.

Estados Unidos es un país con grandes oportunidades, es un país de leyes y regulaciones, todo se tiene que hacer siguiendo la ley, casi hay que ser abogado y aprender cada ley para no buscarte un problema, pero muchas de esas leyes garantizan al menos una vida mas tranquila que la que se puede vivir en Cuba y en muchos países de este mundo, es un país donde lo primero y lo último es dinero, todo es dinero, la educación, la salud y la vivienda sobre la que aun siendo propia hay que continuar pagando impuestos que pueden subir como la espuma el día que menos lo pienses.

Tomas y su familia tuvieron la suerte como ciudadanos Cubanos de poder acogerse a la ley de ajuste Cubano que les permite quedarse en el país a pesar de que llegaron ilegales, no importa quien hayas sido en Cuba, si fuiste comunista, si fuiste un traidor, si fuiste un gusano, lo que sea, si eres ciudadano Cubano y llegaste por cualquier vía simplemente te quedas y ya.

Tristemente no sucede lo mismo para los miles que cruzan las fronteras día a día buscando trabajar honradamente, para ellos el juego es diferente, es también un juego de políticos pero diferente, se hacen la vista gorda, dejándolos cruzar la frontera para que trabajen duro en condiciones que ni los mismos americanos aceptarían para luego deportarlos, por un lado el gobierno Americano defiende y habla con moral sobre la reunificación familiar y por otro lado dejan a niños huérfanos en Estados Unidos deportando a sus padres que están ilegales en el país desde hace muchos años y que solo han ido buscando un futuro mejor para sus familias.

Por otra parte gobiernos corruptos de países latinoamericanos exigen a los Estados Unidos reformas migratorias y ayudas a los que ilegalmente

Inmigraron, simplemente para librarse del cargo económico que puede representar cada uno de estos ilegales en sus países, y con propagandas estúpidas anuncian por medios informativos como ellos si lucharán por la reforma, se llenan la boca para continuar hablando mierda y no resolver el problema dentro de sus propios países para así impedir mas Inmigración ilegal que destroza tantas vidas, sin embargo, no permiten refugiar en ellos otros inmigrantes que llegarían a sus países buscando simplemente algo de libertad y tranquilidad para sus familias, esos gobernantes que buscan que Estados Unidos refugien a sus ciudadanos, no dejan que extranjeros puedan llegar ilegales y decir "ayúdenme por favor". Irónicamente a sus propios ciudadanos les hace la vida casi imposible económicamente, pagando horriblemente bajos salarios, obligándolos a Inmigrar a Los Estados Unidos para buscar el sostén económico de sus familiares.

No es fácil que esos países te concedan un asilo político, y ni dar la oportunidad de aplicar por él, tienen que pasar años para poder conseguirlo, después de pagar grandes sumas de dinero y hasta en algunos casos sobornar a los representantes del gobierno para que puedas un día por fin alcanzar al menos un status legal.

Las promesas hipócritas es el arma fundamental de esos políticos y religiosos que hablan y hablan sin resolver nada, y se llenan la boca de promesas sin cumplir, y con sus pasos y decisiones destruyen el mundo entero, es muy fácil culpar a prostitutas, borrachos, drogadictos y homosexuales por la corrupción y la exterminación de la clase humana, pero si alguien puede realmente leer la historia, han sido los políticos y religiosos las dos únicas razones de guerras en el mundo, la interminable batalla entre judíos y musulmanes, entre capitalismo y comunismo, todas creadas desde lo mas alto de los gobiernos, sin pensar en consecuencias.

La madre de Tomas planifica una noche de cena invitando a sus hijos, y sus amigos incluyendo a Esteban con su esposa y sus hijos.

Con un rico menú Cubano todos se sientan alrededor de la mesa para disfrutar de las delicias Cubanas, Rafael les cuenta a todos que Tomas ha creado un sitio en el Internet, sorprendidos preguntan de que se trata y que busca con ésta nueva creación.

Tomas decide contarle de una manera simple y humilde la historia de su vida, es un sitio donde los visitantes lo abarrotan con preguntas y donde el chico transmite desde la portada de su página un mensaje al mundo.

ISBN 978-0-615-25075-5